LE 10 JUIN 1999

ERIC L. HARRY

LE 10 JUIN 1999

La première guerre nucléaire vient de commencer

ROBERT LAFFONT

Titre original :
ARC LIGHT

Traduit de l'américain
par Jean Rosenthal

« À quel point nous faut-il attendre le danger ? Par quels moyens nous préparer à l'affronter ? Devons-nous compter voir quelque formidable puissance militaire de l'autre côté de l'Atlantique franchir l'Océan pour nous anéantir d'un coup ? Jamais ! Toutes les armées d'Europe, d'Asie et d'Afrique rassemblées avec tous les trésors de la Terre... ne parviendraient pas par la force à boire une gorgée dans les eaux de l'Ohio, ni à tracer une piste sur la Blue Ridge, même en s'y essayant mille années durant... Si la destruction doit être notre lot, il nous faut en être nous-mêmes l'auteur et l'exécuteur. Nation d'hommes libres, nous devons vivre jusqu'à la fin des temps ou mourir en nous suicidant. »

Abraham LINCOLN
27 janvier 1838.

ISBN 2-266-07369-3

Prologue

Sud de la zone démilitarisée, Corée du Sud
10 juin, 11 h GMT (20 h locale)

« Éclair, Éclair. » Le capitaine Bernard Weaver, de l'armée des États-Unis, entendit faiblement ce message par-dessus des crépitements de parasites dans le haut-parleur de la radio : ces mots le laissèrent abasourdi. Le lieutenant Pak, de l'armée sud-coréenne, lança à Weaver un regard interrogateur. « Qu'est-ce que c'était ? » demanda-t-il en anglais avec un fort accent : de toute évidence les délicates manipulations de Weaver sur le bouton des fréquences ne parvenaient pas à rendre le signal plus clair.

« C'est... euh... » Weaver n'en croyait pas ses oreilles. « C'est le message radio pour une attaque de B-52. »

Pak ouvrit de grands yeux et resta bouche bée. Ils étaient tous deux installés à la table du poste de commandement creusé dans la terre et tout semblait calme. Allons, se dit Weaver, il avait sans doute mal entendu. « Éclair » : le mot lui sonnait encore aux oreilles et un frisson lui courait le long du dos. *Bon sang, qu'est-ce qui se passe ?*

Weaver jeta un coup d'œil à son rapport et s'empara du micro mobile. Il ne pouvait pas entrer en contact avec les secteurs arrière, mais peut-être eux pourraient-ils l'entendre.

« Alpha Lima Six Six, ici India Tango Quatre Sept. Tenez-vous prêts à OPREP-3. » C'était un rapport d'opérations susceptible d'avoir des ramifications politiques, on lui avait donc attribué le code « 3 ». Dès qu'il aurait tenté d'émettre par radio, Weaver allait plier bagage et repartir à pied. Le message était prioritaire : destiné directement au Centre d'opérations d'urgence du commandant pour le Pacifique. « À COURCOMPC. De India Tango Quatre Sept. Élément d'infanterie nord-coréen de la taille d'une compagnie signalé par poste d'observation sud-coréen en DMZ 25 kilomètres est-sud-est de Pammunjon », lut Weaver. Il souleva brièvement le doigt posé sur le bouton « Talk » comme on lui avait appris et conclut : « à approximativement 16 h 30 Zoulou. Rapport d'activité signale creusement tranchées. »

Juste à ce moment, les deux hommes entendirent un seul coup de feu suivi, une demi-seconde plus tard, d'un tir nourri d'armes de petit calibre qui prit de l'ampleur dans les quelques secondes suivantes jusqu'au moment où on aurait dit que le bataillon tout entier avait ouvert le feu. Weaver sentait son cœur battre plus vite et son pouls s'accélérer à chaque décibel supplémentaire de fusillade.

Pak saisit son casque et son M-16 et sortit par la porte du poste de commandement pour s'enfoncer dans l'obscurité sans dire un mot.

Weaver s'efforça de se calmer, de retrouver ses esprits. Il ôta son béret des Forces spéciales qui recouvrait ses cheveux coupés en brosse et prit dans son sac à dos son casque en Kevlar. C'était la première fois qu'il voyait un engagement : pendant la guerre du Golfe il était encore au centre d'entraînement des Forces spéciales et, ces derniers jours, il avait couru d'une escarmouche à l'autre le long de la DMZ sans avoir mieux à se mettre sous la dent que les rapports de combat de jeunes officiers coréens. Mais aujourd'hui, se dit-il en prenant son fusil et en écoutant le déluge de feu qui s'abattait sur la colline, il était au bon endroit au bon moment.

Les premiers obus commencèrent à exploser. Weaver avait beau être loin du barrage d'artillerie, le choc le faisait vibrer de la tête aux pieds, et le fracas s'engouffrait par l'entrée de la casemate. Entendant cela, Weaver se figea soudain. C'était différent. Ça ne ressemblait à aucun des exercices qu'il avait entendu décrire au cours des quelque quarante années depuis la guerre qui s'était déroulée ici. Le barrage atteignit une violente intensité : préparation d'artillerie à la russe. Les vibrations faisaient pleuvoir de la poussière à travers les vitres et les plaques de contreplaqué du toit recouvert de terre du PC. L'idée le traversa un instant que cette fois-ci, ce pourrait être la bonne. À chaque explosion, cette possibilité lui paraissait plus réelle. Mais le COMPAC était en alerte depuis près d'une semaine. Les Marines continuaient au large l'opération Coup de Vent d'Est, histoire de faire sonner leurs sabres. Certainement, se dit-il, les Nord-Coréens n'oseraient pas...

Weaver revint vers son sac et le hissa sur son dos. Il cala à sa place habituelle le lourd chargement qui sentait la toile et la sueur et boucla les courroies. Le tir d'artillerie était devenu régulier et dans le PC l'atmosphère était chargée de poussière. Le tir de barrage n'était pas continu : il n'y avait dans les parages qu'un coup de canon toutes les trois ou quatre secondes.

L'entrée de la casemate était construite en zigzags pour empêcher tout tir direct ou tout éclat d'obus d'y pénétrer : à chaque pas qu'il faisait vers le premier coude, le bruit de ce qui se déchaînait dehors augmentait. Il s'arrêta pour enclencher la fonction « tir en rafale » sur son AR-15 « Commando » en tirant sur le bout rétractable de la crosse et en abaissant le levier du sélecteur jusqu'à la position « auto » : ses yeux commençaient à s'adapter à l'obscurité du dehors.

Courbant les épaules, il contourna les sacs de sable, traversa les tranchées et déboucha à ciel ouvert. Le bruit des détonations était assourdissant. Beaucoup plus fort que de l'intérieur du bunker. À sa gauche et à sa droite, le long de la tranchée sur laquelle donnait la casemate, Weaver apercevait les soldats sud-coréens qui dévalaient le flanc du coteau, armés de M-16 et de mitraillettes M-60, la petite flamme des coups de feu allumant de brefs reflets jaunes dans leurs yeux écarquillés. Au-dessus de leurs têtes, des fusées éclairantes jaillissaient avant de descendre doucement, accrochées à leurs petits parachutes, pour projeter dans la tranchée une lumière blême. Weaver resta un instant figé devant ce spectacle : il regardait les ténèbres reprendre lentement possession du fond de la tranchée pour s'élever contre le mur opposé, à mesure que descendait la fusée suivante.

La violence de l'onde de choc et le fracas d'un obus, qui explosa au-dessus de la tranchée à moins de 70 mètres de là, laissèrent un instant Weaver abasourdi et paralysé. Il s'accroupit et vit les yeux du fusilier sud-coréen à sa droite qui, lui aussi, s'était tapi contre la paroi de terre. Il regarda à sa gauche et constata que les servants de la mitrailleuse aussi avaient baissé la tête : ils le regardaient, l'air affolé, leurs visages disparaissant lentement dans l'obscurité tandis que la dernière fusée poursuivait sa descente.

Weaver fit glisser son sac à dos de ses épaules et grimpa jusqu'à un poste de tir aménagé dans le mur de la tranchée pour inspecter la colline en direction de la DMZ. En regardant par-dessus les sacs de sable, la scène lui apparut exactement telle qu'il l'imaginait et en même temps infiniment plus terrifiante. Partout, à la lueur des fusées éclairantes, des groupes d'hommes en noir se précipitaient vers les lignes de barbelés apportant par vagues de longues poutres. Derrière eux, des dizaines de Nord-Coréens dirigeaient sur les Sud-Coréens le feu de leurs armes automatiques. Partout des officiers criaient, des coups de sifflet scandaient les ordres. Le premier groupe atteignit le barrage. On lança la poutre en avant sur les barbelés pour les aplatir. Les attaquants s'agenouillèrent pour tirer tandis qu'on hissait la poutre suivante dans le prolongement de la précédente, chacune un peu plus haut sur la pente. Des hommes ne cessaient de tomber de part et d'autre des poutres, mais il y en avait toujours assez pour en porter une vers leur objectif. Pour la lancer sur le fil et, de temps en temps, sur une mine dont l'explosion abattait les Nord-Coréens qui se trouvaient là. C'était d'une efficacité brutale, une manœuvre bien réglée, et c'était rapide.

Weaver appuya contre sa joue la crosse en plastique de son fusil. Il visa un groupe de soldats au milieu des barbelés et lâcha une courte rafale. Le fusil avait un méchant recul et Weaver dut le réépauler : il vit alors la file de cadavres entassés sur les barbelés là où il avait tiré. Il n'eut pas le temps de recommencer à tirer que le tas de cadavres s'agrandissait : les soldats sud-coréens qui l'entouraient arrosaient le flanc de la colline. Mais d'autres Nord-Coréens étaient accourus et poursuivaient l'effort. Weaver tira de nouveau au même emplacement et d'autres hommes s'écroulèrent.

Weaver épuisa le second chargeur de trente balles de son fusil en courtes rafales. Il engagea son troisième chargeur et se remit à tirer sur la pente de la colline, juste en face de sa position. Son arme était un M-16 dont on avait raccourci le canon de 50 à 28 centimètres. Le canon court en faisait une arme plus légère et plus compacte au détriment de la vitesse initiale des balles et donc de leur portée, de la précision du tir et de la force d'impact. Mais elle débitait des balles de 5,56 millimètres et, chaque fois qu'il pressait la détente, plusieurs Nord-Coréens s'écroulaient. L'arme convenait fort bien en l'occurrence : à cette distance, même un pistolet les aurait abattus.

Dans ce grouillement Weaver passait d'une cible à l'autre. Il tirait méthodiquement jusqu'au moment où il fallait recharger. Maintenant qu'il avait dans son fusil un chargeur plein, il hésitait. Les Nord-Coréens étaient partout : bien plus près que les cibles sur un stand de tir. Ils étaient si nombreux et totalement exposés à ses balles. Il cala de nouveau le fusil contre sa joue, se remit à tirer et se calma peu à peu en retrouvant les gestes du combat. L'entraînement – les exercices inlassablement répétés où l'on amenait la cible dans la ligne de mire avant de presser la détente – vint remplacer l'angoisse qu'il avait d'abord éprouvée.

Comme le roi de cette putain de colline, songea Weaver. *Je suis sur la colline : Je suis le roi, bande de salauds !*

Son regard revint au coteau. La formule était simple maintenant, se dit-il : la cadence de tir des défenseurs contre la vitesse de la progression adverse et, maintenant qu'il n'y avait plus de barbelés pour les ralentir, les Nord-Coréens comblaient rapidement la brèche. C'était une formule qui ne donnerait qu'un seul résultat, conclut Weaver avec un choc. Il ne s'agissait pas d'une fausse attaque ni d'une patrouille d'éclaireurs. On n'allait pas les contourner. La percée se produirait ici. C'était une attaque en règle.

Weaver sentit un frisson l'envahir, à mesure que lui apparaissaient clairement les conséquences de son raisonnement. Sans chercher même à accommoder, il fixa son regard sur la pente tandis que sa vision périphérique enregistrait des mouvements de chaque côté.

Weaver jeta un regard nerveux en direction de la

M-60 sur sa gauche. Il fut horrifié de constater que les Nord-Coréens déboulaient dans la tranchée à cent mètres de là : la M-60 avait été réduite au silence et l'on ne voyait plus trace des servants. Les balles sifflaient dans l'air de la nuit autour de sa tête. Weaver se tourna sur sa droite pour voir le soldat au M-16 qui gisait au fond de la tranchée, recroquevillé sur lui-même.

Weaver tira une autre rafale en tir automatique et se laissa retomber au fond de la tranchée, tandis qu'une grêle de balles faisaient jaillir la terre sur lui, éventrant les sacs de sable sur le toit de la casemate, dans un roulement continu de chocs sourds.

Merde! C'est trop tard! se dit-il en levant les yeux vers le parapet de la tranchée par-dessus lequel d'une seconde à l'autre les Nord-Coréens allaient déferler. *PUTAIN... c'est trop tard!*

La canonnade et le tir d'armes automatiques cédaient maintenant la place aux bruits bien plus inquiétants de coups de fusil isolés d'un bout à l'autre de la tranchée. Un éclair éblouissant, une violente secousse attirèrent son attention sur sa gauche : il vit le feu jaillir du PC. Une fumée noire sortait en tourbillonnant par l'ouverture. Il vit un autre éclair un peu plus loin derrière la colline annoncer que la casemate suivante avait subi le même sort. Ils faisaient sauter les PC. De grosses charges, se dit-il, des sacs d'explosifs.

Qu'est-ce que je fais? Qu'est-ce que je fais? se dit-il. La tête lui tournait tandis qu'il faisait un effort pour respirer.

Durant ces quelques secondes, tout devint irréel. Il était seul. Rien ne filtrait pour venir dissiper la confusion qui lui emplissait le cerveau, qui effaçait tout le reste. Au bout d'un moment, pourtant, un bruit de terre qui glissait, des mouvements à la limite du champ de vision de Weaver attirèrent son attention. Le froid l'enveloppa et il se mit à frissonner. Des dizaines de Nord-Coréens déferlaient des deux côtés par-dessus le parapet de la tranchée. Le temps ralentit jusqu'à presque s'immobiliser. Les fusées éclairantes avaient cessé de retomber. Les servants du mortier pliaient bagage pour s'enfuir : Weaver regardait dans l'obscurité les hommes sur sa gauche se relever au fond de la tranchée. Les premiers à se redresser passèrent leurs fusils par-dessus le bord de la paroi opposée et se mirent à griffer la terre pour se hisser de l'autre côté et poursuivre leur avance. Horrifié, Weaver les regarda en faire autant un par un. Assis, adossé au mur de la tranchée, il tourna lentement la tête et vit alors que sur sa droite, à moins de quinze mètres de lui, d'autres hommes faisaient la même chose.

En quelques secondes, ils avaient tous disparu et le calme revint. Weaver était seul. Il sentit un imperceptible dégel dans son esprit, suffisant pour comprendre ce qui venait de se passer. *La première vague – une avance continue*, se dit-il. *La seconde vague...*

D'autres corps commencèrent à débouler par-dessus le parapet et cette fois une terreur glacée l'enveloppa complètement. Il tremblait de tous ses membres et il avait les muscles du ventre noués. Il essayait de se forcer à avaler, mais il avait la bouche sèche, un goût d'acide et d'acier lui donnait presque des haut-le-cœur. Les nouveaux assaillants restaient au fond de la tranchée. Sur sa gauche Weaver aperçut la crosse d'un fusil s'élever : sa silhouette se découpant un instant sur la lueur persistante du feu qui éclairait le ciel nocturne tout au long de la ligne des tranchées. Il vit la crosse plonger vers le sol avec le reste du fusil – tout droit. Le bruit qui suivit – une sorte d'éructation – vint compléter dans son esprit l'image d'un coup de baïonnette venant apporter la mort à un des servants de la mitrailleuse écroulé dans la boue. Il y eut un cri bref, affaibli – une supplication dans une langue que Weaver ignorait mais que les attaquants connaissaient – et le second servant eut droit à son coup de baïonnette.

On entendit l'imploration de l'homme – rien que la voix de quelqu'un qui, comme Weaver, arrivait au terme de sa vie. Un profond sentiment de résignation finit par l'emporter sur la terreur qui s'était emparée de lui quelques instants plus tôt, quand il se comptait parmi ceux qui vivaient encore. En ces quelques secondes, il avait accompli ce que personne sauf les gens très âgés ne semble jamais capable de faire. Il avait assimilé la réalité de sa propre mort. Il avait accepté que, par ce doux soir d'été, son sort allait être la mort, ici, à cet endroit – maintenant. C'était brutal et jusqu'à cet instant même il ne l'avait pas prévu, c'était comme ça. C'était un fait.

Presque comme s'il s'agissait d'un détail sans importance, Weaver prit une profonde inspiration et porta à son épaule son fusil, qui lui semblait maintenant bien lourd. Il visa dans la tranchée, sur sa gauche, l'escouade de « nettoyage » en train de se former. Il essayait de ne pas réfléchir : de retenir le flot d'ultimes pensées qui ne pouvaient que le tourmenter davantage. Il pressa la détente, mais il n'arrivait pas à presser assez fort pour déclencher l'éclair du fusil, pour commencer le processus de mort, la leur et la sienne. Des images... des images jaillirent devant ses paupières closes...

Non, Bernie, insistait la partie de lui encore consciente, énonçant les mots presque tout haut. *Finissons-en, mon vieux. Fais-le. Vas-y.*

Ouvrant les yeux pour s'assurer qu'il vivait bien, il vit les formes sombres se diriger vers lui dans la tranchée. Il emplit ses poumons d'air à les faire éclater. Il avait la chair de poule en refermant les yeux et en pressant à fond la détente.

Première Partie

« On a comparé l'humanité... à un dormeur qui tripote des allumettes dans son sommeil et qui à son réveil se retrouve en flammes. »

H.G. Wells
The World Set Free, 1914.

1.

Le Pentagone, Washington
11 juin, 4 h 30 GMT (23 h 30 locale)

Une seule lumière rouge clignotait sur le panneau des bureaux contrôlant les vingt lignes de téléphone séparées. Le général Andrew Thomas s'en assura aussitôt : ce n'était pas le Président, le COMPAC ni aucune des autres lignes réservées de la rangée du bas. Ce n'était qu'une ligne extérieure ordinaire.

Thomas était chef de l'état-major interarmes. Il frotta ses yeux un peu congestionnés et se replongea dans le rapport de logistique du commandement de la VIIIe armée posé dans une flaque de lumière sous sa lampe du bureau. *Pas le temps de dormir*, se dit Thomas en bâillant. *Je pourrai toujours dormir après la guerre.*

Son regard se dirigea sur la table d'acajou par-delà l'épaisse moquette frappée du sceau des États-Unis. La feuille de plastique recouvrait une carte de Corée montrant les plus récentes positions des troupes nord et sud-coréennes. La lumière qui éclairait la table changea soudain : Thomas tourna les yeux vers le téléviseur installé dans le rayonnage le long du mur pour voir la mention « Bulletin spécial d'information NBC » s'étaler sur l'écran. On voyait la salle de presse de la Maison-Blanche où le Président devait s'adresser au pays. Thomas grinça des dents et sentit une douleur aiguë lui traverser la mâchoire. Il revenait de la réunion du Conseil national de sécurité où on lui avait donné ses instructions : la frustration et la colère bouillaient encore en lui.

« Bonté divine. » Avec un profond soupir, Thomas se carra dans son gros fauteuil de cuir. Il se frotta les tempes et ferma les yeux. Il éprouvait une appréhension croissante en songeant à ce qui se préparait et il regarda la grande carte murale derrière la table. Les traits au marqueur bleu parsemant l'Europe de l'Est étaient à peine visibles. Thomas secoua la tête. Lors de son premier tour de service au Pentagone vers le milieu des années 80, les renforts d'effectifs décrétés par Reagan les avaient équipés de façon à pouvoir mieux mener deux guerres et demie à la fois. Deux conflits importants et une guérilla régionale. Au moment de la guerre du Golfe l'administration Bush était redescendue à deux guerres. Quand il était revenu de son commandement à la tête du 3e corps en Allemagne du Sud durant le mandat de Clinton, on avait adopté une politique de « gagner-tenir-gagner » : des niveaux de force conçus pour remporter des guerres l'une après l'autre plutôt que simultanément. Derrière le dos des politiciens, les gens appelaient cela familièrement « gagner-perdre-reprendre ».

Il secoua de nouveau la tête. Le 3e corps, le 5e corps : presque tout le gros des forces régulières de l'armée, sans compter quatre de ses six divisions sur le terrain en Allemagne, en Pologne et en Slovaquie, et aucune ne pouvait lui servir en Corée. Après la tentative de coup d'État militaire en Russie, ç'avait été une décision purement politique. Les accords secrets de sécurité conclus du temps de Bush avec la Pologne et, à cette époque, la Tchécoslovaquie, avaient forcé la main du président Livingston : « tirer ou se tirer », avait dit le secrétaire d'État Moore, plus « faucon » que n'importe lequel des chefs d'état-major. « Si vous abrogez ces accords devant un redéploiement russe jusqu'en Biélorussie, il n'y a pas un pays au monde qui nous prendra au sérieux quand nous lui proposerons d'assurer sa sécurité. D'ailleurs, nous ne parlons ici que d'une démonstration de force. » *La force*, se dit Thomas, *nous en avons maintenant besoin ailleurs.*

Alors que veulent-ils ? Nous leur avons dit. Nous avons dit au Congrès lors des auditions que nos possibilités seraient fonction des actuels niveaux des crédits.

« Vous avez entendu le Président, avait dit précédemment lors de la réunion du Conseil le chef d'état-major de la Maison-Blanche Irv Waller. Trouvez un moyen. »

La lumière rouge brillait maintenant d'un éclat continu : son secrétaire avait pris la ligne et allait se débarrasser de son interlocuteur, sans doute un journaliste culotté qui s'était dit : « Je vais tout simplement appeler le Pentagone et poser la question. » Assis dans le silence du bureau, le cadre familier lui en parut soudain étranger. Comme s'il voyait tout cela pour la première fois. Les ordres du jour sous verre, des drapeaux d'unités brodés du nom des campagnes auxquelles elles avaient participé, les citations encadrées : tout cela semblait appartenir à une vie qu'il n'avait pas vécue. Des photos au grain grossier prises n'importe comment par de jeunes hommes crottés de boue, fléchissant sous le poids de leurs propres membres, qui revenaient « du merdier ». On prenait des photos quand on revenait parce qu'on avait survécu et c'étaient toujours des photos de groupes puisque c'était comme ça qu'on voulait en garder le souvenir : toujours ensemble. Avec une infinie tristesse, il contempla la succession de clichés accrochés au mur : à mesure que les rangs du groupe s'éclaircissaient, il ressentait une nouvelle fois chaque disparition.

Une sonnerie de l'interphone le surprit ; il regarda le téléphone puis pressa un bouton... « J'avais dit : pas d'interruption.

– Général, je suis désolé, mais... c'est le général Razov sur la une.

– Quoi ?

– Le général Razov... quelqu'un qui dit qu'il est le général Razov, général, sur la une. »

Le regard de Thomas se fixa sur le cliché pris l'année précédente. Razov était le bouillant héros de la guerre sino-russe qui, à l'âge inouï de quarante-six ans, s'était retrouvé à la tête de l'armée blindée russe qui avait porté des coups audacieux dans les flancs de l'offensive chinoise : on sentait son charisme à travers la plaque de verre. Thomas, grisonnant et épuisé mais jubilant devant la succession d'extraordinaires victoires remportées par le jeune homme, avait secrètement le sentiment d'en partager dans une certaine mesure le mérite, ayant conseillé Razov durant les quarante jours et les quarante nuits qu'avait duré la guerre. « Faites-moi venir ici dare-dare l'officier de service, ordonna-t-il, et trouvez-moi d'où vient ce coup de fil.

– Bien, général. » Thomas posa le doigt sur le bouton du téléphone.

« Qui diable est à l'appareil ? » demanda-t-il d'une voix forte. Il s'attendait à entendre le rire d'un vieux camarade de classe de West Point doué d'un piètre sens de l'humour.

« Je suis le général Youri Vladimirovitch Razov, commandant de la région militaire d'Extrême-Orient de la République de Russie. » Thomas était abasourdi. « Bonjour, Androusha. » Le léger crépitement de parasites en fond sonore suggérait que l'appel venait de loin.

« Youri ?

– Oui, Androushenka. La réponse arriva de nouveau avec un léger délai : transmission par satellite.

– Qu'est-ce que... ? commença Thomas. Mais il ne savait pas quoi dire.

– Andrew, je vous appelle pour vous annoncer de très regrettables nouvelles », dit l'homme. Il avait une élocution un peu brouillée comme par l'alcool, mais Thomas savait que ce n'était certainement pas le cas.

Il a l'air épuisé, se dit Thomas en baissant une petite manette sur le côté de l'appareil. Auprès du mot « Enregistrement » une lumière jaune s'alluma. « Continuez, dit-il d'un ton prudent.

– Nous avons placé nos unités de fusées stratégiques et de missiles balistiques sous-marins du statut d'alerte “ Constante ” à celui d'“ Accélérée ”. Votre prochain passage de satellite devrait vous le confirmer. En outre, la base de missiles Svobodnyy en Extrême-Orient est passée à l'état d'alerte maximum. Razov se tut et le temps parut s'immobiliser. Dans moins d'une demi-heure, mes forces vont attaquer avec des têtes nucléaires quatorze cibles tactiques tout au long de notre front en Chine du Nord occupée. Nous comptons ouvrir des brèches qui nous permettront de lancer des contre-attaques afin de stabiliser nos lignes. Pour éviter tout risque d'escalade, il nous faudra bien entendu neutraliser les forces stratégiques chinoises.

– Youri, dit Thomas, au nom du Ciel, vous ne pouvez pas faire ça !

– Nous allons le faire, mais pas au nom du Ciel.

– Non. Ce fut tout ce que Thomas trouva à dire. Non ! Youri, si les Chinois ripostent... !

– Vous savez aussi bien que moi que les Chinois n'ont que quatre T-4 opérationnels capables d'atteindre nos populations européennes. Nous allons frapper leurs T-3, T-2 et T-1 plus leurs bases de sous-marins et de bombardiers B-6 mais, dès l'instant où nous aurons détruit les T-4, ils seront dans l'impossibilité de nous menacer sur le plan stratégique.

– Ils pourraient encore riposter !

– Leurs missiles basés à terre fonctionnent tous au carburant liquide. Nous avons confronté nos informations, Androusha, et je sais que vos conclusions correspondent aux nôtres. Ces missiles restent vides jusqu'au déclenchement de la séquence de prélancement et ils n'ont aucun moyen technique de surveiller nos lancements. Ils n'auront donc aucun avertissement avant le moment où les véhicules de rentrée atteindront les couches supérieures de l'atmosphère et libéreront assez de matériel réfléchissant pour donner une signature radar. Cela ne devrait pas se situer plus de vingt ou trente secondes avant l'explosion : beaucoup trop tard pour faire le plein de carburant.

– Vous ne pouvez pas faire ça, Youri, dit Thomas. Penché sur son bureau, il appuyait son pouce contre son autre oreille.

– Êtes-vous prêt à entendre la suite ? » demanda Razov. Thomas prit un crayon et un bloc. « Les RVSN [1] vont lancer dix-neuf missiles du type que vous avez baptisé SS-19 – avec éventuellement un petit nombre d'autres lors d'une seconde vague dans un délai de moins de une heure. Les missiles vont déployer cent soixante-neuf têtes nucléaires. Thomas notait tous les chiffres. Tous seront lancés exclusivement depuis la région militaire d'Extrême-Orient. Aucun... je répète, *aucun* de ces missiles ne menacera le moins du monde les États-Unis ni un quelconque de leurs alliés.

– Enfin, Youri ! C'est de la *folie* ! Vous ne pouvez *pas* faire ça ! » Thomas regarda l'heure à son chronomètre et en prit note également sur son bloc. Son secrétaire passa la tête par la porte, lui aussi ayant son téléphone à l'oreille. Thomas montra du doigt le micro du combiné.

1. RVSN : Force russe de missiles stratégiques.

Son secrétaire fit tourner son doigt en l'air et montra sa montre avant de regagner son bureau.

Thomas avait besoin de gagner du temps. « Écoutez-moi, Youri, je vous préviens, quelque chose va mal tourner. Quelque chose tourne *toujours* mal ! Vous le savez ! Vos plans exigent la perfection. Ils sont fragiles. Et si les Chinois ont vu vos troupes au sol faire mouvement vers des points d'impact de leurs lignes, ce qui ne rime à rien ? S'ils en tirent des conclusions et qu'ils passent à un état d'alerte plus élevé ! Et s'il y a une fuite !

– Comme d'habitude, dit Razov avec un rien d'amusement dans la voix, vous jouez les Cassandre. Les Chinois ne sont pas passés à un stade d'alerte plus élevé. Nous en avons eu confirmation par des moyens techniques. Et je peux vous assurer, Andrew, que nos plans sont le secret le plus jalousement gardé en Russie aujourd'hui. Comme vous le savez, nous avons un système de mise à feu automatisé : pas d'équipes de lancement comme chez vous. Les seuls qui ont connaissance du plan sont les chefs du haut commandement suprême de la STAVKA qui l'ont autorisé, les deux officiers responsables des communicateurs nucléaires de la STAVKA, mon aide de camp, les deux commandants d'armée qui ont conçu le plan ici à Khabarovsk. Pas moyen qu'ils déclenchent une riposte, Andrew, c'est impossible. »

Le secrétaire de Thomas réapparut et Thomas pressa le bouton « Pause » du téléphone.

« On recherche l'origine de l'appel, général, mais ça va prendre...

– Passez-moi le Président au téléphone *tout de suite* ! Conférence téléphonique d'urgence. Ensuite, je veux des conférences téléphoniques de Menace de missiles, de Système d'alerte aux missiles, d'Alerte urgente... dans cet ordre ! » Ouvrant de grands yeux, le secrétaire pivota sur ses talons pour se précipiter dans son bureau. Thomas rétablit la communication. « Youri, rien n'est impossible. Il ferma les yeux et concentra son attention sur le téléphone... sur l'homme à l'autre bout du fil. Vous souvenez-vous des conversations que nous avons eues au cours de la dernière guerre ? Il vous faut des plans à toute épreuve, des plans capables de faire face à ce qu'un, deux, peut-être trois éléments imprévus tournent horriblement mal et que le plan tienne toujours. Le vôtre s'écroule si un seul détail cloche, Youri. Si les Chinois découvrent...

– Je vous l'ai dit. Ils ne découvriront rien.

– Entamez des discussions avec eux. Parlez-leur d'un cessez-le-feu. Il faudra que vous leur rendiez une partie de votre zone de sécurité en Chine occupée, mais de toute façon, vous le ferez un jour ou l'autre. Bon sang, menacez-les d'un tir d'armes nucléaires s'il le faut, mais Youri, au nom du Ciel, je vous en prie, ne jouez pas avec le feu. Je vous mets en garde : vous allez vous brûler les doigts.

– Les communicateurs nucléaires ont déjà envoyé l'ordre du tir, répondit Razov. C'était la formule " Lancement à l'heure prévue ", Andrew. À partir de là, les lancements sont automatiques. » Thomas rassembla ses forces pour réunir sur son bureau les documents dont il aurait besoin. Il entendit une porte s'ouvrir violemment et un bruit de pas précipités dans le bureau de son secrétaire. Un colonel – l'officier de service – et un commandant, son adjoint, apparurent sur le seuil, tous deux hors d'haleine. Thomas pressa une nouvelle fois le bouton « Pause ».

« Descendez au bunker », ordonna Thomas aux deux hommes d'une voix neutre : ses préoccupations l'avaient déjà vidé de toute émotion. « FLASH PRIORITAIRE. Je déclare DEFCON 3 pour toutes nos forces à travers le monde. »

« Andrew ? » fit Razov. Thomas jeta un coup d'œil à la console : son doigt était toujours appuyé sur le bouton « Pause ». Quand il releva les yeux, l'officier de service était planté devant lui, au garde-à-vous. « Contactez le contrôleur principal de service à l'Air Combat Command à Omaha. Qu'il donne l'ordre aux équipages de bombardiers et d'avions ravitailleurs de regagner leurs appareils d'urgence et de mettre leurs moteurs en marche. Appelez ensuite le commandant en chef de l'ACC pour qu'il expédie les bombardiers à leurs points de contrôle positif. »

« Andrew ? » dit Razov.

« Sur quelle base de cible, mon général ? » demanda l'officier de service.

Thomas sentit un frisson glacé le parcourir. Puis il prononça les mots : « Strategic War Plan. La Russie. »

Les deux officiers avaient l'air stupéfaits et Thomas

continua précipitamment : « Je veux un décollage protecteur de tous les commandements depuis leurs PC en vol. Je veux aussi que tous les contrôleurs de bases aériennes fassent prendre l'air à autant d'appareils qu'ils peuvent. Que la marine expédie les ravitailleurs à leurs points de tir... qu'elle les expédie tous. Qu'ils prennent tous la mer. »

Il s'efforçait de garder son calme devant les officiers, mais il sentait son cœur battre à tout rompre. « Je donne l'ordre d'alerte suivant. État d'attaque Bravo. Je répète, dit-il plus lentement en articulant chaque mot et en regardant les deux hommes droit dans les yeux : Conditions d'attaque Bravo. » Les officiers échangèrent un coup d'œil et firent demi-tour pour se précipiter vers la porte. « Et faites déployer l'aviation anti-sous-marine le long des côtes. Je veux que l'on ait constamment des solutions de tir sur les ravitailleurs russes ! » *D'où diable vient l'appel ?* se demandait Thomas. Il avala sa salive pour humecter sa gorge desséchée puis regarda sa montre. Il retira son doigt du bouton « Pause ».

« Youri ?

– Il faut que j'y aille, dit brusquement Razov.

– Attendez ! fit Thomas. Il se creusait la cervelle, cherchant un moyen de le retenir. Vous avez dit quelque chose à propos... Vous m'avez traité de Cassandre. » Deux hommes de Military Police armés des M-16 apparurent sur le seuil et Thomas de nouveau poussa le bouton « Pause ».

« Voyez avec mon secrétaire si on a repéré l'appel ! »

Un des hommes disparut tandis que Thomas rétablissait la communication. « Vous êtes toujours là ?

– Oui.

– Vous souvenez-vous de la dernière fois où nous avons discuté de ce plan, Youri ? Un plan d'attaque nucléaire contre les Chinois ? Razov ne répondit pas mais Thomas savait qu'il s'en souvenait. C'était pendant la dernière guerre. Tout allait très mal. C'était juste avant votre contre-offensive et vous pensiez que tout était perdu.

– Cette fois-là aussi, Andrew, vous étiez trop prudent.

– Je rentrais de Vladivostock où j'étais allé inspecter nos équipes de ravitaillement. De retour à votre poste de commandement, vous et moi avons discuté de l'emploi d'armes nucléaires pour arrêter les Chinois et vous m'avez traité de Cassandre quand je vous ai mis en garde contre les risques d'une telle offensive. Vous rappelez-vous ce que vous m'avez dit : vous avez cité quelqu'un. »

Son secrétaire entra précipitamment, un papier à la main.

« Celano, dit Razov. J'ai dit que vous me rappeliez quelque chose que j'avais lu autrefois, une phrase de Tomaso di Celano. »

Thomas lut le message que venait de lui remettre son secrétaire. « Satellite ETS-V géosynchrone de la Nippon Telephone & Telegraph. Relayé de Khabarovsk, Russie. »

Thomas se leva, enfila la veste que lui présentait son secrétaire, puis prit le téléphone portable protégé qu'il lui tendait. Son secrétaire murmura : « Les conférences sont réunies, mon général. »

Dans son esprit, défilaient maintenant des douzaines de mesures à prendre : il ne pensait plus qu'à tous les ordres qu'il fallait lancer d'urgence. Il fut surpris d'entendre dans le combiné la voix de basse de Razov.

« Jour de colère ! Ô jour de deuil ! Vois s'accomplir l'avertissement du prophète, le ciel et la terre réduits en cendres ! » Dans le bureau de Thomas, les soldats fixaient le haut-parleur du téléphone dans un silence pétrifié. « Adieu, Androusha. Adieu. » Le voyant rouge s'éteignit et Thomas se précipita vers la porte.

Chez Jean-Louis, Washington
11 juin, 4 h 30 GMT (23 h 30 locale)

« Greg ! » dit Jane Lambert en voyant son mari s'approcher de la table. Elle se dressa sur la pointe des pieds et l'obligea à baisser la tête en lui posant une main fraîche sur la nuque. Il l'embrassa puis se tourna vers l'autre couple déjà installé.

« Je ne pensais pas que le Président laisserait son conseiller à la Sécurité nationale sortir dîner avec des amis un soir pareil », dit Pavel Filipov. Il serra chaleureusement la main de Greg et désigna de la tête le téléviseur posé au-dessus du bar : le match de base-ball sur la côte Ouest ne s'était pas encore interrompu pour laisser la place au discours du Président. Greg embrassa sur la joue Irina, la femme de Pavel, puis s'assit.

« Oh, je ne peux pas rester longtemps, dit Greg en étreignant la main de Jane sous la table.

– J'imagine que notre partie de tennis de demain ne tient pas ? » demanda Pavel.

Greg se mit à rire tout en mordant dans une bouchée de pain. « Oh ! non, dit-il, la bouche pleine. Dommage, d'ailleurs. J'avais hâte de voir le nouveau service que tu as mis au point en secret.

– La balle vient s'aplatir dans ton coin de revers, précisa Pavel en buvant une gorgée de vin.

– Continue à le perfectionner, ça ne m'empêchera pas de te coller une dérouillée la prochaine fois. »

Pavel se gratta la paupière, d'un geste qu'il avait appris de Greg.

« G-r-r-r, dit Jane en prenant un air farouche avant d'éclater de rire. Irina, c'est ce qu'on appelle un macho, dit-elle en fléchissant ses bras minces pour faire ressortir les muscles. Greg ne s'est pas encore remis d'avoir été une vedette du basket au collège, et Pavel ne me semble guère mieux.

– Oh, fit Irina en secouant la tête. Les hommes sont tous les mêmes. » Greg leva les yeux au ciel, tandis que Jane et Irina entreprenaient d'évoquer les épisodes les plus humiliants du passé de leurs maris respectifs.

Pavel porta sa serviette à ses lèvres. Greg revit la phalange qui lui manquait au doigt. *Une gelure*, se rappela-t-il comme à chaque fois qu'il le voyait. *L'index.* Au cours de la dernière guerre sino-russe, la compagnie de fusiliers de Pavel s'était trouvée à court de carburant au flanc d'une colline et avait dû creuser des tranchées dans la neige, repoussant trois jours durant une vague après l'autre d'infanterie chinoise. Le bout de son doigt posé sur la détente avait été gelé. *Le prix de l'Empire*, songea-t-il.

Greg avait étudié l'histoire militaire. Il avait des années d'expérience à la Defense Intelligence Agency. Il était une « star » dans son domaine : c'était lui, à trente-huit ans, le nouveau conseiller à la Sécurité nationale. Mais, comme il était un civil, il n'avait jamais eu l'expérience de la guerre. *La dernière guerre en Chine, c'était juste l'avant-dernier hiver*, se dit-il. La plupart des Américains n'en connaissaient pas grand-chose, car on avait peu de films vidéo, mais Greg l'avait étudiée à fond. Ç'avait été un de ses nombreux titres de gloire à la DIA : il avait réclamé la formation d'une équipe de crise bien avant le début des hostilités, quand l'attention de tous ses collègues se concentrait sur le Moyen-Orient et l'Afrique du Sud. « Il était inévitable, avait-il écrit, que la Chine, en pleine expansion – avec une économie qui croissait au rythme de 20 ou 30 % par an –, fût attirée au Nord par les ressources naturelles de la Sibérie, sur lesquelles la mainmise de la Russie, une puissance impériale européenne en plein déclin, était de plus en plus précaire. »

Lors du dernier conflit sino-russe, Pavel avait été rappelé de Washington. Mais cette fois-ci il était confortablement installé à l'ambassade russe de Washington comme attaché militaire. *Je me demande s'il regrette de ne pas être là-bas maintenant avec ses camarades ?* se dit Lambert. *Avec le général Razov ?*

« Alors, Greg a essayé de sortir la voiture de la boue avec ses mains nues. " Ça n'est jamais qu'une petite Fiat ", dit Jane en imitant la voix grave de son mari pour les régaler de cet épisode un peu enjolivé de leur lune de miel.

« Pendant une semaine il a pu à peine marcher. Nous avons trouvé une petite auberge dans un coin perdu en France. Je l'ai installé dans un lit avec plein de coussins et nous avons lu des livres. Il n'était bon à rien. Absolument inutilisable », ajouta-t-elle en se tournant vers Greg. Dans le silence qui suivit, Greg regarda Pavel. Celui-ci détourna les yeux vers le téléviseur accroché au-dessus du bar. « Qu'est-ce qu'il va dire ? »

Greg jeta un coup d'œil à l'écran. Le « Bulletin spécial » avait interrompu l'émission de CBS. « Pavel, est-ce que je peux... pouvons-nous parler ?

– Tiens, tu n'es pas venu ici pour voir ta femme disparue depuis si longtemps ? » dit Jane.

Pavel et Greg étaient amis intimes. Ce n'était pas la première fois qu'ils utilisaient cette amitié à des fins professionnelles. Mais toujours auparavant, ils se livraient à leurs jeux dans un esprit de coopération, comme il convenait à l'étrange alliance forgée par leurs deux pays pendant et après la première guerre de la Russie contre la Chine, où les États-Unis avaient fourni une assistance logistique substantielle. Greg posait toujours les questions auxquelles Pavel voulait bien répondre, ou vice versa. Et chacun faisait à ses supérieurs un rapport sur son « contact ». On appelait cela des communications « par voie détournée ». C'était par pure coïncidence que Greg s'était engagé dans cette voie, et il n'allait pas tarder à comprendre l'importance de ces lignes de communication. La situation était un peu tendue depuis le coup d'État militaire à Moscou au début du printemps : l'événement avait amené les États-Unis à se déployer en Europe de l'Est, ce qui avait scandalisé les nationalistes russes. Une fois la première agitation passée, Greg, sentant que Pavel préférait éviter ce sujet, s'était abstenu de poser des questions trop pointues.

« Bien sûr, dit Pavel. Vas-y. »

Greg regarda Jane et Irina qui étaient assises là, dans l'expectative. « Pavel, nous disposons de renseignements qui nous indiquent l'existence de contacts à un niveau élevé au cours de ces derniers jours entre les Nord-Coréens et votre ministère de la Défense à Moscou. » Pavel demeura impassible. « Tout échange de communications, poursuivit Greg, donnant sa source – des moyens techniques – dans l'espoir d'en obtenir davantage, pourrait paraître peu convenable au moment où des vies américaines sont en jeu. » Pavel s'éclaircit la voix et dit : « Comme tu le sais, Greg, nous entretenons des relations régulières avec la Corée du Nord en même temps que nous utilisons leur réseau routier dans le Nord pour assurer le ravitaillement de nos forces en Chine occupée. »

Rien, se dit Greg, soudain furieux. « Pavel, avez-vous été prévenus de l'imminence d'une attaque nord-coréenne ? Si c'était le cas, nous sommes en droit de demander – le Président ne manquera pas de compter dessus – une certaine assistance, en tout cas au niveau du renseignement. » Greg était agacé et, en parlant aussi franchement, il ne respectait pas les règles du jeu. Pavel se contenta de hausser les sourcils. « Allons, Pavel. Je n'ai pas le temps pour ces foutaises. Il me faut quelque chose. »

Filipov but encore une gorgée de vin, un sillon se creusant entre ses sourcils. « Greg, nous avons des problèmes dont tu n'as que vaguement connaissance. Il y a dans mon pays des gens – des gens comme le général Zorine – qui ne voient pas les choses comme toi et moi. Ils voient des troupes américaines en Europe de l'Est, dans la mer du Japon, et ils considèrent que cela fait partie d'une vaste conspiration occidentale : que c'est la continuation de " l'inimitié historique " qui existe entre nos deux pays.

– Ne va pas me raconter... » Greg s'arrêta au milieu de sa phrase. Il était trop fatigué ou trop impatient pour jouer le jeu et il avait failli commettre l'erreur de n'entendre que ce que Pavel avait dit et non pas les sous-entendus. *C'était donc Zorine qui parlait aux Nord-Coréens*, se dit Greg. *Ça se comprend. Ils sont de la même trempe*. Pavel but encore une gorgée de vin : le verre dissimulait sa bouche mais on lisait clairement dans ses yeux une lueur amusée. *Il adore ce jeu*, songea Greg pour la centième fois.

« Eh bien, dit Greg, j'espère pour l'intérêt de nos deux pays qu'on peut imposer à Zorine – à ces partisans de la ligne dure – une certaine retenue. » Pavel ne disait toujours rien et Greg commençait à perdre patience. « Alors... quoi ? Es-tu en train de me dire que Razov a si grand besoin des lignes de ravitaillement à travers la Corée du Nord que Zorine et lui ont accepté de permettre aux Nord-Coréens d'envahir le Sud à peine cinq mois avant la réunification ? Juste au moment où, sur l'insistance du Nord, nous avons achevé de retirer nos troupes ? Que ton ancien patron Razov est totalement de mèche avec Zorine dans cette affaire ? »

Filipov ne mordit pas à l'hameçon. Ce fut Irina qui lâcha la réponse. « Le général Razov déteste le général Zorine !

– Iricha, dit Pavel.

– Mais c'est vrai ! Le général Razov est un ami de l'Amérique. Dans la dernière guerre contre la Chine, nous n'aurions pas pu obtenir la victoire sans l'assistance de l'Amérique. Pavlik pourrait bien ne pas être ici ce soir si l'Amérique ne nous avait pas aidés. » Elle perdait contenance sous le regard insistant de Pavel : elle savait qu'elle n'aurait pas dû intervenir. Elle se contenta donc de baisser la tête en terminant ce qu'elle avait à dire. « Zorine passe son temps à manquer de retenue. »

Pavel se pencha en avant. « Bon. Je sais que tu as beaucoup à faire. Pour répondre à ta question à propos... Il regarda autour de lui et continua dans un murmure : À propos du général Zorine, tout ce que je peux dire, c'est qu'on est en train de prendre des mesures. » Il leva les mains comme pour dire : « Voilà ! »

« Est-ce que la STAVKA va le limoger ?

– Le haut commandement », murmura Irina à Jane qui hocha la tête. Puis les deux femmes se retournèrent pour écouter.

Une fois de plus, Pavel ne dit rien. « Bon sang, Pavel, ne me raconte pas qu'il pourrait y avoir des problèmes à Moscou. Il ne nous manquerait plus que ça maintenant – et à vous aussi, d'ailleurs, étant donné la façon dont les choses se passent en Chine. » Tous les regards étaient tournés vers Pavel, Greg attendait en silence sa réponse.

Un petit bip sortit du téléphone portable de Greg dans la poche de sa veste. Il prit l'appareil. « Lambert.

– Ici le standard de la Maison-Blanche, M. Lambert, dit l'opératrice. Ne quittez pas, je vous prie. » Tout le monde avait les yeux fixés sur Greg qui écoutait le léger bourdonnement et un petit déclic dans l'appareil. La voix de femme, neutre et électronique du système d'identification dit : « Veuillez répéter " astrologue ".

– Astrologue. »

Le serveur surgit derrière Pavel. « Colonel Filipov ? Téléphone, monsieur. »

« Précocité », dit l'ordinateur car le premier essai n'avait pas marché. « Précocité », dit Lambert en prononçant le mot avec soin. « Identification vocale satisfaisante », dit l'ordinateur. Il y eut un déclic. Greg regarda Pavel s'excuser et se lever. « Je vous passe le major Rogers », dit la standardiste de la Maison-Blanche. *Ce bon vieux Rogers*, se dit Lambert : il était habitué aux appels tardifs des paranoïaques de service à propos d'invasions iraniennes en Arabie saoudite ou de conflits nucléaires entre l'Inde et le Pakistan.

« M. Lambert ?

– Qu'y a-t-il, Larry ?

– Monsieur, nous sommes parvenus au stade DEFCON 3, pour l'ensemble de nos forces. Le FEMA met en œuvre le plan d'évacuation d'urgence d'interarmes. Vous avez une carte JEEP-1, monsieur. Votre point de départ est la Maison-Blanche. Vous feriez mieux de vous mettre en route. »

Greg n'entendait plus la rumeur des conversations ni le faible bruit de fond venant des cuisines. « Qu'est-ce qui se passe ? » demanda-t-il. Son être tout entier se concentrait sur le faible sifflement de son téléphone.

« Conditions d'Attaque Bravo, monsieur. » Greg entendit les mots, mais le frisson qui lui parcourut la nuque et l'afflux de pensées désordonnées l'empêchèrent de comprendre tout de suite. « Le général Thomas a convoqué une conférence Menace de missiles, c'est tout ce que je sais. »

Greg contempla les dîneurs attardés. La scène avait pris soudain un aspect surréaliste. Des couples étaient penchés sur les tables, mains jointes et visages tout proches. Au bar, une foule d'aides serveurs en tabliers attendaient de voir le Président apparaître à la télévision pour son allocution.

« Qu'est-ce qui se passe, mon chou ? demanda Jane en lui lançant un regard inquiet.

– J'arrive », murmura Greg. Il remit le téléphone dans sa poche au moment où Pavel les rejoignait. Au lieu de se rasseoir, Pavel se pencha pour chuchoter quelque chose à l'oreille d'Irina. Greg vit les lèvres de Pavel former le mot « Moskva ». Irina fronça les sourcils. *L'accusatif du mot russe « Moskva »*, traduisit dans sa tête Greg, *ce qui signifie « aller à Moscou »*. « Jane est-ce que je peux... te parler une seconde ? » Elle se leva et suivit Greg vers le bar. Pavel et Irina les regardaient : Greg leur tourna le dos. Pavel avait fait ses premières armes non pas dans l'armée, mais au KGB.

« Mon chou. Greg, que... ?

– Je veux que tu prennes la voiture et que tu partes pour Leesburg. Mieux : appelle tes parents et dis-leur que tu vas les retrouver à la résidence de Snowshoe.

– Quoi ? Pourquoi ? dit-elle avec un rire nerveux. Qu'est-ce qui se passe ?

– Je ne sais pas, dit-il. Les pensées se bousculaient dans son esprit. *La Corée du Nord ? Zorine ? La guerre sino-russe ? D'autres choses ?* On évacue le gouvernement, Jane.

– On fait quoi ? » dit-elle, le souffle coupé.

Il l'attira contre lui et la prit dans ses bras en la serrant très fort. « Oh, mon Dieu, ma chérie. Il y a... il y a tant de choses que je voudrais dire mais... Il faut que j'y aille. Nous n'avons pas beaucoup de temps. Tu comprends ? »

Jane était blême. Elle leva les yeux vers lui et secoua la tête. « Non. non. Je ne comprends absolument pas ! »

Greg devait partir. Le chronomètre s'était déclenché et le délai était bien court. « Quitte la ville. Ne t'arrête pas pour prendre des vêtements, des provisions ni rien. As-tu de l'essence dans la voiture ? » Elle le dévisageait sans rien dire. « Jane », dit Greg en la prenant par les épaules. Aussitôt elle se blottit contre lui. Il la serra dans ses bras et dit doucement : « Jane, il y a de l'essence dans la Saab ? » Ses doux cheveux blonds lui chatouillaient le nez tandis qu'elle hochait la tête. Il enfonça son visage à travers les boucles pour poser un baiser sur son front. « Il faut que je parte, dit Greg. Il dut se dégager avec douceur. Je t'aime », dit-il en regardant dans ses beaux yeux bleus avant de tourner les talons pour s'en aller. Il lança un adieu précipité à Irina et à Pavel et sortit du restaurant. Son chauffeur arriva aussitôt. « À la Maison-Blanche, dit Greg en claquant la portière. Mettez le gyrophare. »

Sans poser de question, le chauffeur plaqua sur le toit la petite bulle rouge maintenue en place par son aimant. Puis il emballa le moteur. La voiture démarra dans un rugissement, projetant en arrière la tête de Greg et le faisant rebondir sur la banquette : ils dévalèrent dans la rue juste au moment où il cherchait à tâtons les touches de son téléphone protégé portable.

La sirène hurlant sous le capot, Greg se retourna et vit Pavel se diriger en courant vers le parking. Jane et Irina étaient plantées devant la porte du restaurant. Il vit Jane lui faire des gestes d'adieu et, au bout d'un moment, il trouva la touche d'appel automatique pour la Maison-Blanche.

Los Angeles, Californie
11 juin, 4 h 40 GMT (20 h 40 locale)

« Je ne vois aucune raison pour les États-Unis de s'engager dans le conflit », déclarait l'analyste dans le bulletin spécial de CNN. Melissa Chandler était assise sur le canapé du living-room, écoutant d'une oreille la télévision et de l'autre guettant les pas de David au premier étage. L'expert militaire de la chaîne semblait embarrassé : « Les Nord-Coréens ont avancé trop loin dans des délais trop courts. Je crois malheureusement que nous allons devoir assister à ce conflit dans nos fauteuils en espérant que l'armée sud-coréenne pourra retourner toute seule la situation, peut-être avec l'appui aérien des États-Unis. »

Melissa avait mal à l'estomac. Son dos commençait à se figer. Elle était assise suivant un angle bizarre imposé par son ventre gonflé. Elle se redressa contre le coussin pour soulager sa douleur dans le dos, mais la pression de sa matrice sur sa vessie lui donna de nouveau envie d'aller aux toilettes. Ses problèmes de digestion lui donnèrent de nouvelles crampes dans le ventre. *Les joies de la grossesse,* songea-t-elle, en frictionnant le haut de son abdomen tendu.

« Qu'est-ce que tous ces mouvements de troupe dont nous entendons parler depuis ces dernières heures ? demanda le présentateur. Il consulta ses notes. Un groupe de porte-avions de combat qui appareille de San Diego avec des équipages incomplets. Un corps expéditionnaire de Marines qui s'entraîne dans la mer du Japon. Deux divisions de la garde nationale sur le pied de guerre. Une division de l'armée régulière déployée en Allemagne. Des chasseurs qu'on a vus décoller de la base de Yokota au Japon. Et cætera, et cætera. »

Elle entendit David qui parcourait rapidement le plancher de la chambre.

« Excusez-moi, interrompit le présentateur : Nous rejoignons Bob Samuels à la Maison-Blanche. »

L'écran montrait maintenant un reporter debout devant le rideau bleu familier d'une autre partie de la salle de conférence. « Je peux vous révéler qu'on nous a demandé de nous réunir ici pour une déclaration importante du Président. »

Au fond de la salle, une porte sur le côté de l'estrade s'ouvrit et le Président entra, suivi de plusieurs militaires.

Le journaliste poursuivit d'une voix précipitée... « Je peux aussi vous parler des bruits qui courent – non confirmés – d'après lesquels les appareils de l'Air Force ont, depuis une heure, entamé des opérations de combat contre les envahisseurs nord-coréens. Cela contredit l'information précédente d'après laquelle l'utilisation d'appareils américains était exclusivement réservée aux transports de matériel essentiel aux Sud-Coréens. On m'a dit aussi que les choses n'allaient pas trop bien pour le Sud...

– Mesdames et messieurs, lança une voix forte à l'arrière-plan, le président des États-Unis. »

« David ! cria Melissa. Ça commence ! » Un élancement lui traversa de nouveau le dos et elle changea de position.

« Écoutons maintenant le Président », chuchota le journaliste tandis que Melissa entendait David traverser la pièce en courant au-dessus de sa tête.

Le président Livingston chaussa ses lunettes, tira plusieurs fiches de la poche de sa veste et y jeta un coup d'œil avant de se tourner vers la caméra. « Mes chers compatriotes, je viens vous apporter ce soir des nouvelles extrêmement graves. De bonne heure hier matin, heure de Washington, des éléments de l'armée nord-coréenne ont franchi la zone démilitarisée, pour pénétrer en Corée du Sud afin d'envahir ce pays ami. L'attaque a eu lieu sans avertissement, sans provocation. Permettez-moi de profiter de cette occasion pour déclarer – de façon catégorique – que nous n'avons rien contre le peuple de Corée du Nord, réduit en esclavage par la politique brutale de son gouvernement. Que nous restons ouverts à toute discussion avec les Nord-Coréens pour mettre un terme aux hostilités et revenir aux frontières d'avant l'invasion. Toutefois nos efforts répétés pour rencontrer les dirigeants nord-coréens ont tous échoué et aucune nouvelle tentative n'est actuellement en cours pour y parvenir. »

Zoom de la caméra sur un gros plan du Président qui fixait l'objectif. Du coin de l'œil, Melissa aperçut David, torse nu, qui arrivait du couloir, ses vêtements sur le bras. « La position de notre pays – et de tous les chefs d'État avec lesquels je me suis entretenu – notre position est tout à fait claire. Nous ne tolérerons pas l'invasion de la Corée du Sud : les troupes nord-coréennes doivent opérer un repli immédiat et sans condition. »

Un homme en complet gris foncé apparut auprès de l'estrade et son arrivée vint distraire le Président, brisant l'atmosphère dramatique. Le Président fit un pas en arrière pour lire le message qu'on lui tendait.

Melissa leva les yeux vers David. Il avait déjà l'air différent, songea Melissa. Pas plus grand – il mesurait

1,82 mètre – pas en meilleure forme. Elle regarda sa poitrine nue. À trente-trois ans, il était encore mince, mais pas maigre comme lorsqu'ils s'étaient rencontrés. En bonne forme malgré les années passées assis derrière un bureau à exercer son métier d'avocat. C'étaient ses cheveux bruns, qu'il avait fait couper courts, une coupe très militaire, pendant le déjeuner après avoir écouté les informations du matin.

« Que diable se passe-t-il ? » demanda David de derrière le canapé tandis que cette interruption sans précédent provoquait des conversations étouffées parmi les journalistes qui se pressaient dans la salle. Melissa releva la tête pour regarder son mari. Il venait de courir et ses épaules luisaient encore de transpiration malgré la douche.

Le Président regagna l'estrade. Il s'éclaircit la voix, le visage barré de plis soucieux. Il baissa ses yeux vers ses notes, consulta plusieurs fiches, puis dit simplement : « Quand le moment sera venu, je pourrai... je pourrai vous donner d'autres informations. Mais pour l'instant je donne la parole à... au général Halcomb que voici. »

David contourna le canapé et posa un pied sur le bras rembourré : sa jambe était recouverte des taches noires, brunes et vertes du pantalon de camouflage que Melissa n'avait pas vu depuis des années. David ne remarqua pas qu'elle l'observait pendant qu'il laçait ses bottes noires, il avait le regard collé à l'écran. Le Président quitta l'estrade. Il remit ses lunettes dans sa poche et suivit les hommes qui l'avaient interrompu jusqu'à la porte de la salle de la conférence, tandis que des questions jaillissaient de toute part.

« Monsieur le Président... Monsieur le Président... est-ce qu'en ce moment même les forces américaines ont entamé le combat ? » « Monsieur le Président, était-ce une erreur de retirer les troupes américaines stationnées là-bas avant la réunification ? » « Est-ce que la guerre qui oppose les Russes aux Chinois a quelque chose à voir avec l'invasion nord-coréenne ? »

La porte se referma derrière le Président. Le général Halcomb monta sur l'estrade et leva la main pour réclamer le silence.

« Je n'ai pas d'autres annonces à faire que les suivantes, dit le général, une fois le calme revenu. Toutes les permissions du personnel militaire des États-Unis sont à dater de cet instant annulées. Tous les membres de la 1re division d'infanterie mécanisée vont se présenter à Fort Riley, Kansas – immédiatement. Tous les membres de la 2e division d'infanterie, à Fort Ord, Californie. Il leva les yeux du carnet qu'il était en train de lire. Sauf avis contraire de ma part, tous ces ordres signifient exécution immédiate, par le moyen de transport le plus rapide possible. Son regard revint à son carnet. 4e division d'infanterie mécanisée : Fort Carson, Colorado. 10e division d'artillerie légère de montagne : Fort Drum, New York. 24e division d'infanterie mécanisée : Fort Stewart, Géorgie. 28e division d'infanterie mécanisée (garde nationale) : centres de la garde nationale en Pennsylvanie. 29e division d'infanterie (garde nationale) : centres de la garde nationale en Virginie. 35e division d'infanterie (garde nationale) : centres de la garde nationale au Kansas. 38e division d'infanterie (garde nationale). Au centre de réserve de l'Indiana. »

L'énumération continua pendant trente minutes mais au bout de dix, David était parti.

Ministère de la défense russe, Moscou
11 juin, 4 h 45 GMT (6 h 45 locale)

« C'est une mobilisation générale », dit le colonel. Assis devant l'écran de télévision avec ses écouteurs, il avait depuis longtemps cessé la traduction mot pour mot de l'allocution du Président et de l'appel des unités qui l'avait suivie.

Le maréchal Gribachov reposa le combiné de son téléphone sur son socle. Les autres maréchaux de la STAVKA – le haut commandement suprême des forces russes – détournèrent leurs regards du téléviseur vers le haut de la longue table. « Nous venons de recevoir nos ordres de contrôle nucléaire. Le général Razov signale qu'on a retiré les verrous d'armement de vingt-cinq missiles intercontinentaux – dix-neuf pour le premier tir et les autres en réserve. Leur statut indique " Prêt " ou " Lancement à l'heure prévue ". Il regarda les hommes assis devant lui. Je lui ai donné pleine autorité pour la mise à feu.

– Et les Américains ? demanda le commandant de la

RVSN – les forces de missiles stratégiques russes. Il regardait l'écran de télévision.

– Razov a appelé le général Thomas. Les Américains ont été alertés.

– Vous avez vu la façon dont on a interrompu le président Livingston au milieu de son discours ? demanda le commandant de la Direction stratégique occidentale. Ça me rend nerveux. Les Chinois regardent CNN aussi, vous savez.

– Et alors ? riposta le commandant de la RVSN. On a interrompu le Président pour des problèmes urgents liés à la guerre de Corée dans laquelle ils vont intervenir – s'ils ont bien l'intention de s'engager dans le combat.

– Ils vont le faire, dit le maréchal Gribachov à un bout de la table. Il était à la tête du haut commandement suprême. Nous rappelons à Moscou le personnel de nos ambassades pour leur donner des directives sur la justification de l'emploi d'armes nucléaires contre les Chinois. Ils pourront ainsi regagner leurs postes et commencer immédiatement une campagne de relations publiques. Quand l'officier de service a appelé notre attaché militaire à Washington, celui-ci venait d'obtenir du conseiller du Président pour la Sécurité nationale la promesse d'une zone d'exclusion aérienne le long de notre réseau routier à l'extrême nord de la Corée. Les Américains vont certainement s'engager dans la guerre de Corée.

– Et maintenant, demanda le commandant de la Direction stratégique occidentale, la mise à feu des missiles va se faire automatiquement ?

– C'est juste une question de temps, répondit Gribachov.

– Dieu ait pitié de nos âmes », dit le vieux maréchal responsable des arsenaux.

On frappa à la porte. Un aide de camp entra. La lourde porte se referma derrière lui avec le bruyant déclic de son verrou. « C'est le général Zorine, monsieur le Maréchal, dit-il à Gribachov. Il vient d'arriver en réponse à votre convocation.

– Oh ! », dit le vieux maréchal avec un soupir. Il se tourna pour promener sur l'assemblée un regard interrogateur. Comme personne ne protestait, il dit : « Nous en avons terminé. Faites-le entrer. »

Les maréchaux s'empressèrent de rassembler et de

dissimuler les documents étalés sur la table et tous les détails du plan de lancement ultra-secret : la porte s'ouvrit pour livrer passage au général Zorine, non pas seul comme l'aurait exigé le secret entourant l'opération mais entouré de ses aides de camp. Ils étaient comme toujours si nombreux que plusieurs des vieux soldats échangèrent des regards. L'un d'eux se pencha pour murmurer à son voisin : « On dirait un champion de boxe américain. »

Zorine contempla les gros hommes affalés dans leurs fauteuils capitonnés autour de la table en bois de rose pendant que les aides de camp commençaient à fixer sur le mur derrière lui des cartes et des tableaux.

« Je croyais que c'était nous qui vous avions convoqué, général Zorine, dit sèchement le maréchal Gribachov.

– Je suis venu pour vous parler de la survie de notre nation, dit Zorine d'une voix rauque. Son regard parcourut lentement la longue table de conférence pour examiner à son tour chacun des hommes présents. Le moment est venu de prendre des mesures. » Il était agacé par le froissement de papier des cartes qu'on dépliait derrière lui : cela ôtait, estimait-il, un peu de l'élément dramatique du moment.

« Puis-je me permettre de vous demander quelles mesures ? » dit Gribachov en se carrant dans son fauteuil, l'œil pétillant.

Zorine se tourna vers les cartes que ses officiers étaient occupés à épingler sur les panneaux de liège de la salle de conférence. En s'approchant de la plus grande, Zorine tira de la poche de sa tunique une baguette télescopique en argent et d'un claquement sec la déploya sur toute sa longueur. Il attendit avec impatience qu'un de ses adjoints eût planté les dernières punaises sur les bords d'un tableau accroché au mur et se fût écarté. Zorine pointa sa baguette droit sur la Pologne, désignant les rectangles bleus portant des numéros d'unités tracés sur le papier.

Il se tourna vers les maréchaux. Il releva sa baguette, l'abattit de nouveau violemment, un peu plus loin.

Le commandant de la flotte de la mer Noire s'éclaircit la gorge et dit : « S'agit-il de vos plans de vacances ou bien la Suisse a-t-elle d'une façon quelconque attenté à notre orgueil national ? » Plusieurs des maréchaux éclatèrent de rire. Le regard de Zorine revint à la carte pour déplacer la baguette à sa position prévue : sur la République Slovaque, vers les autres rectangles bleus dessinés là.

« Non, amiral, répondit Zorine. Mais, comme des milliers d'autres patriotes, je suis scandalisé par la réaction – ou plutôt le manque de réaction – de ce gouvernement devant ces déploiements de troupes américaines ! » Devant cet acte de flagrante insubordination, Zorine vit l'air amusé disparaître du visage de ces hommes. « Ils ont placé des troupes jusqu'aux frontières de notre pays ! Deux divisions, plus un corps d'armée de soutien et quatre escadres aériennes de chasseurs tactiques ! Plus de soixante mille hommes ! »

Au bout de la table, le vieux maréchal Gribachov prit une profonde et bruyante inspiration. « J'imagine que par " nos " frontières, vous voulez dire les frontières de l'Ukraine et de la Biélorussie – de la " Grande Russie ", comme vous l'avez si habilement dit dans une interview au *Times* de Londres. Gribachov secoua la tête et se pencha sur la table. Vous et nous savons ce qu'ils sont en train de faire. Les Polonais et les Slovaques ont pissé dans leur froc quand nous avons proclamé la loi martiale et que nous nous sommes redéployés en Biélorussie : sur le moment, cela a paru beaucoup vous amuser. Vous avez donné une réception au Métropole, si je ne me trompe pas ; cela aussi a été rapporté dans la presse occidentale. Votre photo figurait même sur la couverture de *Time* : on évoquait dans ce numéro un changement à la tête du gouvernement qui ne serait pas considéré comme une menace pour l'Ouest. Et comment s'appelait déjà l'encadré sur vous dans cet article ? " Les outsiders. " Je n'ai jamais compris ce que cela voulait dire », conclut Gribachov en se tournant vers le traducteur toujours accroupi près de la télévision.

Il y eut quelques rires autour de la table devant la dérision qu'on sentait dans la voix de Gribachov, qui savait pertinemment ce que le mot voulait dire. Là-dessus le vieux maréchal poursuivit : « Nous nous sommes donné beaucoup de mal pour rassurer l'Ouest. Mais vous faites des déclarations au magazine *L'Étoile rouge* qui vous donnent l'air d'être la réincarnation de Gengis Khan ! Et c'est vous qui considérez leur geste comme une provocation ? Les Américains ne veulent rien avoir à faire avec l'Europe de l'Est : c'est bien clair à en juger d'après leurs débats ridiculement publics sur la politique étrangère, mais l'Administration s'est trouvée prise au piège.

– C'est exactement ce qu'ils veulent vous faire croire ! cria Zorine. D'un ton théâtral, il rompit brusquement le silence. Vous ne voyez donc pas ce qui se passe ! » Il frappa du poing sur la table de conférence. Zorine renonça aux chiffres qu'il avait appris par cœur, aux projections d'ordinateur qui s'étalaient sur les tableaux, les graphiques derrière lui, pour se mettre à plaider du fond du cœur. Ce fut de mémoire qu'il débita à ces vieux soldats sa litanie d'indignation. « Nos frontières ont été ramenées à ce qu'elles étaient il y a trois cents ans ! Nous sommes tous restés ici, à vous écouter dénoncer la pitoyable faiblesse des bureaucrates du Kremlin qui n'ont rien fait tandis que le pays sombrait dans le désordre et qu'on marchandait avec les provinces rien que pour maintenir l'unité de la Russie.

– Nous avons fait quelque chose ! intervint le commandant en chef de la Direction stratégique ouest. Nous avons pris le pouvoir et flanqué ces salopards dehors à coups de pied dans le derrière.

– Là-dessus, nous-mêmes ne faisons rien ! » s'exclama Zorine. Il sentait l'émotion déferler en lui et ses yeux presque s'emplir de larmes. Il était épuisé par des semaines sans sommeil à préparer ce grand moment, et il devait faire un effort pour se maîtriser. « Ne vous rappelez-vous pas tous la nuit que nous avons passée dans cette même salle à écouter les rapports de viols et de meurtres dont ont été victimes des Russes – les familles de nos hommes, de nos officiers – tandis que nos troupes et nos compatriotes fuyaient l'Asie centrale au moment du Grand Retrait ? Et, quand les nôtres tiraient pour se défendre, que faisaient donc les " amis " de notre gouvernement à l'Ouest ? Ils décrétaient des sanctions ! cria Zorine. D'un côté, l'Ouest donne sans compter à notre peuple une aide alimentaire, des vêtements et sape sa volonté de travailler, et, de l'autre, on écrase sous les sanctions nos efforts pour être compétitifs ! Pendant ce temps, leurs hommes d'affaires grouillent sur la dépouille comme des hyènes, et achètent ce que nous possédons pour une fraction de ce que cela vaut ! Les dollars qu'ils versent pour l'or, les diamants, le pétrole et tout ce qu'ils prennent d'autre en Russie couvrent à peine les intérêts de l'argent qu'ils nous ont prêté pour leur acheter des marchandises! Tout retourne droit dans leurs poches! Ce que nous avons est à *eux* et ce qu'ils ont, *eux*, leur appartient! Vous ne comprenez donc pas ce qu'ils font? »

Ses aides de camp – des officiers de son âge et plus jeunes – buvaient ses paroles. Mais les vieux maréchaux restaient impassibles. Rien de ce qu'il disait ne faisait réagir les membres de la STAVKA, mais il poursuivait – le visage rouge et bien décidé à dire enfin ce qu'il avait à dire.

« Et les *Kazakhs*! Quand les Japonais ont commencé leurs tirs de fusées à Baïkonour – au cosmodrome, que *nous* avions bâti là-bas – est-ce qu'ils nous ont versé comme convenu notre part de bénéfices? Pas du tout! Voilà que nous leur devons tout d'un coup des " frais de purification de l'environnement "! » Zorine vit le commandant en chef de la Direction stratégique sud-ouest regarder en levant les yeux au ciel son homologue des forces de défense aérienne : la tirade de Zorine l'amusait. « Notre âme, s'écria Zorine, notre âme même est vendue à l'encan aux étrangers. *Aux étrangers!*

« Nos trésors nationaux : les antiquités tsaristes de l'Ermitage, le palais Orovjeynaya du Kremlin, les toiles des impressionnistes français au musée Pouchkine...

– Que nous avions prises à Hitler, ricana le commandant des troupes du génie, qui les avait rapportées de Paris! » Son commentaire humoristique le fit rire : le rire tourna en quinte de toux. Zorine attendit tout en regardant les grosses joues du vieil homme prendre une teinte cramoisie avant qu'il ne se mette à cracher bruyamment dans son mouchoir.

« C'est un plan en trois étapes, dit Zorine. Il se dirigea vers la première carte accrochée au mur et fit claquer le bout de sa baguette dans le pur style officier d'état-major. D'abord, nous redéployer en Ukraine, dans les pays Baltes et au Kazakhstan. » Les maréchaux protestèrent aussitôt tous en chœur.

« Je croyais que le premier objectif pourrait être " vaincre les Chinois "? dit le commandant de la Protivovzdushnaya Oborona Strany, ou " PVO-Stran " – la force de défense aérienne. Avez-vous un plan pour ça?

– Quoi? demanda Zorine d'un ton théâtral. Votre

merveilleux général Razov n'a pas pu régler ce petit incident ?

– Ce n'est pas un incident, c'est une guerre, dit Gribachov avec une irritation croissante. Et ce n'est pas la guerre du général Razov. C'est la guerre de la Russie. Notre guerre. Dans laquelle, permettez-moi de le préciser, dit-il en montrant les tableaux à Zorine, nous avons engagé la grande majorité des forces sur lesquelles vous comptez assurément pour la réalisation de votre petit plan napoléonien.

– Vous savez tous qu'il y a un moyen de terminer la guerre avec la Chine, dit froidement Zorine. Les plans circulent depuis les derniers combats, depuis que Razov est devenu " le héros du peuple " avec sa petite escarmouche hivernale ! Nous pourrions mettre une bonne fois pour toutes un terme à la guerre à condition d'avoir la volonté d'utiliser toutes les armes dont nous disposons. Nous pourrions en finir pour cent ans avec la menace que représente la Chine ! » cria-t-il, en frappant de nouveau du poing sur la table. Quelques-uns des vieux soldats échangèrent des regards. *Ils savent de quoi je parle*, songea Zorine, écœuré, *mais ils sont trop mous même pour faire couler du sang asiatique.*

Après un long silence, Zorine dit : « Deuxième étape : exiger le retrait immédiat de toutes les troupes américaines stationnées en Europe de l'Est.

– Mais pourquoi donc feraient-ils cela ? demanda un autre maréchal...

– Parce que *nous voulons* qu'ils le fassent, dit Zorine. Il se pencha sur la table de conférence en profitant d'une brèche entre deux maréchaux. Et parce qu'ils sont déployés sur un trop vaste territoire. À moins qu'ils n'aient l'intention de lancer dans la guerre de Corée leurs réservistes relativement mal préparés, dit Zorine en désignant du menton l'image de la salle de conférence de la Maison-Blanche sur l'écran de la télévision, ils vont bien être obligés de puiser dans leurs troupes avancées en Europe, n'est-ce pas ? »

Silence parmi les assistants. Le regard de Zorine finit par se poser sur le maréchal Gribachov dont les yeux étaient vrillés dans les siens. « Étiez-vous pour quelque chose dans la décision de Pak d'envahir la Corée du Sud ? »

Zorine sourit : il était ravi d'être passé du rôle d'officier d'état-major à celui d'acteur sur la scène mondiale. « Ça met bel et bien les Américains dans le pétrin, n'est-ce pas ?

– Et quand vous aurez repris Kazan, Dimitri le Terrible, déclara le commandant en chef de la Direction stratégique ouest en se moquant ouvertement de Zorine, comptez-vous faire bâtir votre propre monument commémoratif sur la place Rouge ou simplement la rebaptiser place Saint-Basile pour célébrer l'événement ? »

Les lazzis et les rires qui suivirent glacèrent Zorine jusqu'à l'os. Il se tourna vers Gribachov : le vieil homme secoua la tête d'un air déçu. Soudain la beauté et la grandeur de la salle lambrissée avec ses épais tapis d'Orient, ses tableaux de bataille et ses gigantesques samovars en or, tout cela lui parut une oasis au milieu du désespoir et de la pauvreté où tout le reste avait sombré. Et au centre de l'oasis se trouvaient ces douze vieillards, qui s'engraissaient encore des fruits de leur position : trop gros et trop vieux pour rien faire qui puisse contenir la vague du déclin.

« Vous avez tenté le sort, dit enfin Gribachov. D'abord avec les Américains et maintenant avec nous. Vous avez joué un jeu très risqué dont vous ne comprenez pas pleinement la portée et, ce faisant, vous avez mis en péril la nation même que vous vous efforciez de protéger. Quant au jeu que de toute évidence vous avez joué avec nous, général Zorine, il a aussi ses risques. Il décrocha le téléphone posé devant lui sur la table. Envoyez-moi le commandant Lubyanov », dit-il, sans attendre la « troisième étape » de Zorine. Il raccrocha le combiné, avec l'assurance que donnent des années de pouvoir presque suprême. Levant les yeux vers Zorine, il dit : « Vous êtes relevé de vos fonctions. Regagnez votre bureau et restez-y jusqu'à ce que nous vous convoquions. »

Le visage impassible, Zorine sortit à grands pas. Le dernier de ses aides de camp referma la porte : un bruyant déclic indiqua que le verrou s'était refermé. Tout maintenant était silencieux.

Le commandant Lubyanov – chef du service de sécurité de la STAVKA – entouré de quatre soldats en tenue de combat s'approcha de Zorine et de ses officiers silencieux.

Lubyanov et ses hommes s'arrêtèrent devant Zorine et, un instant, un doute fugitif traversa l'esprit de celui-ci. Lubyanov demanda : « Ils n'ont pas marché ? » Zorine se détendit. Bien sûr que ses plans allaient réussir. Il était passé maître dans l'art de les préparer. Il l'avait toujours été. Car c'étaient ses plans élaborés ici même, à Moscou, qui avaient servi à Razov lors des premiers incidents de frontière avec la Chine l'an dernier et qui avaient valu à Razov – de bien des années le cadet de Zorine – sa gloire et son avancement rapide. Razov avait improvisé, opérant de légères modifications quand la situation l'exigeait : mais c'étaient néanmoins les plans logistiques de Zorine qui lui avaient fait remporter ces premières victoires. C'était grâce à cela aussi que les combats faisaient rage aujourd'hui en territoire chinois et non pas russe.

« Chacun sait ce qu'il doit faire ? » demanda Zorine aux officiers rassemblés devant la salle de conférence.

Il observa avec soin les têtes qui acquiesçaient et tria dans son esprit les officiers loyaux des prudents qui ne manifestaient rien. Ils connaissaient tous le plan à suivre si les maréchaux repoussaient la proposition. Des contacts avaient déjà été pris : avec le commandant Lubyanov et son service de sécurité, avec les transmissions et d'autres. « Mais au fond, dit Zorine, ce pourrait être un mal pour un bien. Ça nous a forcé la main. »

La discussion n'alla pas plus loin. Pas un mot ne fut prononcé sur la moralité de leur action. Après tout, se dit Zorine, en jetant un dernier coup d'œil à la porte qui donnait sur la grande salle de conférence de la STAVKA, tous ces vieillards n'ont guère les mains propres. *D'autres en ont fait autant sur leurs ordres auparavant.*

Ils se dispersèrent et agirent rapidement. Quelques coups de fil. On alerta le commandant de la division Taman, dont les troupes étaient déjà montées à bord de leurs véhicules blindés dans les rues voisines. Un capitaine du service des transmissions.

Et, bien sûr, les spécialistes du matériel.

Pour sa part, le général Zorine prit contact avec deux officiers : un commandant et un capitaine du RVSN – les forces de missiles stratégiques russes. Ils étaient assis dans une petite pièce de l'état-major. L'un lisait l'édition en russe de *Die Zeitung*, l'autre, la tête appuyée sur sa main, essayait de faire un somme dans son fauteuil. Les deux « chyorny chemodanchiki » – les « petites valises noires » avec leurs livres de codes nucléaires et leurs appareils de communication – reposaient à leurs pieds.

– Commandant, je suis le général Zorine. On m'a demandé de vous donner l'ordre à tous les deux de me remettre vos appareils de communication.

Soudain en alerte, les deux hommes dévisagèrent Zorine.

– Je suis désolé, mon général, dit le commandant. Nous ne sommes autorisés à les remettre à personne d'autre qu'aux officiers qui doivent nous relever, quelle que soit la personne qui en donne l'ordre.

Zorine les dévisagea une seconde. Il hocha la tête et dit : « Vous avez parfaitement raison, commandant. »

Il tourna les talons pour s'en aller. Ce faisant, il plongea la main dans sa tunique et en tira son Makarov automatique avec silencieux. Quand Zorine se retourna, le commandant fouillait dans son étui à pistolet sous l'œil ahuri du capitaine. L'explosion étouffée et le recul de l'arme dans la main de Zorine le surprirent avant qu'il n'ait eu le temps de tirer.

Une grosse tache sombre apparut autour d'une déchirure à la poche de poitrine du commandant : il glissa à bas de son siège et s'affala sur le sol, les yeux grands ouverts. Sa chute fut freinée par ses jambes qui se replièrent sous lui.

Zorine se tourna vers le capitaine, bouche bée. Une nouvelle détonation. Une terrible éclaboussure rouge vint s'étaler sur le mur derrière le fauteuil capitonné du capitaine, son visage fracassé par la balle qui avait frappé juste à l'arête du nez. Zorine ramassa les deux serviettes noires et se dirigea vers la porte. S'arrêtant sur le seuil, il hésita. Il se força à se retourner pour regarder les deux premières personnes qu'il ait jamais tuées. Zorine fut curieux de constater à quel point ce spectacle l'affectait peu. Ni la tête ensanglantée du capitaine ni le regard vide du commandant n'avaient l'effet qu'il attendait. Pas l'impression d'avoir commis un acte répréhensible : rien que deux formes sans vie écroulées dans leurs fauteuils.

Il referma la porte, étonné – un peu déçu – par l'absence d'une émotion plus forte.

Les commandants du front d'Ukraine et de l'aviation à longue portée, agacés par les problèmes de communication, quittèrent la salle de conférence pour regagner leurs bureaux à l'étage au-dessus. En arrivant devant l'ascenseur du Saint des Saints où ils venaient de se réunir, ils aperçurent deux soldats qui semblaient nerveux. Les hommes étaient en tenue de combat au lieu de porter comme d'habitude l'uniforme de cérémonie de la STAVKA. Ils s'avancèrent devant les portes de l'ascenseur, pour en barrer l'accès.

« Laissez-moi passer ! » ordonna le commandant du front de l'Ukraine.

Un des soldats cria dans le couloir « Starchi-na-a-a » – il appelait le sergent-chef mais restait planté devant l'ascenseur. « Starchina-a-a ! » cria-t-il encore en jetant un coup d'œil inquiet vers le couloir.

Les vieux généraux s'immobilisèrent. Ils perçurent aussitôt le danger de la situation : la réaction des soldats devant leur présence, les bureaux généralement en pleine activité maintenant déserts, tout cela était si différent de ce dont ils avaient l'habitude. Les pas rapides qui s'approchaient les firent se retourner : ils virent se diriger vers eux le starchina, un sous-officier. « Si les généraux veulent bien regagner la salle de conférence, on m'a ordonné de vous informer qu'une importante communication vous attend là. »

Ils y retournèrent sous la menace des fusils : dans la salle, les visages pâlirent en voyant les généraux qui revenaient et les canons des fusils qu'on leur enfonçait dans le dos. Les deux hommes s'assirent et décrivirent brièvement ce qui s'était passé. Quelques-uns de leurs collègues, furieux, se dirigèrent à grands pas vers la porte, mais elle était maintenant fermée à clé de l'extérieur. On décrocha les téléphones : c'était le silence maintenant, le silence total.

Gribachov frappa du poing sur la table. « Comment avons-nous pu être aussi stupides ! » dit-il. Il secouait la tête, n'osant croire qu'il avait compté sur un coup de téléphone à la Sécurité pour assurer l'arrestation de Zorine. *Un petit détail négligé*, se dit-il. Le pouvoir, songea Grivachov. *J'ai fini par y être trop habitué...*

En quelques centièmes de seconde, le sous-sol insonorisé de la salle de conférence se vaporisa dans le premier éclair de chaleur jaillissant de 50 kilos de puissants explosifs disposés dans la pièce de stockage juste en dessous. La bombe n'avait guère perdu de sa force bien qu'elle eût attendu près de vingt ans sur l'étagère de ce réduit dans ce qui avait été le Komitet Gosudarstvennoy Bezopasnosty de l'Union soviétique : le KGB. Conçue pour être enterrée sous une poche d'air dans une rue pavée, la charge était moulée en forme d'arc et la détonation calculée pour diriger vers le haut sa force explosive.

Une fois le matériau isolant vaporisé, l'onde de choc toucha les câbles, les poutres, les parquets de teck et le tapis d'Orient de la salle de conférence avec l'énergie d'un train de marchandises à pleine vitesse. Le parquet se volatilisa en minuscules éclats et les poutres d'acier se tordirent le long des murs. En même temps que le tapis, les fauteuils et la table, la chair et les os fragiles des vieillards furent désintégrés par la violence de l'onde de choc, déchiquetés par les éclats de bois projetés par la pression, puis réduits en cendres par la chaleur de l'énergie que dégageait l'explosion.

La violence de l'explosion fut perçue par les pieds des vieilles babouchkas de l'équipe de nuit qui balayaient les rues dans ce quartier de Moscou. Elles attendirent autre chose. Il n'y eut rien de plus. Le poste de commandement souterrain était maintenant une tombe. Dans les espaces clos, les échos s'assourdirent rapidement pour être remplacés par les ténèbres et le silence plus habituels dans ces profondeurs souterraines.

Washington
11 juin, 4 h 45 GMT (23 h 45 locale)

La voiture de Lambert fonçait dans les rues sombres de la capitale. Grâce à la conférence téléphonique à trois, il écoutait le général Thomas faire son rapport au Président. En arrière-fond, il entendait dans l'appareil du Président l'alarme déclenchée par le central militaire de la Maison-Blanche.

« Je l'ai, dit le Président. On vient de me le remettre.

Manuel des procédures d'urgence de la Maison-Blanche. Je l'ai apporté avec moi. Maintenant, que va-t-il se passer ?

– Le E-4B sera prêt à la base d'Andrews, dit Thomas. Je vous retrouverai là-bas, monsieur le Président.

– Est-ce que les Chinois vont riposter à l'attaque des Russes ? » demanda le Président. Lambert se recroquevilla sur son siège. Son chauffeur avait à peine ralenti avant de griller le feu rouge à un carrefour. Il accélérait de nouveau.

« Non, monsieur le Président, répondit Thomas. On entendait en fond sonore le gémissement d'un hélicoptère dont la turbine démarrait. Le temps de préparation est trop long. Ils ont probablement mis de côté quelque part un certain nombre de têtes nucléaires tactiques, mais ils vont avoir du mal à leur faire franchir les défenses aériennes russes pour toucher autre chose que des cibles purement tactiques.

– Et DEFCON 3... qu'est-ce que ça implique exactement ? demanda le Président.

– Passer de l'état normal DEFCON 5 à DEFCON 3 déclenche un certain nombre de choses, dit Thomas. Il éleva la voix pour dominer le bruit du moteur, puis on claqua la porte de l'hélicoptère et le bruit de fond diminua. Dispersion de nos forces, états d'alerte plus élevés, etc., pour toutes les unités autres que celles actuellement engagées en Corée, qui sont déjà en condition numéro 1, et que les forces stratégiques de l'Air Combat Command, qui sont en condition 2. En ce qui concerne les armes nucléaires de plus courte portée – les missiles de croisière de la marine et les appareils A-6 et F/A-18 capables de transporter des charges nucléaires et basés sur porte-avions –, je vais les mettre en “ état d'alerte de combat ” ainsi que les missiles de croisière lancés du sol, les FB-111 et les F-16 basés en Europe. J'ai également donné l'ordre aux bombardiers de l'ACC en état d'alerte de réduire à douze secondes l'intervalle minimum entre deux décollages. Ils attendront, prêts à prendre l'air. En outre, des équipes de base d'accueil provisoires – chargées d'aménager des bases aériennes pour recevoir à leur retour de mission les bombardiers de l'ACC – ont été envoyées sur leurs positions dans des aéroports civils et sur diverses sections d'autoroutes ici et en Europe. Cela signifie aussi la capacité de combat d'urgence pour les missiles intercontinentaux et l'appareillage des sous-marins vers leurs postes de tir.

– Est-ce vraiment nécessaire de procéder à une évacuation comme celle-ci ?

– Monsieur le Président, nous prenons pour hypothèse des conditions d'attaque Bravo : mise en alerte suffisante pour évacuer des états-majors entiers. Si la situation se révélait être une condition Alpha, nous nous retrouverions avec des équipes extrêmement réduites dans toutes les branches de l'administration militaire et civile.

– Mais nous ne sommes même pas attaqués. Je ne vois même pas pourquoi...

– Avec DEFCON 3, monsieur le Président, l'évacuation est automatique, intervint Lambert. Cela ne s'est jamais passé auparavant, monsieur le Président, car nous n'avons jamais été confrontés à une situation comme celle-ci. Depuis leurs silos de Sibérie, les Russes vont lancer des missiles intercontinentaux – des fusées qu'on peut également braquer vers notre pays. Voilà des années qu'ils ont renoncé aux ordres enregistrés concernant une cible unique. Ces missiles ont maintenant emmagasiné comme cibles dans leurs banques de données des villes et des installations militaires en territoire américain. Nous n'aurons confirmation qu'ils visent bien la Chine que quand ces missiles auront consommé leur carburant du premier étage et mettront le cap vers le sud. Entre six et huit minutes après le lancement. Jusque-là, à part la parole du général Razov, nous n'avons aucun moyen de savoir qu'ils se dirigent bien vers la Chine. Nous devons jouer la sécurité. Si ces missiles intercontinentaux arrivent sur nous en une offensive coordonnée, les fusées lancées par les sous-marins russes dans l'Atlantique sur une trajectoire basse ne se trouveraient qu'à huit ou dix minutes de Washington. À cette idée, il sentait son estomac se serrer et, par la pensée, il poussait Jane à partir vite. Nous courons le risque d'une offensive totale, monsieur le Président.

– Attendez une minute, dit le Président. Y a-t-il aucune raison de supposer qu'il s'agisse d'une attaque surprise russe, bon sang ? Il avait un ton exaspéré. Manifestement il était en train de se mettre en colère.

– Monsieur le Président, répéta Lambert. Le problème dans un moment pareil est d'assurer la stabilité de l'exécutif. Le fait de vous faire prendre l'avion, monsieur le Président, nous donne du temps pour garder de l'avance sur les événements. Nous ne voulons pas d'erreurs.

– Merde, fit le Président. Le Département d'État appelle les gouvernements étrangers pour les mettre au courant de ce qui se passe et de ce que nous faisons. Je commence déjà à avoir des réactions. " Le chancelier Gerhardt – en attente, sur la deux... " dit-il lisant manifestement un mémo. " Le Premier ministre Barrrow. " Il faut que je prenne certains de ces appels. Qu'est-ce que je vais leur dire ? Qui évacuons-nous ?

– Nous appliquons le JEEP, le Joint Emergency Evacuation Plan, dit le général Thomas. Le plan interarmes d'évacuation d'urgence prévoit une évacuation immédiate par hélicoptères de l'armée et de l'Air Force, des personnalités se trouvant dans la ligne de succession présidentielle. Cette liste comporte aussi des chefs militaires et d'autres personnages indispensables pour assurer la continuité du gouvernement. Dans les quatre heures, d'autres hauts fonctionnaires auront été évacués pour assurer la continuité de l'opération.

– Alors comment diable allons-nous diriger le pays demain matin ? » demanda le Président.

Lambert chercha dans son portefeuille sa carte d'identité d'urgence d'employé fédéral. Il la trouva juste derrière sa carte de membre du Racquetball Club. On n'y voyait que son nom, sa photo, son groupe sanguin et l'inscription : « LA PERSONNE DONT LA PHOTO FIGURE SUR CETTE CARTE A DES FONCTIONS D'URGENCE ESSENTIELLES AU SEIN DU GOUVERNEMENT FÉDÉRAL. LES AUTORITÉS SONT PRIÉES D'ACCORDER PLEINE ASSISTANCE ET TOTALE LIBERTÉ DE MOUVEMENT AU DÉTENTEUR DE CETTE CARTE. » Lambert retourna la carte : au verso, en gros caractères, on pouvait lire « JEEP-1 ».

« Eh bien, monsieur le Président, reprit Thomas, d'ici deux heures, le service de transport aérien interarmes va commencer à évacuer les équipes de regroupement : des groupes réduits comprenant plusieurs douzaines de personnes appartenant à chaque ministère et chaque agence clés, répartis en trois équipes, chacune ayant une destination différente.

– Où tout ce monde s'en va-t-il ? demanda le président Livingston, tandis que Lambert apercevait les lumières de la Maison-Blanche : les pelouses brillamment éclairées par les projecteurs offraient un saisissant contraste avec les autres bâtiments où, en ce dimanche soir, presque aucune lumière ne brillait.

– Eh bien, les personnes évacuées par avion, répondit le général Thomas, vont se contenter de tourner en rond. Nous enverrons un E-4B dans l'hémisphère Sud au-dessus de l'Atlantique central : il aura à son bord le remplaçant éventuel du Président, mais le reste d'entre eux continuera à survoler le territoire des États-Unis. Tous les autres seront dirigés vers des sites de regroupement d'urgence dans le “ *rayon fédéral* ” – un rayon de 500 kilomètres autour de Washington – ou vers des centres de commandement de remplacement. Vous allez à “ Rotule ”, le Poste de commandement national d'urgence en vol. Le gouvernement civil se rend à Mount Weather ou bien au Centre de commandement militaire national de secours à Raven Rock Mountain... Pardonnez-moi, monsieur le Président, dit Thomas, mais j'ai un appel en provenance du commandement du Pacifique. Il vaudrait mieux que je voie de quoi il s'agit.

– Très bien, général Thomas. Rendez-vous à Andrews. Greg, vous êtes toujours là ?

– Oui, monsieur le Président, dit Lambert, tandis que sa voiture s'arrêtait devant l'entrée de la Maison-Blanche.

– Bon. Je m'en vais prendre les appels de Barrow et de Gerhardt. Appelez-moi le secrétaire Moore. Je vais passer sur cet appareil portable qu'on vient de me donner. Je me dirige vers la pelouse sud. J'en ai pour une seconde. Restez en ligne avec Moore. »

Au lieu d'appeler Jane sur son téléphone de voiture comme il avait espéré le faire, Lambert composa le numéro du standard de la Maison-Blanche. « Ici Greg Lambert. Passez-moi le secrétaire d'État.

– Un instant, monsieur », dit la standardiste d'un ton calme. Elle avait reconnu sa voix et ne perdait pas son temps avec le nouveau système d'identification vocale : il savait que les vieilles dames du standard avaient en horreur ce procédé. La voiture de Lambert s'arrêta dans l'allée juste à côté de la pelouse sud. À travers les buissons, il apercevait les agents de la Sécurité qui se déployaient en sortant du bâtiment.

« Greg ? » fit la voix du secrétaire d'État dans le haut-parleur. On entendait en fond sonore le rugissement d'un moteur.

« Bill, un instant, le Président veut vous parler.

– Quel boxon, hein, Greg ? dit le secrétaire. Lambert n'eut pas le temps de répondre. Ils entendirent :

– Bill ? Greg ? Vous êtes là ?

– Oui, monsieur le Président, fit Lambert. Nous sommes tous les deux en ligne. »

Les feux d'atterrissage de l'hélicoptère s'approchèrent de la pelouse à une vitesse étonnante. Ce n'était pas le Marine One vert foncé qui transportait en général le Président, mais un hélicoptère de l'Air Force.

« Bill, écoutez-moi. Je veux que vous appeliez les Chinois et que vous leur expliquiez ce qui va se passer.

– Mais, monsieur le Président... ! commença Lambert.

– Je refuse d'être en cause dans cette affaire ! » déclara le Président. En arrière-fond, on entendit la voix du directeur du cabinet militaire de la Maison-Blanche dire : " Monsieur le Président, Aigle Heli vient de se poser ".

« Écoutez, Greg, il s'agit d'un événement capital et je refuse de passer dans l'Histoire comme l'homme qui a tacitement cautionné l'utilisation par les Russes d'armes nucléaires en dissimulant cette information. Bill, appelez directement Beijing et prévenez-les... Tout de suite ! Quelle est votre destination ?

– Raven Rock Moutain, monsieur le Président, répondit le secrétaire d'État Moore.

– Appelez-les, répéta le président Livingston. Et puis, quand vous arriverez là-bas rendez-moi compte.

– Monsieur le Président ! » dit Greg. En sortant de voiture, il vit le Président et son épouse descendre les marches vers la pelouse sud. Les moteurs de l'hélicoptère faisaient un bruit assourdissant. « Monsieur le Président ! cria Lambert en se bouchant une oreille. Il se mit à traverser la pelouse en courant pour retrouver le Président à la porte de l'appareil. Nous ferions mieux de voir si... !

– Quoi ? entendit-il faiblement dans son téléphone. Je ne vous entends pas !

– Le secrétaire Moore ! » hurla Lambert tandis que la branche d'un buisson qu'il n'avait pas vue lui giflait le visage. « Le secrétaire Moore ! » cria de nouveau Lambert. En levant les yeux, il vit le Président à la porte de l'hélicoptère, son téléphone portable à la main et qui parlait avec le directeur du cabinet militaire de la Maison-Blanche.

Lambert se pencha sous les pales du rotor et s'engouffra par la porte de l'hélicoptère, se frayant un chemin entre des batteries de matériel électronique pour trouver le Président. Dans la foule des hommes d'équipage installés dans l'appareil, il vit les Livingston dépaysés, ficelés sur leurs sièges. L'attaché militaire de la Maison-Blanche – l'officier de l'Air Force portant la valise avec le code nucléaire qu'on appelait le « football » – fut la dernière personne à embarquer, et l'hélicoptère décolla avant même que l'équipage eût refermé la porte. Lambert boucla sa ceinture et, regardant par le petit hublot, constata qu'ils volaient à une altitude extrêmement basse. Il se pencha pour tenter d'apercevoir le Président au bout de l'étroit couloir au fond de l'appareil, mais un entassement de matériel lui bouchait la vue. Il envisagea même d'essayer d'appeler le Président sur son téléphone portable mais il savait que ce serait trop tard. Le secrétaire d'État Moore avait déjà contacté les Chinois.

Lambert prit une profonde inspiration et essaya de se détendre : il se carra sur son siège pour regarder les sites familiers défiler sous ses yeux. À la faveur d'un brusque virage au sud du Potomac, il aperçut les vieux bâtiments de l'université de Georgetown où il avait fait ses études : un instant, ils se découpèrent sur les lumières de la ville avant de disparaître, tandis que le pilote négociait un nouveau virage. *Il suit le fleuve*, se dit Lambert.

Il était enfermé dans son monde à lui : coupé des autres par les courroies qui le maintenaient à son siège et par le vacarme qui emplissait la cabine. Pour la première fois depuis des jours, il se trouva désœuvré. Son esprit vagabondait, et il se laissa aller au fil de ses pensées.

Jane. Il voyait des images d'elle flotter dans le noir sur le vague reflet du hublot comme des nénuphars dans un étang. Ils avaient maintenant tous les deux trente-huit ans, mais Jane n'avait pratiquement pas changé depuis l'époque où ils étaient à Georgetown. C'était le genre de couple qu'on s'arrachait dans le petit monde de Washington : lui, grand, blond, les yeux bleus – une étoile montante –, elle, menue, les cheveux châtains, réservée.

Ils s'étaient rencontrés en première année d'université. Il participait à une réunion avec ses nouveaux coéquipiers quand un certain nombre de filles étaient arrivées pour les épreuves de gymnastique. La fille la plus proche de lui au bout de la file était Jane. En dernière année, il lui avait demandé de l'épouser, mais elle avait refusé. Il avait été admis à la faculté de droit de Harvard et venait d'être engagé par l'équipe des Nets de New Jersey. Jane avait dit qu'elle ne pensait pas qu'il était prêt à prendre une aussi importante décision que le mariage au milieu de tant de projets en l'air. Il souriait à ce souvenir. À tout hasard, il avait supposé qu'elle bluffait. Elle voulait qu'il la supplie : ce qu'il fit. Ils se marièrent en juin.

Son stage d'été avant l'ouverture de la saison de basket avait été décourageant. Malgré quelques succès, Greg avait décliné l'invitation de rejoindre l'équipe à la rentrée. « Qu'est-ce que tu dirais si je m'engageais dans l'armée ? » avait-il demandé à Jane à bord de l'avion qui les ramenait dans le Maine après les vacances. Elle avait éclaté de rire. Elle ne se rendait pas compte qu'il était sérieux.

Quatre ans plus tard, à vingt-cinq ans, Greg était sorti diplômé de Harvard avec une licence en droit et une maîtrise en administration. Au cours de sa dernière année, il avait été contacté par la CIA sur la recommandation anonyme d'un professeur. Greg avait poliment décliné l'offre d'un poste aux « opérations » : c'est ainsi qu'on appelait le travail sur le terrain. Il avait toutefois demandé s'il n'y aurait pas une ouverture dans le renseignement. Quelques semaines plus tard, il avait reçu une lettre répondant à sa « demande d'information » à propos d'un poste à la DIA, la Defense Intelligence Agency, l'agence de renseignement de la Défense. Un service dont il n'avait même jamais entendu parler.

Ils étaient donc retournés à Washington. Ça fait treize ans, songea-t-il en s'étonnant de la rapidité avec laquelle le temps avait passé. Son premier poste à la DIA avait été mortellement ennuyeux. Des documents universitaires sur l'économie soviétique. Les seuls moments d'excitation dans son travail, il les avait trouvés dans ces rares voyages à « la Ferme », le centre d'entraînement de la CIA dans l'ouest de la Virginie. Il s'était inscrit aux rares cours qui semblaient avoir un côté excitant et dangereux.

Son succès à la DIA avait été rapide et inattendu. Ayant étudié le russe à l'école des Affaires étrangères de Georgetown, on lui avait confié d'assommantes compilations de données d'où il ressortait un affaiblissement inquiétant de l'économie soviétique. En conclusion de ses rapports, il avait toujours ajouté sa propre opinion, que personne ne lui demandait, sur l'état de l'Union soviétique. Sans s'en douter, il avait écrit la chronique de la disparition de l'URSS.

En 1991, la communauté du renseignement était encore mal remise de son incapacité à prévoir l'invasion du Koweït par l'Irak. On avait ressorti ses rapports du tiroir, et on l'avait félicité d'avoir prédit l'effondrement de l'Union soviétique avec des années d'avance. On avait cité des extraits de ses textes. La DIA l'avait envoyé témoigner devant la commission des Affaires étrangères du Sénat. Dans les cocktails, des gens « bien informés » paraphrasaient consciencieusement des « prédictions » qu'il était censé avoir faites. Il était bientôt devenu l'homme qui avait le premier « annoncé » le déclin et la chute de l'URSS. Ce fut son heure de gloire.

Deux mois après l'effondrement, une invitation gravée sur bristol était arrivée. Un dîner intime avec George et Barbara Bush. La conversation avait glissé sur le sujet des appels pour un « Dividende de Paix » qui commençaient à circuler. Le Président craignait que cela n'amène à des réductions du budget de la Défense, avec le risque de se réveiller un matin pour trouver à l'autre bout du « Téléphone rouge » les tenants de la ligne dure. Il cherchait une opinion – un avis.

Le vin avait mis Greg à l'aise et il avait librement exposé ses opinions. Jane n'avait cessé de lui donner des coups de pied sous la table mais il avait plongé dans un domaine – la stratégie militaire – où il n'avait aucune préparation. La Russie était en pleine descente aux enfers, avait-il déclaré. Ses militaires allaient souffrir comme tout le monde. « Ayez toujours un pas d'avance sur eux, monsieur le Président. Laissez-les s'effondrer plus vite que nous ne réduisons notre budget. Retardez un peu les réductions de crédit. Gardez l'avantage.

– Vous paraissez sûr de vous, Greg, avait dit Bush en remplissant le verre de Greg.

– Un “ Dividende de la Paix ” maintenant, c'est trop vite, trop tôt », avait-il dit. Il était ravi de l'attitude qu'il venait d'endosser. « J'irais doucement avec les réductions de budget. Que les Russes touchent d'abord le fond. » Jane lui avait décoché un si violent coup de pied que les verres d'eau sur la table avaient tremblé. Barbara Bush s'était mise à rire. Elle avait emmené Jane faire un tour de la Maison-Blanche pendant que Greg examinait dans le salon ovale les projets de réduction des forces armées du gouvernement.

Il avait dit ce qu'il fallait, et à partir de ce soir-là les choses étaient allées très vite. Il avait appris les problèmes militaires en travaillant dessus. L'Administration changeait, la bureaucratie avait oublié pourquoi il était une star : sa carrière progressait sans heurt.

Quand l'équipe de transition du président élu Livingston avait demandé une discussion sur la sécurité nationale, la DIA avait envoyé Lambert. Deux semaines plus tard, la mère de Jane avait téléphoné. Le nom et la photo de Greg figuraient dans le *U.S. News and World Report* sur une liste de candidats pour le poste de conseiller à la Sécurité nationale dans la nouvelle administration. Jane et lui s'étaient précipités sous la pluie pour en acheter un exemplaire. La revue – froissée et gonflée par la pluie – était toujours sur leur table de chevet. Jane avait refusé de la jeter. Elle ne jetait jamais rien : les penderies abritaient encore de vieux uniformes de majorette, des trophées de basket-ball et, bien sûr, sa robe de mariée.

« Tu sais qu'il faudra se débarrasser de tout ça quand nous aurons un bébé », avait-il dit lors de l'avant-dernier week-end. À en juger par le regard – souriant – qu'elle avait eu, il avait dit ce qu'il fallait. Il avait le don de dire ce qu'il fallait. Ils avaient commencé l'après-midi même à essayer d'avoir un bébé.

Greg ferma les yeux tandis que l'hélicoptère s'élevait et descendait au-dessus des routes de campagne noyées dans la nuit au-dessous d'eux. Jane roulait sur l'une d'elles. Il dit une prière silencieuse – en espérant que cette fois encore il disait ce qu'il fallait.

2.

Commandement de l'armée d'Extrême-Orient, Khabarovsk, Russie
11 juin, 4 h 50 GMT (14 h 50 locale)

« Oh, c'est bien de Zorine ! » La voix du général d'aviation Michine retentit, furieuse, dans le haut-parleur du téléphone du général Razov, dans la casemate enfouie sous les bâtiments de son quartier général. « Je reconnais là sa main et la division Taman – vos gens – a quitté ses casernements pour prendre position autour du Kremlin.

– C'est là que va Zorine ? demanda Razov. Au Kremlin ?

– Mais bien sûr ! cria Michine. Ce type croit à toutes ces foutaises messianiques de ligne dure. Et c'est lui le Messie !

– Je vais parler au commandant de la division Taman, dit Razov. Je le connais bien. Ces hommes que vos gens ont vus doivent appartenir à des unités rebelles.

– C'est possible, dit Michine. Que voulez-vous faire maintenant ? Voulez-vous envisager de retarder votre attaque ?

– C'est absolument impossible ! dit Razov. Les armes stratégiques sont toutes en lancement automatique à l'heure prévue de façon que leur arrivée au-dessus des cibles soit calculée correctement. En outre, j'ai tout un corps d'armée qui en ce moment même fait mouvement vers les brèches dans les lignes chinoises. Elles feraient fichtrement mieux de se trouver là quand l'échelon de tête arrivera à la ligne de départ. Ces échelons de tête vont se trouver tout près de la zone zéro : dans certains cas à moins d'un kilomètre. C'est vous dire que l'horaire a une importance cruciale.

– Vous pourriez vous permettre d'être un peu moins précis dans votre horaire et utiliser davantage d'armes.

– Nous n'avons pas de système de déclenchement sur un plus grand nombre d'armes : Zorine a en main ces foutus communicateurs nucléaires !

– Nous pourrions nous emparer des missiles, refaire le branchement du verrouillage pour éviter ses communicateurs.

– Ça prendrait du temps – peut-être des jours – je ne peux pas attendre. Au nom du Ciel, j'ai déjà prévenu les Américains qui, j'en suis sûr, sont en train de contacter les autres gouvernements de l'OTAN. Très bientôt, la nouvelle va parvenir aux Chinois. Non ! Nous devons agir comme prévu.

– Et les mises en alerte des Américains ? Je persiste à dire que nous devrions suivre nos programmes et envoyer en réponse nos propres ordres d'alerte.

– Le général Thomas ne fait que ce que je m'attendais à le voir faire, répliqua Razov.

– Mais DEFCON 3 ! Ça me tracasse, Youri. Je dois l'avouer, ça me tracasse que nous ne réagissions pas.

– C'est seulement Zorine qui vous inquiète.

– Je vais m'occuper de lui, répondit le général d'aviation. Je suppose qu'il va s'installer comme " Der Führer " dans le poste de commandement souterrain : je vais faire couper par mes hommes les tunnels menant aux installations. Nous déployons également des troupes aux sorties du terrain d'aviation du Vnukovo. Il ne restera que la liaison ici, les conduites de ventilation et les puits d'accès : tout ça va être sous bonne garde.

– Au nom du Ciel ! Ne lui laissez pas trop longtemps entre les mains ces communicateurs nucléaires », dit Razov. Puis il raccrocha.

Dans le silence qui s'appesantit sur la casemate bétonnée, l'avertissement en anglais résonnait dans l'esprit de Razov. *Quelque chose va mal tourner. Quelque chose tourne toujours mal !* Le général Thomas avait appelé cela « la loi de Murphy ». Tandis que ces paroles retentissaient dans la tête de Razov, il sentit le premier frisson d'angoisse le parcourir. Razov leva les yeux vers l'officier de service. « Appelez-moi Zorine au téléphone. »

90e Escadre de missiles stratégiques, base aérienne de Warren, Wyoming
11 juin, 4 h 50 GMT (21 h 50 locale)

La Jeep ralentit. Le capitaine Chris Stuart, qui s'était assoupi, s'éveilla en sursaut pour voir deux hommes de la police de l'air, M-16 en bandoulière, qui examinaient l'intérieur d'un silo. Les deux techniciens installés à l'arrière passèrent devant le capitaine Scott Langford, l'adjoint de Stuart pour le lancement, et se dirigèrent vers le silo, tout en coiffant leurs casques à la lueur des phares de leurs véhicules.

« Ils ont ouvert la trappe du n° 8, dit Langford en contemplant le silo. Allons jeter un coup d'œil.

– Oh ! la barbe, dit Stuart. Il n'avait qu'une envie : retourner au Centre et reprendre son somme. Une alerte. La relève est dans dix minutes. » *Encore le mur de minuit*, se dit Stuart en bâillant.

« On a le temps. Viens », dit Langford en ouvrant la portière.

Stuart le suivit dans l'obscurité et coiffa sa casquette d'aviateur.

Les semelles de Stuart raclèrent le béton à l'endroit où la terre battue cédait la place au pas de tir. Escaladant la pente du silo, il constata en levant les yeux que la trappe d'ouverture hydraulique était entrebâillée d'environ un mètre et qu'un homme accroché à des harnais était suspendu dans le vide à la porte elle-même. Il relevait des mesures sur le système hydraulique qui, dans l'éventualité d'un lancement, ferait en une fraction de seconde basculer à l'intérieur le battant de la trappe pour la débarrasser des tonnes de débris qui auraient pu s'accumuler là à la suite d'un lancement manqué. Langford s'avança sur l'épaisse paroi de béton et d'acier. Stuart resta sur le pas de tir et, sans pouvoir maîtriser une sensation de malaise, tourna les yeux vers l'homme suspendu entre la porte et la paroi opposée, taillée pour correspondre au contour irrégulier de l'énorme battant.

Si la porte allait se refermer, songea Stuart. Puis il chassa cette image révoltante de son esprit.

« Je vais regarder ça, dit Langford perché là-haut et scrutant l'intérieur du silo.

– Hé, fais attention », lança Stuart en s'avançant prudemment vers l'ouverture : il se rappelait le vieux missile Titan III dans l'Arkansas qui avait sauté en tuant tout le monde alentour quand quelqu'un avait laissé tomber une clé anglaise : elle avait traversé son fuselage mince comme de la cellophane pour venir heurter le réservoir de carburant liquide.

Stuart s'approcha. Se cramponnant à la porte, il se pencha : il distingua le nez noir et arrondi du missile MX juste sous la trappe. Quelques hommes travaillaient sur l'énorme fusée. Des cris et des bruits divers attirèrent l'attention de Stuart sur plusieurs autres équipes travaillant à divers autres emplacements plus bas le long de la longue masse noire du missile intercontinental.

« Qu'est-ce qui se passe ? demanda-t-il au sergent suspendu juste à l'intérieur de la trappe d'éjection.

– Nous étions au milieu de la révision mensuelle, répondit l'homme : il s'appelait Kline comme l'annonçait le nom inscrit au pochoir sur sa poche de poitrine. Quand la base est passée en DEFCON 2, on nous a dit de boucler le silo. »

Les trois têtes nucléaires de ce vieux Titan avaient explosé juste à la sortie du silo, se souvint Stuart. « Allons-y, Scott. »

Langford sourit et se planta sur un seul pied près du bord de l'ouverture, écartant les bras pour garder l'équilibre.

« Ne déconne pas, mon vieux, dit Stuart. Il tourna les talons pour descendre le gros tertre bétonné. Allons. »

Stuart s'avançait dans les ténèbres entre le silo et l'entrée quand une main s'abattit sur son épaule : il tressaillit – si imperceptiblement que Langford ne s'en aperçut sans doute pas. « À te voir, mon vieux, on croirait que ces engins-là sont dangereux ! dit Langford. Tu ne sais donc pas que c'est le " Gardien de la Paix " – l'ami des petits animaux et des écoliers. »

Stuart sourit mais il ne se sentit de nouveau à l'aise que quand ils eurent regagné la Jeep, roulant vers le centre de lancement à quelques kilomètres de là.

Poste de commandement souterrain, le Kremlin
11 juin, 4 h 55 GMT (6 h 55 locale)

« Bon ! » cria Zorine tandis que de tous côtés les officiers le bombardaient de rapports. Le silence se fit dans le bureau aux murs bétonnés qui allait servir à Zorine de quartier général en attendant qu'il eût assuré son contrôle sur les divers postes de commandement. Les officiers se taisaient maintenant dans la lumière crue des ampoules nues au plafond qui donnait à tout ce qui se trouvait dans la pièce – hommes et équipement – des contours durs et anguleux. « Calmons-nous. Un peu de calme. » Sa voix tremblait : il se rendit compte qu'il était épuisé. Deux nuits de suite sans sommeil et trop de café pour compenser.

« Laissez-moi, dit Zorine. Pas d'interruption. Il faut que je réfléchisse. » *Concentre-toi !* s'ordonna-t-il. Il avait du mal à accepter l'humiliation qu'il venait de subir. La demi-douzaine de commandants de diverses unités moscovites qu'il avait joints au téléphone avaient courtoisement refusé de le suivre. La porte s'était à peine refermée qu'il secoua la tête rageusement.

Zorine se leva et s'approcha du lavabo, sa mitraillette chargée à son côté. Même ici, à 300 mètres au-dessous du Kremlin, dans cette caverne de béton conçue pour le commandement en temps de guerre, Zorine ne se sentait pas en sûreté. Le simple fait de se lever avait réveillé sa migraine et – perdu dans ses pensées – il tapota le flacon pour faire tomber dans sa paume un autre comprimé. Non pas l'aspirine par quoi il avait commencé deux jours plus tôt, mais un narcotique pris dans la trousse de premiers secours.

Zorine avala le comprimé avec une rasade de vodka et se dirigea vers le canapé. Commençant à s'engourdir agréablement, il posa son pistolet-mitrailleur sur le sol et s'affala parmi les coussins. *Je vais simplement fermer les yeux et réfléchir un peu*, décida Zorine. *Encore un petit coup pour me calmer les nerfs*, se dit-il en se versant une autre généreuse rasade. Il éteignit la lumière du lavabo et se guida à l'éclairage du couloir qui filtrait sous les montants de la porte. Il était plongé dans un profond sommeil quand on frappa. Il alla ouvrir.

Zorine fixa d'un œil vague le profil d'un homme dont la silhouette se découpait devant la vive lumière du corridor. « J'avais demandé qu'on ne me dérange pas ! Comment vous appelez-vous ?

– Melnikov, mon général.

– Melnikov, si vous tenez à votre carrière, vous obéissez aux consignes, vous comprenez ? Maintenant que diable voulez-vous ? »

L'officier – en tenue de combat et non pas en uniforme de cérémonie – dit : « Mon général, c'est le général Razov. Il est au téléphone. »

Zorine se redressa lentement. « Dites à Razov d'aller au diable ! Je ne suis pas d'humeur à négocier. Dites-lui que, quand il aura cessé d'intervenir dans mes opérations, je lui parlerai. » L'aide de camp le laissa seul.

Zorine, dans le noir, revint en tâtonnant jusqu'au lavabo. Il se frotta les yeux : il avait l'impression d'avoir des pics à glace enfoncés dedans. Il alluma et essaya d'ouvrir un flacon d'aspirine mais, perdant patience, il finit par arracher le bouchon. Les comprimés tombèrent du flacon dans la cuvette, ce qui l'agaça davantage encore.

La vision encore brouillée par la vigoureuse friction qu'il leur avait infligée, les yeux de Zorine distinguèrent dans le lavabo deux comprimés tout mouillés. Il les ramassa et les fit passer avec une gorgée de vodka. Calmé, il plaça le flacon d'amphétamines que lui avait fourni l'infirmier sur la tablette pour en prendre quand il se lèverait. Puis il se gargarisa avec de l'eau dentifrice pour chasser le goût du médicament. « Il faut sauver la face ! » dit-il tout haut. Il éteignit et retourna jusqu'au divan.

Finie la douleur maintenant, songe-t-il et, souriant, il s'allongea pour préparer sa stratégie. Quelques instants plus tard, il dormait.

Base aérienne de March, Riverside, Californie
11 juin, 5 h GMT (21 h locale)

David Chandler gara la Volvo à une place libre et arrêta le moteur. Il tourna les yeux vers son téléphone de voiture. « Pas de communication radio ni de téléphone cellulaire sur la base, monsieur », lui avait dit l'homme de la police de l'air en le saluant à l'entrée. Cela l'avait obligé à abréger brutalement ses adieux à Melissa.

Le fracas des moteurs à réaction vint rompre de nouveau le silence de la nuit. C'était la même chose depuis l'autoroute : à peu près une minute de calme, et puis un rugissement. Il pencha la tête, les mains toujours crispées sur le volant, et, à travers le pare-brise, scruta le ciel noir de la nuit pour repérer l'appareil qui décollait. Quelques rares étoiles disparurent au passage de la flamme du réacteur. Il regarda autour de lui. Il se sentait coincé, suspendu entre deux mondes. La Volvo était un objet qui venait de son autre existence, de l'autre côté de l'abîme qu'il sentait déjà se creuser entre tout ce qui était avant et ce qui l'attendait. Il avait acheté la voiture l'année dernière quand Melissa et lui avaient fini par décider que le moment était venu d'avoir un bébé. À l'arrière, la ceinture de sécurité du siège pour bébé encore inutilisé était bouclée : elle ne maintenait en place que son ballon de basket. Chandler eut un petit rire en se rappelant la première fois que ses copains de golf avaient jeté un coup d'œil à la voiture. « Eh bien... Il faut que tu emballes des pépées ou quoi ? » s'étaient-ils écriés avec de grands rires. Ils avaient baptisé la voiture « le piège à filles ».

Le silence était retombé. *Combien de temps la voiture va-t-elle rester ici*, se demanda-t-il en jouant avec son alliance : le seul bijou qu'il ait jamais porté à part sa montre – et qu'il n'avait jamais ôté.

L'alliance glissa sans difficulté. Il fallait le faire : c'était le règlement. Il tendit la main, ouvrit la boîte à gants, y prit un mouchoir en papier et fit un petit paquet. Il enveloppa l'alliance dedans et remit doucement le tout au fond de la boîte à gants. Puis il la ferma à clé.

Je ne peux tout de même pas la laisser dans la boîte à gants, pensa David. *On ne la trouvera jamais*. Il prit un bout de papier et un stylo et il s'apprêtait à écrire : « Mon alliance est dans la boîte à gants. » C'est tout ? se demanda-t-il. *Mon alliance est dans la boîte à gants et je t'ai aimée depuis le premier instant où j'ai posé les yeux sur toi jusqu'au moment où mon dernier souffle a franchi mes lèvres.*

« Mon alliance est dans la boîte à gants. Je t'aime. David », écrivit-il. Il laissa le message à l'envers sur le siège du passager.

David s'approchait de la porte, les mots retentissant encore dans sa tête. « Major Chandler, avait dit le sergent. Réserviste. Nous y voilà. Renseignement. État-major divisionnaire – 4e division d'infanterie. » *Service de Renseignement de la Division*, se dit Chandler. *Un poste à l'état-major du quartier général de la division.* L'image qu'il se faisait de lui assis à un bureau était un peu décevante, mais c'était un soulagement aussi. *Au moins, je sais faire ça. Des années de pratique.* « Vol 1451 – Presov, Slovaquie. Par cette porte. »

Chandler ouvrit la porte et pénétra dans un énorme hangar bourré de soldats.

« Hé là-bas ! » fit un jeune type : il avait un unique galon de soldat de première classe épinglé un peu de travers sur son col. « Oh, pardon, major, s'excusa-t-il en se raidissant. Mais tous ceux qui prennent ce vol sont censés aller chercher leurs armes personnelles avant de se faire enregistrer. Je crois que ça vaut pour les officiers aussi... probablement. »

Chandler suivit les gestes du jeune homme qui désignait une autre file dans la caverne du hangar.

Au bout de la file d'attente qu'il avait rejointe – au-dessus de la porte, dans une cage d'acier qui s'élevait depuis le sol du hangar – Chandler vit le panneau « Armurerie ».

Le type juste avant Chandler au bureau d'enregistrement se trouvait maintenant dans la même queue que lui : il se retourna pour lui dire bonjour. « Comment ça va, major ? demanda l'homme. Un adjudant-chef, remarqua Chandler qui se nommait Barnes, selon son badge d'identification.

– Ma foi, pas mal, je crois », répondit Chandler.

Le sous-officier eut un rire poli. Chandler ramassa sa valise pour avancer d'un pas.

Chandler leva les yeux et son regard rencontra celui d'un homme qui se démanchait le cou pour regarder derrière lui dans la file d'attente. L'homme l'aperçut, le salua de la tête. Il disparut en se baissant pour ramasser son paquetage puis revint sur ses pas jusqu'à Chandler comme s'ils se connaissaient.

« Major ! Lieutenant Bailey, Stanley R. Il avait à peu près la taille de Chandler, mais plus mince – plus jeune.

– Comment ça va, lieutenant ? » dit Chandler en tendant le bras pour échanger une poignée de main avant que la file recommence à progresser. Bailey dit bonjour à l'adjudant-chef Barnes. Un silence gêné s'abattit sur le petit groupe.

« Je crois qu'on nous expédie tous en Europe, finit par dire Bailey. Barnes et Chandler acquiescèrent.

– En Slovaquie, dit Chandler. Ce fut au tour de Barnes et de Bailey de hocher la tête. Chandler s'aperçut que les soldats autour d'eux s'étaient tus. Ils suivaient discrètement la conversation des trois hommes.

– À quelle unité appartenez-vous ? demanda Chandler à ses compagnons.

– 4ᵉ d'infanterie, dit Bailey. Peloton de reconnaissance : 1ᵉʳ peloton de la 3ᵉ section. J'étais chez moi en permission.

Chandler regarda Barnes.

– Idem pour moi. État-major du bataillon.

Les deux hommes regardèrent Chandler une seconde puis Bailey demanda :

– Et vous, major ?

– Oh ? Moi, euh, je suis réserviste. Chandler, un peu gêné, marqua un temps avant de poursuivre. On m'a affecté à la 4ᵉ aussi – service de renseignement de la division. »

Bailey haussa les sourcils. Chandler se demanda ce que cela signifiait. Était-il impressionné ? Ou bien était-ce un de ces postes d'état-major que les soldats des unités de combat méprisaient ?

Ils approchaient de la porte de l'armurerie. Chandler avait remarqué une sorte de rumeur qui provenait de l'intérieur : cliquetis et battement du métal sur le métal, tantôt clair et sec, tantôt assourdi. Tout cela montait par-dessus les dos camouflés des soldats devant eux. Et puis il y avait cette odeur d'acier. *Les armes*, se dit Chandler.

« 158113416 – Davis – 649-38-5831 ! » entendit-il appeler. Les matricules du fusil et du soldat. La procédure lui semblait vaguement familière.

À la porte, le comptoir apparut avec son dessus noir. Derrière, des soldats se précipitaient pour revenir avec des « armes personnelles... » Il y avait des fusils d'assaut

M-16A2, noirs et courts, avec leur air efficace et familier. Chandler sentit le premier frisson d'excitation le parcourir. Il s'efforça de garder un air aussi calme et dégagé que les autres dans la file.

« Seize ! » cria d'une voix haut perchée la première personne derrière le comptoir. C'était une petite femme aux courts cheveux bruns et lisses. Un soldat s'approcha du râtelier, y prit un fusil et regagna le comptoir.

Chandler inspecta la file qui suivait le comptoir à angle droit. Certains des soldats étaient manifestement des grenadiers, équipés de M-16 avec un lance-grenades M-203 de 40 millimètres fixé au canon du fusil. D'autres arboraient des SAW ou « Squad Automatic Weapon », le successeur tant attendu du fusil automatique Browning de la Seconde Guerre mondiale. Du coin de l'œil, Chandler aperçut un grand gaillard qui jetait sur son épaule une bande de cent cartouches, le jaune du cuivre ressortant vivement sur le camouflage de son blouson.

Des munitions ! se dit Chandler avec inquiétude : jamais il n'avait vu de munitions aussi près des armes ailleurs qu'au champ de tir. *Seigneur !* Il tendit le cou et constata que l'homme portait une mitraillette M-60. À sa ceinture, il avait une cartouchière de l'ancien modèle – bien plus grosse : des balles de 7,62 millimètres de l'OTAN.

« SM, demanda la femme au comptoir : spécialité militaire ?

– Dix-neuf », répondit Barnes. *Infanterie*, se dit Chandler en essayant de se rappeler. Non, *Blindés.*

Elle lança aussitôt par-dessus son épaule : « Seize ! »

Chandler se creusa la cervelle pour retrouver son numéro de SM. *Bon sang, qu'est-ce que le MOS pour un officier de renseignement M-5 ou quelque chose comme ça ? Je ne connais même pas mon propre SM !*

La femme se retourna vers Chandler. « Quel parfum, major ? demanda-t-elle.

– Quoi ?

– Arme personnelle ? Qu'est-ce que vous voulez ?

– Eh bien, eh... Qu'est-ce que vous avez ? » Mon Dieu, se dit Chandler, que c'est stupide.

La femme – un sergent-chef – se retourna vers les râteliers d'armes et Chandler suivit son regard. Il vit des missiles antichars dans des caisses sur le sol. « On a de tout, dit-elle se tournant vers lui, je vous conseillerais un

M-16. Il y a quelques 9 millimètres aussi,... mais je ne pense pas qu'un pistolet vous avancerait à grand-chose. » Elle ricana.

Je commande donc simplement une arme, dit Chandler. *Une M-60, une paire de Stingers et rajoutez-moi donc une caisse de Dragons. On n'est jamais trop prudent.*

« Oh, ce serait parfait, dit Chandler.

– Quoi donc ? demanda-t-elle, déroutée.

– Un M-16. Je vais juste prendre un M-16.

– Seize ! » cria-t-elle et Chandler avança. *Maintenant, c'est pour de vrai*, se dit-il. *En route pour l'Europe. J'ai un M-16 et ma cantine, et...*

« Pièce d'identité, major », dit un soldat tandis qu'on lui remettait un M-16.

Après de nombreux tâtonnements, Chandler tendit son livret militaire. « 16473980, lut le soldat sur la crosse du fusil en s'arrêtant pour regarder les papiers de Chandler. Chandler – 429-89-5463.

– 16473980 – Chandler – 429-89-5463 ! » répéta le scribe qui tenait le grand registre des armes à un bureau derrière le comptoir.

Le soldat lui remit un fusil. Chandler le trouva plus lourd qu'il ne s'en souvenait. Il avait l'air neuf, tout neuf. Chandler observa que la crosse était un peu huileuse. *Non, ça n'est pas possible ! C'est du plastique ! Mes mains... j'ai les mains un peu huileuses*, se dit-il. Il avança. Le fusil était solide. Tangible. Les poignées bien dures et la puissance des balles que l'engin pouvait tirer lui inspirèrent confiance. Il se sentait davantage soldat.

« Content, major ? » lui demanda d'un air bon enfant un jeunot à lunettes en posant sur le comptoir quatre chargeurs de trente balles. Cent vingt cartouches de 5,56 millimètres *pour aller avec mon M-16, comprit soudain Chandler. Un fusil d'assaut tout neuf qui vaut peut-être 1 000 dollars. Ça tire au coup par coup ou bien, d'un petit geste du pouce droit, une giclée de trois balles si rapides qu'on ne pourrait pas en imiter le bruit avec la langue si on essayait*. Chandler avait essayé, il s'en souvenait, après pas mal de verres avec ses camarades de travail qui l'interrogeaient sur divers matériels militaires.

Il y avait encore un arrêt.

Les mots étaient inscrits en noir sur fond jaune. C'était facile à lire, même dans l'affolement. Trois seringues dépassaient des poches sur les côtés des sacs alignés devant lui sur le comptoir. Les sacs, Chandler le savait, contenaient un masque à gaz et une combinaison étanche pour la guerre chimique. Il en prit un qu'il passa à son épaule gauche, et il sortit de la cage. Le fusil l'avait calmé. Rassuré. La combinaison de guerre chimique lui fit l'effet opposé. *On plante. Non, on ne plante pas – on enfonce la seringue dans sa cuisse*, se récitait Chandler tout en se dirigeant vers un banc inoccupé. *En plein dans la peau et dans la chair du haut de la cuisse, à travers les vêtements. Les trois seringues, l'une après l'autre. Il y a un ressort qui déclenche l'injection.*

De l'atropine. Les mots résonnaient dans l'esprit de Chandler. De l'atropine : l'antidote contre les gaz neurotoxiques.

Los Angeles, Californie
11 juin, 5 h GMT (21 h locale)

Melissa Chandler, pétrifiée, fixait l'écran de télévision tout en serrant contre elle son petit sac de voyage déjà prêt pour l'hôpital. La douleur une fois de plus lui crispa l'abdomen, mais elle se concentra sur ce que disaient les journalistes de CNN.

« Susan, dit le reporter du studio de Washington en lisant une dépêche, j'ai quelque chose ici. Il règne, semble-t-il, une grande activité autour d'un certain nombre des principaux bâtiments administratifs ici même, à Washington. On aperçoit des hélicoptères. »

La présentatrice l'interrompit. « J'ai quelque chose ici, pardonnez-moi, Doug. » Elle lut l'écran de contrôle sur le côté : « L'Associated Press annonce que l'Agence fédérale de gestion d'urgence a commencé à évacuer de Washington des fonctionnaires clés du gouvernement et qu'elle a passé la consigne aux autorités de l'État d'en faire autant. La dépêche de l'AP signale que le Président a déjà quitté la Maison-Blanche pour une destination inconnue. » Une crampe la crispa de nouveau avec violence et Melissa tressaillit. « Doug, ça veut dire quoi, à votre avis ?

– Eh bien, Susan, c'est... cela m'a bien l'air d'être le genre d'évacuation qui a toujours été prévue dans... dans le cas, et je répugne à dire les mots... il faut que j'attende d'avoir un peu plus d'informations. »

Oh, mon Dieu, se dit Melissa. Elle se précipita sur le téléphone pour appeler David. Un répondeur : « L'abonné au téléphone cellulaire de Los Angeles que vous essayez de contacter est soit injoignable, soit hors de la zone du réseau de Los Angeles. Voudriez-vous renouveler votre appel ? »

« Susan, on vient de me passer un message qui dit qu'une source anonyme du Congrès confirme qu'une évacuation d'urgence sur une grande échelle des hauts responsables du gouvernement est en train de se dérouler. C'est... absolument sans précédent.

– Cela pourrait-il indiquer – et, au point où nous en sommes, il ne pourrait s'agir que d'une pure hypothèse – mais cela pourrait-il indiquer qu'un risque de... de guerre nucléaire est présent à l'esprit de ceux... de ceux qui ont ordonné cette évacuation ?

– Ça, Susan, c'est manifestement ce à quoi je faisais allusion précédemment, mais il serait beaucoup trop prématuré de hasarder même une hypothèse là-dessus pour l'instant. Les Nord-Coréens disposent bien d'armes nucléaires mais il est impensable, je dirais extrêmement improbable, qu'ils les utilisent jamais contre notre pays. »

Oh, mon Dieu, se dit Melissa, plantée là avec son sac de voyage, pétrifiée par ce qu'elle venait d'entendre à la télévision. *Qu'est-ce que je fais ?* se demanda-t-elle. Elle était toute seule et elle devait prendre elle-même la décision. L'écran de télévision montrait maintenant une voiture noire officielle sortant en trombe d'un parking souterrain avec une escorte de motards. *Nous sommes en guerre*, se dit-elle, *on est en train d'évacuer Washington. Et CNN parle de guerre nucléaire.*

Elle rit en sentant monter en elle une nausée. Dans son désarroi, les larmes lui gonflaient les yeux. *Et dire que je suis ici, à Los Angeles, en Californie, toute seule et sur le point d'accoucher !*

« Nous cédons maintenant l'antenne à notre bureau de Fort Worth », dit la présentatrice.

Un reporter était debout sous le faisceau d'un projecteur devant une clôture métallique se détachant sur la nuit noire. Au loin, un immeuble anonyme était illuminé par un unique projecteur. Le journaliste n'était pas prêt et il tripotait ses écouteurs tout en s'adressant à quelqu'un hors du champ de la caméra. Au bout de quelques secondes, il se redressa et dit : « Bonsoir. Voilà quelques minutes... » Son reportage fut interrompu par le grondement de moteurs à réaction. Le reporter se retourna pour regarder par-dessus son épaule. Du côté droit de l'image apparurent quatre brillantes traînées bleues. Les longues flammes des tuyères d'échappement montèrent lentement dans le ciel tandis que la caméra s'efforçait de faire un zoom sur la forme sombre et presque invisible de l'avion.

La caméra revint sur le reporter qui criait pour dominer le fracas qui s'éloignait. « Depuis quelques minutes, des avions décollent ici de la base aérienne de Dyess, à quelques kilomètres de notre bureau de CNN ! Nous ne savons pas ce qui se passe : nous venons d'arriver.

– Savez-vous de quel type d'appareils il s'agit ? interrogea la présentatrice, les sourcils froncés.

– Je ne suis pas très sûr, répondit le journaliste. Il fait très sombre. Dyess toutefois, abrite un grand nombre de bombardiers, des B-1. » Un grondement de tonnerre jaillit de nouveau. « En voici un autre ! »

Melissa en avait assez vu. Elle empoigna son sac et se dirigea vers la voiture.

Base aérienne d'Andrews, Maryland
11 juin 5 h GMT (24 h locale)

L'hélicoptère se posa à une trentaine de mètres de l'E-4B, un gros 747. Sitôt Lambert et la suite du Président débarqués, l'hélicoptère décolla et s'éloigna dans la nuit.

Ils approchèrent de l'avion dont les réacteurs gémissaient déjà bruyamment.

Le Président et son épouse, la First Lady, se mirent à gravir la passerelle. Lambert, l'officier de liaison militaire de la Maison-Blanche responsable des codes nucléaires et quelques agents du Secret Service leur emboîtèrent le pas.

Lambert pénétra dans l'appareil en passant devant un

soldat en armes et suivit sur la droite le Président dans l'étroit couloir.

« Bienvenue à bord, monsieur le Président, je suis le général de brigade Sherman. Je suis responsable des opérations “ Rotule ”. Le général serra la main du Président, puis celle de Lambert. Le général Thomas est actuellement en conférence. Permettez-moi donc de vous faire faire un tour rapide des installations pour que vous puissiez vous orienter. » Il les entraîna par une étroite coursive jusqu'au cockpit. L'équipage, composé de trois hommes, avait entamé la procédure préliminaire du décollage. « Nous serons ce soir quatre-vingt-quatorze à bord, poursuivit le général Sherman. Nous avons trois équipages du Strategic Air Command, neuf hommes et femmes de la 55e escadre de reconnaissance stratégique en provenance de la base aérienne d'Offut, Nebraska. Ce sont les meilleurs. Nous avons ensuite dix-huit hommes d'équipage chargés du ravitaillement, des réparations et de la maintenance. »

L'avion se mit à rouler sur la piste et le Président dit aux pilotes d'une voix joyeuse de politicien en campagne : « Vous ne croyez pas, les enfants, que vous devriez ouvrir les volets ? »

Lambert tendit le cou pour regarder dans le poste de pilotage. Les hublots étaient tous recouverts d'un épais store blanc. Entre le pilote et le copilote, un écran de télévision allumé montrait l'asphalte qui se déroulait devant l'appareil.

« Ces rideaux sont faits d'un tissu d'aluminium, monsieur le Président, c'est la procédure habituelle, répondit le général Sherman.

– Vous voulez dire qu'ils vont décoller avec les stores baissés ? demanda la First Lady.

– Oui, madame, dit Sherman. C'est... Cela empêche la déshydratation des tissus et... et les brûlures au chloriorétinal si... » Il ne termina pas sa phrase : il se contenta de sourire.

Il y eut un silence embarrassé.

Reprenant la visite en empruntant le couloir qui menait à l'arrière, Sherman déclara : « Outre l'équipage, nous avons six hommes armés de la police de l'air.

– Pourquoi tout ce monde ? » demanda la First Lady. Certains, Lambert l'avait remarqué, avaient des lance-grenades fixés à leurs fusils et d'autres étaient armés de mitraillettes.

« Eh bien, madame, nous ne savons vraiment pas où nous pourrions avoir à nous poser, dit Sherman en choisissant ses mots avec soin. Je veux dire, quel genre de sécurité il y aura là-bas. Cela nous donne simplement... Cela nous donne simplement... cela élargit nos options. Le général Sherman marqua un temps pour s'assurer que sa réponse avait satisfait tout le monde, puis il continua : L'appareil a un pont principal de 430 mètres carrés répartis en six zones. Ici, juste derrière le poste de pilotage, dans ce qui serait le compartiment des Premières Classes, se situent vos appartements privés, monsieur le Président. » Le groupe examina la cabine avec ses couchettes bordées de dorures.

Reprenant le couloir, Sherman poursuivit : « Ensuite, nous avons votre salle de conférence », et, en file indienne, le groupe franchit le seuil. Lambert vit les chefs d'état-major interarmes – les uns en uniforme, les autres en civil – assis autour de la table rectangulaire. Il y avait des téléphones à chaque place et en bout de table, là sans doute où s'asseyait le Président, en face de l'écran d'affichage.

« Là, reprit Sherman, en continuant vers l'arrière, nous avons la salle de briefing. » Ils traversèrent une pièce vide style auditorium, avec une vingtaine de sièges disposés devant l'écran de visualisation puis entrèrent dans une salle pleine de consoles d'ordinateurs sur lesquelles des gens s'affairaient. « C'est la section état-major de combat, expliqua Sherman au Président. Nous pouvons surveiller et mettre à jour toutes les informations qui nous sont fournies par le système de traitement et de transmission du centre de commandement du NORAD, plus communément appelé " Grand Tableau ", pour vous tenir au courant des événements qui se passent à travers le monde. »

Le général entra dans un autre compartiment. Il s'adressa à un officier penché sur un écran de contrôle et demanda : « Le général Thomas est toujours en conférence ?

– Oui, mon général, dit l'homme après avoir consulté l'écran.

– Et enfin, continua Sherman qui visiblement prolongeait la visite pour gagner du temps, voici le centre de contrôle des communications. » L'appareil, qui avait pris de la vitesse, vira et tous firent un pas de côté pour retrouver leur équilibre. « Quand nous serons en vol de croisière, poursuivit le général, nous déploierons un fil d'antenne de 8 kilomètres pour les transmissions à très basses fréquences. Une longueur d'onde de plusieurs milliers de mètres qui permet la pénétration directe à travers la terre jusqu'à des avions, des navires et des installations au sol possédant le même équipement. Le système n'est pas parfait – le temps de formation de l'onde ralentit de façon notable notre vitesse de transmission – mais ça passe. »

Le général Sherman attendit. Seule la Première Dame haussa les sourcils. Il continua. « Pour nos communications régulières à grande vitesse, qui sont sujettes à des interférences dans certaines... dans certaines situations, nous avons de puissants émetteurs à haute fréquence. Nous avons aussi un système de super haute fréquence et des émetteurs par satellite logés dans une cloche dorsale : cette petite bosse sur le dessus de l'appareil, juste derrière le gros renflement du 747. Tous nos systèmes émettent continuellement un flot d'informations pour ne donner l'alerte à personne en augmentant le rythme des communications. Quand nous voulons communiquer avec quelqu'un, nous branchons simplement le code d'interruption prévu et nous émettons le message. Nous pouvons en fait communiquer avec n'importe qui à votre choix, n'importe où, à n'importe quel moment.

– Dommage que Jack ne soit pas ici, dit le président Livingston à sa femme (il parlait de leur fils, au collège d'Amherst), il serait aux anges.

– Oh ! si vous souhaitiez parler à votre fils ou à votre fille, monsieur le Président, dit Sherman. Il se retourna vers l'officier travaillant sur la console à côté de lui. Où se trouve actuellement la famille présidentielle ? »

L'officier pianota sur son clavier. « A–3 est en vol à bord d'un hélico de la Garde, Crown 3 et A–4 est... Il hésita, pianota de nouveau : Elle... » l'homme hésita encore, lisant le message de l'ordinateur, puis il se renversa sur son siège en montrant l'écran pour que Sherman puisse lire.

« C'est de Nancy que vous parlez ? » demanda la First Lady. Elle s'avança pour examiner l'écran sans comprendre un mot des informations qui s'y affichaient.

« Il semble, madame... monsieur le Président... que

votre fille ne veuille pas... euh... participer à l'évacuation. Des agents du Secret Service sont en train de lui parler en ce moment...

– Où les a-t-on évacués ? demanda le Président.

– Votre fils, dit Sherman. Son doigt suivit une ligne sur l'écran. Il demanda à l'officier : Alpha Lima 51, c'est bien... ?

– Burlington, mon général.

– Votre fils est à bord d'un hélicoptère de la garde nationale qui fait route vers les installations présidentielles de secours du côté de Burlington, Vermont, dit Sherman. Son regard revint à l'écran. Pourquoi avoir annulé l'opération pour A-4 ? » demanda Sherman.

L'opérateur de la console répondit : « Ils ont manqué l'horaire prévu pour Tahoe, mon général. »

Sherman se redressa, s'étira et dit : « Votre fille était censée se rendre de sa résidence de San Francisco aux installations présidentielles de secours dans le nord de la Sierra Nevada, à proximité du lac Tahoe. Mais, à cause du retard, ils ont dû la dérouter sur le corps expéditionnaire 37 – l'USS Enterprise – à titre provisoire, en attendant... en attendant qu'on estime approprié un nouveau déplacement. »

Le Président eut un moment d'hésitation puis éclata d'un grand rire. Lambert sentit un sourire se dessiner sur son visage. « Vous voulez dire, demanda-t-il en se mettant à rire, que vous essayez d'emmener Nancy sur un porte-avions ? »

Lambert remarqua toutefois que la First Lady ne souriait pas. « Est-ce bien nécessaire ? » demanda-t-elle.

Le général Sherman esquissa un haussement d'épaules, il resta une seconde la bouche ouverte avant de déclarer : « Ça simplifierait les choses, madame.

– Alors, laissez-moi lui parler », dit la Première Dame d'un ton un peu sec. Le Président s'était assombri et Lambert cessa de sourire.

Sur l'ordre du général Sherman, un homme de la police de l'air accompagna la First Lady jusqu'à la cabine présidentielle. Le général se retourna vers le groupe et il y eut un moment de silence un peu embarrassé. « Oh, dit Sherman, comme s'il se rappelait soudain un détail, si tous nos autres systèmes de communication ne fonctionnent pas, nous avons des possibilités de communication par explosion de météores : toutes les quelques secondes, de petits météores entrent en contact avec l'atmosphère terrestre en vue de notre appareil. La friction provoque l'ionisation des atomes qui composent les météores et laisse à une altitude de 80 à 110 kilomètres une traînée de 15 à 30 kilomètres d'électrons libres. Une antenne surveille le ciel pour repérer ces traînées, qui se dissipent en une demi-seconde. Mais cela lui laisse le temps de repérer la traînée, de calculer l'angle correct depuis la source d'émission jusqu'à la cible et de lancer dessus un signal radio qui rebondit jusqu'à un récepteur. »

Lambert sentit l'appareil décoller et il trouva bizarre de se trouver debout au moment du décollage au lieu d'être bouclé sur son siège.

« Bonsoir, Walter », dit le secrétaire à la Défense en s'approchant du Président pour lui serrer la main. « Greg », dit-il en serrant aussi la main de Lambert. Le groupe lui emboîta le pas en direction de la salle de conférence.

« Bonsoir, monsieur le Président », dit le général Thomas. Avec les autres chefs d'état-major – à l'exception du général Halcomb, qui avait lancé sur la télévision des ordres de mobilisation depuis la Maison-Blanche – ils étaient debout autour de la table de conférence. « Nous sommes en train de terminer un contrôle de disponibilité de rendement. Nous procédons à une interconnexion de tous les commandements, en les reliant tous ensemble sur différents réseaux de communication. »

Le Président prit place au bout de la table et entendit une voix métallique sortir du haut-parleur : « Nous recevons Soleil d'or cinq sur cinq.

– C'est le centre de commandement mobile au sol où se trouve le président de la Chambre des représentants, traduisit le général Thomas.

– Nous recevons Télescope cinq sur cinq, dit une autre voix, déformée par la transmission mais claire.

– C'est le commandement de l'Atlantique, murmura Thomas.

– Portefeuille, cinq sur cinq.

– Commandement pour l'Europe, expliqua Thomas. Lui et le général Starnes – chef d'état-major de l'aviation – cochaient des noms sur une feuille imprimée.

– Aigle bleu, cinq sur cinq.

– Commandement du Pacifique, dit Thomas, tandis que Lambert venait s'asseoir auprès du Président.

– Miroir, cinq sur cinq.

– C'est l'avion de l'ACC en alerte permanente, vingt-quatre heures sur vingt-quatre. »

Il y avait autour de la table le Président, Lambert, Thomas, les chefs de l'aviation, de la marine, du corps des Marines ainsi que le secrétaire à la Défense. L'aide de camp avec le « ballon de football » était assis tout au bout de la salle, adossé au mur, son sac sur les genoux.

« Couverture, cinq sur cinq.

– Bon. Ça y est, dit Thomas. Tout le monde a pris l'air ou est en train de décoller. Oh, " Couverture ", c'est CINCACC : le commandant en chef des forces aériennes de combat. Nous, nous sommes " Nightwatch ", " Veille de Nuit ". Outre le Miroir de l'ACC, nous avons reçu des rapports des deux centres de commandement après attaque et des EC-135 auxiliaires du système de contrôle : ce sont les trois centres de contrôle de lancement en vol qui tireraient nos missiles si tous les centres de lancement au sol étaient détruits. Nous avons contacté également les avions du TACAMO de l'Atlantique et du Pacifique pour assurer la communication avec les sous-marins lance-missiles et l'avion de contrôle pour la flotte de ravitailleurs en vol.

– Outre les postes de commandement en vol, reprit le général Starnes en consultant ses notes, nous avons établi le contact avec le NORAD à Cheyenne Mountain, le centre de commandement de secours national à Raven Rock Mountain, le quartier général de secours des autorités civiles à Mount Weather, la casemate de Greenbriar qui abrite les installations du Congrès à White Sulfur Springs, en Virginie-Occidentale, la salle de contrôle des opérations de la Maison-Blanche, le bureau des projections de la CIA, le centre de projection du Conseil national du renseignement, la mission militaire à l'ONU, le centre d'alarme de secours de la FEMA à Olney, Maryland, les casemates de la Défense civile à Maynard, Massachusetts et à Denton, Texas. Le centre des opérations des garde-côtes, le centre de contrôle des communications de FAA et le quartier général de l'OTAN à Bruxelles. Nous avons également établi le contact avec les trois équipes RAPIER – des groupes de cent hommes à bord de camions à dix-huit roues qui sortent en ce moment même à toute allure de Colorado Springs. Le NORAD et l'AFSPACECOM ont des équipes d'évaluation de secours susceptibles de donner une première alerte, de faire une estimation du point d'attaque et de procéder ensuite à une estimation des dommages. »

Le secrétaire à la Défense intervint. « Nous avons été contactés également par le système de communications de la Réserve fédérale et par le centre des archives de Culpeper, Virginie : ils sont en train de charger les éléments comptables de la Réserve fédérale sur disques optiques le plus rapidement possible. Nous avons reçu aussi des appels du centre d'opérations de secours de l'État de New York et du siège alternatif du gouvernement à Albany, de la casemate de l'État de Massachusetts à Framingham et du centre de contrôle national de secours de la compagnie du téléphone AT&T sous Netcong, New Jersey. Tous veulent savoir au juste ce qui se passe. Oh, j'ai donné aussi l'ordre d'activer TREETOP II et le plan de soutien de secours du successeur à la présidence est entré en vigueur. Cela veut dire qu'on a procédé à la dispersion de vos successeurs.

– Qu'entendez-vous par “ dispersion ” ? demanda le Président.

– Eh bien, monsieur le Président, dit le secrétaire à la Défense, voici. Le vice-président et le secrétaire au Trésor ont chacun pris l'air dans des E-4B séparés. Le secrétaire d'État Moore est à Raven Rock. Il y a aussi six centres de commandement mobiles au sol : de simples camions à dix-huit roues escortés d'une équipe de sécurité dans un autre camion utilisant les autoroutes. Leur nom de code est “ Soleil d'Or ” et ils transportent des membres subalternes de la hiérarchie – les secrétaires au Logement, à l'Urbanisme et aux Transports, à l'Éducation et aux Anciens Combattants – plus le président de la Chambre des représentants qui ne voulait pas être à Greenbriar.

– C'est bien de Bill, dit le Président en riant. Il est claustrophobe, vous savez. »

Il se tourna vers le steward qui lui servait du café et dit : « Crème et sucre, s'il vous plaît. »

Le secrétaire à la Défense poursuivit : « Le Président intérimaire du Sénat, le procureur général, les secrétaires à l'Intérieur et au Travail, sont en route vers quelques-unes des quatre-vingt-quatre installations souterraines présidentielles de secours. Le secrétaire au Commerce se trouvait à Paris et il gagne le quartier général de l'OTAN à Bruxelles. Le secrétaire à l'Agriculture est à l'hôpital de Bethesda après son opération de la vésicule biliaire. Nous avons des gens qui attendent là-bas pour le transporter à Mount Weather dès qu'il sera transportable. Nous avons donc le contact avec tous vos successeurs constitutionnels. Chacun d'eux a sa trousse d'urgence avec plan de guerre, règlements, instructions, documentation complète, etc. »

Le général Sherman apparut sur le seuil, une feuille de listing à la main. « Pardonnez-moi, mais nous venons de recevoir ceci du CINCNORAD. Il baissa les yeux et lut : " Confirmation du lancement à l'extrême est de la Russie de 19 missiles intercontinentaux russes – présumés être des SS-19 – et de 4 missiles à plus courte portée de type indéterminé. Repérage en cours. Confirmerons par fax. Objectifs probables au sud. Indications conformes à lancement sur République populaire de Chine." »

Levant les yeux, Lambert examina chacun des visages autour de la table. Personne ne dit mot. C'était le calme, le silence : on n'entendait que le doux sifflement de l'air glissant sur la carlingue de l'avion géant et le murmure atténué des réacteurs au bout des ailes.

Commandement de l'armée d'Extrême-Orient, Khabarovsk
11 juin, 5 h 10 GMT (15 h 10 locale)

« Le commandant de mon artillerie lourde et des unités de missiles a signalé que les têtes nucléaires tactiques avaient été mises à feu à temps et que toutes avaient explosé dans des conditions satisfaisantes, dit Razov. J'attends maintenant un appel du RVSN à propos des missiles balistiques intercontinentaux de la force des fusées stratégiques.

– Enfin, dit Michine, quelque chose qui tourne bien.

– Écoutez, j'ai essayé d'appeler Zorine il y a un moment... commença Razov.

– Vous avez fait quoi ?

– Ça m'inquiète. Il a en sa possession ces communicateurs et il ne sait rien de nos projets d'ouvrir le feu sur les Chinois. Je voulais le mettre au courant de ce qui se passait, mais je n'ai pas réussi à le joindre.

– Nous avons des troupes d'assaut en position autour du Kremlin et nous sommes en train de couper les communications de Zorine pour l'empêcher de donner l'alarme sur place à propos de notre offensive, dit Michine. Si vous voulez, je peux arrêter mes gens et l'appeler sur les canaux spéciaux. Nous pouvons aussi passer par son officier de liaison. »

L'officier de service entra et fit un geste pour attirer l'attention de Razov. Celui-ci leva les yeux et le regarda en fronçant les sourcils. « Le commandement du RVSN en Extrême-Orient sur la trois, général Razov, annonça l'homme.

– Voilà l'appel que j'attendais sur mes missiles intercontinentaux, dit Razov.

– Que voulez-vous faire pour Zorine ? »

Razov réfléchit une seconde, regardant la lumière rouge qui clignotait sur son téléphone. « Peu importe. Terminer de l'isoler là-bas et lancer l'attaque. Je vous appellerai pour vous tenir au courant du lancement des missiles intercontinentaux. » Razov pressa sur son téléphone le bouton correspondant à la troisième ligne. « Général Razov, dit-il.

– Ici, le général Makarine. Nous avons eu des défaillances sur deux missiles durant la période de prélancement, mais nous avons réglé ces problèmes. Tous les missiles ont été tirés conformément au programme par les déclencheurs automatiques des silos : les premières mesures de télémétrie annoncent qu'ils sont tous sur la bonne trajectoire pour la séparation de la première tête nucléaire dans environ cinq minutes. » Makarine aborda alors le problème de la force de réserve.

Une fois de plus, Razov fut dérangé par l'officier de service qui apparaissait sur le pas de la porte, brandissant cette fois une feuille de papier pour attirer son attention. « Pardonnez-moi, général Makarine. Vous disiez ? » D'un geste, Razov congédia l'officier de service.

« Nous aurons une évaluation des dégâts dans quarante minutes au moment du passage du satellite à 15 h 50 locale et nous vous aviserons de l'éventuelle nécessité d'une nouvelle frappe : mais c'est extrêmement improbable pour l'instant. »

L'officier de service se pencha et souffla à l'oreille de Razov : « PVO-Strany en ligne. Le général Michine dit que c'est urgent. »

J'ai dit que je rappellerais ! songea Razov en colère. « Je vous remercie, général Makarine. Tenez-moi informé. »

L'officier de service pressa le clignotant rouge sur le téléphone de Razov et on entendit dans le haut-parleur les hurlements du klaxon au quartier général de la défense aérienne.

À bord de Nightwatch, au-dessus du Maryland
11 juin, 5 h 12 GMT (0 h 12 locale)

« Je croyais que vous m'aviez dit que les Chinois ne seraient pas capables de lancer leurs missiles à temps ! Comment ont-ils pu en mettre quatre à feu ? » interrogea le Président d'un ton accusateur. Lambert pencha la tête, comme si tout le poids du désastre pesait sur lui.

« Tous nos renseignements, dit le général Thomas, indiquaient que leurs fusées à carburant liquide exigeaient trop de temps pour être préparées, compte tenu du faible délai tactique dont ils disposeraient lorsqu'ils apprendraient le lancement des missiles intercontinentaux russes.

– Alors, bon sang, qu'est-ce qui s'est passé ? » demanda le secrétaire à la Défense.

Thomas secoua la tête. « La seule possibilité, monsieur le Secrétaire, c'est que, d'une façon ou d'une autre, les Chinois aient reçu un avertissement. Peut-être les Européens – plus vraisemblablement les Japonais – ont-ils fait une grosse ânerie et les ont-ils prévenus. » Thomas s'interrompit et, comme Lambert, regarda l'expression bouleversée qui se peignait sur le visage de Livingston. Le Président leva lentement un regard affolé pour rencontrer celui de Lambert.

Poste de commandement souterrain, le Kremlin
11 juin, 5 h 15 GMT (7 h 15 locale)

On frappa à la porte. Zorine s'éveilla en sursaut, trempé de sueur et frissonnant dans son uniforme. Une vague de nausées déferla aussitôt sur lui. On frappa encore. « Quoi ? fit Zorine. Qu'est-ce que c'est ? »

La porte s'ouvrit : la lumière le frappa comme autant de coups de poignard dans la tête. C'était encore le capitaine.

« Je vous l'ai ordonné : dites à Razov que je ne lui parlerai que quand ça me chantera !

– Mon général, ce n'est pas le général Razov. C'est la télévision américaine. »

« Qu'est-ce que les Américains pourraient bien faire ? » demanda tout haut Zorine. En même temps, un aide de camp traduisait le bulletin spécial de CNN annonçant que des bombardiers avaient décollé des bases d'aviation de Dyess et de Sawyer au Texas et au Michigan. « Pourquoi est-ce que... ? » Il ne termina pas sa phrase. L'effort de parler était trop grand malgré le soulagement apporté par les amphétamines. Les officiers sous ses ordres se tenaient debout, sans un mot, autour de la longue table de conférence. Ce n'était pas d'eux qu'il obtiendrait un avis. Il n'avait admis dans ce cercle restreint personne de son âge ni de son rang.

Zorine regarda sur la table les coffrets contenant les codes nucléaires. Puis il se tourna vers le capitaine qui traduisait l'émission de télévision retransmise par satellite. « Vous dites que le gouvernement est en train d'évacuer Washington ? » L'interprète acquiesça. « Et vous êtes sûr des rapports concernant les bombardiers américains ?

– C'est ce qu'a annoncé leur télévision, mon général. »

Il regarda les deux officiers assis à la table. Leurs communicateurs nucléaires tout noirs étaient posés devant eux. Zorine regarda les deux hommes droit dans les yeux. Ils soutinrent son regard. Son corps avait désespérément besoin de dormir. Mais il se sentait si énervé par les médicaments qu'il ne pouvait même pas se forcer à rester assis. *Qu'est-ce qu'ils font?* se demanda-t-il de nouveau. Il se mit à arpenter la moquette en passant derrière les communicateurs nucléaires, comme un commandant nerveux qui marche de long en large sur la passerelle de son navire. « Qu'est-ce que les Américains pourraient bien mijoter ? » marmonna-t-il. C'est seulement après avoir vu les visages éberlués des hommes qui se trouvaient là qu'il se rendit compte qu'il avait parlé tout haut. Il se remit à marcher. Avec le peu d'énergie qui lui restait pour résoudre cette énigme, il repoussa les pensées et les craintes de plus en plus frénétiques qui le harcelaient.

La porte s'ouvrit toute grande. Le capitaine qui l'avait un peu plus tôt tiré de son sommeil et dont il avait oublié le nom dit : « Général Zorine, un appel pour vous ! » La mémoire lui revint : *Melnikov.*

Encore Razov. J'avais oublié. « Très bien. Bon, fit-il en s'approchant de la console installée dans la salle par les hommes des transmissions. Maintenant, nous allons avoir les réponses. Passez-moi le général Razov.

– Mon général, ce n'est pas le général Razov. C'est PVO-Strany. Notre officier de liaison là-bas. Il a dit que c'était urgent. »

Zorine ouvrit de grands yeux. Melnikov pressa le bouton de la console. Le hurlement déchirant du klaxon emplit la salle.

« Qu'est-ce qui se passe là-bas ? interrogea Zorine.

– Général Zorine ! Je n'ai pas beaucoup de temps ! En fond sonore, on entendait la rumeur assourdie d'hommes qui criaient et un gémissement aigu et grinçant comme celui d'une perceuse qui rencontrerait de temps en temps des obstacles. Ils essaient de couper nos communications ! Une attaque par missiles est en cours, mon général ! Les engins se dirigent vers Moscou et vont arriver... » Le bruit de perceuse s'amplifia et la communication fut coupée avec un bruit déchirant.

« Mon Dieu ! cria Zorine. Qu'est-ce que c'était que ça ? »

Son officier des transmissions s'acharnait sur la console de communication. Il finit par dire : « Mon général, cette ligne est maintenant coupée aussi. »

Zorine se tourna pour dévisager les deux officiers toujours assis. *Des missiles. Des missiles se dirigeant vers*

Moscou. Les Américains procèdent à des évacuations. Des bombardiers américains. Il comprit soudain et des picotements de peur parcoururent son corps. « Ils sont fous », murmura-t-il. *Comment pouvaient-ils commettre une erreur aussi monstrueuse ?* Il avait le souffle court et rauque. Pris de vertige, il se cramponna à la table. « Les connards ! » Il secoua la tête d'un air incrédule, serra les dents. En même temps que la colère montait en lui, une douloureuse crispation lui traversait la mâchoire. Il avait l'impression d'avoir le sang en ébullition et il dut faire un effort pour garder un ton calme en se tournant vers les communicateurs nucléaires.

« Activez-moi ces engins. »

Les deux officiers commencèrent à ouvrir les coffrets.

« Mon général ? demanda le capitaine Melnikov d'un ton pressant. Que faites-vous ?

– On nous attaque ! hurla Zorine. La stupidité du jeune officier donnait une cible à sa colère. Vous l'avez entendu vous-même !

– Mais... Mais nous n'en savons rien, répondit avec impudence le capitaine. Nous ne savons pas ce qui se passe. »

Le général Zorine fixa sur l'officier un regard incrédule. Jamais auparavant il n'avait aussi bien compris la supériorité innée des officiers d'état-major sur leurs frères d'armes. « Vous avez vu la télévision américaine. Ils ont déjà évacué leur gouvernement ! Ouvrez-moi ça ! cria-t-il aux deux hommes toujours assis à la table.

– Mais... pourquoi ? gémit Melnikov.

– Parce qu'ils ont compris ce qui se passe ! lança Zorine. Forcé d'expliquer ce qui était en train de se produire, tout soudain lui parut clair. Ils ont appris je ne sais comment que nous nous étions emparés du pouvoir et que j'ai en ma possession ces boîtes de code. Ils savent que ce coup d'État a momentanément réduit en miettes notre système de commandement et de contrôle. C'est la *fenêtre* qu'il leur fallait ! cria-t-il en frappant du poing sur la table. Ils veulent frapper un coup mortel – et nous tuer tous ici, dit-il en se redressant pour haranguer l'assistance. Ils veulent détruire nos forces stratégiques avant que nous ayons pu remettre en ordre le commandement et le contrôle. »

Tous les regards se fixèrent sur Zorine : les visages exprimaient le choc devant ce qui se passait, devant ce qui allait leur arriver à eux tous.

« Mais ils savent sûrement, murmura le jeune Melnikov en levant les yeux vers Zorine. Ils savent sûrement que nous allons riposter d'une façon ou d'une autre !

– Ah oui ? demanda Zorine. Il laissa la question sans réponse. Après notre disparition, dit-il en regardant tour à tour chacun de ces hommes qu'il avait choisis, est-ce que « eux » – ceux qui nous ont amenés à cette situation – est-ce qu'ils riposteraient avec le peu de forces nucléaires qui nous resterait en se retrouvant à cent contre un ? En face d'un arsenal nucléaire américain resté intact ? » Toute l'ampleur de ce qui s'était passé pesait lourdement sur Zorine. Il secoua lentement la tête. « Est-ce qu'ils en auraient la volonté ? » marmonna-t-il.

Le téléphone sonna. Zorine et Melnikov tournèrent brusquement la tête vers la console : ce n'était qu'une ligne intérieure. Zorine pressa le bouton allumé. « Qu'est-ce que c'est ?

– Général Zorine. Il y a... il y a des missiles ! Des missiles s'élèvent dans les airs tout autour de la ville !

– Qui est à l'appareil ? demanda Zorine.

– Lubyanov. Sur le toit du Congrès des députés du peuple !

– Est-ce que ce sont des SA-10 ? interrogea Zorine.

– Non, mon général. Je ne sais pas ce que c'est. Ils laissent des traînées de fumée jaune, pas blanche. Il y en a d'autres qui montent maintenant, de partout ! Ils s'élèvent dans le ciel à des hauteurs extraordinaires !

– Qu'est-ce que c'est ? demanda Melnikov doucement.

– Des missiles antibalistiques, répondit Zorine d'un ton abasourdi tout en se cramponnant des deux mains à la table.

– Il y a eu une énorme explosion dans le ciel ! cria Lubyanov dans le téléphone. A-a-a-ah ! Ça brûle... Ça brûle la peau ! Mon Dieu !

– Ouvrez les livres de code », dit Zorine. Il s'affolait soudain à l'idée d'avoir attendu trop longtemps. Les deux officiers sortirent les dossiers scellés de leurs boîtiers nucléaires.

« *En voilà un autre !* s'écria Lubyanov. Il n'y a pas de son, mais un éclair éblouissant... On ne peut pas le regarder ! Et ça brûle ! Comme un coup de soleil !

– *Vite !* lança Zorine.

– Encore un ! hurla Lubyanov dans l'appareil. Et un autre ! Ils partent tous ! »

Le ton affolé de Lubyanov témoignait de l'impressionnante horreur du spectacle.

« Les ABM ont des ogives nucléaires, déclara Zorine sans s'adresser à personne en particulier tandis qu'on étalait sur la table de conférence les livres de code.

– Pourquoi n'y a-t-il pas de son ? Pas d'explosion ? demanda Melnikov à voix basse, tout en tendant l'oreille vers le haut-parleur.

– Ils explosent dans l'espace, juste hors de l'atmosphère. » Les idées se bousculaient dans l'esprit de Zorine : il cherchait encore désespérément une autre explication. « Passez-moi Razov ! cria-t-il à l'officier des transmissions. Ou PVO-Strany, ou l'aviation stratégique, enfin quelqu'un ! Essayez la radio à haute fréquence. »

Zorine essaya de passer devant Melnikov pour s'approcher des livres de code.

« Mon général, il doit y avoir une erreur ! » supplia le jeune officier, en saisissant Zorine par le bras.

Zorine regarda sans rien dire cette main qui osait le retenir et se dégagea.

S'avançant derrière les deux hommes assis à la table, Zorine dit d'un ton calme : « Messieurs... Camarades, notre pays est victime d'une attaque nucléaire. Je m'attends au pire à tout moment et je compte que chacun de vous fera son devoir jusqu'au bout. » Zorine s'interrompit, soutenant les regards anxieux des deux officiers qui s'étaient retournés vers lui. « Maintenant quelle est la procédure ?

– On sélectionne un profil d'attaque d'après le livre de plans, et en même temps on installe dans les deux appareils les codes de lancement. Ces communicateurs envoient automatiquement les séquences de tir par la voie d'une fibre optique renforcée et codée et par des relais cellulaires jusqu'à un ordinateur situé dans le sous-sol du ministère de la Défense. Les deux codes à douze chiffres sont transmis à un algorithme et analysés. Si l'ordinateur sort un ordre de lancement valable, il procède directement au lancement des missiles terrestres et envoie des instructions préplanifiées à la marine et aux bases de bombardiers. » Zorine ouvrit le gros livre noir des codes.

« Général Zorine, dit le capitaine Melnikov, je vous en supplie... Je vous en prie, attendez que nous ayons au moins une vérification. C'est de la folie ! Vous ne pouvez pas procéder au lancement sans avoir une confirmation de l'attaque ! »

Les premières pages du livre contenaient des instructions générales. Zorine en feuilleta un certain nombre et ouvrit le livre presque au milieu. En haut de la page, en gros caractères majuscules, on pouvait lire « ZM01349GZ771 ». Tandis que l'officier devant l'autre appareil trouvait la même page – dans son propre code – Zorine lisait dans son exemplaire : « Sommaire. Profil de contre-attaque. Objectif : réduction de la force nucléaire stratégique des États-Unis avec le minimum de dommages annexes. Objectifs primaires : ICBM : Grand Forks, Malmstrom, bases aériennes de Minot et Warren. Bases de bombardiers : Blytheville, Carswell, Ellsworth, Fairchild, Grand Forks, Griffs, Loring, McConnel, Minot, Sawyer, Whiteman et Wurtsmith. Bases de sous-marins : chantiers navals de New London, Bremerton et Kings Bay. Centres de contrôle et de commandement : Cheyenne et Raven Rock Mountains. Objectifs secondaires : Système EW (système de surveillance avancée), bases aériennes de Beale, Elmendorf, Falcon, Goodfellox, Keana Point, McChord, Robins, Shemya Island, Thulé, Vandenberg et d'Otis. Turbulences tactiques : lancement de missiles air-air et mer-air comme précisé ci-dessous. Villes sanctuaires : voir liste ci-dessous. SOUS-MARINS LANCEURS DE MISSILES BALISTIQUES, disaient les caractères en majuscules, voir ordres spéciaux de lancement précisés ci-dessous. »

« Général Zorine », lui dit à voix basse l'officier installé devant le communicateur le plus proche en lui désignant du menton l'autre bout de la salle.

En levant les yeux, Zorine aperçut le capitaine Melnikov, pistolet au poing. Dans l'Intercom, on entendait les cris de Lubyanov à une certaine distance de son émetteur.

« Général Zorine, dit Melnikov affolé et d'un ton hésitant, je vous en prie. Je vous en prie ! »

Les cris de Lubyanov se rapprochèrent de son téléphone puis il cria : « Général... ! »

Tout le monde dans la salle sursauta en entendant le

crissement déchirant qui sortait du téléphone, suivi presque aussitôt par le début d'un grondement qui, au cours des quelques secondes suivantes, atteignit un tel niveau de vibration que chacun se cramponna aux tables et aux murs. Les lumières du plafonnier s'éteignirent. Une fraction de seconde plus tard, l'éclairage de secours installé le long des parois se mit en marche : il faisait nettement plus sombre dans la pièce. Juste au moment où Zorine se disait que les vibrations allaient faire s'écrouler les murs, le grondement commença à s'apaiser lentement. On entendait des cris derrière les portes de la salle de conférence.

La porte s'ouvrit brusquement : au plafond on voyait flotter un léger nuage de fumée que venait illuminer chaque étincelle électrique jaillissant des radios et de tout le matériel électronique. Des officiers en tenue de combat étaient figés sur place : ils dévisageaient le capitaine Melnikov et Zorine, hésitant à agir.

Il y eut un second formidable choc sourd : là encore, le grondement qui suivit fit trembler la pièce. Puis une explosion plus faible venant du fond du couloir, un éclair, et les lumières de secours s'éteignirent. La lueur des deux écrans éclairait vaguement le visage des officiers assis très raides devant eux. Zorine et le capitaine Melnikov se tenaient debout derrière eux.

Les faisceaux des torches électriques de plusieurs officiers commencèrent à balayer la pièce. Un instant, Zorine vit un homme, fusil à l'épaule, qui visait le capitaine, mais sans quitter des yeux le général. Celui-ci s'approcha de Melnikov et sans effort lui prit le pistolet des mains. Au même instant, l'éclairage de secours se remit en marche en vacillant.

Un homme entra en courant dans la salle. Le regard fou, il cria à Zorine : « Il y a eu une explosion ! Une explosion nucléaire ! Nous l'avons vue ! Juste au sud de la ville ! Il y a... il y a une énorme boule de feu qui s'élève au-dessus de l'horizon ! » Les visages des hommes plantés sur le seuil avaient une expression aussi bouleversée que l'homme qui venait de parler.

Le courant rétabli, on ralluma le poste de télévision. L'interprète fixait l'écran encore vide. Avant que l'image apparaisse, on entendit le journaliste américain parler rapidement en anglais. Il était maintenant leur seule source d'information en provenance de l'extérieur : la transmission par satellite était reçue par leurs simples paraboles du Kremlin résistant à toute interruption, à tout brouillage et que l'onde de choc de l'explosion nucléaire n'avait pas grillées. Tous les assistants se précipitèrent vers l'écran de nouveau allumé dans la pénombre de la salle souterraine.

« Il y a une sorte d'alerte nucléaire », commença l'interprète à lunettes de l'armée, d'un ton monocorde bien peu en rapport avec l'agitation qu'on sentait dans la voix du reporter étranger ni avec la force des mots prononcés. « La rédaction de CNN a maintenant reçu des rapports de tous les points du pays. Les bombardiers décollent d'une demi-douzaine de bases. À Norfolk, un porte-avions a appareillé en rompant presque ses amarres et fait route avec un tiers de son équipage en permission à terre. Évacuation du gouvernement fédéral, activation des premiers centres de secours de nombreux organes de gouvernement locaux et fédéraux. Aucune consigne encore de la Défense civile ni du FEMA concernant les mesures que, le cas échéant, on conseillerait aux citoyens ordinaires de prendre. Mais, depuis le Connecticut, nous avons en ligne Simon Gardner, auteur de l'ouvrage *Un nouvel Armaguedon : est-ce possible ?* Monsieur Gardner, vous êtes là ?

– Oui, je vous entends.

– Pouvez-vous, je vous prie, nous dire de la façon la plus concise possible ce que l'Américain ordinaire, chez lui ce soir, pourrait être en mesure de faire si le pire se révélait exact ? » La traduction russe vint une seconde ou deux après l'anglais et Zorine percevait le tremblement – la nervosité – dans la voix du journaliste.

« Mon général, entendirent-ils faiblement dans l'intercom, nous avons besoin de secours médicaux. » Les mots étaient prononcés péniblement, lâchés entre deux bouffées de souffrance par Lubyanov sur le toit. « La plupart de mes hommes sont brûlés. »

« Fermez cette porte et bloquez-la ! » dit Zorine aux soldats plantés là. Il se tourna vers le capitaine Melnikov qui détourna les yeux et baissa la tête. Zorine contempla un moment les communicateurs avant de parvenir à rassembler l'énergie dont il avait besoin pour parler, pour lancer les ordres.

3.

En orbite géostationnaire, au-dessus de l'océan Indien
11 juin, 5 h 25 GMT (7 h 25 locale)

Sept secondes après la mise à feu de la fusée de lancement du SS-18, les capteurs de chaleur du satellite Block 14 s'échauffèrent suffisamment devant l'émission de calories provenant de la traînée d'échappement pour déclencher un signal de détection. Suspendus à une altitude de 59 050 kilomètres au-dessus de l'équateur, les capteurs du satellite calculèrent immédiatement l'intensité et la provenance du signal.

L'ordinateur de bord entreprit de comparer cette information avec une banque de données contenant les éléments de température et de localisation de tous les lancements précédents détectés. Deux secondes plus tard, il découvrit une correspondance : « Lancement missile/SS-18 Russe/Site de missiles Kartaly silo n°/42/0525 : 17 : 36Z. »

Les premières alarmes retentirent à la station d'analyse à terre de Nurungar, Australie, et à la station de Kapaun, Allemagne, qui toutes deux reçurent le message directement de l'espace. Un laser installé sur le satellite envoya simultanément par impulsions électriques l'information sous forme digitalisée à deux autres satellites Block 14 en position au-dessus de l'Amérique du Sud et du Pacifique central, qui à leur tour la renvoyèrent pour déclencher les klaxons d'alarme de la base aérienne de la garde nationale de Buckley, Colorado, et dans les six semi-remorques à dix-huit roues sillonnant le vaste désert du Nouveau-Mexique : c'est là que le commandement de la défense spatiale de l'Air Force déployait ses stations mobiles au sol, l'ultime défense contre une attaque surprise.

Toutes les stations au sol relayèrent simultanément l'information aux centres de commandement. Une alarme après l'autre vint troubler le silence des salles d'opérations étanches et des casemates souterraines : au centre de commandement militaire national du Pentagone, le « Réservoir »; au centre de secours du commandement militaire national enfoui dans les profondeurs de Raven Rock Mountain à la limite du Maryland et de la Pennsylvanie, à 115 kilomètres au nord de Washington; au poste de commandement de l'ACC occupant trois étages en sous-sol de la base aérienne d'Offut, à côté d'Omaha, Nebraska. Et dans les quinze bâtiments d'acier montés sur ressorts dans les vastes casernes d'une grande montagne de granit – le complexe du NORAD à Cheyenne Mountain – où les cœurs des 1 700 personnes qui y travaillaient se mirent à battre plus fort avant qu'ils n'entament gravement les procédures répétées depuis longtemps pour les dernières minutes de leur existence.

NORAD, Cheyenne Mountain, Colorado
11 juin, 5 h 25 GMT (22 h 25 locale)

Le général Albert Wilson, commandant en chef du commandement américano-canadien de la défense aérospatiale de l'Amérique du Nord, était planté derrière un officier canadien installé à la console du système de détection d'énergie atomique dans la partie de la vaste salle qu'on appelait le centre d'opérations de la défense aérienne. Ils passaient en revue les données qu'on possédait sur les explosions de missiles chinois au sud de Moscou : quelque chose ne collait pas. Les mesures de luminosité du satellite ne concordaient pas avec les rapports techniques. « Ces ABM que les Russes ont lancés ont dû au moins détourner la trajectoire des missiles chinois ou provoquer un dysfonctionnement », suggéra l'officier canadien. *Ou bien les Chinois fabriquent des missiles de merde*, songea Wilson. « Ils viennent de manquer la banlieue sud de la ville. »

Le hurlement du klaxon d'alarme fit sursauter Wilson. Il regarda par-dessus les silhouettes soudainement figées et silencieuses du personnel : il aperçut le voyant rouge qui clignotait au-dessus du centre de détection de missiles du complexe.

« J'ai quelque chose ! » cria d'un air surpris l'officier assis sous le voyant. Dans sa hâte à poser sa tasse, il se renversa sur les mains du café brûlant. « Lancement SS-18 probable depuis la zone de missiles de Kartaly ! » lut-il sur l'écran de contrôle de sa console. Ses doigts faisaient tourner la souris de son moniteur en tapant sur la longue barre du curseur.

Mon Dieu ! se dit Wilson. *La Russie d'Europe !* Il se dirigea à grands pas vers le centre de détection de missiles. Au passage, il leva les yeux vers l'écran de près de 2 mètres carrés du système d'analyse et de visualisation du centre de commande, le « Grand Tableau », qui occupait le mur au fond de la pièce. Un triangle rouge clignotant s'était allumé sur la carte de la Russie occidentale.

« J'ai quatre autres données ! cria l'officier, en sautant presque à bas de son siège. Des SS-18 lancés de la base de missiles de Kartaly. »

Le général Wilson posa une main douce mais ferme sur l'épaulette du capitaine et regarda le petit écran installé devant lui. C'était le plan bien connu de la base de missiles de Kartaly : les carrés rouges clignotant indiquaient l'emplacement des silos maintenant vides. Sur la règle du bas, Wilson trouva les informations qu'il cherchait. Le « TOT MISL » – « Total des missiles » – avait atteint 8 et augmentait à mesure que s'accumulaient les « données ». Le « TTG » – « Time To Go » (séquence de lancement) avant la première explosion – annonçait 00 : 29 : 37, les secondes s'égrenant inexorablement.

Wilson se tourna vers l'homme assis auprès du capitaine. « Arrêtez l'autodétection sur le système d'affichage et lancez-moi une procédure de vérification. »

Le capitaine assis devant Wilson annonça vingt-quatre nouvelles données. Sa main déplaçant la souris sur l'écran, il énuméra diverses bases de lancement réparties sur la Russie d'Europe. Des triangles rouges jaillissaient sur le Grand Tableau : l'ordinateur repérait les détections bien avant que l'officier ait pu les lire.

Ça ne va pas, répétait inlassablement une voix dans la tête de Wilson. *Ils ont déjà éliminé les forces stratégiques chinoises.*

« Procédure de vérification positive, mon général », dit l'officier en soutenant le regard du général.

Un autre militaire quitta sa console pour se précipiter vers Wilson ; « TELINT annonce : télémétrie après lancement, transmissions vérifiées. »

Wilson cria à l'officier des transmissions en service : « Envoyez NUCFLASH 4 série PINNACLE OPREP-3 au NCA à bord de Nightwatch : RPV est " Positif ". Je répète Rapport procédure vérification est " Positif ". » Wilson voyait la pomme d'Adam de l'officier monter et descendre et devinait ce que l'autre pensait. *NUCFLASH 4 : détection d'objets non identifiés par système d'alerte aux missiles avec risque de guerre nucléaire.*

Wilson gravit les marches jusqu'à la galerie dominant la vaste salle : aviateurs et officiers s'écartaient sur son passage. Il se dirigea vers son bureau qui faisait face à la salle et au Grand Tableau. Il décrocha le combiné blanc du téléphone inséré dans la console et pressa le bouton « intercom ». « Ici CINCNORAD. » Sa voix retentit dans la vaste salle et dans les autres bâtiments du complexe. « Je déclare un état d'urgence de défense aérienne : Défense aérienne, alerte jaune ; je répète : Défense aérienne, alerte jaune. » Il décrocha le téléphone rouge. Au moment où il portait le combiné à son oreille, le standardiste du Pentagone annonça : « Centre de commandement militaire national. »

À bord de Nightwatch, au-dessus du Maryland
11 juin, 5 h 30 GMT (0 h 30 locale)

À peine avait-on frappé à la porte qu'elle s'ouvrit toute grande. Un capitaine d'aviation hors d'haleine annonça : « CINCNORAD a déclaré " l'état Jus de citron " ! »

Lambert vit le général Thomas se pencher aussitôt dans son fauteuil pour presser plusieurs boutons sur le panneau installé dans un creux de la table de conférence.

« Qu'est-ce que ça veut dire " Jus de citron " ? » demanda le Président.

Thomas était trop occupé. Ce fut Lambert qui répondit : « Ça veut dire qu'une attaque par un appareil ennemi ou des missiles est probable.

– Transmissions, dit une femme dans le haut-parleur.

– Ici le général Thomas. Je veux une conférence de menace aérienne, une conférence de menace de missiles et une conférence de menace spatiale – simultanément.

– Qu'est-ce que... ? » commença le Président.

Pendant un long moment, on n'entendit au bout du fil que la tonalité, puis la femme reprit d'un ton calme : « Les conférences sont convoquées, général. » En fond sonore, on entendait le bourdonnement rythmique d'une sonnerie provenant d'un des centres de commandement.

« Al, qu'est-ce qui se passe ? demanda Thomas au commandant en chef du NORAD.

– DSP a trente-six lancements non confirmés à partir de bases en Russie occidentale, répondit William. Premières estimations d'impact : CONUS. »

Thomas appuya le menton sur sa poitrine et ferma les yeux. L'esprit de Lambert refusait d'admettre la signification des mots qu'il venait d'entendre, mais il percevait le choc de cette nouvelle par ricochet. On en voyait les effets tout autour de la table : bouches bées, les yeux ronds regardant dans le vide, tandis que les chefs d'état-major interarmes abasourdis encaissaient chacun le choc à sa façon.

« Bon sang, que se passe-t-il ? » interrogea le Président, regardant un général après l'autre : tous étaient silencieux et blêmes.

Ce fut Lambert qui traduisit. « Le Defense Support Program System a détecté les signaux infrarouges de trente-six lancements de missiles tirés de Russie occidentale. Les points d'impact probables sont situés sur la partie continentale des États-Unis.

– Quarante-trois maintenant, mon général », dit une nouvelle voix dans le haut-parleur. Lambert examina le visage des militaires et du secrétaire à la Défense assis devant lui. Le général Thomas croisa son regard. Un frisson parcourut le dos de Lambert tandis que montait en lui la détermination de faire son travail.

« Mais vous avez dit... vous avez dit " non confirmé ", réussit à articuler le Président d'une voix si basse qu'on aurait cru qu'il se parlait à lui-même. Il y a peut-être une boulette quelque part.

– Il faut que j'y aille, dit le général Wilson au téléphone et il raccrocha.

– Attendez ! » cria le Président. Trop tard. On entendit dans le haut-parleur le déclic de plusieurs interlocuteurs qui raccrochaient. « Repassez-moi cet enfant de salaud !

– Monsieur le Président, dit Thomas, il a un tas de choses à faire et pas beaucoup de temps pour y arriver. Nous pouvons répondre à vos questions. » Lambert luttait contre l'état de choc dans lequel il avait sombré. Tous les éléments de la situation avaient un côté irréel. Lambert dut faire un effort pour chasser de son esprit l'idée que tout cela n'était pas vrai, que ce n'était qu'un rêve éveillé. « Nous avons un système de vérification qui fonctionne sur le principe de la " phénoménologie de la double alerte " : ça veut dire qu'avant de déclarer une attaque confirmée, il nous faut des alertes émanant de systèmes distincts. Nous avons déjà une détection aux infrarouges, alors nous allons obtenir une confirmation radar... » Il se tourna vers le capitaine qui s'attardait sur le seuil : il n'avait pas envie de partir. Il voulait savoir ce qui se passait. « Quand est-ce que CINCNORAD a déclaré l'état " Jus de citron " ? »

L'homme regarda une feuille de papier pelure.

« Zéro – Cinq – Deux – Six – Zoulou », répondit-il, d'un ton lointain et distrait. Lambert frémit en voyant l'expression de son visage.

« Ce sera tout, capitaine », dit Thomas, le visage fermé. Le capitaine sortit sans refermer la porte. Lambert se pencha pour le faire tandis que Thomas consultait sa montre. « En supposant un lancement à Zéro – Cinq – Deux – Quatre – Zoulou, nous aurons le premier impact dans vingt-huit minutes environ. BMEWS – le Ballistic Missile Early Warning System (Système d'alerte avancé contre les missiles balistiques) du réseau de radars déployés en Alaska, au Groenland, en Grande-Bretagne et dans les Aléoutiennes – devrait repérer maintenant d'une seconde à l'autre le premier missile au moment où il passera au-dessus de l'horizon de l'Arctique.

– Y a-t-il... y a-t-il une chance – la moindre chance – qu'il s'agisse d'une fausse alerte ? » demanda le Président. Il avait les mains croisées devant lui dans un geste de supplication.

Le général Thomas le regarda. « Non, monsieur le Président. Le général Wilson nous aurait fait abandonner l'état d'alerte jaune. Ils sont en route, monsieur le Président.

– Vérifiez bien et assurez-vous-en », dit le Président. Thomas se tourna vers le général Starnes, chef d'état-major de l'Air Force, et lui fit un signe de tête, Starnes décrocha son téléphone.

Ça y est, se dit Lambert. *Oh, mon Dieu,... ça y est !* La beauté de Jane lui apparut à l'esprit et il fit rapidement le calcul. Elle était sur le périphérique et approchait de la sortie 193 de l'autoroute. *Dans vingt-sept minutes*, se dit-il, *à 110 kilomètres à l'heure, elle devrait être... à une cinquantaine de kilomètres de Washington.* Il poussa un soupir comme s'il venait de la voir s'échapper de la capitale. Il se sentait des picotements partout. Il avait l'impression d'être vidé émotionnellement. *Cinquante kilomètres*, se répéta-t-il. *Suffisamment loin.* Il se surprit à prononcer les mots presque à haute voix. Hochant la tête sans s'en rendre compte, Lambert entreprit un inventaire de ses proches. *Papa et maman,* se dit-il, *endormis dans leurs lits au trente-deuxième étage de leur appartement d'East 72e Rue à New York.*

Le général Starnes reposa le combiné. « TELINT a vingt-huit interceptions sur haute fréquence et le décompte continue. Le décryptage ponctuel indique de fortes probabilités de télémétrie. »

Les chefs d'état-major se tournèrent vers le Président comme s'il avait la réponse à sa question. Le Président Livingston ne demanda pas d'explication : on avait l'impression qu'il s'était ratatiné de façon presque imperceptible. « Pourquoi ? demanda le Président d'une voix faible. Pourquoi ? » Lambert sentit un frisson lui parcourir le dos. Il croisa les bras pour se maîtriser.

Un silence atterré planait sur la salle. Si à cet instant le Président avait montré d'incontestables dons de chef, Lambert aurait peut-être sombré dans le tumulte de ses pensées : peut-être se serait-il effacé devant les hommes qui l'entouraient, tous de plusieurs décennies ses aînés. Mais quand il lut l'incrédulité sur le visage du Président,

Lambert se sentit dans l'obligation de s'avancer et de faire son travail de conseiller du Président à la Sécurité nationale. Il perçut la décharge d'adrénaline dans son organisme. En un instant, son esprit s'éclaircit et Lambert sentit – il vit – avec une lucidité extraordinaire ce qui allait venir et ce qu'on attendait de lui et de son patron. « Monsieur le Président, dit Lambert, et les regards se tournèrent vers lui. Il faut que nous discutions d'un ordre d'alerte à l'Air Combat Command.

– Un ordre d'alerte ? Un ordre de faire quoi ? »

Lambert avait les dents si serrées qu'il en avait mal aux mâchoires, et il dut faire un effort pour parler. Il n'hésita pas. La vision d'apocalypse, née de toutes ces années d'études, se dessina tout entière dans son imagination : il ne restait qu'une seule ligne de conduite rationnelle à suivre. « Un ordre d'alerte pour déclencher le plan opérationnel intégré, monsieur le Président : attaquer et détruire ce qui reste des forces nucléaires russes. »

90e groupe de missiles stratégiques, base de Warren, Wyoming
11 juin 5 h 30 GMT (22 h 30 locale)

Stuart entendit le « boom » retentissant quand il referma la porte étanche du centre de contrôle de lancement : une porte en béton renforcée par des barres d'acier et recouverte de polymères spéciaux pour atténuer l'onde de choc électromagnétique d'une explosion nucléaire. L'accès au bas du puits de l'ascenseur était maintenant bouclé. Des doubles portes étanches en titanium s'étaient également refermées en haut de la cage d'ascenseur. Tout contact physique entre les deux hommes dans le centre souterrain et le groupe de contrôle de lancement en surface était maintenant coupé.

Stuart leva les yeux et regarda Langford passer son index sous le foulard jaune qu'il portait noué à l'intérieur du col de sa vareuse bleue. Ce geste ne parut pas déranger l'homme assis quelque trois mètres plus loin, perpendiculairement au fauteuil de Stuart.

Le centre de lancement, une capsule d'acier d'un seul

bloc enfoui à 30 mètres sous l'ancien poste de cavalerie, était suspendu par quatre vérins hydrauliques au toit de la caserne. Le plafond s'incurvait pour épouser les 12,50 mètres de long sur 7,80 mètres de large de la capsule.

Les deux hommes en étaient au second stade de leur liste de contrôle de prélancement : ils vérifiaient les voyants et les indicateurs sur leurs deux consoles identiques. Sur le panneau de contrôle de Stuart, neuf des dix voyants lumineux étaient au vert. Le dixième – celui du missile n° 8 qu'ils avaient inspecté en chemin en se rendant au centre de contrôle de lancement – était au rouge.

Ceci est un excercice. Ceci est un exercice. Ceci est un exercice, se répétait Stuart comme une prière, pour se forcer à rester calme. Mais toute la base était passée au stade de DEFCON 2. Une fois de plus, il secoua la tête pour s'obliger à chasser cette pensée. *J'irai prendre une bouteille de scotch au « niveau zéro » et je discuterai de ça avec les autres officiers de lancement quand j'aurai fini mon tour de garde demain.*

La sonnerie du « téléphone rouge », le système primaire d'alerte reliant le QG du commandement de l'Air Combat Command à ses cent cinquante-deux centres de lancement de missiles figea Stuart sur place.

Stuart regarda Langford : celui-ci soulevait déjà le combiné de son téléphone rouge. Stuart décrocha le sien. Il croyait déjà entendre dans sa tête la voix impersonnelle de l'ordinateur clamant à tous les exercices d'alerte « Grand Bruit, Jus de citron, Grand Bruit, Jus de Citron ».

Le message enregistré se répétait en boucle, avec la même voix de femme neutre dont il avait l'habitude. « Hydravion, Jus de citron. Hydravion, Jus de citron. Hydravion, Jus de citron. » Le monde s'immobilisa. Tout autour de lui semblait étrange, baigné d'une nouvelle lumière crue. Frissonnant, il reposa le combiné. Il poussa le bouton orange sur le côté du socle, faisant ainsi s'éteindre le petit voyant allumé sur la console au QG de l'ACC. Une personne de plus était au courant. Il avait été informé. Il savait. *Hydravion*, se dit Stuart, *ce n'est pas un exercice.*

« J'ai l'alerte jaune de la Défense aérienne, annonça Langford sans se retourner. Confirmez. » Stuart avait l'impression qu'il était à un kilomètre de là, mais il réagit comme il y avait été entraîné. « Alerte jaune de Défense aérienne – confirmé.

– J'ai toujours le n° 8 qui est bloqué. Téléphonez-leur de se grouiller », dit Langford. Il ouvrit le livre de bord relié de cuir noir du centre de contrôle de lancement pour enregistrer l'ordre.

Stuart regarda le radiotéléphone blanc sur sa console pendant quelques secondes avant de tendre la main pour presser le bouton et faire déclencher la sonnerie dans le tunnel d'accès du silo n° 8.

« Ici, sergent Kline », dit une voix métallique dans le récepteur. Stuart reconnut la voix de l'homme qu'ils avaient vu un peu plus tôt près de la trappe du silo.

« Sergent Kline, dit Stuart, nous avons une alerte jaune. » Stuart parlait d'un ton détaché : il dut se concentrer pour se rappeler la raison de son appel. « Dans combien de temps pouvez-vous remettre le n° 8 en position de lancement ?

– Seigneur. Qu'est-ce qui se passe, major ?

– Je ne sais pas. »

Stuart entendit clairement un soupir à l'autre bout du fil. « Eh bien, nous pourrions désactiver le commutateur principal PENAID et rafistoler tout ça. »

Stuart avait l'esprit ailleurs. Les mots de Kline tournèrent à plusieurs reprises dans son esprit avant qu'il songeât à les analyser. « Est-ce que... commença Stuart en marquant un temps pour composer dans sa tête la fin de sa question – est-ce qu'il faut que vous retiriez tout le bloc PENAID ?

– Oh... non, major, dit Kline. La défaillance vient du circuit de distribution du ruban antiradar. Nous pourrions avoir accès à la commande principale et... bah, on pourrait balancer les circuits si vous pensez qu'il le faut. À l'allumage, les systèmes auxiliaires de pénétration vont probablement afficher " Non-Op ", mais les leurres et les brouilleurs marcheront. Seulement vous bousillerez un tableau de commande de 2 000 dollars ! »

La lumière se fit soudain dans les pensées confuses de Stuart. *C'est un putain de test*, se dit Stuart, *et Kline est dans le coup*. Stuart se pinça les lèvres pour dissimuler son sourire. Il savait maintenant ce qu'il devait faire : son cerveau recommençait à fonctionner normalement. « Combien de temps faudrait-il pour griller les circuits du tableau ?

– Pour remettre les fils en place et tout refermer... Kline prit une profonde inspiration. Oh, et puis pour raccorder le câble principal... quarante-cinq minutes. Je ne sais pas... peut-être plus.

– C'est trop long, sergent », dit sèchement Stuart. Il sentait ses lèvres esquisser un sourire en imaginant l'effet que cela ferait sur les bandes audio quand on les repasserait. *Test de fiabilité du profil du Personnel,* se dit Stuart. Il fallait toujours modifier des éléments puisque le premier soin des officiers de lancement était de se révéler les uns aux autres les exercices même si on leur imposait sévèrement le secret.

« Ma foi, major, dit Kline, je pense que nous pourrions y aller et commencer à raccorder le câble principal maintenant, mais ça violerait les procédures de sécurité. » *Oh,* se dit Stuart. *Excellent. La sécurité en face de la préparation au tir.*

« Vous savez, reprit Kline, si à cause de l'électricité statique, il y a survoltage quand on remet dans son logement le tableau PENAID...

– Si vous prenez le risque, demanda Stuart, il vous faudra combien de temps ? » *Résolution d'un problème logique.* Stuart se représentait déjà le formulaire tandis que les gars du Personnel terminaient leur estimation.

« Peut-être... trente, vingt-cinq minutes.

– Faites-le. Sous mon autorité, dit Stuart d'un ton impérieux.

– Très bien, major, dit Kline. Oh, euh, major... ça vous ennuierait de me tenir au courant ?

– Comptez sur moi », dit Stuart en raccrochant avec un sourire. Stuart savait qu'il avait eu la « bonne réaction ». *Procéder au lancement à tout prix.*

« Combien de temps pour que le n° 8 soit prêt ? » demanda Langford.

Stuart souriait toujours. « Kline a dit une demi-heure... minimum. »

Langford regarda Stuart une seconde, puis revint à la liste de contrôle que chacun d'eux avait inspectée après l'alerte initiale. Stuart prit les pages plastifiées du manuel reliées en haut par trois anneaux et revint au début de la page précédente comme l'exigeait la procédure si l'on était interrompu. *Je parierais que Langford n'aurait pas pensé à faire ça,* se dit Stuart, très satisfait. *Un bon point pour moi.*

Stuart poursuivit sans hâte la lecture de sa liste de contrôle.

Base aérienne de March, Riverside, Californie
11 juin, 5 h 30 GMT (21 h 30 locale)

« Fin d'alerte ! » « Fin d'alerte ! » « Fin d'alerte ! » L'appel retentissait, partant de l'extrémité opposée du hangar et se déplaçant vers Chandler. À chaque cri, l'homme levait son bras droit en l'air. Les cris se rapprochaient.

« FIN D'ALERTE ! » clama l'adjudant d'aviation à côté de Chandler, en levant le bras puis en l'abaissant. Ses voisins l'imitèrent. Cependant, dehors, sur la piste, le grondement des appareils à réaction qui décollaient continuait presque sans interruption. L'adjudant pivota, s'approcha d'un boîtier ressemblant à un disjoncteur et poussa un gros bouton vert.

Le bouton aussitôt s'éclaira et une sirène retentit, lançant un coup bref après l'autre. Il y eut un bruyant déclic mécanique. Un grondement assourdi résonna dans le hangar. La paroi juste en face de Chandler commença à s'élever, d'un mouvement lent mais régulier.

Au bout de deux secondes, on aperçut aussitôt tout ce qui se passait sur la piste. Dans la lueur éblouissante des lampes à arc destinées à transformer la nuit en un jour éblouissant, on distinguait une escadrille de huit appareils à bord desquels se précipitaient frénétiquement des douzaines d'aviateurs.

« Delta », « American », « Continental », pouvait-on lire sur les fuselages blancs étincelants des avions cargos. Leurs cocardes familières et leurs logos prenaient un air terriblement incongru étant donné la mission qui les attendait. Quelques acclamations montèrent des hommes massés dans le hangar. Chandler devina que, comme lui, ils attendaient des transports de l'Air Force avec des harnais fixés aux parois.

Mais ce qu'on apercevait à l'arrière-plan fit rapidement taire toutes les conversations. Un bombardier stratégique – un B-1B – se lança sur la piste, la flamme bleue de l'échappement jaillissant à 30 mètres à l'arrière de ses quatre moteurs tandis que son terrible fracas ébranlait l'air de la nuit. Comme l'avion s'éloignait en bout de piste, l'adjudant cria : « Quoi ? » dans le téléphone mural fixé auprès de lui, tandis qu'un autre bombardier s'engageait sur la piste. Juste avant que le rugissement de ses moteurs n'emplît la nuit, Chandler entendit le hurlement d'une sirène qui s'élevait lentement et retombait.

« Le vôtre, major, c'est le Delta L-101 tout au bout de la première rangée ! » cria l'adjudant à Chandler. Il lui désignait l'appareil du doigt.

« Bon sang, répliqua Chandler, qu'est-ce qui se passe ? »

L'homme le regarda, le visage impénétrable. « Un raid aérien, se contenta-t-il de dire.

– Un raid aérien ? s'écria Chandler. *Ici ?* »

L'homme se contenta de hocher la tête, tout aussi abasourdi que Chandler. « Vous feriez mieux de faire embarquer vos hommes sur cet appareil. »

Chandler examina le jet Delta. Un grand gaillard aux cheveux argentés en uniforme de pilote était planté sur la plate-forme en haut de l'échelle, agitant furieusement les bras en direction du hangar et penchant la tête de côté en poussant ce qui devait être un cri de colère. Le sergent-chef Barnes et le sous-lieutenant Bailey se tournèrent vers lui. Tout le monde attendait. *C'est moi qu'on attend*, comprit Chandler.

Il souleva le gros sac camouflé lourdement chargé d'équipement que Barnes lui avait procuré, et se tourna pour la première fois vers la mer des visages alignés derrière lui. « En avant, ma-a-a-rche ! » cria-t-il. Puis il tourna les talons et partit au petit trot, peinant sous le fardeau de son paquetage. Au bout de quelques pas, il se retourna pour regarder du coin de l'œil : les hommes et les femmes du hangar le suivaient.

Stratosphère, au nord de la base de missiles de Kartaly
11 juin, 5 h 33 GMT (7 h 33 locale)

Les 220 tonnes de la fusée russe SS-18 Modèle 4 approchaient du terme de sa phase d'accélération : le missile s'était élevé à plus de 100 kilomètres au-dessus de la terre. Avec ses 36 mètres de long et ses 3 mètres de diamètre, la masse en charge dépassait celle de tous les autres missiles militaires du monde. Quand son dernier étage s'arrêterait, les moteurs de la fusée lui auraient donné presque tout l'élan dont elle aurait besoin pour lui faire franchir la calotte polaire jusqu'à sa cible, à l'est de Los Angeles.

Juste derrière les ogives nucléaires, l'accéléromètre du guidage à inertie était occupé à mesurer les accélérations de l'engin : il convertissait ensuite ces données en estimations de distance parcourue et de vitesse. L'ordinateur de bord enregistra les accélérations signalées par les instruments et attendit l'instant précis où la vitesse de l'appareil correspondait exactement au point de l'espace prévu pour permettre une trajectoire balistique jusqu'aux cibles prévues. Les calculs et leur exécution devaient être d'une précision absolue, car un retard d'un millième de seconde sur l'arrêt du moteur fusée se traduirait par une erreur de 600 mètres à l'arrivée : erreur fatale quand vos objectifs étaient des silos à missiles et des bases de lancement. Mais la cible, cette fois, était la base aérienne de March : une zone relativement peu renforcée, assez étendue et qui tolérait donc davantage de légères erreurs.

Dans la phase d'accélération, chacun des composants du missile n'avait qu'une chance. Quand les estimations de l'accéléromètre amenaient l'ordinateur à couper le moteur, le missile devenait un projectile balistique, comme un obus d'artillerie sur une longue trajectoire. Impossible de remettre en marche l'accélérateur.

L'arrêt de la combustion fut déclenché au bout de huit minutes et treize secondes. Peu après l'arrêt des moteurs de la fusée, le dernier étage se découpla et le long voyage silencieux à travers l'espace commença. Séparés dans les ténèbres de l'espace par des milliers de kilomètres, les autres engins de l'escadrille filaient vers leurs divers objectifs. Ils transportaient avec eux cent vingt têtes thermonucléaires, chacune quatorze fois plus puissante que les bombes d'Hiroshima et de Nagasaki réunies. En s'élevant pour passer au-dessus des grandes plaines blanches de la Nouvelle-Zemble, tout au nord de la Russie, ils furent rejoints par dix autres missiles suivant tous leur trajectoire silencieuse vers les États-Unis.

Autoroute I-10, à côté de la base aérienne de March, Riverside, Californie
11 juin, 5 h 34 GMT (21 h 34 locale)

« Vous venez d'entendre un bulletin d'information de ABC Radio. Restez à l'écoute de votre station locale ABC Radio. Nous reprenons maintenant notre programme régulier. » Les douleurs étaient venues et s'étaient dissipées mais Melissa maintenant avait l'impression qu'il lui faudrait s'arrêter pour aller aux toilettes. « Nous vous proposons quarante-cinq minutes de rock and roll non-stop, en commençant par *Whole Lotta Love* de Led Zeppelin. Alors restez à l'écoute de votre station de rock classique, le Z-e-e-e.

« Vous cherchez une voiture d'occasion de qualité mais vous en avez assez de tous ces superlatifs... » Melissa appuya sur le bouton de balayage de la radio. Une bouffée de musique mexicaine jaillit du poste juste au moment où elle apercevait devant elle le panneau « Base aérienne de March – Prochaine sortie ». La radio cherchait toujours une station. Melissa réajusta sa ceinture de sécurité qui commençait à lui serrer inconfortablement le ventre et s'engagea dans la bretelle de sortie.

La jeune femme roulait le long de l'immense base aérienne : elle pensait combien elle était près de David, de quelqu'un qui pourrait l'aider à supporter ce qui allait se passer.

« ... selon des informations en provenance de Moscou. les explosions se situaient juste au sud de la ville. Nous cédons maintenant l'antenne à John McDonald qui est actuellement en ligne de Moscou. John ?

– Peter, les déflagrations ont illuminé le ciel du petit matin à l'horizon de Moscou, il y a moins d'un quart d'heure. Je dormais quand la première a eu lieu et j'ai évité de peu de graves blessures quand la seconde, beaucoup plus proche de l'endroit où je me trouve, a fait voler en éclats les vitres de mon appartement sur Vokzlnaya Ulitsa dans la partie sud-ouest de la ville. En sortant sur mon balcon j'ai aperçu trois – je répète – trois nuages en forme de champignon, tous au sud et à l'est de mon point d'observation, et de nombreux incendies qui éclataient dans cette partie de la ville.

– John, l'interrompit le présentateur, John, il n'y a pas le moindre doute dans votre esprit : il s'agissait bien d'explosions nucléaires ?

– Absolument pas le moindre doute, Peter, dit le correspondant à Moscou manifestement encore secoué. J'ai tiré le téléphone aussi loin que me le permettait la longueur du fil et d'où je suis, je peux voir un de ces nuages en forme de champignon. Même s'il s'est écoulé environ quinze minutes, le nuage conserve à peu près la même forme que tout à l'heure. Cela devrait donner une idée de sa taille. Il va littéralement du sol jusqu'au ciel et il a ouvert un gros trou rond dans la couverture nuageuse qui ces derniers jours planait assez bas au-dessus de Moscou. La partie supérieure commence à dériver avec le vent : on dirait le haut d'un gros nuage d'orage en forme d'enclume qui, pour autant que je puisse l'estimer, me semble être loin, je répète loin du centre de Moscou. »

« Mon Dieu », fit Melissa. Elle avait la chair de poule et les yeux qui s'embrumaient. « Avez-vous une idée, John, une idée quelconque de ce qui pourrait se passer ? » « Oh ! mon Dieu, mon Dieu, mon Dieu », répéta Melissa, la gorge serrée.

« Vraiment pas, Peter. »

Une Mercedes dépassa Melissa à toute allure dans un hurlement de klaxon pour se rabattre devant elle avant de reprendre la file de gauche dans le flot de plus en plus dense de la circulation.

« Comme je le disais, j'ai été réveillé par l'explosion. La radio et la télévision de Moscou n'émettaient plus. Bien sûr, la Russie est en guerre avec la Chine qui est une puissance nucléaire. »

Un fort bourdonnement dans les aigus remplaça à la radio l'émission d'information. Le bruit se prolongeait. Aucune explication sur la nature de ce son, aucune annonce préenregistrée pour préciser que c'était seulement un test. Ce n'était pas nécessaire. C'était un son familier pour Melissa : elle avait grandi en l'entendant périodiquement et personne n'avait besoin de lui dire ce qu'il signifiait. Elle écrasa la pédale d'accélérateur et la Mazda fila sans effort à plus de 150 kilomètres à l'heure, le rugissement du moteur noyé par le bourdonnement continu de l'alerte radio d'urgence.

BMEWS NORAD, Thulé, Groenland
11 juin, 5 h 38 GMT (0 h 38 heure locale)

Le premier étroit faisceau d'énergie lancé par l'énorme émetteur radar balaya l'horizon vers le Nord en ligne droite pour pénétrer dans le ciel, très haut au-dessus du cercle Arctique, dans la Russie septentrionale. Une fraction de seconde, il baigna dans ses rayons le cylindre effilé qui s'élevait à travers les hautes couches de l'atmosphère terrestre. L'énergie émise par le radar rebondit sur le fuselage du missile comme de minuscules grains de plomb.

Un instant plus tard, plusieurs de ces masses infinitésimales d'énergie entrèrent en collision avec divers points de la surface du radar, grand comme un terrain de football. L'antenne enregistra un retour.

Peu après, le second faisceau d'énergie – à seulement quelques fractions de seconde d'arc du premier – balaya le même missile à une altitude de quelques centaines de mètres au-dessus des points de retour du premier faisceau.

Les ordinateurs disposaient maintenant de deux points dans l'espace séparés par un intervalle de temps. Ils calculèrent la position, la direction et la vitesse du missile et établirent une projection de la zone où était situé son objectif. Tout le processus, depuis l'émission d'énergie jusqu'au calcul des données, était presque instantané : l'information s'afficha sur les grands tableaux du NORAD et des trois autres centres de commandement national américain ainsi qu'au ministère canadien de la Défense aérienne à Ottawa, déclenchant une nouvelle série d'alarmes et de clignotants.

À bord de Nightwatch, au-dessus du Maryland
11 juin, 5 h 40 GMT (0 h 40 locale)

« Je ne sais toujours pas, dit le Président, je ne sais absolument pas. » Il secoua la tête. « Savons-nous vers quelle cible se dirigent les missiles russes ?

– Tout ce que TELINT peut nous dire pour l'instant,

c'est qu'il s'agit de ces zones-ci », dit le général Starnes. Il toucha de son stylo l'écran de contrôle encastré dans le mur de la salle de conférence. On pouvait y voir un certain nombre de lignes et de symboles, les uns clignotant, certains en bleu, en vert ou en rouge. Mais Lambert pouvait affirmer une chose. Le contour général de la carte était l'Amérique du Nord et le stylo du général dessinait des zones sur tout le territoire des États-Unis.

« Nous avons une " estimation hautement probable " du CINCNORAD, poursuivit Starnes. Les missiles se dirigent approximativement vers les zones où se trouvent nos bases de lancement, de sous-marins, de bombardiers et nos sites radar, comme les centres de commandement et de contrôle. C'est ce qu'on appelle " une contre-force " : cela signifie qu'ils s'en prennent à notre possibilité d'engager une guerre nucléaire. Ce n'est pas une " contre-valeur ", ce qui signifierait une attaque contre les populations, les villes et le tissu industriel.

– Combien y en a-t-il maintenant ? » demanda le Président. Il brûlait, se dit Lambert, du désir de connaître ce chiffre. *Il a demandé ça cent fois !*

« Nous en avons, dit Starnes en consultant l'écran, deux cent soixante-dix confirmés par radar et près d'un millier non confirmés. Il faut supposer maintenant que tous vont être confirmés. À en juger par les tubes de lancement qu'ils ont utilisés, ils ont tiré cinq modèles : des SS-17, 18, 19, 24 et 25. Les SS-17 sont des missiles à ogives multiples avec quatre ogives nucléaires, les 19 en ont six et les autres dix. Toutes ces ogives ont une puissance de 300 à 400 kilotonnes. Toutefois, certains des SS-18 n'auront qu'une seule tête nucléaire – de grosses ogives de 25 mégatonnes – mais nous ne savons pas combien il y en a, ni desquelles il s'agit. Ils doivent les utiliser pour des frappes en profondeur : à mon avis ce sont celles qui ont pour cibles nos centres de commandement bétonnés. Enfin, peut-être ont-ils lancé une vingtaine des FOBS dont ils disposent : des armes dites « Fractional Orbital Bombardment System », c'est-à-dire des satellites qui, après une révolution partielle autour de la terre, sont guidés sur l'objectif. Ceux-là passent au-dessus du pôle Sud au lieu du pôle Nord : nous ne les repérerons pas avant quelques minutes encore.

– Qu'est-ce que tout ça signifie ? demanda le Président. Que va-t-il se passer ? » Il regardait le plancher, puis la paroi, puis la table. Il était agité et évitait les regards.

« Monsieur le Président, dit lentement Lambert, essayant de franchir les barrières qui apparemment empêchaient le Président de comprendre, environ un millier d'ogives nucléaires vont frapper les États-Unis, représentant une puissance totale de 600 ou 700 mégatonnes. »

Le silence qui régnait avait un poids et une présence particuliers.

« Quand ? interrogea le Président d'une voix brisée, le regard fixé sur la table de conférence.

– Monsieur le Président, il nous reste vingt-cinq minutes, dit le général Starnes en regardant l'écran. Nous devons envoyer un ordre de contrôle nucléaire au moins trois minutes – de préférence cinq ou six – avant l'impact. Après cela, les missiles peuvent ne pas avoir le temps d'échapper aux effets de l'explosion.

– Quelle... quelle ampleur cela va-t-il avoir ? » demanda le président Livingston d'une voix chancelante.

Lambert regarda le Président : sa tête disparaissait lentement derrière l'écran de ses mains. Le général Thomas se tourna vers le secrétaire à la Défense.

« Comme je le disais, monsieur le Président, répondit Starnes en faisant avec ses mains des gestes que le Président ne pouvait pas voir, le CINCNORAD devrait avoir des données du PARCS – le Perimeter Acquisition Radar Attack Characterization System –, il devrait avoir très bientôt les données du PARCS et il nous fournira une estimation. Mais il ne restera plus beaucoup de temps après cela pour réagir. »

Lambert avala sa salive : il était surpris de constater à quel point il avait la gorge sèche. *Ça se présente si mal,* comprit Lambert, *que Starnes ne peut même pas répondre à la question.*

« Monsieur le Président, dit le secrétaire à la Défense, je dois vous dire que je suis pleinement d'accord avec M. Lambert. Je pense qu'il est temps que vous envisagiez un ordre de contrôle nucléaire. Nous avons manifestement une alerte tactique suffisante pour que vous donniez l'ordre d'utiliser les armes nucléaires stratégiques : c'est conforme à la directive du Congrès n° 14 sur les armements nucléaires, votée à huis clos en 1972. Cette première vague de missiles russes va très bientôt nous faire perdre une portion substantielle de nos forces. Ou bien nous lançons nos missiles maintenant, ou bien... ou bien ils ne seront plus là, monsieur le Président. »

La porte s'ouvrit et un aviateur s'adressa au général Thomas : « Mon général, c'est le général Razov sur la une. »

Après une pause, le Président dit : « Comment diable a-t-il su où nous sommes ?

– Il a sans doute appelé le standard de la Maison-Blanche », dit Thomas. Il se pencha et posa le doigt sur le bouton qui clignotait après s'être assuré que tout le monde se taisait dans la salle. « Général Razov ?

– Général Thomas, commença Razov. Il y a eu une tragique, affreusement tragique erreur et c'est mon pays qui en est responsable. Comme vous devez le savoir maintenant, des missiles ont été lancés sur votre pays à partir de certaines bases par un fou, un certain général Zorine, qui s'est emparé des codes nucléaires. Nous avions fait tous les efforts possibles pour l'arrêter et il sera bientôt entre nos mains. Mais, de toute évidence, nous n'avons pas réussi à empêcher cette épouvantable catastrophe et sur ce plan nous serons à jamais coupables aux yeux de l'humanité.

– Général Razov, dit le président Livingston, s'animant soudain. Ici le Président des États-Unis. Vous êtes en train de me dire qu'il s'agit d'une totale erreur ?

– Oui, monsieur le Président, répondit Razov, une erreur aux proportions terribles, mais quand même une erreur.

– Cela signifie, dit le Président, en plissant les yeux, que vous n'allez lancer *aucune* des armes qui restent en votre possession sur notre pays ni entreprendre *aucune* autre action hostile de quelque ordre que ce soit contre nous ?

– Absolument, monsieur le Président ! Nous n'avons aucune raison de nourrir la moindre hostilité envers vous, envers votre peuple ou votre nation. Nous sommes amis... alliés. Il n'y aura désormais aucune hostilité déclenchée par les forces armées russes. »

Le Président allait ajouter quelque chose, mais Lambert tendit le bras et pressa sur la console le bouton « Pause ». « Monsieur le Président, je vous conseillerais d'interrompre immédiatement cette conversation.

– Pourquoi ? demanda le Président. Nous pouvons régler cette affaire tout de suite. Il a dit que c'était une erreur !

– Monsieur le Président, dit Lambert d'un ton aussi calme qu'il en était capable, en laissant aux mots tout leur poids, dans vingt-deux minutes, ce pays va subir d'un seul coup les plus épouvantables pertes en vies humaines de son histoire. Il n'y a qu'une seule réponse rationnelle : exercer des représailles massives, détruire les forces qui leur restent avant qu'ils puissent les activer et ouvrir le feu sur nous.

– Mais... mais vous l'avez entendu », dit le Président en s'adressant à ceux qui étaient autour de la table. Il ne voulait pas en démordre. « C'était une erreur. Voyons, Greg, vous plus que tout autre, vous connaissez ces gens, pensez-vous que Razov nous racontait des histoires ?

– Peu importe, dit Lambert. Nous sommes en guerre : que ce soit par accident ou délibérément.

– Général Thomas ? dit Razov dans le haut-parleur. Président Livingston ?

– Nous avons vingt et une minutes, reprit Lambert, insistant sur chaque mot, pour prendre une décision monsieur le Président. Nous avons des mesures à prendre. »

Le général Fuller prit la parole : « Monsieur le Président, Rome brûle et nous restons à glander en parlant à cet enfant de salaud.

– Monsieur le Président, intervint le secrétaire à la Défense – et tous les regards se tournèrent vers lui –, cette attaque va avoir sur notre nation un effet profond. Il vous faut considérer les conséquences ultérieures – si... si nous nous sommes laissé persuader de ne pas user de représailles, alors que leur attaque allait en quelques minutes seulement détruire au sol l'immense majorité de notre armement. »

Le Président baissa les yeux vers la table. « Vous êtes tous en train de me dire que je n'ai pas le choix. Que je ne peux pas arrêter cela. » Tout le monde le regardait. Il prit une profonde inspiration et se renversa dans son fauteuil : il était encore plus affalé, son visage était blême. Il hocha la tête en direction de Lambert et lui fit signe de la main de presser de nouveau le bouton « Pause ». « Général Razov, dit le Président d'une voix lasse et lointaine, nous comptons que vous tiendrez votre engagement de ne pas lancer une nouvelle attaque contre notre pays. Au revoir.

– Monsieur le Président !... » cria Razov. Mais Lambert avait raccroché.

Il y eut un long silence puis le secrétaire à la Défense dit : « Walter... il est temps.

– Je ne sais pas, je ne sais pas », dit le Président. Il se frottait le crâne. Secouant la tête, il ébouriffait ses cheveux toujours si bien coiffés.

« Bon sang, monsieur le Président ! lança Starnes. En perdant ces ICBM, nous perdons notre capacité de détruire *leurs* ICBM. Les missiles lancés par sous-marins, c'est très bien, dit-il en s'adressant au chef des opérations navales, mais ils ne sont tout bonnement ni assez précis ni assez puissants – et nous n'en avons pas assez – pour faire ce travail. »

Lambert prit une profonde inspiration et déclara : « Monsieur le Président, la possibilité existe que, quand nous aurons perdu tous nos ICBM, nos bases de bombardiers, notre système de défense aérienne et nos centres de commandement, les Russes activent au cours des prochaines heures les forces dont ils disposent encore et effectuent un nouveau tir, cette fois contre des objectifs secondaires et tertiaires. Ces objectifs représenteraient tout ce que nous possédons qui ait une valeur stratégique, militaire et industrielle. Cela voudrait dire non seulement des millions de morts, mais des dizaines de millions – peut-être cent millions – et nous cesserions d'exister en tant que puissance économique et militaire mondiale. Compte tenu de cela, monsieur le Président, si une seconde vague de missiles quittaient leurs silos, je peux vous assurer que les options de tir que nous vous soumettrions pour les missiles qui nous resteraient n'auraient pas pour objectifs de lointaines bases russes d'ICBM. Ce serait l'Opération Jugement dernier : il faudrait viser les populations de Moscou et de Saint-Pétersbourg. »

Le Président ne dit rien. Il ne fit rien. « Dix-huit minutes, monsieur le Président », dit doucement Starnes.

Le Président resta un instant immobile. Puis – à la stupéfaction générale – il se leva de son fauteuil et se dirigea vers la porte. « Je reviens dans quelques minutes », marmonna-t-il, et il disparut.

Les chefs d'état-major se regardèrent en secouant la tête.

Le général Starnes dit enfin : « J'ai des dizaines de milliers de *mes* hommes et de *mes* femmes assis à leurs postes au point d'impact attendant de *mourir* et je sais fichtrement bien où cet enfant de putain est allé. Nom de Dieu !

– Monsieur le secrétaire, dit le général Thomas, s'il n'est pas de retour ici dans – Thomas consulta sa montre – " deux minutes " – je vais vous demander de réunir le Cabinet pour déclarer le Président incompétent. Cela devrait nous donner juste le temps...

– Général Thomas, dit sèchement le secrétaire à la Défense. Et vous tous ! Si j'entends d'autres propos de cette nature, je vous relève immédiatement de vos commandements ! »

« Vos appartements sont ici, monsieur le Président », dit l'agent du Secret Service. Il désigna une porte sur laquelle un panneau annonçait « NCA. Frappez avant d'entrer ».

Walter Livingston ouvrit la porte et aperçut la First Lady allongée sur la couchette inférieure. Elle se leva aussitôt. Il ferma la porte derrière lui et se tourna vers elle.

« Walter ? » demanda-t-elle. Comme il évitait son regard, elle s'approcha pour le prendre dans ses bras. « Chéri. J'ai entendu. J'ai entendu. » Elle lui tapota le dos. « Je suis au courant de l'attaque russe. Un membre de l'équipage me l'a dit. » Elle lui caressait la nuque et il se laissa aller dans les bras de sa femme en secouant la tête. « Qu'est-ce qu'il y a ? demanda-t-elle. Ça va, Walter ? » Il était incapable de répondre. « Qu'y a-t-il ? » Comme il ne disait toujours rien, elle l'entraîna jusqu'à un siège devant le petit bureau de la cabine et se planta derrière lui en lui massant les épaules. « Pourquoi ne me dis-tu pas ce qu'il y a ? »

Les yeux fermés, le Président secoua la tête. « Walter, insista-t-elle – doucement, très doucement.

– J'ai commis une terrible, terrible erreur, Margaret. C'est une erreur qui va coûter des vies humaines, des millions de vies. » Les mains de sa femme s'arrêtèrent à peine une seconde, mais durant cette seconde, il sut que malgré tout l'appui qu'elle pourrait lui donner, il était absolument seul. C'était lui, lui seul qui s'était trompé. Elle reprit son massage et demanda : « Qu'est-ce qui s'est passé ? »

Il se retourna et l'entraîna doucement par la main pour la faire s'asseoir sur le lit.

« J'ai demandé à Moore d'appeler les Chinois pour les prévenir de l'attaque russe.

– Et... ?

– Et ça a donné aux Chinois le temps de lancer une vague de missiles sur les Russes, ce qui a déclenché leur attaque de missiles contre nous. »

Il poussa un soupir de soulagement. Une main sur sa poitrine, elle se détendit. Il comprit à quel point elle s'était crispée. « Walter, c'est cela ? C'est ça, ton grand péché ? »

Il la dévisagea un moment. Il éprouvait un certain soulagement à observer la réaction de sa femme même si celle-ci ne voyait pas la catastrophe arriver. « Ce n'est pas pour ça que je suis ici. » Margaret se redressa et attendit, comme toujours. « Il faut que je décide ce que je vais faire – si je dois user de représailles. Je n'ai pas beaucoup de temps, à peine quelques minutes. »

Elle prit un air songeur. « Est-ce que leur attaque était une erreur ? Vraiment une erreur ?

– Probablement. Oui.

– Et ça va être... ? Quelle ampleur cela va-t-il avoir ?

– Ça va être terrible. Ils vont déverser une pluie de missiles sur toutes nos bases.

– Mais pas sur nos villes ?

– Non, pas encore. »

Elle se rassit, le regard perdu dans le vide. Il la regarda, attendant, comme il l'avait toujours fait. Malgré ce que laissaient entendre ses détracteurs, elle ne prenait jamais les décisions pour lui. Elle n'en avait pas besoin. Ils étaient toujours d'accord. Elle en arrivait toujours à la même conclusion. Celle qu'au fond de son cœur il savait être la bonne. Il avait simplement besoin de l'entendre. Il avait besoin qu'une autre personne soit avec lui pour prendre les grandes décisions : pour l'aider à en supporter le poids. « Est-ce que je riposte, Margaret ? » Elle le regarda. Une expression de profonde compassion se peignit sur son visage. Le Président baissa la tête sous le poids de cette réponse silencieuse.

« Il est là ? » demanda Lambert.

L'agent du Secret Service acquiesça.

Lambert frappa à la porte.

« Qui est là ? demanda la voix étouffée de la First Lady.

– Greg Lambert, madame.

– Entrez. »

Lambert ouvrit la porte : le Président et la First Lady étaient assis l'un en face de l'autre. « Quatorze minutes, monsieur le Président. »

La First Lady se tourna vers son mari et lui caressa la main. « C'est l'heure, chéri, dit-elle.

– Tu es sûre ? demanda le Président.

– Tu le sais, Walter », répondit-elle en se penchant pour lui caresser la joue.

Lambert tourna les talons et le Président vint le rejoindre. Avant d'entrer dans la salle de conférence, le Président s'arrêta et se tourna vers Lambert. Il avait le regard d'un homme brisé. *Il perd pied*, songea Lambert. « Toute ma vie, Greg, j'ai rêvé d'être président. » Son visage était pâle et il avait un air hanté. « Mais je n'aurais jamais imaginé... » Il secoua la tête. « Je n'aurais jamais cru que ça tournerait comme ça. »

Le général Thomas sortit de la salle de conférence et annonça : « Monsieur le Président, l'estimation du CINCNORAD arrive. »

Le Président entra dans la salle de conférence, Lambert sur ses talons.

« Al, nous sommes tous ici, dit Thomas en se tournant vers le téléphone. Allez-y. » Thomas leva vers le Président dix doigts, puis trois : treize minutes. Le général Wilson commença à parler.

« Il s'agit d'une classique attaque " contre-force ", mais avec un plan de cibles fichtrement mal préparé. C'est plein de trous et mal calculé. Nous avons environ soixante ogives nucléaires qui vont tomber sur la 341e escadre stratégique de missiles à Malmstrom, deux cent trente sur la 312e à Grand Forks et la 91e à Minot, et deux cent soixante-dix sur la 90e à Warren. Monsieur le Président, ça va faire mal à nos Minutemen III et à nos MX.

– Où sont situées ces bases ? demanda le Président. Il avait retrouvé son calme et était assis bien droit dans son fauteuil.

– Malmstrom est dans le Montana, répondit Starnes. Grand Forks et Minot dans le Dakota du Nord et Warren dans le Wyoming. Douze minutes, monsieur le Président, ajouta-t-il.

– Ensuite, dit le général Wilson, il y a les bases de bombardiers et ravitailleurs de l'ACC. Une douzaine d'ogives nucléaires qui se dirigent vers celles de Blytheville dans l'Arkansas, de March en Californie, de McConnell au Kansas, de Loring dans le Maine, de Sawyer et de Wurtsmith dans le Michigan, de Whiteman dans le Missouri ; Griffis dans l'État de New York, d'Ellsworth dans le Dakota du Sud, de Carswell et de Dyess au Texas et de Fairchild dans l'État de Washington. Celles-là vont frapper toutes nos escadres de bombardiers CONUS et les principales de FB-111, de B-1B, B-2 et B-52G et H. La plupart de nos appareils ont maintenant pris l'air – il va nous falloir opérer à partir d'un redéploiement de secours et de bases à l'étranger : ça va nous faire perdre beaucoup de nos possibilités de soutien, d'entretien et de réarmement.

– Pardonnez-moi », fit l'officier de liaison militaire. Assis à l'autre bout de la table, il était jusque-là resté muet comme une carpe. « Est-ce que je dois... ? » demanda-t-il. Il posa les mains sur la serrure à combinaison dans sa sacoche de cuir noir.

« Ouvrez-la », ordonna Thomas, tandis qu'en fond sonore Wilson poursuivait.

« Ils se sont attaqués aussi à nos bases radar », dit Wilson. Lambert entendit les bruits de la fermeture à glissière de la sacoche. « Huit à dix missiles ont été tirés sur celles de New London, Connecticut, de Bremerton, État de Washington, de Kings Bay, Géorgie et de Charleston, Caroline du Sud. Ils n'ont pas touché à Norfolk ni à San Diego mais ils vont peut-être les attaquer en utilisant des missiles balistiques tirés par des sous-marins. Ils se sont attaqués aussi à notre C^3 : commandement, contrôle et communication. Huit se dirigent vers Cheyenne Mountain à Colorado Springs, trois vers

Raven Rock à la frontière de la Pennsylvanie et du Maryland et deux vers le quartier général de l'ACC à Offut. Ils n'ont pas visé Washington, Mount Weather ni Greenbriar, ou alors quelque chose s'est détraqué.

– Où en sont, interrogea le général Thomas, nos systèmes d'alerte avancée et de défense aérienne ?

– Ils sont visés aussi, répondit Wilson. Voyons, entre une et cinq ogives nucléaires chacune pour Elmendorf et Shemya Island en Alaska, Beale et Vandenberg en Californie, Falcon au Colorado, Robins en Géorgie, Kena Point, Hawaii, la base aérienne de la garde nationale à Othis dans le Massachusetts, le Goodfellow au Texas et McChord dans l'État de Washington, plus les ogives déjà tirées sur Griffis, État de New York et deux à Thulé, Groenland, le seul objectif à l'extérieur du territoire américain.

– Ça peut indiquer une seconde vague avec des bombardiers et des missiles lancés par des sous-marins, dit Thomas au Président, qui écoutait, l'air impassible.

– Je suis désolé, dit la voix du général Wilson dans le haut-parleur, mais nous sommes à H moins onze minutes. Il faut que je fasse vite. Pour terminer, il y a vingt ogives nucléaires de la catégorie " Spéciale ". Trois d'entre elles sont au large des côtes Est et Ouest à environ 50 kilomètres du rivage, plus une autre au sud du Mississippi, dans le golfe du Mexique. Pour le reste, c'est un mystère. Certaines, j'en suis sûr, vont finir par exploser en haute altitude et les autres m'ont tout l'air de tirs manqués dont le deuxième étage ne veut même pas s'allumer... j'espère.

– Al, dit le général Starnes, ici Bill.

– Salut, Bill », fit la voix de Wilson.

Un bref silence : Starnes baissa la tête puis la releva.

« À quel total arrive-t-on, Al ? demanda Starnes.

– Onze cent vingt-deux têtes nucléaires en tout, dit Wilson. Un-un-deux-deux, répéta-t-il.

– Merci, Al, dit le secrétaire à la Défense. Dans l'ensemble, monsieur le Président, poursuivit le secrétaire, il ne s'agit pas d'une attaque stratégique. Ce n'est pas une tentative pour réduire nos capacités générales de combat ni pour éliminer notre population. C'est, comme nous le pensons, une offensive " contre-force " qui vise notre arsenal nucléaire.

– Pas encore de SLBM lancés d'un sous-marin ni de missiles de croisière ? interrogea l'amiral Dixon.

– Non, répondit Wilson. Rien que des ICBM. Même pas d'activité de bombardiers. Je pense que ça pourrait expliquer le mauvais plan de tir. Ils ont laissé un tas de trous qui sans doute auraient dû – ou vont être – comblés par des tirs de bombardiers Backfire, de SLBM et de missiles de croisière sol-air ou air-air.

– Dix minutes, annonça Thomas.

– Et ils pourraient être en route, dit au Président le chef des opérations navales. Les sept têtes nucléaires tirées dans l'eau sont de toute évidence destinées à éblouir nos palpeurs avant d'exposer leurs submersibles.

– Qu'est-ce que ça veut dire ? demanda le Président.

– Les Russes gardent presque tous leurs sous-marins dans un " périmètre de défense ", expliqua l'amiral Dixon : ce sont des zones opérationnelles juste au large de leurs ports de Kalina et de Mourmansk dans la mer de Kara, qu'ils protègent avec des unités combinées de terre, de mer et d'air. Ils essaient toutefois de faire sortir de là quelques sous-marins pour les rapprocher de nous et raccourcir le temps de vol. Nous suivons à la trace environ le tiers d'entre eux et ils n'effectueront jamais un tir au stade DEFCON 1 auquel nous sommes passés voilà vingt minutes. Pour le reste, nous avons quelques douzaines de P-3 et de P-7 qui ont pris la mer, bourrés de torpilles et qui attendent seulement que nous leur donnions des coordonnées. Mais ces explosions signifient qu'il va nous falloir attendre que leurs missiles jaillissent à la surface avant de trouver une solution de tir.

– Monsieur le Président, interrompit Lambert, quels sont vos ordres ?

– Nos sous-marins sont à flot et prêts à appareiller, dit le chef des opérations navales. Je dis que nous devons envoyer à la ferraille les salopards que nous avons en ce moment dans notre ligne de mire.

– Il faut que j'y aille », interrompit le général Wilson.

Le Président prit la parole. « J'aimerais savoir ce qui se passe là-bas, général, dit-il en s'adressant au haut-parleur. Appelez-moi dès que vous commencerez à recevoir des rapports.

– Je..., fit la voix hésitante dans l'appareil, je crois malheureusement que c'est fini pour moi, monsieur le Président. Au nom de l'état-major et en mon nom personnel, je vous dis que ça a été un honneur d'être à votre service. Bonne chance à vous tous. Billy, rendez-vous en enfer. » Il raccrocha et ce fut le silence.

Starnes était debout auprès de l'officier de liaison : lui qui d'ordinaire se tenait si droit était un peu voûté. *Ils étaient amis*, comprit soudain Lambert.

« Neuf minutes, monsieur le Président. Il est temps... tout de suite, dit le général Thomas, l'air décidé. Ils ont en gros deux ogives nucléaires en direction de chacun de nos silos à ICBM. Il faut que nous utilisions ces armes maintenant, ou elles n'existeront plus.

– J'ai déjà pris ma décision », dit le Président en levant les yeux. Un long silence. Puis il demanda : « Quelles sont mes options ? »

Le général Starnes sortit rapidement les trois manuels noirs à reliure mobile que l'officier de liaison avait retirés de leur coffret – le « Ballon de football » – et les plaça sur la table entre Lambert et le Président.

« Avez-vous votre carte de code, monsieur le Président ? » demanda Thomas tandis que Lambert lisait les couvertures des livres : « Procédure manuelle pour système d'émission radio de secours », « Installations présidentielles de secours » et celui dont l'importance écrasait les autres : « Ordres de contrôle nucléaire – SIOP-6C. »

« Il y en a une là-dedans, dit l'officier en fouillant dans le sac vide.

– J'ai la mienne », dit le Président. Il tira son portefeuille de sa poche revolver et y prit une carte en plastique rouge et noir qu'il tendit au général Thomas. Celui-ci décolla le ruban doré au bas de la carte et lut « Alpha – Tango – Cinq – Sept – Six – Bravo » Le chef d'état-major de l'Air Force répéta le code dans le « Téléphone d'or » du réseau d'alerte des chefs d'état-major interarmes. Dans le haut-parleur du Téléphone d'or, on put entendre le CINCACC depuis son PC en vol et son commandant adjoint transmettre le message à leurs contrôleurs en chef respectifs : mais ce dernier le faisait de la coursive qui dominait le QG de l'ACC d'Omaha. Lui était condamné.

Presque en même temps, les voix des deux hommes retentirent dans le haut-parleur pour dire : « Identifié ! »

« Bien, monsieur le Président », dit le général Starnes. Il ouvrit lentement le « Livre Noir » avec les options nucléaires – toutes imprimées en rouge. « Nous avons huit minutes, poursuivit-il d'un ton calme. Vous venez de donner à tous les commandements de la force nucléaire l'autorisation de lancer des armes nucléaires. Il nous faut maintenant un message d'action d'urgence, qui sera l'ordre de contrôle nucléaire. Suivant le plan opérationnel de stratégie intégrée 6C, vous disposez de douze messages d'exécution divisés en options d'attaque générale, options d'attaque sélectionnée, options d'attaque limitée et options d'attaque régionale. Chacune de ces options concerne des types d'objectifs : contre-force, autres problèmes militaires, y compris le commandement et l'économie. Vous avez aussi des options de « pays intacts ». Il y a environ six mille ogives nucléaires programmées pour être utilisées dans le cadre du SIOP, dont certaines doivent être gardées en réserve. Ça paraît beaucoup, monsieur le Président, mais c'est fichtrement moins que ce que nous avions avant les traités de réduction stratégique.

– Quelle serait votre recommandation ? demanda le Président.

– Les options d'attaque générale, dit Starnes. Puisqu'ils n'ont pris pour objectifs aucune de nos grandes villes ni notre infrastructure économique, je recommanderais des représailles du même genre : contre-force. Nous devrions utiliser toutes les armes nucléaires dont nous pouvons disposer tout en épargnant les villes russes.

– D'accord, répondit le Président. Lâchez le plus grand nombre d'armes nucléaires possible, c'est le plan que je veux appliquer. » Un aviateur était planté auprès du Président, les messages à la main.

Starnes décrocha son téléphone et lança ses ordres. « Il y a environ cinq mille ogives nucléaires réservées à l'option attaque générale – offensive contre-force russe, dit Thomas. Voulez-vous examiner la liste des objectifs, monsieur le Président ?

– Non, non, je vais vous laisser cela, dit-il en se levant et en se dirigeant vers la porte.

– Et les sous-marins qu'ils ont en haute mer, monsieur le Président ? » cria l'amiral Dixon. Le Président était sur le pas de la porte et l'aviateur disait : « Les Premiers ministres du Canada et de Grande-Bretagne et le président de la République française sont en ligne, monsieur le Président.

– Coulez-moi ces sous-marins, coulez-les si vous pensez devoir le faire », dit le Président. Il s'arrêta encore un instant, comme s'il ne savait plus très bien où il en était avant de prendre les feuilles de message et de partir.

Le chef des opérations navales empoigna son téléphone pour donner ses ordres. Thomas et le secrétaire à la Défense décrochèrent le leur. Lambert voyait leurs lèvres bouger mais il n'entendait pas ce qu'ils disaient.

Tout cela lui paraissait un rêve : ça n'était pas comme ça qu'on était censé faire une guerre. C'était trop précipité. Ça se faisait dans l'affolement. Lambert se tourna vers le général Fuller, commandant les Marines : le seul officier qui n'avait rien à faire. Fuller avait les yeux clos et ses lèvres remuaient : elles articulaient des mots que seuls lui et son Créateur pouvaient entendre.

Haute atmosphère, au-dessus de la Californie centrale
11 juin 5 h 49 GMT (1 h 49 locale)

Tombant d'une altitude de 1 000 kilomètres, le dernier étage de la fusée prenait rapidement de la vitesse. Juste avant que les premiers lambeaux d'atmosphère commencent à le freiner, il atteignit sa vitesse maximale de 20 100 kilomètres à l'heure.

Le système de guidage à inertie fit de son mieux pour prédire sa situation réelle dans l'espace. Au cours des dernières décennies, les satellites russes avaient procédé à des mesures géophysiques extrêmement sophistiquées pour donner aux instruments du SS-18 des renseignements précis sur l'emplacement de la base aérienne américaine qui était son objectif. Au cours des années, des équipes d'universitaires avaient perfectionné le modèle mathématique complexe du champ gravitationnel terrestre et celui-ci était programmé dans l'ordinateur installé dans le cône de l'engin. Les positions précises de la lune et du soleil avaient été établies pour des dizaines d'années d'avance.

Seul le profil du vol au-dessus du pôle Nord n'avait jamais été expérimenté dans la réalité : il était impossible de faire des vols d'essai au-dessus du pôle : l'énorme dôme de nickel qui se trouvait sous la calotte polaire faussait tous les calculs.

Le moteur d'éjection situé dans le nez de l'engin largua le cône, découvrant ses dix ogives nucléaires étroitement serrées. À l'instant prévu, la première ogive fut éjectée et le carburant liquide hypergolique s'enflamma brièvement au quatrième étage de la fusée dans la queue de l'engin. Une seconde ogive fut lancée. La fusée pivota sur son axe et tira encore, projetant l'engin dans une direction légèrement différente et modifiant son élan pour que la troisième ogive touche une cible à 1 200 mètres de la seconde. Le ballet se poursuivit pendant plusieurs secondes encore à travers les couches minces de la haute atmosphère jusqu'au moment où la dernière des têtes nucléaires – des cônes d'un noir de jais avec des pointes aiguisées comme des aiguilles – eut été libérée.

Comme une mère protégeant ses petits, le missile commença le déploiement de ses auxiliaires pour protéger les dix ogives des missiles balistiques américains. Des leurres antiradars furent éjectés et gonflés. Un puissant système de brouillage électronique se mit en marche, couvrant le spectre électromagnétique pour interférer avec les intercepteurs contrôlés par radio. Les réservoirs disposés des deux côtés du fuselage se mirent à éjecter en grandes giclées de petits bouts de ruban en fibre de verre métallisé pour attirer loin des ogives les missiles antibalistiques.

L'atmosphère devenait plus dense et l'engin lui-même commençait à souffrir des forces aérodynamiques. La friction de l'air contre le fuselage de l'engin porta sa surface à des températures encore plus élevées. Le flux d'air qui s'engouffrait à travers le labyrinthe de pattes de fixation et de fils se mit à ballotter l'engin qui commença à obliquer lentement vers la gauche. Dans les parties exposées, les fils furent arrachés. L'ordinateur porté à une température supérieure à celle à laquelle il était censé opérer se mit à commettre des erreurs : il redémarrait automatiquement tout seul dans un ultime effort pour reprendre son fonctionnement normal. Les surfaces non métalliques de l'engin commencèrent à s'enflammer – avec un éclair éblouissant qui s'éteignait aussitôt – à mesure que chaque substance qui entrait dans sa composition atteignait son point de combustion. Le métal lui-même commença à rougeoyer.

La température montait sans cesse tandis que l'engin commençait à basculer. Le fuselage se mit à fondre : le métal liquéfié s'arrachait du fuselage dans une traînée de fine vapeur blanche. Le processus s'accéléra. L'engin culbutait. La température montait en flèche sur toutes les parois. Le métal fondait et la masse de l'engin n'était plus qu'un jaillissement d'étincelles. Le véhicule n'avait pas terminé une rotation complète qu'il se brisait en trois morceaux. Chacun des trois fragments à son tour se mit à se disperser en éclats de plus en plus petits. Le panache de liquide et de gaz provenant des composants métalliques fila vers la terre, traînant derrière les plus gros fragments de l'engin comme la queue d'une comète. Quelques minutes plus tard, les restes du missile – dont aucun n'était plus gros qu'une bille – vinrent frapper les collines de la Californie centrale et y pénétrèrent pour s'incruster à 2 mètres sous le sol desséché du désert.

4.

90e escadre de missiles stratégiques, base aérienne de Warren, Wyoming
11 juin, 5 h 53 GMT (22 h 53 locale)

Stuart entendit la clameur modulée de l'alarme. Il avait beau s'y attendre, il leva brusquement la tête vers le signal rouge qui tournoyait au plafond. Stuart savait une chose : la sirène et le signal lumineux ne pouvaient être déclenchés que par un message codé envoyé automatiquement quand un contrôleur en chef de l'ACC décrochait le téléphone rouge. Ou bien par des observateurs installés dans leur fourgon climatisé, d'où des câbles couraient jusqu'à l'installation du contrôle de lancement au-dessus d'eux. Son regard s'abaissa vers le téléphone rouge posé sur sa console.

Langford : « Message de préalerte ! »

Le cœur battant, la gorge serrée, Stuart décrocha le téléphone rouge du système d'alerte primaire. Chaque hurlement de sirène lui glaçait le sang, même s'il savait que ce n'était qu'un jeu. Dans un coin de la pièce, le télex se mit à crépiter. *Ils y vont vraiment à fond*, songea Stuart.

Il porta le téléphone à son oreille juste à temps pour entendre la voix du contrôleur principal qui dictait : « Novembre - Écho - Victor - Deux - Quatre - Bravo - Fox - Zoulou - Neuf - Alpha - Stop - Neuf - Golf - Alpha - Fox - Sept - Lima - Alpha - Fox - Trois - Québec - Alpha. » Le contrôleur répéta le code de contrôle tandis que Stuart le recopiait sur son bloc.

Il raccrocha l'appareil. Il pressa le bouton « Reçu ». Il

saisit la clé métallique plate avec une poignée rouge qu'il portait à son cou, comme une médaille. Un cliquetis électronique lui indiqua que Langford avait ouvert le coffre rouge à la base de sa console.

Je suis en retard, je suis en retard, se dit-il. Il enfonça la clé dans la serrure tandis que Langford commençait à débiter : « Novembre - Écho... »

Stuart prit dans son enveloppe opaque l'authentificateur scellé et l'ouvrit. Il commença à reporter les codes reçus.

Brusquement, la sirène se tut. « Messieurs, dit dans le haut-parleur du centre une voix de femme calme mais claire, vous venez de recevoir une autorisation de lancement du National Command Authority. Messieurs, vous avez reçu une autorisation du National Command Authority. » La voix enregistrée, qu'on appelait « Betty », répéta le message à quatre reprises.

« Novembre ! » dit Stuart : il écrivit la lettre « N » dans la première case vide du bloc. Juste au-dessus se trouvait la lettre pré-imprimée en capitale : « N. » « Écho ! » dit-il tout en écrivant E sous le grand E noir au-dessus. « Victor ! » dit-il, continuant la procédure.

Langford cria : « J'ai un message d'alerte préliminaire positif ! Confirmez !

– Deux, dit Stuart qui continuait à écrire en contrôlant. Quatre ! dit-il. Bravo ! Neuf ! Zoulou ! »

Stuart contempla son bloc : les huit lettres et chiffres qu'il venait de noter correspondaient à ceux qui figuraient déjà sur l'authentificateur. « Je confirme message alerte préliminaire positif ! » Il commençait à douter que ce fût un exercice : un frisson lui courut le long du dos. Il s'agita un instant sur son fauteuil. *Ils ont dû remplacer l'authentificateur scellé par un modèle spécialement conçu pour cet exercice*, décida-t-il. *Jamais ils n'enverraient le code en vigueur.*

« Liste de contrôle CG ! » ordonna Langford.

Ils s'attaquèrent à la liste de contrôle des consignes de guerre : ils déclenchèrent l'armement des missiles et des circuits de mise à feu pour les cinquante missiles du groupe. Stuart savait qu'à des kilomètres et des kilomètres de là, il y avait quatre autres centres de contrôle de lancement. *Qu'est-ce qu'ils foutent ?* se demanda-t-il. *Ils restent assis là à potasser leur thèse de doctorat.* Maintenant qu'il avait commencé à douter de son raisonnement, il n'arrivait pas à retrouver son calme.

Stuart connaissait la procédure. Les deux premiers centres de lancement dont les officiers tournaient les clés de mise à feu allaient lancer dans l'espace les quarante-huit missiles activés de l'escadrille. *Si ce n'est pas un exercice*, se dit Stuart.

« Activez commande système régulateur ! dit Langford.

– Activé, répliqua Stuart, crispé dans l'attente de l'article suivant sur la liste.

– Mission de lancement : 9 G, dit Langford.

– Neuf G confirmé », répondit Stuart. *Mais pourquoi ai-je décidé que c'était un exercice ?* se demanda Stuart en essayant de se rappeler le raisonnement qui l'avait mené là.

« Enregistrez », ordonna Langford.

Stuart tapa G sur le panneau du sélecteur d'options. Il ne pensait qu'à tenter de reconstruire le monde dans lequel tout n'était pas conforme aux apparences.

« Commande préparatoire de lancement – Alpha. Confirmez ! dit Langford.

– Commande préparatoire de lancement – Alpha ! répondit Stuart. Confirmé. » *Et si... ?* se dit Stuart. *Et si c'était pour de vrai ? « Alpha » « Lancement Auto » quand nous tournerons les clés. Pas de chronomètre pour un lancement à retardement.*

Ses pensées tournoyaient dans son esprit ; Stuart répéta la procédure pour les deux autres postes de commandement de lancement – Lima Sept et Québec Trois – tous les deux aussi en lancement automatique. Stuart ne cessait de lancer de brefs coups d'œil à Langford : sa blouse bleu clair avait maintenant des taches sombres sous les bras et autour du cou.

« Entrez code individuel de lancement ! » lut Langford sur sa liste.

Stuart dut se concentrer pour entrer dans l'ordinateur son code personnel. C'était un message d'action autorisée de douze chiffres. Une fois qu'on l'avait entré dans l'ordinateur, le système se trouvait libéré pour le compte à rebours final jusqu'au lancement.

« Code individuel de lancement entré », dit Stuart. Il agissait maintenant comme un automate suivant les instructions apprises par cœur.

« Possibilité de lancement sur mon poste », annonça Langford.

Stuart trouva la clé verte sur l'authentificateur et ôta la housse à rayures orange au milieu de la console. Au-dessus du trou de la serrure, une étiquette disait « Ne pas forcer » : il inséra la clé dans la fente en prenant son temps pour s'assurer qu'elle était bien en place.

« Prêt ? » demanda Langford.

Au fond de la casemate, un télex se mit à crépiter. Presque au même moment, une sonnerie stridente retentit et deux voyants orange se mirent à clignoter en haut de chacune de leurs consoles.

Quelqu'un d'autre a enregistré un ordre « Lancement », comprit soudain Stuart. *Si nous tournons la clé « Lancement » ils s'envolent !*

« Vous êtes prêt ? » hurla Langford au milieu de tout ce vacarme. Il se tourna à demi dans son fauteuil, la sueur ruisselant sur son visage congestionné.

Stuart bondit de son siège pour se diriger vers le télex de l'ACC.

« Stuart ! Regagnez votre place ! » hurla Langford en se tournant vers lui. Sur le bras de son fauteuil, il avait la main à moins de 10 centimètres de son étui à pistolet.

Stuart ne s'occupa pas de lui. Il fit avancer le papier de quelques centimètres et déchira la feuille. Tout en regagnant son fauteuil, il lut rapidement le message.

MESSAGE FLASH
DE : CINCACC//J3 NMCC WASHINGTON DC
À : TOUTES ÉQUIPES DE LANCEMENT ACC
AIG 9734
TOP SECRET
FJO//001//0547Z

1. HYDRAVION À JACK POMME. ATTAQUE ICBM RUSSE EN COURS. TOTAL ESTIMÉ 055512Z. 1,062 RVS CONFIRMÉ. CIBLES : CONUS (TERRITOIRE AMÉRICAIN).
2. MESSAGE ALERTE PRÉLIMINAIRE ET ORDRE LANCEMENT NCA CONFIRMÉ. JE RÉPÈTE : MESSAGE POSITIF ET ORDRE LANCEMENT NATIONAL COMMAND AUTHORITY CONFIRMÉ.
3. BON TIR.

RATHMAN
GÉN. US AIR FORCE
COMMANDANT EN CHEF ACC.

« Qu'est-ce qu'ils racontent ? cria Langford.
– C'est... ce n'est pas un exercice », dit Stuart. Il avait marqué un temps comme s'il avait bien réfléchi.
« Quoi ? cria Langford, en penchant la tête pour mieux entendre.
– Jack Pomme, reprit Stuart en regardant Langford. Il y a... il y a une attaque en cours. »
Au moment où Langford allait faire pivoter son fauteuil tournant, Stuart vit un éclair de colère passer sur son visage et s'y attarder : une grimace lui découvrait les dents. « Possibilité de lancement à mon commandement ! cria Langford, tournant le dos à Stuart.
– On devrait appeler le contrôleur », dit Stuart. Au fond de lui-même, une voix lui disait : *Maintenant, tu as vraiment passé la blague permise ! Ça va te valoir un gros blâme.*
« Vous êtes *prêt* ? » cria Langford dans le tumulte.
Après un instant d'hésitation, Stuart tendit le bras, empoigna la clé d'une main ferme et dit : « Prêt !
– À vos marques ! » dit Langford.
Les deux hommes tournèrent leurs clés. « Possibilité de lancement enclenchée ! dit Stuart en lisant sa liste de contrôle. L'ordre est actuellement transmis à tous les missiles de l'escadrille !
– Affirmatif, dit Langford d'un ton neutre. Attendez des indications. »
Les deux hommes restèrent assis là sans rien dire. Ils n'eurent pas longtemps à attendre. Une sonnerie – comme dans une école – retentit brièvement.
« Alarme n° 2 ! s'écria Langford. Les missiles ont accepté l'ordre : j'ai des possibilités de sorties !
– OK ! dit Stuart.
– Exécution de lancement à mon commandement ! dit Langford en élevant la voix. Paré ? »
Stuart prit la clé ronde qu'il avait retirée de la trousse de l'authentificateur sur la console. Il releva le clapet métallique rouge vif qui protégeait la serrure de « POSSIBILITÉ LANCEMENT ». Il introduisit la clé avec prudence, en appuyant doucement, les mains tremblantes et les paumes moites.
« Paré ? » répéta Langford. Stuart put voir ce dernier qui le regardait dans le miroir ovale disposé en haut de sa console.
Stuart le dévisagea une seconde sans rien dire : « Prêt ! »

Langford ne le quittait pas des yeux et Stuart se tourna vers lui.

Stuart sentit soudain à travers les semelles de ses chaussures une vibration faible mais continue. Sans doute Langford aussi, car il tourna la tête vers la console. Les clignotants et les voyants d'alarme s'éteignirent soudain. Quand Stuart regarda sa propre console, il constata que les quarante-huit petits voyants verts étaient en train de passer au rouge sur le tableau.

« Ils ont déjà tiré, dit Stuart. Quelqu'un a été plus rapide que nous », dit-il en voyant le dernier clignotant vert passer au rouge. Sur les cinq centres de contrôle de lancement, les deux qu'on exigeait avaient déjà « voté » pour un lancement et les missiles étaient en train de quitter leurs silos.

« Exécutez le lancement à mon commandement, répéta Langford.

– À quoi bon ? demanda Stuart. Ils sont partis, vous ne le sentez donc pas ?

– Terminez la séquence de tir ! Prêt à mon commandement ! hurla Langford à pleins poumons, ce qui fit sursauter Stuart. Trois – deux – un – feu ! »

Stuart tourna la clé d'un quart de tour vers la droite : il y eut un déclic parfaitement audible : Langford en faisait autant. « Attendez cinq secondes », dit Langford tandis que Stuart comptait en silence : « *Un mille... deux mille.... trois mille... quatre mille... cinq mille.* » Stuart laissa le ressort ramener la clé en position neutre. L'ultime « relecture » à l'ordinateur – par l'énorme Hewlett Packard LC5400 du contrôle de lancement – allait prendre près d'une minute après « possibilité de lancement ». Il se produirait alors une brève émission d'énergie qui ouvrirait les portes du silo et déclencherait le tir des missiles.

« Le tour de clé est effectué », dit Langford. La sonnerie retentit de nouveau. « J'ai l'alarme n° 3. L'ordre a été reçu. »

Quelle importance d'ailleurs dans leur cas ? Stuart était certain de les avoir déjà sentis s'envoler. « Ils sont déjà partis, je vous le dis.

– Vous n'auriez pas dû me lire le télex ! lança Langford en ouvrant le grand livre de bord noir.

– Qu'est-ce que vous *fichez* ? », répliqua Stuart. Il regardait Langford commencer à enregistrer dans son livre le lancement : enregistrer la fin du monde. Langford referma le grand registre avec un « bang » qui fit sursauter Stuart. Puis il se leva, s'approcha de la console de Stuart, prit le télex et le lut.

Stuart sursauta une nouvelle fois en entendant sonner un téléphone. Il décrocha le téléphone blanc de la base.

« Stuart, dit-il.

– Qu'est-ce que vous foutez là-bas ? » interrompit la voix.

Oh, mon Dieu ! Qu'avons-nous fait ? Stuart s'affolait.

« Capitaine Stuart ? » dit la voix. Stuart s'aperçut que c'était Kline.

« Nous... nous avons eu un EAM positif, dit simplement Stuart.

– Où ça ? demanda Kline. Quelle est leur direction ?

– Je ne sais pas, répondit Stuart. La Russie, reprit-il.

– Nom de Dieu. Oh, sacré nom de Dieu, dit Kline.

– C'est Kline ? demanda Langford d'un ton furieux.

– Demandez-lui pour le 8. »

Stuart ne comprit pas tout de suite ce que disait Langford. Puis ses idées s'éclaircirent et il ajouta : « Quand avez-vous tiré le n° 8 ? »

Kline soupira : « Oh, je ne sais pas, mon capitaine. » S'écartant du téléphone, Kline cria : « Hé ! Vous, là-bas, fermez-moi cette trappe et activez-moi tout ça ! Grouillez-vous ! » Puis il demanda plus calmement dans le combiné : « De combien de temps disposons-nous, mon capitaine ?

– Je n'en sais rien, sergent », répondit Stuart. Il se souvint du télex et regarda sa montre. Il ne se donna pas la peine de répondre.

« Bien, dit Kline. On va essayer. On fera de notre mieux, mon capitaine.

– Merci, sergent.

– Au revoir, mon capitaine, dit Kline d'un ton accablé.

– Au revoir », dit Stuart et la communication s'interrompit. Il raccrocha à regret et se renversa contre le dossier de son fauteuil. Nouvelle sonnerie de téléphone. C'était le « hangar » : l'installation de contrôle de lancement, une trentaine de mètres au-dessus d'eux. Il pressa le bouton pour prendre la ligne. « Stuart.

– Capitaine Stuart, ici le soldat Schackleford.

– Allons, Schack ! » cria quelqu'un à l'arrière-fond

par-dessus le bruit d'une Jeep qui faisait tourner son moteur.

« Je demande la permission de... de foutre le camp d'ici, mon capitaine !

– Permission accordée.

– Bonne chance, mon capitaine », balbutia Schackleford avant de raccrocher.

Stuart se tourna vers Langford en reposant le combiné. « Je... j'ai donné aux types là-haut l'autorisation de filer. »

Le temps passait dans un silence de mort. Stuart entendit du côté de Langford un bruit métallique. Il se tourna : Langford s'appuyait la tête contre le dossier de son fauteuil.

Stuart baissa les mains et empoigna les harnais rangés dans les plis du fauteuil. Il sortit de leur logement les ceintures un peu craquelées. Il passa les bras dans le harnais et tira l'autre courroie entre ses jambes. Puis il boucla la fermeture avec un clac bruyant.

Les courroies étaient serrées. Il tendit le bras pour s'assurer que sa main droite pouvait atteindre le Beretta 9 millimètres automatique qu'il avait à la ceinture. Il défit le rabat de l'étui. L'Air Force leur avait dit que les armes devaient leur permettre d'assurer la sécurité du centre de contrôle de lancement. La presse populaire affirmait qu'elles étaient là au cas où l'autre officier de tir aurait perdu la tête. Mais, attachés à leurs sièges, dans une énorme capsule métallique à 100 mètres au-dessous du sol, attendant que frappent les missiles de l'ennemi, les officiers de tir connaissaient la vraie raison de la présence des pistolets.

NORAD, Cheyenne Mountain, Colorado
11 juin, 5 h 54 GMT (22 h 54 locale)

Le général Wilson termina sa ronde, serrant les mains des hommes et des femmes dans la grande salle. Très peu d'entre eux étaient occupés maintenant. Les seuls qui travaillaient encore au rythme frénétique qui régnait quelques minutes plus tôt étaient ceux qui essayaient de décharger les bandes de données des nombreux ordinateurs du complexe. Il les laissa faire leur travail et remonta dans son bureau.

Derrière la paroi vitrée, il regarda en bas les hommes et les femmes qui s'agitaient. On se disait adieu. Surtout des poignées de main... quelques embrassades. Un certain nombre d'hommes étaient assis à leurs consoles, la tête baissée, priant ou méditant.

Al Wilson tira le cordon pour fermer les stores vénitiens qui abritaient la vitre. Il se dirigea vers son bureau et s'assit. Il prit la photo de sa femme et de ses enfants : la sortant de son cadre, il effleura les visages lisses des garçons. Ils étaient plus vieux aujourd'hui, mais ça n'avait pas d'importance. Et sa femme... sa femme. Il regarda le téléphone. Ils devaient dormir maintenant. Il résista à la tentation égoïste d'entendre la voix ensommeillée de sa femme – de lui dire de réveiller les garçons – et décida de la laisser se reposer dans leur maison de rêve perdue dans les collines à 3 ou 4 kilomètres de l'entrée du complexe. Trop près. Beaucoup, beaucoup trop près. Ce serait mieux s'ils étaient endormis.

Wilson maintenant connaissait par cœur tous les détails de l'attaque. S'il avait voulu, il aurait pu prédire les gros titres des journaux du lendemain et imaginer les dégâts que la guerre allait causer à presque toutes les cibles du Grand Tableau. Mais il avait l'esprit vide. Son univers – tout ce qu'il savait, tous ceux qu'il aimait – son monde arrivait à sa fin.

Wilson défit deux boutons au milieu de son blouson et glissa contre sa poitrine la photographie dont la fraîcheur le surprit. Il reboutonna son blouson, maintint la photo en place avec ses bras croisés. Elle se réchauffait lentement contre son corps et il ne la sentait plus. Mais l'image persistait dans son esprit : les garçons aux visages lisses, sa femme rayonnante de fierté.

On n'entendait que le tic-tac de la pendule sur son bureau. Il se rappelait le jour où elle avait été prise. *Notre Père qui êtes aux Cieux, que Votre nom...*

À bord de Nightwatch, au-dessus du Maryland
11 juin, 5 h 55 GMT (22 h 55 locale)

Le Président, le secrétaire à la Défense et les chefs d'état-major interarmes étaient groupés autour de Lambert. Ils attendaient. Les coursives de part et d'autre du bureau étaient encombrées de personnels au repos. Lambert écoutait le général Starnes expliquer au Président en quoi consistait le travail de chacun. Lambert se sentait malade : il envisageait de s'excuser pour aller aux toilettes et il écoutait d'une oreille distraite.

« Un ERCS vient d'être activé, monsieur le Président, annonça un officier d'un ton sombre, presque respectueux.

– L'Emergency Rocket Communications System », expliqua Starnes, mais le Président n'avait pas l'air de s'y intéresser. « Nous avons dix vieux missiles intercontinentaux Minutemen II à la base aérienne de Whiteman, dans le Missouri, dont on a remplacé les ogives nucléaires par un satellite de communication. Nous avons injecté pour l'installation radio de l'un d'eux un ordre de lancement préenregistré et nous l'avons mis en orbite basse autour de la terre. Il émettra pendant une trentaine de minutes à l'intention de tous nos bombardiers et de l'appareil TACAMO de la marine.

– TACAMO ? » demanda tout d'un coup le Président. Lambert serra les dents et détourna la tête : il était furieux du comportement agaçant du patron. *Voilà maintenant qu'il pose des questions stupides comme si à la fin de cette foutue guerre il y allait avoir un jeu télévisé*, se dit Lambert.

« TACAMO veut dire " Take Charge and Move Out " (Prenez l'initiative et filez), dit l'amiral Dixon. Ce sont des appareils E-6A en vol au-dessus de l'Atlantique et du Pacifique. Ils transmettront des ordres de contrôle nucléaire à tous les sous-marins qui n'auraient pas reçu les messages envoyés depuis la terre sur de très basses fréquences.

– Des bombardiers, avez-vous dit ? » demanda le Président.

Le général Starnes hésita. « Euh, oui, monsieur le Président. Nous avons environ un millier d'appareils qui volent maintenant vers la Russie : principalement des bombardiers de l'ACC appartenant à la force d'intervention de l'armée et de la marine qui ont décollé de porte-avions basés dans le Pacifique et la mer de Norvège. Également quelques appareils d'intervention rapide appartenant au corps expéditionnaire américain en Europe.

– A-a-a-h-h ! » Lambert entendit des cris : des

hommes et des femmes portaient leurs mains à leurs casques et les arrachaient de leurs oreilles. Des sonneries d'alarme assourdies commencèrent à sortir de différentes consoles.

Un colonel planté derrière un groupe de trois consoles s'adressa au général de brigade Sherman : « Nous avons une panne de courant, mon général. »

Le général Thomas dit presque dans un murmure : « Il y a eu une explosion. »

Le silence se fit, comme si le temps s'arrêtait.

« FLASH OPREP-3 PINNACLE – NUDET ! cria une femme assise à une console devant eux. Un DDS signale détection : Coordonnées : longitude 88 degrés, 47 minutes, 17 secondes Ouest. Latitude 43 degrés, 29 minutes, 36 secondes Nord. Altitude : 172 kilomètres. »

Le Président lança un regard las au général Thomas, attendant la traduction.

« Le Nuclear Detonation Detection System vient de signaler une explosion nucléaire à 172 kilomètres d'altitude... Où ça ? demanda Thomas en se tournant vers le général Starnes.

– Au-dessus du Wisconsin. À peu près sur Milwaukee, répondit le général d'aviation.

– Je croyais que vous disiez qu'ils ne visaient pas les villes ! s'exclama le Président.

– Monsieur le Président, dit le général Thomas, à cette altitude – plus de 160 kilomètres – il n'y aura pratiquement pas d'effet sur Milwaukee à part l'onde de choc électromagnétique.

– À moins de regarder droit l'explosion, corrigea le général Starnes.

– FLASH OPREP-3 PINNACLE NUDET, reprit la femme. NDDS signale détection. Coordonnées...

– Lieutenant, dit le général Starnes, vous pouvez vous dispenser des coordonnées. Contentez-vous de l'altitude et de l'emplacement approximatif sur la carte.

– Altitude 170 kilomètres, point d'impact estimé, dit-elle en regardant la carte sur l'écran à sa droite, nord-ouest du Colorado, entre Boulder et Salt Lake City.

– Pourquoi les font-ils exploser si haut, demanda le Président avec ce qui semblait un frémissement d'espoir dans sa voix.

– Ils ont l'intention de provoquer une EMP, monsieur le Président », répondit Starnes d'une voix monocorde. Il attendait, les yeux fixés sur l'écran de la femme lieutenant. « Une onde de choc électromagnétique. À ces altitudes, la plupart de l'énergie de l'explosion est libérée sous forme de rayons gamma. Cela provoque des réactions secondaires dans l'atmosphère, avec dégagement d'électrons et de photoélectrons. Les conducteurs d'ondes comme les antennes, les câbles électriques, les systèmes à la masse et même les canalisations d'égouts concentrent l'énergie, ce qui provoque des survoltages. Les circuits électroniques, qui sont très vulnérables, sont grillés par ces pics d'énergie. Pour faire échec à l'onde électromagnétique, les installations militaires renforcent leurs circuits les plus critiques, à l'aide de protecteurs de surtension et d'amortisseurs de charge. Mais ces deux explosions ont tout bonnement grillé une grande portion des circuits électroniques civils du pays. Nous n'avons aucun moyen de savoir dans quelles proportions.

– Un sacré coup de chance pour les Japonais », marmonna le général Fowler. Quelques officiers généraux lui lancèrent un regard désapprobateur. Fowler fronça les lèvres, son front se plissa, mais il garda le silence.

« FLASH OPREP-3 PINNACLE NUDET », reprit la femme. Tous les regards se tournèrent vers elle. On attendit. Elle visualisa un autre écran et dit : « Explosions nucléaires multiples... nombre indéterminé... Base aérienne de Warren. Altitude : presque au niveau du sol. »

Avant que personne ait pu dire un mot, elle poursuivit : « FLASH OPREP-3 PINNACLE », puis elle s'arrêta : elle écoutait mais les mots s'étranglaient dans sa gorge. « NUDET ! Trois... cinq explosions... nombre indéterminé d'explosions sur base aérienne Minot. Altitude... Altitude proche du niveau du sol. »

Le général Sherman posa les mains sur ses épaules et se pencha pour lui dire doucement quelque chose à l'oreille.

« FLASH OPREP-3 PINNACLE NUDET ! s'écria l'officier assis à côté d'elle. Explosion nucléaire... »

La salle de réunion s'emplit soudain d'appels provenant de huit différents postes de travail. « ... explosions multiples... »

– FLASH OPREP-3 PINNACLE NUDET », dit la femme lieutenant. Elle était plus calme maintenant et plusieurs autres officiers commencèrent à répéter les mêmes mots.

« Base de Grand Forks. Près du niveau du sol.

« FLASH OPREP-3 PINNACLE NUDET. Explosions multiples...

– ... Explosion altitude 1 500 mètres... Base Sawyer.

– FLASH OPREP-3 PINNACLE NUDET. Explosions nucléaires – nombre indéterminé – Base de Wurtsmith. Altitude : 2 100 mètres.

Secoué de nausées, Lambert se précipita vers les toilettes, une main crispée sur sa bouche.

Base aérienne de March, Riverside, Californie
11 juin, 5 h 55 GMT (21 h 55 locale)

L'ogive nucléaire du SS-18 plongeait comme un météore d'une altitude de 35 500 mètres, sa base arrondie pointée vers l'avant. Le nez effilé était dans le sens opposé à celui du vol : les savants avaient découvert aux premiers jours des vols spatiaux que l'ablation – le phénomène par lequel la surface extérieure de céramique résistant à la chaleur de l'ogive se vaporisait lentement sous l'effet de la friction lors de la rentrée dans l'atmosphère – était beaucoup moins rapide sur une surface aplatie plutôt qu'effilée.

Le système d'armement abordait maintenant la séquence finale. Toutes les données correspondaient aux prévisions du minuscule ordinateur de bord.

Tout semblait normal et les derniers verrous furent débloqués. L'ordinateur envoya une brève impulsion électrique : l'ogive nucléaire était armée. Le système d'amorçage envoya alors un signal régulier au système de mise à feu afin de charger sa batterie d'une énergie suffisante pour déclencher le détonateur au moment venu.

Deux altimètres commencèrent à calculer l'altitude de l'ogive. L'ordinateur compara les éléments fournis par les deux appareils aux estimations du système de guidage par inertie. Quand les trois altimètres enregistrèrent simultanément une altitude de 24 000 mètres au-dessus du niveau de la mer, le système d'amorçage envoya un signal d'essai au système de mise à feu.

Celui-ci à son tour expédia un message de faible énergie aux douzaines de circuits de mise à feu reliés aux détonateurs installés dans les puissants explosifs à l'intérieur de l'ogive. Les circuits émirent tous un signal d'essai positif. Tout était prêt. Le système de mise à feu attendait l'ordre du système d'amorçage et ce dernier attendait les données des trois altimètres. Tous attendaient le sol qui se précipitait vers eux.

L'immense hangar bourdonnait d'activité : des sous-officiers criaient des ordres au millier d'hommes qui restaient à attendre les transports. Chacun vérifiait l'équipement de protection de son voisin. Ils commençaient à édifier de petits abris à base de sacs et de paquetages. La plupart se serraient contre des murs, pelotonnés sur le sol bétonné glacé.

« Fermez bien les yeux ! » cria le commandant de la base. Planté devant eux en manches de chemise, les poings sur les hanches, il lançait ses ordres d'une voix tonnante : « Ouvrez la bouche, bouchez-vous les oreilles ! »

Il consulta sa montre. *Ça ne va pas être long maintenant*, se dit-il. *Il faut juste leur faire passer ces deux ou trois minutes.* Il inspecta la masse des soldats silencieux. Ils étaient tous blottis les uns contre les autres, observa-t-il. Pas de loup solitaire. Pas dans un moment comme ça. Il éprouva l'envie de les rejoindre, de se glisser parmi cet entassement de bras et de jambes pour venir s'allonger avec eux. Il avala difficilement sa salive et sentit ses yeux s'humecter. « Tenez vos genoux contre votre poitrine ! Le visage enfoncé entre vos genoux ! »

L'ogive nucléaire du SS-18 devait exploser à 1 350 mètres au-dessus du sol, juste au-dessus de la base aérienne : mais la trajectoire avait été déformée par le passage au-dessus du pôle et déviée de quelques centaines de mètres. Quand l'ogive nucléaire atteignit l'altitude de 1 350 mètres au-dessus du niveau de la mer – environ 1 275 mètres au-dessus du niveau de la base – l'ultime impulsion électrique fut envoyée par le système d'amorçage au système de mise à feu.

Quand l'ogive passa à 1 349 mètres au-dessus du

niveau de la mer, les puissants explosifs au sein desquels étaient enfoncés les détonateurs s'allumèrent et entamèrent une combustion extrêmement rapide. La progression de la zone de réaction des explosifs alla jusqu'à dépasser la vitesse du son dans le matériau encore intact : le taux de déflagration était si fort qu'il provoqua ce que les profanes appellent une explosion.

L'ogive parcourut encore moins d'un mètre : les explosifs avaient terminé leur combustion. Si l'on avait pu à cet instant prendre une photo de l'extérieur de l'ogive, on n'aurait rien remarqué d'insolite : les explosifs étaient orientés de façon à projeter leur énergie vers l'intérieur. L'onde du souffle n'avait pas encore accumulé une pression suffisante sur les parois extérieures pour déformer l'ogive. L'onde de pression, en revanche, à l'intérieur du « puits » – la carapace d'explosifs entourant le cœur de l'ogive – se précipita vers le centre géométrique de la sphère à une vitesse supersonique. Cette onde poussait devant elle l'uranium 235 autour duquel on avait enveloppé les explosifs.

À chaque centimètre que parcourait l'ogive, la compression de l'uranium 235 à l'intérieur se poursuivait. Les brèches entre les atomes d'uranium se réduisaient. Les 235 neutrons libérés par les « explosions » des atomes d'uranium profondément instables commencèrent à heurter d'autres atomes. De nouveaux atomes commencèrent à éclater, projetant d'autres rafales de mitraille subatomique qui, au hasard, touchaient ou manquaient leurs voisins. La fission avait commencé et les lois de la statistique définissaient le processus. Plus l'U235 augmentait de densité, moins étaient grandes les chances que les neutrons s'échappent par les brèches et jaillissent hors de l'ogive sans causer de dégâts à leurs voisins. À une altitude de 1 348 mètres, le noyau d'uranium 235 atteignit sa masse critique. Aucune compression supplémentaire n'était plus nécessaire. Chaque fois qu'un atome d'U235 se désintégrait maintenant, c'était plus d'un des atomes qui l'entourait qui se trouvait brisé.

Le taux de désintégration radioactive commença à doubler, puis à doubler encore tandis que les particules subatomiques fracassaient les atomes et projetaient d'autres noyaux de matière à l'extérieur. Le développement était exponentiel. C'était une réaction en chaîne.

La désintégration de chaque atome libérait une minuscule quantité d'énergie électromagnétique. La quantité d'énergie libérée se mesure à la température : l'ogive avait parcouru moins de 30 centimètres encore que la température créée par la réaction de fission avait atteint un million de degrés dans le noyau même de l'ogive nucléaire. Ce fut alors que commença la véritable explosion.

La fission ou « explosion atomique » n'avait été en soi qu'un détonateur, produisant la chaleur nécessaire à amorcer une réaction « thermonucléaire ». Chaque fois que le jaillissement de cette chaleur d'un million de degrés rencontrait deux atomes de l'hydrogène omniprésent, les noyaux des deux atomes fusionnaient pour ne plus former qu'un seul atome d'un élément plus lourd, l'hélium. Comme l'énergie totale contenue dans deux atomes d'hydrogène excède légèrement l'énergie d'un seul atome d'hélium, la différence est libérée au moment de la fusion sous la forme d'un surcroît d'énergie. Ces brèves pulsations d'énergie étaient puissantes : leurs longueurs d'ondes étaient parmi les plus courtes mesurées sur le spectre électromagnétique. C'étaient des rayons gamma et leur température dégagée dans la fission n'était rien auprès de celle de la combustion thermonucléaire.

L'onde de combustion thermonucléaire se propageait vers l'extérieur du noyau de l'ogive à une vitesse prodigieuse, portée par la crête d'une onde de rayons gamma à 20 millions de degrés. L'onde de combustion frappait alors la seule barrière qui la séparait de la coque encore intacte de l'ogive noire : une couverture d'uranium 238 appelée le « tampon » et qui était enroulée autour du « puits » de l'ogive. Le tampon absorbait et réduisait considérablement le nombre de rayons gamma projetés vers l'extérieur. Cela atténuait la « radiation immédiate » produite par le modèle plus récent d'ogives russes relativement « propres ». Parfois, comme la température dans le tampon s'élevait, l'U238 – normalement stable – commençait à se désintégrer et une nouvelle fission s'amorçait.

La troisième et dernière phase de l'arme « fission-fusion-fission » commença au moment où le tampon explosa : ce dernier stade avait plus que doublé la puissance explosive de l'ogive.

L'univers du commandant de la base aérienne de March fut illuminé par un éclair d'un blanc intense. La chaleur vaporisait l'aluminium du haut des murs et du toit du hangar. Il perçut une sensation de chaleur sur la partie exposée de son cou : elle devint aussitôt une douleur cuisante comme si on l'avait touché à cet endroit avec un fer chauffé à blanc. Il garda les yeux bien serrés contre la lueur dont l'éclat s'intensifiait.

Les atomes de gaz de l'atmosphère autour du soleil artificiel furent violemment « ionisés » en se trouvant dépouillés de leur carapace d'électrons : ils formèrent une sphère de plasma en pleine expansion qui poussait autour d'elle l'air non ionisé à un rythme fantastique. La limite de l'onde de choc était aussi clairement définie que les contours d'une bulle de savon et elle se propageait dans toutes les directions : en frappant d'abord le sol situé juste en dessous d'elle. La terre ondula sous le choc comme la surface d'un étang calme où l'on vient de jeter une pierre. Le sol se liquéfia : la terre se comportant comme un liquide avant de reprendre son état normal quelques instants plus tard.

L'ondulation sismique rayonnait vers l'extérieur : elle voyageait à travers le sol compact plus vite que dans l'air. Une onde de compression longitudinale – l'onde « p » ou primaire – se combina avec les ondes transversales de surface pour fracasser dans le sol les blocs de béton d'une sous-station électrique alimentant les lumières de la piste.

Mais avant que les blocs du côté extérieur du bâtiment qui n'avaient pas encore fondu aient le temps de retomber sur le sol, l'onde de souffle atmosphérique – un mur d'air comprimé – balaya le secteur et effaça toutes traces de structures au-dessus du niveau des fondations.

La boule de feu qui se forma à l'extérieur de la sphère de plasma commença à s'élever dans les airs au-dessus du point zéro au rythme de quelques centaines de mètres par seconde. Au début, la boule de feu avait ses contours nettement définis par le front de choc lumineux : elle se déformait maintenant pour devenir une boule déchiquetée tout en provoquant l'ignition et la combustion de l'air lui-même tout le long du front de radiation.

Au niveau du sol, des vents puissants – « la pression dynamique » du souffle – commençaient à se déchaîner, formant un tourbillon qui se déplaçait derrière l'onde de souffle à la vitesse de 480 kilomètres à l'heure.

Sous les pieds du commandant de la base, le sol se cabra à deux reprises en rapide succession : le premier choc lui brisa les deux chevilles. Le second le frappa à la plante des pieds, fracassant le tibia et le péroné de ses deux jambes. La première secousse était le choc direct et la seconde l'écho renvoyé par la couche rocheuse à 50 mètres au-dessous de la surface du sol. Au même instant, l'onde de souffle déferla sur lui : elle fit aussitôt monter la pression de l'air à plusieurs kilos par décimètre carré : ses tympans éclatèrent comme si on lui avait enfoncé des pics à glace dans les oreilles. Il eut le temps de crier tandis que le hurlement de la tempête se déchaînait et que la pression continuait à monter. Le souffle le balaya et il battit désespérément l'air de ses bras comme pour s'y accrocher.

La boule de feu cependant s'élevait dans les airs à environ 1 500 mètres du hangar. Elle franchit les petits murs de béton qui entouraient l'abri. Son rayonnement d'énergie baigna la partie exposée de la peau du commandant de la base dont la température s'éleva aussitôt à plusieurs centaines de degrés. Il trébuchait en tous sens, les mains et le visage brûlés : chaque contact de son corps avec le sol bétonné provoquait des traumatismes dont l'ampleur ne tarda pas à être fatale : son monde n'était plus qu'un brouillard tourbillonnant de ténèbres et de silence. La douleur jaillissait de chaque coin de son corps, tandis que des rubans d'aluminium en fusion et de petits éclats de ciment arrachés aux murs du hangar le déchiquetaient comme de la mitraille.

Mais les lésions les plus terribles étaient provoquées par le poids écrasant de l'atmosphère. Quand la pression dépassa un kilo par centimètre carré, l'air fut chassé de ses poumons. Ses organes se mirent à être victimes d'hémorragies qui le poussaient rapidement vers la mort. Il perdit heureusement conscience avant que la chaleur de la boule de feu, qui brillait maintenant juste au-dessus de son corps, n'eût élevé la température d'abord de sa peau, puis des os et des tissus qui composaient son corps au-dessus de leur point de combustion : une grande partie de son organisme se trouva réduite à ses éléments constitutifs. L'onde de choc ne l'avait pas encore balayé jusqu'au mur du fond qu'il ne restait pas grand-chose de lui.

Tout aussi vite que l'onde de choc qui avait rasé la surface du sol, les souffles secondaires inversèrent leur mouvement et revinrent vers le point d'impact. Les blocs de ciment constituant la base du mur du hangar, qui avaient obstinément résisté à l'explosion, cédèrent à l'implosion qui suivit quelques secondes plus tard quand la boule de feu nucléaire aspira l'oxygène pour alimenter sa combustion. Les souffles secondaires aspirés par les vents ascensionnels accompagnant la boule de feu, qui ne cessait de s'élever, alimentèrent autour du point d'impact un incendie bref mais terrifiant. Les matières inflammables portées au-dessus de leur point de combustion avaient été privées d'oxygène englouti par le feu de l'explosion qui s'alimentait lui-même : abreuvées maintenant d'oxygène, elles s'enflammèrent. L'herbe et le bois prirent feu et un tourbillon attira leurs cendres vers le haut. Elles n'atteignirent toutefois jamais la boule de feu et retombèrent donc sur la terre sans avoir été irradiées.

Il n'y eut presque aucune retombée pour contaminer la terre à la suite de cette explosion relativement « propre ». La puissance effective de l'ogive du SS-18 atteignait bien les 550 kilotonnes que l'on avait estimés : à peu près la même puissance que celle des huit autres ogives qui explosèrent dans les airs au-dessus de la base aérienne de March au cours des trente-cinq secondes suivantes, anéantissant toute vie dans un rayon de 15 kilomètres autour de la base.

Autoroute I-10, 40 kilomètres à l'est de la base aérienne de March
11 juin, 5 h 55 GMT (21 h 55 locale)

Melissa Chandler commençait à s'habituer au ronronnement du canal d'émissions d'urgence de la radio de bord : sans cesse, elle regardait dans le rétroviseur la base aérienne d'où David avait dit que décollerait son vol. Était-il déjà parti ? Et dans ce cas, pour où ? Était-il encore là – tout près – et était-elle ainsi passée près de lui dans la nuit ?

Quand la station sur laquelle le poste était réglé avait cessé d'émettre, elle en avait cherché d'autres : mais là, où quelques instants plus tôt, il y avait abondance dans la Vallée, il n'y avait plus maintenant aucune station. Rien que le bourdonnement du CEU. Elle conduisait, une main crispée sur le volant, se faufilant dans la circulation de plus en plus dense sur l'autoroute. Elle s'installa sur la voie centrale à 130 kilomètres à l'heure ; c'était lent auprès des Porsche et des Mercedes de Los Angeles qui passaient en trombe sur la file de gauche ; elle se faisait toute petite quand ces stupides casse-cou jaillissaient derrière elle, la doublant à toute allure et puis se rabattant devant elle dans leur fuite éperdue. Elle devait surveiller tous les côtés de la voiture et utiliser sa main libre pour frictionner ses reins endoloris. Ça prenait de telles proportions qu'elle envisagea sérieusement de s'arrêter sur le bas-côté, mais elle n'osait pas encore prendre le risque.

La radio soudain se tut : on n'entendait plus que le crépitement comme ceux du début d'un vieux disque de phonographe, puis une voix de femme annonça : « Message pour toutes les agences de presse. Message pour toutes les agences de presse. Ici le Centre national d'alarme de l'agence fédérale de gestion des urgences. Attention. Attention. Un avis d'alarme a été décrété. Je répète : un avis d'alarme a été décrété. »

La radio se tut et Melissa fut secouée de frissons incontrôlables. Elle sursauta quand le bourdonnement du CEU reprit. *Ça y est ?* songea-t-elle avec fureur. Elle se remit à pleurer mais se força à s'arrêter en serrant les dents. Elle devait rester en alerte pour surveiller le flot de la circulation.

« David, David, David », murmura-t-elle nerveusement. Puis elle se dit : *Pourquoi faut-il que je subisse ça toute seule ?* « Personne parmi nos connaissances n'est dans la Réserve ! dit-elle tout haut. Tu avais dit que tu démissionnerais ! » *Tu avais promis. Si tu avais tenu ta promesse...*

Un énorme camion arriva à toute allure derrière elle. Son cœur se mit à battre plus fort. Puis des haut-parleurs de la voiture jaillit un crépitement de parasites. Terrifiée, elle jeta un coup d'œil au rétroviseur : elle s'attendait à une collision imminente avec les gros phares qui approchaient et la lumière la força à fermer fort les yeux. Elle abaissa le rétroviseur pour ne pas être éblouie et regarda par la fenêtre du côté droit. On aurait dit que le soleil s'était levé : le pont sous lequel elle venait de passer projetait une ombre sur la chaussée à 200 ou 300 mètres devant sa voiture.

Mais ce n'était pas comme la lumière du jour : les couleurs étaient bizarres. Et les parterres soigneusement entretenus du parking sur la droite étaient baignés d'une lumière d'un blanc de craie : avec une ombre marquée d'un côté et un éclairage éblouissant de l'autre. Le ciel était tout noir et les nuages çà et là semblaient luminescents. La lumière jaillit encore, puis encore : éclairant à chaque fois avec l'intensité d'un éclair de magnésium. Après chaque nouvel éclair, l'intense lumière diminuait lentement. Elle en compta neuf en tout. Neuf éclairs, neuf soleils.

La lumière commençait à pâlir. Melissa attendit la fin. Elle roulait toujours, la nuit enveloppait l'autoroute et ses voyageurs. Les lampadaires des parcs de stationnement à côté du centre commercial se rallumaient peu à peu : leurs coupe-circuits automatiques un instant dupés par cette aurore d'origine humaine. Elle regarda encore à plusieurs reprises dans le rétroviseur sans rien voir qu'une lueur au-dessus de l'horizon et d'étranges reflets rougeâtres qui éclairaient les nuages dans le ciel comme s'ils étaient en feu. Elle fut tentée d'imiter les nombreux conducteurs qui s'étaient arrêtés sur le bas-côté pour contempler la ville, tout au fond, en direction de la base de March – mais elle décida de n'en rien faire. Il n'y avait pas eu d'autre bruit que le crépitement des parasites dans le poste de radio qui avait recommencé à émettre son ronronnement régulier. Pas de bruit, pas de vent, pas de feu. Rien... Juste neuf petits soleils qui avaient éclairé la terre.

Melissa regarda le compteur – *170 kilomètres à l'heure!* – et elle leva le pied de l'accélérateur. Elle s'inquiéta un moment en pensant à David : les questions qu'elle se posait à son propos étaient plus angoissées maintenant. Elle se rendit compte soudain qu'elle avait les pieds trempés et froids. Elle avait perdu les eaux et voilà que son problème prenait une nouvelle dimension. Elle eut encore un élancement douloureux dans le ventre. Elle commença à chercher une sortie : vers une ville, n'importe quelle ville. Son regard allait et venait des panneaux de sortie jusqu'au ciel nocturne devant elle et sur les côtés : elle cherchait un hôpital, elle contemplait les étoiles, s'attendant à en voir une bouger, exploser.

Au-dessus de Banning, 20 miles à l'est de la base de March
11 juin, 5 h 55 GMT (22 h 55 locale)

Par les petits hublots du jet Delta s'engouffra une lumière éblouissante qui vint baigner la cabine de première classe et tous ses passagers d'un éclat si blanc qu'il effaça toutes les autres couleurs. Les soldats se précipitèrent pour baisser les stores : la cabine retrouvait sa semi-obscurité quand David Chandler entendit un sifflement provenant du poste de pilotage. On aurait dit le bruit d'un serpent à sonnette, mais ponctué de claquements secs : une décharge électrique incontrôlée. En se penchant dans le couloir, il vit les étincelles qui jaillissaient sous la porte du cockpit juste au moment où elle s'ouvrait violemment. En même temps qu'il entendait un bruit de chuintement, il aperçut un homme qui projetait de longues giclées de poudre blanche sur les panneaux d'instruments du poste de pilotage. Des filets de fumée âcre parvinrent aux narines de Chandler.

L'avion était maintement chahuté avec une violence accrue. Une sonnerie retentit dans le cockpit. L'appareil se mit à gémir et, tout d'un coup, il tomba comme s'ils étaient dégringolés d'une falaise, il tombait comme une pierre.

Chandler sentit son cœur s'affoler. L'appareil se cabra puis la descente s'accéléra. Les turbulences se faisaient de plus en plus fortes et on entendit une sorte de sifflement plaintif comme au cinéma. L'impression de chute lui souleva presque les jambes en l'air en même temps que le sang affluait à son cerveau. Malgré les bourdonnements d'oreilles il entendait les moteurs de l'avion rugir à ce qui devait être leur plein régime : mais cela ne semblait plus suffisant pour maintenir l'appareil en vol. Les masques tombèrent de leur compartiment. Chandler, qui avait les mains douloureusement crispées contre les accoudoirs, relâcha son étreinte le temps d'enfiler le sien et fut soulagé de respirer soudain cet air frais. Lentement, très très lentement, Chandler sentit une pression croissante le plaquer sur son siège. L'appareil s'arrachait à son mouvement de descente et, avec une violente accélération, reprenait un vol horizontal normal. Presque aussi vite que cela avait commencé, le bruit et les turbulences cessèrent et tout redevint calme. Enfin, tout sauf les pensées qui tourbillonnaient dans son crâne. Il se rendit compte alors à quel point il avait été terrifié : il lâcha les accoudoirs et desserra ses doigts crispés.

NORAD, Cheyenne Mountain, Colorado
11 juin, 5 h 55 GMT (22 h 55 locale)

Le pénétrateur de la première ogive frappa la terre qui s'était accumulée au pied de la montagne. Voyageant à la vitesse de 28 000 kilomètres à l'heure et solidement blindé pour mieux pénétrer dans le sol, il s'enfonça jusqu'à une profondeur de près de 100 mètres avant que l'ogive qu'il entraînait ne le rattrapât et n'explosât.

L'onde de choc de l'ogive d'une puissance de 25 mégatonnes fit basculer d'un mètre sur le côté tout le complexe du NORAD, faisant tomber tous les membres du personnel qui se trouvaient debout. Il y eut des fractures, des meurtrissures et des coupures. Les vibrations provoquèrent immédiatement des nausées chez les 1 700 aviateurs américains et canadiens. Les bruits de verre brisé, de panneaux métalliques dégringolant des consoles arrachées à leurs socles s'entendaient à peine dans le formidable grondement de ce séisme déclenché par l'homme. Le vacarme était tel que le général Wilson n'entendit même pas les cris de ses subordonnés quand il se releva du fauteuil qui s'était renversé sur lui.

Six secondes après la première détonation, le second pénétrateur avec son ogive fonça vers le sol. Les formidables vents ascensionnels de la première explosion le firent tout à la fois effleurer le sommet de la montagne de granit et basculer. Les tensions inhabituelles sur le système du détonateur empêchèrent la mise à feu : l'ogive nucléaire ricocha sur le flanc de la montagne pour venir s'incruster dans un affleurement rocheux et répandre ses matériaux nucléaires toxiques sur tout le flanc de la montagne.

Le troisième pénétrateur et son ogive suivirent trois secondes plus tard et heurtèrent de plein fouet le cœur de la montagne. La formidable vitesse du pénétrateur fit fondre le granit : l'engin s'enfonça de 20 mètres à l'intérieur de la montagne avant que l'ogive qui le suivait dans le tunnel percé n'explosât.

L'onde de choc arracha complètement les bâtiments du complexe souterrain de leurs fondations sur ressorts et provoqua l'effondrement de plusieurs d'entre eux. Des centaines d'énormes écrous métalliques provenant du plafond de la caverne furent sectionnés en deux et une dalle de granit de 400 tonnes se fendit le long d'une faille qui existait déjà sur la voûte qui s'effondra pour écraser un des bâtiments du complexe et une partie d'un autre. L'éclairage de secours du complexe s'arrêta alors : des centaines d'hommes moururent dans les ténèbres que ne venaient éclairer que les étincelles jaillissant des câbles à haute tension en court-circuit. Les vibrations à haute fréquence de l'atmosphère de la salle furent perçues par les oreilles humaines comme un crissement déchirant. Wilson se boucha les oreilles pour faire cesser cette douleur insoutenable.

Le quatrième pénétrateur frappa aussi la montagne de plein fouet après un répit de seulement quatre secondes. La chaleur de l'explosion de l'ogive vaporisa une cavité à l'intérieur de la montagne : celle-ci donnait sur le tunnel d'accès descendant jusqu'au complexe, à un endroit situé derrière des portes étanches. Les gaz en expansion du granit vaporisé s'engouffrèrent dans le conduit pour pénétrer dans la salle principale du complexe. Le déferlement des gaz surchauffés provoqua un souffle frontal qui surgit dans la salle à cinq fois la vitesse du son. À l'intérieur de la salle close, il balaya tout sur son passage : il était plus puissant qu'aucune force jamais produite par l'homme. Un instant, la pression à l'intérieur de la caverne atteignit des centaines de tonnes par centimètre carré : cela provoqua la mort instantanée par combustion et par écrasement de toute vie à l'intérieur de la base : aussi bien bactéries que mammifères.

Après avoir envahi le moindre recoin de la grande salle et du tunnel, l'onde de choc du feu nucléaire qui brûlait encore dans les profondeurs du granit vint presser de toute sa force contre les portes étanches à l'entrée du souterrain. D'abord un, puis les deux battants cédèrent : ils jaillirent du tunnel dans l'enfer qui s'y déchaînait projetés par un jet de gaz à 10 000 degrés. Les portes de 60 tonnes basculèrent plusieurs fois pour venir s'écraser à quelques centaines de mètres plus bas au flanc de la montagne. Au moment précis où elles s'immobilisaient, la première des quatre ogives restantes explosa : elles vinrent gaspiller leur énergie à aplatir encore davantage la crête déchiquetée qui avait autrefois été Cheyenne Mountain.

90e Groupe de missiles stratégiques, base aérienne de Warren, Wyoming
11 juin, 5 h 56 GMT (22 h 56 locale)

Stuart sentit à travers son dos et la plante de ses pieds la terrible secousse de la première des ogives. Une alarme se déclencha : le réseau de radars Doppler de surface entourant les installations de contrôle de lancement décela un mouvement dans le périmètre extérieur de sécurité. Le grondement commença, les lumières s'éteignirent pour être remplacées par l'éclairage de secours rouge. La sirène d'alarme s'arrêta brutalement : la console s'était éteinte.

Une secousse après l'autre ponctuait la vibration presque incessante que Stuart sentait à travers chaque point de son siège. Certaines étaient violentes, d'autres brèves et lointaines.

Stuart avait fermé les yeux et il calculait mentalement la distance de chaque explosion. *Deux cents mètres*, songea-t-il. *Le centre a été renforcé pour supporter 16 kilos par centimètre carré. Seize kilos par centimètre carré* – une violente secousse fit sursauter Stuart et il commença à trembler – *16 kilos par centimètre carré*, fit-il en se concentrant, *ça veut dire qu'il peut supporter... qu'il peut supporter 500, 500 kilotonnes à 180 mètres. Ou bien il pourrait... il pourrait supporter un coup direct d'une ogive de 35 kilotonnes*. Stuart essayait d'occuper son esprit de pensées cohérentes : il s'efforçait de tenir le coup.

Une forte secousse lui tordit le ventre et la poitrine. Il se crispa en attendant ce qui allait venir. Ce qui à son avis allait être la fin commença par le crissement du métal déchiqueté. Il y eut un grand fracas, mais ce n'était pas la fin. *Pas loin*, se dit Stuart, laissant son imagination calculer quelle puissance devrait avoir l'explosion qui les tuerait. En même temps il se sentait étrangement détaché. Une autre secousse plus violente traversa le centre et secoua son corps une nouvelle fois. Le centre gémit mais on n'entendit plus de bruit de déchirement métallique. Stuart sentait la sueur ruisseler sur son visage : il se rendit compte qu'il faisait maintenant très chaud dans leur capsule souterraine.

Derrière la tête de Stuart, des étincelles éclairèrent le centre.

« Un feu électrique ! » s'écria Langford – dans le grondement c'était à peine si on l'entendait. Il déboucla son harnais et s'éloigna en courant derrière Stuart.

Celui-ci se détacha à son tour. Les relents de fumée toxique lui emplissaient les narines. Il se redressa juste à temps pour être précipité à genoux par un nouveau choc. Il sentait les mouvements de la capsule géante retombant peu à peu sur son système de suspension qui amortissait la première onde de choc.

Les genoux endoloris, il se retourna pour voir Langford assis par terre et qui projetait de grands jets de poudre d'extincteur sur le panneau électrique. Le feu s'éteignait. Stuart reprit place dans son fauteuil en toussant et attacha de nouveau son harnais.

Une nouvelle onde de choc frappa le centre et Stuart entendit quelque chose tomber par terre.

« Merde ! » cria Langford. Il ramassa l'extincteur, se

releva et regagna son fauteuil. Plusieurs autres ondes secouèrent dans un grondement tout le centre, mais aucune n'était aussi forte que les premières. Quelques secondes après le dernier choc, tout redevint silencieux. Le centre se balança doucement sur ses vérins de suspension. Puis tout devint sombre, à part le voyant rouge qui clignotait sur la console de secours.

À bord du Nightwatch, au-dessus du Maryland
11 juin, 6 h 05 GMT (1 h 05 locale)

« Ce que nous essayons de dire, monsieur le Président, déclara Lambert, c'est que les Russes n'ont pas encore visé nos centres habités. En fait, leurs tireurs ont très habilement évité de frapper aucune cible, si précieuse qu'elle soit, située dans une zone à haute densité de population. La base navale de San Diego, par exemple.

– Mais leurs sous-marins n'ont pas encore ouvert le feu, dit l'amiral Dixon. Ce sont eux qui viseront nos villes, monsieur le Président, parce que leur tir est loin d'être précis. Le gros de leur flotte est dans la mer de Kara à défendre leur “ Bastion ”. Ils sont capables de construire de bons submersibles, mais nos équipages de chasseurs de sous-marins sont plus forts qu'eux, alors ils retombent sur la défensive. Voyez-vous, dit l'amiral, ils déploient toutes ces unités dans la mer de Kara au nord de Mourmansk et de Poliarnyï. Pendant ce temps-là, leurs navires de surface et leurs sous-marins conventionnels, avec l'appui d'importantes forces d'aviation basées à terre, défendent ce secteur.

– Vous affirmez donc que nous ne pouvons pas couler ces sous-marins dans ce Bastion ? demanda le Président.

– Vous me donnez environ un mois pour rassembler les forces suffisantes et nous les coulerons, monsieur le Président. Mais ce sera une sacrée bataille. Nous perdrons des navires, peut-être même un porte-avions. »

Le Président baissa la tête. « Ce qu'il y a, monsieur le Président, reprit le général Thomas, c'est que ces missiles lancés par les sous-marins ne sont pas aussi précis que leurs ICBM. Plus ils restent longtemps sous l'eau, plus leurs systèmes de positionnement deviennent périmés. Il leur faut donc des cibles occupant une grande surface où une erreur de quelques centaines de mètres ne comptera pas trop. – Le Président leva les yeux vers lui. – Ils visent nos villes, monsieur le Président. Le chien est armé et vous pouvez parier qu'après la correction que nous sommes en train de leur donner, le cran de sûreté n'est pas mis.

– Que faisons-nous ? interrogea le Président.

– Monsieur le Président, c'est une question politique », dit Thomas, et le secrétaire à la Défense acquiesça. Suivit un long silence.

« Voilà, monsieur le Président, la conclusion de cette conférence d'estimation des attaques transcontinentales, dit le secrétaire. Nous en aurons une autre d'ici une demi-heure environ pour évaluer les coups portés par nos missiles et tous les nouveaux rapports sur les dégâts causés par l'attaque russe. En attendant, si vous n'y voyez pas d'inconvénient, monsieur le Président, nous avons du travail, et ce serait probablement ici le meilleur endroit pour le faire. »

Le Président se leva presque aussitôt et déclara : « Je vais donner quelques coups de fil... à Londres et à nos autres alliés. Et au président du Congrès. »

Sitôt qu'il fut sorti, le général Thomas demanda : « Bon. Comment diable les Chinois ont-ils eu vent de cette attaque ? »

Le général Starnes secoua la tête et dit : « Je n'arrive vraiment pas à imaginer, Andy. Il y a dû y avoir une fuite, une interception. Ils ont peut-être intercepté le coup de téléphone que vous a passé Razov, mais... – de nouveau il secoua la tête – ça me semble vraiment au-delà de leurs possibilités techniques.

– C'est le Président qui a donné l'ordre au secrétaire Moore de les prévenir. »

Tous les regards se tournèrent vers Lambert. Il sentit sa gorge se serrer. Il avala sa salive et poursuivit : « Alors qu'il s'apprêtait à embarquer sur Crown Heli. Sur son téléphone portable. – Lambert baissa les yeux. – J'ai essayé... » Il ouvrait la bouche pour raconter, mais il n'arrivait pas à se décider à dire comment il avait tenté de l'empêcher, comment il l'avait fait, mais en vain. Comment ça n'était pas sa faute.

Quand il releva la tête, les visages exprimaient des

émotions variées : ou plutôt des degrés divers de la même émotion. « Nom de Dieu ! dit Fuller en s'enfouissant la tête dans ses mains et en la secouant. Putain de connard ! Mais quel connard ! »

Lambert fut choqué d'entendre Fuller manquer ainsi de respect au Président : il attendait de le voir réprimander. Au lieu de cela, Thomas se tourna vers le secrétaire à la Défense. « Monsieur, je recommande que nous commencions à tenir le Vice-Président plus précisément informé du cours des événements. »

Le secrétaire réfléchit un moment, puis hocha lentement la tête. « Hé, Greg, dit le secrétaire à la Défense en se tournant vers lui, si j'étais vous, je crois que je mettrais par écrit tout ce que je pourrais me rappeler de cette conversation avant que le souvenir ne s'en efface. » Il regarda Lambert. « Vous comprenez ? »

Lambert acquiesça. *Un mémo GTS,* songea-t-il en secouant la tête. *Il pleut des missiles partout. Jane fuit pour se mettre à l'abri et moi, je vais rédiger une note.* Ça l'écœurait. Tout est toujours GTS. La guerre, la paix, la vie du gouvernement, c'est pareil. Il secoua la tête encore une fois en pensant : *GTS : Gare tes fesses.*

Commandement de l'armée d'Extrême-Orient, Khabarovsk
11 juin, 6 h 20 GMT (16 h 20 locale)

Le général Razov était avec son état-major debout sur le toit du bâtiment au-dessus de son bunker de commandement : il tenait à observer de là-haut l'attaque nucléaire contre son pays. Toutefois, la base de missiles de Svobodnyï était à près de 400 kilomètres de là et, dans la lumière déclinante du crépuscule, il ne s'attendait pas à voir grand-chose. Les officiers qui l'accompagnaient arboraient les uniformes les plus variés. Des officiers impeccables et à l'œil vif dans leur uniforme de parade, sortis tout droit des lits douillets de Khabarovsk. Des hommes sales et qui sentaient la sueur, dont la tenue de camouflage et le regard éteint évoquaient la vie sur des théâtres d'opérations lointains dont ils venaient tout juste d'arriver.

« Là ! »

Razov suivit la direction du doigt que tendait devant lui un des officiers : il put alors voir clairement au nord-ouest que le ciel au-dessus de l'horizon s'éclairait. On aurait dit qu'un second soleil se couchait, le nouveau juste derrière l'ancien.

Une autre lueur illumina silencieusement l'horizon au sud. Razov se figea et son escorte s'arrêta autour de lui. Sur le fond bien plus sombre du ciel, au sud, flamboyait un feu nucléaire maintenant clairement reconnaissable.

« Bon sang, qu'est-ce que c'est que ça ? demanda un des officiers derrière Razov.

– Ça doit être Vladivostok », répondit un autre, d'une voix qui exprimait l'incrédulité.

Un éclair éblouissant déchira le ciel de la nuit sur leur gauche : à l'est cette fois, et plus proche.

« Mon Dieu ! dit un des officiers.

– Qu'est-ce qui se passe ? demanda un autre.

– C'est près », répondit l'un d'eux. Tous regardaient la lueur devenir beaucoup plus lumineuse que les autres : le mur entourant le toit projetait une ombre marquée. « Ça doit être Sakhaline.

– Mais qu'est-ce qui se passe ? Qu'est-ce que font les Américains ? » répéta le premier officier. Il exprimait tout haut la question qui retentissait dans l'esprit de Razov.

Au-dessus de Flagstaff, Arizona
11 juin, 6 h 25 (GMT) (2 h 25 locale)

Chandler entendit le « bong » et vit s'éteindre le signal « Attachez vos ceintures ». « Mesdames et messieurs... », entendit-il dans les haut-parleurs. C'était la première annonce depuis les explosions après les instructions d'urgence de l'équipage. « Nous allons arrêter l'oxygène. Vous pouvez remettre les masques dans les compartiments. Si vous en avez besoin – si vous trouvez qu'il y a encore trop de fumée – nous laisserons l'arrivée d'oxygène branchée et vous n'aurez qu'à les décrocher. »

Chandler ôta le sien, déboucla sa ceinture et se leva. Une demi-heure s'était écoulée depuis la descente précipitée et il avait des crampes.

Quand Chandler se tourna vers le poste de pilotage, la plupart des hommes et des femmes lui lancèrent un regard anxieux. Plusieurs soldats avaient des quintes de toux et gardaient leurs masques à portée de la main pour respirer de temps en temps une bouffée d'oxygène. Il sentait dans l'air l'odeur de plastique brûlé, mais ça ne le gênait pas. En baissant les yeux, son regard croisa celui de Barnes, assis de l'autre côté du couloir.

« Je vais aller voir ce qui s'est passé », annonça Chandler. Barnes acquiesça de la tête.

Il frappa à la porte du cockpit. La porte s'entrebâilla et Chandler vit le navigateur qui le dévisageait. « C'est un passager », dit l'homme.

Du fond du cockpit, Chandler entendit une voix tonner : « Foutez le camp, passager ! »

Le navigateur se tourna et haussa les épaules d'un air d'excuse en refermant la porte. Chandler sentit aussitôt sa colère monter et il martela la porte. Elle s'ouvrit toute grande et le navigateur fit signe à Chandler d'entrer.

« Bon sang, nous avons un appareil à piloter ! dit le commandant de bord sans se retourner. Qu'est-ce que vous voulez ? »

Chandler regarda les tableaux d'instruments à sa gauche : la partie qui n'était pas couverte de la mousse blanche de l'extincteur était toute noircie. Des rangées d'appareils avaient été arrachées, laissant des trous par lesquels on avait projeté de la mousse. Le navigateur avait la main enveloppée dans un bandage et une trousse de première urgence était posée sur son petit bureau où s'étalaient une carte et des compas.

« Que diable s'est-il passé ? demanda Chandler.

– Drôle de façon d'entamer une conversation, observa le pilote. Vous n'allez pas vous présenter ?

– Je suis le major David Chandler, de la Réserve de l'armée américaine.

– Capitaine Golding, dit-il. Delta Airlines. Voici mon copilote, M. Frazier. » L'homme fit un signe d'une main. De l'autre il pianotait les fréquences, son casque accroché à ses oreilles. « Et là-bas, c'est Gator, le navigateur, champion du relevé de position.

– J'ai les lumières d'une ville là-bas, dit le copilote. À 2 heures... Une quinzaine de kilomètres.

– Flagstaff », annonça Gator. Il fit une marque et nota l'heure sur sa carte. Prenant sa règle, il traça un trait au crayon reliant le point au relevé précédent.

« Qu'est-ce qui se passe ?

– Gator s'amuse à tracer notre route, annonça le capitaine Golding. Nous avons perdu tous nos instruments de navigation. Vous avez vu James Stewart dans *L'Odyssée de Charles Lindberg* ? Un sacrément bon film !

– Vous voulez dire que vous êtes en train de piloter cet appareil en repérant des lumières dans le noir et en vérifiant à quoi elles correspondent sur une carte.

– Oh, nous avons une boussole et une montre, dit Gator en brandissant sa montre-bracelet. Nous avons aussi la direction et la vitesse du vent qu'on nous a indiquées quand nous avons déposé notre plan de vol. Il n'y aura plus beaucoup de lumières à l'ouest par ici, on se débrouillera.

– Qu'est-ce qui s'est passé ? »

Dans le silence qui suivit, le seul son qu'on entendait, ce fut le lent « clic-clic-clic » du copilote cherchant une station. Leur répugnance à répondre à sa question donna à Chandler la réponse qu'il cherchait.

« Le raid aérien du côté de la base de March... c'était... ?

– J'en ai bien peur, fiston, dit le pilote d'une voix étonnamment douce.

– Les Russes ? fit Chandler, incrédule.

– Apparemment. »

Il secoua la tête. « *Pourquoi ?* Au nom du Ciel, qu'est-ce qui s'est passé ? Je veux dire... Comme ça, sans crier gare ? »

Il n'arrivait pas à y croire. Il avait dû y avoir une erreur, une erreur énorme, monumentale.

« On n'y comprend pas grand-chose non plus, dit lentement le pilote.

– Est-ce qu'ils ont touché L.A. ? Chandler sentait son cœur battre.

– Je ne sais pas. »

Il était en état de choc. Il aurait voulu pleurer, mais tout d'un coup il devait lutter contre une inexplicable envie de rire. Les lèvres crispées, il dit : « Je n'arrive pas à y croire. » Il fallait en savoir davantage. Le besoin de connaître la vérité eut tôt fait de le dévorer. « Vous ne pouvez contacter personne par radio ? LAX ? Tâchez de savoir ?

– Hé non, fit le capitaine Golding. Ou bien notre radio de bord a grillé, ou bien les centres de contrôle régional ont tous disparu, ou bien la direction de l'aviation civile les a tous bouclés pour éviter qu'ils servent de balises à des bombardiers russes ou à Dieu sait quoi qui pourrait montrer son nez par ici. » Golding regarda vers l'avant et sur les côtés comme s'il cherchait un appareil russe.

« Est-ce que vous ne devriez pas atterrir ? dit Chandler. Je veux dire, ajouta-t-il avec un regard à l'équipement électronique carbonisé. Bon sang ! Vous ne pouvez pas piloter comme ça ?

– Personnellement, répondit Golding, je préfère tenter ma chance là-haut.

– Alors où allons-nous ?

– Aux dernières nouvelles que nous avons reçues de L.A. avant que le contrôle régional cesse d'émettre, les Russes avaient attaqué et nous devrions faire route vers un endroit sûr. On était toute une bande en plein ciel – tous ceux qui se sont fait secouer aux abords de March – et on demandait tous où diable on serait en sûreté. Le type n'en savait rien, mais son superviseur a pris le micro et nous a dit : “ Gander, à Terre-Neuve ”. Il nous a dit qu'ils ne savaient pas ce qui se passait mais que nous devrions faire route vers Gander. Il a dû répéter ça une dizaine de fois à d'autres appareils réquisitionnés comme nous, qui sont à peu près tout ce qui vole depuis qu'on a mis en activité la flotte aérienne de réserve civile hier après l'invasion par les Coréens.

– Alors, c'est là que nous allons ? demanda Chandler, incrédule. À Terre-Neuve ?

– C'est là où on m'a dit d'aller. Vous savez, je ne suis qu'un employé.

– Oui, mais... Terre-Neuve ?

– Major... », commença Golding d'un ton irrité. Pour la première fois, il se tourna vers Chandler. Il avait un pansement sur un œil. Il regarda un instant Chandler de son œil indemne puis se retourna vers le pare-brise. « Major, je ne sais pas ce qui se passe. Je ne sais pas quel aéroport est encore opérationnel, lequel va disparaître, lequel va être le prochain objectif, lequel est peut-être recouvert d'un mètre de retombées radioactives. Je ne sais tout simplement rien. Nous avons croisé deux ou trois autres appareils faisant route dans la direction opposée, mais ils n'étaient pas plus avancés que nous. Frazier est en train d'essayer de capter des stations de radio civiles pour avoir plus d'informations, mais en attendant je vais à Gander, parce qu'on me l'a dit et parce que ça m'a l'air sûr. Bon sang, je vous demande un peu qui voudrait faire sauter un endroit comme Gander ?

– Qu'est-ce qui est arrivé à votre œil ? demanda Chandler.

– Oh ! rien, dit Golding en grattant le sparadrap. Nous tournions le dos à March... on était à environ 25 kilomètres. Nous avons compté neuf explosions. Un éclat éblouissant. On s'est trouvés en perte de vitesse, vous savez, quand ces vents nous ont rattrapés par-derrière. Ça a supprimé la portance des ailes. En quelques secondes, notre vitesse a dégringolé pratiquement à zéro au moment du passage de l'onde de choc et nous sommes tombés comme une pierre. Et nous avons eu un incendie. Notre vision nocturne a été complètement bousillée par l'éclair. »

Pour la première fois, Chandler se rendit compte que ces types devaient être un bon équipage. *À 25 kilomètres de neuf explosions nucléaires*, songea-t-il un moment avant de se représenter sa maison : Melissa assise dans le salon... Il ferma les yeux et s'efforça de chasser ces pensées. Plus tard, se dit-il. *Pas maintenant.* Quand il rouvrit les yeux, il dut se cramponner au bureau du navigateur.

« Ça va ? » lui demanda l'officier.

Chandler acquiesça. Il se retourna vers Golding. « Alors, pourquoi ce bandeau sur l'œil ? »

Le copilote regarda Golding puis se retourna vers Chandler. « Au cas où ça recommencerait, dit-il. Comme ça, il lui restera un œil intact. » Le copilote sursauta brusquement et fixa sa main qui manipulait toujours la radio. « J'ai quelque chose ! » Golding et Gator examinèrent aussitôt la fréquence et réglèrent chacun leur appareil sur le même chiffre. Chandler regarda le navigateur presser ses écouteurs contre ses oreilles.

« Qu'est-ce que c'est ? » demanda Chandler. Gator d'un geste de la main lui imposa le silence.

Le navigateur ouvrit un tiroir et tendit à Chandler un

casque qu'il brancha juste derrière le siège du pilote tandis que Chandler s'en coiffait. Il y avait un sifflement. Chandler mit le volume à fond et appuya les écouteurs contre ses oreilles.

« ... la plus sombre des nuits de l'histoire de l'humanité... »

Le signal faiblissait mais la voix était reconnaissable. Le président Livingston. « ... nous pouvons pleurer, nous pouvons nous affliger, mais ce n'est pas maintenant l'heure de la vengeance. On m'a donné l'assurance, dit le Président comme le signal devenait plus fort, que l'attaque russe était accidentelle : un accident provoqué par un tragique enchaînement d'événements au moment où la guerre entre Russes et Chinois est parvenue au stade nucléaire. » Lentement le signal recommençait à faiblir et Chandler dut coller le casque contre ses oreilles à s'en faire mal pour le retrouver. « À cet instant, tandis que nos forces armées prennent les mesures de représailles appropriées, voici ce que j'ai à vous dire à vous, au grand et généreux peuple américain. Je suis convaincu que l'attaque était une erreur. Les Russes vont payer cher cette erreur, comme ça a été le cas pour nous. Mais nous ne sommes pas en guerre avec la Russie et... discuter une cessation... Dieu bénisse les États-Unis. Bonne nuit. »

Chandler et les autres étaient silencieux. Chandler ôta le casque et, épuisé, s'adossa à la cloison derrière lui. Son regard se fixa sur la porte du poste de pilotage et il dit : « Il faudrait que quelqu'un l'annonce aux autres. »

Golding prit le microphone sur le tableau de bord et, au lieu de le porter à sa bouche, le tendit à Chandler par-dessus son épaule.

« Pressez le bouton pour parler », se contenta-t-il de dire.

Deuxième partie

« Ô Seigneur ! Ô Seigneur !
Pouvoir défaire ce qui est fait et rappeler hier.
Pouvoir retourner le sablier du Temps.
Effacer les heures en allées. »

Thomas HEYWOOD,
Une femme tuée avec bonté,
acte IV, scène VI.

5.

À bord du Nightwatch, au-dessus du Maryland
11 juin, 6 h 30 GMT (1 h 30 locale)

« Non, mon général, dit la voix dans le haut-parleur, je peux voir à quel endroit arrivent... euh... arrivaient à Cheyenne les autoroutes I-80 et I-25, mais... les bretelles de raccordement ont disparu.

– Y a-t-il des incendies ? demanda le général Starnes.

– Pas vraiment. Il y a de la fumée, mais on a l'impression que tout a déjà grillé », dit-il. Manifestement il s'efforçait de maîtriser le tremblement de sa voix. « La lumière, fit-il après s'être éclairci la voix, la lumière est encore assez faible, et j'ai ouvert à fond l'objectif : je ne vois que des décombres. Des décombres calcinés. »

Les autres se regardaient. Lambert avait déjà cru percevoir quelque chose dans la voix du pilote, mais c'était clair maintenant. Il sentit ses yeux picoter. C'était l'aube à Washington et il n'avait dormi que deux ou trois heures la nuit précédente. Il se força à relever la tête dans un mouvement qui le réveilla en sursaut. La migraine, la fatigue... c'était plus qu'une simple envie de dormir. C'était la tension. Des heures de tension constante.

« Je suis désolé, mon général, reprit la voix, un peu affaiblie maintenant. Il y a encore pas mal de brume... mais le... le nuage s'est déplacé vers le sud-est : il est peut-être à 12 ou 15 kilomètres déjà, au-dessus d'Orchard Valley. À Cheyenne, tout est... »

Lambert et les autres attendirent une seconde que le

pilote termine sa phrase : en vain. Dans le haut-parleur, on entendit un son... ou plutôt l'esquisse d'un son. Pour avoir écouté les précédents rapports, Lambert savait que le microphone du pilote était activé par la voix.

« Il est malade ? demanda le Président d'une voix trop étouffée pour être captée par le microphone. Les radiations ? »

Le général Starnes secoua la tête. « Il sait ce qu'il fait, dit-il à voix basse. Nos pilotes de TR-1A s'entraînent sans arrêt. Jamais il n'approcherait du nuage. » Puis, reprenant un ton normal, Starnes dit : « Commandant... dites-moi... Quelle est votre base, mon garçon ?

– Warren, mon général », fit la voix lointaine, plus calme maintenant.

Le Président articula le mot « là ? » tout en désignant le sol du doigt. Starnes acquiesça de la tête.

Je me demande combien de fois il a cherché sa maison, songea Lambert en secouant la tête. Il pensait au pilote anonyme. *Comment fait-il ?* se demanda Lambert. *Comment tenez-vous le coup ?* Lambert savait que sa femme était saine et sauve – Washington avait été épargnée – mais cet homme ?

« Quelle est votre route, commandant ? » demanda le général Starnes. Le ton soudain professionnel vint rompre l'ambiance lourde.

Après un soupir, le pilote dit : « Je devais aller faire un tour au-dessus de la terre de Baffin, et puis tirer sur un projecteur virtuel au-dessus de Thulé. Ensuite, encore un petit coup et en route pour prendre de loin quelques rouleaux des installations de Magnitogorsk avec le SLAR.

– Side Looking Airborne Radar : le radar aéroporté à vision oblique, traduisit Starnes à voix basse pour le Président. Il nous donnera des images étonnamment claires. Comme une photo en noir et blanc, mais par n'importe quel temps, de jour ou de nuit. Il reprit d'une voix plus forte : Vous avez une longue journée devant vous, commandant, dit Starnes. Bonne chance à vous.

– Merci, mon général, dit le pilote. Mon général ?

– Oui ? répondit Starnes.

– Faites-leur payer, mon général. Faites-leur payer ça. »

Lambert sentit un frisson lui parcourir le dos.

Environs de Khabarovsk, Russie
11 juin, 10 h 30 GMT (20 h 30 locale)

« Ils arrivent, signala le général Michine au général Razov. Les missiles antisatellites PKO et antimissiles balistiques PRO sont toujours opérationnels, mais les services radio annoncent la disparition de leurs radars à longue portée. Chaque fois qu'un de nos IL-76 allume son radar, on lui expédie un vol de F-111 ou F-14 qui fonce dessus pour le démolir. La marine ne cesse de faire décoller des KA-25 pour combler les trous, mais les hélicoptères sont des cibles faciles. Nous tentons de déployer nos radars mobiles au sol pour constituer une sorte de réseau cohérent, mais cela va prendre du temps.

– Et nous ne savons pas ce qui se passe ? demanda Razov.

– Oh, nous avons des visions fragmentaires. Ils ont l'air d'utiliser tout ce qu'ils ont dans leur arsenal : B-52H, B-1B, FB-111, missiles de croisière tirés d'appareils en vol, plus leur système d'élimination des défenses antiaériennes, des avions-citernes et tout le tremblement. Nous pouvons seulement supposer que des B-2 sont dans les parages aussi, peut-être même des F-117, mais ce sont des avions " furtifs " : on ne peut pas les voir. Il y a même des attaques de A-6 en cours à partir de leurs porte-avions au large de la côte coréenne et de F-16 en provenance de leurs bases de l'OTAN en Europe, plus des missiles de croisière lancés par les sous-marins et les navires de surface.

– Êtes-vous en train de me dire que nous sommes incapables de mettre en place une défense aérienne valable ?

– Général Razov, dit lentement Michine, toutes nos installations de défense aérienne de quelque importance ont été touchées par des ogives nucléaires. Absolument toutes. Nous opérons maintenant à partir d'aéroports civils. Aussi longtemps que les Américains peuvent mener à leur gré des opérations offensives hors du territoire américain, nous serons sur la défensive.

– Que proposez-vous ? demanda Razov.

– Nous devons porter le combat chez eux. Riposter.

Nous attaquer du moins à leurs groupes de porte-avions et aux installations de l'OTAN.

– Général, dois-je vous rappeler qui a déclenché cette guerre ? » dit Razov. Malgré la dépression dans laquelle il était plongé, il parvint à donner à sa voix un ton sévère. « Il va falloir que vous fassiez de votre mieux. Commencez par rétablir la supériorité aérienne au-dessus du périmètre et ensuite nous verrons ce que peuvent faire vos forces d'attaque.

– Peut-être, général Razov, répondit calmement Michine, peut-être n'ai-je pas assez clairement souligné à quel point la situation aérienne est grave. D'après notre dernier décompte, ils ont fait décoller dix-sept appareils AWACS pour la régulation de leur trafic depuis la péninsule de Kola, sur la mer des Laptev, jusqu'aux monts Cherskiy au sud.

– Vous voulez dire qu'ils ont des AWACS qui tournent au-dessus du territoire russe ? » demanda Razov stupéfait.

Le panneau de toit du BTR s'ouvrit et l'aide de camp de Razov sauta à l'intérieur du véhicule : de toute évidence, il voulait attirer l'attention de Razov. Celui-ci, d'un geste de la main, lui imposa le silence.

« Il y en a un qui vole à quelques centaines de kilomètres à peine au nord de votre position actuelle, répondit le général d'aviation, avec son escorte de ravitailleurs et de chasseurs. La seule suprématie aérienne qui nous reste, et elle est purement locale, c'est au-dessus des aéroports civils qui servent de base à nos chasseurs. Et même cela ne va sans doute pas durer. Si nous ne ripostons pas, général, il nous faut envisager de protéger nos ressources aériennes.

– De les protéger dans quel but ? demanda Razov.

– Pour, dit-il toujours aussi lentement, pour parer à ce qui pourrait venir ensuite. »

Razov songea soudain que la situation pourrait ne pas s'apaiser immédiatement après que les Américains auraient exercé leurs terribles représailles.

« Et Zorine ? interrogea Razov.

– Nous tenons ce pauvre imbécile, dit Michine d'un ton dégoûté. J'ai bien envie de lui tirer moi-même une balle dans la tête. » Ils discutèrent alors de la consolidation réussie de leurs forces sous la coupe de la STAVKA nouvellement constituée, avec Razov à la tête du Haut Commandement suprême.

La conversation terminée, l'aide de camp de Razov dit : « Mon général, il faut bouger. Le vent a tourné. »

Razov se tourna vers l'officier et dit : « Trouvez-moi un transport pour Moscou. Je ne peux pas régler tout ça d'ici. »

Palm Springs, Californie
11 juin, 10 h 30 (2 h 30 locale)

« Je veux une péridurale ! Melissa tapait de la tête contre l'oreiller. Ça fait mal !

– Vous êtes en train d'accoucher. C'est normal », dit l'infirmière d'un ton calme.

Entre deux cris, Melissa reprenait son souffle. « Je veux ma péridurale ! hurla-t-elle.

– Mrs. Chandler, les anesthésistes sont tous occupés pour l'instant.

– Trouvez-en un, gémit Melissa. Je vous en p-prie, trouvez-m'en un ! »

Ce fut à peine si elle entendit la femme lui expliquer pourquoi tout le monde était si occupé et qu'elle était certaine que Melissa comprenait. Tout ce qui la préoccupait, c'était la douleur : accablante.

Melissa s'éveilla et, la première chose qu'elle vit, ce fut son bébé, entouré d'un lange beaucoup trop grand, avec un cœur doré collé sur son dos nu. Elle cligna des paupières pour dissiper les larmes qui s'amassaient dans ses yeux : l'image resta la même. La lueur rouge au-dessus de la peau du bébé maintenant nettoyé devint plus intense. Melissa leva les yeux et vit le chauffage électrique s'allumer quelques secondes et puis s'éteindre de nouveau.

Elle renifla et se retourna sur le dos. Au pied de son lit, à demi masquée par un rideau, une femme s'agitait dans son lit en gémissant doucement : un homme en blue-jeans lui tenait la tête avec une serviette humide. Coincée auprès d'elle sur sa gauche, une autre femme donnait le sein à un nouveau-né.

On s'agitait derrière la porte. « Il me faut du sang ! cria quelqu'un dans le couloir. Un litre... tout de suite ! »

Melissa se tourna vers la femme qui allaitait. « Qu'est-ce qui se passe ? » murmura-t-elle.

Un long cri jaillit du couloir, suivi de : « Janet ! Janet ! Viens me donner un coup de main ! »

Au prix d'un douloureux effort, Melissa se mit debout et passa lentement devant le lit de la femme en travail.

Elle ouvrit la porte pour déboucher sur un univers de lumières éblouissantes et de grande agitation : infirmières, médecins, personnel hospitalier couraient d'un patient à l'autre, pilotant des chariots entre les brancards. Des gens étaient allongés à même le sol du couloir, maintenant des morceaux de gaze en divers endroits de leurs corps, les parties non couvertes marquées d'horribles brûlures. D'autres erraient en sanglotant, essayant d'aider, de tenir des mains. Des bouts de vêtements ensanglantés et calcinés jonchaient le carrelage là où on les avait jetés après les avoir découpés sur les corps des blessés.

Melissa empoigna une infirmière qui passait d'un pas vif dans sa blouse ensanglantée, des mèches collées à son front par la sueur. « Je veux sortir, dit Melissa. Je suis Melissa Chandler. Je veux sortir et je veux emmener mon bébé avec moi.

– Bon, lança l'infirmière. Sortez, dit-elle en essayant de se dégager.

– Qui dois-je voir à propos de la facture ? » demanda Melissa. Elle se cramponnait à la manche de l'infirmière en y crochant les doigts.

« *La facture ?* » cria la femme d'un air incrédule. Elle échappa à l'étreinte des doigts de Melissa et s'éloigna en hâte.

À bord de Nightwatch, au-dessus du Maryland
11 juin, 11 h GMT (6 h locale)

Le doux chuintement des réacteurs avait le bizarre effet d'abrutir un peu Lambert. Par-dessus ce fond sonore, il entendit le général Starnes annoncer : « Nos rapports de la CPOA – émanant de la coordination des procédures d'opérations atomiques – indiquent que les attaques de la " phase 2 " des appareils à réaction rapide se déroulent bien. » Il parlait assez fort pour s'assurer que le vice-président Costanzo l'entendait bien dans le haut-parleur. « Nous avons essuyé des pertes minimes – deux A-6, un FB-111 et un B-52 – et nos attaques progressent normalement.

– Qu'avons-nous touché ? » demanda le Président d'une voix sourde.

Starnes consulta son rapport. « En utilisant surtout des missiles, nous avons touché presque toutes leurs bases sous-marines. Nous avons un pourcentage de destructions de 99,7 % sur les bases de lancement d'ICBM. Les Kozelsk qu'ils ont tirés sont aussitôt retombés. Nous avons également mis hors d'usage leurs bases de bombardiers. Certains de leurs Backfires, Bisons, de leurs lanceurs Ours et Blaireaux et quelques ravitailleurs ont décollé sans doute équipés d'armes nucléaires. Mais nous les abattons partout où nous pouvons, ou bien nous attendons qu'ils se posent : cela nous permet d'opérer et de frapper leurs bases de secours quand ils atterrissent. Enfin, nous avons éliminé une vingtaine de postes d'alerte avancés et nous nous attaquons à Youjno-Sakhaline avec des A-6 basés sur le porte-avions *Carl Vinson.* »

Lambert regarda le Président : il n'avait pas l'air d'écouter.

« Et leurs possibilités C^3 ? demanda Lambert.

– Nous n'y avons pas beaucoup touché », répondit Starnes. Il regarda le Président, espérant que celui-ci l'entendrait. « Ils ont un assez bon réseau de communications et il faut que le gouvernement reste intact. Rien autour de Moscou, y compris le PVO-Strany, n'a été touché.

– Nos propres défenses aériennes ? demanda Lambert en entendant mentionner le PVO-Strany – le NORAD russe.

– Eh bien, dit Starnes, je vois pourquoi Al a dit que c'était un projet de miteux. Nous avons tous nos satellites intacts. Au sol, il nous reste les Flyingdales de la ligne des BMEWS, la vieille DEW line, les lignes Pine au nord, les quatre systèmes SLBM à l'est, à l'ouest et au sud ; et les nouveaux systèmes de radars Transhorizons qui surveillent sur l'Atlantique et le Pacifique l'arrivée de bombardiers et de missiles de croisière.

– Comment opérons-nous pour nos dégâts C^3 ? demanda le secrétaire à la Défense.

– Tout est acheminé au quartier général de la 23e région NORAD à la base aérienne de Tyndall en Floride, répondit Starnes. C'est un atelier auxiliaire NORAD parfaitement équipé. Si nous perdons Tyndall, nous aurons le QG de la région canadienne du NORAD, la base canadienne de North Bay dans l'Ontario, et ensuite les quatre salles de contrôle des opérations régionales du système de surveillance inter-armes. Après cela, il y a sept AWACS capables de contrôler la défense aérienne nationale.

– Et vous pouvez arrêter n'importe quel bombardier russe ? demanda le Président.

– Nous ne pouvons pas faire grand-chose contre les missiles de croisière en vol, dit Starnes. Mais, si ces salauds arrivent pour lâcher de la mitraille, on leur en fera voir. Nous avons lancé un avis aux équipages informant l'aviation civile que nous avions étendu la zone d'interception pour la défense aérienne à 320 kilomètres et que nous ouvririons le feu dès l'interception radar si les plans de vol n'avaient pas été déposés cinq heures à l'avance.

– Les sous-marins ? demanda le vice-président Costanzo dans le haut-parleur. Toujours aucun tir de missile depuis le Bastion ? »

L'amiral Dixon, le chef des opérations navales, répondit : « Pas de missile stratégique, non, monsieur le Vice-Président. Ils ont lancé sur nos unités anti-sous-marines du secteur quelques missiles nucléaires sol-sol : ça nous a causé quelques dégâts; mais pas trop graves.

– Quels rapports sur les pertes de sous-marins chez les Russes ? demanda Thomas.

– Vingt et un submersibles sont confirmés comme coulés, l'un qui a fait surface est en feu et six probables, répondit le chef des opérations navales. Si les six sont tous confirmés comme coulés, alors nous avons pratiquement nettoyé les postes de tir au large : il reste peut-être un ou deux sous-marins cachés en profondeur. Ils ne sont pas intervenus sur notre système SONUS d'appareils d'écoute au fond de l'océan et nous venons de repérer un submersible sur notre ligne GIRU – la ligne Groenland-Islande-Royaume-Uni. Celui-là est foutu. Notre seul sujet d'inquiétude, c'est peut-être le Bastion.

– Dites à vos gars qu'ils ont fait du bon travail, fit le général Thomas.

– Et je dois signaler aussi : bon travail de la Royal Navy, dit l'amiral Dixon. Ils ont à leur actif cinq de ces sous-marins coulés. Et les forces de défense canadienne sont responsables de deux contacts aboutissant à une destruction.

– Et nos autres alliés ? » demanda le Président à Lambert.

Lambert haussa les sourcils et regarda le secrétaire à la Défense qui dit : « Nous rencontrons certaines... difficultés avec les Allemands. Nous avons eu deux appareils, un FB-111 et un B-1B, qui se sont présentés pour des atterrissages d'urgence au-dessus de terrains d'aviation allemands qui sont des points de sauvetage dans les plans de guerre de l'OTAN. Les contrôleurs allemands leur ont refusé la permission de se poser.

– Qu'est-ce qui s'est passé alors ? demanda le président Livingston.

– Ils ont atterri quand même. Mais la position des Allemands est que les avions sont saisis pour atterrissage non autorisé.

– Et les pilotes ?

– Ils sont retenus sur les bases. L'un est actuellement en traitement dans un hôpital militaire pour radiations reçues en mission. Il faut que je vous dise, monsieur le Président, reprit Lambert en secouant la tête, que cela constitue une infraction aux obligations imposées aux Allemands par le traité de l'OTAN. En fait, les Allemands et plusieurs autres pays de l'OTAN ont décrété la mobilisation, mais les unités assignées à des chefs militaires américains de l'OTAN à Bruxelles n'ont pas commencé à se déployer. Elles attendent sans doute une décision politique, mais ce n'est pas comme ça que les choses doivent se passer. Il n'y a pas de décision à prendre. Un membre de l'OTAN a été attaqué, et tous les autres pays membres doivent considérer cette agression comme une attaque contre leur propre pays.

– Il va falloir suivre la situation de près, dit le Président. Je vais passer quelques coups de fil. »

Sur ces entrefaites, un capitaine de l'Air Force entra dans la salle de conférence. De toute évidence, il comptait chuchoter quelques mots à l'oreille du général Starnes, mais l'interruption de la réunion fit qu'il se trouva seul à parler. « Le rapport Œil de Verre arrive, mon général, dit-il.

– Il vaudrait mieux avoir le FEMA en ligne, dit le général Thomas en décrochant le téléphone.

– Qu'est-ce qu'un rapport Œil de Verre ? » demanda le Président.

Au moment où Thomas allait répondre, le téléphone sonna. Le général pressa un bouton et dit : « Oui ?

– Jack Sims, le directeur intérimaire de la FEMA, est en ligne, mon général, dit la voix maintenant familière de la femme qui s'occupait des transmissions.

– M. Sims, dit Thomas d'une voix plus forte.

– Oh, oui... »

Un terrible grincement coupa le reste de sa phrase.

« Oh, mon Dieu, ne me dites pas que ça recommence ! » fit le Président en se levant d'un bond : il avait un regard horrifié.

En fond sonore, on entendait dans le téléphone la voix du vice-président qui criait : « Fermez cette porte ! » Un silence, puis le vice-président dit : « Désolé. J'ai dû avoir un retour d'écoute. Jack est juste à côté de moi et la porte était ouverte. Ça devrait aller maintenant. »

Tout le monde attendait le Président qui lentement se rassit dans son fauteuil.

« M. Sims, dit le général Thomas, ne quittant pas des yeux le Président, nous venons de recevoir votre rapport et le Président demandait une explication.

– Oh, monsieur le Président, entendit-on dans le haut-parleur, ici Jack Sims. Vous vouliez des précisions sur quoi ? Sur le rapport concernant la situation civile ? »

Le Président lança au général Thomas un regard éperdu. « Non, dit le général Thomas, sur le rapport Œil de Verre.

– Oh, oui. Pardonnez-moi, dit Sims. Nous travaillons sur tant de textes. Le catalogue de banque de données de nos ordinateurs comprend des milliers d'articles : les silos à grain, les banques, les hôpitaux, les stations de télévision, les magasins de détail, les mines, les grottes, etc., plus de deux millions d'immeubles et leurs éléments de protection contre les retombées radioactives. – Tout cela réparti en 65 000 subdivisions géographiques. Il y a pour chacun un " coefficient de vulnérabilité " ainsi que sa situation en longitude et en latitude. Notre programme " PRÊT " va...

– Excusez-moi, M. Sims, dit Thomas, mais le Président voulait des renseignements sur le rapport Œil de Verre.

– Oui... oui, dit Sims dans l'appareil. Nos fonctionnaires de la protection radiologique se livrent à une estimation préliminaire des retombées. Tous les jours à midi et à minuit, 134 stations du Service national météorologique – enfin, maintenant c'est 111 – lâchent des ballons pour effectuer d'autres prélèvements et fournir les données à nos ordinateurs. »

Un sergent de l'Air Force apporta une liasse de documents et les tendit au capitaine qui les distribua.

« Faisons-nous aussi des reconnaissances au-dessus de la Russie ? interrogea le Président.

– Nous avons le plan de reconnaissance stratégique, dit Starnes : c'est à partir de cela qu'opère le commandant avec qui nous discutions tout à l'heure à Cheyenne. »

Lambert examina son exemplaire du rapport. La première chose qui lui sauta aux yeux, ce fut la carte. De petits ronds la parsemaient comme une éruption de varicelle : chacun d'eux était une cible. Ensuite, et de façon plus menaçante, de grands panaches allongés jaillissaient de quelques-uns des cercles, balayant la campagne alentour.

« La carte montre les cibles, dit Starnes, et le nombre probable des victimes atteintes par les retombées.

– En plein sur Norfolk, dit l'amiral Dixon en secouant la tête. Nous avons encore San Diego intact, monsieur le Président. Mais ces retombées sur Norfolk vont causer des perturbations à toutes nos opérations dans l'Atlantique.

– En fait, intervint Sims, les dégâts sont remarquablement infimes. Bien sûr, c'est terrible sur les sites mêmes des objectifs où les retombées sont importantes. Mais si tout cela s'était passé il y a dix ou vingt ans, avant les réductions d'armement quand la plupart des bombes étaient d'anciens modèles “ sales ”, et que...

– Mon Dieu, dit le Président. Dans quelle... dans quelle mesure ces chiffres sont-ils exacts ? » Il était manifestement en état de choc. On aurait dit un animal pris au piège : il avait le regard affolé.

« Pour toute attaque mentionnée, monsieur le Président, répondit Sims, les chiffres exacts des effets directs pourraient comporter une marge d'erreur de 50 %. Les chiffres concernant les retombées sont encore plus incertains, avec une marge d'erreur de peut-être 75 %. Mais pour l'ensemble des victimes, on n'est pas loin : à peut-être plus ou moins 15 % près. Nous aurons des données plus précises quand nous aurons reçu les rapports des stations de la défense civile. Il y en a une tous les 200 kilomètres carrés dans les zones rurales et tous les 20 kilomètres carrés dans les zones urbaines. »

L'énorme panache qui balayait la côte à partir de la Pennsylvanie attira le regard de Lambert. *En plein sur la région de Washington,* se dit-il. *Ça passe juste dessus !* Chacun regardait le rapport – le premier à fournir une estimation des dommages. Lambert essayait d'imaginer ce qui se passait dans son quartier. *La mort*, se dit-il. *L'agonie et la mort. Pour tout le monde. Le concierge de mon immeuble. Ma bonne et sa famille. Ma secrétaire, son mari et ses gosses.*

« Alors vous dites que... Quoi ? » Le Président tournait les feuillets jusqu'au moment où il trouva ce qu'il cherchait. Entre quatre millions et demi et sept millions de gens sont morts comme ça ? »

Tous les regards se tournèrent vers le Président. Le haut-parleur resta silencieux. *Il est en train de craquer*, se dit Lambert. Il se remit à examiner attentivement la carte des retombées sur la frontière de la Virginie et de la Virginie-Occidentale.

« Là, c'est le nombre exact, y compris celui des décès par retombées qui peuvent se manifester jusqu'à soixante jours plus tard, dit Sims.

– M. Sims, dit Lambert, les yeux fixés sur Livingston accablé. Je crois que nous devrions revenir au rapport. Et les victimes à long terme ?

– Un ou deux millions de plus, comme vous pouvez le voir d'après le rapport... » dit Sims. L'interruption de Lambert semblait lui avoir un peu rabattu le caquet. « ... un ou deux millions de plus vont mourir d'une augmentation des maladies du sang et des cancers dans les cinq années à venir. Nous n'avons pas assez d'éléments pour projeter aussi loin les estimations, mais, statistiquement, les chiffres seront sûrement plus élevés. En s'appuyant sur une étude de 1979 effectuée par le Bureau des relations techniques du Congrès, l'attaque russe de 649 mégatonnes sur nous et l'attaque de

1 092 mégatonnes de notre part contre les Russes devraient au total produire approximativement un accroissement des morts par cancer dans le monde entier : les chiffres passeraient de 350 000 à 3 500 000, et les déficiences génétiques augmenteraient de 600 000 à 6 000 000. »

Lambert leva les yeux : il s'était assuré que Snowshoe, en Virginie-Occidentale – où devaient se trouver Jane et ses parents –, n'était manifestement pas à l'intérieur de la zone contaminée. Ses parents à lui, à New York, et son frère à Boulder, Colorado, semblaient tous hors de danger aussi. Mais ses amis dans la région de Washington... il n'avait plus qu'une envie : s'allonger. Il aurait voulu que tout ça finisse.

« Et les retombées ? » demanda le Président. Son doigt suivait sur la carte les larges panaches. « Allons-nous évacuer ces secteurs ?

– Eh bien, monsieur le Président, dit Sims, nous bouclons ces zones avec toutes les forces de la police et de la garde nationale dont nous pouvons disposer. C'est de toute évidence une énorme tâche, et il n'est pas sûr que nous puissions contrôler l'afflux de population. »

Le Président pencha la tête de côté et demanda : « Allez-vous oui ou non évacuer ces gens ?

– Oh... eh bien, n-n-non, monsieur le Président, balbutia Sims. Non, non. Nous ne pourrions même pas commencer à le faire et ce ne serait pas à conseiller. La meilleure solution – même dans les zones limitrophes –, c'est que les gens ne sortent pas de chez eux.

– Qu'entendez-vous par " contrôler le flot de population ? " demanda le Président, visiblement déconcerté.

– Eh bien... manifestement, un grand nombre de gens ne vont pas suivre nos recommandations de rester chez eux, dit le fonctionnaire de la FEMA. Les routes sont déjà trop encombrées : à la sortie de toutes les grandes villes, et pas seulement des zones contaminées. Nous nous efforçons de contrôler d'abord les secteurs atteints et d'arrêter ces gens avant qu'ils ne s'en aillent... à cause de la radioactivité et tout ça. Monsieur le Président, une voiture recouverte de retombées radioactives, que son propriétaire prend pour la laisser dans un parking, peut rendre malades un tas de gens. Nous essayons simplement d'isoler la contamination : c'est le plan.

– Alors, qu'allez-vous faire ? demanda le Président.

Arrêter ces gens à la limite des zones touchées et en faire quoi ?

– Eh bien, répondit Sims, nous les mettrons en quarantaine assez longtemps pour confisquer leurs affaires et les décontaminer. Nous sommes en train d'installer des camps de " personnes déplacées " pour les abriter et les soigner. Tout cela est prévu dans nos plans, monsieur le Président. »

Celui-ci, le regard perdu dans le vide, restait muet et immobile.

Le général Thomas, qui avait observé le regard absent du Président, dit : « Merci, M. Sims. Nous vous recontacterons plus tard.

– Oh, dit Sims, pendant que je vous tiens, monsieur le Président, nous avons des documents que nous avons besoin de vous faire signer. Il nous faut une déclaration de catastrophe nationale de façon que le CRFU – le Code des réglementations fédérales d'urgence – prenne effet. Sinon, ce que nous sommes en train de faire est... eh bien, c'est théoriquement illégal.

– Bien, fit le Président. Faxez-moi ce qu'il vous faut : nous avons un fax à bord ? »

Le général Starnes hocha la tête et dit : « Oui, monsieur le Président.

– Pardonnez-moi, monsieur le Président, reprit Sims, mais vous l'avez déjà. C'est dans le ballon de football. »

L'officier de liaison militaire, assis silencieux au bout de la table avec le ballon de football, parut soudain se ranimer et fouilla dans sa sacoche jusqu'à ce qu'il ait trouvé des papiers dans une poche de côté. Il les apporta au Président.

« Il y a là un document en blanc, dit l'homme de la FEMA, qui déclare une catastrophe nationale. »

Le Président regarda les documents d'un air absent, puis les poussa à travers la table vers Lambert qui se mit à chercher le papier que Sims continuait à décrire.

« Vous l'avez trouvé ? demanda Sims dans le haut-parleur.

– Ici, Greg Lambert. » Lambert essayait de gagner du temps tout en continuant ses recherches. « Il y a... en haut de la feuille, on peut lire " Déclaration de guerre ", et le texte dit : " Par la présente, les États-Unis d'Amérique déclarent la guerre à... " Ensuite il y a un blanc. »

Sims dit : « Non, non » et continua à décrire le document.

Lambert l'interrompit. « Je l'ai. " Déclaration de catastrophe nationale ". Il y a un blanc pour les zones intéressées et un blanc pour la date.

– Monsieur le Président, je dirais : " La totalité des cinquante États plus le District of Columbia ", et je mettrais, voyons, je pense, la date d'aujourd'hui », dit Sims.

Lambert regarda le Président qui hocha la tête et puis remplit les blancs. Quand il eut terminé, le Président signa le document et dit : « Bon, c'est fait. » Sims le remercia et demanda une copie avant de raccrocher. Le Président se leva pour sortir. Lambert se tourna vers le secrétaire à la Défense et dit : « Monsieur le Président. » Le président Livingston s'arrêta au bout de la table : il regarda Lambert et attendit. « Autre chose, monsieur le Président. Il me semble que vous devriez envisager de rappeler le Congrès en session spéciale. »

Le Président se tourna vers le secrétaire à la Défense, puis regarda la feuille de papier entre les mains de Lambert. Les militaires gardaient le silence : un silence distant. C'était un problème pour les civils : une question politique.

À bord du B–1B, 200 kilomètres au sud de Moscou
11 juin, 11 h GMT (13 h locale)

« Réchauffeur de cellule SRAM ? » demanda le copilote. Le SRAM, ou « Short Range Attack Missile », était un AGM-69A à courte portée.

« Branché, répondit le navigateur-bombardier.

– Indicateur de position de largage.

– Indicateur branché.

– Portes soute avant ?

– Parées pour l'ouverture. » Le capitaine Edgar Solomon, l'officier des armes offensives du B–1B, sentit l'aspiration des portes qui s'ouvraient sur l'appareil et le choc sourd quand elles se bloquèrent. Plus d'une heure de vol à basse altitude lui avait tour à tour fait monter le sang à la tête pour l'entraîner ensuite vers ses pieds tandis que le système de pilotage automatique du bombardier amenait l'appareil à épouser étroitement les contours du sol : Solomon était physiquement épuisé et soulagé à l'idée d'atteindre bientôt les premiers points de largage des armes. Les autres membres de l'équipage consultèrent leur liste de contrôle. Solomon les imaginait devant la feuille de papier plastifiée avec les questions et les réponses correctes. Il sentait qu'ils en étaient à la dernière page.

« Indicateur de la soute avant ?

– Voyant au vert. »

Le second grondement suivi d'un choc sourd que ressentit Solomon était normal et attendu. Le lanceur de missiles descendait en position de tir. À 120 kilomètres de l'installation mobile de radars qui gardait les abords de la base de missiles de Kozelsk – l'objectif du B–1B qui suivait à plusieurs centaines de kilomètres en arrière –, le lanceur rotatif tirerait un SRAM, puis pivoterait d'un huitième de tour pour s'apprêter à en tirer un second sur l'autoroute entre Moscou et Orel utilisée comme piste par les chasseurs d'interception. Filant à Mach 3, les SRAM atteindraient leur cible en deux minutes et demie : ils mettraient à feu leurs ogives Mark 12A de 350 kilotonnes et anéantiraient l'objectif. Après cela, le lanceur rotatif remonterait dans la soute à bombes. Les portes se refermeraient, rétablissant l'aérodynamique du B–1B pour le vol jusqu'à son troisième objectif : une usine d'armes nucléaires en Russie de l'Ouest, qui était sur leur trajet de retour.

Le retour, songea Solomon. *Si nous y arrivons...*

« Lanceur de SRAM, ogives armées », dit le copilote.

Solomon eut la chair de poule à l'énoncé de ces mots qu'il n'avait jamais cru avoir l'occasion d'entendre. Tous les mots inscrits en dessous étaient en gros caractères rouges : totalement différents du noir habituel des autres listes de contrôle qui réglaient la routine ordinaire de leurs missions.

« Manette de contrôle du SRAM ?

– Engagée. » La voix du navigateur-bombardier se brisa et il s'éclaircit la gorge. « Voyant allumé, annonça-t-il rapidement, puis il y eut un silence.

– Bon, les filles, fit une nouvelle voix, celle du pilote. Il est temps de faire un peu de casse. De bousiller du monde. Lâchez tout.

– Bombes larguées », se contenta de dire l'officier des armes offensives. Avec ces mots-là, il largua l'enfer incarné.

À bord de Nightwatch, au-dessus du Nebraska central
11 juin, 21 h 45 GMT (16 h 45 locale)

« Ensuite », poursuivit le président Livingston. Lambert jeta un regard furtif à sa montre. Le Président s'attendait maintenant à voir Lambert assister à toutes les réunions, même celles d'« intendance », comme celle-ci qui l'arrachait aux responsabilités plus pressantes de son rôle de conseiller national de la sécurité.

« Service de santé, monsieur le Président, dit la voix dans le haut-parleur. Nous sommes chargés de l'évacuation militaire des cadavres. Le plan D, qui doit être approuvé par une ordonnance de l'Exécutif, autorisant qu'on supprime l'embaumement, l'utilisation de cercueils, l'exposition des corps et les cérémonies religieuses individuelles...

– D'accord, dit le Président, le menton lourdement appuyé dans ses mains.

– Je vous demande pardon, monsieur le Président, reprit l'homme, je n'avais pas fini. Comme nous sommes en juin, les corps seront inhumés au plus tard le quatrième jour suivant le décès ou la date de découverte. Ils seront disposés en groupes d'après la date de la mort – 5 000 par hectare – pour identification publique. Trois équipes trieront les effets personnels, authentifieront les détails reconnaissables, prendront des photos au Polaroid, etc. Ces hommes devraient pouvoir opérer au rythme de dix corps à l'heure. L'inhumation se fera dans des tranchées creusées à la pelleteuse. Côte à côte si le matériel disponible permet de creuser une tranchée assez large, sinon tête-bêche. »

Il y eut un silence. Le Président finit par demander : « Suis-je censé approuver cela ? » Il se tourna vers Lambert horrifié.

« Oh, oui, monsieur le Président, fit l'homme des services de santé au téléphone.

– Bien, dit Livingston. J'approuve.

– Euh, service du logement et de l'urbanisme, monsieur le Président, dit la voix suivante. Nous fournissons des logements d'urgence aux personnes déplacées et aux ouvriers sans abri des industries vitales. Les loyers seront fixés suivant les taux en vigueur avant la guerre, mais ne seront pas réclamés si l'occupant est dans l'incapacité de payer pour des raisons indépendantes de sa volonté. Dans un premier temps, l'hébergement se fera dans des tentes réquisitionnées, dans des baraquements provisoires ou dans des résidences privées dont les propriétaires ont disparu. Si ces derniers se manifestent, les locataires auront trente jours pour évacuer les lieux. Les règlements de construction seront assouplis pour permettre l'édification d'unités sans fenêtres dès l'instant qu'elles seront couvertes de carton, de plastique ou de matériaux similaires. Évidemment, nous procéderons à un contrôle pour déceler tout contaminant radioactif, et nous inspecterons également les installations électriques même si l'électricité ne fonctionne pas...

– Bon, d'accord, dit le Président. J'approuve. Suivant.

– Ministère de l'Agriculture, monsieur le Président, dit une femme. Nos principales pertes en matière de récoltes affecteront les champs de blé de l'Ouest, qui vont être gravement atteints par la radioactivité. Si l'attaque avait eu lieu en août, la récolte aurait pu être sauvée, mais les jeunes plants ne pourront pas survivre. Nous proposons ensuite d'ordonner que tout le lait contaminé soit transformé en fromage : on pourrait l'entreposer quelques mois jusqu'au moment où l'affaiblissement de la radioactivité l'aurait rendu sans danger pour la consommation humaine. En outre, le plan D mettrait en application cinq ordonnances sur l'alimentation en temps de guerre concernant le rationnement et la distribution de vivres d'urgence. Ces mesures sont conçues pour maintenir un régime de 2 500 calories par jour : les deux tiers de la moyenne américaine avant la guerre. La deuxième ordonnance d'alimentation en temps de guerre limiterait les rations hebdomadaires à 3 livres de viande sans os ou 4 avec os, ou bien 36 œufs, ou bien 1 litre un quart de tomates et 3 livres de pois secs, ou...

– Bonté divine ! s'exclama le Président. Je n'ai pas le temps de me noyer dans tous ces détails, j'approuve. Continuons. Suivant ?

– Service postal, monsieur le Président, dit une voix très timide. Les mesures d'urgence de la direction des Postes, publiées dans le Manuel de planification du service postal d'urgence, ordonnent la destruction par le feu de tous les timbres pour les empêcher de tomber aux mains de l'ennemi, le...

– Attendez ! s'écria le Président. Vous n'allez pas brûler les timbres, bon Dieu !

– Bien, monsieur le Président, dit l'homme. Approuvez-vous la distribution des lettres et paquets uniquement ?

– Très bien, répondit le Président.

– Bon... dit le représentant des Postes. Êtes-vous d'accord pour qu'on arrête tous les mandats payables en Russie, en Ukraine et en Biélorussie ? »

Le Président prit une profonde inspiration et dit d'un ton calme : « C'est d'accord aussi. »

Il y eut une pause, et Lambert entendit dans le haut-parleur un froissement de papiers. « Eh bien, dit l'homme, je crois qu'il y a juste l'autorisation d'imprimer les formulaires 809, concernant les cartes de changement d'adresse d'urgence, les fiches de réexpédition, enfin... ce genre de choses.

– Approuvé, dit le Président. Écoutez-moi bien tous. Ne brûlez pas de papier-monnaie, ne brisez aucune plaque de la Monnaie. Ne faites aucune stupidité de ce genre. Je sais qu'on vous demande à tous d'assumer des responsabilités qui dépassent un peu celles dont vous avez l'habitude : mais contentez-vous de faire appel à votre bon sens, ne faites pas simplement ce que disent les manuels. Maintenant, au suivant ! » demanda le Président. Les paumes appuyées sur la table, il s'apprêtait à quitter la salle de conférence pour tenter de dormir un peu avant que les militaires le réclament pour une autre réunion.

« Je suis le directeur de l'équipe de relogement des services généraux de l'Administration, dit son interlocuteur. Il y a une agence dont on n'a pas discuté : le groupe de mesures d'urgence concernant l'héritage culturel, dont nous avons la tutelle. Il est chargé de préserver les musées, les bibliothèques, les archives, les monuments nationaux, etc. Nous avons un problème. Il y a quelques années, nous avons signé un contrat avec la Compagnie des entrepôts souterrains d'Hutchinson, Kansas, pour qu'elle entrepose les cinquante plus belles toiles de notre pays dans la mine de sel de Carey. Quand les tableaux ont commencé à être acheminés par les vols militaires, il s'est avéré que la compagnie était en faillite et...

– Réglez ça vous-même, voulez-vous ! dit le Président en se levant.

– Puis-je utiliser un de ces “ ordres de mainmise ” dont quelqu'un parlait précédemment pour réquisitionner la mine ? demanda l'homme. L'exploitant a dit qu'il nous fallait obtenir l'approbation du tribunal des faillites et je m'inquiète du sort de certaines toiles. Elles sont exposées aux intempéries et...

– Écoutez ! je m'en fous ! hurla le Président. Faites saisir cette foutue mine par les militaires, ou bien allez pisser sur ces sacrés tableaux. Faites ce que vous voulez ! On s'en fout ! Réunion ajournée... » Sur quoi il tourna les talons pour s'en aller.

« Mais, monsieur le Président ! » dit l'homme des services généraux de l'Administration. Lambert tressaillit en voyant le Président se tourner vers le téléphone.

« Qui que vous soyez, cria le Président, si vous dites un mot de plus, vous êtes mis à la porte !

– Mais les Archives nationales, monsieur le Président, insista l'homme. Quand la guerre a commencé, l'officier de service du Pentagone a téléphoné au poste de garde du Smithsonian. Conformément au règlement, le gardien s'est rendu dans la principale salle d'exposition : il a tourné une clé pour mettre à feu quatre charges d'explosif détruisant le mécanisme hydraulique de l'ascenseur desservant la principale chambre forte.

– Nom de Dieu, grommela le Président, où voulez-vous en venir ? » Ses mains, aux jointures blanches, étreignaient le dossier de son fauteuil.

« La chambre forte pèse 55 tonnes, précisa-t-il. Il va nous falloir un équipement lourd spécial et du personnel pour y accéder : nous pensions à des techniciens du génie.

– Oh, au nom du Ciel ! s'exclama le Président en se dirigeant vers la porte. Je n'ai pas de temps pour ces trucs-là !

– Mais, monsieur le Président ! s'exclama l'homme. La Déclaration de l'indépendance ! La Constitution ! »

Le Président hésita sur le seuil et lentement fit demi-tour. « De quoi avez-vous besoin ? » demanda-t-il calmement en regagnant son siège.

Palm Springs, Californie
11 juin, 21 h 45 GMT (13 h 45 locale)

Melissa avait fourré des serviettes sous la porte de la chambre du motel et rempli la baignoire d'eau. On disait qu'il n'y avait pas de radioactivité, mais elle ne voulait pas prendre de risques. Elle ne se fiait plus à l'eau du robinet. Elle ne se fiait plus à rien ni à personne. Elle était toute seule.

La petite chambre était déjà en désordre : un panneau au bureau de la réception annonçait qu'on ne ferait pas le ménage. Matthew s'endormait en tétant tandis que Melissa regardait le bulletin météorologique sur NBC.

« De violentes averses sont prévues sur l'est du Colorado et l'ouest du Kansas. Nous vous rappelons une fois de plus que la pluie qui a traversé le nuage atomique est très, très dangereuse. Si vous vous trouvez dans un des secteurs à risque, vous devez immédiatement aller vous abriter. La pluie précipitera des concentrations de radiations dix fois supérieures à celles des retombées ordinaires. Même à 3 ou 4 mètres des débris radioactifs, on peut être relativement en sécurité, mais les terrains en contrebas où l'eau de pluie va entraîner les retombées et les concentrer demeurent particulièrement dangereux.

« – Je vous remercie, dit le présentateur. Nous allons maintenant retrouver Jim Luciano à la station thermale de Greenbriar à White Sulphur Springs, Virginie-Occidentale, où le Congrès est maintenant en session dans sa casemate souterraine, nom de code “ Casper ”. Jim ! » Une vue d'une station de villégiature apparut sur l'écran.

« Le Congrès s'efforce encore de rassembler le quorum pour se réunir en session extraordinaire. Il manque au Sénat deux sénateurs pour arriver aux cinquante nécessaires, et apparemment la Chambre des représentants est très loin du quorum exigé. Déjà pourtant la Chambre et le Sénat ont constitué une commission mixte extraordinaire pour enquêter sur la guerre nucléaire et commencer à étudier les causes du conflit. Une fois le quorum atteint, ses membres vont recommander certaines décisions aux deux Chambres : notamment, a annoncé NBC, celle de déclarer ou non la guerre à la Russie. »

Un frisson parcourut Melissa. *David !* se dit-elle. *Où es-tu ?*

On revint au studio de NBC. « Certains de nos correspondants locaux se sont livrés à travers le pays à des “ micro-trottoirs ”, annonça le présentateur, et voici les résultats de ces enquêtes qui n'ont aucun caractère scientifique. »

On montra alors un homme entre deux âges avec une grosse moustache et une mention au bas de l'écran : Atlanta. « Je crois que nous devrions jeter ces enfants de... » Un blanc électronique masqua le mot suivant, « crématorium ».

La personne suivante – une femme de Los Angeles – dit : « J'ai aperçu les éclairs depuis Riverside. C'est épouvantable ce qui est arrivé à ces gens. On devrait faire quelque chose à propos de cette situation nucléaire pour que ça ne se reproduise plus jamais. »

Hors champ, le reporter demanda : « Estimez-vous que nous devrions déclarer la guerre à la Russie ?

– Oh, non ! dit-elle. Je ne veux pas de guerre : ça a déjà été si terrible. Je pense simplement que nous devrions obliger les Russes à se débarrasser de toutes leurs armes nucléaires. »

Vint ensuite un beau jeune homme mal rasé de Chicago arborant un maillot de la Northwestern University qui dit : « On est prêt à s'engager tout de suite. » Il pivota et la caméra fit un panoramique sur un groupe de quelques jeunes gens et de deux jeunes femmes – tous en âge d'être étudiants. « Il faut qu'on aille là-bas et qu'on liquide les Russes ! » déclara-t-il. « Faut les liquider ! » dit une fille à l'arrière du groupe. « Ouais ! » cria un troisième étudiant, et ils se mirent tous à chanter : « U-S-A ! U-S-A ! U-S-A ! »

Baissant les yeux, Melissa s'aperçut que le bébé s'était endormi, ses lèvres tétant maintenant dans le vide. Elle le serra contre elle : elle utilisait la chaleur du petit corps pour se protéger du froid, mais essayait de ne pas le réveiller avec ses sanglots.

À bord de Nightwatch, au-dessus du sud de l'Idaho
11 juin, 23 h GMT (18 h locale)

« Mais c'était un accident ! » cria le Président. Il avait pourtant le téléphone à commande vocale devant lui.

« Mais, mais, mais, intervint le chef de l'opposition au Sénat. Mais rien du tout. Les Russes ont lancé contre notre pays – ce pays que nos électeurs nous ont chargés de protéger – une attaque nucléaire massive et sans provocation qui fait des millions de victimes. En ce moment même, la radioactivité couvre la moitié de mon État ! Et les sous-marins de ces salopards dans ce... ce Bastion menacent notre survie même en tant que nation !

– Bob... commença le Président, mais il fut interrompu.

– Bon Dieu ! s'écria le chef de l'opposition. Il faut chier ou se lever du pot ! Nous n'avons pas besoin de déclarer la guerre : nous sommes déjà en plein dedans !

– Bob, réussit finalement à dire le Président, on aurait dû vous renseigner déjà sur ce qu'a été notre réaction. *Bon sang*, Bob, au moment où nous parlons, nous cognons sur les Russes : armes nucléaires et tout le tremblement ! Que voulez-vous que je fasse de plus ? »

Les voix de plusieurs personnes jaillirent en même temps... « Désarmement nucléaire ! Désarmement nucléaire !

– Vous croyez que les Russes vont abandonner comme ça leurs armes nucléaires ? cria le Président.

– Monsieur le Président... Monsieur le Président ! » Lambert reconnut la voix du chef d'état-major du Président, Irving Waller, qui se trouvait à Mount Weather avec le vice-président. « Je suis désolé, mais pourrais-je m'entretenir une seconde avec vous sur votre ligne privée ? »

Les leaders du Congrès et les membres du Cabinet lancèrent tous ensemble leurs opinions : le Président fit un signe au technicien de l'Air Force qui dirigeait les opérations. Le brouhaha de la conversation à plusieurs fut remplacé par les accents plus calmes des deux interlocuteurs : le chef d'état-major et le vice-président.

« Vous êtes là ? demanda le Président.

– Oui, répondirent les deux hommes à l'unisson.

– Bien, monsieur le Président, dit le chef d'état-major. Voici la situation. Cette affaire est en train de nous échapper et il faut agir. Il faut affronter les gens. Là-bas, ils sont en train de devenir fous : je le sens. Ils vont exiger du sang. Je veux dire : littéralement.

– Écoutez. Ce n'est pas le moment de se mettre à penser sondages d'opinion et réélection.

– Monsieur le Président, dit le chef d'état-major de la Maison-Blanche presque hors de lui, je ne parle pas de votre *popularité*. Je parle de votre *survie* ! Un rien, un déclic et ils vont tous vous tomber dessus. Actuellement, il faut que vous soyez le chef courageux, à la tête de ses troupes et menant l'assaut. Ce n'est plus le moment de parler de négociations. La situation a évolué, et pas dans le bon sens : faites-moi confiance là-dessus. Il faut vous montrer à la télévision. Je me fiche de ce que disent vos militaires : il faut que vous preniez l'antenne et que vous vous adressiez à la population. Qui écoute encore la radio ? CNN a retransmis votre allocution à la radio avec la photo d'un 747 survolant la carte, et puis des images prises à l'intérieur d'Air Force One, de votre cabine et du bar, bon sang ! On aurait dit un cocktail en plein ciel !

– Ici, nous n'avons pas la possibilité de faire une émission de télévision, dit le Président. C'est le vice-président qui va s'adresser à la nation depuis Mount Weather.

– Bon, très bien ! Mais vous feriez mieux de vous présenter vous-même devant les caméras. Bonté divine, Walter, nous parlons d'énormes dégâts ! »

Le Président prit une profonde inspiration et murmura : « Bieeenn. Revenons en ligne avec les autres », dit-il en levant les yeux vers le technicien.

Un brouhaha jaillit du haut-parleur.

« Vous dites que... » criait le chef de l'opposition au Sénat. Il fut interrompu par : « Vous ne pouvez tout de même pas... » de son adversaire, le chef de la majorité. « Vous dites ça aux 50 % de mes électeurs qui ont survécu à la radioactivité !

– Ça suffit ! cria le Président à la surprise de Lambert. J'ai pris ma décision. Nous allons demander aux Russes un cessez-le-feu et entamer avec eux des négociations pour une réduction mutuelle et sévèrement contrôlée de ce qui reste de nos arsenaux nucléaires. »

Des voix furieuses s'élevèrent aussitôt, dont celle du chef d'état-major de la Maison-Blanche. Mais en répétant bruyamment : « Monsieur le Président ! Monsieur le Président ! », le chef de l'opposition finit par obtenir la parole. Le silence qui suivit semblait crépiter d'électricité. « Monsieur le Président, dit-il d'un ton plus calme, je m'en vais proposer au Sénat une résolution pour que nous déclarions la guerre à la Russie et pour recommander au président des États-Unis de poursuivre les hostilités jusqu'au moment où il pourra donner l'assurance au Congrès que toutes leurs armes nucléaires ont été remises à l'Agence internationale de l'énergie atomique ou détruites... » Un long silence. « En tant que commandant en chef, allez-vous déclarer la guerre si cette mesure est approuvée par les deux Chambres ? »

Lambert se tourna vers le Président. Il avait les yeux fixés sur la table, ses deux mains lui couvrant la bouche et le nez. Il laissa tomber ses mains. « Absolument pas. »

Silence au téléphone : même du côté des chefs du propre parti du Président.

« Dans ce cas, monsieur le Président, déclara le chef de l'opposition, en tant que coprésident de la Commission d'enquête sur la guerre nucléaire, je convoque par la présente M. Gregory Lambert à venir témoigner devant notre commission à Greenbriar dans deux jours. »

Le président Livingston regarda Lambert, et celui-ci se força à soutenir son regard.

« Au nom du Ciel, demanda le Président, pourquoi ?

– Pour déterminer la séquence exacte des événements qui ont abouti à cette attaque nucléaire contre les États-Unis, fit doucement le président de la Chambre des représentants. Je suis désolé, Walter, mais, pour être plus précis : pour déterminer comment il se fait que les Chinois aient lancé leurs missiles, ce qui a amené les Russes à ouvrir le feu sur nous.

– Mais, mais... balbutia le Président.

– En tant que votre ami, Walter, reprit son interlocuteur, je vous conseillerais de ne faire pour l'instant aucun commentaire avant d'avoir eu la possibilité de conférer avec le conseiller juridique de la Maison-Blanche. »

Poste de commandement souterrain du Kremlin
11 juin, 23 h 45 GMT (1 h 45 locale)

« Y a-t-il le moindre signe que les Américains ralentissent le rythme de leurs sorties ? » demanda le général Razov. Il flottait encore dans la salle une légère odeur de fumée après la fusillade qui avait précédé l'arrestation de Zorine.

Le général d'aviation Michine secoua la tête. « Nous avons pour l'instant un peu plus de trois cent cinquante contacts radar et le dernier rapport de détonation nucléaire remonte à dix minutes. »

Le général Karyakine, le nouveau commandant des forces de missiles stratégiques, frappa du poing sur la table de conférence. « Avez-vous l'intention de supporter ça encore longtemps ? » s'exclama-t-il. Il regarda tour à tour chacun de la vingtaine d'officiers supérieurs, réunis là pour la première conférence plénière de la nouvelle STAVKA. « Bon, une erreur a été commise ! Zorine a été arrêté et il est en prison. Je suis sûr qu'après un procès régulier il sera destitué, etc. Et malgré cela les Américains nous attaquent. Pour ma part, j'en ai assez !

– Et que proposez-vous ? » demanda Razov.

Karyakine soutint le regard de Razov et finit par dire : « Il nous reste les sous-marins du Bastion de Kara.

– Et vous proposez d'en faire quoi ? demanda le commandant de la production militaire d'un ton incrédule. De tirer sur les villes américaines ?

– Leur plan est de nous réduire à l'état de nation du tiers-monde. Le président Livingston nous a menti ! Il essaie simplement de gagner du temps pour une nouvelle offensive.

– Il n'y aura pas de tirs de missiles à partir du Bastion, déclara Razov. J'ai l'intention d'annuler les ordres d'alerte. »

Un long silence. À en juger par la façon dont plusieurs de ses amis les plus proches évitaient son regard, Razov sentit qu'il n'était guère soutenu. « Nous avons moins d'une heure et demie, dit-il. Exactement vingt heures après les tirs – à 7 h 24, heure de Moscou –, tous les sous-marins du Bastion vont sortir pendant cinq minutes les antennes de leurs périscopes. Pour limiter les risques les antennes ne seront pas sorties une seconde de plus. L'amiral Verkhovensky m'informe qu'ils feront également des prélèvements d'air et qu'ils s'assureront que les émissions de radio et de télévision ordinaires ont repris. Or les échantillons d'air montreront l'étendue de la radioactivité. Les stations de radio et de télévision n'auront pas repris leurs émissions. S'il n'y a pas d'annulation durant ces cinq minutes, les ordres de contrôle nucléaire lancés par Zorine amèneront ces sous-marins à plonger en profondeur. À ce moment-là, il n'y aura plus de possibilité d'annuler. Si je comprends bien, dit Razov en regardant le commandant de la flotte du Nord, les seuls messages qu'ils accepteraient après ce délai, ce serait un ordre de tir. Ils resteraient à leurs postes jusqu'au moment où leurs réserves atteindraient un niveau si bas qu'ils seraient forcés de rentrer au port.

– Des ports que les Américains ont détruits, marmonna le commandant de la flotte.

– Mais, reprit Razov en prenant le temps de regarder l'un après l'autre chacun des officiers, mais, après avoir chacun reçu des ordres de contrôle valables, puis procédé indépendamment à des tests confirmant qu'il y a bien eu échange de feu nucléaire, et puis n'ayant pas reçu de contrordre, ces sous-marins seront prêts à tirer. C'est la politique de contrôle nucléaire d' “ action par défaut ”. Si, s'ils sont attaqués, si un *seul* des commandants de sous-marins détermine qu'on est en train d'attaquer son navire, il a l'ordre permanent de lancer ses missiles selon le plan de tir préprogrammé déclenché par les ordres de contrôle nucléaire de Zorine. En outre, si un sous-marin lance ses missiles, il émettra en même temps un message de contrôle acoustique chiffré qui sera décelé par les capteurs qui parsèment le fond de la mer de Kara. Ils seront ensuite relayés par câble à tous les autres capteurs : eux-mêmes réémettront le message de contrôle acoustique donnant l'ordre à tous les autres sous-marins du Bastion d'ouvrir le feu. Je ne me trompe pas, amiral ? »

L'officier hocha la tête. « Et, dit l'amiral le regard perdu dans le lointain : il ne voyait que l'image qui se formait dans sa tête, le bruit d'un lancement sous-marin serait parfaitement reconnaissable par toutes les autres unités du Bastion. Même si les Américains mettaient hors d'état de fonctionner le système de relais par les fonds marins, les sous-marins tireraient quand même. »

On percevait un accent tragique dans la voix du vieil homme.

Razov, une fois de plus, examina les visages autour de la table. Il était assurément l'officier le plus haut en grade : tous le comprenaient clairement, il était à la tête du Haut Commandement suprême. Mais des problèmes de cette importance exigeaient une décision collective. *Ils sont de mon côté,* décida Razov.

« Mais les Américains sont un peuple pacifique, dit le général Karyakine d'un ton sarcastique. Voilà pourquoi nous ne réagissons pas à leurs attaques incessantes contre nous. Ils cesseront d'incinérer notre peuple quand cela leur paraîtra la bonne décision à prendre ! » Il frappa du poing sur la table. « Si la guerre n'est pas terminée, allons-nous mettre hors service la seule force de dissuasion qui nous reste ? Si les Américains poursuivent leurs attaques, les sous-marins n'arriveront même pas au port ! *Ou bien*, fit-il, en regardant un visage après l'autre, ou bien les laissons-nous dans le Bastion où nous pouvons les défendre avec nos forces navales et aériennes conventionnelles ? Ils constituent l'ultime grand atout national qui nous reste. Je vote pour que nous les protégions ! »

Les chefs des différentes armes représentées autour de la table acquiescèrent à ce « compromis » proposé, et Razov sentit que l'unanimité lui échappait. « Existe-t-il un autre moyen de reporter leur autorisation de tir à une date postérieure ? » demanda le général d'aviation Michine à l'amiral Verkhovensky.

Razov regarda l'amiral, puis Karyakine : les deux officiers qui commandaient l'arsenal nucléaire stratégique. L'amiral secoua la tête. Les deux hommes avaient l'air catégoriques et Razov se détendit. Ni l'un ni l'autre ne savaient ce que savait Razov : ils ignoraient tous deux l'existence de l'as qu'il avait dans sa manche. « Ces sous-marins sont sur le pied de guerre. Leurs commandants ont chacun reçu des ordres de lancement valables » répéta l'amiral. Pour éviter toute possibilité de faux ordres d'annulation émis par les Américains, les ordinateurs des sous-marins ne signaleront même pas aux équipages l'arrivée d'un message à moins de le recevoir exactement vingt heures après la réception de l'ordre de contrôle nucléaire préprogrammé valable.

– Et nous n'avons aucun autre moyen de communiquer avec les sous-marins ? demanda Razov.

– Ils sont en guerre, général, et ils le resteront pour les neuf ou dix mois à venir, selon les stocks de provisions dont dispose chaque navire. Ils ont ordre de n'accepter aucune communication. Et même s'ils rallumaient leurs récepteurs à très basse fréquence, je suis absolument persuadé que tous jusqu'au dernier considéreraient comme une ruse des Américains tout ordre d'annulation reçu une fois passé le délai de vingt heures.

– Je propose, dit le général Karyakine, que nous autorisions les sous-marins à rester à leurs postes. Tous ceux qui sont pour ? » demanda-t-il brusquement en levant la main.

Lentement les mains se levèrent autour de la table : Razov vit qu'il avait perdu et leva la main à son tour. *Mieux vaut rester avec la majorité*, décida-t-il. *Choisis soigneusement les combats que tu veux mener et cramponne-toi à l'as dans ta manche*. Il vit que du mur à côté de la porte Filipov le dévisageait, et il abaissa la main un peu plus vite que les autres.

« Très bien, dit Razov en passant au point suivant de l'ordre du jour.

– Quels sont les objectifs préprogrammés ? » entendit soudain Razov. En levant les yeux, il constata à sa vive surprise que c'était Filipov qui venait de parler. Les généraux et les amiraux se retournèrent pour voir qui, parmi ceux alignés le long des parois de la salle de conférence, avait parlé.

« Quoi ? demanda le commandant de la flotte du Nord.

– Quels sont les objectifs préprogrammés des sous-marins, mon général ? répéta Filipov. S'ils s'aperçoivent qu'ils sont attaqués et qu'ils lancent leurs missiles suivant la politique de l' " action par défaut ", quelles cibles sont programmées par les ordres de contrôle de Zorine ? »

Il y eut un silence embarrassé : Razov dévisagea son aide de camp hagard, inquiet de son apparence et de cette intervention sans précédent.

Le général Michine s'éclaircit la voix et dit : « Oh, euh, messieurs, je vous présente le colonel Filipov. Vous

vous souvenez peut-être qu'il était l'aide de camp du général Razov pendant la dernière guerre. »

Quelques officiers acquiescèrent de la tête.

« Quelles sont les cibles préprogrammées des sous-marins, monsieur l'Amiral ? » répéta Filipov. À la surprise et au soulagement de Razov, il était d'un calme étonnant.

L'amiral Verkhovensky se tourna vers Filipov, puis baissa les yeux, restant la bouche ouverte un moment avant de répondre : « Oh, commença-t-il sans lever le regard. L'amiral Grubov, apparemment, avait amené l'état d'alerte de la flotte sous-marine au stade " renforcé " avant les attaques chinoises : avant que lui et les autres membres de la STAVKA aient été assassinés par Zorine. Quand les ordres de contrôle de Zorine ont été promulgués, tous les sous-marins qui n'étaient pas déjà à leur poste ont été armés. Le Bastion de Kara contient 22 sous-marins de diverses classes équipés de missiles balistiques. » Il s'arrêta et reprit d'un ton grave : « Ils ont 416 SLBM avec 3 760 ogives nucléaires. Ils ont une surabondance de cibles. » Il reprit d'une voix plus basse : « Dans les conditions actuelles, nous supposons que peut-être moins d'un quart de ces plates-formes de lancement survivraient aux attaques anti-sous-marines des Américains et seraient en mesure de tirer. »

Il leva les yeux – non pas vers Filipov, mais vers Razov. « Leurs objectifs, selon le plan de tir choisi par Zorine pour 1 610 ogives nucléaires, sont les 536 installations militaires américaines qui demeurent intactes à travers le monde. Le reste – 2 150 têtes nucléaires – a pour objectif les 304 plus grandes villes américaines. »

6.

À bord de Nightwatch au-dessus de l'Oregon
12 juin, 0 heure GMT (19 heures locale)

« Nous sommes depuis dix-huit heures à SIOP-6C, monsieur le Président », dit le général Thomas. Lambert et les chefs d'état-major interarmes étaient assis autour de la table de conférence. « Nous avons actuellement quatre cents survols de la Russie, dont trente-six appareils ont leurs armes nucléaires déverrouillées. La plupart devraient réussir leurs tirs. Certains pourtant n'atteindront pas leurs cibles, et bien d'autres échoueront à cause des mauvaises conditions météo, des problèmes mécaniques, des difficultés de largage ou pour toute autre raison. »

Le Président était assis très droit. Il avait pris une douche, s'était rasé et il n'avait certainement pas pu beaucoup dormir ; Lambert lui trouva pourtant un air ragaillardi. Lambert se dit que le moment était venu pour lui d'en faire autant. Il se sentait sale dans le costume qu'il portait sans discontinuer depuis plus de trente heures, et cela affectait son humeur.

« Très bien, dit le Président d'une voix ferme. Voici vos ordres. » Il regarda un par un les généraux et l'amiral rassemblés là, puis, tandis que quelques-uns prenaient leur stylo pour prendre des notes, il déclara lentement : « Vous devez immédiatement cesser toutes les opérations de combat contre les Russes. Nucléaires, conventionnelles, toutes. Plus d'incursion dans l'espace aérien russe. Plus de provocation d'aucune sorte nulle part dans le monde. » Un silence. « C'est terminé, messieurs. Cette guerre est finie. »

Un silence s'abattit sur la salle, puis le général d'aviation Starnes s'agita dans son fauteuil et s'éclaircit la voix. « Vous voulez dire, monsieur le Président, dès maintenant. Avec effet immédiat ? Parce que nous avons tous ces gens maintenant au-dessus de la Russie et... » Il s'arrêta et secoua la tête.

« Je veux dire, messieurs, que toutes les autorisations précédemment accordées par moi pour la conduite d'opérations militaires offensives contre les forces armées de Russie sont présentement annulées. La-guerre-est-finie. »

Le regard de Lambert suivit ceux des militaires tournés vers le secrétaire à la Défense : celui-ci était assis, les mains nouées devant lui, les yeux baissés. Lambert leva une main pour se frictionner la nuque et surprit l'œil du général Thomas assis en face de lui. « J'ai bien peur que ça ne puisse pas être tout à fait aussi simple, Walter », dit le secrétaire. Il poussa un profond soupir avant de regarder le président Livingston. « Ces équipages de l'Air Force et de la marine se trouvent maintenant au-dessus de la Russie : non seulement ils doivent se battre pour arriver, mais ils doivent se battre aussi pour repartir.

– Alors, annulez simplement toutes les futures incursions dans l'espace aérien russe », l'interrompit le Président. Il gardait un ton très ferme.

« Certaines des missions destinées à anéantir la défense antiaérienne afin de faciliter leur retour n'ont pas encore atteint l'espace aérien russe, précisa le secrétaire.

– Alors, je n'autoriserai que ces missions-là à violer l'espace aérien russe. Mais vous rappelez les autres. »

De toute évidence, le secrétaire était extrêmement mal à l'aise. Il porta les mains à son visage et se frictionna le front, masquant un instant ses yeux fatigués et injectés de sang avant de poursuivre : « Ce n'est pas le plus difficile, monsieur le Président. Ce qui l'est, c'est ceci : nous avons en ce moment même des milliers et des milliers d'unités, petites et grandes, réparties sur toute la surface du globe faisant face aux Russes. Depuis les quatre groupes de chasseurs tactiques en Europe de l'Est dont les patrouilles sont en contact quasi constant avec les chasseurs russes jusqu'aux sous-marins d'attaque sur les deux fronts qui manœuvrent, je vous le garantis, en ce moment même pour procéder à des tirs sous l'eau dans l'Arctique, l'ouest du Pacifique, l'océan Indien, la mer de Norvège, la Méditerranée et la mer de Barents. Et puis, monsieur le Président, il y a les forces terrestres en Europe de l'Est qui sont terriblement proches des forces russes, terriblement proches.

– Je vous entends », dit le Président. Il regarda droit dans les yeux son secrétaire qui se tourna vers les militaires et reprit : « Je suis le commandant en chef des forces armées des États-Unis et, si je dis que la guerre est finie, alors elle est finie. » Son regard revint au secrétaire. « Bien sûr, nos unités ont, comme toujours, le droit de riposter pour se défendre. Mais rien de plus. C'est bien clair ? » demanda-t-il à l'assemblée d'une voix plus forte que la normale.

Les hommes rassemblés là hochaient la tête ou marmonnaient : Lambert s'émerveillait de la transformation du Président. Il semblait s'être repris et avoir retrouvé des forces. Lambert savait que c'était un homme qui toute sa vie avait eu horreur de la guerre : c'était normal qu'il recherchât résolument la paix. Le Président jeta à Lambert assis à côté de lui un regard furtif et lui fit un clin d'œil.

« Monsieur le Président, dit le général Thomas, afin de bien préciser quelles sont exactement les règles qui gouvernent notre engagement, puis-je vous proposer une série de scénarios et voudriez-vous répondre dans quel cas nos forces peuvent ou non ouvrir le feu en “ légitime défense ” ?

– Je pense que c'est une excellente idée, général », dit le Président.

Le général Thomas hésita un moment puis il se lança. « L'opérateur sonar au centre d'information de combat d'un porte-avions dans l'océan Indien signale un contact à l'intérieur du périmètre défensif du groupe de bataille et à portée des torpilles du navire. Est-ce que le commandant du porte-avions peut tirer sur le contact ? »

Le Président soupira. Son regard un moment se perdit dans le vide, puis se posa quelques instants plus tard sur Thomas.

« Oui, il le peut », dit-il d'un ton autoritaire.

Le chef des opérations navales se mit à écrire sur son bloc. Thomas poursuivit : « L'opérateur radar d'un AWACS au-dessus de la mer du Japon signale un large contact à basse altitude et à grande vitesse à destination du Japon. Le contrôleur en chef envoie deux F-15C pour voir la chose de plus près. Les caméras à longue distance des F-15 identifient le contact : deux appareils d'attaque russes Su-27 équipés d'armes nucléaires. L'opérateur radar d'un AWACS opère une interception : il informe le contrôleur en chef que, compte tenu de la vitesse du Su-27, de sa portée et de sa direction ainsi que des réserves de carburant du F-15, il n'y a qu'un seul point d'interception entre la position actuelle des appareils russes et les points éventuels de lancement de missiles depuis nos bases du Japon. Le contrôleur en chef peut-il donner l'ordre d'intercepter ?

– Je vois où vous voulez en venir, général Thomas », dit le Président. Lambert chercha dans sa voix une trace d'animosité, mais sans en trouver. « Laissez-moi vous dire ce que je cherche à faire. Je cherche à empêcher une troisième guerre mondiale, une guerre que personne, ni les Russes et certainement pas nous, ne voulait, pas plus que nous n'avions la moindre raison de la déclencher.

– Nous avons à peu près six millions de raisons de la faire maintenant », marmonna Fuller, le général des Marines, mais le Président ne releva pas.

« Bon. Je comprends que vous ayez besoin de règles précises, et je vais travailler avec vous à en rédiger une expliquant qu'on peut faire raisonnablement usage de la force si un commandant détermine de bonne foi, après enquête et consultation, qu'une action préventive peut être nécessaire... ou quelque chose comme ça. »

Le secrétaire à la Défense prit la parole. « Euh, Walter, les scénarios qu'esquissait Andy sont fondés sur des rapports arrivés juste avant cette réunion. Les F-15 ont abattu les deux Su-27, mais le commandant du porte-avions n'est pas allé plus loin. Il y avait, semble-t-il, un sous-marin britannique dans les parages. Après enquête, on ignorait sa présence. Un submersible russe a atteint un de ses moteurs auxiliaires : le bâtiment est en feu et il y a eu de lourdes pertes en vies humaines.

– Le commandant en question a été relevé de son commandement, précisa l'amiral Dixon.

– Très bien, dit le Président. Faites-moi un brouillon de règlement avec une latitude suffisante pour permettre à nos forces de se défendre et je relirai ça. » Le général Thomas acquiesça.

Le Président se tourna vers Lambert. « Maintenant, Greg, je crois qu'il est temps d'appeler les Russes. Pouvez-vous avoir le général Razov en ligne ? »

Choqué comme les autres par cette brusque requête, Lambert se remit néanmoins rapidement et décrocha le téléphone devant lui. Les chefs d'état-major continuaient à mettre le Président au courant de la situation. Lambert pendant ce temps passait par une série de standardistes militaires russes. Tous réagirent avec surprise, sans doute en entendant le fort accent américain qu'il avait toujours, lui avait-on dit, quand il parlait russe. Soudain Lambert entendit « Allô ? » prononcé par une voix qu'il connaissait depuis des années.

« Filipov ? Pavel, c'est toi ? » demanda Lambert stupéfait. La réunion autour de la table s'interrompit : tous les regards se tournèrent vers lui.

« C'est moi, Greg, répondit Pavel.

– Est-ce que, euh, est-ce que le général Razov est là ? demanda Lambert, qui sentait tous les regards posés sur lui.

– Un instant », dit Filipov.

Greg posa la main sur le microphone. « Ou bien Filipov a pris l'avion pour Khabarovsk, ou bien Razov est parti pour Moscou, chuchota-t-il. Je pencherais pour la deuxième hypothèse.

– Razov, fit une voix rauque dans le téléphone.

– Sekundochky, pozhal'sta », dit Lambert. « *Une seconde, je vous prie.* » Il pressa le bouton du haut-parleur. Le voyant signalant l'enregistrement de la conversation s'alluma. Lambert fit signe au Président.

« Général Razov ?

– Monsieur le Président. » À en juger par les échanges de regards qu'il voyait autour de lui, le ton à peine poli de Razov avait frappé tous les assistants.

Sans se démonter, le Président reprit : « Je vous appelle pour parler de paix. »

Le crépitement qu'on entendit dans le haut-parleur ne pouvait être que l'amorce d'un ricanement amer. « De paix ? Vous voulez discuter de paix ? » À deux reprises, Razov avait littéralement craché le mot

« paix ». En fond sonore, on entendait les échos assourdis de nombreuses voix, une certaine confusion. « Alors qu'en ce moment même vos armes nucléaires continuent à déferler sur mon pays. Laissez-moi vous dire ceci, monsieur le Président. Comme je l'avais promis, après l'accident initial, je n'ai pas riposté et n'ai pas employé une seule arme nucléaire. Mais mes collègues ici insistent, insistent fortement pour que nous reprenions la guerre par tous les moyens dont nous disposons.

– Ce ne sera certainement pas nécessaire, dit le président Livingston. Je viens de donner l'ordre à toutes les unités des forces armées de ce pays de cesser le feu et d'abandonner toute nouvelle opération offensive contre votre pays, sauf dans les cas où la situation tactique provisoire l'exige. Vous avez ma parole, général, que cette guerre est terminée. »

En fond sonore, Lambert entendit crier : « Yaderniy vzryv ! » D'une voix calme, il traduisit pour ceux qui se trouvaient dans la salle : « Détonation nucléaire. »

Le général Starnes lut le texte qui sortait de l'imprimante. « Aéroport national de Saratov », dit-il. Il nota quelque chose sur le papier de l'ordinateur.

« Monsieur le Président, toutes les fibres de mon corps répugnent à vous faire confiance après l'attaque que vous êtes en train de mener contre mon pays et mon peuple. En tant que Russe, en tant que patriote comme vous-même, je considère comme scandaleuse l'absurde destruction que votre réaction stupidement exagérée a fait s'abattre sur des innocents. C'est par erreur qu'ont été donnés les ordres du général Zorine. Les vôtres, monsieur le Président, sont parfaitement délibérés. » Le général Fuller ricana, jetant des regards furieux autour de lui.

« Je vous ai donné ma parole que la guerre est terminée, dit le Président. Puis-je avoir la vôtre ? »

Un long silence. « Si ce que vous dites est vrai, si vos forces se retirent et prennent une attitude non menaçante, alors je donnerai des ordres similaires pour que les forces de la République de Russie se retirent également. Comme je l'ai déclaré, monsieur le Président, et comme je vous l'ai assuré lors de notre dernière conversation, nous n'avons pas mené contre votre pays d'actions hostiles et nous n'en mènerons pas d'autres si vous tenez votre parole. »

Un sergent d'aviation entra dans la pièce en brandissant une liasse de papiers. « Très bien alors », dit le Président. Lambert fit signe au sous-officier et prit les documents. « Décidons de nous reparler dans, disons, douze heures. D'ici là notre bonne foi devrait être évidente. »

Le sergent d'aviation se pencha pour murmurer à l'oreille de Lambert : « Nous avons intercepté l'émission d'une station de Seattle. Le vice-président va prononcer son discours dans deux ou trois minutes, monsieur.

– Branchez-vous là-dessus si vous pouvez », répondit Lambert sur le même ton.

Un « pop » dans le haut-parleur indiqua que la ligne était débranchée. « Eh bien, qu'est-ce que vous en pensez ? » demanda le Président. Lambert examinait les papiers. Il y avait un fax de Mount Weather. Il regarda la seconde page : « Projet de discours par le vice-président Costanzo », annonçait l'en-tête.

« Pardonnez-moi, monsieur le Président », interrompit Lambert. Au même instant, l'unique écran de la pièce s'allumait et on baissait légèrement l'éclairage. « On vient d'intercepter un signal d'une station de télévision qui va retransmettre le discours du vice-président : le brouillon vient juste d'arriver. » Il tendit le fax au Président.

Le signal de l'émetteur s'était mis à osciller, et il fallait procéder à des réglages presque constants pour obtenir une image à peine acceptable : une estrade vide avec deux drapeaux américains à l'arrière-plan. Le secrétaire à la Défense demanda : « Qu'est-ce qu'il va dire ? »

Chaussant ses lunettes et tournant la première page du discours, le Président répondit : « Il va dire aux téléspectacteurs de ne pas s'inquiéter, que le gouvernement continue à fonctionner, que... » Le Président s'interrompit. Les autres détournèrent les yeux de l'écran pour voir le Président se lever lentement tout en lisant d'un air stupéfait. « Oh, mon Dieu ! », dit-il.

« Mesdames et messieurs, dit hors champ la voix d'un présentateur au milieu d'un crépitement de parasites, tandis que Paul Costanzo montait sur l'estrade, le vice-président des États-Unis. »

Palm Springs, Californie
12 juin, 0 h 15 GMT (15 h 15 locale)

« Cette perfidie, ce méfait sans précédent, ce péché aux proportions bibliques ne sera pas impuni ! » Le ton dramatique du vice-président frappa Melissa Chandler qui avait l'œil rivé sur le récepteur de télévision de la chambre d'hôtel. « Les hommes et les femmes de nos forces armées se tiennent prêts à prendre les armes et à s'en aller réclamer justice aux responsables de ce crime ! Ils sont prêts à sacrifier leurs vies à la cause de la paix, pour que le fléau des armes nucléaires ne vienne plus jamais s'abattre sur notre planète ! Mais si, Dieu nous en garde, les portes de l'enfer s'ouvrent de nouveau pour lâcher le feu nucléaire sur l'humanité, je vous le dis tout net : ce ne sera pas notre patrie, atteinte et sanglante mais invaincue, dont la réputation sera ternie ni notre peuple qui subira des pertes en vies humaines ! »

Pas de foule, pas d'applaudissements : mais Melissa frissonnait en entendant les mots obtenir l'effet escompté. « Permettez-moi de citer un grand homme qui a dirigé cette nation à l'époque de sa dernière grande épreuve. Bien des années avant d'assumer la plus haute charge du pays, Abraham Lincoln devait dire à propos du courage et des possibilités de notre pays : “ À quel point nous faut-il attendre le danger ? Par quels moyens nous préparer à l'affronter ? Devons-nous compter voir quelque formidable puissance militaire de l'autre côté de l'Atlantique franchir l'océan pour nous anéantir d'un coup ? Jamais ! Toutes les armées d'Europe, d'Asie et d'Afrique rassemblées, avec tous les trésors de la terre... ne parviendraient pas par la force à boire une gorgée dans les eaux de l'Ohio, ni à tracer une piste dans la Blue Ridge, même en s'y essayant mille années durant... Si la destruction doit être notre lot, il nous faut nous-mêmes en être l'auteur et l'exécuteur. Comme nation d'hommes libres, nous devons vivre jusqu'à la fin des temps ou mourir en nous suicidant. ”

« La nuit dernière a été une nuit d'infamie, mais les jours à venir seront des jours de gloire : cette nation d'hommes et de femmes libres va l'emporter et, ce faisant, débarrasser une fois pour toutes le monde de la menace russe. Le pays, nos grands États-Unis d'Amérique, vivra pour l'éternité. Nous rencontrerons notre ennemi sur le champ de bataille et nous remporterons la victoire ! Chaque génération a sa grande cause. Ralliez-vous à moi pour celle-ci. Levez bien haut les étendards. Dressez-vous pour combattre notre ennemi et aucune force au monde ne pourra nous arrêter ! Bonne nuit, mes chers concitoyens. Dieu bénisse les États-Unis d'Amérique et le succès de leurs forces armées ! »

L'image disparut et la caméra se fixa sur les drapeaux américains au fond de l'estrade maintenant déserte : Melissa avait les larmes aux yeux. Assise sur le lit auprès de son bébé endormi, elle bandait ses forces pour affronter la guerre qui n'allait pas manquer d'éclater. La guerre que son mari, s'il était encore en vie, devrait faire et qu'elle devrait subir.

Gander, Terre-Neuve
12 juin, 0 h 30 GMT (19 h 30 locale)

En revenant du mess en plein air, David Chandler s'assit dans l'herbe auprès de la piste et ouvrit son gros sac en toile de camouflage. Il était encore courbatu après sa déplaisante tentative pour dormir sur le sol la nuit précédente et par toute une journée de rude travail : décharger le matériel, creuser des latrines et autres corvées pour lesquelles il s'était joint à ses hommes et dont il n'avait pas l'habitude. Dans son sac se trouvaient des trésors encore inconnus que lui avait fournis l'adjudant-chef Barnes, et il voulait en faire l'inventaire avant la tombée de la nuit.

Sur le dessus, un blouson, des gants, un sac de couchage, une torche électrique, un couteau – en fait une baïonnette. Il y avait un peu de tout : un poncho, des tablettes pour purifier l'eau, une trousse de premier secours. Barnes avait dû être le meilleur client du service d'intendance de la base aérienne de March.

Base aérienne de March, se dit-il en regardant les hommes et les femmes qui parsemaient les petits tertres autour de lui : supportant apparemment mieux que lui la vie en campagne. Elle avait disparu, la base aérienne de March – et tous ceux qui se trouvaient là-bas. *Melissa*, songea-t-il. Il secoua la tête pour chasser ses sombres pensées. Elle allait bien. Elle devait être à la maison en ce moment même, et son amie Lisa ou ses parents ou quelqu'un restait sans doute avec elle en attendant la naissance du bébé. *Elle va bien*, se répéta-t-il. *Elle va bien*.

Chandler sortit les sangles du sac. Il avait tenté de dire doucement à Barnes qu'il ne pensait pas avoir besoin de tout le chargement que les autres trimballaient. « Euh... Vous comprenez... je vais sans doute être à l'état-major, vous voyez ? » avait dit Chandler.

Il accrocha tout cela et continua son exploration. Une gourde, une pochette avec une boussole, deux cartouchières pour les quatre chargeurs de trente cartouches. Chandler fixa tout cela, ainsi que la pelle pliante à son harnachement. C'était l'équipement standard : ce que l'armée appelle un « paquetage de combat » : mais, quand Chandler se redressa pour la première fois, il se sentit bizarre d'avoir tout cela accroché un peu partout. *Il faut sauver les apparences pour les gens du coin*, se dit-il en voyant la file d'attente devant les cuisines et les vieilles dames de Gander qui s'étaient portées volontaires pour venir aider les soldats américains égarés par ici.

Il se replongea dans le grand sac et en tira un paquetage de campagne vide. *C'est pour mettre*, se rappela Chandler, *les rations de survie : supplément de munitions, eau, rations, vêtements, sac de couchage, etc.* Chandler se rappela que Barnes lui avait pris le modèle « moyen » : unique concession à son état d'officier. Il savait toutefois que son paquetage pesait 10 kilos de moins que le « grand » modèle des fantassins.

Il le reposa et s'assit pour inspecter les autres merveilles qui emplissaient le sac. Un casque. Toute la journée, il s'était senti de plus en plus nu sans en porter un. La vue d'une tête nue se faisait de plus en plus rare à mesure que les sergents harcelaient les soldats et les caporaux. Il le souleva : le modèle classique, recouvert du tissu de camouflage, le nouveau modèle en kevlar descendant bas sur les oreilles et sur la nuque. Il ajusta le casque intérieur et garda le tout sur la tête pour poursuivre sa fouille.

Chandler croyait en avoir fini mais, presque perdu au fond du sac vert, se trouvait un grand objet plat.

Un gilet pare-balles. Melissa croyait qu'il avait des vertus protectrices presque magiques. Chandler ne lui avait pas parlé de ses limites. Il pouvait sans doute arrêter une balle de pistolet. Ça vous cassait une côte, ça vous coupait le souffle en vous faisant tomber, mais ça ne vous tuait pas. Le problème, c'était que plus personne ne portait de pistolet. Les gilets pare-balles étaient conçus pour empêcher les blessures dues à des éclats d'obus dont la forme irrégulière non aérodynamique limitait la vitesse et les possibilités de pénétration. Mais ça n'arrêtait pas la balle tirée par un fusil d'assaut moderne ou une mitrailleuse. Pas question. Le gilet s'aplatirait et déformerait l'enveloppe de la balle, en ralentissant sa vitesse de quelques centaines de mètres à quelques dizaines de mètres par seconde, transformant l'énergie potentielle en énergie cinétique et déchargeant la force ainsi libérée sur votre corps. Et ça, il s'en souvenait depuis le collège, ça n'était pas bon.

Non, se dit Chandler, si on devait être touché par une balle de fusil ou de mitrailleuse, mieux valait ne pas porter de gilet pare-balles. Mieux valait la recevoir le plus directement possible : la balle sortirait ainsi avec toute sa vitesse – son énergie potentielle intacte pour une autre cible. Au fond, il se sentait mieux en songeant à ce genre de danger. Si c'était lui qui courait des risques et non pas elle, alors tout allait bien et il pourrait se concentrer sur ses propres problèmes. Par exemple, que faire des quelque deux cents hommes et femmes dont il avait la charge.

Chandler passa sa tenue complète puis se redressa et fit quelques petits bonds sur place, les diverses pièces métalliques de son équipement exécutant une symphonie de claquements et de tintements. Cela faisait une drôle d'impression, mais il constatait que le paquetage restait à peu près en place.

L'adjudant-chef Barnes surgit sur ces entrefaites et demanda à Chandler sa gourde. Il la prit et s'en alla, annonça-t-il, la remplir à ras bord au camion-citerne des pompiers de Gander qui les approvisionnaient en eau. Chandler profita de son absence pour essayer le gilet pare-balles : il lui allait. Il réajusta son paquetage et coiffa son casque pour ajuster la mentonnière. Il sentit Barnes qui raccrochait la gourde pleine à sa ceinture. Puis il se retourna pour voir le sous-officier qui détachait d'un rouleau un ruban vert sombre. « Une seconde, mon commandant », dit-il. Il se lança dans une opération qui lui prit un quart d'heure et une demi-douzaine de petits sauts en l'air à la suite de quoi Barnes essayait à chaque fois de réduire le bruit de quincaillerie qui provenait de l'équipement de Chandler. Un demi-rouleau de ruban plus loin, Barnes finit par reprendre le paquetage à Chandler pour « réorganiser un peu tout ça ».

« Vous essayez de me transformer en ninja, adjudant Barnes ? » fit Chandler en riant. Barnes se contenta de sourire.

Tout au fond du sac presque vide, Chandler remarqua le dernier article qu'avait entassé là Barnes. Chandler tira du sac le premier manuel. « FM 19-21 – Manuel d'opérations de l'arme blindée américaine. » Il leva les yeux vers Barnes qui parut ne lui accorder aucune attention. Chandler prit la pile de brochures, une torche électrique et s'éloigna pour trouver un coin tranquille.

À bord de Nightwatch, au-dessus de l'Oregon
12 juin, 0 h 45 GMT (19 h 45 locale)

« Nom de Dieu, Paul ! » cria le Président dans le micro à l'adresse du vice-président. Il était fou de colère. Il se leva de son siège et se pencha sur la table de conférence. « Au nom du Ciel, qu'est-ce qui vous a pris de prononcer un discours pareil ? Comment avez-vous osé ne pas me le montrer d'abord !

– Walter, il faut qu'on parle.

– Je pense bien qu'il faut qu'on parle ! Je file à Mount Weather tout de suite ! Et, en attendant, terrez-vous quelque part et ne bougez plus ! Pas de contact avec la presse, pas de déclaration publique, aucune communication avec aucune branche d'aucun gouvernement, américain ou étranger...

– Walter », dit le vice-président. Mais le Président l'interrompit. « Je n'ai pas fini !

– Puis-je vous demander qui est avec vous ? » dit le vice-président. Pour la première fois, le Président hésita. « Simplement Greg Lambert, répondit-il, et mon aide de camp, ajouta-t-il jetant un coup d'œil au commandant de l'Air Force assis au bout de la table, le ballon de football serré contre lui.

« Pouvons-nous parler en tête à tête ? » demanda Costanzo. Lambert et le major s'apprêtaient à partir. « Greg, restez. »

Lambert se renfonça dans son fauteuil, étonné de la proposition du vice-président. Une fois la porte refermée, le président Livingston demanda d'un ton furieux : « Qu'est-ce qu'il y a ?

– Walter, je vous ai dit auparavant, quand nous avons parlé, que je n'étais pas d'accord avec votre politique d'apaisement vis-à-vis des Russes.

– Apaisement ! cria Livingston. Quel apaisement ? Il s'agissait d'une erreur ! Pas de discours à la Neville Chamberlain. Il n'y a pas eu de confrontation, pas d'animosité avant que ça arrive.

– Mais maintenant, dit le vice-président, il y en a. Il y en a beaucoup. Les problèmes vont changer.

– Voilà maintenant que l'on parle de problèmes ! s'écria Livingston. Très bien ! Quels problèmes ? Qu'est-ce que vous proposez ?

– La même solution dont nous avons déjà discuté.

– Le désarmement ? s'écria le Président. Vous me voyez demander aux Russes le désarmement nucléaire alors que nous venons de lâcher *cinq mille* ogives nucléaires sur eux pour réagir à l'erreur qu'ils ont commise ? Vous n'avez pas assisté à la dernière conversation que nous avons eue avec le général Razov ; laissez-moi vous dire qu'il n'était pas d'humeur à discuter.

– Encore une chose. Je crois que vous devriez m'inclure davantage dans vos discussions sur la situation : les réunions militaires, les discussions avec les chefs d'État étrangers, toutes ces choses-là.

– Vous pensez, hein ? dit Livingston d'un air à la fois incrédule et furieux.

– Tout comme le président de la Chambre des représentants et Jim Bailey », murmura le vice-président. Il faisait allusion au président de la Commission nationale démocrate. « Au fait, M. Lambert, le président de la Chambre m'a chargé de vous rappeler qu'on attend votre témoignage demain matin à 9 heures dans les installations souterraines de Greenbriar en Virginie-Occidentale. »

La première pensée de Lambert fut *Virginie-*

Occidentale. Jane était à Snowshoe. Il allait la voir demain. Il sentit son cœur bondir et son moral remonter.

Livingston s'enfonça dans son fauteuil. Il ne souriait plus. Il hochait la tête en regardant Lambert. « Alors, c'est comme ça. Je comprends. Vous avez agi derrière mon dos.

– Ils se sont juste trouvés là, Walter, et nous avons discuté.

– Désormais, je veux que vous soyez au secret.

– Je ne pense pas que ce soit possible, Walter », dit le vice-président toujours aussi doucement.

Le Président prit une profonde inspiration : sa colère prenait des proportions que Lambert ne lui avait jamais vues. « Alors, je veux votre putain de démission. »

Un long silence, puis le vice-président dit : « Je ne pense pas que ce soit possible non plus. »

Livingston leva l'index et pressa avec violence le bouton pour couper la communication. Il pressa ensuite un autre bouton sur la console. « Posez-moi cet appareil ! Je vais à Mount Weather ! »

Aéroport international de Philadelphie
12 juin, 6 heures GMT (1 heure locale)

Lambert descendit les marches de l'appareil. Arrivé en bas, il regarda l'avion identique posé à 100 mètres de là, ses moteurs tournant au ralenti. Le Président et la Première Dame venaient de s'engouffrer par la porte d'un hélicoptère. Sur leurs talons, le conseiller juridique de la Maison-Blanche qui était venu accueillir le Président sur la piste. Il s'adressait déjà à celui-ci sur son rythme habituel de mitrailleuse.

Lambert n'avait pas encore pris place dans la voiture officielle noire que l'hélicoptère décollait, emportant le Président à Mount Weather pour son explication avec le vice-président. Lambert se tourna vers son compagnon, un secrétaire parlementaire.

« J'ai besoin de passer un coup de fil, dit-il.

– Vous pourrez le faire de la voiture », suggéra l'assistant.

La limousine démarra en trombe. L'assistant tendit à

Lambert le téléphone portable et celui-ci composa le numéro de l'immeuble de Snowshoe.

« Jane Lambert, je vous prie », dit Greg à la standardiste qui lui répondit. L'angoisse lui déversait dans le sang des flots d'adrénaline.

« Je suis désolée, monsieur, mais il n'y a pas de Jane Lambert ici », dit la standardiste.

Greg fut parcouru d'un petit frisson. « Bon, y a-t-il quelqu'un du nom de Collins ? Elle peut être avec ses parents. »

Après une pause, la standardiste dit : « Non, monsieur, je suis désolée. Nous n'avons pas de Collins non plus.

– Peut-être... êtes-vous absolument au complet ? demanda Greg, essayant de se rassurer avec cette explication.

– Oui, monsieur, dit l'opératrice. Tous les gens de... enfin les réfugiés. »

Greg hocha la tête : *ils ont dû trouver un autre endroit.* Et là-dessus il songea à demander : « Depuis quand êtes-vous au complet ?

– Oh, environ deux heures, je pense », répondit la standardiste.

Lambert gardait le téléphone collé à son oreille. *Ils auraient dû arriver là-bas environ une heure après mon coup de fil*, se dit-il.

« Monsieur ? dit l'opératrice.

– Oh... euh... merci », dit Lambert, la gorge sèche.

– Bonne chance, monsieur », dit la femme d'un ton apitoyé.

Lambert regarda le secrétaire assis sur la banquette auprès de lui, mais le jeune homme détourna les yeux. En proie à une folle inquiétude, Lambert appela son appartement. À sa surprise, le téléphone sonna. Il sentit son cœur se glacer à l'idée qu'on allait décrocher. À la troisième sonnerie, le répondeur se mit en marche et Lambert se détendit. Il composa rapidement leur code personnel. Il entendit alors la voix familière de l'ordinateur qui disait :

« Nombre de messages reçus... trois. »

Il avait les nerfs tendus maintenant. Il écouta le premier disque. « Mon chou, si Pavel téléphone, dit Jane – d'après les bruits de fond, elle devait, au grand soulagement de Greg, se trouver dans sa Saab –, n'oublie pas de lui dire qu'Irina est avec moi. Salut. »

Il essaya de garder son calme en entendant le second disque. « Greg, dit Jane – et au son de sa voix il se sentit malade. Elle avait peur –, le moteur s'est mis à fumer et puis il s'est arrêté net. » Les paroles de Jane le frappèrent comme un coup de poing. En arrière-fond, Greg entendait le bourdonnement du canal d'émissions d'urgence. Il ferma les yeux : tout son monde maintenant, c'était le son de l'enregistrement.

« Parle-lui de la radio », dit la voix d'Irina. Une voix qui tremblait.

« La... la radio vient de s'arrêter. J'ai peur, Greg. Oh, j'ai tellement, tellement peur ! » On percevait nettement le tremblement de sa voix. « Je vais raccrocher maintenant. Peut-être que papa et maman essaient d'appeler. Ils viennent me chercher. Au revoir, dit-elle avec l'air de ne pas avoir envie de raccrocher. Au revoir, mon chéri. »

Greg entendit un nouveau déclic. Il avait la bouche sèche et du mal à respirer. Troisième bip, le dernier. Il entendit la voix de Jane comme si elle venait des profondeurs de l'enfer où lui-même se trouvait en ce moment. « Greg. » Un bruit de toux. « Oh, mon chou, qu'est-ce qui se passe ? » réussit péniblement à dire Jane avant qu'une quinte ne vînt la secouer. Greg entendit à l'arrière-fond Irina qui vomissait.

Palm Springs, Californie
12 juin, 14 heures GMT (6 heures locale)

« Je viens de recevoir un appel de ma sœur, disait la femme aux cheveux gris à côté de Melissa dans la file d'attente. Elle est dans le Kansas, bloquée dans sa maison.

– Oh, dit Melissa en avançant d'un pas, c'est terrible. On ne peut donc rien faire ?

– Non. Tout le monde est dans le même bateau. Le téléphone fonctionne, alors au moins ils ne sont pas isolés. Elle est dans la vieille maison de famille. C'est une région agricole là-bas, vous savez. Tout est à peu près normal. Elle a l'électricité, le câble, l'eau. Mais elle dit qu'elle est en train de mourir, elle le sent. Les stations de télé locales annoncent que la partie du comté où elle est a reçu à peu près une centaine de je-ne-sais-quoi de radiations. » Ses larmes se mirent à couler. Elle était si vieille, elle avait la peau si blanche et si sèche que Melissa se trouva surprise du volume de larmes qui ruisselaient sur ses joues.

« Elle n'a pas un sous-sol ou quelque chose ? » demanda Melissa en hissant le petit Matthew un peu plus haut sur son épaule endolorie.

« Elle a un abri antitempête. Dans cette région-là, il y a des cyclones. Je lui ai dit de descendre là. Mais elle dormait quand ces maudits Russes ont lâché leurs bombes, et elle a appris la nouvelle seulement le lendemain matin à la télé. À ce moment-là, à ce qu'on dit, il y avait déjà des radiations partout. Si on n'avait pas déjà fourré des chiffons sous les portes ou des trucs comme ça, alors c'était trop tard. Les radiations étaient dans la maison, dans la cave, partout. Comme les tempêtes de poussière. On en avait plein les poumons, m'a dit Edith. » Elle secouait la tête. « J'ai toujours dit qu'elle aurait dû venir s'installer avec moi après que Frank – c'était son mari, vous savez –, après la mort de Frank.

– Elle ne peut pas sortir du tout ? demanda Melissa. Même un bref trajet pour aller chercher un peu de provisions ? »

La femme secoua la tête. « Pas possible de conserver encore des provisions, dit Edith. Alors elle n'essaie même pas. Ça n'a jamais été une grosse mangeuse : toujours mince comme un fil. Nous sommes jumelles, vous savez, dit-elle en souriant derrière ses gros verres de lunettes. Les plus jolies filles du comté, à ce qu'on disait. » Son regard parcourut la file d'attente. « Il y a trop de gens ici. Je pense que je vais revenir plus tard.

– Mais nous y sommes presque, dit Melissa en désignant la porte à quelques pas devant elle. Plus tard, il n'y aura peut-être plus rien.

– Je peux trouver à manger quelque part. J'ai un potager dans ma cour. S'il le faut, je peux faire la cueillette plus tôt.

– Vous êtes sûre, madame ? » dit Melissa en tendant la main pour toucher la frêle épaule de la charmante vieille dame.

« Merci, ma chérie. Je crois que je vais rentrer chez moi et appeler Edith. Elle a raccroché tout à l'heure en disant que ça devait coûter une fortune. Plus j'y pense, plus ça me paraît stupide. Quelle importance ce que cela coûte ? » Elle disparut.

Tout en approchant de la porte vitrée, Melissa se sentait de plus en plus mal. Une grande affiche était fixée à la vitrine. « PAR ORDRE DU GOUVERNEMENT DES ÉTATS-UNIS, ON NE VENDRA QUE DES PRODUITS PÉRISSABLES JUSQU'AU 16 JUIN. » Ça, elle le savait déjà. La nouvelle s'était répandue une demi-heure plus tôt le long de la file d'attente. Mais son regard se fixait sur l'autre affiche, sur les mots inscrits en gros caractères à la une du *Los Angeles Times* que lisait un garde. Melissa n'arrivait pas à détacher son regard du journal. Elle détourna les yeux au moment où un homme la laissait passer devant lui et elle ne put s'empêcher de relire la manchette qui occupait près d'un tiers de la première page. Elle secoua la tête. Les mots n'avaient toujours pas de réalité. Elle les répétait sans bruit dans sa tête. « TROISIÈME GUERRE MONDIALE – TROISIÈME GUERRE MONDIALE. »

Installations provisoires du Congrès, Virginie-Occidentale
12 juin, 14 heures GMT (9 heures locale)

« Veuillez décliner vos nom et prénoms, commença le chef de la majorité.

– Gregory Philip Lambert.

– Votre poste.

– Assistant spécial du Président pour la sécurité nationale.

– Voyons, M. Lambert, dit le chef de la majorité en consultant ses notes. J'ai cru comprendre... J'ai appris le deuil qui vous frappe, je serai donc bref. Le soir du 11 juin, étiez-vous en contact téléphonique avec le président Livingston ?

– Oui », dit Lambert. Assis devant la Commission du Congrès, il était ébloui par les projecteurs.

« Je vous demande pardon, monsieur, demanda doucement le chef de la majorité, pourriez-vous parler en vous tournant un peu plus vers les microphones. »

Lambert se pencha vers la batterie de micros. « Oui », répéta-t-il d'une voix blanche.

Le chef de la majorité jeta un coup d'œil à son collègue républicain et reprit : « Je suis désolé, M. Lambert, mais nous devons vous poser ces questions. Le Président vous a-t-il fait appeler feu le secrétaire Moore au téléphone ce soir du 11 juin ?

– Oui.

– Et qu'a dit le président Livingston au secrétaire Moore ?

– Je n'ai pas le droit de discuter de cette question, dit Lambert d'un ton neutre. Cela risquerait de compromettre la sécurité nationale des États-Unis au moment où nous sommes dans une situation d'urgence. » Il avait à trois reprises récité la phrase au téléphone au cours d'une conversation d'une heure avec le conseiller juridique de la Maison-Blanche avant l'audience à huis clos.

Lambert avait les yeux fixés sur le tissu vert de l'estrade où siégeaient les membres du Congrès. Il avait l'esprit embrumé quand il se rendit compte que le chef de la majorité s'adressait à lui.

« Pouvez-vous répéter votre question ? demanda Lambert.

– Ça n'était pas une question, c'était une affirmation. On vous a posé une question directe au cours d'une session convoquée dans les formes légales d'une commission composée des deux chambres du Congrès. L'audience a lieu à huis clos, et tout ce que vous direz le sera à titre strictement confidentiel. Je vais maintenant vous répéter la question. Qu'est-ce que le président Livingston a dit au secrétaire Moore ?

– Je n'ai pas le droit de discuter ce point, étant donné qu'il pourrait compromettre la sécurité nationale des États-Unis durant une situation d'urgence.

– Vous vous rendez bien compte, monsieur, dit un membre républicain du Congrès, que vous encourez l'accusation d'outrages à la Cour. »

Lambert acquiesça tandis que quelques membres du Congrès conféraient derrière le président de la Commission. Celui-ci finit par dire : « M. Lambert, nous allons vous laisser partir en nous réservant la possibilité de vous rappeler, une fois résolus les problèmes juridiques invoqués. Vous êtes prié de rester à notre disposition. »

En sortant de la salle d'audience, Lambert tomba sur le général Thomas.

« Bonjour, Greg, dit le général en faisant signe à Lambert de venir le rejoindre. On m'a fait venir ici pour un exposé sur la guerre, le conflit, ou Dieu sait ce qu'on est censé l'appeler. »

Lambert fit au général un petit signe de tête.

Le général Thomas posa sa main sur l'épaule de Lambert. « Greg, dit-il d'un ton compatissant, je suis désolé... on vient de me dire... » Lambert hocha de nouveau la tête. Les deux hommes restèrent silencieux un moment, puis Thomas dit : « Y a-t-il quelque chose que je puisse faire pour vous aider ?

– Il faut que je la retrouve », dit Lambert, soudain très agité à cette possibilité. Il regarda Thomas.

« C'est encore très dangereux là-bas, Greg.

– Il y a des gens qui travaillent à l'intérieur de la zone contaminée, protesta Greg.

– Ils opèrent par roulement : on les amène en avion et on les renvoie rapidement dans des combinaisons de protection. »

Lambert leva les yeux vers le général Thomas. Celui-ci le regarda un moment les yeux fixés sur ceux de Lambert, puis il hocha la tête et dit : « Voyez le colonel Rutherford. Il va arranger ça.

– Merci », dit Greg. Il baissa de nouveau les yeux.

« Greg, poursuivit le général Thomas d'un ton un peu plus sévère cette fois, je comprends votre peine si vos pires craintes se confirment, mais vous ne pouvez pas vous faire de reproches. Vous aviez à faire un travail qui vous a éloigné de chez vous comme des millions d'autres hommes et femmes et...

– Elle conduisait une Saab, dit Greg, sa lèvre inférieure tremblant comme celle d'un enfant. Elle n'arrêtait pas de me dire que... que le voyant de température du moteur s'allumait tout le temps. J'étais tellement pris par mon travail que je remettais toujours au lendemain l'idée de conduire la voiture au garage. Elle ne l'aurait jamais fait parce que les réparations, vous savez, ça l'intimidait. » Il ravala ses larmes et leva les yeux, le regard perdu dans le vide. « Elle... elle a appelé notre répondeur depuis son téléphone de voiture. Le moteur avait chauffé quand elle était en route pour aller prendre ses parents à Leesburg. Elle était déjà atteinte », dit-il en éclatant en sanglots. Le général Thomas le prit dans ses bras, ses yeux s'emplissant de larmes à son tour tandis qu'ils s'étreignaient.

Le Pentagone, Washington, DC
12 juin, 22 heures GMT (17 heures locale)

Les caisses étaient lourdes. Après avoir déplacé la première, Lambert avait mal au dos. Cette sensation poisseuse qu'il éprouvait depuis qu'il avait passé la combinaison de protection – masque à gaz et tenue imprégnée de charbon de bois – s'était calmée, mais il ruisselait maintenant de transpiration.

L'homme d'équipage de l'hélicoptère déchargeait la dernière des lourdes caisses, les passant à deux hommes dans la même tenue qu'eux qui étaient sortis en courant de la porte du Pentagone pour se précipiter dans la cour intérieure de l'héliport. L'homme se tourna vers le cockpit et leva les pouces à l'intention du pilote.

Les militaires avaient insisté pour décharger le ravitaillement destiné au personnel de l'Aquarium – la salle de guerre étanche au troisième étage du Pentagone – avant de s'attaquer à la « mission secondaire ». Maintenant, ils étaient aux ordres de Lambert et c'était une course contre la montre. Le tourbillon des pales les avait tous recouverts des retombées radioactives au rythme de 30 roentgens par heure. Une dose cumulée de 200 roentgens tuait certaines personnes et à peu près aucun individu ne résisterait à 600. La pendule continuerait à tourner jusqu'au moment où ils seraient revenus au centre de décontamination de Dundalk dans le Maryland.

Ils montèrent jusqu'à 300 mètres environ au-dessus de la cité silencieuse : Lambert remarqua que derrière lui les fantassins l'observaient. Il avait entendu les récriminations de l'équipage avant le départ, mais il avait quand même insisté malgré le sentiment de culpabilité qu'avaient éveillé leurs doléances.

« *Boucle-la, mon vieux !* » avait dit le pilote de l'hélicoptère. « *C'est un putain de gros bonnet de la Maison-Blanche.* »

Sur le sol en bas, rien ne bougeait. Le soldat – un spécialiste de 4e classe – était penché dans le vent par la porte de côté de l'hélicoptère : de sa main libre, il époussetait son uniforme pour tenter de se décontaminer autant que possible. Lambert remarqua qu'il commençait et terminait en se frottant l'entrejambe.

Lambert examina sa combinaison vert sombre. Il ne voyait rien dessus, et d'ailleurs peu lui importait : il restait assis là à regarder la verte campagne de Virginie qui se déroulait sous eux.

Ils suivirent la nationale 193 qui longeait à peu près le cours du Potomac. Le fleuve ainsi que bien d'autres rivières et cours d'eaux déversaient les particules radioactives dans l'Atlantique à un rythme inquiétant. Les Européens s'affolaient : ils envoyaient des unités de leurs flottes non pas pour combattre les Russes, mais pour repérer la contamination du Gulf Stream. Les Canadiens avaient arrêté la pêche sur les grands bancs au large de la Nouvelle-Écosse. Les Européens étaient furieux à l'idée que certaines bombes américaines lancées sur la Russie allaient provoquer des retombées sur leurs pays. Des centaines de milliers, voire des millions de gens en dehors des États-Unis et de la Russie, risquaient de périr avec l'augmentation des taux de cancers.

Ils s'inquiètent pour leurs poissons et leurs produits laitiers, se dit Lambert, *et le soldat ici époussette son pantalon*. Il secoua la tête. *Qu'ils aillent se faire foutre. Que tout le monde aille se faire foutre.*

L'hélicoptère commença à descendre. La copilote se retourna vers Lambert en pointant son doigt vers le bas. Lambert regarda par le hublot et, au bout de quelques secondes, repéra la nationale.

Il y avait des voitures partout. Elles avaient un air si normal : comme si elles roulaient au pas dans un encombrement. Beaucoup étaient garées sur le bas-côté, mais la plupart étaient toujours sur la chaussée. Lambert remarqua soudain que presque toutes avaient des phares qui brillaient faiblement bien qu'il fût plus de 5 heures de l'après-midi. *Ils sont morts dans la nuit*, comprit-il.

Devant le spectacle de tous ces véhicules là-bas, sur la route, il sentit le découragement l'envahir. *Nous ne retrouverons jamais sa voiture dans tout ça*, se dit-il. L'hélicoptère était encore plus bas, passant très vite au-dessus des bouchons causés, constata Lambert, par un grave accident.

Il n'avait pas pu regarder chacune des voitures qu'ils survolaient à toute vitesse : il se leva et passa dans le poste de pilotage.

« Vous allez trop vite ! » cria Lambert pour se faire entendre : il portait son masque, la copilote avait une cagoule et le moteur faisait beaucoup de bruit.

« Nous n'y sommes pas encore ! » répondit la femme sur le même ton. Elle consulta sa carte, puis regarda par le pare-brise. « C'est là ! » fit-elle en désignant devant eux le croisement d'une nationale avec l'autoroute.

Lambert tourna légèrement la tête et il la vit : pas de doute là-dessus. La voiture de Jane, juste là où son message avait dit qu'elle serait.

La Saab argentée était toute seule sur le bas-côté, le capot levé. Les phares étaient éteints. La copilote la montra du doigt. Le pilote acquiesça en apercevant la voiture, et le pouls de Lambert commença à s'accélérer. *Oh, mon Dieu !* se dit-il. Il n'avait jamais vraiment cru qu'on retrouverait sa voiture. Au fond de lui-même, il avait toujours cru que par quelque mystère elle ne serait tout simplement pas là. Ce qu'il n'avait pas envisagé, c'était le fait qu'il allait peut-être vraiment la retrouver. *Oh, mon Dieu !* songea-t-il, soudain affolé.

L'hélicoptère était très près du sol, et la poussière blanche qu'il soulevait pour se poser devant la voiture était, Lambert s'en rendit compte, des cendres : des retombées radioactives.

Les patins touchèrent le sol. Le spécialiste cria : « Venez ! » Lambert sauta à terre et le suivit. Le monde autour d'eux semblait étrange. Dans sa combinaison, Lambert avait l'impression d'être sur une autre planète. En suivant le spécialiste jusqu'à la voiture, les seuls sons qu'il entendait étaient le « toc-toc-toc » des ressorts de l'hélicoptère et le bruit de sa propre respiration passant par le filtre du masque. Cela lui faisait penser à de la plongée sous-marine : il était dans un endroit où l'homme n'était pas à sa place... autonome... seul.

« Elle est vide ! » hurla le spécialiste après avoir essuyé les vitres de sa main gantée. Greg regarda à l'intérieur : pas trace de Jane ni d'Irina.

« Filons ! » cria le soldat en repartant vers l'hélicoptère. Lambert fit demi-tour pour le suivre : il se mit à trotter, car l'homme lui faisait signe de se hâter. Lambert regarda tout autour de la voiture sur les deux côtés de la route. Personne.

Dès qu'ils furent remontés à bord, l'hélicoptère décolla. Le spécialiste vint s'asseoir auprès de Lambert hors d'haleine, mais ce dernier se força à se lever pour aller dans la cabine.

« Suivez un peu la 193 vers Leesburg ! » cria Lambert.

La copilote et le pilote échangèrent un regard : la copilote désigna sa montre. Lambert lui saisit le bras et regarda le cadran : elle portait sa montre par-dessus sa combinaison étanche.

« On a le temps ! cria Lambert. Allons un peu plus loin !

– Quinze minutes ! dit la femme, et le pilote vira dans la direction indiquée.

– Cherchez une Mercedes noire... une grosse voiture ! » cria Lambert. Jane avait dit qu'elle attendait ses parents et qu'elle avait peur qu'ils n'arrivent trop tard. *Elle avait si peur*, se dit-il. Ses émotions un moment l'engloutirent, mais il se maîtrisa. Il aurait le temps plus tard.

Le spécialiste passa la tête à côté de Lambert.

« Qu'est-ce qu'on fout ? cria-t-il.

– On cherche une Mercedes ! répondit le pilote.

– Merde ! » gémit l'homme. Il tapa de la main sur la cloison derrière le dos du pilote et, en revenant, remarqua Lambert, passa près de la porte ouverte pour épousseter une nouvelle fois son entrejambe.

Les voitures, maintenant plus rares et plus espacées, défilaient sur la route en bas. La plupart étaient sur le bas-côté, comme si un vent puissant les avait poussées là. On se serait cru après une tempête de neige, mais c'était l'été. Lambert essaya de ne pas penser à ce qu'il y avait à l'intérieur des voitures.

« Là-bas ! » cria la copilote. Elle désigna sur le bord de la route une voiture tournée dans la mauvaise direction. « C'est celle-là ? demanda-t-elle.

– Je ne peux pas vous dire, dit Lambert. Vérifions !

– Si on se pose encore une fois, dit le pilote, c'est la dernière ! Après on rentre ! »

Lambert regarda la voiture. La couleur ne lui semblait pas tout à fait la bonne. Elle avait l'air marron et non pas noire, sous sa couche de poussière. C'était bien ce modèle-là, et il n'y avait aucune autre voiture en vue plus loin.

« Bon ! cria-t-il. Allons voir ! »

L'hélicoptère se posa une dernière fois, et Lambert et le technicien se précipitèrent. Avant même d'être parvenu à la voiture, il savait que c'était celle des parents de Jane.

En arrivant devant la vitre, Lambert avala sa salive. Le technicien regardait à l'intérieur : il avait dégagé un petit espace et se protégeait les yeux de la réverbération. Il se redressa, regarda Lambert et fit un pas en arrière. Greg avait le cœur qui battait follement, ses jambes se dérobaient sous lui. Il se pencha pour regarder.

Affalée sur le côté droit, la mère de Jane. Son père avait glissé de la place de passager sur le plancher, le dos appuyé dans un angle bizarre contre la banquette. *La mère de Jane ne conduisait jamais,* songea Lambert. *Beau-papa a dû avoir un malaise.* Se forçant à respirer, il s'approcha de la lunette arrière et l'essuya avec son gant. Du plat de la main, il balaya un cercle plus large. Irina était assise sur le plancher, la tête reposant sur ses bras croisés sur la banquette. Jane était allongée derrière, leur petite fille endormie au terme d'un long voyage en voiture.

Environs de Dundalk, Maryland
12 juin, 22 h 30 GMT (17 h 30 locale)

Le jet d'eau chaude faillit presque culbuter Lambert. Il était sur le ciment, juste devant le pont de lavage qui avait servi jadis à asperger des voitures, mais qu'on utilisait maintenant pour les gens. À travers les gouttes qui ruisselaient sur les verres de son masque à gaz, il regarda le monde pivoter tandis que lui-même tournait lentement, les bras en l'air, le jet lui frappant le corps de plein fouet et laissant sur son passage une sensation de démangeaison tant il était violent.

Il aperçut l'homme chargé du lavage, qui lui aussi portait une combinaison protectrice. Il vit ses compagnons de vol qu'on arrosait aussi. Puis les fossés de terre noire et grasse, creusés sans doute par le bulldozer installé à côté de l'installation de décontamination. Il distingua la mare d'eau et les ruisseaux venant la grossir : le panneau jaune et noir « Radioactif » planté dans le barrage de terre qui fermait l'inquiétant petit étang.

Il n'avait pas terminé sa rotation que le jet cessa de le

frapper : le laveur aspergea la surface cimentée tout autour de lui, poussant devant des petits murs d'eau toute la poussière dans laquelle Lambert avait marché.

Le soldat cria : « Par ici ! » et du bec de la lance lui fit signe d'avancer. Au fond de la cour, on frottait énergiquement leur hélicoptère avec de grosses brosses montées au bout de perches que maniaient des soldats en combinaisons protectrices. L'appareil, observa Lambert, avait son propre système d'évacuation d'eau, des tranchées beaucoup plus larges et un camion d'incendie était garé à côté, les tuyaux déroulés sur le sol prêts au rinçage.

Au bord du fossé, un soldat ne portant qu'un masque et des gants tenait d'une main une longue baguette avec un fil relié au boîtier qu'il portait dans l'autre main. Il promena lentement son engin devant Lambert puis dit : « Tournez-vous ! » Lambert regarda les autres membres de l'équipage de l'hélicoptère qui approchaient.

« Vous êtes décontaminé ! » dit l'homme. Lambert fit demi-tour et enjamba maladroitement le fossé. Au lieu de lui tendre la main pour l'aider, l'homme au compteur Geiger recula d'un pas.

« Quand vous aurez franchi cette corde, vous pourrez ôter votre masque et jeter votre équipement sur la pile », dit-il. Il désigna l'amoncellement de combinaisons vert foncé entassées à l'intérieur d'un petit carré de cordages tendus entre des cônes orange. « Les gants en dernier », lança l'homme en s'éloignant.

Lambert se dirigea vers la pile et ôta sa combinaison. Quand il eut retiré son masque et que l'air frais lui caressa le visage et lui emplit les poumons, le monde soudain parut de nouveau normal.

« S'il vous plaît ! » dit un homme en tenue camouflée à côté d'un camion à quelques mètres sur sa gauche, en faisant signe à Lambert d'avancer.

Sur le panneau du camion, une croix rouge sur un carré blanc. L'homme tenait à la main des feuilles fixées à une planchette par une pince. Il n'avait pas l'air à sa place en tenue militaire. Cheveux gris et ventre bedonnant.

Lambert contourna le camion et aperçut une femme en pantalon bleu de salle d'opération et blouse blanche. L'homme se tourna vers Lambert et, sans un mot, détacha de la poche de poitrine de sa chemise un petit tube

– comme un stylo. Lambert avait oublié le dosimètre qu'il portait.

« Fichtre ! fit l'homme en levant le tube vers la lumière. Vous êtes ? demanda-t-il en tendant le dosimètre à la femme et en prenant ses feuilles.

– Lambert. Greg Lambert. »

Il nota quelque chose et dit : « Oh oui, bien sûr, M. Lambert. » Il avait l'air de le reconnaître. « Je suis le docteur Gray, médecin major de réserve. Voici Samantha James, dit-il en désignant la femme. C'est mon infirmière à l'hôpital de Baltimore. J'ai pensé qu'elle pourrait rendre service. »

La copilote arrivait et Lambert se tourna pour la saluer de la tête.

« Je suis avec vous dans une minute, dit le docteur. M. Lambert, vous avez reçu une sacrée dose de radiations. 17 RADS – Radiation Absorbed Doses. Si on s'appuie sur les données de ceux qui travaillent sur le sarcophage de Tchernobyl, ce n'est pas dangereux – statistiquement parlant –, mais c'est quand même plus de trois fois la dose annuelle autorisée pour les travailleurs américains de l'industrie nucléaire. Un peu plus et vous pourriez avoir des complications, vous comprenez ? »

Lambert hocha la tête.

« Vous avez dépassé la dose de 15 : je vais donc devoir vous signaler aux autorités sanitaires, poursuivit le docteur. Ils vont continuer à surveiller votre dossier, mais à ce niveau on ne vous refusera aucun traitement médical. Maintenant, vous allez prendre ces comprimés : ils bloquent la concentration thyroïdienne de tout ce que vous pourriez avoir inhalé et vous devriez vous en tirer sans problème.

– Et... nous avons ramené avec nous ma femme et ses parents. Et une amie.

– Amenez-les-moi. Je vais les examiner.

– Ils sont morts, dit simplement Lambert.

– Oh, fit le docteur. Je suis désolé. Et ils sont contaminés ? »

Lambert acquiesça.

« Le service des inhumations est par là. Mais on ne vous laissera pas les voir. Ils ont sans doute déjà été enterrés », dit le médecin, désignant d'un geste vague les tranchées avec les panneaux jaune et noir annonçant « Radioactivité ». « Mais on va noter leurs noms et les enregistrer. On va régler tous les problèmes administratifs. »

Lambert tourna les talons et vit alors le reste de l'équipage. Ils étaient là, muets à les regarder.

« Merci », leur dit-il, et il s'éloigna la tête basse.

Lambert sentit quelqu'un le prendre par le bras. Levant les yeux, il aperçut le technicien – un beau jeune Noir aux cheveux coupés en brosse qui ne devait pas avoir plus de dix-neuf ans. « Bon, monsieur, ça va aller. »

Lambert savait que le soldat se trompait, mais il le remercia et se dirigea vers le secteur entouré de cordons de sécurité. Il regarda les flaques d'eau et les déchets radioactifs emprisonnés derrière les digues. *Je suis désolé, Jane. Oh, mon Dieu, je suis désolé.* C'étaient des mots creux. Ils ne voulaient rien dire et ne lui faisaient aucun bien.

Le Kremlin, Moscou
12 juin, 23 h 45 GMT (1 h 45 locale)

« Vous savez tous qu'à mon avis c'est de la folie », dit Razov. Il avait du mal à se maîtriser tout en s'adressant à la réunion plénière de la STAVKA, les dents serrées. « Tout ce que nous avons fait jusqu'à cet instant découle de la faute de Zorine. Mais ça, dit Razov en lançant sur la table les plans d'opérations qu'on lui proposait, c'est notre responsabilité.

– À quoi cela nous a-t-il avancés, demanda le général Karyakine en haussant les épaules, de prouver notre innocence aux Américains ? Vous n'êtes peut-être pas tout à fait à jour dans vos lectures. » Il regarda les autres autour de la table, et notamment ses influents collègues de l'aviation et de la marine. Il ramassa les feuilles de papier qu'on avait remises à chacun des membres de la STAVKA tout au long des heures de débats qui touchaient maintenant à leur fin. « ORACLE », lut-il tout haut. Il se retourna vers le commandant du GRU, le principal directeur de renseignement de la STAVKA. « Qu'est-ce que c'est que ça ?

– C'est un rapport combiné à partir de sources

humaines réparties à travers les États-Unis, répondit l'homme. Fonctionnaires d'ambassades et de consulats, étudiants et hommes d'affaires en visite, représentants de commerce, ressortissants de pays tiers.

– Eh bien, d'après les rapports ORACLE, reprit Karyakine en chaussant ses lunettes, la mobilisation continue aux États-Unis. Les aéroports civils dans les régions de Denver, Dallas, Houston, Salt Lake City, Saint Louis, Chicago, Atlanta, Philadelphie et New York sont utilisés comme centres de regroupement pour les départs à destination de l'Extrême-Orient et de l'Europe. Le trafic aérien civil est paralysé : tous les appareils disponibles sont réquisitionnés pour les militaires. Les navires de transport de la marine continuent à charger à La Nouvelle-Orléans, Galveston, San Diego, Seattle, Philadelphie et Jacksonville. »

Il prit le rapport suivant. « Celui-ci provient aussi du GRU. " Les photos prises par satellite indiquent que des unités du 5e corps d'armée américain à Nuremberg en Allemagne et des éléments de sa 1re division blindée à Erlangen en Allemagne sont en train de se déployer. D'après les premières indications, les objectifs sont à l'est. " » Il leva les yeux : « À l'*est* », et il prit un troisième rapport. « On nous signale que la 4e division américaine d'infanterie mécanisée basée à Presov, en Slovaquie, est en état d'alerte. Une brigade se déploie le long de la frontière de l'Ukraine. Une seconde brigade aussi, intentions inconnues. Cela provient de notre liaison avec le commandement de l'armée ukrainienne à Kiev. »

Comme il prenait une autre feuille de papier, Razov dit : « Général, nous avons lu tous les rapports.

– Alors, de quoi diable discute-t-on ? s'écria Karyakine en soulevant l'épaisse liasse de documents posée devant lui. Peut-être que *vous ne le voulez pas* et que *Livingston* peut *prétendre* que ce n'est pas le cas, mais nous sommes toujours en guerre, général Razov ! » Il prit au hasard une feuille dans la pile. « Du commandant de la défense aérienne à Poliarnyï. " L'appareil de reconnaissance stratégique TR-1 de l'Air Force américaine soupçonné d'avoir fait quatre incursions dans l'espace aérien entre 0 h 24 et 0 h 59, heure de Moscou. Demande permission de poursuivre dans l'espace aérien finlandais et/ou norvégien.." Permission refusée ! dit-il en foudroyant Razov du regard. Du commandement de la flotte du Pacifique de Vladivostok : “ Trois appareils américains P-3 de guerre sous-marine ont lancé six attaques à la torpille sur la station de la flotte du Pacifique abritant des sous-marins équipés de missiles balistiques. Je crois être en contact avec le navire survivant. Demande permission d'intercepter deux hélicoptères de la marine américaine chasseurs de sous-marins en provenance des îles Aléoutiennes. ” Permission refusée !

– En voilà assez ! » s'écria Razov tandis que Karyakine prenait encore d'autres rapports. Razov contempla autour de la table les visages songeurs des principaux chefs militaires de la Russie. Nombre d'entre eux, remarqua-t-il, examinaient leurs liasses de rapports. Un certain nombre de ceux-ci, Razov le savait pour les avoir lus chacun à mesure qu'on les lui remettait, n'étaient que de frénétiques appels au secours venant de points du globe où une rencontre de hasard, un commandant d'unité péchant par excès de zèle, surtout du côté américain, avait rallumé les hostilités.

La porte s'ouvrit sans bruit. Trois hommes entamèrent leur ronde maintenant familière autour de la table : ils apportaient un autre rapport que les aides de camp déposèrent devant chacun des généraux. Par l'entrebâillement de la porte derrière eux, Razov vit entrer Filipov qui se dirigea vers le siège vide juste derrière lui au moment où il prenait le dossier qu'on lui tendait. « Commandement de la Flotte de la mer Noire. Le croiseur *Sakharov* de la classe Kirov, chargé de surveiller le groupe de porte-avions de la 6e flotte américaine au large de la côte d'Israël dans la Méditerranée orientale, est entré en collision avec une frégate de la classe Perry, immatriculée 432, à 46 kilomètres ouest-sud-ouest de l'USS *Theodore Roosevelt*. Le *Sakharov* a repris sa route initiale. La frégate américaine a pris l'initiative de manœuvres hostiles malgré des dégâts importants à la coque côté bâbord au niveau de la ligne de flottaison. Deux avertissements radio envoyés par le commandant du *Sakharov* : le premier à 1 h 32 locale, le second à 1 h 34. Le navire américain n'a pas changé de cap ni de vitesse pour éviter la collision : quand, à 1 h 37, la frégate américaine a approché à 400 mètres, le commandant du *Sakharov* a tiré sur la frégate deux missiles sol-sol. L'un a explosé et l'autre n'a pas fonctionné.

Les superstructures de la frégate sont en feu et le navire a de la gîte à bâbord. Le centre de combat aérien du *Sakharov* signale que quatre appareils – sans doute des avions d'attaque F/A-18 – ont été lancés du pont du *Theodore Roosevelt* à 1 h 41 et font route actuellement vers la position du *Sakharov*. Le commandant demande la permission d'ouvrir le feu sur le *Theodore Roosevelt*. (PERMISSION REFUSÉE). Le commandant demande la permission de tirer sur les appareils qui font route vers lui. (PERMISSION ACCORDÉE). Le commandant demande la permission de lancer des torpilles sur un contact sonar inconnu à 4 000 mètres sur son arrière. (PERMISSION REFUSÉE). »

« Ça commence à faire pas mal, Youri, dit le général d'aviation Michine. Nous n'avions pas compensé nos pertes dues aux combats de l'année dernière et nous utilisions au maximum nos ressources pour lutter contre les Chinois. Nous avons tout envoyé en Extrême-Orient. Nous... nous sommes exposés – dangereusement exposés à l'ouest. En Europe.

– Et n'oublions pas les dégâts causés par l'échange de tirs nucléaires, dit l'amiral Verkhovensky. Si je comprends bien, notre système de ravitaillement est complètement bloqué : nous ne pouvons même pas refaire fonctionner notre réseau ferroviaire pour les transports intérieurs en raison de la radioactivité et des dégâts causés par les explosions. On ne sait absolument pas par où commencer pour résoudre tous ces problèmes...

– Nous sommes terriblement exposés, Youri, dit Michine. Nous ne pouvons tout de même pas rester là à nous croiser les bras. »

Razov prit une profonde inspiration et releva la tête. « Très bien. Si nous devons le faire, autant le faire bien. » *Et nous allons le faire sous mes ordres et ma seule autorité*, se dit-il en se tournant vers l'amiral Verkhovensky. « L'armée va vous donner une division aéroportée : la 104e division de la garde à Krasnodar. Ainsi, la 105e division d'Omsk sera la nouvelle division d'alerte, dit-il rapidement en se tournant vers le commandant des forces aéroportées, le plus jeune des officiers présents. La 104e va s'emparer de Reykjavik et de Hafnarfjördhur au sud, poursuivit-il en se tournant vers Verkhovensky, et vos fusiliers-marins vont débarquer à l'est de Husasik. Ils feront mouvement à l'ouest pour s'emparer des villes bordant la côte nord de l'Islande – conformément au plan général des opérations. » Il tendit le doigt vers le général d'aviation Michine. « Vous allez mettre à leur disposition comme transports les AN-22 et les IL-76 que vous avez. Vous allez envoyer au moins trois escadrilles de protection et deux d'attaque à Reykjavik, dès l'instant où nous serons assurés de l'aéroport. Les appareils auront la permission d'ouvrir le feu sur toute force navale ou aérienne américaine qui se présentera à portée : ils ont l'ordre exprès d'abattre tout vol traversant l'Atlantique Nord, cap à l'est : y compris, après une période d'avertissement de quatre heures, les vols commerciaux régulièrement prévus. »

Sans laisser à personne le temps de faire le moindre commentaire, il se tourna vers le commandant des forces stratégiques de l'Ouest. « Vous allez vous déployer en Ukraine pour occuper des positions défensives en face de la 4e division américaine d'infanterie. Il faudra répondre par la force à toute résistance de l'armée ukrainienne, mais je vais appeler personnellement le président Belachouk pour l'avertir que toute opposition de ce genre sera considérée comme un acte de guerre. Je contacterai ensuite le commandant de l'armée d'Extrême-Orient pour ordonner qu'on arrête la contre-attaque sur la Chine du Nord.

– Mais nous déboulons sur ces petits salopards de Jaunes... ! intervint le vieux commandant des troupes du génie.

– Le commandement d'Extrême-Orient, poursuivit Razov, va recevoir l'ordre de redéployer toutes les forces dont il dispose sur des positions stratégiquement défendables. Cela signifie, dit Razov, marquant un temps pour s'assurer qu'il avait bien toute l'attention de son auditoire, faire face à la mer autour et au nord de Vladivostok. » Il vit ses paroles faire taire les officiers qui, quelques instants plus tôt, étaient penchés sur leurs sièges, prêts à intervenir. « On les informera aussi de s'attendre à organiser, à partir de ces positions, l'expédition vers l'ouest des stocks existants et de tout ce qui a été pris aux Chinois. Je veux que tout le matériel de guerre disponible, ordonna-t-il au directeur de la production militaire, soit redirigé vers nos bases en Europe. »

C'était un changement radical de politique, et les visages mornes et songeurs des généraux montraient qu'ils en comprenaient toutes les implications. Tous maintenant étaient silencieux et immobiles. Razov avait un dernier espoir : qu'ils avaient fini par comprendre les réalités de la situation. « Sommes-nous bien sûrs d'être prêts à cela ? » demanda-t-il d'un ton mesuré. À cet instant précis, la porte s'ouvrit à deux battants et on apporta une autre liasse de messages. Le charme était rompu. Les dés étaient jetés.

La réunion se termina rapidement. Razov disposa devant lui ses documents : il avait l'intention de rester là et d'utiliser la salle de conférence pour lire les rapports qu'il n'avait pas encore parcourus. Il évita le regard des officiers qui s'en allaient : il parvint sans mal à arborer un regard préoccupé pour éloigner les bavards notoires qui risquaient de s'attarder et de lui faire perdre de précieuses minutes de son temps. Le dernier des officiers et son état-major étaient partis. En se retournant, il vit que Filipov était toujours là.

On aurait dit la mort incarnée. « Pavel, est-ce que... est-ce que vous avez eu des nouvelles d'Irina ? »

Pavel détourna les yeux vers le coin de la salle maintenant vide : il avait l'air encore plus inquiet et torturé. « Non. »

Razov avait vu les rapports du GRU sur la radioactivité dans le secteur de Washington. Les gens mouraient là-bas. « Pavel, dit Razov, avez-vous essayé de prendre contact avec elle ? N'y a-t-il personne là-bas qui pourrait savoir où elle est et que vous pourriez appeler ? Et votre ami... ce nommé Lambert ? Vous pourriez utiliser les transmissions militaires. »

Pavel tourna vers lui des yeux qui fixaient de plus en plus intensément le vide devant lui. Des cernes sombres les soulignaient. Il secoua la tête, la secoua de nouveau. « Je n'ai pas d'ami en Amérique. »

Troisième partie

« Après les grandes destructions,
Chacun voudra prouver qu'il était innocent. »

Günter Eich,
Think of This, 1995.

7.

Installations provisoires, Mount Weather, Virginie
13 juin, 6 h GMT (1 h locale)

La limousine officielle suivait les lacets de la route 601 après Berryville, Virginie. Assis tout seul à l'arrière, Lambert regardait dehors. Il se souvenait. Les arbres défilaient comme des fantômes. Tout ce que Jane avait été, tout ce qu'il avait aimé chez elle, tous les détails lui revenaient l'un après l'autre. Les larmes coulaient en silence, invisibles.

Juste après avoir franchi Heart Trouble Lane, le chauffeur ralentit à un feu clignotant imposant une vitesse limite de 15 kilomètres à l'heure. Au virage suivant, Lambert aperçut une grille qui s'ouvrait dans une clôture métallique haute de 3 mètres et couronnée de six rangées de barbelés. Une demi-douzaine d'hommes, des soldats en tenue de combat, d'autres en uniforme et chapeaux de cow-boy comme des shérifs, tous armés de M-16, montaient la garde devant l'entrée. Ils s'approchèrent de la voiture. Ils vérifièrent soigneusement les papiers d'identité des deux hommes, balayant du faisceau de leur torche le visage de Lambert pendant près d'une minute avant de laisser entrer la limousine.

Ils passèrent devant des pelouses bien tondues et une douzaine de bâtiments bétonnés dont un grand nombre étaient hérissés d'antennes et de relais TV. Les aires d'atterrissage des hélicoptères étaient encombrées : équipages et soldats armés de fusils patrouillaient au milieu des appareils. Une petite tour de contrôle se dressait au milieu de la flotte d'hélicos, une lumière tamisée émanant des vitres obliques. La voiture pénétra dans un parking et le chauffeur se glissa dans une place libre portant l'inscription « Visiteurs ». Il faisait nuit noire quand Lambert descendit.

« Par ici, monsieur, dit le chauffeur, en le guidant vers une rampe bétonnée au fond du parking. La rampe descendait dans une profonde entaille faite dans le sol. On apercevait à peine le mur bétonné du fond comme un barrage dressé pour retenir la terre. Dans son centre, un tunnel rond. D'autres gardes contrôlèrent leur identité à une grille en haut de la rampe. L'un d'eux décrocha un téléphone et annonça : « M. Lambert est ici. » On lui fit signe de descendre seul. Levant les yeux, il vit les étoiles qui brillaient dans la tiède nuit d'été. Puis peu à peu la masse de l'édifice qui se dressait devant eux vint éclipser la vue qu'il avait du ciel nocturne.

« Par ici, monsieur Lambert », dit une voix quand il parvint à l'entrée du tunnel. Une lampe rouge s'alluma pour éclairer l'énorme porte blindée entrebâillée : comme celle d'une chambre forte de banque mais assez grande pour bloquer un tunnel où passait une route à deux voies. Lambert suivit dans le puits bien éclairé l'homme en survêtement bleu. La route descendait dans la pierre grossièrement taillée du flanc de la montagne. La douceur des courbes empêchait toute estimation de sa longueur, tout comme de la profondeur à laquelle elle descendait. L'homme épingla un insigne à la poche de la veste de Lambert puis ils montèrent sur un chariot électrique pour s'enfoncer dans les entrailles de la terre.

« Êtes-vous déjà venu à Mount Weather, monsieur ? » demanda l'homme avec entrain. Il arborait sur le côté gauche de sa veste de survêtement l'insigne de l'Agence fédérale de gestion d'urgence.

Lambert secoua la tête.

Le moteur électrique se mit à ronronner pour la descente. Son guide expliqua : « Ça a été creusé en plein basalte dans les années 50. C'était un terrain de forage expérimental pour le service des Mines. Ils voulaient essayer leurs forets sur le roc le plus dur qu'ils pouvaient trouver. » Lambert examina les murs de pierre brute. Il avait des bourdonnements d'oreilles et il sentait la température baisser à mesure qu'ils s'enfonçaient.

« Nous avons une centrale souterraine avec des générateurs diesel, des chambres froides pour entreproser des vivres, une cafétéria, un hôpital, des studios de radio et de télé : tout. Il y a environ un millier de personnes ici maintenant. Lambert sentit le regard de l'homme se tourner vers lui. Il paraît qu'on pourrait prendre un missile de plein fouet : il ne traverserait pas cette couche de basalte. Le basalte, c'est costaud. Vous avez vu cette porte par laquelle nous sommes entrés là-haut ? »

Lambert acquiesça en avalant sa salive pour se déboucher les oreilles.

« Au moindre éclair, elle se referme : c'est la porte guillotine. Un mètre cinquante d'épaisseur et 6 mètres de diamètre. En acier massif. »

Le chariot s'arrêta dans un espace un peu plus large où la chaussée était de niveau. Le sol était plat et pavé, avec des routes qui partaient dans deux directions. Lambert se dégagea les oreilles une dernière fois : ils prirent un virage et s'arrêtèrent devant un bâtiment d'un seul étage bâti dans un tunnel latéral taillé en pleine roche. Lambert et son escorte descendirent du chariot tandis qu'un autre véhicule passait en trombe : celui-là avec deux officiers – un homme et une femme – que Lambert reconnut pour les avoir rencontrés pendant des années à la Defense Intelligence Agency. Elle lui fit un signe de tête, l'homme esquissa un salut.

Lambert les salua à son tour et tourna les talons pour entrer dans le bâtiment.

Il y régnait une grande animation. Le bâtiment semblait n'être qu'une longue salle donnant sur une garenne de bureaux séparés par des cloisons. Lambert s'engagea dans ce labyrinthe.

« Bonjour, monsieur », dit une femme en le croisant. Lambert était incapable de se rappeler son nom.

Dans un espace dégagé sur le milieu de la grande salle principale, une rangée après l'autre de chaises métalliques pliantes faisaient face à un grand tableau sur lequel étaient fixées toute une série de cartes de différentes tailles, des listes et des sorties d'imprimante, tout cela posé apparemment un peu au hasard.

« Bonsoir, monsieur Lambert », dit un jeune lieutenant d'aviation.

Lambert s'approcha du tableau d'affichage. Une carte montrait les taux de radioactivité dans diverses zones du pays. Un rapport de plusieurs pages était punaisé tout en haut. Il énumérait diverses installations de secours qui étaient encore opérationnelles, avec numéros de téléphone et personnes à contacter. La mention « Maison-Blanche » lui sauta aux yeux. En dessous il vit « Salle de situation » et un numéro de téléphone. La personne à contacter était « Rogers Lawrence, commandant USAF ». Le seul autre numéro qu'on donnait était « Standard » mais une mention manuscrite précisait à côté : « Communication coupée à environ 20 h 15 – 11/6 ». *Plus de dix-neuf heures après l'attaque,* se dit Lambert.

Lambert imaginait les femmes grisonnantes du standard à qui il était allé rendre visite bien des fois pour avoir le numéro de divers hauts fonctionnaires. Elles étaient généralement mieux renseignées que le service central et elles étaient sur place, à la Maison-Blanche. Leur travail était important. *Elles sont restées à leur poste jusqu'à la mort,* se dit-il.

« Oh, vous voilà, monsieur. » Se retournant, Lambert aperçut un des jeunes assistants du personnel du National Security Council. Il se dirigea vers Lambert et s'arrêta, très embarrassé, avant de dire : « Toutes mes condoléances. Nous avons appris la nouvelle. Nous sommes tous consternés. » Il secoua la tête.

« Qu'est-ce que c'est que ça ? demanda Lambert en désignant les documents que l'homme tenait à la main.

– Oh, fit-il. De toute évidence il était soulagé de voir Lambert se remettre au travail. C'est un rapport sur les réactions des gouvernements étrangers à notre menace d'utiliser nos armes nucléaires contre la Corée du Nord pour l'obliger à se retirer de l'autre côté de la zone démilitarisée. »

Lambert fronça les sourcils et l'homme dit : « Vous avez dû manquer ça. Voyez-vous, pendant que vous étiez... enfin plus tôt dans la journée, le Président a autorisé l'emploi d'armes nucléaires stratégiques contre les Nord-Coréens.

– Vous plaisantez ! »

Son visage imita la surprise de Lambert et il secoua la tête. « Nous leur donnerons un avertissement préalable. Ensuite une explosion à haute altitude au-dessus de Pyongyang. Quoi qu'il en soit, voici les résumés des conversations que nous avons eues avec les organismes de sécurité de certains gouvernements alliés.

– Pourquoi nous ? Pourquoi pas le Département d'État ?

– Le Département d'État n'est pas opérationnel. C'est une vraie pagaille. Le secrétaire Moore a été tué à Raven Rock, vous savez. Et on ne sait pas encore ce qu'il est advenu de la moitié des sous-secrétaires et de leurs assistants : alors nous avons lancé les appels nous-mêmes.

– Très bien, dit Lambert. Je vais lire ça et je ferai un commentaire au Président. Où est-il ? »

« Avec qui est-il ? demanda Lambert à la secrétaire du Président chargée des rendez-vous.

– Avec le conseiller juridique de la Maison-Blanche », répondit-elle. Elle regardait Lambert comme si ce renseignement devait être particulièrement important pour lui.

« J'ai besoin de lui parler.

– Il a demandé qu'on ne le dérange pas. Elle ouvrit le gros livre de rendez-vous. Je vais voir si je peux vous glisser vers...

– Maintenant. » Lambert regarda la femme, qui était toujours un des personnages les plus puissants de la Maison-Blanche. « Il faut que je le voie tout de suite. »

Elle décrocha le téléphone et dit : « Monsieur le Président, M. Lambert désire vous voir. » Au bout d'un moment, elle lança d'un ton glacial : « Vous pouvez entrer. »

Ce fut le Président qui vint ouvrir la porte. « Greg », dit-il en posant les mains sur les épaules de Lambert. Ils restèrent ainsi un moment sur le seuil, Lambert gêné par la présence toute proche du Président. « Je ne peux pas vous dire à quel point Margaret et moi compatissons. Jane était une femme extraordinaire, vraiment extraordinaire. Elle nous manque vraiment beaucoup. »

Chacun des mots que prononçait le Président frappait Lambert d'une façon dont son interlocuteur ne se doutait pas. Lambert voulait que personne ne lui parle de Jane. Il n'y avait que lui qui la connaissait. Que lui qui était éprouvé par sa disparition. Tous les autres n'étaient que des intrus dans sa vie privée.

Lambert se dégagea et entra dans le bureau du Président. « Je suis venu vous dire que je démissionne de mon poste à la Sécurité nationale. » Il tournait le dos à Livingston et le Président ne pouvait donc rien lire sur son visage.

Assis de l'autre côté d'une table de conférence, le conseiller juridique du Président observait Greg : il était assis, son stylo immobile au-dessus de son bloc de papier.

« Je ne peux plus », dit Lambert. Il avait dit cela facilement : les mots venaient tout seuls. Il se rendit compte qu'il manquait de sommeil. Il avait l'impression que si seulement il pouvait fermer les yeux il dormirait des jours.

Livingston se tourna vers l'avocat : celui-ci avait l'air extrêmement soucieux. « Greg, reprit le Président, est-ce... est-ce pour des raisons politiques ?

– Non ! » balbutia Lambert. Du coin de l'œil Livingston vit son conseil se détendre un peu. « Je ne sais pas... je ne sais pas si je suis capable de me lever le matin, de me raser, de m'habiller, encore moins de servir comme conseiller à la Sécurité nationale dans un moment pareil. »

Livingston perçut la tension dans sa voix. Lambert s'arrêta, épuisé. Le Président tendit le bras et posa sa main sur l'épaule de Lambert.

« Greg, j'ai besoin de vous. La situation actuelle est extrêmement délicate : ce sont toutes nos relations avec les Russes qui sont en jeu. Malgré tous mes efforts, on dirait que je n'arrive pas à empêcher le heurt des forces armées de nos deux pays. On dirait que nous sommes pris dans une gigantesque partie de bras de fer. Vous, vous avez des contacts avec les Russes. Ce Filipov est maintenant l'aide de camp du général Razov. Vous le connaissez et il vous connaît. Les Russes peuvent vous faire confiance et c'est de ça que j'ai besoin pour l'instant plus que de tout au monde. Greg, j'ai besoin de vous. »

Lambert poussa un profond soupir. On frappa à la porte restée ouverte derrière lui : l'aide de camp du général Thomas dit : « Monsieur le Président, nous avons eu un autre contact dans la mer de Barents.

– Oh, Seigneur ! Nous avons eu des pertes ?

– Non, monsieur le Président. Mais un de nos sous-marins d'attaque a coulé un submersible russe. Pas un sous-marin atomique, juste un bâtiment conventionnel.

– Dites-leur d'évacuer le secteur. Qu'ils rompent le contact. C'est tout ?

– Oui, monsieur le Président. Nous avons un état des pertes sur ce navire auxiliaire qui s'est fait torpiller au large de La Nouvelle-Orléans. Ça n'est pas bon. On arrive sans doute à quatre cents morts, et seulement une centaine de survivants. La presse nous demande des chiffres. Pouvons-nous les leur donner ?

– Oh, merde, dit le Président en secouant la tête et en regardant Lambert. Vous savez, on pourrait perdre toute une force expéditionnaire en Norvège : ça ne ferait pas deux lignes au journal du soir en ce moment. Mais une équipe de télévision à la mords-moi le nœud dans un hélicoptère de la circulation routière de La Nouvelle-Orléans prend des images dramatiques d'un ravitailleur en train de couler, ça fait la une du journal. Il secoua de nouveau la tête et se tourna vers Rutherford. Faites-les traîner encore un peu avec ces chiffres. Dites-leur qu'il est encore trop tôt... Non. Dites-leur que nous devons d'abord contacter les familles. »

La porte se referma derrière Rutherford. Le conseiller juridique de la Maison-Blanche fut le premier à parler. « Monsieur Lambert, vous serez heureux d'apprendre que la Cour suprême a décidé en votre faveur concernant votre refus de témoigner devant la Commission d'enquête sur la guerre nucléaire.

– Oh, oui, fit le Président. Les juges sont tous ici à Mount Weather. Ils ont mis quatre heures après de longues discussions pour publier leur décision. Nous leur avons expliqué que votre devoir de réserve vous empêchait de témoigner. Ils ont admis votre refus mais pas sur ces bases-là. Ils ont déclaré que la commission n'était pas en conformité avec le règlement de la Chambre. Il semble que la Chambre n'avait pas réuni le quorum au moment où on a décidé la création de la commission *ad hoc* : leur décision était donc sans valeur.

– Vous savez, Greg, reprit le conseiller juridique, si vous permettez que je vous appelle Greg... ce serait vraiment un mauvais moment pour le Président si vous le lâchiez comme ça. Ça ferait mauvais effet, vous comprenez ? »

On frappa de nouveau à la porte et le général Thomas entra. Il jeta un bref coup d'œil au Président, puis se tourna vers Lambert. Il avait l'air épuisé et le regard dur.

« Monsieur Lambert, vous et moi avons été cités comme témoins devant la Commission des forces armées qui se réunit à huis clos dans les installations de secours du Congrès à 9 heures demain matin. Ils veulent un rapport sur la poursuite des combats entre la Russie et les États-Unis. Il va falloir que vous prépariez vos notes et ça va vous demander du temps. Je vous conseille de venir avec moi à la réunion des chefs d'état-major interarmes et de participer ensuite à la réunion plénière du NSC.

– Cet enfant de salaud de Costanzo est derrière tout ça », dit le Président en jetant un coup d'œil à l'avocat. Puis il se tourna vers Lambert pour expliquer. « Quand je suis arrivé ici, il était déjà installé. Il utilise maintenant les pouvoirs du Congrès pour avoir accès aux informations militaires que je lui avais supprimées. » Le Président regarda son conseil, puis le général Thomas. « Qu'il aille se faire voir. J'irai avec vous à Greenbriar. Sans me faire annoncer cette fois ! »

Palm Springs, Californie
13 juin, 8 h 30 GMT (0 h 30 locale)

Le bébé s'agitait et se retournait entre les coussins, allongé auprès de Melissa dans un tiroir de l'armoire de sa chambre. Il avait un sommeil agité et, quand il était éveillé, il pleurait presque tout le temps. Melissa n'avait jamais eu de lait : énervement ou alimentation insuffisante. Elle se leva de son lit et se dirigea à pas de loup vers la salle de bains : elle trouva la trousse de toilette où elle avait rangé ce qui restait de son maigre trésor après son expédition de la journée. Deux œufs et une laitue fatiguée.

Elle cassa les œufs dans un verre et les but, tout en tournant dans sa bouche une feuille de laitue. Elle eut un haut-le-cœur. Elle serra fort les yeux en pensant : *trois jours. Dans trois jours, c'est la levée de l'interdiction*. Elle se mit à sangloter. Le gouvernement interdisait la vente de tout produit alimentaire autre que les denrées périssables pendant cinq jours après l'attaque : c'était pour empêcher l'inflation, lui avait expliqué le gérant du dernier des six magasins où elle avait tenté sa chance. Elle lui avait proposé 1 000 dollars pour quelques boîtes de soupe, mais il avait refusé.

L'attaque avait eu lieu deux jours plus tôt. *Encore quatre jours*, songea-t-elle. *Demain, j'aurai ma carte de rationnement. Encore trois jours et je pourrai acheter des provisions et un peu d'essence pour rentrer à la maison.*

Elle s'assit pesamment sur le lit. Elle décida de regarder pendant une heure encore les informations et puis d'essayer une nouvelle fois de dormir.

À tâtons, elle chercha la commande à distance et pressa le bouton « Marche » qu'elle trouvait maintenant même dans le noir. Le son arriva aussitôt et l'écran qui s'éclairait peu à peu illumina la pièce. Elle prit CNN.

« Eh bien, au moins nous pouvons enfin vous donner quelques bonnes nouvelles, déclara la présentatrice. Quel effet à votre avis aura à court terme la menace de l'Administration d'employer contre la Corée du Nord des armes nucléaires ? Les combats vont-ils cesser immédiatement ou vont-ils se prolonger encore un moment ?

– Il n'y a pas moyen de le savoir vraiment, répondit un expert. Nous ne pouvons même pas être sûrs que les Nord-Coréens arrêteront de se battre.

– Ils n'iraient quand même pas risquer une attaque nucléaire des États-Unis, dit la présentatrice. Ce serait suicidaire.

– Oh... je suis bien de votre avis, répondit l'analyste, mais nous avons encore ici une administration démocrate libérale : on négocie avec les Russes même si ceux-ci, très affaiblis par le conflit avec la Chine, sont dans les cordes sur le plan militaire. Ce que je veux dire, c'est que les Nord-Coréens pourraient simplement décider de risquer le tout pour le tout.

– T-r-r-ès bien », dit la présentatrice. Elle secoua la tête d'un air incrédule et se tourna vers une autre caméra. « Nous appelons maintenant Philadelphie. Bob ?

– Oui, Christine », dit une voix d'homme. Une carte des États-Unis de l'Est, avec Philadelphie capitale provisoire de l'État marquée d'une étoile, apparut sur l'écran.

« Nous présentons nos excuses à nos téléspectateurs, mais nous n'avons pas encore résolu nos problèmes de transmission vidéo, dit Christine. Bob, le jour se lève en

Virginie-Occidentale. Qu'est-ce qui se passe aujourd'hui aux installations souterraines du Congrès ?

– Des tas de choses, répondit Bob – la ligne était mauvaise. Tout d'abord, la commission d'investigation sur les causes de la guerre nucléaire va poursuivre ses délibérations même si la Maison-Blanche multiplie les arguties juridiques afin d'empêcher qu'on cite comme témoin un important personnage de la Maison-Blanche, Gregory Lambert, le conseiller du Président à la Sécurité nationale. Ensuite, le sous-secrétaire Anderson – le secrétaire d'État intérimaire – est tout juste de retour d'une rapide minitournée des capitales de l'OTAN : il a reçu un accueil plutôt frais à Berlin et à Paris. Il viendra témoigner devant la Commission des Affaires étrangères du Sénat sur les piètres résultats obtenus par le président Livingston pour obtenir le soutien de ses alliés. Le vrai feu d'artifice commencera demain matin quand la Commission des forces armées ouvrira sa réunion d'information sur la poursuite des hostilités.

– Pas de nouvelles sur la date possible du débat concernant la proposition d'une déclaration de guerre ?

– Ma foi, c'est difficile à dire, mais je pense qu'il faudra bien une semaine avant que le Congrès n'examine la résolution républicaine – signée par tous les membres républicains du Congrès sauf quatre – de déclarer la guerre à la Russie et d'anéantir par une action militaire tout ce qui reste de leur arsenal nucléaire. Les démocrates préparent de leur côté une résolution pour déclarer la guerre à la Russie – sans l'approbation du président Livingston mais, nous dit-on, avec l'appui de l'appareil du Parti démocrate et du vice-président. Ce texte sera débattu si la proposition républicaine est repoussée ou ajournée.

– Bob, dit la présentatrice tandis que le journaliste continuait à parler, Bob, permettez-moi de vous interrompre une seconde pour vous dire que nous allons présenter de nouvelles images qui viennent d'arriver de Warner Robins, Géorgie, où se trouvait l'ancienne base aérienne de Robins : elles n'ont pas encore été montées. Nous prévenons nos téléspectateurs que certaines séquences peuvent être difficiles à supporter. »

L'avertissement arriva trop tard. Les gros plans de l'image suivante montraient un groupe de brûlés gisant sous la tente de l'unité médicale de l'armée.

« O-h-h », gémit Melissa. Elle secoua la tête et détourna les yeux.

« S'attend-on à voir votée la proposition républicaine ?

– Là encore, c'est difficile à dire. Le Président y est opposé, mais on ne peut pas savoir combien de démocrates resteront fidèles au Président et combien, sous la pression de leurs électeurs, passeront dans le camp adverse en votant pour la proposition des républicains. Bien sûr le Président est le commandant en chef et il lui faudrait encore donner aux militaires l'ordre de vraiment engager le combat. »

Quand du coin de l'œil Melissa constata que la cassette était arrivée à son terme, son regard se tourna de nouveau vers la photo des studios de CNN à Atlanta.

« Pendant que le Président tournait autour du pays, très haut au-dessus de tout cela, dans son 747 luxueusement aménagé, l'agression russe paraît bien avoir galvanisé le peuple américain comme aucun autre événement dans l'histoire récente. On pense tout à la fois à Alamo, à l'explosion du cuirassé *Maine*, au torpillage du *Lusitania* et à Pearl Harbor. D'après le dernier sondage CNN/Gallup, dit-elle, et les chiffres s'affichèrent sur l'écran, 93 % des personnes interrogées sont favorables à une déclaration de guerre contre la Russie, compte tenu d'une marge d'erreur de plus ou moins 5 %. »

Il continuait. Melissa gardait les yeux fixés sur la lumière scintillante de la télévision. Au bout de quelques minutes elle dit doucement : « Rentre, David. Rentre. »

Installations provisoires, Mount Weather, Virginie
13 juin, 17 h GMT (12 h locale)

« Depuis que le Président a déclaré un cessez-le-feu, nous avons eu plus de trois cents incidents signalés », dit le colonel Rutherford, l'aide de camp du général Thomas devant le Conseil national de sécurité. Lambert était assis aux côtés du Président, en haut de table : il était le conseiller civil occupant le rang le plus élevé en l'absence du secrétaire à la Défense, qui se trouvait à Philadelphie où il essayait de mettre de l'ordre dans l'immense bureaucratie qu'est le département de la Défense. « Les contacts directs ont diminué de façon sensible mais les mouvements des forces terrestres et navales russes que nous surveillons montrent que la situation demeure très tendue dans presque toute l'Eurasie. »

Rutherford baignait dans la lumière des cartes : la vieille installation de Mount Weather utilisait des diapositives. Rutherford s'écarta d'un des faisceaux des projecteurs pour révéler une carte d'Europe de l'Est hérissée de petits fanions. La 2e armée de la garde russe était déployée en Biélorussie, la 9e armée dans les pays Baltes après la tentative de coup d'État militaire russe de mars qui avait mis un terme à la longue lutte entre réformateurs et partisans de la ligne dure. Les divisions américaines au cours des trois derniers mois s'étaient déployées en Pologne et en Slovaquie juste de l'autre côté de la mince ligne fictive de la frontière séparant ces pays. Et, ce qui était plus inquiétant, on venait de détecter la 8e armée de la garde russe se déployant en Ukraine. Une grosse flèche menaçante indiquait ce mouvement.

« Ce qui me préoccupe surtout, ce sont les mouvements russes dans ces deux secteurs, poursuivit Rutherford en braquant sa baguette sur l'Europe de l'Est. Voilà quelques heures, la 8e armée de la garde a commencé à se déployer en Ukraine, apparemment avec l'accord des Ukrainiens.

– Ouais », fit le général Fuller. Il avait marmonné ça assez fort pour que Rutherford marquât un temps. « Je suis sûr que les Ukrainiens étaient ravis. »

Une fois dissipés les rires étouffés, Rutherford poursuivit : « La 8e armée de la garde, une des meilleures unités russes, est sous le commandement opérationnel du groupe d'armées indépendant du district militaire de Moscou. Elle comprend actuellement la 22e division blindée et quatre divisions de fusiliers motorisés – outre ses forces classiques. Rien n'indique encore que le commandant du groupe envoie également en Ukraine la 4e division d'artillerie qu'il garde en réserve à l'est de Koursk, en Russie.

– La 22e blindée est une bonne unité, interrompit le général Halcomb, mais les autres divisions motorisées ne sont guère plus à ce stade que des tigres de papier.

On les a dépouillées d'à peu près tout leur équipement utilisable pour la guerre avec la Chine. Nos services de renseignement estiment leur efficacité inférieure à 50 % et, très franchement, je serais surpris si ces troupes étaient toutes en mesure de gagner la frontière slovaque.

– Je croyais vous avoir entendu dire que c'était une des meilleures unités russes ? demanda le Président.

– En effet, monsieur le Président » dit le général Halcomb en le regardant droit dans les yeux.

Après un silence, Rutherford – un des meilleurs pour ce genre d'exposé militaire, Lambert le savait – reprit : « Ces déploiements, combinés avec les quatorze attaques russes air-sol signalées par la 1re division de cavalerie en Pologne, nous ont amenés à donner des ordres au 3e corps blindé de Cracovie de se préparer à intervenir.

– J'ai donné des ordres de désengagement ! » cria le Président dans la pénombre en frappant du poing sur la table.

Le général Thomas se tourna aussitôt vers le Président. « Les instructions données au 3e corps ne sont qu'une précaution, monsieur le Président.

– Monsieur le Président, reprit le chef d'état-major de l'armée, en regardant la carte, vous comprendrez la triste situation dans laquelle se trouvent mes gens. Le commandant du 3e corps est en train de voir une armée russe déferlant vers des unités qu'il garde dans des casernes avec leur armement lourd encore en entrepôt ou sur des voies de garage au fond de l'Allemagne. Il est pratiquement fou de rage, monsieur le Président. Les Russes ont peut-être leurs problèmes, monsieur le Président. Mais si ces forces ne s'arrêtent pas à la frontière, nos hommes, dans moins de quarante-huit heures, devront se trouver en contact avec au moins vingt et peut-être trente ou quarante mille Russes. Si nous envoyons immédiatement des ordres de préparation à l'action, monsieur le président, la 4e division d'infanterie en Slovaquie pourrait mettre sur pied une brigade renforcée de quelques unités diverses – environ six mille hommes. »

Il y eut un long silence : on entendait craquer le fauteuil du Président qui finit par lancer d'un ton furibond : « Très bien ! Dites-lui qu'il peut y aller et se déployer, mais seulement sur des positions *défensives*. »

Après un instant de silence, Rutherford reprit son exposé. « L'autre point délicat se situe dans la mer de Barents. Nous faisons venir de la mer de Norvège un groupe de porte-avions – le groupe 20.3 avec le porte-avions *United States* – pour qu'il soit prêt à pénétrer si nécessaire dans le Bastion de la mer de Kara. Toutefois, des photos prises par satellite signalent une activité dans le port d'Arkhangelsk – non pas dans les hangars à sous-marins que nous avons frappés avec des armes nucléaires, mais dans la partie conventionnelle de la rade – ce qui pourrait présager la mise sur pied d'une force d'assaut amphibie russe. Si cette unité prend la mer, les chefs d'état-major interarmées recommandent unanimement qu'on l'intercepte au nord des côtes de Norvège de façon à prévenir toute éventualité d'un débarquement en Norvège ou en Islande.

– Vous allez me laisser ces navires tranquilles, dit le Président. Les Russes font simplement la même chose que nous : ils roulent des mécaniques. » Le Président était fatigué et, à chaque réunion maintenant, on sentait sa déception d'être dans l'impossibilité de désengager des forces. « Que tout le monde reste calme. Pas de doigt nerveux sur la gâchette. Combien de fois faudra-t-il que je le répète ? Plus nous laissons les choses s'apaiser, plus grandes sont mes chances d'empêcher cette affaire de prendre des proportions démesurées.

– Monsieur le Président, dit Thomas, si nous laissons les Russes débarquer cette force en travers de nos lignes de communications en Europe...

– Vous n'allez rien faire du tout, déclara le Président d'un ton résolu. Vous ne comprenez donc pas ? Vous pensez en termes de " perdre l'Islande ". Moi, j'essaie d'éviter la Troisième Guerre mondiale ! Dites-moi alors sur lequel de ces deux points devrais-je porter davantage mes efforts ? Le Président se tourna vers les chefs d'état-major interarmées : Hein, lequel ? Personne ne répondit. Bien, continuons. Qu'est-ce que vous me disiez, Greg, à propos de l'utilisation possible d'armes biologiques ?

– Monsieur le Président, dit Lambert, selon un rapport de notre base aérienne d'urgence à Guam, un " renifleur " – un appareil qui prend des échantillons d'air – avait décelé des éléments biologiques suspects dans l'atmosphère peu après qu'un missile de croisière lancé par un sous-marin russe eut arrosé de mines leur piste. Je sais que ce serait tout à fait atypique pour un système de largage de mines d'inclure un système secondaire d'armes spéciales, chimiques ou biologiques, mais le rapport disait, fit Lambert en regardant son papier, " agent biologique suspect de nature indéterminée ".

– On comprendrait, monsieur le Président, qu'ils utilisent ces armes dans un endroit comme Guam, dit le général d'aviation Starnes. Cela empêcherait l'infection de se disséminer. De cette façon, on anéantit notre base et la population civile de l'île, mais on ne laisse pas l'épidémie s'étendre sans contrôle sur des continents entiers. »

Le Président prit un air horrifié. « Dites-moi, fit-il en se tournant vers Lambert, est-ce que ces " renifleurs " sont fiables ? – Lambert haussa les épaules. – Vous ne croyez pas à ce rapport, n'est-ce pas, Greg ?

– Non, monsieur le Président, dit Lambert en regardant le général Starnes. Le commandement du Pacifique a actuellement une équipe sur le terrain, à Guam, qui procède à des analyses plus sophistiquées. Mais je pense qu'on n'avait pas fait fonctionner le renifleur depuis longtemps, et qu'on ne l'a pas testé assez souvent ou bien qu'il fonctionne si mal qu'il s'est déclenché dès qu'on l'a branché.

– Voyons, demanda le Président, général Starnes quand l'a-t-on mis en marche ? Est-ce qu'il s'est déclenché comme l'a dit Greg à l'instant où on l'a branché ?

– Je ne sais pas, monsieur le Président, répondit Starnes.

– Pourriez-vous vous renseigner, je vous prie ? » suggéra le Président. Starnes décrocha son téléphone. « Bon, dit le Président. Il se renversa dans son fauteuil et croisa ses doigts sur le sommet de son crâne. Razov et moi avons donné l'ordre à toutes les unités de n'entreprendre aucune action mais nous avons constaté plus de trois cents accrochages au cours... au cours des quarante dernières heures. Je crois que vous avez employé le mot " friction ". Par-dessus le marché, vous croyez que les Russes sont prêts à envahir l'Islande et qu'ils nous ont *déjà* attaqués avec des armes biologiques. Je n'ose même pas vous poser la question : mais qu'y a-t-il ensuite à l'ordre du jour ?

– Les déploiements », dit Thomas. Sa voix et son attitude donnaient à ce mot innocent un sens lourd de menaces. Thomas se redressa et posa ses coudes sur la table, montrant le plan de déploiement que Lambert avait lu et relu plusieurs douzaines de fois. « J'ai parlé avec le secrétaire à la Défense à Philadelphie et avec M. Lambert, dit Thomas en se tournant vers Greg. Après avoir mûrement réfléchi, nous estimons, monsieur le Président, que nous devrions commencer le déploiement général des troupes conformément à nos plans en cas, Dieu me pardonne, en cas de guerre avec la Russie.

– Attendez une minute, dit le Président. J'ai déjà accepté de signer l'ordre de mobilisation présenté par le Congrès. Vous croyez que les Russes vont nous regarder pendant que l'administration du service sélectif appelle tous les garçons de dix-huit et dix-neuf ans et procède à un tirage au sort pour appeler 35 % de jeunes femmes de la même tranche d'âge ? Si nous nous mettons à déployer des troupes conformément au plan préparé pour mener une guerre contre la Russie, ne pensez-vous pas que ce sera agiter un drapeau rouge sous le nez du Kremlin ?

– Eh bien, monsieur le Président, répondit Thomas, si nos estimations les plus optimistes quant aux intentions des Russes sont correctes, alors nous ne faisons rien de plus que réagir de la même façon. Mais s'ils envisageant de se battre... »

Après quelques instants de silence, le Président se pencha en avant et soupira. « Quels sont les plans ? Juste une image générale. Donnez-moi une copie des détails que je lirai plus tard.

– C'est une situation bizarre, monsieur le Président. En effet, nos objectifs sont plus éloignés : donc des lignes de ravitaillement plus longues. Mais, pour la plupart, elles n'ont pas été endommagées par le feu nucléaire et, pour l'essentiel – du moins jusqu'à ce qu'on arrive en Europe de l'Est – suivent un réseau de routes maritimes, de voies terrestres et de voies ferrées développées selon les standards occidentaux. En revanche, les Russes ont toujours eu un réseau de communications déplorable : 92 % de leurs routes sont des chemins de terre. Il n'y a que six routes praticables par tous les temps entre Moscou et l'Europe, et les meilleures n'ont pas 8 mètres de large : 98 % de leur fret se déplace par rail ; aujourd'hui les lignes de chemin de fer sont criblées de trous et coupées par des zones de retombées radioactives. Nous avons actuellement affaire à une organisation militaire russe qui est un ramassis de pièces détachées plutôt qu'un ensemble cohérent. En outre, depuis la chute de l'Union soviétique, ils ont souffert de pillages, de mauvais entretien, de déclin du moral et de la discipline ainsi que de la cannibalisation d'unités pour envoyer du matériel en Extrême-Orient sans parler des énormes pertes qu'ils ont subies dans les deux conflits là-bas. Les Russes ne sont tout simplement pas capables de monter des opérations à une échelle comparable à celle de l'armée soviétique des années 80.

– Ils n'ont jamais été très bons, grommela le général Fuller, commandant des Marines, et tout le monde se tourna vers lui. Leur équipement est merdique. Du temps de la guerre du Golfe, les Irakiens ont eu un petit problème avec leurs chars T-72. Il semble que leurs tourelles sautaient comme des bouchons de champagne sous la simple énergie cinétique d'un coup au but. Ça n'avance pas à grand-chose d'avoir un beau blindage bien épais autour de soi si la tourelle fout le camp.

– Bon, fit le Président. J'approuve les déploiements. – Silence autour de la table. – J'approuve tous les déploiements, reprit le Président. Il se pencha en avant et reprit d'une voix mesurée comme s'il comptait qu'on citerait ses paroles : tous les déploiements nous permettant d'être prêts en cas de poursuite des activités contre la Russie. »

Lambert le savait, les chefs d'état-major n'étaient pas prêts à cette réaction.

« Peut-être, monsieur le Président, commença Lambert d'un ton hésitant, pourriez-vous nous informer des raisons qui vous font si facilement accepter les plans de déploiement de façon que nous puissions tous interpréter plus précisément les ordres à la lumière de l'esprit dans lequel ils ont été conçus. »

Le général des Marines Fuller et le Président – un couple pourtant disparate – éclatèrent de rire tous les deux et Lambert se sentit rougir. « Les vieilles habitudes d'avocat ne se perdent pas facilement, hein, Greg ? dit le Président tandis que Fuller murmurait à l'oreille de l'amiral Dixon une plaisanterie que Lambert n'entendit pas. Non, Greg, je plaisantais. C'est une bonne idée... si je la comprends bien. Livingston sourit, puis il réfléchit une seconde : Ma première raison pour approuver les déploiements, c'est que, si nous perdons vraiment le contrôle de la situation, je tiens à ce que ce pays soit dans la meilleure position possible pour gagner une guerre grâce à mes efforts en tant que commandant en chef. Mais je dois vous dire que mon autre mobile pour approuver ceci, dit-il en tapotant la première des quelque cent pages qui suivaient, c'est de bien faire comprendre à Razov et à ses petits copains de l'état-major russe que, s'ils veulent jouer aux petits soldats avec nous, ils vont se brûler les doigts. »

Le Président balaya du regard la table pour s'assurer que sa réponse avait satisfait tout le monde.

À cet instant le téléphone sonna devant le général Starnes qui décrocha. Il écouta un moment, tandis que tous restaient, comme toujours, tendus à l'idée de ce que cet appel – n'importe quel appel – pouvait annoncer. Starnes dit alors : « Très bien, annulez l'ordre de mobilisation niveau 4 et envoyez un message à tous les commandements annulant notre estimation précédente. Il écouta encore quelques instants, dit : Faites ce que je vous dis ! » et raccrocha. Starnes se tourna vers le Président. « Les capteurs d'air de Guam n'ont été branchés qu'après l'attaque par le missile de croisière et ils ont aussitôt déclenché leurs alarmes. L'équipe de recherche biologique du COMPAC a procédé aux premières analyses et leurs premières constatations montrent qu'il s'agit de pollen transporté par des abeilles. » Un silence. Puis le Président finit par répéter : « Du pollen transporté par des abeilles ! Vous voulez dire des abeilles... Bzzz ?

– Oui, monsieur le Président, déclara Starnes, se rétractant aussi vigoureusement qu'il l'avait fait précédemment pour affirmer son point de vue. C'est du pollen qui a déclenché l'alarme. Il semble que l'air en soit plein. »

Le Président était de méchante humeur, furieux, supposa Lambert, d'une réaction exagérée fondée sur une mauvaise information. « Bien, ce que je veux maintenant savoir, dit le Président en brandissant le résumé, c'est ceci. Ces déploiements nous mettront-ils en position de remplir les obligations que nous imposent nos traités pour défendre l'Europe de l'Est ? Et qu'est-ce que c'est que ce foutu " front extrême-oriental " où l'on expédie tous ces Marines ? Soyez précis, général Thomas. Si les Russes faisant mouvement en Ukraine ne s'arrêtent pas aux frontières polonaise et slovaque et si je vous laisse la bride sur le cou, pouvons-nous les contenir ? »

Thomas hésita. Il se demandait, comprit Lambert, par où commencer. Ce fut alors que Lambert se rendit compte à quel point son patron, élu, comme ses récents prédécesseurs, uniquement pour sa position sur des problèmes intérieurs – était peu préparé aux concepts, qui évoluaient si rapidement, de la pensée stratégique nationale. C'était la faute de Lambert, il en était conscient. Après tout, c'était lui le conseiller du Président à la Sécurité nationale.

« Si nous entrons en guerre, monsieur le Président, dit précipitamment Lambert avant que Thomas puisse réagir, l'essentiel des plans consiste à se battre pour gagner et pour gagner vite. Cela coûterait à la nation des milliards – des *milliards* – de dollars par *jour.*

– Greg, dit le Président, irrité par l'interruption dogmatique de son jeune assistant, vous savez trop de choses. Je pose une question simple et je veux une réponse simple. Quels sont les ultimes objectifs militaires de tous ces plans que j'approuve ?

– Avez-vous jamais entendu parler de la doctrine Lehman, monsieur le Président ? » Le Président secoua la tête. « Le secrétaire à la Marine de Ronald Reagan – John Lehman – était un pilote de bombardier dans la réserve de la marine. Quand il était aux affaires, le département de la Marine a formulé un plan pour porter la guerre depuis le Pacifique jusqu'au cœur de la Sibérie, frappant la Russie là où ses forces étaient les plus faibles pour la punir d'intervenir en Europe de l'Ouest. Ce plan était extrêmement confidentiel et s'appelait la " doctrine Lehman ". »

C'en était trop pour le Président. « Greg, si vous n'en venez pas au fait, je vais me trouver un conseiller à la Sécurité nationale qui sache me donner une réponse directe quand je lui en demande une ! »

Lambert commença sa réponse d'une voix sourde. « Notre plan actuel s'intitule " opération Sabre vengeur " », dit-il. Il sentit les chefs d'état-major fixer maintenant leurs regards sur lui. « Si une guerre éclate avec la Russie, l'objectif en Extrême-Orient, monsieur le Président, serait de couper la ligne du Transsibérien par des attaques aériennes, d'opérer un débarquement de Marines et d'infanterie sur la côte Pacifique de la Russie, d'engager et de neutraliser le commandement russe de l'armée d'Extrême-Orient et de nous emparer de la base de la flotte russe du Pacifique, Vladivostok. Cela compromettrait efficacement le contrôle de toute la Sibérie à l'est d'une ligne allant de la mer de Kara au nord jusqu'à Tomsk et Novossibirsk au sud, soit environ la moitié de la Russie continentale. »

Le Président dévisagea Lambert comme si son jeune assistant avait perdu la tête. Il regarda autour de la table et poussa un soupir tandis qu'un sourire incrédule s'épanouissait sur son visage. Un sourire de courte durée toutefois : il faisait l'inventaire des visages résolus des assistants. « Mon Dieu, mais vous êtes sérieux, n'est-ce pas ? »

Son regard finit par s'arrêter sur Lambert qui conclut son exposé en lançant son bouquet.

« L'objectif des forces déployées en Pologne et en Slovaquie, le " front d'Europe de l'Est " avec leurs trois corps blindés, trois régiments de blindés légers, six divisions blindées et d'infanterie mécanisée et douze des vingt escadres de chasseurs tactiques de l'Air Combat Command, plus les troupes alliées de la Coalition, monsieur le Président – la plus vaste concentration de puissance de feu de toute l'histoire du monde – leur objectif serait de foncer pour traverser la Biélorussie et l'Ukraine, d'engager le combat et de détruire sur le terrain l'armée russe puis de capturer la capitale, Moscou, tout cela avant les premières neiges de l'hiver. »

Gander, Terre-Neuve
14 juin, 10 h GMT (5 h locale)

« Le char est l'arme décisive sur le champ de bataille moderne, lut David Chandler à la lueur de sa torche électrique. Dans une unité blindée, tout soldat doit être imprégné de l'esprit d'offensive. Toutes ses pensées doivent être en accord avec la rapidité et la violence de la guerre de mouvement. Il est formé à opérer au cœur d'un territoire hostile. Il doit considérer la présence de l'ennemi sur son front, sur ses flancs et sur ses arrières comme une condition normale. Il doit acquérir un esprit audacieux qui assurera son succès dans ses engagements avec l'ennemi. »

Le manuel continuait inlassablement. Chandler était dans son élément : il bachotait pour le grand examen. Pour la seconde nuit d'affilée, il était incapable de s'endormir à la belle étoile : un problème qu'il connaissait depuis l'époque des scouts. Il savourait donc l'occasion d'apaiser ses doutes en plongeant dans les arcanes d'une science de la guerre qu'il ne connaissait que vaguement.

Chandler bâilla et se rallongea, tenant le livre devant lui, la torche toujours braquée dessus. Reconnaissance et sécurité. Opérations offensives. Exploitations et poursuite. Opérations défensives. Si épuisé qu'il fût, il se força à continuer sa lecture. *Mieux vaut ne pas penser à la maison, à Melissa.*

La simple évocation de son nom assombrit son humeur : il n'arrivait plus à se concentrer sur le manuel. Il s'extirpa de son sac de couchage. Il avait des démangeaisons partout après trois jours sans bain. Des courbatures après la marche qu'il avait fait effectuer à son unité la veille. Les os endoloris après ses vaines tentatives pour dormir à la dure. Il jeta sur ses épaules son paquetage et son filet de camouflage, empoigna son fusil et son gilet pare-balles et se dirigea vers le terminal.

Il n'avait pas encore eu l'occasion de s'habituer à la charge de son paquetage. Répugnant à être en butte aux railleries des militaires de carrière en faisant une répétition en tenue de combat complète, cette heure d'avant l'aube lui semblait le meilleur moment pour son excursion.

Il contourna avec soin les secteurs occupés par d'autres troupes : non seulement parce qu'il se sentait ridicule, mais parce que les autres avaient pu poster des sentinelles armées. Tout était calme et l'obscurité de la nuit l'enveloppait de l'anonymat qu'il recherchait.

Installations provisoires du Congrès, Virginie-Occidentale
14 juin, 14 h GMT (9 h locale)

Malgré ses vastes dimensions, l'ascenseur conduisant aux salles souterraines du Sénat était bourré. Il y avait le Président, les chefs d'état-major, Lambert, deux employés du Conseil national de sécurité et les agents toujours présents du Secret Service.

Les portes s'ouvrirent devant un vaste groupe de gens rassemblés pour les accueillir, avec opérateurs de télévision et photographes de presse. Le Président entraîna le groupe dans le demi-cercle formé par la foule au milieu des flashes. Les agents du Secret Service s'empressèrent de se porter devant, formant un cordon pour isoler le Président. Lambert examinait la scène : il commençait à repérer des visages dans la foule à la lueur des projecteurs. Les présentateurs de journaux télévisés, les présidents de la Chambre et du Sénat, divers représentants et, au milieu, le vice-président Costanzo.

« Qu'est-ce que ça veut dire ? » demanda le président Livingston.

Un des hommes que Lambert n'avait pas remarqués sortit soudain du groupe. Les faisceaux des projecteurs se braquèrent sur lui. Lambert reconnut aussitôt le commandant de la garde du Congrès. Derrière lui, quatre hommes arborant l'uniforme de la police du Capitole.

« Sur ordre de la Chambre des représentants, cria le commandant en lisant la fiche qu'il tenait au creux de sa main, réunie en ce jour en session spéciale, Gregory Philip Lambert ici présent est convoqué pour témoigner devant la Chambre et toute commission dûment constituée suivant le règlement du Congrès ! Comme il y a tout lieu de s'attendre à ce que ledit témoin s'oppose à cette convocation, il est entendu que le commandant de la garde a reçu l'ordre de s'assurer en cas de résistance de la personne de Gregory Lambert, assistant spécial auprès du Président pour la Sécurité nationale, sous l'inculpation de refus de comparaître ! »

Le commandant abaissa sa fiche et posa les yeux sur

Greg. « C'est lui, dit-il au policier le plus proche. Le grand blond en costume gris à rayures. » Les faisceaux des projecteurs de télévision vinrent baigner Lambert de leurs rayons.

Les policiers se dirigèrent vers Lambert mais les agents du Secret Service serrèrent les rangs, leur barrant le passage. Leur chef se tourna vers le Président.

« Attendez une minute ! » dit le Président. Ce furent vers lui que se tournèrent maintenant les caméras. « M. Lambert est venu ici de son plein gré pour faire un exposé sur la Sécurité nationale devant la Commission des forces armées. C'est un scandale !

– Écartez-vous », dit le commandant de la garde aux hommes du Secret Service. Lambert les vit – épaule contre épaule – reculer légèrement poussés par la police du Capitole. Au second rang, un agent dégaina un Uzi de son baudrier et le braqua vers le plafond, le doigt sur la détente.

Un murmure parcourut la foule et le chef des agents se tourna une nouvelle fois en disant : « Monsieur le Président ! » d'un ton presque suppliant.

Lambert se fraya un chemin, contournant les chefs d'état-major jusqu'au moment où il se trouva dans un espace dégagé. Les lumières de la télévision étaient aveuglantes. La bousculade entre les agents du Secret Service et la police cessa. Le commandant de la garde s'approcha de Lambert. « Voulez-vous me suivre de votre plein gré, monsieur ? »

Lambert acquiesça.

« Une minute ! dit le conseiller juridique de la Maison-Blanche en se frayant un chemin au milieu de la foule. Cet homme n'a pas reçu de citation régulière et nous avons une décision de la Cour suprême déclarant inconstitutionnelle la précédente convocation de la Commission d'enquête sur la guerre nucléaire. Cet acte est à la fois illégal et inconstitutionnel. La Commission d'enquête sur la guerre nucléaire n'a pas été formée dans les règles !

– Ce n'est pas devant cette commission que nous lui demandons de témoigner, dit le président de la Chambre des représentants, émergeant de la foule. Je suis désolé, Walter. M. Lambert est appelé à témoigner devant la Commission judiciaire.

– La Commission judiciaire ? » demanda le Président. La confusion se lisait sur son visage.

Le président de la Chambre hocha la tête. « Une résolution a été présentée, Walter, réclamant votre destitution. Je suis désolé. Je ne peux rien y faire. Voulez-vous venir avec nous, monsieur Lambert. »

Le conseiller juridique de la Maison-Blanche s'approcha de Lambert et lui murmura : « Ne dites pas un mot. Je vous accompagne. Nous allons présenter un recours devant la cour du district. » Lambert, le commandant de la garde et le conseiller à la Maison-Blanche suivirent le président de la Chambre : il jeta un coup d'œil derrière lui pour voir le Président dont le regard scrutait la foule. Suivant ses yeux, il aperçut le vice-président qui tourna les talons pour disparaître dans le flot des membres du Congrès et des employés qui se pressaient dans le vestibule pour assister à la scène.

« M. Lambert ne peut pas répondre à cette question, dit le conseiller à la Maison-Blanche, pour des raisons de sécurité nationale.

– Est-ce que, demanda le président de la Commission judiciaire, le Président a donné pour instruction au secrétaire Moore de contacter les Chinois avant d'évacuer la Maison-Blanche ?

– M. Lambert ne peut pas répondre à cette question, dit le conseiller, pour des raisons de sécurité nationale.

– Y a-t-il quelqu'un d'autre que vous-même, le Président, feu le secrétaire Moore et les standardistes de la Maison-Blanche, également décédées, qui pourrait avoir la moindre information sur la question de savoir si le président Livingston s'est entretenu avec le secrétaire Moore après le début de l'évacuation ?

– M. Lambert ne peut pas répondre à cette question pour des raisons de sécurité nationale. »

Le président de la Commission poussa un profond soupir et se carra dans son fauteuil pour discuter avec les membres du Congrès qui l'entouraient. Ceux-ci s'adressèrent à leur tour à leurs voisins et l'échange se poursuivit tout au long de la table tandis que le président de la Commission s'éclaircissait la voix et déclarait : « Monsieur Lambert, nous n'allons pas vous retenir pour outrages à la cour et vous arrêter. Nous comprenons que vous refusiez de répondre sur l'avis du conseiller juridique et sur les instructions de la Maison-

Blanche. Nous comprenons également que, en cette période dangereuse, votre poste est d'une importance vitale. Nous attendrons que les tribunaux aient tranché sur ce point mais, ne vous y trompez pas, monsieur : vous témoignerez devant le Congrès. Qu'il soit noté que cette séance à huis clos de la Commission judiciaire de la Chambre des représentants est maintenant terminée. Interruption de quinze minutes. Monsieur Lambert, vous êtes libre. »

Lambert entra dans la salle de conférence sans savoir ce qu'il allait y trouver. Au fond, le téléviseur ronronnait à bas volume. Dans la pièce siégeaient les chefs d'état-major, leurs aides de camp et les propres assistants de Lambert. Quand il entra, tous les regards le fixèrent.

« Vous avez craché le morceau ? demanda le général Fuller tandis que Lambert prenait une des places libres à la table entre les généraux et l'amiral. On vous a enfoncé un fer rouge dans le cul, des tiges de bambou sous les ongles, ce genre de truc ? »

Lambert secoua la tête. « Le conseil de la Maison-Blanche dépose un nouveau recours. Ça ira probablement jusqu'à la Cour suprême, et ça prendra peut-être jusqu'à demain. Le président de la Commission judiciaire a dit qu'il attendra la décision des magistrats.

– Connards de juristes », dit Fuller. Puis : « Oh, pardon », se souvenant que Lambert était docteur en droit.

L'attention du groupe revint au téléviseur qui montrait maintenant Lambert qui sortait quelques instants plus tôt de la salle d'audience au milieu d'une foule de reporters et de photographes lançant des questions auxquelles il ne répondait pas.

« ... manifestement bouleversé par la disparition de sa femme dont, selon des sources autorisées, M. Lambert a découvert le corps au cours d'une mission dans Washington contaminée. On ne peut imaginer quel effet cela a pu avoir sur la décision de M. Lambert de ne pas témoigner devant la Commission. » On voyait ensuite le vice-président et son escorte du Secret Service s'éloignant par un des couloirs souterrains. « Nous avons maintenant des images en direct du vice-président Costanzo, qui sort de sa rencontre historique avec le président Livingston. » Un des reporters allait au-devant du vice-président, un micro à la main. « Monsieur le Vice-Président, de quoi discutiez-vous avec le président Livingston ? »

L'image fut secouée sur l'écran tandis que toute l'équipe de télévision suivait le vice-président. Un agent du Secret Service écarta les reporters. « Nous avons examiné certains problèmes politiques dont je ne suis pas en mesure de vous parler. » Le journaliste n'arrivait pas à suivre le vice-président, mais la caméra ne le lâchait pas. « Où allez-vous maintenant, monsieur le Vice-Président ?

– À une réunion du Conseil national de sécurité », dit le vice-président par-dessus son épaule en s'engouffrant dans le couloir devant la salle de conférence où se trouvaient Lambert et les autres. Un cordon de la police du Capitole empêcha la presse d'entrer.

« Merde, dit le général Fuller, pourquoi est-ce qu'on n'invite pas la presse à entrer ? Ou, mieux encore, pourquoi ne pas tout simplement faxer nos plans à Razov ?

– À ce qu'on me dit, poursuivit le reporter, le Président va quitter les installations provisoires du Congrès, sans doute pour regagner sa casemate ultrasecrète de Mount Weather, à une douzaine de kilomètres de Berryville, Virginie.

– Bonté divine ! dit Fuller. Est-ce que je peux aller abattre ce connard pour trahison ? » Des rires fusèrent autour de la table, mais Lambert sentait la dépression l'envahir : les propos du journaliste sur la mort de Jane avaient rompu la digue qu'il avait dressée dans son esprit. Il avait le sentiment de nager dans la dépression, dans une eau tiède et accueillante.

La porte s'ouvrit toute grande et le vice-président fit irruption. « Messieurs », dit-il comme tout le monde se levait. Il se dirigea d'un pas vif vers le haut de la table et s'assit en posant son porte-documents devant lui. Il en sortit plusieurs rapports et un bloc, puis dit : « Éteignez-moi ça », en désignant de la tête le téléviseur. « Maintenant, fit-il en refermant sa serviette et en la reposant sur le sol, je veux que vous me disiez où se situent les points faibles des Russes et ce dont nous disposons pour leur faire vraiment mal. »

Lambert savait ce que disait le texte de l'exposé et les militaires échangèrent des regards embarrassés. Ce fut

Lambert qui prit la parole. « Monsieur le Vice-Président, les ordres du Président sont d'amorcer le déploiement de nos principales formations de combat en même temps que d'éviter tout contact avec les Russes. La plupart des efforts de ceux qui se trouvent ici, l'essentiel de ce qu'ils sont prêts à dire aujourd'hui tourne autour de ces deux directives. »

Le vice-président acquiesça de la tête. Puis il se leva et se mit à marcher de long en large devant son fauteuil. « Je viens de rencontrer le Président. Nous sommes dans une impasse politique. Ce pays semble à l'heure actuelle se diriger vers la plus grave crise constitutionnelle depuis la guerre de Sécession. » En parlant, le vice-président ne regardait pas son public, trop occupé qu'il était à construire sa harangue, à échafauder ses arguments : il regardait ses mains crispées devant lui. « Les dirigeants des deux Chambres, appartenant aussi bien à la minorité qu'à la majorité, m'ont informé que le Congrès votera et approuvera une résolution déclarant la guerre à la République de Russie dans les vingt-quatre heures. »

Lambert avait presque l'impression que son cœur battant à tout rompre était à l'étroit dans sa poitrine. Il dut se forcer à respirer tout en regardant les chefs d'état-major, dont chacun exprimait un degré divers de consternation. « Le Président a annoncé qu'il comptait faire usage de ses pouvoirs de commandant en chef pour refuser de poursuivre cette guerre.

– Bien, dit Costanzo, se remettant à faire les cent pas. Je comprends votre extrême répugnance à discuter de problèmes politiques et de problèmes constitutionnels de cette ampleur. Mais j'ai le regret de vous dire qu'il s'agit d'un cas où vous ne pouvez pas vous récuser. C'est une crise nationale qui est en train de se produire, c'est à vous et à vous tous de contribuer à la résoudre. Selon la façon dont cette situation évoluera, dans les quelques jours ou semaines à venir, nous serons ou non en guerre avec la Russie. Si nous *sommes* en guerre, je n'ai pas besoin de vous dire, messieurs, quels efforts il faudra faire pour obtenir la victoire sur le champ de bataille. Si nous *sommes* en guerre, messieurs, vous aurez beaucoup à faire et je recommande qu'à partir de cet instant vous vous prépariez par tous les moyens nécessaires, vous-mêmes et vos états-majors, à la poursuite de ce conflit. »

Le vice-président était maintenant debout, les mains sur le dossier de son fauteuil, qui formait une sorte d'estrade pour le discours qui allait venir. « L'un de vous a-t-il vu le sondage Harris effectué par téléphone hier ? 94 % – *94 %* – de la population américaine est favorable à une continuation des hostilités contre les Russes jusqu'à ce qu'ait été supprimée la menace de leurs armes nucléaires. *94 %* ! »

Lambert avait envie de l'interrompre pour demander : « Supprimée comment ? » mais il garda le silence.

« Il y a dans tout le pays des manifestations pour exiger qu'on prenne des mesures. Des fax et des télégrammes arrivent dans des proportions de douze cents contre un en faveur de la guerre. En tant que représentant élu du peuple, messieurs, le Congrès va déclarer la guerre. En tant que vice-président des États-Unis – moi aussi élu directement par le peuple – je m'en vais soutenir cette déclaration.

– Nous n'avons pas d'autre choix, interrompit le général Thomas, d'une voix vibrante d'angoisse, absolument pas d'autre choix, poursuivit-il en regardant les autres chefs d'état-major, que de suivre les ordres légitimes du commandant en chef. »

Le vice-président leva un doigt, en haussant les sourcils. « Les ordres légitimes. *Légitimes...*

– On ne peut pas nous demander de nous lancer dans ce coupage de cheveu en quatre juridique ! déclara Thomas. Cet éclat de colère était inhabituel chez un personnage normalement aussi calme que le général. Je suis profondément troublé, monsieur le Vice-Président, par l'aspect même que pourrait prendre cette réunion, si la substance de notre discussion devenait publique. Cet aspect, monsieur le Vice-Président, me paraît dangereusement proche de ce que l'on pourrait concevoir comme des discussions à propos d'un coup d'État extra-constitutionnel : si cet entretien continue plus longtemps dans cette direction, j'ai bien peur de me trouver dans l'obligation de prendre congé et d'informer aussitôt le Président de ce qui s'est passé. »

Le vice-président était affalé sur le dossier, ses bras ballant devant lui. « Il me semble, hélas, général Thomas, que vous avez raison de décrirer la situation comme un coup d'État. » Lambert sentit un frisson lui parcourir le dos et ses assistants échangèrent des regards abasourdis tandis que les yeux des chefs d'état-major se tournaient vers le vice-président. « Mais il ne sera pas *extra*-constitutionnel. Tout se passera pour ainsi dire d'après le manuel. La décision sera " constitutionnelle ". Le Congrès, bien sûr, déposera un recours devant la Cour suprême pour obtenir un décret exigeant que le Président poursuive la guerre. Mais personne n'imagine que cette voie aboutisse nulle part.

– Votre intention est donc de destituer le président Livingston, demanda Lambert, et puis de mettre à exécution la déclaration de guerre du Congrès ? »

Tout le monde regardait le vice-président.

« En un mot, dit-il simplement, oui. »

8.

Le Kremlin, Moscou
16 juin, 7 h 50 GMT (9 h 50 locale)

Les généraux rassemblés écoutaient poliment le ronronnement de l'exposé.

« Une semaine pour la formation de base et la mise en condition physique », lisait le général Abramov. C'était l'ancien commandant de la 24e armée des gardes d'Extrême-Orient, rentré à regret en Europe pour prendre le commandement des nouvelles forces provisoires. Il était surtout un précieux appoint aux partisans du général Razov à la STAVKA. Abramov continua à expliquer le programme d'entraînement de la milice des citoyens, les « provisoires » : « Maniement d'armes, reconnaissance des grades, hygiène... »

Un jeune capitaine entra dans la salle et se dirigea vers Razov qui écoutait avec consternation le programme d'instruction des provisoires. *Ils pourront bâtir des baraquements, ils serviront au moins à ça*, songea-t-il. Le capitaine se pencha pour murmurer à l'oreille de Razov : « Mon général, ils sont prêts à voter.

– Seconde semaine : mouvements de petites unités, signaux à bras...

– Général Abramov, dit Razov, excusez-moi, mais le Congrès américain s'apprête à voter. »

Son aide de camp alluma le téléviseur posé tout au bout de la table. À l'autre bout du monde, le plus récent épisode du feuilleton politique américain se déroulait dans les sous-sols de la casemate du Congrès, et le monde entier – comme toujours – regardait.

De toute évidence, le vote avait déjà commencé. Un des plus vieux généraux, qui ne parlait pas anglais, demanda ce qu'on disait. Razov expliqua, à l'intention de tous, que les parlementaires votaient à haute voix et que *Aye* avait la même signification que « Oui. »

« Cole ? » appela un homme et on entendit au loin un « Aye ». « Cole vote oui. Collins ?

– Oui.

– Collins vote oui. Cooper ? »

D'après CNN, on était à cent trente-huit « pour » et neuf « contre ».

« *Chto znachit* " Pour " ? demanda le vieux général.

– " Pour " *znachit golos* " Aye " *ili* " Oui. " " Contre " *znachit* " Non " – *protiv*, expliqua Razov.

– *Bozhe moi*, dit le vieil homme en riant. Tant de façons différentes de dire oui ou non ? »

Il y eut quelques rires et puis on regarda le spectacle en silence. Le vieux général était content du programme : il se tourna pour donner un coup de coude moqueur à Razov. « Et c'est ce système-là que tu voulais copier, Youri ? »

Razov eut un sourire poli. L'homme était son vieux mentor, le seul qui lui parlait familièrement parmi les officiers rassemblés.

Le visage du vieil homme se rembrunit quand apparurent sur l'écran des scènes filmées dans plusieurs villes des États-Unis plus tôt dans la journée. Tout en gardant le son du vote dont les chiffres s'inscrivaient au bas de l'écran, CNN montrait les énormes foules qui s'étaient réunies dans une ville après l'autre.

Autour de la table de conférence, le silence s'épaississait avec le flux des images. Des foules en colère qui levaient le poing. À Denver, on pendait à une potence un mannequin coiffé d'un képi avec autour du cou un écriteau « Russie » et on y mettait le feu. Une vue d'hélicoptère montrait un cortège par rangs de quatre ou cinq de jeunes gens et de jeunes femmes à Los Angeles entourant un grand bâtiment municipal sur lequel on pouvait lire « CENTRE DE RECRUTEMENT DE L'ARMÉE AMÉRICAINE ». Le résultat du vote devenait évident. Nombre de généraux détournèrent les yeux, manifestement embarrassés par ces scènes. Les conversations prirent un tour pratique.

« Alors, qu'est-ce qui va se passer maintenant ? demanda le général d'aviation Michine.

– Je n'en sais rien, dit Razov en secouant la tête. C'est plus déconcertant que s'ils gardaient le secret sur tout.

– C'est ridicule, dit un autre général en désignant le téléviseur. D'abord nous sommes en guerre par erreur. Ensuite, nous ne sommes pas en guerre mais on continue à nous attaquer. Et puis nous sommes en guerre, mais sans qu'on nous attaque. Après cela de nouveau nous ne sommes plus en guerre, mais ils déploient leurs troupes comme si nous l'étions. Et maintenant, ceci !

– Il faut commencer à prendre des mesures plus actives pour nous défendre, dit l'amiral Verkhovensky.

– Je suis d'accord, déclara le nouveau commandant de la direction stratégique d'Ukraine. Malgré tout ce qu'ils racontent, la réalité est militairement simple. Ils ont un corps d'armée comprenant deux divisions sur nos frontières occidentales. Un autre corps descend par la route d'Allemagne de l'Est et atteint l'ouest de la Pologne et la République tchèque. Nous sommes déjà entrés en contact avec eux tout au long du front. Une batterie de leurs lance-roquettes a tiré plus de cinquante engins chargés de shrapnels sur un de mes bataillons de chars qui avançait en convoi. La destruction a été presque totale : il reste trois véhicules opérationnels sur plus de cent.

– Ils ont vu un bataillon se dirigeant vers leurs lignes à moins de quatre kilomètres de la frontière », dit Razov. Il était trop fatigué pour défendre énergiquement une position qui n'était plus tout à fait la sienne.

« De notre côté de la frontière !

– En Biélorussie, dit Abramov d'un ton calme, pas en Russie.

– Le fait est, reprit l'amiral Verkhovensky, qu'ils se préparent à la guerre. Dans quelques semaines, ils auront trois corps d'armée en Europe et un corps expéditionnaire de Marines dans la mer du Japon.

– À destination de la Corée, précisa Razov. J'ai la promesse formelle du général Park qu'il continuera son attaque au Sud.

– Devant la menace nucléaire des Américains ? s'exclama Verkhovensky. Nos forces en Extrême-Orient ont déjà du mal à simplement contenir les

Chinois ! Que pourrions-nous bien leur demander de faire si... ? » Il ne termina pas sa question.

« Vous ne pensez pas sincèrement que les Américains vont utiliser des armes nucléaires en Corée ? demanda Michine d'un ton faussement indigné.

– Je crois, renchérit Karyakine avec un sourire, que nous devons nous préparer à ce qui me semble être l'inévitable.

– Mais nous nous préparons, dit Razov. Nous mobilisons les provisoires du général Abramov. »

Avec tout le tact dont il était capable, le commandant du front stratégique d'Ukraine dit : « Avec tout le respect dû au général Abramov, je crois que tous ici nous connaissons les risques si nous en venons aux mains avec les Américains. Si nous les laissons monter une de leurs formidables opérations, une de ces extravagances reposant sur une masse de matériel et orchestrée de bout en bout, qui est la seule chose qu'ils aient été capables de réussir dans l'histoire militaire de leur pays – alors nous pourrions aussi bien nous attendre à une nouvelle opération " Barbarossa ".

– Qu'est-ce que vous proposez ? demanda Razov. Utiliser les sous-marins du Bastion ?

– Non ! répliqua le général. Mais nous ne pouvons pas nous permettre d'être stupidement surpris ! Nous devons commencer à user leurs forces avant qu'ils les regroupent. Nous devons commencer à utiliser les nôtres avant qu'elles se dégradent. Tout le monde ici connaît l'équation ! Avec chaque semaine qui passe, leurs forces sur le continent deviennent plus importantes. Mais avec chaque semaine qui passe les nôtres s'affaiblissent car nous n'avons pas réussi à rétablir des lignes de communications avec les troupes sur le terrain. Leurs réserves et leur degré de préparation s'en trouvent déjà affectés.

– Les Américains sont-ils capables de ravitailler leurs forces avec des lignes de communications qui ne cessent de s'allonger ? demanda le vieux général chargé du génie.

– Nous ne sommes pas en 1812, dit le général d'aviation Michine. Ni même en 1941. Napoléon comme Hitler dépendaient essentiellement du même moyen de transport : les chevaux ! Bonté divine ! Comment pouvons-nous croire que nous allons battre les Américains en comptant sur les défaillances de leur *logistique* ! C'est un art martial dont ils sont pratiquement les inventeurs ! »

« Quel vote écrasant, dit le présentateur à la télévision. On pourrait dire, me semble-t-il, qu'aujourd'hui le peuple américain a parlé. Quatre cent soixante et un pour, vingt-huit contre. Une vraie journée historique, n'est-ce pas ? »

Le commentateur – un ancien sénateur – secoua la tête et dit : « Quelle dramatique façon de terminer ce qui est sûrement la plus grande journée de l'histoire du Congrès. Je suis... je suis abasourdi par la rapidité avec laquelle le Congrès a réagi.

– Oh, dit un analyste politique de Washington, il a manifestement été galvanisé par les sondages. Plus de 97 % des Américains estiment aujourd'hui qu'on aurait dû arracher aux Russes des concessions majeures avant que le président Livingston ne proclame un cessez-le-feu. Plus de 80 % estiment que les Russes ont fait montre d'un tel degré d'irresponsabilité que nous devrions exiger pour *toujours* leur désarmement nucléaire complet.

– Eh bien, quoi qu'il en soit, poursuivit le présentateur ; le doute subsiste sur les conséquences de la séance historique d'aujourd'hui. Résumons les faits : cet après-midi, à 4 h 45, heure de Washington, le Congrès siégeant en session spéciale a déclaré la guerre à la République de Russie. La première déclaration de guerre de ce pays depuis le 9 décembre 1941. Le Président a aussitôt réagi : il a déclaré, au cours d'une allocution télévisée depuis Mount Weather que, en tant que commandant en chef, il ne poursuivrait pas cette guerre. Selon une source bien informée de CNN, il aurait eu une conversation téléphonique avec le Kremlin et il aurait donné la même assurance aux Russes.

« Aujourd'hui, quelques minutes avant 3 heures du matin ce 16 juin – un peu plus de cinq jours après que les premières ogives nucléaires russes ont commencé à pleuvoir sur notre pays – voici que survient la première destitution du président des États-Unis par la Chambre des représentants depuis celle en 1868 du président Andrew Johnson. C'est au Sénat maintenant de décider si le Président va être jugé et, s'il est condamné, écarté de ses fonctions. »

Installations provisoires, Mount Weather, Virginie
16 juin, 22 h GMT (17 h locale)

Même à travers l'épaisse porte de la grande salle de conférence, dans le calme des installations souterraines, Lambert pouvait entendre le bruit étouffé des explosions et le crépitement des armes automatiques. Il ouvrit la porte : ses yeux mirent un moment à s'adapter à l'obscurité tandis qu'il se glissait dans la salle.

Sur les écrans qui couvraient les murs, des scènes de combat identiques. Lambert passa derrière les sièges alignés le long de la table, cherchant une place libre : il avait été retardé par la conférence de crise qu'il avait convoquée devant les déploiements de troupes russes en direction de la côte Pacifique. Il n'y avait pas de fauteuil inoccupé autour de la table, mais une femme assise le long du mur et que Lambert reconnut vaguement comme appartenant à la mission américaine aux Nations unies à New York se leva d'un bond. « Prenez cette chaise, monsieur », murmura-t-elle. Lambert s'assit derrière le directeur de la CIA. La femme alla rejoindre les gens debout à l'extrémité de la table de conférence, derrière le secrétaire d'État intérimaire.

Lambert s'installa pour regarder les images saccadées des scènes de combat. Les trois lettres « ITN » – International Television News – étaient inscrites dans le coin droit en bas des quatre écrans de rétroprojection qu'on venait d'installer dans la salle : des chiffres incrustés au bas de l'image précisaient que tout cela avait été filmé environ deux heures auparavant. La vidéo, transmise par satellite, supposa Lambert, avait dû être interceptée, montée précipitamment par la chaîne et n'apportait pas beaucoup d'informations – on voyait surtout des trajectoires de balles traçantes au-dessus des sombres collines de Corée, avec de temps en temps un bref jaillissement de lumière.

Vint ensuite un ensemble de barres colorées : on n'entendait plus dans les haut-parleurs qu'un silence de mort. La mire fut vite remplacée par une vue aérienne en plein jour. L'horizon au-dessus du paysage était brumeux : le ciel passait rapidement du violet au noir et l'on ne distinguait plus les détails du terrain. Des incrustations occupaient les côtés de l'écran et les chiffres s'inscrivaient dans les marges. Les chiffres blancs d'un chronomètre se superposaient à l'image dans le coin inférieur droit : des centièmes de seconde défilaient.

« Ça vient d'un TR-1 juste au large de la côte de Corée du Nord, annonça le général Starnes. À peu près au centre de l'image, ce devrait être la capitale, Pyongyang.

– On a du mal à repérer quoi que ce soit sur cette image », dit le Président. Lambert voyait le chronométrage dépasser « 1:00:00 » et commencer à descendre. *Une minute*, songea-t-il. *Juste à temps.*

« Oh, monsieur le Président, vous allez voir, dit Starnes.

– Greg, appela le Président dans la pénombre, vous êtes ici ?

– Oui, monsieur le Président !

– Sommes-nous prêts à envoyer le câble leur donnant un ultimatum ?

– Oui, monsieur le Président. Le texte est prêt et sera remis à la délégation nord-coréenne à l'ONU dès que nous aurons confirmation du succès de la mission.

– Qu'avons-nous choisi comme seconde cible si les Nord-Coréens n'acceptent pas le cessez-le-feu et le retrait ? demanda le chef de la NSA.

– La rade de Won San, répondit le général Thomas.

– Fichtre. Il va y avoir des victimes civiles.

– Ce sont les Sud-Coréens qui ont insisté, répondit le Président. Hier soir, semble-t-il, les troupes nord-coréennes se sont déchaînées à Tongduchon, juste au-dessous de la zone démilitarisée. Ça a commencé comme un simple pillage – des magnétoscopes, des vêtements, de l'équipement occidental – mais les choses se sont aggravées et ils se sont mis à violer et à massacrer la population. Les rapports parlent de dizaines de milliers de civils tués. Les Nord-Coréens fusillent aujourd'hui leurs propres hommes pour tenter de restaurer l'ordre... »

Le Président restait silencieux. Sans bruit le chronomètre était passé à moins de quarante secondes : tous les regards étaient fixés sur l'écran.

« Quel type d'arme utilisons-nous ? demanda le directeur de la CIA.

– Un SRAM, tiré d'un B-1B, répondit Starnes. Trois cent dix-sept kilotonnes.

– Mais vous êtes certain que personne ne sera blessé ? interrogea le Président.

– Seulement ceux qui regarderont la boule de feu, monsieur le Président. Sinon, ça devrait tout juste les bronzer un peu. »

Vingt secondes. Le ciel était si paisible, songea Lambert frappé à son tour par la clarté de l'image. « À quelle altitude est votre TR-1, Bill ? » demanda le général Thomas.

Starnes regarda les petits chiffres incrustés au bord de l'écran et dit : « 22 200 mètres. »

Le ciel au-dessus était d'un noir d'encre. Encore dix secondes, lut Lambert. Neuf, huit, sept, six, cinq, quatre, trois, deux, un. Un point de lumière blanche traversa la zone violette qui séparait la terre de l'espace. Le point s'étendit rapidement pour former bientôt une parfaite sphère ronde qui ne cessait de gonfler, haut dans le ciel juste au-dessus de la capitale nord-coréenne. Même si l'extension s'était ralentie, le globe lumineux grossissait toujours à une vitesse inimaginable, ouvrant une brèche dans la couche de nuages au-dessus desquels il avait éclaté.

Une secousse agita la caméra. L'opérateur dans le cockpit de l'appareil de reconnaissance faisait un zoom : le globe maintenant emplissait l'écran et l'on distinguait les premières nuances de jaune à la périphérie de sa surface d'un blanc éblouissant. Ils virent tous le jaune devenir plus foncé, avec les premiers signes de tourbillons comme ceux que l'on observe dans les violentes explosions à la surface du soleil. Le globe disparut soudain, et la caméra vacilla : filmant d'abord l'espace noir puis la terre sombre avec une minuscule ligne côtière blanche qui la séparait de la mer bleue. Le tremblement de la caméra se poursuivit encore un moment et puis l'objectif fixa de nouveau la sphère de feu qui commençait à se dissiper.

« L'onde de choc », dit le général Starnes en guise d'explication. Lambert comprit que c'était l'avion, et non la caméra solidement fixée à l'intérieur du poste de pilotage, qui avait vacillé ainsi, le souffle de l'explosion le faisant trembler de toute sa membrure.

« Est-ce qu'on peut avoir le son ? demanda le Président.

– Oh, oui, monsieur le Président : celui du pilote »,

répondit Starnes. Il fit un signe de tête au technicien installé dans le coin de la salle.

Un instant plus tard jaillit dans la pièce le gémissement déformé par l'électronique d'une voix de femme extrêmement agitée qui disait : « Une sacrée descente, Sierra Fox-trot ! Bonté divine ! Plus de 600 mètres !

– Ne vous inquiétez pas, Indigo Six, fit une autre voix de femme bien plus distincte. Vous êtes toute seule là-haut. Vous ne risquez pas de rencontrer quoi que ce soit.

– La boule de feu semble se disloquer maintenant, observa le pilote.

– J'ai filmé en vidéo, cinq sur cinq, répondit le navigateur. Prêt pour le tango ?

– Absolument, répondit la femme qui était aux commandes, d'un ton beaucoup plus calme maintenant. Je vais braquer la caméra manuelle sur midi. »

Une secousse et la caméra montra de brefs aperçus de l'intérieur du cockpit, puis la tête casquée de la femme pilote, qui occupait la moitié de l'écran avec les verres noirs de son masque à oxygène. Après une dernière secousse de la caméra puis des manœuvres effectuées par des mains gantées qui manifestement serraient des écrous, la femme pilote se redressa sur son siège. La caméra montrait maintenant le haut du tableau de bord, l'objectif braqué droit sur le pare-brise.

« L'image est bonne ? demanda le pilote.

– C'est la fête à Kodak, répondit le navigateur. Tu peux y aller.

– Virage à 90 degrés », annonça le pilote et l'appareil vira sur l'aile. L'image dans la salle était d'une netteté si stupéfiante que Lambert se sentit empoigner les bras de son fauteuil quand l'horizon se mit en oblique en travers du pare-brise du TR-1. Quand l'appareil se redressa, la boule de feu, qui commençait à s'effilocher, mais qui restait énorme, emplit le pare-brise.

« Je fonce dessus, vitesse 560 nœuds, et je prends de l'altitude. » Le hurlement des moteurs était beaucoup plus fort. On l'entendait distinctement en fond sonore.

« Qu'est-ce qu'elle fiche ? demanda le Président d'un ton soucieux.

– Prélèvement d'échantillons d'air et image du point d'impact, répondit Starnes d'un ton détaché.

– On dirait qu'elle va droit dessus », dit le Président.

La perspective d'approcher le brasier l'inquiétait, tout comme Lambert avait lui aussi l'impression d'être entraîné vers la sphère.

« Eh bien, monsieur le Président, c'est précisément ce qu'elle est en train de faire, répondit le général d'aviation. Elle va passer en plein dedans.

– Vous plaisantez ! s'exclama le Président, tandis que Lambert regardait les flammes dont l'éclat diminuait. Écoutez, arrêtons ça. Appelez cette femme tout de suite !

– Monsieur le Président, répondit Starnes, tandis que la porte s'entrouvrait et que l'éclairage du couloir illuminait brièvement la salle, tout cela est chronométré. Le temps qu'elle y arrive, ça ira. Elle risque plus des SAM que de cette boule de feu. D'ailleurs nous avons en dessous d'elle un contrôle de défense aérienne : deux escadrilles de Wild Weasels, une sur chaque côté, prêtes à arroser les Nord-Coréens s'ils essaient de l'amocher pendant qu'elle traverse la péninsule.

– Et les radiations ?

– Elle va passer si vite que ça ne sera pas plus grave qu'une radiographie. Nous n'avons jamais eu d'occasion comme celle-ci avec l'explosion de nos propres engins nucléaires depuis que nous avons cessé les expériences au-dessus du sol, voilà quarante ans. »

Le Président avait les yeux fixés sur le terrifiant spectacle du globe de feu. Bouche bée, il tenait à la main le message que lui avait remis le lieutenant de Marines planté derrière lui. La vue de cet homme pénétrant dans le petit cocon d'images et de sons rompit l'attirance presque hypnotique dans laquelle était plongé Lambert et il dit : « Monsieur le Président, voulez-vous que j'envoie maintenant le câble aux Nord-Coréens ? »

Le Président lisait le message dans le pinceau lumineux de la petite torche du lieutenant. « Non, dit-il, rompant le silence et tandis que toutes les têtes se tournaient vers lui. L'ambassadeur de Corée du Nord aux Nations unies a contacté notre délégation et demande un cessez-le-feu. Les termes n'en n'ont pas encore été discutés mais je pense qu'on peut obtenir tout ce que nous voulons.

– Ça a été rapide, fit en riant le chef de la NSA.

– C'est la beauté de la science moderne », gloussa le général Fuller des Marines. Tous les regards revenaient à l'image sur l'écran. Les premiers lambeaux de fumée filaient devant le pilote de l'autre côté du pare-brise de l'appareil et la salle était plongée dans l'obscurité – au cœur de l'enfer – puis on se retrouvrait tout aussi brusquement dans le plein jour derrière. Une belle journée d'été emplissait maintenant le pare-brise. On distinguait à peine au loin le bleu profond de la mer.

« Sierra Fox-trot, ici Indigo Six, dit la femme pilote. Son ton était plus calme que celui de Lambert s'il avait dû parler. Terminé. Je suis ressortie.

– Félicitations, Indigo Six. Vous avez dans la boîte votre première explosion. Je vais demander aux gars de Yokota de vous attendre avec un pistolet de peinture pour qu'on peigne ça sur la carlingue.

– Faites-moi simplement rentrer, Sierra Fox-trot. Faites-moi rentrer.

– Roger, Indigo Six. Venez au un zéro sept. Gardez le cap actuel et la même altitude. Terminé. »

Intersection de l'autoroute I-10 et de la nationale 91, San Bernardino, Californie
17 juin, 17 h GMT (9 h locale)

« Ici ABC Infos », entendit Melissa sur la radio de la voiture. Elle fonçait sur l'autoroute et, d'un geste machinal, elle tendit la main pour augmenter le volume. « Voici un communiqué officiel. La Corée du Nord a annoncé aujourd'hui qu'elle allait se retirer sur ses anciennes positions le long du 38e parallèle et cesser aussitôt les hostilités. La décision a été prise à la suite de l'explosion hier d'un missile à ogive nucléaire lâché par les bombardiers de l'Air Force américaine à très haute altitude au-dessus de Pyongyang, capitale de la Corée du Nord. On ne sait encore rien des autres conditions de l'accord mais de source officielle on a confirmé à ABC News que les États-Unis insisteraient sur un démantèlement des installations d'armes nucléaires nord-coréennes et sur un contrôle aussi bien de l'ampleur que du déploiement des forces conventionnelles de la Corée du Nord. Toutefois, la réunification du Nord et du Sud, précédemment prévue pour l'automne, semble être en suspens. »

Melissa freina : les stops des voitures devant elle signalaient un nouveau bouchon. « En politique intérieure, un porte-parole des services fiscaux à Philadelphie vient de confirmer la création par l'administration Livingston d'une taxe nationale de 15 % sur les ventes en vertu des lois fédérales d'urgence. Ce nouvel impôt, qui prendra effet le 1er juillet, servira tout d'abord à financer les crédits à court terme de 80 milliards de dollars prévus la semaine prochaine pour couvrir aussi bien les premiers frais d'aide fédérale d'urgence que le gonflement des dépenses militaires puisque le département de la Défense a commencé des achats massifs de carburant et d'autres matériels allant des brodequins aux cartouches. »

Melissa colla sa voiture au pare-chocs d'un camion dans la file devant elle et avança très doucement vers l'embouteillage qu'elle apercevait.

Elle ouvrit sa vitre et constata qu'il y avait un barrage un peu plus loin : elle voyait les lumières des voitures de police clignoter à l'embranchement de la 10 et d'une autre route. « D'autres nouvelles. " Nous ne sommes pas en guerre. " C'est ce qu'affirme le Président depuis sa casemate souterraine de Virginie. Les Russes, pourtant, ne semblent pas de cet avis. Les informations en provenance du département de la Défense confirment à ABC News qu'une importante force de débarquement de Marines russes a eu un accrochage hier avec la marine norvégienne. Elle est passée à quelques milles de navires de la marine américaine faisant route en direction opposée vers la mer de Barents, juste à la périphérie du sinistre Bastion des sous-marins russes armés de missiles balistiques immergés dans la mer de Kara. À en croire des informateurs du département de la Défense qui ont souhaité garder l'anonymat, les navires américains avaient l'ordre formel d'éviter tout contact avec les Russes. Il n'en allait pas de même pour la marine norvégienne : les unités de celle-ci ont échangé des tirs d'artillerie avec les navires russes protégeant la flottille d'engins amphibies de débarquement. Il s'agissait dans les deux cas d'échanges de missiles qui ont coulé deux navires norvégiens, trois navires russes et mis le feu à un quatrième. »

La voiture avançait au ralenti et Matthew commençait à s'agiter sur son siège. *Il commence à avoir faim*, se dit Melissa. *Il faut que je trouve quelque part de quoi lui préparer un autre biberon.* « Cependant, on signale d'autres accrochages sur le terrain en Europe de l'Est : en Slovaquie, les forces russes se mettent en position le long de la frontière ukrainienne, face aux troupes de combat américaines. Voici maintenant Allison Tinsley, qui est sur place.

« " Aux premières heures du petit matin, dit une voix de femme au téléphone, une patrouille américaine composée de cinq véhicules de reconnaissance blindés M-3 Bradley appartenant à la 4e division d'infanterie a repéré une patrouille d'une douzaine d'engins blindés russes traversant à gué un petit ruisseau à 5 kilomètres environ à l'intérieur du territoire slovaque. Le général de brigade Simmons a déclaré au cours d'une conférence de presse que selon lui les forces russes constituaient une menace pour les troupes tchèques récemment déployées dans la Slovaquie voisine. Il a donc ordonné aux véhicules de reconnaissance américains d'ouvrir le feu. Au cours d'un engagement bref mais violent, un M-3 américain et sept engins blindés russes ont été détruits. Du côté américain, on déplore trois morts et deux blessés... " »

Le journaliste poursuivit en évoquant les préparatifs du procès en destitution qui devait s'ouvrir au Sénat. Melissa approchait du barrage. Des hommes de la police de la route équipés de masques à gaz s'arrêtaient pour s'adresser aux conducteurs avant de les laisser passer. Les voitures de police avec leurs clignotants allumés et des feux orange brillants barraient les bretelles d'accès de la nationale 91 vers le sud qui, comme le rappelaient les panneaux, menaient à Riverside. *Vers David*, songea-t-elle un instant avant de chasser cette idée impossible.

Un coup violent sur sa vitre la fit sursauter : elle regarda les yeux de reptile d'un masque à gaz noir. Le policier lui fit signe d'ouvrir sa vitre et elle l'abaissa.

« Dans quelle direction allez-vous ? demanda-t-il, d'une voix étouffée et déformée par le masque.

– Los Angeles, dit-elle. J'habite là-bas. » Elle le vit regarder Matthew, si petit à côté d'elle. « On peut passer ? demanda Melissa. Je veux dire : tout est normal plus loin ?

– Oh, toutes les sorties sont fermées entre ici et la

I-15 sur environ 25 kilomètres, dit-il, haletant dans son effort de se faire entendre. Vous avez assez d'essence pour aller jusque-là ? »

Melissa regarda le tableau de bord : elle avait encore un quart de réservoir. « Je pense que oui. » Là-dessus, elle remarqua la poussière qui s'élevait un peu plus loin là où les voitures traversaient le terre-plein central pour faire demi-tour et repartir sur la I-10 en direction opposée. « Ça n'est pas dangereux ?

– Non, madame, mais nous vous recommandons de garder une vitesse d'au moins 120 à l'heure sur toute cette portion de route, de ne pas vous arrêter ni de ralentir dans aucune des zones sinistrées. Vous devrez aussi fermer tous les orifices de ventilation et arrêter votre climatiseur. De chaque côté de la route il y aura des camions de pompiers pour arroser votre voiture », précisa-t-il. Elle vit les camions-citernes près du pont par lequel la nationale 91 enjambait l'autoroute en faire autant pour les voitures se dirigeant vers l'ouest.

Il se redressa pour passer à la voiture suivante. « Hé, fit Melissa en se penchant par la portière. Attendez ! Vous voulez dire qu'il y a des radiations là-bas ?

– Pas beaucoup, madame, dit-il à travers son masque. Ces bombes ont explosé à très haute altitude au-dessus de Riverside. On n'a pas relevé de retombées radioactives au sol. On affirme que c'est sans risque : suivez simplement les instructions et tout ira bien. » Il s'éloigna. Melissa remonta sa vitre et avança. Elle pressa tous les boutons des lève-vitres pour s'assurer qu'elles étaient toutes bien fermées et fit encore quelques mètres. Melissa trouva la commande d'aération sur le tableau de bord – ou du moins ce qu'elle pensait être la commande d'aération – et la ferma. Elle arrêta la climatisation et constata qu'il n'y avait que deux voitures maintenant devant elle. Elle était prise en sandwich dans la file du milieu.

Les policiers firent signe au premier rang d'avancer. Les trois voitures accélérèrent et Melissa avança de quelques mètres. Les policiers attendirent quelques secondes puis donnèrent le signal aux automobiles qui étaient juste avant elle. Elles aussi accélérèrent, le camion plus lentement que les deux voitures. Melissa était la suivante. Elle regarda la longue ligne droite d'autoroute sur laquelle les trois véhicules s'éloignaient rapidement. Quand ils eurent franchi la passerelle de la nationale 91, les policiers lui firent signe et Melissa accéléra à fond.

Sa Mazda fila sans heurt et Melissa se retrouva devant les deux voitures plus anciennes qui l'entouraient. Elle traversa rapidement l'intersection, avec l'impression de pénétrer maintenant en territoire étranger. Le pied toujours au plancher, elle atteignit les 120 kilomètres à l'heure puis 150. Elle dépassa le camion qui la précédait et se coula sans effort dans la circulation clairsemée au milieu d'un paysage complètement désert.

L'antenne de télévision abattue d'une station-service au bord de la route fut le premier indice des dégâts. Elle continua quelques kilomètres en se disant que c'était tout ce qu'elle verrait de la grande destruction.

Franchissant une petite colline, elle aperçut en bas dans la vallée l'herbe et les broussailles noircies et les arbres couchés. Les fenêtres d'un motel étaient noires et vides. Des carreaux cassés aux fenêtres et sur les portes grandes ouvertes. Plus loin, c'était pire : des caravanes retournées sur un petit terrain de camping, des maisons noircies et sans toit témoignaient de la force des vents qui avaient précédé les incendies. Elle dut se forcer à ne pas quitter la route des yeux et à ne penser qu'à maintenir la vitesse de sa voiture quand elle passa devant les premiers véhicules – sans fenêtres et parfois retournés – sur le bas-côté de la route.

La voiture franchit une autre petite montée : Melissa leva un peu le pied de l'accélérateur : les yeux toujours fixés droit devant elle, elle sentit la voiture ralentir légèrement. Un vieux car d'un vert bleuté gisait le flanc au milieu du terre-plein central. Des sacs de couchage, du matériel de camping, des vêtements jonchaient le sol alentour. À l'arrière du car on pouvait lire « École épiscopale africano-méthodiste ». Une petite croix de bois faite de deux bâtons était plantée tant bien que mal dans la terre entre les deux voies.

Le Kremlin, Moscou
18 juin, 6 h GMT (8 h locale)

Filipov ouvrit la porte de la salle de conférence et fut surpris d'entendre parler anglais. L'orateur – un homme chauve et bedonnant qui frisait la cinquantaine – répondait à des questions, debout devant l'assemblée du STAVKA.

« Avez-vous vu le texte même des clauses de destitution ? demanda-t-il en fouillant dans sa serviette en cuir fatiguée. Je... j'en ai un exemplaire quelque part. » L'interprète traduisait presque simultanément.

Filipov s'approcha de Razov et lui tendit les derniers plans pour le débarquement en Islande. « Qui est-ce ? murmura-t-il.

– Un professeur de droit américain qui était à l'université de Moscou dans le cadre d'un programme d'échanges culturels, dit Razov. Il s'est fait un plaisir de nous faire un exposé sur la procédure de la destitution.

– C'est un connard de pacifiste, chuchota l'amiral Verkhovensky en se penchant. Il m'a pratiquement embrassé sur la bouche quand il est arrivé.

– Ah ! Voici », dit le professeur qui s'éclaircit la voix. La plupart des officiers attendaient la traduction de l'interprète mais Filipov vit Razov et quelques autres pour la plupart de leur « bande » écouter directement l'anglais.

« Clauses de destitution. Il a été décidé que Walter N. Livingston, président des États-Unis, est destitué pour haute trahison et autres crimes et que les clauses suivantes de destitution seront présentées au Sénat. Il releva la tête. Vous comprenez, une proposition est faite par un membre du Congrès. La commission judiciaire procède à une enquête, ensuite il y a vote de la Chambre des représentants. Si une majorité approuve, comme c'est le cas, l'affaire est transmise au Sénat pour décision. Il y a plusieurs clauses, mais la principale est la clause 2. »

Il baissa les yeux et de nouveau s'éclaircit la gorge. « Clause 2. Dans l'exercice de ses fonctions de président des États-Unis, Walter N. Livingston a violé son serment prêté sur la Constitution de remplir fidèlement sa charge de président des États-Unis et, dans la mesure de ses moyens, de sauvegarder, protéger et défendre la Constitution des États-Unis devant ses ennemis, il a violé son serment de veiller à ce que les lois soient fidèlement suivies, il s'est opposé et continue de s'opposer à la poursuite de la guerre contre les ennemis des États-Unis dûment déclarée par le Congrès des États-Unis en donnant l'ordre, le 16 juin de cette année, aux chefs d'état-major des forces armées de ce pays d'arrêter la poursuite d'actions militaires offensives contre les forces armées de la République de Russie. »

Il leva les yeux. « Cela continue avec d'autres clauses concernant un certain nombre de précisions telles que le fait d'avoir informé les Chinois de l'imminence de l'attaque, pour conclure : " Ce faisant, Walter N. Livingston a agi d'une manière contraire à sa charge de Président et en contradiction avec le gouvernement constitutionnel, portant un grand préjudice à la cause du droit et nuisant manifestement au peuple des États-Unis et à la sécurité de la nation. C'est pourquoi Walter N. Livingston, étant donné sa conduite, doit être jugé pour être destitué et démis de ses fonctions. "

– Ainsi le mot américain " impeachment " ne signifie pas démis de ses fonctions ? » demanda l'un des officiers.

Après traduction, le juriste américain répondit « Non. " Impeachment " signifie simplement " mise en accusation ". Le Président doit être jugé par une sorte de tribunal, sous la présidence du Premier Juge de la Cour suprême avec l'ensemble des sénateurs tenant le rôle de jurés. Pour démettre le Président de sa charge, il faut le vote des deux tiers des sénateurs présents.

– Est-ce que ces " clauses " constituent des motifs suffisants pour obtenir la condamnation de Livingston ? »

Après une pause, le professeur répondit : « Impossible à dire. La procédure de destitution est, pour l'essentiel, un processus purement politique. L'ancien président Gerald Ford a dit un jour : " Un délit est susceptible de provoquer une mise en accusation dans la mesure où la Chambre des représentants l'estime. " Et l'attorney general de Nixon disait : " Vous n'avez pas besoin de faits pour destituer un président, simplement des voix. " Il a été établi qu'il n'est pas nécessaire d'avoir commis un crime : ce qui justifie ou non une mise en accusation, à chacun d'en juger.

– Merci, professeur. » Razov prit la parole : il rassembla sur la table des plans d'invasion d'Islande et fit un signe de tête au capitaine qui se tenait contre le mur derrière le professeur.

« Je... Je voulais juste dire deux mots à propos... » Le capitaine lui laissa juste le temps de remettre ses papiers dans sa serviette mais pas assez pour la refermer. Il se dirigea précipitamment vers la porte, sa serviette sous le bras, le capitaine le tenant fermement par le coude.

« Au nom de tous les Américains et du Comité pour la non-violence du Syndicat des éducateurs, lança-t-il par-dessus son épaule, débitant un texte manifestement préparé, permettez-moi de dire que le peuple américain ne veut pas de cette guerre. Nous sommes tous contre la guerre. Nous voulons que des mécanismes permettant de résoudre les désaccords soient... » La porte se referma sur ses propos.

Nombre des officiers affichaient des sourires amusés et le général Karyakine, des forces de missiles stratégiques, déclara : « Et c'était un spécimen de la nation qui nous fait peur ? »

Des rires éclatèrent dans la salle.

« Qu'en pensez-vous, colonel Filipov ? » demanda en souriant l'amiral Verkhovensky. Il ramena ainsi au présent l'attention de Filipov qui se demandait où pouvait bien être Irina. « Vous êtes notre expert des questions américaines. Cet homme est-il un exemple de ce à quoi nous sommes confrontés ? » Nouveaux rires.

« Non », répondit Filipov d'une voix forte pour qu'on l'entendît dans le brouhaha. Plus forte qu'il n'en avait l'intention, à sa propre surprise et à celle des officiers dont il avait interrompu les railleries. Ils ne s'attendaient pas à une réponse mais ils regardaient tous maintenant le colonel avec des sourires qui s'effaçaient : ils attendaient. « Je veux simplement dire : je sais ce que la plupart d'entre vous pensez des Américains. » Filipov regarda les visages des officiers généraux qui le fixaient, attendant qu'il exprimât son avis. « Vous estimez que ce sont des paresseux, des hédonistes avides qui sucent la dépouille d'un pays où ils ont eu la bonne fortune de naître. » Il y eut quelques sourires dans l'assistance. « En temps normal, c'est une hypothèse valable, mais nous ne sommes pas dans un temps normal. »

Filipov sentit la main de Razov se poser sur son avant-bras, mais il choisit de ne pas en tenir compte. L'ignorance confortable de ses supérieurs concernant l'Amérique l'avait longtemps irrité. Voilà qu'enfin on lui demandait son avis et dans des conditions où la vérité sur le caractère américain était d'une importance critique. « Les Américains sont un peuple étrange. Individuellement, ce sont pour la plupart des gens généreux et bons. Mais en tant que peuple, ils envoient leurs forces armées dans des endroits perdus pour tuer, mutiler et détruire avec une indifférence remarquable chaque fois qu'ils estiment avoir raison : quand ils croient que la guerre est juste. Quand ils sont persuadés d'être dans leur droit, ils rassemblent toute leur énergie et assènent des coups qui anéantissent des populations entières. C'est une nation bienveillante – cette vaste majorité " silencieuse " de citoyens doux et justes – qui est prête à détruire *tout* ce qui se dresse devant elle, avec le zèle vertueux d'une armée de croisés s'ils estiment que leur cause est juste ! »

Razov se carra dans son fauteuil et regarda Filipov.

« Presque toute ma vie, j'ai étudié l'Amérique, j'ai vécu là-bas des années, et jamais je n'ai été témoin de rien de ce que je vois rapporter aujourd'hui par la presse. Cet échange nucléaire a été pour nos deux nations une expérience purificatrice, mais pour les Américains... ! Il ne leur est rien arrivé de tel depuis leur guerre de Sécession en 1865 ! Ils ont oublié ce qu'est la guerre et, au lieu de conclure, comme presque tout le monde a dû le faire après une expérience trop récente, que la guerre, n'importe quelle guerre, est un désastre d'une ampleur inouïe, les Américains choisissent au contraire d'attribuer leurs pertes civiles à des vilenies, à des atrocités, à *nous* ! À *vous*, à *moi*, aux *Russes*, comme si je ne sais comment nous avions enfreint les règles de la guerre et les normes habituelles du comportement. Ils font de nous des *démons*, vous comprenez ? Cet homme – ce professeur que vous venez de voir –, il ne représente absolument pas ce qui est en train de se passer. Il ne voit pas ce qui arrive. Mais moi, si. Et, croyez-moi, ça arrive : ça déferle comme un raz de marée. » Le silence s'abattit sur la salle, tous les regards fixés sur Filipov.

« Cette fois, ils sont persuadés que la cause est juste. Cette fois, la majorité silencieuse des Américains est convaincue d'avoir raison. »

Aéroport de Gander, Terre-Neuve
18 juin, 23 h GMT (18 h locale)

Le manuel de David Chandler lui tomba plusieurs fois des mains avant qu'il ne se décide à le reposer. Des images de batailles de chars – les dessins du manuel – lui trottaient dans la tête. Des chars en colonnes, se mettant en formation comme dans un jeu vidéo. Puis se reformant en colonnes pour se glisser entre deux obstacles. Avançant toujours, comme ils le voulaient. Passant à saute-mouton les uns par-dessus les autres, chaque char atterrissant devant le suivant. Sautant, dansant, aux accents de la musique.

Ce fut la musique qui le réveilla et il ouvrit les yeux.

Il s'était endormi en lisant. De l'autre côté de la colline, un fort battement bien rythmé rompait le silence. Il se leva et empoigna son fusil. Il s'approcha du centre du secteur de la compagnie, en se guidant sur la musique.

Escaladant la crête de la petite colline, il vit qu'il régnait une certaine agitation autour d'un ampli. *Quelqu'un à bord de ce transport de forces*, se dit Chandler, *a dû apporter des piles.* Ces soldats particulièrement tapageurs étaient prêts à chanter : ils se sentaient bien cet après-midi après avoir pris leur première douche depuis leur arrivée à Terre-Neuve dans les installations portatives que l'appareil avait déchargées. *Ou bien ils sont excités*, se dit-il, un peu énervé lui-même, à l'idée que les communications téléphoniques allaient être rétablies et qu'on leur permettrait à chacun de passer un coup de fil. Chandler déambula jusqu'à l'endroit où un des soldats introduisait un nouveau CD dans l'appareil. Du rap avec une basse tonitruante.

La chanson s'acheva et le disc-jockey improvisé poussa un bouton. Quand le morceau suivant démarra, les hommes et les femmes sautèrent tous sur leurs pieds en chantant et en clamant les paroles à pleins poumons. Bien en mesure.

Installations provisoires, Mount Weather, Virginie
19 juin, 22 h GMT (17 h locale)

Lambert se dirigea vers le long bureau installé sur une petite estrade pour se planter devant les neuf juges en robe et attendit que le conseiller de la Maison-Blanche, le procureur général et le conseiller de la Commission judiciaire aient quitté la salle, en refermant la porte derrière eux.

« Monsieur Lambert, dit Rehnquist, le président de la cour suprême, il n'y a plus maintenant dans cette salle que le tribunal et vous-même. Nous avons pris cette mesure inhabituelle compte tenu du fait que vous êtes vous-même avocat et que vous avez accepté pour donner ce témoignage de vous représenter vous-même. Nous sommes-nous bien compris ?

– Oui, Votre Honneur.

– Félicitations. Vous voici maintenant autorisé à plaider devant la plus haute instance de ce pays. Nous nous préoccuperons du certificat officiel plus tard. »

Quelques-uns des juges eurent un petit rire et Lambert se força à sourire tout en se dandinant d'un pied sur l'autre.

« Le témoin préfère-t-il s'asseoir ? suggéra le juge Scalia.

– Oh non, merci, monsieur le Juge, dit Lambert. Je suis très bien.

– Parfait, dit le juge Rehnquist en consultant ses notes. Vous comprenez, évidemment, que vous êtes toujours sous serment ?

– Oui, Votre Honneur.

– Bien. Monsieur Lambert, chacun des membres de cette Cour a examiné les conclusions exposées par votre conseil – le conseiller juridique de la Maison-Blanche – et celles déposées par l'avocat général au nom des États-Unis d'Amérique d'une part ; nous avons d'autre part examiné les conclusions du conseiller spécial de la Commission judiciaire et les conclusions déposées par divers autres groupes et individus. » Il brandit une liasse épaisse d'au moins dix centimètres et regarda les autres juges qui semblaient amusés. Il se tourna alors vers Lambert, il ôta ses lunettes et les balança entre ses doigts devant lui. « À la suite de la conférence que nous avons eue juste avant cette audience, nous avons des avis différents concernant le privilège juridique que vous revendiquez. Il a été décidé toutefois qu'un fait essentiel pour qu'une majorité des juges puisse statuer dans cette affaire ne se trouvait pas dans le document que nous a transmis le tribunal de première instance qui, comme vous le savez, est dans notre système judiciaire le premier à fournir les éléments d'un dossier. Je vais donc maintenant vous demander de nous fournir ce fait manquant dans le cadre de cette session à huis clos, dit-il en désignant la salle vide, et je compte sur vous pour accéder à ma requête. »

Le président regarda ses notes puis releva les yeux vers Lambert. « Lors de son évacuation de la Maison-Blanche, le président Livingston a-t-il demandé au secrétaire d'État Moore d'informer les représentants du gouvernement de la République populaire de Chine de l'imminence de l'attaque nucléaire russe ?

– Oui, monsieur le Président, dit Lambert sans hésitation, oui, il l'a fait.

– Et avez-vous une raison de croire que le secrétaire Moore n'a pas en fait averti les Chinois comme le Président lui en avait donné l'ordre ?

– Non, monsieur le Président, absolument pas. »

Le juge Rehnquist regarda sur sa droite puis sur sa gauche et, comme aucun des autres juges ne réagissait, le président de la Cour surprit Lambert en lui déclarant : « Je vous remercie, Monsieur Lambert. Nous n'avons pas d'autres questions pour l'instant. »

Lambert entra dans le petit bureau à côté de la salle d'audience de la Cour suprême. Le président Livingston était assis sur un méchant canapé recouvert de vinyle, ses plus proches conseillers groupés autour de lui. Tous les regards se tournèrent vers Lambert.

Celui-ci essayait de décider ce qu'il allait dire. Il avait l'impression d'être Brutus en s'avançant lentement pour affronter le Président, au milieu du petit groupe soudain silencieux. Il dévisageait Walter Livingston : un honnête homme sur qui était tombé tout ce qu'on pouvait imaginer de plus écrasant dans sa charge et qu'on tenait maintenant pour responsable de millions de morts. Lambert cherchait un moyen d'atténuer ce dernier coup.

Il ouvrit la bouche pour expliquer comment s'était déroulée l'audience après leur départ. Il dit simplement : « Je leur ai parlé de vos instructions au secrétaire Moore. »

Livingston hocha la tête comme s'il reconnaissait un point d'importance mineur et tendit la main pour serrer brièvement le bras de Lambert.

« Est-ce que ce témoignage a vraiment une importance critique ? demanda le secrétaire de presse au Président.

– Nos partisans à Greenbriar disent que là-bas les choses ne tiennent qu'à un cheveu, dit Irv Waller. On a fini par identifier le corps d'Albritton, grillé dans son avion au-dessus du Missouri. Avec le sénateur Shavers mort durant l'attaque sur Colorado Springs, l'effectif du Sénat se trouve réduit à 98. Les deux tiers de 98, ça fait 66 pour obtenir la mise en accusation. Mais Barney Clark était à l'hôpital de Bethesda au service de réanimation pour une opération cardio-vasculaire. Impossible de le déplacer avant hier, et Bethesda a reçu de fortes retombées radioactives à la suite de l'explosion de Raven Rock. Vous vous rendez compte ? » Waller secoua la tête, complètement pris par son récit et Lambert s'étonna de cet aspect du personnage qu'il avait toujours considéré comme un irréductible connard.

« Seigneur, ça tient à si peu ? » demanda le secrétaire de presse. Et le Président baissa la tête.

Lambert dévisagea son patron et dit : « Monsieur le Président... »

La porte s'ouvrit brusquement. « Ils reviennent », annonça un des jeunes assistants.

Le Président se leva, rajusta sa veste et sa cravate et donna une petite tape sur le bras à Lambert. Il hocha la tête et eut un clin d'œil : un demi-sourire retroussa un coin de ses lèvres mais sans se refléter dans son regard. Il prit la tête du petit cortège. Comme Judas, Greg avait reçu le pardon de Livingston.

« Monsieur Lambert, voudriez-vous, je vous prie, vous lever », dit le président Rehnquist. Lambert et le conseiller juridique de la Maison-Blanche se mirent debout. « Monsieur Lambert, la Cour est parvenue à une décision. Je vais laisser au juge Ginsburg le soin de l'énoncer au nom de la majorité. »

Le juge Ginsburg se pencha en avant et dit : « Monsieur Lambert, tous les membres de cette cour, qu'ils soient en faveur de la décision ou qu'ils soient contre, ont constaté qu'il existe un privilège juridique pour des questions concernant la sécurité nationale de ce pays. Toutefois, par une majorité de sept voix contre deux, cette cour n'a trouvé aucun précédent dans la jurisprudence ni aucun argument concluant permettant d'estimer qu'un tel privilège ne souffre pas d'exception. Les juges ont donc mis en balance les intérêts de l'Exécutif soucieux de préserver la sécurité des secrets de notre pays en invoquant le droit de réserve pour ne pas témoigner sur des questions touchant à la sécurité nationale avec les intérêts du Sénat examinant le cas du président des États-Unis à la suite d'une mise en accusation par la Chambre des représentants. En comparant ces intérêts contradictoires, une majorité de sept juges est de l'avis que ce sont les intérêts d'un jugement sagement conduit par le Sénat qui l'emportent. En conséquence, cette cour ordonne à Gregory Philip Lambert, assistant du Président pour les affaires de Sécurité nationale de répondre à toutes les questions qui lui seront posées en audience publique par le Sénat des États-Unis sur le point de savoir si le président Livingston a donné l'ordre à feu le secrétaire Moore de contacter le gouvernement de la République populaire de Chine dans la nuit du 11 juin de cette année.

« La séance est levée, annonça le président de la Cour suprême. » Le marteau s'abattit. Tout le monde se leva et les juges sortirent à la file indienne.

Los Angeles, Californie
20 juin, 0 h GMT (16 h locale)

Melissa Chandler reposa doucement le petit Matthew dans son berceau pour éviter de le réveiller une fois encore.

Par la porte ouverte, la sonnerie du téléphone retentit bruyamment. Elle fit une grimace et s'empressa de tirer la couverture sur Matthew, se précipitant sur la pointe des pieds et refermant sans bruit la porte derrière elle. Elle traversa le couloir en poussant un profond soupir de soulagement. Elle avait eu presque envie de débrancher le téléphone pour ne pas avoir à parler à ce cousin-ci ou à cette tante-là.

« Allô, dit-elle, en s'installant dans un fauteuil, prête à la longue conversation qui allait venir.

– Melissa ! »

À ce seul mot, son monde tout entier bascula. Elle retint son souffle pour ne pas perdre un son. Elle sentait son cœur battre dans sa poitrine. « D-David ? » Elle se redressa, les yeux emplis de larmes.

« Oh, mon Dieu, merci, mon Dieu », dit-il, puis sa voix se brisa.

Elle s'effondra dans le fauteuil et éclata de rire, toujours avec les larmes aux yeux. Elle essayait de pleurer et de rire en même temps. Elle ne parvint qu'à articuler péniblement : « Tu vas bien ?

– Oui... oui », dit-il, riant lui aussi à travers ses larmes.

Melissa éclata en sanglots. Elle était incapable de parler.

« Et toi ? » demanda David.

Elle fit un effort mais les mots ne sortaient pas.

« Melissa ? Ça ne va pas ?

– Mais si ! finit-elle par dire. Nous allons très bien ! »

Pendant quelques longues secondes, il n'y eut que la friture sur la ligne. « Nous ? » finit par demander David.

Melissa réussit à articuler : « J'ai eu un bébé. » Un moment les sanglots la secouèrent, puis elle reprit : « Il est parfait. Ne t'inquiète pas. Il est superbe.

– Un garçon, fit David, sa voix lointaine et brouillée par des parasites. Matthew ?

– Oui, dit-elle en reniflant. Matthew.

– Ah ! s'exclama-t-il. Un bébé ! » Elle sourit de sa réaction excitée devant cette nouvelle qu'elle avait eu tellement envie de partager avec lui. Elle ne savait pas où il était. Mais en arrière-fond, elle l'entendit rire et crier : « C'est un garçon ! J'ai un garçon ! » Il y eut des rires, des voix d'hommes. « Et tout le monde va bien ? interrogea-t-il. Tout le monde ? Nos parents... tout le monde ?

– Oui. Personne n'a été blessé.

– Incroyable. C'est incroyable. Matthew, dit-il et il se remit à rire.

– Il est magnifique, lança-t-elle. Trois kilos sept. Il est tout rouge et plein de boutons. Il est si laid qu'il en est adorable. » Il posa des questions et elle lui parla de l'accouchement. Elle finit par demander : « Et toi, où es-tu ?

– Hum, dit-il redevenant brusquement sérieux, je ne suis pas censé te le dire.

– Oh, allons, tu plaisantes.

– Non. Tu sais, ils ne veulent pas qu'on donne ce genre de renseignement.

– Crois-tu... y a-t-il une chance que tu rentres ? »

Un long silence. « Je ne sais pas.
– Tu es proche de la zone des combats ?
– Quels combats ? »
Melissa réfléchit une seconde. *Où diable pouvait-il être pour ne pas savoir ce qui se passait ?* « Eh bien, on appelle ça la “ drôle de guerre ”, comme en Europe avant le blitz de 1940. Mais toutes les heures il y a un bulletin spécial à propos d'un accrochage quelque part. Et surtout en Europe de l'Est, mais parfois aussi en Méditerranée, dans l'océan Indien ou au large de Hawaii. Et puis il y a cette grande force de débarquement russe près de l'Islande et personne ne sait où elle va. »
Melissa attendit une réaction de David : rien. Elle essaya désespérément de trouver une question à poser – un code quelconque – pour lui demander où il se trouvait sans avoir la même réponse frustrante. Mais sans lui laisser le temps de parler, il dit : « Mon chou, je n'ai pas beaucoup de temps. Juste cinq minutes au total. Peux-tu me dire au nom du Ciel ce qui se passe ? »
Il n'est pas aux États-Unis, estima-t-elle, *sinon il en saurait plus.* Mais où est-il ? « Qu'est-ce que tu veux dire ? Ce qui se passe dans les zones de guerre ? La Maison-Blanche les appelle “ zones sinistrées ” mais tout le monde – les médias – le Congrès – parle de zones de guerre. Tu es au courant pour la déclaration de guerre ?
– Oui.
– Oh, et pour la procédure de destitution qui est en cours au Sénat !
– Et la force russe amphibie ?
– La quoi ? demanda Melissa.
– La force de débarquement russe... au large de l'Islande. »
L'Islande ! se dit-elle. *Au nom du Ciel qu'est-ce qu'il fiche là-bas ?* « C'est... commença-t-elle, regrettant soudain de ne pas avoir attaché plus d'importance à cette histoire, ils ne savent pas où elle va ni si elle a un objectif précis. On a cru d'abord que ça pourrait être la Norvège et les Norvégiens leur ont même tiré dessus. Et puis elle a continué : elle est dans la mer de Norvège, c'est du moins ce qu'on pense. Elle s'arrêta pour avaler sa salive. On pense qu'elle se dirige vers l'Islande. » Un frisson de peur lui parcourut le dos comme de l'eau glacée.

« Et la marine va simplement la laisser passer ? demanda David en haussant le ton.

– Oh, David, je ne sais pas. Il semblait si préoccupé qu'elle se remit à pleurer. David, où es-tu ? » interrogea-t-elle. Elle avait besoin de savoir quelque chose – n'importe quoi – afin de s'armer pour la bataille contre les démons qui la tourmentaient quand elle était seule. Ses craintes étaient certainement sans fondement. David était dans la réserve, pas vraiment dans l'armée. Une fois par mois, il endossait son uniforme et allait à des réunions. Et puis il allait s'installer dans un bureau climatisé d'Atlanta et faisait de la paperasserie deux semaines par an !

« Est-ce qu'ils vont destituer le Président ? » demanda David sans répondre à sa question.

Melissa ferma les yeux : elle voyait les jours et les semaines s'étendre devant elle et ses craintes – les démons – se déchaîner.

« Mon chou ? Est-ce qu'on va destituer le président Livingston ? »

Les yeux toujours fermés, elle dit d'une voix sans timbre : « Je ne sais pas. La session commence demain. On dit que ce sera bref, peut-être un seul jour.

– Mon chou, il est temps. Il faut que j'y aille. »

Elle se rendit compte tout d'un coup que c'était elle qui n'avait pas cessé de parler : que c'était lui qui avait posé toutes les questions. Il lui fallait avoir quelque chose, quelque chose à quoi se raccrocher pendant l'épreuve qui l'attendait. « David, oh, David, tu ne peux pas me dire quelque chose ? »

Il y eut un silence. « Je t'aime, et j'aime Matthew », puis la communication fut coupée : elle n'avait pas eu le temps de répondre.

90e groupe de missiles stratégiques, base aérienne de Warren, Wyoming
23 juin, 11 h 30 GMT (4 h 30 locale)

Adossé au mur auprès du conduit de ventilation, Chris Stuart picorait les crevettes à la créole et le pudding au chocolat des rations d'urgence. Il guettait dans l'obscurité le signal lumineux vacillant de Langford, revenant du tunnel de secours. Il respirait profondément l'air tiède qui arrivait doucement par la grille métallique : pas de l'air frais, mais pas non plus l'air lourd et renfermé qu'on trouvait au centre de lancement tout au bout du système de ventilation.

La lumière maintenant se précisait : Stuart put voir le faisceau éclairer la pièce puis apparaître sur le seuil. Il se redressa et prit à Langford la torche électrique et le compteur Geiger. Passant le bâton et le faisceau de la torche sur la combinaison protectrice de Langford, Stuart n'entendit que de temps en temps le tic-tac du détecteur.

« Tu n'es pas contaminé », dit-il et Langford commença à ôter son équipement. « C'est comment là-bas ? »

Langford d'un geste ôta sa cagoule et son masque à gaz et poussa un grand soupir. « Il commence à faire chaud vers le cinquième ou sixième barreau de l'échelle en partant d'en haut. On doit cuire là-haut.

– Et la trappe de sortie ? » demanda Stuart. Il était trop épuisé pour qu'on sentît son angoisse.

« C'était serré à bloc mais j'ai réussi à la faire pivoter », répondit Langford. Après un moment de silence, il ajouta : « On devrait tenter le coup par là.

– Tu disais que c'était encore rudement chaud. En fait, ça fait moins de deux semaines. On serait grillés avant d'être sortis de la base. » Langford ne répondit pas. « Écoute, à mon avis, on peut tenir encore un mois. À ce moment-là, le niveau de radiations devrait avoir baissé. Restons calmes et réfléchissons. »

Dans l'obscurité, Stuart entendit un violent gargouillis agiter le ventre de Langford. Celui-ci dit : « Oh, maman », d'un ton douloureux et puis : « Il faut que j'y aille. » Il prit la torche et partit en courant vers les toilettes. On l'entendit vomir comme cela lui arrivait de temps en temps après s'être soulagé.

Stuart reprit sa place auprès de la bouche d'aération : il restait quelques minutes avant que le système se mette en veilleuse pour économiser les batteries. Comme toujours, il frottait doucement le métal lisse et frais de son Beretta : son seul moyen sûr de sortir de là.

Installations provisoires, Mount Weather, Virginie
23 juin, 11 h GMT (6 h locale)

Lambert frappa à la porte de l'appartement du Président. « Entrez ! » entendit-il. Il ouvrit la porte : il entendit le rire du fils du Président et vit le grand sourire de son père.

« Oh, Greg ! » fit le président Livingston. Il s'essuya les lèvres et se leva de la petite table où il était installé.

« Je ne veux pas vous déranger, monsieur le Président », dit-il en regardant la Première Dame et leurs deux enfants – Nancy et Jack – qui avaient dû arriver au cours de la nuit.

« Allons donc, fit-il en venant à sa rencontre. Merci d'être venu. »

La Première Dame apparut juste derrière lui. Elle s'arrêta un instant, son visage exprimant une profonde tristesse puis elle se pencha pour le serrer dans ses bras. Lambert tout d'abord fut mal à l'aise. Mais quand il sentit la main de la femme du Président lui tapoter le dos et qu'il l'entendit dire combien elle était navrée, il se détendit.

« Merci », murmura-t-il un peu confus.

« Venez avec moi une minute, voulez-vous, Greg ? » dit le Président. Il l'entraîna dans sa chambre. Greg passa devant les deux enfants – Jack, l'étudiant impeccable, et leur fille Nancy, jolie mais les cheveux bizarrement coupés, courts d'un côté et flottants de l'autre – qui le dévisagèrent avec un intérêt teinté de méfiance. Il fit un signe de tête, mais ils ne répondirent pas.

Je suis le type qui va témoigner contre lui, se dit-il. *Je suis l'ennemi.*

Le Président referma derrière lui la porte de la chambre. « Asseyez-vous », dit-il à Lambert en lui désignant l'unique fauteuil de la pièce tandis qu'il s'installait sur le lit défait.

Il se pencha aussitôt en avant, les coudes sur les genoux. Il se passa les mains dans les cheveux en fixant le plancher. Dès l'instant où la porte s'était refermée, constata Lambert, il avait changé du tout au tout.

« Je me demande ce qu'il fait en ce moment ? demanda le Président.

– Qui donc, monsieur le Président ? » répondit Lambert de la même voix basse que le Président. C'était le ton qu'on prenait au milieu de la nuit quand tout le monde dormait. Ou bien à un enterrement.

« Razov. Je me demande ce qu'il fait en ce moment ? Il a un abri comme celui-ci ? » Le Président, puis Lambert regardèrent les murs nus de la petite pièce. Même si on ne voyait pas la roche juste de l'autre côté, le plafond bas et l'éclairage toujours insuffisant vous rappelaient le grand poids qui pesait de partout.

« Le Kremlin, en effet, a un poste de commandement souterrain, monsieur le Président. »

Le Président hocha la tête comme pour remercier Lambert de son concours, puis il poussa un profond soupir. « Greg, voilà où nous en sommes. Demain à cette heure-ci ou après-demain, il se pourrait que je sois en route pour New York, en tant que simple citoyen.

– Monsieur le Président, ils n'ont rien dans leur dossier. Vous n'avez rien fait... »

Le président Livingston leva la main et Lambert ne poursuivit pas. « Nous verrons bien. Mais je vous ai fait venir ici au cas où le pire se produirait. » Le Président se redressa et s'assit plus droit, les mains sur le haut des cuisses. « Si je suis reconnu coupable et si le vice-président accède à la présidence, il fera la guerre. Sommes-nous prêts pour cette guerre-là ? »

Lambert hésitait, retournant la question dans son esprit. Il finit par dire : « Ce sera... nous aurons des pertes. Comme vous le savez, les Russes procèdent déjà régulièrement à des sondages le long des frontières en Europe. Ils savent où nous sommes et ils seront prêts. Leurs sous-marins ont commencé à tirer au petit bonheur sur la 7e flotte dans l'ouest du Pacifique : ils savent donc que nous sommes là-bas. Ils se sont échauffés, mais ce n'est rien auprès de ce qui nous attend quand on aura donné le coup d'envoi.

– Et le coup d'envoi, ce sera dès l'instant où il apparaîtra clairement que le vote de destitution recueillera les deux tiers des voix du Sénat, dit le Président, en regardant au loin. C'est pourquoi j'en ai – comme le vice-président Costanzo – discuté avec les leaders du Sénat : les sénateurs ont accepté de procéder secrètement à un vote officieux avant le vote réel. Si les résultats de cette consultation indiquent que je vais être destitué, il y aura un délai de quatre heures avant le véritable vote. » Il regardait Lambert d'un air extrêmement concentré. « Quatre heures, vous comprenez ? »

Lambert acquiesça.

« Allez rejoindre le général Thomas. Je le ferais bien moi-même mais mes " managers " disent que je suis censé ne montrer aucun signe de faiblesse. Je suis censé être absolument persuadé que je vais l'emporter.

– Et vous le pensez ? » demanda Lambert.

Le Président jeta un coup d'œil vers la porte et dit : « Non, bien sûr que non. » Il serra les dents et reprit : « Ça sera peut-être juste, mais ça fait des jours maintenant que la chance n'est plus de mon côté. » Il poussa un profond soupir et releva la tête. « C'est pourquoi j'ai dit à mes avocats de ne pas chercher à gagner du temps en présentant des requêtes à la Cour suprême pour un oui ou pour un non. Les leaders du Sénat ont raison. Il faut se débarrasser de cette affaire et aller de l'avant. »

Un long silence tomba puis Lambert se leva lentement pour prendre congé.

« Encore une chose, Greg », dit le Président. Lambert se laissa retomber dans son fauteuil. « Si je perds effectivement et que nous entrons en guerre... »

Lambert attendit, mais le Président ne termina pas sa phrase. « Oui, monsieur le Président ? »

Le Président regardait de nouveau dans le vide. « Eh bien, j'ai tout simplement peur. »

Lambert s'humecta les lèvres et demanda aussi doucement qu'il le pouvait : « De quoi, monsieur le Président ? »

Le regard du Président revint vers Lambert qui était assis juste devant lui. « Ces missiles... ceux des sous-marins du Bastion. »

Lambert dut faire un effort. Par quel raisonnement en arrivait-il à ne pas s'inquiéter de cela, pourquoi personne ne donnait donc l'alarme ? Il finit par hausser les épaules. « Le général Razov n'aurait rien à gagner en tirant ses missiles sur nous. Nous riposterions avec les missiles de nos sous-marins sur son pays, il le sait.

– Je n'ai jamais dit que Razov utiliserait ces missiles. Toute cette histoire a été un accident. Qui peut dire que ça ne recommencera pas ? Seulement cette fois, ce sera pour de vrai. Ce sera la réalisation des pires cauchemars. »

Lambert n'avait rien à répondre. Le Président se frotta les paumes des mains contre ses jambes de pantalon. « Enfin, ce que je voulais vous dire, c'était que je vous demande de faire ce que vous pouvez. Je sais que Costanzo a dit qu'il vous garderait avec le reste de l'équipe de Sécurité nationale si... si ça arrive. Et c'est à dessein que j'ai tenu à vous faire partager cette crainte, Greg : la crainte qui pèse sur moi depuis la première fois où j'ai entendu prononcer le mot " Bastion ", la nuit où tout a commencé. Parce que je vous fais confiance. Vous êtes un homme honnête. »

Livingston baissa les yeux et secoua la tête. « " Bastion ", le mot même, je ne sais pas... ça fait... médiéval – comme l'époque des ténèbres dont nous sommes sortis. »

Lambert était un peu désemparé. Il savait que le Président avait besoin de quelqu'un pour l'aider à porter son fardeau, mais tout ce qu'il trouva à dire, ce fut : « Tout ce que nous pouvons faire, monsieur le Président, c'est prier.

– Prier qui ? » demanda le président Livingston. Il regarda Lambert comme si celui-ci avait touché un point important, troublant. « Prier qui, Greg ? Je ne peux pas m'empêcher d'avoir le sentiment que les dieux sont morts. Tous les dieux sont morts sauf les dieux d'Armaguedon. »

9.

Installations provisoires du Congrès, Virginie-Occidentale
24 juin, 17 h GMT (12 h locale)

« Attention ! déclara le prévôt en baissant le nez vers la fiche qu'il tenait à la main. Voici que va s'ouvrir le procès en destitution de Walter M. Livingston, président des États-Unis d'Amérique ! Sous la présidence de l'Honorable William H. Rehnquist, président de la Cour suprême. »

Lambert regarda le président de la Cour suprême ouvrir l'audience d'un coup de maillet sur le banc précipitamment installé là où se trouvait l'estrade du Président dans la salle souterraine. « Si le prévôt veut bien lire les clauses de destitution. »

En écoutant distraitement l'homme lire les explications maintenant familières, Lambert laissa son regard parcourir l'assemblée. Les sénateurs – le jury – étaient entassés à leurs places : trois à chaque bureau conçu pour un seul occupant afin de laisser de la place à la « tribune », bourrée de membres du Congrès, de journalistes, d'ambassadeurs et d'autres hauts personnages qui avaient fait le voyage jusqu'à l'installation souterraine pour cette session historique. Sur le devant, les tables des conseillers. Les représentants de la Chambre, six membres du Congrès désignés pour présenter les chefs d'accusation contenus dans les clauses de destitution approuvées par la Chambre des représentants – trois démocrates et trois républicains – étaient à la table de droite avec leurs spécialistes de droit constitutionnel et leurs avocats. Les hommes du Président – l'attorney général qui ce matin même avait donné sa démission pour diriger la défense et quelques autres avocats – siégeaient à la table de gauche.

Lambert était assis au premier rang, tout à fait à gauche, avec le général Thomas et nombre d'autres témoins potentiels, parmi lesquels les agents du Secret Service qui avaient accompagné le Président le soir de l'attaque nucléaire. On avait prévenu Lambert que peu de témoins sans doute seraient appelés à la barre. Les faits n'étaient pas sujets à discussion et les procédures habituelles ne s'appliquaient pas de façon stricte.

Le prévôt termina sa lecture et reprit sa place au pied du banc du président de la Cour suprême. « Et qu'il soit dûment noté, déclara le juge Rehnquist, que le témoin a eu communication des clauses de destitution et que le président de la Cour suprême en a été informé. Qu'il soit dit aussi que le Sénat a dûment convoqué le président des États-Unis, Walter N. Livingston, pour lui donner lecture des clauses de destitution et réclamer une réponse aux chefs d'accusation. Le Président a choisi de ne pas se présenter en personne à ce procès, mais qu'il soit noté qu'il a déclaré être représenté par son conseil. »

L'ancien attorney général se leva et salua de la tête le président de la Cour suprême : les caméras se braquèrent sur lui puis revinrent au banc du tribunal. Lambert savait que le Président et sa famille qui l'avait accompagné à Mount Weather devaient être en train de regarder maintenant le président Rehnquist fouiller parmi les documents sur son bureau.

« Les sénateurs présents voudraient-ils se mettre debout et lever la main droite ? »

Dans un grand bruissement de fauteuils, les 97 sénateurs se levèrent. Le 98e – le sénateur Clark – était aux dernières nouvelles dans un état de santé inquiétant : il avait été exposé à des radiations.

« Jurez-vous solennellement de vous acquitter fidèlement de vos devoirs de sénateur des États-Unis et de rendre une justice impartiale au cours de la procédure qui va suivre ?

– Je le jure, répondirent presque immédiatement de nombreuses voix.

– Veuillez vous asseoir. » Nouveaux bruits de sièges déplacés mais le silence retomba rapidement. Un homme en jeans avec une caméra de télévision sur l'épaule courut se planter devant Lambert et le général Thomas. « Parce qu'un état de guerre, reprit le président Rehnquist, existe entre notre pays et la République de Russie, un vote précédent du Sénat a suspendu un grand nombre de règlements de cette assemblée concernant la conduite d'un procès en destitution, en raison du désir d'accélérer la procédure et de régler rapidement les problèmes posés.

– Et je fais objection, Votre Honneur, à une telle suspension. Le Président a droit à la procédure normale prévue par la loi et...

– La Cour suprême a déjà rendu son verdict sur votre requête et décidé par huit voix contre une que le pouvoir décisionnaire du Sénat est absolu pour autant qu'il s'exerce dans le cadre de la Constitution. Laissez-moi profiter de cette occasion pour bien préciser, pour vous et pour tous ceux qui assistent à cette session, dans la salle et à l'extérieur, le point suivant : il ne s'agit pas d'un procès selon le Code pénal des États-Unis ; mais d'un procès régi par la Constitution. Il s'agit d'un procès pour déterminer non pas si le Président a violé telle ou telle loi, mais si la nature des accusations portées contre lui par la Chambre des représentants dans les clauses de destitution justifie, aux yeux des deux tiers des sénateurs présents, qu'il soit révoqué de sa charge. »

Le président de la Cour suprême continua à donner lecture du règlement. Il n'y aurait pas de débat entre les sénateurs au cours du procès : peu avant qu'on passe au vote, il y aurait une séance à huis clos, à laquelle n'assisteraient ni le public ni la presse, au cours de laquelle les sénateurs pourraient discuter du sujet dans la limite de quinze minutes de temps de parole à chacun pour empêcher tout orateur de faire obstruction.

Lambert s'obligea à ne pas regarder le général Thomas. Ce serait durant la séance à huis clos que le vote officieux aurait lieu. Ce serait à ce moment, si deux tiers des sénateurs votaient contre le Président, que la guerre éclaterait. Lambert sentait tourbillonner dans son esprit les faits, les chiffres et les plans qu'on préparait déjà.

Le procès commença. Mais Lambert ne pensait qu'aux détails de la tâche à laquelle il s'attelait durant chaque seconde de son existence depuis ces deux dernières semaines. Son regard parcourait en imagination les champs de bataille à travers le globe; il voyait la mort et la destruction qui en ce moment même s'emmagasinaient comme un ressort tendu au maximum : un ressort qu'allait libérer le vote des soixante-six hommes et femmes qui siégeaient dans cette salle souterraine.

Los Angeles, Californie
24 juin, 22 h GMT (14 h locale)

« Non, maman, je ne le prends pas trop souvent dans mes bras », dit Melissa en levant les yeux au ciel. Elle serrait Matthew contre elle et suivait le procès à la télévision, le téléphone coincé contre son oreille.

« J'ai toujours pensé que tu serais de ces femmes à avoir perpétuellement leur enfant dans les bras », dit sa mère avec un petit rire agaçant. Melissa serra les dents. « Je sais que je te l'ai déjà dit, mais si tu le prends trop souvent dans les bras, tu vas en faire un enfant gâté. Il faut parfois mieux simplement le laisser pleurer. »

Melissa écoutait à peine. Elle fixait l'écran et regardait la caméra faire un gros plan sur un grand homme blond – à l'expression infiniment triste – assis parmi les généraux au premier rang dans la salle de séance du Sénat.

« Je regrette qu'il n'y ait pas d'avion pour que ton père et moi puissions venir nous occuper de ce pauvre enfant.

– Maman, dit Melissa en baissant le son du téléviseur, je veux voir ce qui se passe à ce procès.

– Quoi ?

– À la télévision. Le procès.

– Oh, ça. » Elle eut un petit rire. « Tu lui changes bien ses langes, n'est-ce pas ?

– Maman, je te rappellerai », dit Melissa. Elle remit le son de la télévision.

« Cette décision a permis de citer Gregory Lambert, conseiller à la Sécurité nationale, à comparaître devant le Sénat pour y faire ce qui sera sûrement la déposition la plus dramatrique de tout le procès », murmura le commentateur de la chaîne ABC. La caméra revint au président de la Cour suprême.

« ... des irritations terribles, je t'assure, ma petite. Tu m'écoutes, ma chérie ?

– Au revoir, maman... » Melissa raccrocha. Elle savait qu'elle paierait cela plus tard.

Le président de la Cour suprême déclara : « Sur proposition du sénateur Stern, la Cour appelle à la barre M. Gregory Philip Lambert. »

Installations provisoires du Congrès, Virginie-Occidentale
24 juin, 22 h GMT (17 h locale)

« Voyons, fit un des membres du Congrès désigné pour mettre en accusation le Président, vous avez témoigné que le soir du 11 juin, vous étiez de service à la Maison-Blanche.

– Oui », dit Lambert. Il essayait de ne pas se laisser démonter par la lumière éblouissante des projecteurs de télévision et le bouquet de microphones brandis devant lui.

« Quel poste occupez-vous ?

– Je suis assistant spécial du Président pour la Sécurité nationale.

– Dites-nous, monsieur Lambert, vous avez témoigné que le Président avait téléphoné au défunt secrétaire Moore le soir du 11 juin. Qu'a dit le président Livingston au secrétaire Moore ?

– Il lui a demandé d'informer les Chinois de l'imminence de l'attaque nucléaire russe sur leur pays. » Lambert entendit les exclamations et les murmures étouffés. Il vit même du coin de l'œil un journaliste sur le côté de la salle se précipiter vers les portes.

Le président Rehnquist donna trois coups de maillet sur son bureau et dit d'une voix forte : « L'ordre sera respecté devant cette cour ou je fais évacuer la salle ! »

Le bruit s'apaisa et le membre du Congrès dit : « Vous rappelez-vous les termes exacts que le Président a utilisés quand il a donné l'ordre au secrétaire d'État de prévenir les Chinois de l'imminence d'une attaque russe ?

– Il a dit : “ Je ne serai pas complice de ça ” ou quelque chose dans ce genre, dit Lambert.

– “ Je ne serai pas complice de ça ? ” » répéta lentement le parlementaire. Il se tourna vers le jury des sénateurs. Lambert acquiesça. « Et qu'a dit le secrétaire Moore ? »

Lambert réfléchit une seconde, puis répondit : « Rien.

– A-t-il protesté ? A-t-il dit au Président que ce qu'il faisait était peu judicieux ? »

Lambert repensa à ce soir-là : Jane vivait encore. La gorge serrée, il dit : « J'ai l'impression que le secrétaire Moore commençait à protester, mais le Président lui a coupé la parole.

– “ Lui a coupé la parole. ” » L'homme secoua la tête devant l'inqualifiable conduite du Président. « Comment s'y est-il pris ? Quels termes a-t-il employés ?

– Le Président lui a simplement dit d'obéir, dit Lambert.

– “ D'obéir ” ? répéta le parlementaire.

– Quelque chose comme ça.

– Il n'a pas posé de questions ? reprit l'accusateur avec un grand geste. Pas de discussion ? Pas de consultation d'experts militaires avec lesquels il lui aurait été facile d'entrer en contact pour discuter les *conséquences* d'une erreur tragique aussi *monumentale* ?

– Non, dit Lambert, s'adressant au dos de son interlocuteur.

– Et vous, monsieur Lambert, avez-vous essayé d'arrêter le Président ? Avez-vous dit quelque chose ?

– Oui.

– Et quelle a été la réaction du Président ?

– Il ne m'a pas entendu. Nous étions sur la pelouse de la Maison-Blanche. Le bruit de l'hélicoptère qui venait d'atterrir pour nous emmener à Andrews rendait impossible de poursuivre notre conversation sur notre téléphone portable. » Une idée pour la première fois le traversa : il aurait pu sauver Jane si seulement il avait arrêté le Président.

« Vous avez donc essayé, mais il ne vous a pas entendu ? » Elle était pleine de vie, aussi saine qu'on pouvait l'être : hâlée par les leçons de tennis qu'elle prenait avec tant d'ardeur pour trouver un sport qu'ils puissent pratiquer ensemble. Ensemble jusqu'à la fin de leurs jours : c'était ce que ça devait être. « À cause du bruit d'un hélicoptère ? » Elle avait les yeux bleus, mais quand elle portait sa robe d'été verte, ils viraient au vert. C'était une créature magique. « Monsieur Lambert ?

– Euh, je... j'ai crié dans le téléphone portable. » Son esprit vagabondait et il ne se donnait pas le mal de l'en empêcher. « J'ai traversé la pelouse en courant mais, quand je suis arrivé à l'hélicoptère, l'appareil a aussitôt décollé. » *Mon Dieu, pourquoi as-tu laissé faire ça? Comment as-tu pu ?* « C'est à peine si j'ai eu le temps de gagner un siège. Le vol a été... secoué : on volait très bas. » *Comme le trajet en hélicoptère pour retrouver le cadavre de Jane.* Il avait porté dans ses bras son corps inerte. Elle lui avait paru plus lourde qu'il ne s'en souvenait. Et puis c'était différent parce que chaque fois jadis elle nouait ses bras autour de son cou pour se rendre plus légère. C'était une créature magique.

« Monsieur Lambert, reprit le parlementaire d'une voix pleine de compassion, je n'ai qu'une autre question. Avec les chefs d'état-major interarmes, vous étiez à bord du poste de commandement en vol du Président durant l'attaque nucléaire, n'est-ce pas ?

– Oui.

– Et a-t-on abordé ce sujet ?

– Les chefs d'état-major se demandaient comment il se faisait que les Chinois aient lancé leurs missiles. Je leur ai parlé de la conversation que le Président avait eue avec le secrétaire Moore. » Du coin de l'œil, il vit le colonel Rutherford – aide de camp de Thomas – murmurer quelque chose à l'oreille du général.

« Et quelle a été leur réaction ?

– Ils ont été surpris... choqués, pourrait-on dire.

– Et pourquoi cela, à votre avis ?

– Parce que cette mise en garde donnait aux Chinois le temps de préparer leurs missiles. Et c'est l'attaque des missiles chinois contre les Russes qui a poussé ces derniers à ouvrir le feu sur nous. »

Un brouhaha monta de l'assemblée et emplit la salle.

« Pas d'autre question », dit le membre du Congrès et il regagna sa table.

« Monsieur Dodson ? » dit le président de la Cour suprême. Le vieux monsieur qui était depuis longtemps l'avocat du président Livingston se leva en boutonnant sa jaquette.

« Je n'ai qu'une question, Votre Honneur. » Il se tourna vers Lambert. « Monsieur, quelle opinion avez-vous du président Livingston ? »

À l'énoncé de cette question, il y eut dans la salle quelques murmures étouffés et Lambert se creusa la cervelle pour trouver une réponse. Après un long silence durant lequel l'avocat attendit patiemment, Lambert déclara : « Je pense que le président Livingston est le plus honnête homme que j'aie jamais rencontré. » Il allait ajouter quelque chose, mais il s'arrêta net et resta silencieux.

Dodson hocha la tête. « Pas d'autre question, Votre Honneur, dit-il en déboutonnant sa jaquette avant de se rasseoir.

– Monsieur Lambert, dit le président de la Cour suprême, la Cour vous remercie. »

Lambert regagna son fauteuil dans une brume. Le souvenir de Jane était si frais : il avait l'impression qu'en tendant le bras il allait la toucher. Thomas frappait du tranchant d'une main son autre paume ouverte tout en lançant quelques phrases furieuses à Rutherford. Ce dernier acquiesça et s'apprêta à partir. Mais Thomas le retint par le bras. Il ajouta quelque chose. Le colonel acquiesça de nouveau puis se dirigea d'un pas vif vers la porte de côté.

Les procureurs désignés par la Chambre convoquèrent le témoin suivant. Lambert s'assit et regarda Thomas : il avait les sourcils froncés. Thomas posa la main sur l'avant-bras de Lambert et se pencha vers lui.

« Les Russes sont en train de débarquer en Islande », chuchota Thomas. Lambert le regarda : les mâchoires serrées, il secouait la tête d'un air furieux. « Ils sont tranquillement arrivés avec leurs bateaux et ont débarqué. » Il agitait la tête. « Ils ont des troupes aéroportées qui descendent sur Reykjavik. Dans quelques heures, ils auront là-bas des forces aériennes opérationnelles. » Il secoua de nouveau la tête : cette fois Lambert entendit un « Merde ! » parfaitement audible.

C'était un désastre militaire, Lambert le savait, mais c'était plus que cela. Son regard revint aux sénateurs. Le vote aurait lieu dans quelques heures. Quand on apprendrait que l'Islande allait tomber pratiquement sans résistance alors que la presse et la télévision depuis des jours annonçaient ce risque, la facture serait salée. Et ce serait Livingston qui la paierait.

Aéroport de Gander, Terre-Neuve
25 juin, 2 h GMT (21 h locale)

Partout, il y avait des soldats et des aviateurs, des hommes du génie posant au bord de la piste des plaques métalliques pour accroître la surface du parking. Les camions-citernes et les palettes d'équipement descendaient les rampes brillamment éclairées de transports géants C-5A et C-17. Des villes de tentes se dressaient avec une stupéfiante rapidité. Les chasseurs bombardiers démarraient par deux, les flammes jaillissant des tuyères. L'Islande, lui avait-on dit, était sur le point de tomber aux mains des parachutistes et des marines russes. La bataille était en cours mais la routine installée depuis les deux dernières semaines par Chandler et ses troupes n'avait pas changé. Personne ne savait ce qui allait arriver.

Chandler s'engagea dans le couloir. Par une porte ouverte, il aperçut un groupe de soldats agenouillés sous la dure lumière des projecteurs de la piste : leur matériel était posé à côté d'eux et il s'arrêta pour regarder. Tous étaient à genoux, tournés dans la même direction. Un bras se déploya. Le bras descendit doucement vers la bouche du soldat le plus proche, au visage noirci par le camouflage. Le soldat tira la langue et prit dans sa bouche la petite hostie en inclinant la tête. Le bras fit le signe de la croix et sa main se posa une seconde sur le crâne rasé du soldat.

Chandler déambula dans le hall jusqu'à une grande paroi vitrée. Les pâles rayons du soleil couchant baignaient les pistes d'une faible lumière ; il aperçut les troupes des Forces spéciales qui s'engageaient sur la rampe arrière d'un gros transport : même leurs dos robustes pliaient sous le fardeau de leurs armes, de leurs rations de survie et de leurs parachutes. Chandler eut la chair de poule en songeant à leur destination, à ce qui les attendait à leur arrivée.

« Vous cherchez quelqu'un, major ? » demanda d'une voix un peu rauque un homme que Chandler n'avait pas remarqué.

« Eh bien... L'homme était un adjudant-chef, le plus haut grade pour un sous-officier dans une compagnie.

J'essaie de trouver quand mes hommes et moi partons d'ici. Ça fait deux semaines que nous sommes coincés à Gander.

– Vous devriez demander aux gars du centre d'opérations en ville », dit le chef.

Chandler secoua la tête en souriant. Il errait depuis des heures. Depuis l'instant où les gros transports de troupe avaient commencé à envahir l'aéroport, au début de l'après-midi. Bien sûr, songea-t-il, c'est normal. *L'armée est à l'aéroport et l'Air Force est en ville.* « Qu'est-ce qui se passe en Islande ?

– Oh, fit le chef en se balançant sur ses pieds, notre intrépide président en a fait cadeau aux Russes et maintenant il veut qu'on la récupère. » Chandler sentait avec quelle aisance l'adjudant-chef s'adressait à lui, un commandant. Il avait remarqué auparavant une certaine raideur chaque fois qu'il s'adressait à des subalternes. La mission du chef était de donner des ordres aux sergents d'un côté et de faire son rapport aux officiers de l'autre. Il assurait la liaison entre les deux mondes : celui des soldats et celui des officiers et il était à l'aise dans l'un comme dans l'autre.

Chandler n'avait pas envie de s'attarder, mais il demanda poliment à l'adjudant-chef quand il partait. Il ne s'attendait pas à la réaction de celui-ci...

« Oh... ! Voyez-vous, major, lança le chef d'un ton amer. Il avait un sourire aux lèvres mais pas dans les yeux. Je ne vais pas plus loin. Je suis trop précieux, vous comprenez, dit-il en hochant la tête. Ce n'est jamais que la putain de Troisième Guerre mondiale ! On m'économise, vous comprenez, major, poursuivit l'adjudant-chef. Ils ont besoin de moi ici ! » D'un ample geste il désigna le hangar, plein de soldats oisifs, nonchalamment allongés sur le sol. Chandler considéra le chef. De toute évidence l'homme était furieux. Ses yeux toutefois parcouraient le hangar. Sa tête s'immobilisa soudain : ses yeux avaient repéré une cible en mouvement, à 20 mètres.

« *Hé, là-bas !* Soldat ! » Chandler sursauta : il avait l'impression qu'on venait brusquement de claquer une porte. « Oui, vous, poursuivit le chef, *espèce de tas de merde !* »

La surprise fut encore plus grande parmi les soldats qui flânaient. Dans un rayon de 50 mètres, tous les regards maintenant étaient braqués sur le chef. Les conversations s'arrêtèrent, les soldats se figèrent sur place. L'alarme était générale, mais tout le monde comprit vite que c'était à quelqu'un d'autre que le chef s'adressait. Il n'y eut plus alors qu'un vague intérêt, un sentiment pervers de satisfaction.

« Excusez-moi, major, dit le chef courtoisement. J'essaie simplement de préparer ces petits gars à ce qui les attend. » Chandler hocha la tête.

Le chef n'éleva plus sa redoutable voix, fruit de toute une carrière. Il n'en avait pas besoin. Le soldat – au garde-à-vous, tremblant de façon presque visible – était pétrifié par les simples chuchotements de l'adjudant-chef.

Un cours accéléré de discipline, se dit Chandler en l'observant. *Finis les matches-exhibitions. La vraie partie va commencer.*

La seule voix qu'on entendait, c'était celle du soldat. « Oui, chef ! Oui, chef ! » Pas « mon adjudant » : surtout pas. Le chef finit par revenir à Chandler.

« Désolé, major », dit-il. Il secoua la tête en regardant le soldat s'éloigner. Chandler n'avait rien remarqué de mal, mais l'adjudant-chef semblait estimer que ce garçon était irrécupérable. Le soldat – Chandler s'en aperçut – n'allait plus dans sa direction initiale : il s'affala contre le mur pour se reposer au bout de quelques pas. *Mission – quelle qu'elle ait pu être – non accomplie.*

« Eh bien, dit Chandler, je crois que je vais y aller. » Et il tourna les talons.

« Major. » Chandler s'arrêta et se retourna vers le vieux sous-officier. L'homme ôta son casque et passa une main sur la brosse grise qui couronnait son crâne hâlé. Son visage arborait une expression soucieuse. Il regarda Chandler en remettant son casque et dit : « Vous avez des gosses, major ? »

Chandler resta figé devant cette question inattendue. « J'ai un fils. » C'était la première fois de sa vie qu'il prononçait ces mots-là.

L'adjudant-chef parcourut du regard la rangée des hommes assis sur leur paquetage et dit : « Bon. Je n'aime pas beaucoup les officiers qui n'ont pas de fils. » Son regard se vrilla dans celui de Chandler : avec une intensité si grande que Chandler détourna les yeux. Il regarda les hommes assis par terre auprès de lui. De grands gaillards sales et en sueur. Tous des fils : les fils de quelqu'un. Au-dessus des hommes, l'obscurité presque totale des pistes maintenant désertes transformait la baie vitrée en miroir : dans le verre obscurci, Chandler aperçut le reflet de son image.

Il vit un homme en combinaison de camouflage tachetée de vert, de marron et de noir, en brodequins de campagne, portant son casque et son paquetage, un M-16 en bandoulière.

Jolie création, se dit Chandler. *Même le chef s'y est laissé prendre.*

Installations provisoires du Congrès, Virginie-Occidentale
25 juin, 3 h GMT (23 h locale)

Henry Dodson, l'avocat du Président, se leva pour s'adresser au Sénat. Il avait un bon sourire, celui d'un vieil homme patiné par les ans. Son dos un peu voûté, ses courts cheveux argentés et son nœud papillon évoquaient une époque depuis longtemps disparue. Mais ses yeux bleus montraient que la flamme de la vie brûlait encore d'un vif éclat.

Souriant, il s'inclina légèrement devant le président de la Cour suprême, puis se tourna vers les sénateurs. « Vous tenez entre vos mains le sort du monde. » Lambert n'entendait que le ronronnement de la caméra à moins de un mètre de sa chaise. « C'est à vous d'en disposer comme vous l'entendez. Est-ce que ce sera la guerre ? La paix ? La destruction nucléaire ? Est-ce l'heure de la guérison ou de la fin du monde ? Voilà les grandes questions qui tournent dans votre tête. Leur poids suffit à donner le vertige à un homme. Mais, par chance, ce n'est pas la question qui se pose à vous aujourd'hui.

« Il s'agit du procès d'un homme – Walter Nathaniel Livingston, président des États-Unis d'Amérique. Et, quand on va au fond des choses, il n'y a que deux faits qui comptent vraiment. Le président Livingston a été informé d'une lâche attaque des Russes contre la Chine, une attaque nucléaire surprise susceptible de provoquer des morts innombrables et de gigantesques destructions dans ce pays surpeuplé. Il n'avait désormais que le choix entre deux solutions : garder le silence – et par là même se faire tacitement le complice d'une tragique infamie –, ou bien refuser de se soumettre, et avec lui ce pays, à cette indignité. Se montrer à la hauteur des idéaux de cette nation pacifique que nous sommes et avertir un autre membre de la famille des nations de l'imminence d'une tempête de feu et de mort. Il s'arrêta et leva les yeux, ajoutant presque pour la forme : Il a choisi la seconde solution et ceci, mesdames et messieurs, constitue le fait numéro un.

« Nous savons tous ce qui s'est passé ensuite. Les Russes ont envoyé des missiles sur les Chinois, les Chinois ont riposté et un obscur général russe de Moscou qui, à l'insu du reste du monde, avait tout simplement pris le contrôle de leur arsenal nucléaire, a par erreur envoyé une volée d'engins à tête nucléaire sur notre pays dans une attaque qui, si horrible qu'elle ait été, n'en était pas moins le fruit d'une erreur.

« Après ce genre de désastre, les caractères s'échauffent. On ne peut reprocher à personne une inondation. On ne peut s'en prendre à personne, sauf peut-être à une divinité, quand il y a un ouragan, un tremblement de terre ou une tornade. Mais nous autres Américains, nous avons un *président* – un homme de chair et de sang – à rendre responsable de tout ce qui s'est passé. On nous a *attaqués* ! crions-nous. *Un millier* de missiles nucléaires se sont déversés sur nous ! et c'est *sa* faute ! La sienne ! *Celle du Président* ! Walter Nathaniel Livingston. »

Le vieil avocat balaya lentement la salle de son regard, les lèvres froncées. « Cette colère – cette pression – s'est accumulée. Lentement, mais sûrement, elle a trouvé moyen de se libérer. Il y a eu des manifestations. On a incendié et on a pillé les magasins dont les propriétaires avaient des noms russes. On a mis à sac les cargos russes saisis par le gouvernement. On réclame maintenant une déclaration de *guerre*, dit-il, en regardant les sénateurs, l'ultime exutoire à toute notre colère ! »

Il baissa maintenant le ton, épuisé, semblait-il, par cette bataille qu'il livrait seul. « Ma voix sera peut-être la dernière que vous entendrez avant longtemps vous parler de la paix. Qu'y a-t-il entre mes paroles et celles de l'avocat suivant dont la voix s'élèvera du paysage calciné comme une jeune pousse verte pour dire : " Assez ? " La mort, encore la mort et, à moins que nous n'ayons beaucoup, beaucoup de chance, peut-être la fin du monde. Car vous comprenez, cette guerre que tous ont l'air de vouloir ne concerne pas de grandes questions : il ne s'agit pas d'établir dans quel type de société l'homme pourra s'épanouir – en imposant aux vaincus la justice du conquérant. Votre guerre est une simple question de *châtiment*.

« Mais les Russes ont bel et bien payé. Ils ont payé et maintenant, mesdames et messieurs, il est temps que cessent la mort et la destruction. Et si ce n'est pas le cas ? Et si la guerre se poursuit ? Eux aussi ont été durement frappés. Vous imaginez-vous que les Russes sont enclins à céder à nos exigences, qu'ils vont se traîner à nos pieds pour nous lécher les bottes ? C'est de la *folie* : c'est *absurde* ! Et, mesdames et messieurs, c'est dangereux.

« Le président Walter Livingston sait ce qui nous attend si nous nous engageons sur le sentier de la guerre. Nous allons appeler nos hommes et nos femmes pour qu'ils se battent et qu'ils meurent : pour quelle cause ? Nous allons pousser notre attaque et si, Dieu nous en garde, nous réussissons, cela ne peut avoir qu'un *seul* résultat ! Si nous déferlons sur leur pays, en attaquant tous ceux qui se dressent pour le défendre, en brûlant la terre qui tremble sous les chenilles de nos puissantes machines de guerre, en fondant du haut des cieux comme des grands oiseaux d'un cauchemar d'antan, qu'est-ce qui nous attend ? Est-ce une glorieuse victoire ? Un grand défilé, avec la tête du général Razov au premier rang sur une pique ? »

Il secoua lentement la tête. « Si leurs patriotes ressemblent aussi peu que ce soit aux nôtres – et je crains, mesdames et messieurs du Sénat, que ce soit le cas – alors vous et moi savons pertinemment ce que sera le dernier acte de cette tragédie. Quand nos troupes conquérantes refermeront leur étau, à l'instant de notre plus grand triomphe, la main chancelante de ce patriote russe mourant saisira bravement ce dernier instrument de guerre à sa disposition et, dans ce spasme mortel, il libérera les Quatre Cavaliers de l'Apocalypse et les feux de l'enfer nous consumeront tous.

« Walter Livingston sait cela. Walter Livingston est tout ce qui se dresse entre nous et cette conclusion. Laissez-le à sa place, à la charge à laquelle il a été élu. Qu'il passe dans l'Histoire pour le grand lâche, le traître le plus infâme que cette nation ait jamais connu. Mais laissez-le là, à son poste... pour nous sauver. Pour sauver notre nation... pour sauver notre monde... de la destruction. »

Gander, Terre-Neuve
25 juin, 5 h GMT (0 h locale)

« Pouvez-vous au moins me dire où sont les toilettes ? » demanda Chandler.

Le lieutenant d'aviation leva la tête : il avait des cernes noirs sous ses yeux rougis. « Dans les vestiaires », répondit-il.

Chandler en avait par-dessus la tête d'essayer d'apprendre quelque chose sur le sort qui l'attendait. Il avait besoin de retrouver ses hommes. Mais c'était manifestement ici le bon endroit et il allait essayer quelques bureaux encore avant de renoncer.

Chandler traversa le parquet grinçant du terrain de basket-ball transformé en centre des opérations. Chandler pénétra dans une des cabines. Son cœur bondit dans sa poitrine quand il aperçut un journal à ses pieds. Il le ramassa. « *Le New York Times !* » se dit Chandler vibrant d'impatience en voyant la première page, constellée de gros titres.

C'était une mine d'informations. Un titre après l'autre vint frapper Chandler, qui restait bouche bée à chaque révélation. Le monde était en plein bouleversement. « Le président Livingston va-t-il dissoudre l'OTAN ? » demandait un titre en gros caractères. Plus bas, deux articles sur deux colonnes. « Les États-Unis envisagent un nouveau pacte avec les Britanniques et d'autres pays » et « La France et l'Allemagne refusent de soutenir les États-Unis ».

Chandler parcourut rapidement le premier article. « Le secrétaire d'État Anderson a entamé la nuit dernière la négociation d'un nouveau traité sur la sécurité militaire euro-américaine avec ses homologues du

Royaume-Uni, d'Italie, du Canada, de Pologne, des Républiques tchèque et slovaque, la Hongrie, l'Islande, la Grèce et la Turquie. S'il était approuvé par un Congrès saisi d'une nouvelle ardeur combative (voir article p. 17), le TEAMS (Treaty an Euro-American Military Security) constituerait une alliance politique et militaire entre les signataires susceptible de rempla er l'OTAN lors de son effondrement qui semble imminent. »

« Le Président autorise la mobilisation générale », annonçait un autre grand titre. « Appel de tous les hommes sous les drapeaux », lisait-on dessous en plus petits caractères. « En dépit de sa controverse avec le Congrès, le Président a signé un ordre autorisant l'appel de tous les hommes et de 35 % de toutes les femmes âgés de dix-huit à vingt ans. Des porte-parole de l'Administration se sont donné beaucoup de mal pour assurer au gouvernement russe que l'afflux du personnel, qui pourrait en définitive grossir les effectifs des forces armées jusqu'à 2 750 000 hommes et 500 000 femmes, ne devait en aucun cas être perçu comme un signe que les hostilités vont se poursuivre. De hauts fonctionnaires de l'administration Livingston ont déclaré également que la conscription s'étendrait sur des mois et peut-être des années. Une fois terminée la période d'entraînement, les recrues ne seraient pas nécessairement affectées à des unités combattantes mais pourraient être employées à reconstruire les sites dévastés par la guerre aux États-Unis. Toutefois, en dépit de ces affirmations, les spécialistes de la défense à travers le monde voient dans l'annonce d'une mobilisation quasi générale un nouveau signal montrant que le déclenchement général des hostilités apparaît comme imminent. » Au milieu de la page, la légende d'une photo d'assez mauvaise qualité annonçait « l'U.S.S. *Fife* entre péniblement en rade de Yokohama. On craint qu'il n'y ait des dizaines de victimes. Les Japonais se rassemblent sur les quais pour protester contre la présence du navire ». Chandler examina la photo du vaisseau endommagé. C'était une unité de petit tonnage, un destroyer – qui avait une forte gîte. Des tourbillons de fumée sortaient des déchirures noirâtres sur son flanc tandis qu'un bateau-pompe arrosait ses superstructures. *Quels coups avaient-elles encaissés ?* se demanda Chandler.

C'est alors que Chandler remarqua que les plaisanteries avaient cessé dans les vestiaires. Il entendit quelques soldats accueillir un nouvel arrivant.

Puis une voix lança d'un ton hésitant : « C'était comment ? »

« Ça nous a envoyés dans tous les coins. Et l'équipement était arraché des murs. Deux types qui revenaient des chiottes... ils ont été projetés aussi... droit en l'air comme s'ils étaient dans une fusée.

– Comment tu t'es fait descendre ? demanda doucement celui qui avait posé la première question.

– Un vol de reconnaissance des Foxbats essayant de rentrer en douceur du sud de l'Islande et voilà qu'on arrive : tout contents comme des idiots. On devait déposer des types des Forces spéciales sur je ne sais quel champ de lave à côté de Reykjavik et dès qu'on les aurait largués... j'avais mon parachute parce que je surveillais les sauts quand on a amorcé un sacré tonneau. Le capitaine Ames a dû y aller de toutes ses forces. Un vrai tonneau dans un C-141. On le sentait dans les jambes : elles commençaient à foutre le camp sous toi... Et puis ça a été l'enfer. J'ai appelé le navigateur et il a dit : " Bandits, bandits [1] ! " Et puis : " Ils nous ont touchés. Oh merde, ils nous ont touchés. " On entendait des sonneries, des klaxons dans le cockpit. Perte de vitesse, menace radar, le grand jeu. »

Il marqua un nouveau temps, plus long cette fois. Il prit une profonde inspiration. « C'était... c'était à vous donner mal au cœur, tu sais, à cause des G. La queue... a tout bonnement explosé. Je me suis retourné comme j'ai pu pour regarder. Il n'y avait plus rien là-bas. On voyait le sol. Et, *merde* », l'homme fit un effort pour continuer. Puis il reprit la voix tendue : « Tout foutait le camp dans tous les sens...

– Allons, mon vieux, ça va aller, dit quelqu'un.

– ... alors je me suis levé et j'ai sauté, dit le conteur avec un grand soupir. J'ai ouvert la trappe et j'ai sauté. On volait toujours mais tout craquait, grinçait, le vent hurlait. J'ai pensé à appeler le poste de pilotage... pour leur annoncer ce qui se passait... et puis... Sa voix de nouveau s'étrangla. Mais, merde, tu sais, l'avion était... tu sais, il... La voix lui manqua de nouveau et, trem-

1. Dans l'aviation, désigne des avions ennemis.

blant, il s'obligea à terminer... il tombait en vrille comme... j'avais jamais senti ça avant... et... merde! »

Chandler était assis là, la tête basse. Le seul bruit qu'il entendait c'était le bruit de son cœur. D'après sa voix, l'homme qui racontait l'histoire était plus âgé, peut-être un commandant. C'étaient *ses* hommes et il les avait lâchés pour sauter en parachute. Personne parmi ses auditeurs ne doutait qu'il avait pris la bonne décision. Il le savait, mais ça ne l'intéressait pas et ça ne le réconfortait pas. Il ne verrait jamais mourir le monstre qui maintenant hantait son âme. *C'étaient SES hommes et il les avait lâchés en sautant en parachute.*

Los Angeles, Californie
25 juin, 8 h GMT (0 h locale)

« Qu'est-ce que tu crois qu'il va se passer? » demandait au téléphone Lisa, la meilleure amie de Melissa. Celle-ci était assise sur le canapé. Dans la pièce éclairée seulement par la lueur vacillante de la télé, elle donnait à Matthew sa tétée de minuit.

« Je ne sais pas. Je pense qu'ils vont le destituer. » Melissa chuchotait pratiquement mais même ainsi elle n'arrivait pas à entendre le commentaire qui ronronnait tout bas sur son téléviseur en fond sonore. Elle n'en avait pas besoin. On l'entendait clairement sur le poste de Lisa. Une des dernières amies célibataires de Melissa et de David, Lisa n'avait pas à se soucier de bébés qui dormaient.

« Mais ça fait longtemps qu'ils sont enfermés, dit Lisa. Qui sait? Il y a peut-être encore de l'espoir? »

Melissa coinça le combiné contre son oreille tout en redressant Matthew pour lui faire faire son rot. Après beaucoup d'efforts, avec une pompe à lait et une consultation gratuite dans une maternité pour déceler toute trace de radioactivité – elle avait commencé enfin à le nourrir au sein. « Je croyais que tu détestais Livingston.

– Oh, bien sûr. Enfin, comme tout le monde. Mais si le destituer signifie avoir droit à la guerre... Enfin tu sais, dans ta situation. Avec David Dieu sait où. »

Matthew lâcha un rot sonore et se mit aussitôt à gigoter. Melissa s'empressa de le faire passer sur son autre sein.

« Qu'est-ce que c'était ? demanda Lisa.
– Matthew a fait son rot.
– Oh, attends ! Regarde. »
Melissa regarda : les reporters couraient dans le couloir souterrain de la casemate du Congrès à Greenbriar. On entendait dans le téléphone le son du téléviseur de Lisa.
« Général Thomas ! Monsieur Lambert ! » criait le reporter hors d'haleine tandis que la caméra approchait des ascenseurs. « Ça veut dire qu'il y a eu une décision ? » demanda un autre journaliste. « Vous partez ? » lança un troisième.
Melissa regarda le visage des deux hommes qui lancèrent un bref coup d'œil à la caméra avant de s'engouffrer dans l'ascenseur. Ils ne disaient rien. Ils avaient le visage fermé. Les portes de l'ascenseur se refermèrent. Un homme apparut sur l'écran venant de l'autre côté du cordon de policiers qui contenait les photographes et tendit les bras pour demander à la presse de reculer.
« Est-ce que le général Thomas et M. Lambert quittent la casemate ? cria un reporter.
– Non, non, répondit l'homme. Cela fait un moment que le Sénat siège à huis clos. M. Lambert et le général se rendent simplement dans une salle de conférence pour un rapide examen de la situation mondiale, c'est tout.
– Il y en a pour encore longtemps ? crièrent aussitôt d'autres journalistes.
– Ça va prendre encore quelques heures », dit l'employé du Congrès en tournant les talons.
« Qu'est-ce que tu vas faire ? demanda Lisa.
– Comment ça ?
– Je veux dire : s'ils le destituent.
– Je ne comprends toujours pas. Qu'est-ce que je suis censée faire ?
– Je veux dire : tu vas rester en ville ?
– Je viens de rentrer », dit Melissa agacée par ce que cela sous-entendait.
« Je sais, mais... si c'est vraiment la guerre.
– Tu n'es même pas partie au moment de l'attaque nucléaire.
– Je dormais à poings fermés. Je n'ai même pas su ce qui se passait avant le lendemain matin.
– C'est bien ce que je dis. Pourquoi partir maintenant ?

– Les fenêtres ont tremblé, dit Lisa évoquant le moment où elle avait frôlé la mort. Quand je suis sortie de mon lit, l'eau, l'eau dans la piscine s'agitait comme s'il y avait eu un tremblement de terre, je te jure.

– Et tu es retournée te coucher, dit Melissa. Je t'ai raconté ce que c'était que de vivre dans cette chambre d'hôtel. Je ne bouge pas d'ici. »

Lisa se tut : la télévision montrait maintenant une scène en Europe. Là-bas, c'était le matin. Il faisait beau. Melissa regarda intensément les images des soldats, cherchant le visage de David. La scène évoquait un désastre : un déraillement ou un gigantesque accident de circulation. De petits groupes d'infirmiers soignaient des hommes dont les corps jonchaient une route et un chemin. Au bas de l'écran on pouvait lire en incrustation « Pologne de l'Est ».

« Joni et Tom s'en vont, dit Lisa. Ils fourrent tout dans la Land Rover et partent demain.

– Et toi ? »

Lisa ne répondit pas tout de suite. La télévision montrait maintenant un camp de personnes déplacées non loin de la zone de guerre. Une infirmière – vêtue d'une tenue protectrice et arborant un masque à gaz – ajustait la valve d'un goutte-à-goutte auprès d'un lit sur lequel gisait une victime des radiations. C'était difficile de deviner l'âge de l'homme. Il n'avait presque plus de cheveux : ses mains pâles et son visage étaient couverts de marbrures rouges et de plaies ouvertes. On évoquait les stocks presque épuisés de calmants dans les hôpitaux où on soignait les irradiés. On annonçait que la Food and Drug Administration envisageait d'approuver l'emploi de drogues pour l'euthanasie, à la discrétion de deux médecins du même avis et du patient.

« Pourquoi ne viens-tu pas avec moi ? dit Lisa. On pourrait partir demain, tous les trois !

– Lisa, dit Melissa, découragée, je ne vais nulle part.

– Je ne veux pas partir sans toi.

– Mes parents sont en route. Un de ces jours ils trouveront bien un vol pour venir ici.

– Tu en es sûre ? »

Melissa sentait son cœur se serrer. « David pourrait appeler. » Lisa soupira. « Quand pars-tu ?

– Je ne sais pas. Dès qu'ils auront destitué ce vieux Wally, je pense.

– Tu m'appelleras avant ton départ ? demanda Melissa, les larmes lui montant aux yeux.

– Bien sûr que j'appellerai. Ce sera peut-être au milieu de la nuit.

– Ces jours-ci, je laisse le téléphone branché », dit Melissa en riant. Lisa se mit à rire à son tour. Des gens dormaient avec la radio et la télé allumées en cas d'alerte. Débrancher le téléphone était une idée stupide. Melissa regarda Matthew. Il dormait à poings fermés, la bouche entrouverte à trois centimètres de son sein. Melissa raccrocha. Elle monta Matthew au premier étage, l'installa sur le divan à côté de son lit et se coucha. Elle s'agitait et se retournait dans la chambre silencieuse : on n'entendait que le souffle léger de la respiration de Matthew. Elle finit par se lever et par allumer le téléviseur de la chambre. C'était son seul lien avec le monde extérieur et elle allait le laisser en marche jour et nuit.

Installations provisoires du Congrès, Virginie-Occidentale
25 juin, 8 h GMT (3 h locale)

« Je veux qu'on m'oriente immédiatement tous ces vols vers leurs bases, dit Thomas. Je me fous des contrôleurs aériens allemands. Utilisez les nôtres pour dégager les couloirs et faites-les décoller maintenant !

– Bureau du commandant, dit le Marine dans le téléphone que tenait Lambert.

– Ici Greg Lambert. Passez-moi le général Fuller.

– Un instant, monsieur », entendit-il. De son côté le général Thomas disait dans son appareil : « Combien et quand ? » Il écouta la réponse, articula le mot « merde ! » puis regarda Lambert – en posant la main sur le combiné. « Les Russes viennent de franchir la frontière slovaque...

– Avec des forces terrestres ? » demanda Lambert. Thomas aquiesça de la tête mais il avait repris sa conversation téléphonique. « Foutre oui, il a l'autorisation de procéder à un contre-déploiement. Mais oui, il peut franchir la frontière. Tout est " go " – go, go, go ! Exécutez l'opération Sabre vengeur.

– Allô, Greg, dit le général Fuller.

– Général Fuller, on a le résultat du vote officieux. Ça n'est même pas tangent : 86 contre 9, avec 2 abstentions. Le vice-président a donné l'ordre d'y aller. »

Lambert entendit auprès de lui Thomas qui, de façon tout à fait inhabituelle, perdait son calme. « Coulez-moi ce machin-là ! Vous avez pour instructions d'ouvrir le feu à votre discrétion en tout point, à l'exception du Bastion de la mer de Kara !

– Général Fuller, déclenchez l'opération Sabre vengeur.

– Entendu. » Il y eut un déclic sur la ligne. Lambert regarda le combiné une seconde avant de consulter le numéro suivant sur sa liste : le US Space Command, dont les F-15, spécialement modifiés, avaient commencé à descendre un par un les satellites russes.

« Vous ne pensez pas que vous devriez appeler le Président ? » demanda Thomas en composant le numéro suivant de sa liste à lui.

Lambert hésita. *Ça ne va pas être un coup de fil facile*, songea-t-il, mais il savait qu'il devait le faire. Il appela Mount Weather. « Ici Greg Lambert. Passez-moi le président Livingston, je vous prie. » Un bref silence puis on le brancha. Ce fut Livingston lui-même qui décrocha le téléphone à la seconde sonnerie.

« Monsieur le Président, c'est Greg Lambert. » Il y eut un silence embarrassé.

« Bon, Greg, merci d'appeler.

– Je suis désolé, monsieur le Président.

– Ça a déjà commencé, n'est-ce pas ? »

Lambert savait ce qu'il voulait dire : la *guerre*. « Oui, monsieur le Président, ça a commencé.

– Vous vous rappelez notre conversation, Greg. Surtout souvenez-vous-en bien. Je compte sur vous pour être ma voix, ma conscience, dans toutes ces réunions qui s'annoncent. Je compte sur vous, Greg. »

Pour sauver le monde, mais il ne le dit pas. Et Lambert était sur le point de protester.

« Je ferai ce que je pourrai, Monsieur le Président.

– Greg, dit le Président, c'est juste Walter maintenant. Walter Livingston. »

Quatrième partie

« Crier “ Pas de quartier ! ” et déchaîner
les limiers de la guerre. »

William SHAKESPEARE,
Jules César,
acte III, scène I, vers 275.

10.

En mer Baltique, ouest de Kronstadt, Russie
11 juin, 23 h 30 GMT (1 h 30 locale)

« Vipère Deux, restez branché sur moi », entendit dans son oreille gauche le capitaine Patrick O'Brian. Il jeta un coup d'œil dans la direction d'où venait le son et aperçut à travers la pluie battante la forme sombre du F-15 E Strike Eagle de son chef d'escadrille.

« Deux », répondit simplement O'Brian. Son regard restait concentré sur la surface noire de l'océan. Le pouce de la main gauche posé sur la manette des gaz, il diminua de 20 nœuds sa vitesse. Il remit alors un peu de gaz après s'être replacé derrière son chef d'escadrille.

« Vingt », entendit O'Brian dans les écouteurs de son casque : c'était beaucoup plus clair que la sonorité des appels. Ce son si net provenait de son officier de tir installé sur le siège arrière : il égrenait les milles qui les séparaient de leur objectif.

Sur le panneau devant O'Brian s'inscrivit un nouvel assemblage de symboles et d'informations.

« Droit sur l'objectif », annonça derrière lui le lieutenant Ramirez.

O'Brian aperçut la case claire qu'il cherchait vers la gauche sur le HUD, le Head Up Display. Le HUD s'affichait grâce à un faisceau laser et les symboles qui s'y inscrivaient étaient réglés sur l'infini : ils n'apparaissaient que quand on regardait au loin.

Une ligne jaillit du centre du display, en direction d'un carré, indiquant son cap. Le carré représentait le point de largage de la bombe par lequel il devait faire passer l'appareil. Il s'agrandissait : ils approchaient.

Ramirez était penché en avant, la tête plongée dans le « sac de données », l'écran aux bords capitonnés juste devant lui, à hauteur de la poitrine. Il avait enregistré les points de repère et calé visuellement leur voie d'approche malgré l'absence de visibilité au-dessus de l'océan battu par la tempête. Le système de visualisation à infrarouge produisait une image thermique à haute définition de la côte devant eux. Ramirez avait manœuvré la souris pour amener le pointeur sur le point de repère. L'ordinateur avait alors calculé la position de la cible par rapport au repère et affichait le point de largage sur l'écran devant O'Brian. O'Brian regarda l'ordinateur procéder à de légers ajustements de la position et de la surface du carré. Grâce aux indications de position, d'altitude et de vitesse fournies par les instruments de bord, l'ordinateur larguerait les bombes avec une précision incroyable. Tout ce qu'O'Brian avait à faire, c'était de passer par le carré.

« Vipère Deux, virez de 12 à gauche, dit la voix de son chef d'escadrille dans l'oreille gauche de O'Brian.

– Deux, je vire, dit brièvement O'Brian. Il appuya légèrement sur le palonnier gauche pour terminer le mouvement. Quand l'affichage sur le HUD descendit de 272 à 260 degrés, il remit en place le manche et le palonnier pour reprendre un vol droit et régulier. La ligne dansait juste à côté du point central du carré. Tant qu'elle restait à l'intérieur de la case, l'action de l'ordinateur sur les commandes pouvait provoquer le largage des bombes sur la cible. *Ça y est*, se dit O'Brian, *Vipère Un l'a trouvé aussi*.

En effectuant d'infimes mouvements de son bras droit sur sa jambe gauche pour manipuler les commandes durant le virage, O'Brian avait senti l'extrême tension de ses muscles. Quatre heures dans le cockpit et trente minutes de vol à très basse altitude commençaient à se faire sentir. *Merde !* se dit-il. *Ça n'est pas le moment d'avoir une crampe*.

Il aurait voulu s'étirer, mais à moins de cinquante mètres au-dessus de l'eau la nuit, par mauvais temps et à peu près à la même distance au-dessous des premiers faisceaux des radars qui essayaient de les repérer, cela voudrait dire pour tous les deux une mort presque certaine. Cette idée ne fit rien pour dissiper la crispation de ses muscles. O'Brian jeta un coup d'œil à l'indicateur de vitesse du HUD : 512 nœuds. À cinquante mètres, les deux gros appareils devaient laisser un sillage dans l'eau derrière eux. Il avait la gorge serrée.

« Quinze », dit Ramirez.

Sur la droite, O'Brian aperçut une flamme, puis une seconde, puis une demi-douzaine qui vinrent éclairer le ciel nocturne : elles perçaient la pluie et la brume qui brouillaient complètement les lignes séparant le ciel de l'océan et de la terre. « Des HARM en route », dit-il à l'intention de Ramirez.

O'Brian lança un coup d'œil furtif sur la droite mais il n'apercevait plus les huit petits points lumineux qui filaient vers la terre. Les HARM – High Speed Anti-Radiation Missiles – (missiles anti-radiation à haute vélocité) fonçaient sur les radars du système de défense aérienne russe qui d'une seconde à l'autre maintenant allaient s'arrêter. Mais ce serait trop tard. Les HARM fileraient vers le dernier point de radiation repéré et viendraient se fracasser à une vitesse fabuleuse, réduisant en poussière les émetteurs. Ceux qui auraient survécu à la première vague de missiles et que les Russes rallumeraient seraient attaqués par les appareils qui avaient expédié les HARM : des F16.

« Douze », annonça Ramirez. Les éclairs des explosions des HARM commençaient à apparaître le long de ce qui devait être la côte.

O'Brian fut surpris de constater qu'il était essoufflé. *Tu es nerveux, Patty*, songea-t-il et il prit une profonde inspiration. *Remets-toi les nerfs en place, mon vieux.*

« Vol Léopard, fantômes à 2 heures, six Anges ! » L'appel un peu affaibli mais distinct arrivant au-dessus de la tête d'O'Brian annonçait l'arrivée attendue des chasseurs d'interception russes : des appareils dont la seule cible serait l'escadrille des huit F-15 E de O'Brian.

« Formation de combat. Paré à tirer. Taïaut ! fit dans le lointain la voix de leur commandant.

– Un, paré.

– Deux, paré.

– J'y suis ! »

« Onze », ajouta Ramirez : on sentait nettement la tension dans sa voix. *Il écoute lui aussi*, songea O'Brian.

« Quelle jolie chanson. Je vais en tirer un », annonça

un pilote de chasse au-dessus, sa voix dominant le bourdonnement régulier d'un radar verrouillé sur la proie de son missile. O'Brian entendit le « Wooosh » de la fusée du missile qui s'allumait.

O'Brian vérifia son propre chargement de missiles air-air : deux Sidewinders à infrarouge de courte portée et deux Sparrows de moyenne portée guidés par radar. Baissant les yeux, il se rappela tout d'un coup : *la vérification des instruments, merde !* Son regard quitta le panneau lumineux, suivant exactement les instructions prescrites pour le dernier contrôle avant le combat : c'était un peu tard, commencer à moins de 11 milles de l'objectif. Un coup d'œil à ses instruments, puis il releva la tête pour s'assurer que l'appareil suivait une route droite et régulière. Son regard redescendit : un instrument après l'autre. *Température moteur : ça va, un peu chaud, mais ça va. Auxiliaire : droit et régulier.*

« Et un à la baille ! » Au-dessus de lui, il entendait au loin le cri de jubilation.

« Dix milles », annonça Ramirez.

Dix milles ! Seigneur, où en étais-je, carburant : carburant dans le vert. Ensuite... bon sang ! O'Brian sentit son cœur s'arrêter en lisant sur le HUD les chiffres de son altimètre : *25 mètres !*

O'Brian tira très légèrement sur le manche pour reprendre de l'altitude et rejoindre le chef d'escadrille : celui-ci, occupé sans doute à contrôler ses propres instruments, n'avait pas remarqué cette erreur presque fatale. O'Brian s'obligea à se concentrer sur l'altimètre : il le regarda osciller entre 44 et 46 mètres. Il avait le cœur qui battait la chamade et il sentait chaque pulsation faire palpiter sa carotide contre sa combinaison de vol. *25 mètres !* se dit-il : jamais il n'avait volé aussi bas de nuit. *Doux Jésus !*

« Dispersez-vous ! dispersez-vous ! » entendit-il au-dessus de lui.

« Neuf », dit Ramirez. En comparaison, sa voix semblait forte. « Je suis paré », annonça la voix au loin. O'Brian vit une image des dix-huit bombes conventionnelles de son appareil se dessiner sur le HUD et lut « armé – détonateur altitude zéro ». *Explosion de surface*, se dit O'Brian.

Il se concentrait de toutes ses forces pour garder le tracé de la ligne à l'intérieur du carré tout en suivant du coin de l'œil la forme vague de l'appareil de son chef d'escadrille. Il sentait la sueur ruisseler de tous ses pores : ça lui donnait une sensation de froid et d'inconfort.

« Montez ! Montez ! Les rétros ! »

« Huit milles » compta Ramirez. Surpris d'entendre cette voix forte, O'Brian sursauta.

Après la peur qu'il s'était faite en perdant de l'altitude, O'Brian abandonna son contrôle des instruments. *J'ai déconné. J'ai attendu trop longtemps pour m'y mettre*, songea-t-il, pris par le fracas de la bataille qui se déroulait là-haut : « Deux à la baille. J'en ai eu un autre ! »

« Restez avec moi, Vipère Deux », dit le chef d'escadrille. O'Brian exerça une pression presque imperceptible sur la manette des gaz de sa main gauche et amorça de nouveau un virage à gauche, s'approchant de l'autre Strike Eagle avant de se recentrer dans le carré du HUD.

« Sept milles », dit Ramirez, d'une voix une octave plus haut que d'habitude. *Ramirez est nerveux*, songea O'Brian. Il savait que Ramirez observait ce que lui-même ne pouvait pas encore voir : les découpes de la côte vers laquelle ils fonçaient.

O'Brian entendit un très léger sifflement venant de devant son appareil : le bruit allait et venait, plus fort à chaque fois qu'il revenait.

« Attention aux SAM », dit le chef d'escadrille de O'Brian : ils étaient à portée des missiles ennemis sol-air.

Le fuselage de leur appareil avait été « peint » par les premières faibles pulsations d'énergie d'un émetteur radar qu'on venait sans doute juste de rallumer. Un bon retour au récepteur du radar et on verrait droit devant la flamme brillante des tuyères d'un missile. L'engin prendrait vite une trajectoire parallèle à l'eau et foncerait sur l'avion de O'Brian : à la vitesse formidable à laquelle ils se rapprochaient le temps de vol ne durerait que quelques secondes. Le détonateur de proximité projetterait devant leur appareil une brume de schrapnels qui les lacéreraient au passage. O'Brian remit la ligne dans le carré.

« Six milles, annonça Ramirez. Tu vois cette ligne à haute tension sur la droite ? »

O'Brian jeta un coup d'œil à son propre écran. Ramirez avait mis le grossissement maximum et l'image en noir et blanc de la côte était d'une stupéfiante netteté. « Je l'ai », dit O'Brian en regardant vers le ciel noir devant lui. Il s'appliqua à mémoriser l'emplacement dans le monde réel des tours de métal noires et froides et des lignes électriques qu'on apercevait sur l'écran. *Il n'y a pas de moyen plus rapide de mourir que de s'emmêler dans ces trucs-là.*

Il distinguait maintenant les obus de la DCA éclatant en panaches dorés et mortels sous et à l'intérieur de la couche des nuages devant lui : c'était la première fois qu'il voyait la grosse artillerie antiaérienne russe.

Soudain, O'Brian sentit la main froide de la mort qui se tendait vers eux, qui les attendait un peu plus loin. Elle les attendait en bas dans l'océan : à 6 mètres d'altitude, les prises d'air des réacteurs des F-15 aspireraient l'eau de la surface. Elle les attendait dans le flamboiement des feux d'artifice là-bas : des éclats de métal déchiqueté emplissaient l'air en plein milieu du carré de largage sur le HUD. Elle les attendait dans les gros missiles guidés par radar, leur arrivée annoncée par le bourdonnement menaçant qui avait retenti aux oreilles de O'Brian. Elle les attendait dans les petits missiles à têtes thermo-sensibles qui fonçaient sur vous sans avertissement.

« Euh, cinq... cinq milles », dit Ramirez. On aurait dit qu'il avait la nausée. *Ça n'est pas comme ça que cela devait se passer*, pensa O'Brian. Un frisson montait de sa poitrine pour envahir son corps tout entier. Son assurance s'évanouissait.

« Léopard Un, attention à 6 heures, attention à 6 heures ! » entendit O'Brian. Ça venait de l'engagement aérien au-dessus de lui.

Et la mort attendait aussi cachée dans les intercepteurs ennemis, se rappela O'Brian.

« Où est-il ? dit une voix lointaine dans les écouteurs, une voix affolée.

– À 6 heures, à 6 heures ! Deux milles derrière !

– Je ne l'ai pas ! je ne peux pas le voir !

– Il est droit sur toi ! je vais tirer ! Romps sur la droite ! »

« Quatre milles. Passe en automatique. »

« Il est toujours sur moi, Deux ! Descend-le... descends-le ! Il m'a dans son viseur ! »

« O'Brian, hurla Ramirez, en automatique. Trois milles virgule cinq ! »

O'Brian s'arracha au bruit de la bataille au-dessus et tâtonna du pouce le haut du manche à balai : il poussa en avant le bouton « Auto ». Pour la phase terminale du bombardement, le contrôle de l'appareil avait maintenant été transféré à l'ordinateur de bord. « Passé en automatique... Désolé », dit O'Brian qui sentait le manche procéder tout seul à de légères corrections. Il gardait les mains légèrement sur les commandes comme tous les pilotes pour reprendre le contrôle si c'était nécessaire.

La ligne était centrée maintenant dans le carré dont la surface grandissait. *En plein dans le mille*, songea O'Brian. Il essayait de se calmer en guettant devant lui l'éclair éblouissant d'un missile.

« Trois milles », dit Ramirez, poursuivant sa mélopée.

« Il a tiré... il a tiré ! » Malgré la distance, la voix du pilote du chasseur était forte et claire : il criait de toutes ses forces.

« Bonté... divine ! » fit la voix de la proie là-haut.

« Éjecte ! fous le camp ! Sors-toi de là, Rod ! »

« Deux milles, dit Ramirez. Armement paré. On y est ! »

Il y eut un bref crépitement de parasites venant d'en haut, une ombre de son qui dans l'esprit de O'Brian était un hurlement d'angoisse : « Oh, Dieu. Oh, doux Jésus », fit une voix d'en haut. « Ah ah-a-h » puis un silence. « À Feu Follet, ici Léopard 2, dit la voix. Léopard 1... il s'est fait descendre, je répète. Léopard 1 s'est fait descendre. »

« Un mille », annonça Ramirez.

« Il vous faut un C-SAR ? demanda une voix dans le lointain : on proposait d'envoyer les forces de Combat Search Rescue (unité de recherche et de sauvetage au combat) pour retrouver le pilote abattu.

– Ah, négatif-négatif. Il... heu... Il n'a pas sauté. »

O'Brian vit jaillir devant lui des explosions d'un orange vif : les bombes des deux appareils de tête avaient frappé. Le manche soudain bascula en arrière et O'Brian se trouva un instant écrasé dans son siège tandis que l'avion montait : la visibilité tombait à zéro tant son pare-brise était enveloppé de nuages. Il sentit un second bond vers le haut et pourtant le manche n'avait pas bougé.

« Bombes larguées », cria Ramirez et le HUD passa automatiquement en position air-air.

O'Brian reprit le contrôle du manche et suivit son chef d'escadrille dans un brusque virage sur l'aile avant de descendre en piqué. En émergeant des nuages il ne put donc pas suivre du regard le chapelet de dix-huit bombes Mark 83 de 500 kilos qu'il avait larguées. Les F-15 continuèrent leur large demi-cercle vers la sécurité de la mer : les bombes plongeaient vers les quais grouillant de matelots de la base navale de Kronstadt.

O'Brian était au-dessus des terres, presque au niveau de son objectif et à moins d'un kilomètre au nord quand les premières bombes commencèrent à tomber. En une seconde et demie, les dix-huit bombes – larguées à des intervalles qui se comptaient en millisecondes – commencèrent à frapper. La première bombe tomba à l'eau à trente mètres d'une ligne de vedettes lance-missiles amarrées au quai. L'onde de choc provoquée par les 200 kilos d'explosifs aurait coulé l'embarcation la plus proche en écrasant sa coque sous la pression si la bombe suivante ne l'avait pas frappée de plein fouet .

Les bombes suivantes frappèrent dans un abominable fracas la côte presque à la verticale. Chacune des explosions projeta dans les airs des centaines de mètres cubes de terre et de ciment. Les dockers russes s'étaient jetés au sol quand les bombes des deux appareils de tête avaient commencé à tomber : ils furent projetés en l'air quand l'onde de choc secoua le sol. Un grand nombre moururent du traumatisme : c'était à peu près la même chose que de recevoir en pleine poitrine un tronc d'arbre. D'autres moururent les poumons éclatés quand le souffle déferla sur eux. Ceux qui couraient encore pour se mettre à l'abri furent déchiquetés par les éclats.

Les cent quarante-quatre bombes larguées par les huit F-15 E tombèrent sur les docks en seize secondes d'enfer : une des plus grandes bases navales de Russie fut mise hors service pour des semaines.

Au milieu de tout cela, O'Brian s'efforçait de rester près de Vipère Un. Il regardait les tuyères d'échappement rougeoyantes de son chef d'escadrille quand il aperçut soudain des points brillants déferlant sur la queue de l'appareil par groupes de six.

« Sam ! Sam ! Sam ! Sam ! » cria la voix du chef d'escadrille.

Le F-15 de tête rompit soudain vers la droite : O'Brian s'attendait à voir le missile guidé par la chaleur foncer droit sur ses tuyères d'échappement. Le temps pour lui d'actionner son disperseur de flammes et de virer sur la droite, son sort était réglé. Le missile SAM 7 sol-air avait sa trajectoire verrouillée sur sa tuyère d'échappement portée au rouge. Les flammes encore plus brûlantes que O'Brian éjecta par la queue de son appareil réussirent à le tromper : il explosa à moins de 3 mètres derrière le F-15. L'éclair de l'explosion éclaira le tableau de bord devant O'Brian d'une lumière aveuglante et la sphère de tiges d'acier qui jaillit de l'ogive du missile vint cribler l'arrière de l'appareil. Neuf voyants lumineux passèrent instantanément du vert au rouge vif, évitant le jaune d'avertissement : de terribles secousses ébranlaient l'appareil tandis que le fuselage se déchirait. Trois sonorités distinctes retentirent aux oreilles de O'Brian : un gazouillis, un bourdonnement, une série de coups de gong. Mais par-dessus tous ces bruits, tout ce qu'il entendit ce fut la voix de femme enregistrée qui se déclencha aussitôt pour dire « Éjectez. »

Le kérosène JB4 jaillissait d'une canalisation brisée directement sur le moteur du chasseur-bombardier, s'enflammant en l'air sous l'effet de la chaleur du moteur avant même de le toucher. « Éjectez », répétait la voix calme de la femme tandis que O'Brian cherchait de la main gauche la manette du siège éjectable tout en s'efforçant de garder les yeux bien fermés. « Éjectez.... » commença la voix calme de l'ordinateur, mais en un instant le feu remonta par la fuite du tuyau, suivant le labyrinthe des canalisations d'essence jusque dans les réservoirs d'aile de l'appareil.

Dieu fut miséricordieux. O'Brian et Ramirez ne sentirent jamais rien.

Poste de commandement souterrain du Kremlin
25 juin, 12 h GMT (14 h locale)

Filipov constata que Razov avait renoncé à l'idée de tenir une réunion formelle de la STAVKA puisque les généraux étaient maintenant presque constamment au téléphone avec leurs divers postes de commandement. Aux États-Unis, le vote sur la destitution se poursuivait toujours.

« Des rapports de la défense aérienne ukrainienne signalent d'importants contacts au nord de Lvov. Sans doute des FB-111, volant à basse altitude, vitesse rapide, route au zéro sept degrés. »

Le capitaine qui avait lu le rapport se précipita pour arracher l'autre feuille du télex et un jeune officier de marine qui attendait lut : « Des capteurs sous-marins dans le golfe de Finlande signalent un contact : sans doute un chasseur sous-marin américain, route à l'est, 14 kilomètres au nord de Tallinn. Des vedettes lance-missiles rapides ont quitté Kronstadt pour l'intercepter. »

Le temps qu'il eut terminé, il y en avait deux autres à la file derrière lui, qui attendaient de parler aux généraux dont la plupart occupés au téléphone n'entendaient rien. Mais Filipov – et Razov devant lui – écoutaient. N'ayant pas de commandement sur le terrain, Razov, en tant que commandant en chef du grand état-major, avait la vue d'ensemble et Filipov était l'aide de camp de Razov.

« Le commandant de la 103ᵉ division motorisée de fusiliers signale que les éléments de tête ont atteint le troisième objectif à 10 kilomètres à l'est de Michalovce, en Slovaquie. On fait état d'une faible résistance au sol mais les efforts pour interdire l'espace aérien s'intensifient. Demande permission d'extension des délais pour atteindre le quatrième objectif qui est la ville de Michalovce.

– Requête refusée », lança le commandant de la direction stratégique d'Ukraine qu'on allait bientôt rebaptiser le front d'Ukraine. Il n'avait pas un instant décollé son oreille du téléphone avant d'y revenir en disant : « Continuez. »

« C'est une bonne idée que vous avez eue là, général Razov », dit le général Karyakine. Il approcha son fauteuil de celui de Razov. Le commandant des forces de missiles stratégiques, lui non plus, n'avait pas grand-chose à faire. « Une violente offensive contre leurs forces en Slovaquie orientale : excellente idée. » Il hocha la tête en voyant les résultats du vote s'inscrire sur l'écran de télévision : les voix montant rapidement en faveur de la destitution. « Les Américains n'ont pas l'air d'attendre, alors pourquoi le ferions-nous ?

– Le commandant de la force de débarquement en Islande signale un contact avec les principaux éléments de la 82e division aéroportée américaine. Il a donné l'ordre à ses hommes d'adopter provisoirement une attitude de défense tactique. Il demande des précisions sur le moment où de nouveaux convois ou parachutages d'approvisionnement arriveront. »

Razov regarda l'amiral Verkhovensky, qui bien qu'il eût un combiné collé sur chaque oreille, avait manifestement entendu le rapport. L'amiral regarda Razov et secoua la tête.

« Dites au commandant, déclara Razov en élevant la voix pour dominer le brouhaha, de rester sur la défensive tant sur le plan tactique que sur le plan stratégique. Dites-lui que nous ne sommes pas en mesure pour l'instant... que nous ne sommes pas en mesure de le ravitailler. »

L'aide de camp jeta à Razov un regard un tout petit peu plus appuyé que d'habitude puis acquiesça brièvement de la tête et tourna les talons. Verkhovensky raccrocha un des deux téléphones et Razov lui dit : « Et le Bastion de Kara ? »

À cette question, plusieurs généraux se tournèrent dans leur direction. Verkhovensky secoua la tête et de sa main libre recouvrit le micro du combiné. « Ils se regroupent dans la mer de Barents, à l'ouest de la Nouvelle-Zemble... Un groupe de porte-avions de combat est sur place et un autre est en route. Mais ils ne semblent pas faire de tentative pour pénétrer.

– Ils veulent sans doute simplement couper l'Islande de nos ports du Nord, dit le commandant des troupes du génie.

– C'est une sacrée concentration navale pour juste barrer une route », dit Verkhovensky. Là-dessus, son interlocuteur au téléphone s'impatienta. « Non ! je veux que tout ce dont nous disposons soit ramené dans la mer du Japon. Tout ! Il écouta un instant. Oui, ça comprend le groupe de bataille de Petrosavodsk. Il écouta encore. Alors, nous abandonnons les Kouriles et ils doivent se frayer un chemin par le détroit de Soya ! On en revient toujours à la mer du Japon ! »

« Deux voix de plus, mon général », dit Filipov. Gardant un œil sur l'écran du téléviseur, il s'était approché pour chuchoter la nouvelle à l'oreille de Razov.

Razov regarda à son tour l'écran. Soixante-quatre voix pour la destitution, trois contre.

« Très bien ! dit Razov d'une voix forte. On pouvait deviner maintenant comment se conclurait le vote du Sénat américain. Que chacun retourne à son poste de commandement de temps de guerre. Prochaine réunion de la STAVKA dans seize heures. »

Aussitôt presque tous les généraux et leurs aides de camp se levèrent et un embouteillage se forma à la porte. Le brouhaha dans la salle commença à s'apaiser : les hommes, passant maintenant à des téléphones portables, sortaient l'un après l'autre.

« Soixante... dit Karyakine, en fermant sa main comme un pistolet sans quitter des yeux la télévision... six ! » Il braqua sa main vers le téléviseur au moment où le chiffre s'inscrivait sur l'écran et fit semblant de presser la gâchette. « Eh bien, voilà. Nous sommes en guerre. »

Razov le regarda : Filipov se dit qu'il avait presque l'air content de ce résultat. Karyakine et les commandants des troupes du génie et de la production militaire se levèrent et se dirigèrent vers la porte.

« Oh, je ne sais pas si vous avez remarqué, fit Karyakine en se retournant, mais nous avons terminé la décontamination de quarante-neuf silos intacts et nous recommençons à charger ce soir. » Il regarda Razov. « Ils devraient être en état de tirer dans la semaine. Je me suis dit que vous aimeriez le savoir », dit-il en souriant. Là-dessus, il sortit.

« Pavel, dit Razov à Filipov, fermez la porte. » Quand ce fut fait, ils se retrouvèrent seuls. « J'ai un travail pour vous. » Filipov leva les yeux vers Razov : pendant un bref instant, il sentit le regard du général le scruter jusqu'au fond de l'âme. Filipov fit un effort pour se concentrer. C'était difficile ces temps-ci.

« Vous avez vu les résumés de presse du bureau USA-Canada à propos de la mort de la femme de votre ami Lambert », dit Razov. Filipov hocha la tête. « Et vous n'avez toujours aucune nouvelle d'Irina ? »

Filipov fit non de la tête. Il s'était procuré tous les articles, il en avait examiné chaque mot – prenant du temps sur ses devoirs officiels avec un remords croissant

– mais toujours rien pour indiquer qu'Irina se trouvait avec Jane. Ce qui voulait dire qu'elle était où ? À Washington ? Morte – et non identifiée – exposée parmi les centaines d'autres en attendant qu'on vienne la reconnaître ou déjà poussée par un bulldozer dans une tranchée ? Dans un abri antiatomique ? *Elle avait demandé une fois*, se rappela Filipov, *ce que signifiait le panneau jaune et noir dans le sous-sol de la National Gallery alors qu'ils prenaient un sandwich à la cafétéria.* Un abri antiatomique ! il lui avait dit que le panneau annonçait la présence d'un abri ! Il était comme un homme en train de se noyer à qui on lance une bouée.

« Pavel », dit Razov d'une voix sourde. Filipov se souvint de l'endroit où il était et se tourna vers le général. « Pavel, il s'agit d'un problème d'importance vitale. Le destin de notre nation – de la nôtre et celui des États-Unis – pourrait fort bien dépendre du résultat de votre mission. » »

Filipov acquiesça.

« Je veux que vous alliez en Amérique.

– Bien, mon général ! balbutia Filipov.

– Je vous dis cela ici parce que c'est la seule pièce dont je sois absolument certain qu'elle n'a pas de micro caché. Je veux que vous alliez en Amérique sous une fausse identité pour rechercher votre femme, rencontrer ce Lambert et l'informer des ordres de tir " d'action par défaut " donnés aux sous-marins du Bastion de la mer de Kara.

Filipov considéra Razov sans rien dire. « Comprenez-vous, reprit Razov, en fixant sur Filipov le regard intense de ses yeux gris, l'importance et l'urgence de faire savoir aux Américains ce qui se passerait s'ils poussaient leurs attaques dans la mer de Kara ? »

Filipov sentit son cœur se glacer. Il hocha la tête. « Vous comprenez aussi, poursuivit Razov, que vous ne faites pas cela à la demande de la STAVKA ni d'aucun autre officier que moi ? » Filipov acquiesça. « Et vous comprenez en outre que discuter des ordres concernant le feu nucléaire donnés à ce qui reste de nos forces sous-marines serait probablement considéré comme un acte de trahison en temps en guerre ? » Nouveau hochement de tête de Filipov. « Vous connaissez le châtiment pour un tel crime ? »

Filipov soutint le regard de Razov et acquiesça une

dernière fois : il avait attendu un temps convenable pour faire semblant de réfléchir à la demande de Razov, comme ce dernier semblait le souhaiter, mais tout ce temps, il n'avait cessé de se dire *Irina, Irina*.

Installations provisoires du Congrès, Virginie-Occidentale
25 juin, 16 h GMT (11 h locale)

« Veuillez répéter après moi », dit le président de la Cour suprême Rehnquist tandis que Costanzo levait la main droite et posait la gauche sur la Bible que tenait sa femme. Lambert se leva, comme tous les assistants dans la salle du Sénat bourrée de monde. « Moi, Paul Stephen Costanzo...

– Moi, Paul Stephen Costanzo, dit-il, répétant le texte du serment, je jure solennellement... d'assumer fidèlement... la charge de président des États-Unis... et, du mieux que j'en serai capable... de sauvegarder, protéger et défendre... la Constitution des États-Unis d'Amérique.

– Mes félicitations, monsieur le Président », dit le président de la Cour suprême en serrant la main de Costanzo. Tous les assistants, debout, éclatèrent en applaudissements qui se prolongèrent plusieurs minutes.

Lambert et Thomas se dirigèrent vers la porte de côté pour observer la scène. Au cours de la longue ovation, Lambert sentit l'objectif des caméras des télévisions s'arrêter fréquemment sur Thomas et sur lui : il essaya de ne pas montrer son impatience. Enfin, le nouveau président monta sur l'estrade.

« Mes chers compatriotes, répéta Costanzo à plusieurs reprises en attendant que la foule se calme. Mes chers compatriotes, je vais être bref. J'assume la lourde charge de président en sachant que notre pays vient de se voir infliger de terribles blessures. Plusieurs millions de nos concitoyens sont morts, des millions d'autres ne sont pas avec nous pour longtemps : ils auront bientôt disparu, voués à une fin tragique due à une force que nul ne peut voir, sentir, ni toucher. »

Lambert baissa la tête mais, à cet instant, il vit s'allumer le voyant rouge de la caméra braquée sur son visage. Quelque directeur de l'information d'une chaîne, il le savait, le montrait au pays tout entier comme l'image même de l'homme qui pleure des parents. Il serra les dents et fixa un regard grave sur l'estrade.

« Je n'accède pas à cette charge écrasante en période de paix mais, pour le plus grand malheur de tous, j'y accède en temps de guerre. Ce n'est pas une guerre que nous avons choisi de faire, car nous sommes un peuple pacifique. Mais, une fois que leur colère est éveillée, une fois que nos jeunes patriotes se sont engagés pour une grande cause, ce pays puissant qu'est le nôtre n'hésitera assurément pas à descendre dans l'arène, si grand qu'en soit le prix, si lourd le sacrifice. Et laissez-moi vous assurer, mes chers compatriotes, qu'il est tout aussi sûr que ce pays l'emportera. »

Il y eut de nouveau une formidable ovation, qui jaillit avec la même ardeur de tous côtés.

« Tous les Américains, reprit Costanzo, en s'efforçant de maintenir le calme dans l'assistance, tous les Américains... se souviennent du 7 décembre comme du jour où les Japonais ont attaqué Pearl Harbor. Notre président, Franklin Delano Roosevelt, a dit alors que ce jour resterait à jamais un jour d'infamie. Le 11 juin a-t-il été un jour encore plus infâme ? Je laisserai aux historiens le soin d'en décider. Mais demain sera un jour de victoire car moi-même et l'ancien président Livingston avons conjointement autorisé les forces armées de ce pays à engager l'opération Sabre vengeur. J'aurai plus à dire sur l'effort de guerre dans les prochains jours, mais je vous déclarerai seulement que nous allons faire la guerre aux Russes, que nous allons poursuivre le combat avec toute notre ardeur, notre conviction et notre résolution et que nos canons ne se tairont que quand nos troupes auront obtenu la victoire sur le champ de bataille ! » Les acclamations jaillirent de la foule debout. « Dieu bénisse les États-Unis d'Amérique, cria-t-il dans le vacarme, et le succès de ses forces armées ! »

Dans la petite salle, les cris et les vivats étaient assourdissants.

Quand le Président – suivi de Lambert et du général Thomas – fit irruption dans la salle de conférence, l'agitation était à son comble : ce n'était pas du tout ce à quoi Lambert s'attendait. « Bonté divine, comment diable...

– Le Président ! » lança un des aides de camp et il se leva tout comme l'amiral Dixon. Les autres chefs de guerre – dont le torse était projeté sur trois écrans le long des murs de la salle à côté de ceux des secrétaires d'État et de la Défense et des directeurs de la CIA et de la NSA – devinrent aussitôt silencieux.

Costanzo se dirigea droit vers le bout de la table et dit : « Asseyez-vous, messieurs et madame », ajouta-t-il en saluant de la tête une des assistantes de Lambert. Il s'installa dans son fauteuil, les mains croisées devant lui sur la table et dit : « Comment va la guerre ?

– Hum... je crains que nous n'ayons là un problème, monsieur le Président, dit le général de l'Air Force Starnes, sur un des écrans.

– Et en quoi consiste exactement ce " problème ", général ?

– Eh bien, monsieur le Président, il semble que des bombardiers russes Backfire, de leur groupe d'aviation à longue portée, de gros appareils supersoniques similaires à nos B–1–B, sont en train de procéder à des raids sur certaines de nos installations : installations navales, principalement, mais aussi des dépôts de carburant et des centrales électriques. Ce sont des bombardiers susceptibles de transporter des armes nucléaires, mais ils les utilisent actuellement pour larguer des engins conventionnels.

– Que voulez-vous, général... » dit Costanzo. Il regardait Starnes sur l'écran, ouvrant les mains pour montrer qu'il n'était pas surpris et hochant les épaules. « ... C'est la guerre. » Il hésita puis reprit : « Attendez... vous avez dit qu'ils bombardaient nos centrales électriques ?

– Oui, monsieur le Président. Ils nous ont assené rapidement quelques rudes coups, mais nous avons lancé à leur poursuite des chasseurs d'interception : ou bien nous allons descendre la plupart d'entre eux ou bien nous les obligerons à se trouver à cours de carburant avant...

– Attendez une minute ! fit Costanzo en l'interrompant. Où ont-ils attaqué ? Où étaient situées ces installations ? »

Starnes regarda le papier posé devant lui. « Le chantier naval de San Diego, les réservoirs de carburant Chevron dans le New Jersey, juste en face de New York, et des centrales électriques – thermiques aussi bien que nucléaires – qui alimentent New York, Boston, Philadelphie, Seattle, San Francisco et Los Angeles. »

Los Angeles, Californie
25 juin, 16 h GMT (8 h locale)

« Canal quatre interrompt cette émission pour vous présenter un bulletin spécial. »

Les yeux rouges, Melissa regardait le téléviseur, Matthew couché sur ses cuisses nues.

On voyait maintenant un correspondant local extrêmement pressé qui tenait contre son oreille un écouteur en criant « quoi ? » hors du champ de la caméra. Il se retourna et dit : « Canal quatre vient d'apprendre que la FAA vient de publier un Avis aux Pilotes les prévenant que tous les vols civils étaient détournés de l'aéroport de LAX. D'après une information reçue voilà quelques instants de la tour de contrôle de LAX, les radars civils du centre de contrôle aérien régional de la FAA avaient capté... »

Il y eut un grondement assourdissant et la pendule sur la cheminée trembla. Melissa attendit, pétrifiée, la lumière aveuglante qui précéderait les verres brisés, les incendies et le souffle déchaîné qui marqueraient la fin de tout.

« Je ne sais pas si vous avez pu entendre cela ! cria le reporter. Une très très forte explosion ou une série d'explosions. Nous avons pu l'entendre jusqu'ici, dans nos studios. »

Une nouvelle série de sourdes détonations ébranla les vitres de la pièce où se trouvait Melissa.

« Tenez ! ça recommence ! encore une, plus forte que la précédente. »

Melissa posa Matthew contre son épaule et se précipita vers la porte de service. La terrasse donnait sur le flanc de la colline : de là, on avait une vue partielle de l'atmosphère enfumée au-dessus de Los Angeles.

« Le corps des sapeurs-pompiers de Los Angeles

conseille à tous les habitants de rester chez eux », entendit Melissa par la porte ouverte. Elle s'approcha de la balustrade en bois et regarda au loin la fumée noire qui s'élevait des collines sur sa gauche.

« Les risques d'éclats de verre ou de lignes à haute tension décrochées... » Il y eut une violente succession de « boums » par-delà les collines, qui parurent ébranler l'air autour d'elle. Elle aperçut une boule de feu rouge jaillir vers le ciel puis former en se refroidissant un nuage bouillonnant de fumée noire. Elle entrevit deux gros avions noirs qui passaient entre les collines au-dessus d'elle, effectuaient un brusque virage sur l'aile et disparaissaient derrière la maison de ses voisins sur la droite. Le cœur battant, elle entendit le hurlement des moteurs retentir derrière la maison, faisant trembler les carreaux. Matthew fut secoué d'une convulsion puis éclata en sanglots.

Elle revint dans la maison, luttant contre des frissons qui lui secouaient le corps et lui laissaient la bouche sèche. « Là, Matthew, là », dit-elle en lui tapotant le dos. Le tonnerre des réacteurs s'éloigna rapidement et elle alla prendre une bouteille de lait dans le réfrigérateur. Mais l'image des gros avions noirs – qui filaient au niveau de ses yeux à moins de 400 mètres d'elle – passait et repassait dans sa tête.

Matthew criait à pleins poumons. « Là, là », répétait-elle tout en plaçant le biberon dans le four à micro-ondes. Elle referma la porte et pianota le temps de réchauffement. Pas un bip ne sortit de l'appareil. Elle se retourna pour regarder la télévision. L'écran était sombre. Toute la maison était plongée dans l'obscurité.

Gander, Terre-Neuve
25 juin, 16 h GMT (11 h locale)

Ils traversèrent la piste jusqu'au Delta L-1011 et commencèrent à embarquer. Quand David Chandler, le lieutenant Bailey et l'adjudant-chef Barnes arrivèrent en haut de l'échelle, une hôtesse apparut, dans son uniforme gris de la compagnie Delta et dit : « Bienvenue à bord. »

Chandler la salua de la tête, surpris de voir une femme.

« Je suis Rebecca Healy, et voici Jennifer Sins.

– David Chandler », dit-il. Il leur serra la main et présenta Barnes et Bailey. Chandler avait cru une seconde que c'était peut-être le même appareil qui les avait amenés ici, mais ce n'étaient pas les mêmes hôtesses.

« Pourquoi, messieurs, ne vous installez-vous pas confortablement, en première classe ? dit Rebecca. L'officier mécanicien dit que nous avons un problème de répartition des charges et qu'il a besoin de déplacer des passagers vers l'avant. Elle se tourna vers Jennifer. Tu veux demander si nous avons quelqu'un qui ait une carte Fréquence plus ? »

Jennifer se dirigea vers le micro avant que Rebecca ait eu le temps de rire de la plaisanterie qu'elle venait de faire. Elle saisit au vol le bras de Jennifer. « Mais non, mais non, je plaisantais. Le major va emmener quelques passagers à l'avant. Une douzaine devrait suffire, dit-elle en se tournant vers Chandler. L'officier mécanicien va vous préciser le chiffre.

– Lieutenant Bailey, pourquoi n'amenez-vous pas tous nos officiers et sous-officiers supérieurs par ici. » Bailey se dirigea vers l'arrière de l'appareil, non sans jeter un dernier regard à Jennifer. Elle le remarqua et sourit : Bailey faillit heurter la cloison du vestiaire.

Chandler était planté devant la porte ouverte. Son regard allait vers le bâtiment du terminal et au-delà... vers l'ouest. *Plus loin,* se dit-il. *Je vais encore plus loin.*

Au bout d'une heure de vol, Chandler déboucla sa ceinture, se dirigea vers la porte du poste de pilotage et frappa.

La porte s'entrouvrit et Chandler vit un bref sourire plisser le visage de « Gator », le navigateur du vol qui les avait déposés à Terre-Neuve. Puis on lui referma la porte au nez.

« Vos plaisanteries me fatiguent, Golding ! dit Chandler à travers le battant fermé. Ouvrez !

– Pas possible ! répondit Golding. C'est le règlement de l'Aviation civile ! Vous pourriez avoir une arme ! Vous pourriez nous détourner vers un endroit dangereux ! » Chandler entendit les ricanements dans le cockpit au moment où il allait frapper du poing, la porte s'ouvrit.

« Ça vous a plu, le soleil de Terre-Neuve, bouseux ? »

Chandler regarda juste derrière la porte les rangées de composants électroniques qui avaient été brûlés et noircis auparavant mais qui semblaient maintenant tout neufs. « Qu'est-ce que j'ai fait au Bon Dieu pour me retrouver avec vous ?

– C'est la faute à pas de chance, major, répondit Golding. On a piloté des convois. Quand on a regroupé les huit appareils expédiés à Gander pour revenir à Newark, on s'est trouvé coincés ensemble. Vous savez, ce pédé de Gator, il a un faible pour un des copilotes d'American Airlines, alors...

– Avec tout le respect que je vous dois, commandant, dit Gator, allez vous faire voir.

– Vous voyez, voilà qu'il recommence son harcèlement sexuel.

– Alors vous êtes allé en Europe ? » demanda Chandler. Silence général. « Qu'est-ce qui se passe ?

– Je ne peux pas vous répondre, dit Golding. C'est un secret. Vous pourriez être un espion russki.

– Bon sang, Golding, fit Chandler, répondez à ma question. Terre-Neuve n'est pas à proprement parler un centre des industries de communications. Je ne sais pas ce qui se passe. Vous avez vu des combats ?

– Ma foi, non, fit Golding d'un ton moqueur en se frottant le menton, non, on n'en n'a pas vu. Mais, maintenant que vous parlez de ça, eh bien... ça ne vous paraît pas un peu bizarre, les gars, qu'on n'ait rien vu d'extraordinaire, puisque c'est la Troisième Guerre mondiale ?

– Golding, je suis sérieux.

– Et je suis sérieux quand je vous dis que nous ne sommes censés parler de rien.

– Et vous allez appliquer cette règle ? Vous, capitaine Golding, vous allez les laisser vous bâillonner ? »

Golding resta un moment silencieux, puis dit : « Qu'est-ce que vous en pensez, les gars ? on lui dit ? »

Les deux autres semblaient indifférents. Chandler attendait.

« Voyons. » Golding se tut. Le copilote et le navigateur restèrent silencieux : tous deux avaient l'air de remonter le temps, le regard vague. « Nous nous sommes posés à Francfort, juste deux jours après l'attaque d'un missile de croisière russe sur l'aéroport. On aurait dit une scène de *L'Enfer* de Dante. On est arrivés de nuit, et il y avait des incendies partout. Le signal des contrôleurs aériens était faible : on aurait dit que le type tenait un walkie-talkie ou je ne sais quoi et qu'il n'y connaissait rien. Pas d'indications sur le vent ni la pression barométrique pour qu'on puisse régler nos altimètres, rien. Il nous a juste dit : “ Descendez ”. »

Golding jeta un coup d'œil au copilote. « On a bien failli heurter un hélico qui décollait comme une chauve-souris jaillie de l'enfer. Pas d'éclairage sur les pistes. Mais il y avait des équipes qui travaillaient à combler les trous : alors on a survolé la piste une fois, vous comprenez, pour voir de quoi ça avait l'air. On est passé à une trentaine de mètres et on a réglé notre altimètre là-dessus : on ne s'est pas préoccupés de l'histoire du niveau de la mer ni rien de tout ça. Gator a jeté un coup d'œil et a repéré une biroute. On était là, dans un avion de 660 tonnes, qui vaut 100 millions de dollars, avec deux cent cinquante personnes à bord, à survoler une piste à 30 mètres comme si on pilotait un Cessna.

« Bref, reprit Golding après avoir secoué la tête d'un air écœuré, on a fait une sorte d'atterrissage en bout de piste du bon côté et on a gentiment roulé jusqu'au bout. Une vraie maison de fous, murmura Golding comme s'il revoyait la scène. On a cru qu'il allait falloir gonfler les foutus toboggans pour débarquer les passagers. De vrais durs, qui gueulaient et claquaient des mains comme si on allait se mettre à tuer des Russkis au comptoir de livraison des bagages. Ils étaient cramponnés à la porte et ils ont sauté à terre en poussant de grands cris puis en jurant comme des malpropres quand ils se sont cassé la cheville sur le ciment. Le personnel au sol a fini par arriver et on a commencé à débarquer les plus malins par l'échelle. Mais ça n'était pas trop tôt, parce que pendant tout ce temps, on regardait – peut-être à une soixantaine de mètres – un 747 et ce qui avait l'air d'un 767 qui gisaient là en pièces détachées, complètement carbonisés.

Chandler se demanda : *Est-ce qu'ils étaient pleins – ou est-ce qu'ils étaient vides ?* « Et c'était Francfort ? demanda Chandler. Il y a deux jours ? Mais la guerre n'a commencé qu'aujourd'hui.

– Ma foi, fit Golding, tout ça, c'est une question de définition, vous savez : on dirait que les Russkis n'en étaient pas à la même page que nous parce qu'ils ont fait une sacrée java sur les terrains à travers toute l'Allemagne et l'Angleterre.

« Bref, reprit Golding, visiblement enflammé par sa rhétorique, il y avait toute une foule de gens au bord de la piste. D'abord, quand on est arrivés, on ne pouvait pas vraiment les voir – ils étaient dans l'obscurité – mais on pouvait les entendre. Et eux pouvaient nous voir, parce que le temps qu'on commence à débarquer, ils arrivaient en se bousculant. Des femmes et des enfants. Les MPs essayaient de les retenir, mais ils n'étaient pas assez nombreux. À peine le dernier soldat à terre, les autres se sont précipités. Ils ont littéralement pris l'appareil d'assaut. C'était épouvantable. C'étaient des Américains, vous comprenez, quelques Anglais – pour la plupart des touristes. Les MPs ont littéralement disparu et les civils arrivaient sans arrêt. Sans se battre ni rien, mais en poussant et en se bousculant comme des malades. Les gosses hurlaient. » Golding se tut en secouant la tête.

« Je ne sais pas ce qu'ils avaient vu, reprit-il avec un grand soupir, mais ils avaient l'air affolé. Les sièges se sont remplis en moins de rien. Nous, on était à la porte en disant : “ Non, non, on est complets, on ne peut prendre personne d'autre. ” Ils baissaient la tête – les adultes – évitant nos regards et continuaient à pousser comme s'ils n'entendaient pas. Pour finir, même les couloirs étaient bourrés et les gens sur l'échelle ne pouvaient pas entrer. Je crois qu'ils auraient continué quand même à essayer s'il n'y avait pas eu un autre jet qui s'était posé.

« On refermait donc les portes quand un soldat est arrivé au galop. Je me suis dit qu'il avait peut-être un message ou Dieu sait quoi. Voilà que je me retrouve nez à nez avec le canon d'un foutu M-16. Il dit : “ Attendez... surtout attendez. ” Il se retourne et dit : “ Viens, mon chou. Ça va. ” Et voilà que rapplique une femme avec un bébé. J'ai commencé à lui expliquer qu'on était complets, mais, vous savez, il était dans un drôle d'état. Ça devait être un déserteur. Alors, j'ai laissé faire.

« Après ça, la voix de Golding se brisa, juste une seconde. Eh bien... ils se sont dit adieu. Et elle... elle – il avait la gorge serrée – elle le suppliait de partir aussi et il lui disait : “ Oh, mon petit, tu sais bien que je ne peux pas ”, et il les embrassait, elle et le bébé. La petite fille était encore en pyjama. Ils devaient être rudement pressés quand ils étaient partis. Et puis il a disparu, il s'est volatilisé dans l'obscurité.

– Comment avez-vous décollé avec tous ces gens ? demanda Chandler.

– Bah, la soute à bagages était vide. En plus, on était léger pour le carburant – presque trop. On en avait utilisé pas mal parce qu'on n'osait pas arrêter les moteurs : on n'aurait peut-être pas pu trouver de générateur pour les faire démarrer. Mais le vieux Gator ici présent a fait ses comptes et a dit qu'on pourrait probablement y arriver : alors on a roulé dans l'herbe pour pouvoir nous donner un peu plus de longueur et on est partis. Les ouvriers allemands qui travaillaient sur cette piste ont détalé comme des lapins, mais on a quand même décollé avec, oh ! peut-être une marge de 8 à 10 mètres. L'appareil a pris l'air comme une baleine enceinte.

– Avec trop de poids à l'avant, vous comprenez, expliqua le copilote. On est arrivés à Heathrow tout juste. Avec les réservoirs presque à sec.

– Je ne comprends pas, dit Chandler. Pourquoi étaient-ils si pressés de quitter l'Allemagne ? Je veux dire, ça n'est pas qu'on soit beaucoup plus en sécurité aux États-Unis. »

Le copilote et Gator regardèrent tous deux Golding qui se trémoussait, mal à l'aise, dans son fauteuil de cuir. « Écoutez, reprit celui-ci. On nous a recommandé de ne rien dire de toute cette merde, absolument rien. Mais on nous a *surtout* interdit de parler de ce que je vais vous dire maintenant : alors n'allez pas blablater partout, parce qu'ils ne plaisantent pas là-dessus, d'accord ? Il marqua un temps. Vous savez, tous ces civils qu'on a évacués ? Eh bien, on les a ramenés en Angleterre, là, terminus. En quarantaine. Maintenant c'est tout ce que je sais. Alors dites-moi, monsieur le militaire... qu'est-ce que ça vous dit tout ça ? hum ? »

La guerre biologique, voilà ce que ça disait à Chandler. *Mon Dieu*, songea Chandler, qui comprit aussitôt la raison de tout ce secret. *Combien auraient embarqué sur cet appareil s'ils avaient su ou s'ils s'étaient doutés ?* se demanda-t-il. Se faire tuer ou blesser par des balles ou des explosifs, c'était une chose, mais la guerre biologique...

« Nous aussi, reprit Golding, théoriquement, on est

en quarantaine. En Angleterre, on a désinfecté l'appareil au sol : on l'a pulvérisé dans un hangar scellé. Ils nous ont mis en quarantaine quand on est repartis pour les États-Unis. Ces types, on aurait dit qu'ils étaient habillés pour aller sur la lune quand ils nous ont apporté notre ravitaillement. Allons, major, bienvenue dans le monde des damnés. Vous êtes des nôtres maintenant. »

Seigneur, songea Chandler. *Mais ils ont dû se tromper.* « Est-ce qu'il y a eu des gens malades ?

– Que dalle, répondit le copilote. J'ai rien entendu dire.

– Peut-être qu'ils ont chopé un microbe à retardement, dit Golding. Ou peut-être que ça vous bousille simplement votre instinct sexuel.

– Alors, ricana Gator, ça ne marche pas. »

Ils éclatèrent tous de rire. *Un humour de condamnés,* pensa Chandler. De toute évidence, ils avaient eu largement le temps d'en discuter. Ils avaient eu aussi le temps de s'habituer. Il chassa ce souci... en tout cas, pour le moment.

Quand il regagna son siège, Rebecca descendait le couloir en servant des plateaux.

« Un peu de café, major ?

– Non, merci », dit-il en étouffant un grand bâillement. Il était épuisé et il se dit qu'il devrait dormir.

« Ça va ? demanda-t-elle. Je veux dire, fit-elle en lançant un coup d'œil vers le poste de pilotage, je vous ai vu discuter avec eux. » *Je sais ce que vous savez, veut-elle dire,* songea Chandler. *Je suis une des damnées aussi.*

« Oui, dit-il. Ça va, merci.

– Vous êtes sûr que vous tenez toujours à continuer ? » fit-elle en riant.

Chandler secoua la tête en souriant. « Ça m'a l'air un peu tard pour changer d'avis. Et vous... vous et le reste de l'équipage ? Je ne comprends pas. Qu'est-ce que vous faites ici ?

– Eh bien, quand on a réquisitionné l'appareil, on a placardé un avis dans les bureaux du superviseur à DFW pour demander des volontaires. C'était avant la guerre et... eh bien, je voulais juste donner un coup de main. Vous comprenez. »

Chandler comprenait, mais ça lui paraissait quand même curieux.

Le grand rire de Bailey attira l'attention de Chandler. Rebecca et lui se tournèrent vers la cuisine. Chandler ne voyait pas Jennifer, mais de toute évidence c'était à elle que Bailey parlait.

« Et elle ? interrogea Chandler. On dirait que c'est son premier vol transatlantique.

– C'est son premier vol point : en tout cas depuis qu'elle est sortie de l'école des hôtesses.

– Et elle sait... elle sait pour la guerre, mais elle est volontaire ? »

Rebecca haussa les épaules : « C'est une brave gosse. »

Par les portes ouvertes sur l'arrière de la cabine, derrière Bailey, Chandler aperçut les visages éveillés et énergiques des jeunes appelés : des gosses qui avaient à peine vingt ans. À l'avant, leurs aînés, officiers et sous-officiers, profitaient pour la plupart de l'occasion de dormir, mais à l'arrière de l'appareil, le bruit était plus ou moins constant. Ils étaient gonflés à bloc : pleins d'ardeur, agenouillés sur les coussins, baissant la tête juste avant de recevoir des sacs de cacahuètes qu'on lançait par-dessus les dossiers. On aurait dit qu'ils étaient dans un bus scolaire en route vers le grand match, comme nombre d'entre eux avaient dû l'être un ou deux ans auparavant, peut-être moins.

Rebecca n'avait rien dit. Elle n'y avait sans doute même pas pensé, songea Chandler en se carrant dans son fauteuil. Mais lui le pensait : *Chacun d'eux est un brave gosse.*

Il alluma sa lampe et tira de son sac ses manuels maintenant tout écornés. Quand Rebecca redescendit le couloir, il lui dit : « Avec du lait et du sucre, s'il vous plaît. »

Installations provisoires, Mount Weather, Virginie
25 juin, 17 h GMT (12 h locale)

« Qu'est-ce que vous me racontez ? » demanda Lambert dans le combiné qu'il tenait contre son oreille. Il marchait de long en large derrière son fauteuil, avec une furieuse envie d'aller aux toilettes.

« Je dis qu'ils ont lancé trois attaques avec les effectifs

d'un régiment contre la 4e d'infanterie en Slovaquie, aux confins de l'Ukraine », disait l'homme du QG du 5e corps à Prague. La communication était mauvaise. « Ils sont arrivés...

– Une seconde », l'interrompit Lambert. Il fit pivoter le micro de l'autre téléphone pour parler. « Le 5e corps annonce que les Russes ont lancé trois violentes attaques le long de la frontière ukrainienne sur le front tenu par la 4e.

– Formidable ! dit l'Anglais du quartier général avancé du TEAMS à Londres. Absolument formidable ! Avec quels effectifs ont-ils lancé l'attaque ?

– Des régiments », dit Lambert. Il entendit alors l'homme de Prague dire : « Ce n'étaient que les éléments avancés de sans doute au moins deux divisions de fusiliers motorisés. » Lambert répéta le commentaire à son autre interlocuteur.

Lambert avait dans son bureau trois groupes de gens suspendus à ses lèvres, tous l'air harassés et anxieux. « Quel effet sur notre heure de départ ? demanda Arthur, l'officier de liaison à Londres.

– Quel est l'horaire prévu ? demanda Lambert à l'officier américain à Prague tout en faisant signe à la jeune femme officier de marine de lui remettre son rapport. Disons un retard de vingt-quatre à trente-six heures jusqu'à ce que l'on puisse renforcer les troupes avec des forces tchèques et slovaques et puis regagner des positions en première ligne.

– Voilà trois rapports, murmura la jeune femme à Lambert. Il y a eu une attaque de missiles sur des transports de Marines à partir d'un appareil d'attaque russe basé à terre : c'est celui-ci, dit-elle. Elle prit le rapport et le brandit sous ses yeux. Un ravitailleur a été touché. La soute à munitions a sauté : tout l'équipage a été tué. »

Lambert acquiesça de la tête et leva la main. « Le 5e corps dit qu'il y aura un retard de vingt-quatre à trente-six heures, Artie.

– Arthur, corrigea sèchement l'officier britannique. Et ça nous flanque dans un drôle de pétrin maintenant, n'est-ce pas ?

– Celui-ci, continua la femme à voix basse en désignant le rapport du dessus, concerne le parachutage de la 509e équipe de combat sur les rives du Bosphore, en Turquie. Leur zone de parachutage a été attaquée par des Spetsnaz peu après leur arrivée. La 6ᵉ flotte croit qu'ils sont arrivés en plein milieu d'une tentative russe pour miner le détroit.

– Monsieur Lambert, vous êtes là ? demanda l'officier britannique, indigné.

– Oui.

– Vous vous rendez bien compte de la gravité du problème, n'est-ce pas ?

– Le troisième rapport concerne un autre torpillage : un transport dans le golfe du Mexique, celui-ci juste au large de Galveston, Texas. Les débris avaient été repérés au dernier passage de P-3 et nous avions confirmé la perte du navire : mais ou bien il y avait *deux* sous-marins russes dans le coin, ou bien nous l'avions manqué au premier passage. Quoi qu'il en soit, il s'agit d'un submersible diesel-électrique, et pas nucléaire : sinon nous l'aurions entendu. Nous avons coulé leur ravitailleur de sous-marins au large de la côte de Cuba, il ne devrait donc pas s'écouler longtemps avant...

– Votre 3ᵉ corps au départ de Pologne est en avance sur l'horaire », annonça Arthur. Au même moment, sur l'autre téléphone, l'officier du 5ᵉ corps demandait : « Vous avez encore besoin de moi, monsieur ?

– Oui », répondit Lambert. En même temps, l'officier britannique continuait : « Si cette aile nord continue beaucoup plus loin à l'est, son flanc droit va être exposé puisque l'offensive de l'aile sud à partir de la Slovaquie est maintenant retardée : ça n'est pas ce que j'apprends du commandement en chef Europe ? »

Lambert posa les deux téléphones contre sa poitrine. Il essayait de ne pas sautiller sur un pied comme un enfant, avec sa vessie qui menaçait d'éclater après les litres de café qu'il avait avalés. Il dit à l'officier de marine : « Posez ça sur mon bureau. Je les lirai plus tard. »

Elle sortit. Le général finlandais et son aide de camp – tous deux en civil car il s'agissait d'une visite clandestine – s'avancèrent pour réclamer leur tour. Ils devançaient le fonctionnaire du recrutement avec ses chiffres de mobilisation, qui attendait depuis deux heures maintenant, car quelqu'un passait toujours devant lui.

« Qu'est-ce que le Président pense de ça ? demanda Arthur. Allons-nous ralentir l'avance de l'aile nord ou la stopper complètement en attendant que l'aile sud lance son offensive, ou bien devons-nous laisser se poursuivre l'avance de l'aile nord sans le soutien d'une colonne parallèle ? C'est la question du jour. »

La secrétaire de Lambert apparut et dit : « Le général Thomas a convoqué une autre conférence de Menace de missiles : ligne 7 », dit-elle. C'était la cinquième alerte de ce genre depuis neuf heures que la guerre avait éclaté.

Juste derrière lui surgit l'ancien président Livingston accompagné de sa famille.

« Nous venons d'avoir une alerte aérienne ! dit l'officier du quartier général du 5e corps. Chacun passe sa combinaison protectrice et descend à l'abri. J'aimerais au moins préparer mon masque, si vous êtes d'accord, monsieur Lambert ? »

M. et Mme Livingston dirent adieu de la main. Lambert écoutait dans l'appareil le hurlement strident d'une sirène et dit : « D'accord et descendez à l'abri. » Il avait l'intention de raccrocher et de courir après l'ancien président pour lui dire convenablement au revoir.

Sa secrétaire réapparut derrière la famille présidentielle qui s'éloignait et pointa son doigt vers le combiné. Elle fit la grimace en disant : « Non, général Thomas, il est ici, je vous le jure. » Nouvelle grimace. Le doigt de nouveau pointé sur le téléphone, elle fixait Lambert.

Celui-ci laissa le Président s'en aller. Il coupa la communication avec l'officier de liaison britannique toujours furieux. Il courut prendre part brièvement à la conférence sur la menace de missiles. Puis il se précipita vers les toilettes, au risque de créer un incident diplomatique à la veille de l'admission secrète des Finlandais dans l'alliance TEAMS.

11

Cinq cents kilomètres au sud de l'Islande
25 juin, 19 h GMT (15 h locale)

Quand Bailey s'éloigna une nouvelle fois, Chandler pêcha dans son sac le manuel qu'il attendait avec impatience de lire. Barnes lorgnait la couverture du livre, Manuel NBC, puis il surprit le regard de Chandler.

NBC, songea Chandler. Des lettres qui glacent de peur le cœur des soldats. *Nucléaire-biologique-chimique*. Chandler ouvrit le livre et se mit à lire.

« Les agents biologiques sont des micro-organismes utilisés pour déclencher des maladies parmi les personnels, chez les animaux ou chez les plantes. Ils sont capables de couvrir de vastes secteurs avec une dépense minimale de munitions en raison des petites quantités d'agents biologiques nécessaires pour obtenir une dose efficace. Les agents biochimiques sont généralement projetés sous forme d'aérosols que les vents dominants entraînent au-dessus de la zone visée. »

Il avait entendu tout cela auparavant dans des conférences, mais il n'y avait pas attaché grande importance. Ces produits-là existaient déjà lors de la dernière guerre mondiale, mais on ne les avait pas utilisés.

« Les agents neurotoxiques bloquent la détente musculaire normale. En raison de la contraction des muscles impliqués dans la respiration, la mort s'ensuit généralement par défaillance respiratoire. » Chandler inspecta son paquetage. Sur le côté de la trousse, on voyait des seringues à atropine. Cela aiderait à ralentir l'action d'un gaz neurolytique : ça pouvait même vous sauver. *Peut-être.*

Difficile à détecter, lut Chandler. Sans couleur, sans odeur et sans saveur. Son efficacité dépend des conditions météorologiques et géographiques : température, vent, humidité, contours du terrain, etc. La meilleure utilisation – *la meilleure*, se dit Chandler en secouant la tête –, c'est la nuit, contre des troupes sans protection dans des creux naturels du terrain où le gaz plus lourd que l'air s'accumulerait. *Un insecticide. Tuer avec un insecticide. Et ce serait bien mieux la nuit, évidemment : l'évaporation à ce moment-là est limitée. C'est aussi le moment où les soldats sont effrayés et seuls – dans le noir.*

Les gaz neurotoxiques pénètrent à travers la peau. Une gouttelette de vapeur – une seule gouttelette invisible sur le bras, les mains ou le visage – et on est mort. Chandler reposa le manuel.

Mon Dieu, faites que je ne voie pas ça, se dit-il. Bailey revint de la cuisine avant, s'arrêtant dans le couloir pour répondre en souriant à Jennifer. Chandler se replongea aussitôt dans le manuel : moins pour éviter d'avoir à parler à Bailey en particulier que pour ne parler à personne pour l'instant. Bailey se carra dans son fauteuil, en regardant la cloison devant lui et en souriant.

Le nouveau bloc de Bailey, observa Chandler du coin de l'œil, était de couleur légèrement rosée. Tout en haut, enfoui parmi des ceps de vigne et des fleurs rouges, se trouvait l'en-tête du papier à lettres de « Jennifer M. Sims » avec en dessous son adresse à Dallas. *Simple coïncidence si son adresse et son numéro de téléphone sont sur le bout de papier qu'elle lui a donné*, songea Chandler avec amusement. Bailey replia le bout de papier et le fourra dans son sac. Là-dessus, Jennifer apparut pour lui verser du jus d'orange, un grand sourire éclairant son joli visage.

Chandler reprit sa lecture. « Agents vésicants. » Il continua, lisant aussi vite que possible. Signes précurseurs d'une attaque : des obus qui touchent au but sans explosion.

L'équipement protecteur dont l'usage est prescrit par les règlements comprend divers modèles numérotés de 1 à 4. Il faisait chaud dans ces combinaisons, on ne pouvait pas les porter longtemps. *Les nôtres au moins sont assez « respirables »*, lut Chandler. Avec filtre à charbon de bois et plus confortables que les tenues de caoutchouc des Russes. Toutefois, chez les Américains, le charbon de bois finissait par se saturer et il fallait passer une nouvelle combinaison.

Véhicules surpressurisés, qui empêchent les vapeurs nocives de pénétrer, décontamination, premiers soins, procédures de signalisation du secteur. Il y avait même la façon de lire les panneaux que l'ennemi anonyme – « La Menace » – planterait pour délimiter les secteurs contaminés : c'était intéressant de constater qu'ils étaient toujours libellés en russe.

Quand Chandler eut terminé le manuel, il était très agité. Il se leva, cherchant autour de lui quelque chose à faire. Attiré vers le poste de pilotage, il frappa à la porte. Elle s'entrebâilla juste assez pour que Gator l'aperçût. « C'est le major.

– Allez-vous-en », dit Golding. Énervé comme il l'était, Chandler s'apprêtait à riposter. Il hésita toutefois. Le pilote et le copilote avaient le regard fixé sur le pare-brise : Golding avait les deux mains sur le manche et la main gauche de Frazier, le copilote, sur la manette des gaz. « Allez-vous-en, major, répéta Golding, je ne plaisante pas. » Il était tendu. Concentré sur ce qu'il avait à faire.

« Vire à gauche », dit Frazier en baissant la tête pour regarder par le pare-brise. Golding tourna légèrement le manche vers la gauche. « Ça va... Ça va ! » dit Frazier. Il réduisit les gaz d'un mouvement infiniment délicat, son regard toujours fixé sur le ciel au-dessus d'eux. Golding manœuvrait à gauche ou à droite, et Frazier mettait ou réduisait les gaz.

Auprès d'eux, le navigateur n'avait pas l'air d'être particulièrement occupé, et Chandler demanda à voix basse : « Qu'est-ce qu'ils font ?

– Nous sommes en formation avec les six autres appareils », répondit Gator. Chandler se pencha pour regarder par le pare-brise.

Les silhouettes massives de deux grands avions de ligne emplissaient le ciel à quelques centaines de mètres à peine au-dessus d'eux. « Seigneur ! » dit-il en contemplant les ondulations du groupe : chaque appareil s'élevait et descendait lentement pour adapter sa position par rapport aux autres.

« Vous voulez bien la boucler, hein ? » dit Golding. Il avait le front baigné de sueur.

« Pourquoi si près ?

– Ça ne donne qu'un signal radar, dit Gator. C'est un sacré voyage de retour, mais leurs types du renseignement ne peuvent pas rester assis là à nous compter pendant qu'on survole l'Islande.

« On est partis tout seuls, dit Gator. Plus d'escorte de chasseurs. Ils sont rentrés. »

Le premier bip émana d'un petit appareil fixé tant bien que mal avec du ruban adhésif au tableau de bord, juste au-dessous du pare-brise. Quand les bip s'accélérèrent pour devenir un sifflement presque constant, Golding dit : « Tiens-moi ce machin. »

Le copilote tendit la main et l'instrument devint silencieux : un voyant rouge clignota à la place de l'avertissement sonore.

« Qu'est-ce que c'est ?

– Passe à cinquante », ordonna Golding. La main de Frazier se déplaça peut-être d'un millimètre vers l'avant : le bruit des moteurs devint un soupçon plus aigu.

« Qu'est-ce que c'est... ? » Chandler se tourna vers Gator qui, immobile, contemplait d'un œil morne la carte de l'immense océan désert tout en haut duquel Chandler vit l'Islande. « C'est un détecteur de radar... Comme pour une voiture ?

– Eh oui, fit Gator sans lever les yeux. On est éclairés comme un arbre de Noël. »

Il n'avait pas l'air autrement préoccupé, mais Chandler sentit une vague de crainte monter en lui en voyant Gator s'affaler d'un air abattu dans son fauteuil. *Il est résigné,* se dit Chandler, *mais à quoi ?* Il leva les yeux vers le voyant rouge du détecteur de radar qui clignotait rapidement.

« Qu'est-ce qui se passe si ça nous tombe dessus ? demanda Chandler.

– On meurt, dit Golding.

– Non, vraiment », demanda Chandler. Mais Golding n'ajouta rien.

« Les consignes les plus récentes sont de faire un amerrissage forcé, précisa Gator. Ça a marché pour un appareil de Federal Express : ils ont recueilli quatorze survivants.

– Sur combien ? » interrogea Chandler. Gator haussa les épaules. « Je suis content que la méthode ait fait ses preuves », murmura Chandler.

Dans le poste de pilotage, les hommes étaient silencieux, calmes : mais à chaque coup d'œil qu'ils jetaient au clignotant du détecteur de radar, Chandler se sentait plus agité. « Vous voulez dire que vous piquez simplement du nez et que vous vous posez sur l'océan, c'est ça ?

– On garde le train d'atterrissage rentré, répondit Golding. Et on se pose juste sur la crête d'une vague : pour descendre dans le creux. C'est un coup de poker. Si on touche le flanc d'une de ces lames d'une douzaine de mètres comme il y en a dans l'Atlantique Nord, autant se jeter contre la paroi du Grand Canyon.

– On appelle ça " le Triangle de l'Islande ", dit Gator, parce que les Russes savent exactement où...

– Boucle-la ! ordonna Golding. Puis aussitôt : Bien reçu, neuf zéro un. Navajo six cinq sept deux sept, je quitte la formation pour descendre. Bonne chance. Terminé. » Chandler éprouva une brusque impression de légèreté : le nez de l'appareil piquait vers l'océan et il dut se cramponner à la cloison. Le bruit de fond dans l'appareil augmentait avec la vitesse.

« Gator, nous avons des bandits – faible contact – au 291, des anges à 1 h 5 à 120 kilomètres », annonça Golding d'une voix monotone. Gator griffonna les données. « Vitesse 950 nœuds. On va rompre la formation. Je descends à 500 pieds – peut-être plus bas –, donne-moi une route. »

Chandler observait le calme étrange qui régnait dans le cockpit, tandis que le crayon de Gator tirait des traits bien droits sur la carte pour relier les points qu'il venait de marquer. Le gémissement de l'appareil en plein piqué s'accentua. Gator maniait un triangle en plastique transparent. Il prit des notes et pianota des chiffres sur un clavier de sa console. « Second point ? » demanda-t-il, son crayon volant toujours sur la carte.

« On avait le cap au 290 à 70. »

Gator reprit ses calculs et se rassit en disant : « Vire à gauche à zéro un sept.

– Répète, fit Golding.

– Zéro un sept ! » lança Gator. Golding amorça un virage sur la gauche. Chandler sentit ses jambes s'alourdir et ses oreilles se boucher.

« Non, Gator, fit Frazier. Zéro un sept, c'est au nord. Droit sur l'Islande. »

Gator, ses cartes étalées devant lui, jouait avec sa règle en plastique. « Au nord ! Sans blague... Vraiment ? » Il tendit le cou. « C'est la route la plus courte pour éviter le rideau d'interception s'ils maintiennent le cap une minute ou deux de plus en postcombustion. »

Golding tendit le bras et pressa un bouton sur le tableau de bord qui éclaira l'inscription « Ceintures ». Il décrocha le micro. « Personnel de bord, préparez pour l'amerrissage », dit-il d'une voix basse : de toute évidence, il marmonnait exprès pour éviter que les passagers entendent ce qu'il disait et ne s'affolent. *Ça leur fera une belle jambe*, se dit Chandler en regardant en bas l'océan tout gris : des lambeaux d'écume s'envolaient de la crête des vagues pour venir frôler presque le ventre du jet toujours plus bas au-dessus de l'eau.

« 500 », annonça le copilote. Mais Golding continua à descendre.

« Le vent m'a l'air d'être au deux huit zéro, dit Golding. Qu'est-ce que tu en penses, Fraze ? »

Le copilote regarda les crêtes blanches. « À peu près, dit-il en se rasseyant. 400. » Sa voix était calme, mais son visage qui se reflétait vaguement sur le pare-brise exprimait toute son inquiétude. « 300. » En bas, l'eau filait à une vitesse extraordinaire. « 250, Larry. » Golding arrêta la descente.

« J'ai... J'ai le E-2 ! cria Frazier. On dirait... on dirait des Tomcats !

– D'où diable est-ce qu'ils arrivaient ? demanda Golding.

– C'est Tango Charlie Six, dit Frazier en jetant un coup d'œil à Golding.

– Ils auraient pu biberonner ? demanda doucement Golding sans quitter des yeux le pare-brise.

– Pas question, murmura Frazier dans le silence qui suivit. Ils devaient être sur postcombustion depuis... Missiles en vue !

– Mais ils étaient en Fuel Bingo », dit Gator en regardant les deux pilotes, qui restèrent muets.

Nouveau silence, puis Chandler demanda, presque en chuchotant : « Qu'est-ce que ça veut dire, Fuel Bingo ? » Le drame le fascinait, mais il n'y comprenait rien.

« Ça veut dire, dit lentement Golding, que quand ils

ont décollé tout à l'heure ils avaient juste assez de carburant pour regagner l'*Eisenhower*.

– Un à la baille ! cria Frazier. Et de deux ! Ils les ont eus ! » Il redevint silencieux.

« Je ne comprends pas, dit Chandler. Je croyais vous avoir entendu dire qu'on n'avait plus d'escorte aérienne.

– Sur quelle longueur d'onde sont-ils ? demanda Golding à Frazier.

– Un deux deux cinq », répondit Frazier. Golding tourna un bouton sur le bras de son fauteuil.

« Tango Charlie Six, ici Navajo, six cinq sept deux sept. Vous me recevez ? terminé ! »

Après un silence, Golding dit : « Merci vraiment, les gars. Vous nous avez sauvé la mise. » Une autre pause brève, puis Golding et Frazier éclatèrent de rire en chœur. « Pardon, madame, reprit Golding. Merci à vous aussi. » Ils écoutèrent encore. « Je voulais simplement... dit Golding... simplement dire... merci. Merci et... et bonne chance. »

Les pilotes écoutèrent encore un long moment. « Roger. Bien reçu. Je vais faire ça. Navajo deux sept terminé. »

Chandler entendit Golding pousser un profond soupir. Après une autre brève communication radio, il demanda à Gator de lui fixer un nouveau cap. Ils effectuèrent un lent virage sur l'aile et reprirent de l'altitude. Le voyant rouge du détecteur de radar ne clignotait plus.

Après une minute ou deux de vol en silence, Frazier dit doucement : « Ils viennent de s'éjecter. » Chandler, dans le pare-brise qui faisait un peu miroir, vit l'œil de Golding qui n'était pas masqué se fermer deux secondes.

« La marine va aller les repêcher, hein ? fit Chandler. On va envoyer un hélicoptère... Je veux dire... on sait où ils sont.

– Non, dit doucement Golding. On n'en enverra pas. Les appareils russes basés à terre contrôlent maintenant tout le ciel autour de l'Islande. La marine ne peut pas approcher suffisamment pour larguer un hélicoptère.

– Alors... quoi ? fit Chandler en regardant l'immensité de l'Atlantique Nord. On ne peut quand même pas les laisser là.

– Major, lança sèchement Golding, ces quatre personnes sont mortes. » Il fixa le visage de Chandler qui se reflétait dans le pare-brise, comme si tout d'un coup c'était important que Chandler comprît bien ce point. « Oh, si vous voulez, vous pouvez encore leur parler. On peut vous brancher sur la radio qu'ils ont dans leur paquetage de survie » : à supposer qu'ils ne se soient pas fracassé la tête sur la verrière de l'habitacle, qu'ils n'aient pas eu le cou brisé sous la pression du vent et que leurs parachutes se soient bien ouverts. Oui, si tout va bien, ils peuvent commencer à essayer de se dégager de sous le nylon et se dépatouiller au milieu de toutes ces petites boucles et courroies qui les empêtrent. Vous avez déjà vu un grand bout de nylon mouillé étalé à la surface de l'eau avec les vagues et tout : ça ne va peut-être pas être commode de remonter pour avaler une goulée d'air et...

– Ça suffit, Larry », dit calmement Frazier.

Le silence s'abattit sur le cockpit et, au bout de quelques instants, Chandler dit : « Je ne veux pas vous déranger plus longtemps.

– Attendez une minute, fit Golding. Le pilote de l'un de ces avions m'a demandé de dire quelque chose à vos hommes. » Il tendit la main, pressa le bouton « Ceintures » et le voyant s'éteignit. « Mais c'est à vous que je vais le dire, et ensuite je veux que vous retourniez là-bas et que vous répétiez à vos hommes ce qu'il a dit. »

Chandler s'arrêta devant la porte. Il attendit... plein d'appréhension.

« Il a demandé " qu'on envoie ces salauds en enfer pour qu'il puisse mettre la main dessus ". Je crois que c'étaient ses propres mots, dit Golding, et... (sa voix se brisa un instant)... et dites-leur que sa femme s'appelait Sandy – Sandy, de Norfolk. »

Installations provisoires de Mount Weather, Virginie, *25 juin, 20 h GMT (15 h locale)*

« Primo ! dit le président Costanzo dans le téléphone qui le reliait aux dirigeants du monde libre, le traité de l'Atlantique Nord stipule que, dans le cas d'une attaque contre un pays membre, tous les autres membres de l'Alliance devront considérer cette agression comme une attaque contre leurs pays. Le 11 juin, les forces nucléaires stratégiques de la République populaire de Russie ont lancé sur les États-Unis une attaque nucléaire massive sans provocation. Mais les gouvernements des pays membres, l'Allemagne, la France, la Norvège, le Danemark, les Pays-Bas et la Belgique, ont choisi d'ignorer les obligations que leur impose le traité. Les États-Unis d'Amérique considèrent donc comme nul le traité de l'Atlantique Nord dans la mesure où il prévoit la défense par les États-Unis de l'une quelconque de ces nations. »

Costanzo promena son regard autour de la table : c'était une réunion conjointe des chefs d'état-major interarmes et de son cabinet – avec des nouveaux et d'autres de l'ancien cabinet de Livingston. Des voix jaillirent du haut-parleur du téléphone. « Secundo ! Les forces armées des États-Unis continueront à utiliser leurs bases où qu'elles soient sans que puissent s'y opposer les gouvernements des pays hôtes, et ils profiteront également de toutes les facilités de transports précédemment prévues pour être utilisées par les forces de l'OTAN, en temps de guerre. *Si*, reprit-il en haussant la voix, si l'un quelconque de nos anciens “ alliés ” intervenait de quelque façon que ce soit dans la poursuite de notre effort de guerre, ces alliés-là n'auront pas seulement à craindre les armes russes ! »

Le président de la République française protesta en français. La traduction anglaise arrivait une seconde plus tard comme le mauvais doublage d'un film B : son ton manifestement scandalisé perdait à la traduction toute violence : « Monsieur le Président, commença-t-il, vous ne pouvez pas, vous n'allez pas utiliser le territoire européen pour conduire des hostilités sans le consentement de la Communauté. L'époque où vous pouviez depuis votre bureau de Washington...

– Toute tentative, quelle qu'elle soit, interrompit Costanzo, pour intervenir dans nos opérations sera considérée comme un acte de guerre. » Le silence se fit dans la salle à l'autre bout du fil. « En outre, si mes commandants sur le terrain m'informent de toute autre manœuvre estimée de caractère hostile de cet Eurocorps dont vous et le chancelier Gerhardt êtes responsables en dehors de nos bases, j'ordonnerai aussitôt une interdiction de survol imposée par l'Air Combat Command. Que ceci soit bien clair, mesdames et messieurs. Ne respectant pas les clauses du traité de l'Atlantique Nord, vous avez cessé d'être un allié des États-Unis d'Amérique. La façon dont vous nous avez trahis à une période de cruelle difficulté vous met sur le chemin de devenir nos ennemis. Si vous tentez de nous arrêter, nous vous abattrons l'un après l'autre ou tous ensemble. »

Thomas, assis à la droite de Lambert, se pencha et le général Fuller, à la gauche de Lambert, en fit autant. « Comment l'appeliez-vous donc? chuchota Thomas. L'écolo de Californie? »

Fuller haussa les épaules et secoua la tête, déconcerté. « L'homme est un politicien. Pas besoin d'être météorologue pour savoir d'où souffle le vent », dit Fuller.

Quand le Président eut terminé, il coupa la communication juste au moment où le président français commençait à balbutier. Posant les deux mains sur la table, il dit : « Maintenant, voyons un peu ce que les Anglais pensent de ce numéro. »

À peine le technicien eut-il effectué le branchement qu'il eut sa réponse. Cela faisait manifestement trop longtemps que les Britanniques retenaient leur envie de rire.

Presov, Slovaquie
26 juin, 10 h GMT (11 h locale)

En regardant par le hublot, Chandler sentit comme un frisson d'excitation lui courir le long du dos. Ils avaient passé dix-huit heures à bord de l'avion, dont près de la moitié sur la piste de l'aéroport de Stuttgart bombardé à attendre un chargement de carburant venant tout droit des camions-citernes de l'Air Force : maintenant, quelques minutes seulement les séparaient du moment où ils allaient débarquer. Ils volaient très bas, à 200 ou 300 mètres d'altitude. Golding ou Frazier tour à tour ne cessaient d'actionner la manette des gaz.

L'appareil arriva au-dessus des abords du terrain, et on réduisit le régime des moteurs. En bas, la classique clôture de treillage métallique et une surface herbeuse et dégagée comme un dessus de table défilèrent sous leurs yeux. À une centaine de mètres à l'intérieur de la haute clôture, il y avait des rouleaux de barbelés qui couraient ininterrompus parallèlement au grillage. Derrière les rouleaux, l'herbe verte était striée d'entailles marron foncé et noires : des tranchées et des points fortifiés entourés de sacs de sable d'où dépassaient les têtes d'hommes des forces de sécurité slovaques casquées d'acier. On remit les gaz.

La piste filait sous l'appareil. Une ligne de cratères traversait l'herbe formant un angle aigu avec la piste. Des ouvriers comblaient les trous creusés par les bombes dans le béton : ils défilaient sous le hublot de Chandler, baissant la tête et se couvrant les oreilles. L'avion survolait la partie endommagée.

Soudain, on coupa les moteurs. L'appareil tomba comme une pierre, heurtant sans douceur la piste et rebondissant pour retrouver enfin son équilibre avec une abominable lenteur. Chandler sentit son pouls s'accélérer. Sa nouvelle vie allait commencer.

L'avion rebondit encore une fois. Il dévorait la piste à une vitesse prodigieuse, et Chandler remarqua qu'ils étaient terriblement près du bord : l'aile s'étendait loin au-dessus des feux bleus et de l'herbe. Un ultime crissement de pneus, une violente secousse, puis le rugissement farouche des réacteurs inversés. On entendit un grand fracas dans la cuisine, un choc plus sourd venant de quelque part à l'arrière, tandis que des objets non attachés venaient heurter la cloison.

« Veuillez rassembler vos affaires et vous préparer à sortir par les portes avant », annonça Rebecca avec une précipitation qui frisait l'urgence.

Tous étaient debout. Chandler lança un dernier regard dehors : un virage de l'appareil qui roulait encore vite révéla la longue carcasse délabrée d'un bâtiment : la façade criblée de trous et les carreaux disparus. Les murs au-dessus des fenêtres étaient noircis par les incendies qui avaient achevé la destruction du bâtiment.

Une échelle roulante attendait sur la piste et, quand ils s'arrêtèrent sans douceur, on la poussa jusqu'à l'avion.

Chandler se leva. Le bruit des réacteurs pénétrait par la porte ouverte de la cuisine.

La porte du cockpit s'ouvrit toute grande.

« Tout le monde dehors, tout de suite ! cria Golding. Chandler, il devrait y avoir quelque part en bas une équipe de contrôle de l'Air Force. »

Chandler sentit les portes de la soute à bagages s'ouvrir. Barnes se précipita, suivi d'un flot d'hommes et de femmes.

Chandler se retourna vers Golding. « Bon sang, qu'est-ce qui se passe ?

– Il faut que je foute le camp d'ici tout de suite, expliqua Golding. Il y a un vol non identifié qui rapplique. Si j'étais vous, j'emmènerais vos hommes le plus loin possible de ce terrain. »

Chandler remarqua alors le hurlement d'une sirène qui arrivait par la porte ouverte de l'appareil. *Une alerte !* Chandler se fraya un chemin et déboucha sur le petit palier en haut de l'échelle. Barnes était en bas, dirigeant les hommes vers l'amoncellement de paquetages camouflés qui commençaient à s'entasser sur le ciment à mesure que des soldats slovaques jetaient par terre tout ce qui se trouvait dans les entrailles béantes de l'appareil.

« *Barnes !* cria Chandler. Il y a une alerte ! Que les hommes ramassent chacun un paquetage – celui de n'importe qui – et évacuent la piste pour se mettre à l'abri !

– À vos ordres ! » répondit Barnes, se retournant pour passer la consigne. Des soldats dévalaient l'échelle.

Chandler cria : « Barnes ! MOPP niveau quatre ! » Équipement de protection maximum. Qui savait quel armement se trouvait à bord de l'avion qui attaquait ?

Chandler revint jusqu'à son siège pour prendre son paquetage. Bailey se posta en queue de la file qui sortait des premières classes. En revenant à son siège, Chandler observa par la porte ouverte du cockpit que les pilotes terminaient leur contrôle de décollage. Il prit sa combinaison et son fusil dans le compartiment à bagages.

« Major ! » C'était Golding qui pivotait dans son fauteuil, ses harnais déjà bouclés.

Chandler entra dans le poste de pilotage : il s'attendait à une nouvelle rebuffade de Golding.

« Je voulais simplement vous dire... bonne chance,

mon garçon. » Il lui tendit la main par-dessus le dossier de son fauteuil. Chandler la serra, comme il le fit avec Frazier et Gator.

« Bonne chance à vous, dit Chandler. Au fait, c'est l'atterrissage le plus merdique que j'aie jamais vu. Vous avez failli manquer la piste d'atterrissage.

– Je l'ai bel et bien manquée, dit Golding. C'est sur le parking que nous nous sommes posés. La piste principale avait deux ou trois nids-de-poule, elle était presque en aussi mauvais état qu'une rue de New York. »

Chandler ricana et gagna la porte en riant.

En arrivant, il vit Jennifer poser un baiser sur la joue de Bailey. *Les guerres accélèrent les aventures sentimentales*, se dit Chandler. Bailey se précipita pour suivre les derniers soldats qui descendaient, deux femmes qui étaient assises quelques jours plus tôt auprès de Chandler dans le hangar, à la base aérienne de March.

« Bonne chance ! » cria Rebecca en fermant la porte derrière eux.

Les moteurs du L-1011 faisaient un vacarme infernal. Sur la piste de décollage, on entendait un autre appareil à réaction qui prenait le départ. Chandler courut ramasser quelques sacs et paquetages restés sur le béton. Les portes de la soute à bagages étaient déjà fermées. Les soldats slovaques roulaient l'échelle juste assez loin pour dégager l'aile de l'avion avant le décollage.

Au moment où Chandler passait sous l'aile, Golding poussa le régime des réacteurs et un jet brûlant de gaz d'échappement faillit le faire tomber. Il y eut un bruit formidable : freins bloqués, le pilote mettait les gaz

Chandler entraîna le petit groupe à la suite des soldats qui s'éloignaient dans l'herbe en bordure de la piste.

De l'autre extrémité du terrain, Chandler entendit d'abord une, puis plusieurs explosions – on aurait plutôt dit des bouchons qui sautaient –, suivies aussitôt d'un « whoosh » long et continu. Chandler, sans s'arrêter de courir, regarda par-dessus son épaule et vit des missiles passer au-dessus d'une demi-douzaine des panaches blancs de fumée qui s'élevaient en l'air avant de s'aplatir en un nuage parallèle au sol et qui s'éloignait de l'aéroport.

« Plus vite ! » cria Chandler. *Il faut que nous passions*

nos combinaisons de protection! se dit-il. Tout d'un coup, il était au bord de la panique. Comme ils arrivaient sur l'herbe, un homme avec masque à gaz, cagoule et épaisse combinaison protectrice leur fit signe de sa main gantée. Ils le rejoignirent, et Chandler vit alors qu'il y avait un fossé de drainage dans lequel ses hommes s'étaient réfugiés. Il s'y glissa, lâcha son fusil et ouvrit précipitamment la sacoche contenant sa combinaison. Les autres en firent autant. Personne ne disait mot, sauf une des femmes qui s'encourageait en lisant tout haut les instructions sur les différentes pièces de la tenue protectrice.

Le masque, se dit Chandler en s'activant frénétiquement. *Dépliez la cagoule, pressez le tissu contre le visage, exhalez. Bouchez l'arrivée d'air avec la main. Inhalez.* Le masque à gaz vint se plaquer contre son visage comme prévu. *Bonne étanchéité.* Il prit la combinaison et l'enfila. Il remonta la fermeture à glissière et passa la cagoule sur ses épaules. *Les gants maintenant. Les couvre-chaussures. Terminé!*

L'homme qui leur avait fait signe vérifia rapidement la tenue de Chandler, rajustant un détail ici ou là, puis passa aux autres. Bien sûr, c'était Barnes.

Chandler se coucha à terre juste à temps. Barnes et les autres le firent une fraction de seconde plus tard, mais encore assez tôt. Pas d'avertissement, à peine un son qui s'élevait, une sorte de gémissement aigu et qui prenait de l'intensité.

Deux appareils – leurs bouts d'aile se touchant presque – survolèrent le centre du terrain à une vitesse incroyable. Chandler eut juste le temps de les apercevoir à travers les verres de son masque, et ils avaient disparu. Ils venaient de la direction d'où étaient partis les missiles. Ils laissaient dans leur sillage une formidable onde sonore qui déferla sur lui, continua un moment à gronder, mais sans explosion. Chandler était allongé là, le cœur battant, à attendre.

En examinant le terrain, Chandler constata avec horreur que le jet de Delta abordait seulement maintenant la piste de décollage. Et, juste au-dessus – tournoyant lentement vers le sol suivant une trajectoire que rien ne pouvait plus modifier –, on apercevait distinctement un chapelet de bombes.

Le temps parut s'arrêter. L'appareil de Delta, qui

effectuait toujours son virage, n'y arriverait jamais. Les bombes fonçaient vers leur cible : à leur extrémité, quatre aérofreins, comme des hélices tournant au ralenti, avaient formé une croix. Elles arrivaient de très haut suivant un angle aigu : les chasseurs russes les avaient lâchées pour éviter tout risque d'explosion.

Avoir le jet de Delta en plein dans la trajectoire des bombes, c'était vraiment un coup de chance. De chance pour l'ennemi, de malchance pour Golding, Frazier, Gator, Rebecca et Jennifer. Chandler s'obligea à suivre le dernier acte.

« B-A-N-G, B-A-N-G, B-A-N-G, B-A-N-G, B-A-N-G, B-A-N-G. » Machinalement, Chandler baissa la tête. Les ondes de choc vinrent frapper le tissu de sa combinaison comme le souffle d'une carabine à air comprimé d'enfant et ébranlèrent le sol. Le son d'une violence inconcevable vint lui fracasser les oreilles. Puis devint un long crépitement au moment où il dépassait le niveau sonore que ses oreilles pouvaient tolérer : la douleur était épouvantable.

Au moment où ce crépitement devint un grondement d'échos qui s'entrechoquaient, Chandler s'obligea à relever la tête : il fut surpris de se sentir un instant agité de tremblements. Le vertige passa, et il distingua un mur presque solide de geyser d'un noir de jais s'élevant du centre du terrain en même temps que des débris fumants commençaient à retomber sur le béton : les uns s'écrasant, les autres rebondissant. Il contempla ce spectacle pendant une interminable seconde ou deux, fasciné par l'horreur qui se déroulait sous ses yeux. Tout d'un coup, le nez du jet de Delta apparut sur le côté droit du mur de fumée, suivi de son long fuselage et s'achevant par la queue. L'appareil prenait de la vitesse malgré de nombreuses traces de balles qui sillonnaient la blancheur de son fuselage.

De la même direction d'où étaient arrivés les premiers chasseurs bombardiers, un autre appareil ennemi fonça dans un hurlement. À son tour, il lâcha un chapelet de bombes, mais cette fois le jet de Delta ne se trouvait plus sur leur trajectoire. Il était loin sur la piste et sur le point de décoller.

Chandler se boucha les oreilles, essayant de sauver ce qui lui restait de faculté auditive. Il avait de tels bourdonnements d'oreilles qu'il n'avait pas entendu les moteurs de L-1011 : et pourtant il savait qu'ils devaient être poussés à plein régime. Il sentit encore une fois les coups sourds ébranler le sol, les ondes de choc qui le frappaient de plein fouet. Mais ses mains plaquées contre ses oreilles et la sensibilité réduite de celles-ci étouffaient le bruit des explosions. À en juger par la direction d'où venait le bruit, Chandler devina que l'extrémité de la piste de décollage était maintenant détruite aussi.

Le jet de Golding s'éleva lentement et s'éloigna. Chandler resta allongé là. Il entendait le souffle de sa respiration et les battements de son cœur, mais ses oreilles tintaient si fort que cela noyait tous les sons. Il se sentait totalement isolé de son environnement par la combinaison et le masque, coupé du monde qu'il avait quitté quelques instants auparavant. Il perçut au loin le hurlement affaibli d'une sirène lançant la note régulière qui dans le monde entier signifiait « fin d'alerte ».

Barnes ôta son masque et sa cagoule.

« Ils ont dû lancer des bombes pour démolir la piste », dit Barnes en regardant le jet de Delta qui s'éloignait.

Chandler ôta son masque et se tourna vers le terrain couvert de fumée. Il hocha la tête, car il avait compris. Voilà qui expliquait comment le L-1011 avait survécu : les bombes étaient munies d'un dispositif de mise à feu à retardement, si bien qu'elles s'enfonçaient profondément dans le sol pour y creuser un large cratère. Elles soufflaient donc toute leur énergie vers le haut dans une sorte de cône inversé. S'il s'était agi de bombes ordinaires éclatant à l'impact ou, pis encore, à 6 ou 10 mètres au-dessus du sol, le jet de Delta aurait été détruit par les seuls effets du souffle.

Des équipes d'ouvriers se précipitaient hors du bâtiment bombardé avec leur équipement. Ils s'arrêtèrent à une centaine de mètres de la zone d'impact.

Barnes était planté là. Il regardait Chandler, attendant visiblement quelque chose. « Sergent, faites-moi ôter ces combinaisons. » Barnes brandit son masque et l'agita en l'air. Tous les hommes commencèrent à ôter leurs combinaisons protectrices.

« Remettez-moi tout ça dans vos sacs ! » cria-t-il.

« On dirait qu'ils ont peur de quelque chose », dit une femme soldat en observant les ouvriers : ils semblaient ne rien faire tout en gardant leurs distances. Beaucoup s'étaient même allongés sur le sol.

« Ils attendent de voir, expliqua un sergent-chef, s'il n'y a pas de bombes à retardement ou si l'une d'elles n'a pas semé des mines autour des cratères. Ça coûte pas mal d'argent aux Russes de faire ces trous. Ils bourrent généralement leurs bombes d'un tas de saletés pour empêcher les terrassiers de les réparer trop facilement.

– Vous voulez que je regroupe tout le monde, major ? demanda Barnes. Pour que les hommes trient le matériel pendant qu'on envoie deux sous-officiers voir où est l'équipe de contrôle ?

– Oui, dit Chandler, bonne idée. »

Chandler constata que Bailey avait terminé de rempaqueter sa tenue de protection et qu'il était agenouillé devant. Il semblait perdu dans ses pensées : son regard suivait la tache noire à l'horizon, qui était le sillage laissé par le jet de Delta.

« Lieutenant Bailey, dit Chandler.

– Oui. Oui, major ? fit-il, brusquement tiré de sa rêverie.

– Euh... lieutenant », reprit Chandler en regardant autour de lui. Il inspectait la clôture de l'autre côté de leur fossé. Elle n'était pas gardée. « Pourquoi ne déterminez-vous donc pas quelle est la situation locale sur le plan de la sécurité : assurez-vous que nous avons une position défendable jusqu'à ce que quelqu'un arrive pour nous enregistrer. »

Bailey regarda la clôture métallique et dit : « À vos ordres, major ! » *Une mission de combat, sa première !* se dit Chandler. Il réprima un sourire en voyant Bailey s'animer. *Ma première aussi.* « Faut-il que nous armions nos fusils, major ? interrogea Bailey.

– Hum, bien sûr... je pense, fit Chandler. Mettez donc un chargeur et laissez le cran de sûreté. » Avec des gestes prudents, presque respectueux, Bailey prit un chargeur dans son sac et l'introduisit dans son M-16. Puis, prenant avec lui un groupe de soldats, il passa de l'autre côté du fossé et inspecta les lieux.

En se retournant, Chandler vit les deux sous-officiers que Barnes avait envoyés en reconnaissance s'éloigner en trottinant, tandis que du terminal calciné des soldats émergeaient en désordre. Le sous-officier de Chandler s'approcha d'eux et leur serra la main. Une poignée de main passionnée et spectaculaire. Il leur désigna Chandler et poursuivit son chemin. Les hommes s'avancèrent lentement vers le bord de la piste auprès du fossé. C'étaient, supposa Chandler, des soldats tout comme eux arrivés par un autre vol.

Chandler reprit son inspection, cherchant quelque chose à faire. Mais Barnes organisait le triage des équipements. Il scruta l'horizon dans sa direction : personne en vue pour les accueillir.

Plus rien non plus sur la piste de décollage, à l'exception des ouvriers slovaques. *On devrait peut-être leur demander,* pensa-t-il. Personne près du bâtiment ni sur le terrain désert entre les pistes et la clôture. Personne que Bailey et ses deux hommes.

C'est bizarre, se dit Chandler. *Il y avait des troupes de sécurité disposées à intervalles réguliers quand nous sommes arrivés. Pourquoi laisser ce secteur absolument sans défense ?*

La réponse lui arriva non pas lentement, mais aussitôt précise et complète. « Bailey ! Ar-rê-tez ! » hurla Chandler à pleins poumons. Deux des hommes se figèrent sur place, mais celui qui était le plus à gauche se retourna, faisant un pas de plus, un de trop.

L'explosion faillit rendre fou Chandler. Il contempla d'un air horrifié l'homme projeté à cinq mètres en l'air, comme une poupée de chiffon sans vie. Lentement, son corps se retourna et retomba sans grâce sur le sol en répandant son contenu sur l'herbe alentour. Bailey et l'autre soldat avaient tous deux été soufflés, plaqués au sol, et ils étaient couchés là, sans faire d'autre mouvement que de lever la tête pour voir l'étendue des destructions causées par la mine.

Le fracas de l'explosion retentit dans le silence des bâtiments voisins. La victime gisait sur le sol en un tas informe. En un instant il avait tout simplement été anéanti. Il n'y avait pas d'autres mots. Pas « tombé au champ d'honneur », mais « détruit au champ d'honneur ». Et ce n'était pas seulement son corps, mais son univers, sa vie, tout ce qu'il avait été qui en une fraction de seconde s'était volatilisé.

Dire que j'ai lu tous ces manuels, se dit Chandler le cœur serré. *Je suis aussi préparé que possible et pourtant...* Ce n'était plus un exercice, c'était la guerre pour de vrai, et il n'avait pas fallu dix minutes à Chandler pour voir confirmées ses pires craintes. *Je me demande ce que je fous ici !*

12.

Installations provisoires de Mount Weather, Virginie
26 juin, 10 h GMT (5 h locale)

Lambert regarda le général Thomas s'approcher de l'estrade. Il attendit et des centaines de conversations se turent presque aussitôt. Thomas tourna la tête et fit un signe aux deux aides de camp qui ôtèrent un rideau recouvrant sur le mur derrière lui une grande carte d'Europe centrale. Au milieu des cris de surprise étouffés et des murmures qui s'élevaient parmi les fonctionnaires des États-Unis et des gouvernements alliés, Thomas déploya une baguette télescopique.

« Mesdames et messieurs, bonjour », dit Thomas à l'assemblée. Assis alentour et derrière Lambert se trouvaient au premier rang le Président et les membres de son cabinet, les leaders du Congrès et les juges de la Cour suprême. Le reste de la salle était occupé par plus de deux cents diplomates et fonctionnaires des gouvernements du TEAMS : les nouveaux alliés de l'Amérique signataires du traité de sécurité militaire euro-américaine.

« Nous allons commencer par le théâtre des opérations européen, dit Thomas d'une voix forte qui dominait sans mal les toux ou les grincements de chaises. L'attaque à partir de l'ouest se fait par les deux ailes. L'aile nord qui part de Pologne et l'aile sud qui part de Slovaquie. Sur ce théâtre d'opérations, les États-Unis ont déployé ou vont déployer trois corps blindés, chacun avec un régiment de cavalerie blindée et un groupe de forces spéciales, ainsi qu'un total de six divisions lourdes : près des deux tiers des forces de combat de l'armée américaine. Outre les troupes américaines, la coalition mettra sur le terrain les deux divisions du 1er corps d'armée britannique, trois divisions et deux brigades alpines d'Italie, ainsi que treize divisions ou leur équivalent en provenance de Pologne, de Slovaquie et de la République tchèque. L'objectif des offensives sur le théâtre européen des opérations est Moscou. »

Des vivats et des acclamations montèrent du public. Lambert remarqua que le général Thomas en était surpris, mais que le président Costanzo était ravi. Il se tourna pour adresser un grand sourire à la foule où beaucoup de gens debout applaudissaient à tout rompre. Quand les acclamations se turent, Thomas éleva la voix pour se faire entendre par-dessus le brouhaha des conversations qui avaient repris.

« Ce n'est pas mon intention dans cet exposé de discuter en général des objectifs opérationnels, mais j'aimerais vous rapporter, à titre d'anecdote, les résultats de l'attaque de soutien lancée par des divisions blindées et mécanisées polonaises sur le territoire de la République semi-autonome russe de Kaliningrad, le long de la Baltique. Trois heures après le franchissement de la frontière par les troupes polonaises et peu après leurs premiers contacts avec la garnison russe là-bas, le gouvernement de Kaliningrad a demandé à devenir membre de la coalition du TEAMS. »

L'assistance éclata de rire. Cet humour était contagieux : Lambert lut sur le visage de Thomas que lui aussi savourait ce moment.

« Si nous passons maintenant au théâtre méditerranéen des opérations, des unités de l'alliance du TEAMS se sont emparées du Bosphore et ont assuré l'accès à la mer Noire des navires de la 6e flotte américaine et de la marine italienne. Leur objectif sera de détruire la flotte russe de la mer Noire et de lancer des offensives aériennes à partir de porte-avions contre les installations pétrolières russes dans le Caucase. » Les applaudissements cette fois avaient un côté plus obligé que spontané : ils s'éteignirent rapidement.

« Dans l'Atlantique Nord, notre campagne d'Islande se développe rapidement. Les forces de l'armée américaine ont maintenant été rejointes par une brigade canadienne et sont en train de réduire rapidement les forces de débarquement russes. » Sans laisser à Thomas le temps de continuer, un crépitement d'applaudissements jaillit : le général, Lambert le savait, annonçait le résultat de sanglants combats entre des unités d'infanterie légère qui n'avaient comme armes lourdes que des mortiers portés à dos d'homme et spécialisées dans le combat rapproché. « Enfin, dans la mer de Barents, au nord de la Scandinavie, des forces navales américaines, britanniques et canadiennes continuent à interdire à la marine russe l'accès de l'Atlantique depuis leurs ports de Mourmansk et d'Arkhangelsk. » Pas un mot du Bastion de la mer de Kara.

Thomas s'approcha maintenant de la carte de la côte russe donnant sur le Pacifique. « Sur le théâtre des opérations d'Extrême-Orient, les Marines et l'armée des États-Unis ont pour objectif de mettre la main sur les installations navales russes de Vladivostok, avec leur stock non négligeable d'armes nucléaires, et de clouer sur place les importantes forces terrestres russes engagées contre la Chine. En coupant le chemin de fer transsibérien ici et ici (sa baguette désigna deux points le long des confins méridionaux de la Sibérie, au cœur même de la Russie), nous espérons scinder la Russie en deux, immobiliser en Extrême-Orient les deux tiers de l'armée russe et empêcher un redéploiement stratégique de venir s'opposer à notre avance en Europe. »

Les applaudissements s'arrêtèrent. Le général Thomas leva les yeux, hésitant. En se retournant, Lambert vit un commandant remonter la travée centrale en tenant à la main des demi-feuilles de papier : il reconnut aussitôt des rapports flashes tout juste sortis du télex. En regardant à l'arrière de la salle, Lambert aperçut la voiture électrique de l'aide de camp garée juste devant la porte ouverte, dans le corridor souterrain.

La pause se prolongea. L'assistance commença à s'agiter. Le commandant alla jusqu'à l'estrade, murmura quelques mots à l'oreille de Thomas, puis lui tendit trois feuilles de papier. Thomas lut la première. Il jeta un coup d'œil aux autres messages. Les murmures dans l'auditoire prenaient de l'ampleur. Il fit signe alors au chef des opérations navales de venir sur l'estrade et se précipita droit vers le Président. En quittant l'estrade, le commandant s'arrêta pour remettre à Lambert une enveloppe scellée, lequel aperçut les cachets de l'ambassade de Suisse à Moscou et de l'ambassade des États-Unis à Zurich. Juste en dessous du sceau de l'ambassade, on apercevait un gros tampon « Personnel » avec le nom de Lambert. Il ouvrit l'enveloppe.

C'était un bref message de l'ambassade suisse. « Le colonel Pavel Filipov de l'armée russe demande à rencontrer le plus vite possible M. Gregory Lambert, du gouvernement des États-Unis. Le colonel Filipov arrivera à Philadelphie demain à 9 heures, heure locale, en civil, par un vol de la KLM en provenance d'Amsterdam. La plus grande discrétion est de rigueur. » Le chef des opérations navales s'éclaircit la voix et dit : « Je vais me contenter de vous faire un résumé maintenant. Je garderai les détails pour plus tard. »

Lambert vit Thomas engagé dans une conversation à voix basse avec le Président : celui-ci lui arracha les messages, l'air furieux. Lambert se leva de sa chaise et traversa l'allée pour leur faire part de la demande de Filipov. Il vint s'accroupir auprès de Thomas, courbé en deux auprès du Président assis.

« Les salauds », dit Costanzo en lisant. Thomas remit à Lambert un des autres rapports. « C'est un FLASH PRIORITAIRE », dit Thomas tandis que Lambert prenait le rapport pour le lire.

CIC : JGAA
TOP SECRET
CHEMREP/001
LONG/4378N/03720
BLESSÉS : 22
MORTS : 5
LA 5E DIV MÉCAN SIGNALE ATTAQUE MISSILES FROG SUR BATT ARTILLERIE À 4 H 47. ON DÉPLORE VICTIMES MALGRÉ USAGE DE MASQUES. DÉCÈS SURVENUS AU BOUT DE QUELQUES MINUTES. SYMPTÔMES COMPRENNENT : SENSATIONS ÉTOUFFEMENT. D'APRÈS PREMIERS RAP SIT IL S'AGIRAIT D'UN AGENT NEUROTOXIQUE. ÉQUIPES TERRAIN ESTIMENT GAZ BINAIRE PROBABLE. DÉLIMITATION ZONE DE DÉCONTAMINATION RETARDÉE EN RAISON PROBABILITÉS NOUVELLES ATTAQUES. PROBABILITÉS DE VICTIMES CIVILES. TERMINÉ.

« Des gaz neurotoxiques ? » demanda Costanzo.

En arrière-fond, Thomas pouvait entendre l'amiral expliquer les détails de l'entrée en force de la 6e flotte en mer Noire.

« Oui, monsieur le Président, précisa Thomas. Trois attaques séparées. Tous les rapports concordent. »

Les yeux du Président fixaient un point dans le lointain. Sans sortir de sa rêverie, le Président interrogea : « Dans combien de temps pouvons-nous être prêts à exercer des représailles ? »

Thomas baissa la tête, l'air sombre. « Eh bien, monsieur le Président, les Allemands seraient fous s'ils savaient que nous faisons même passer par leur pays des armes binaires. Nous pourrions acheminer directement quelques obus des États-Unis pour les utiliser dans les douze heures, mais seulement sur une base limitée. La seule façon de recourir à de grandes quantités d'armes serait de les faire venir des États-Unis par mer en débarquant directement dans les ports polonais de la Baltique : ça demanderait un mois ou deux.

– Je ne veux pas qu'on utilise ces produits au compte-gouttes, déclara Costanzo. Donnez-leur priorité absolue et prévoyez une livraison massive quand les stocks seront suffisants. »

Après une pause, il reprit : « Quelque chose qui ne va pas ? »

Thomas hésita avant de poursuivre. « Monsieur le Président, c'est que, quand cette guerre sera terminée, les Russes seront toujours là et que nous serons obligés de vivre avec les ressentiments qu'ils pourront avoir contre nous.

– C'est eux qui ont pris la décision d'escalade en utilisant des armes chimiques ! répliqua le Président, furieux. Contrairement aux conseils de certains, je n'ai pas fixé comme politique à la présente administration la destruction totale de l'État russe et de sa population. Mais je ne veux pas combattre avec une main attachée derrière le dos.

– Mais, monsieur le Président, les armes chimiques – gaz neurotoxiques et agents vésicants – sont d'une faible efficacité militaire en face de l'armée russe. Leurs soldats sont bien équipés pour mener une guerre chimique. Cela ne fera qu'activer les flammes...

– Alors utilisez-les contre les troupes provisoires que les Russes sont en train de mobiliser, lança Costanzo.

Est-ce que ces gens ont des combinaisons protectrices ? »

Thomas soutint le regard du Président. « Non, monsieur le Président.

– Alors, gazez-les », dit le Président. Puis il se retourna pour serrer la main de l'ambassadeur de Finlande : il fit un sourire épanoui au représentant du plus récent et du plus secret membre de l'alliance du TEAMS.

Presov, Slovaquie
26 juin, 14 h GMT (15 h locale)

La Jeep fonça vers Chandler et stoppa dans un grand crissement de pneus. Des deux côtés, des portières s'ouvrirent toutes grandes.

« Qui est le responsable ici ? » demanda un capitaine.

Chandler se tourna vers le colonel qui était sorti avec la foule du bâtiment incendié. Un silence embarrassé : le capitaine aperçut le corps et le trou calciné dans le champ. Il regarda Chandler puis le colonel et dit à ce dernier : « Mon colonel, c'est vous le responsable ici ?

– Je ne suis absolument pour rien dans ce gâchis », répondit le colonel.

Chandler fit un pas en avant pour s'approcher. « Je suis le major David Chandler. Là-bas, ce sont mes hommes, dit-il en désignant les troupes dispersées dans l'herbe. Je n'ai eu qu'un tué. » Le capitaine se retourna vers le cadavre que les soldats du génie slovaque avaient récupéré.

Le colonel se dandina d'un pied sur l'autre puis finit par dire : « Quand diable comptiez-vous venir jusqu'ici ? Ça fait près d'une heure qu'on vous attend ! Pas étonnant que le 5e corps soit dans un tel pétrin ! Nous n'avions jamais pensé que des incompétents dirigeraient l'opération ! »

Le regard du capitaine, un peu las, s'arrêta un instant sur le colonel. « Eux, lui demanda-t-il, ce sont vos hommes ? »

Le colonel eut un ricanement et secoua la tête. « Écoutez, capitaine, je sais ce que vous essayez de faire ici. Non, je n'accepte pas la responsabilité de ces hommes. Nous sommes venus par le même vol... c'est tout. »

Le capitaine revint vers la Jeep pour faire venir une ambulance puis se retourna vers Chandler. « Qu'est-ce qui s'est passé ?

– Je les ai envoyés contrôler le périmètre », répondit simplement Chandler.

Barnes intervint. « Pardonnez-moi, mon capitaine », dit-il. Chandler se retourna : Barnes serrait les dents. « Pourquoi diable ce champ de mines n'était-il pas signalé ?

– Je ne sais pas, chef, répondit tranquillement le capitaine.

– Bon Dieu ! explosa Barnes en faisant sursauter Chandler. J'ai un soldat mort et pas un seul panneau posté nulle part sur toute la longueur de la piste ! Merde alors ! Qu'est-ce que c'est que ce... » Au prix d'un grand effort, Barnes ne lâcha pas le dernier mot.

S'adressant tour à tour à Barnes et à Chandler, le capitaine reprit : « On a miné ce secteur hier matin : six hommes s'étaient fait égorger par des Spetsnaz alors qu'ils montaient la garde. Là-dessus, cent quarante hommes et femmes qui venaient de débarquer comme vous ont été tués ou blessés au cours d'une attaque sur leur zone de rassemblement. Nous avons perdu beaucoup de monde, mais je suis désolé de ce qui s'est passé. »

C'était un homme raisonnable, se dit Chandler, épuisé au point de se résigner aux pertes en vies humaines. Il avait les yeux rouges et les paupières gonflées. On voyait une marque au bord de son visage sous son menton : cette trace rouge avait la taille et la forme du masque à gaz classique.

« Major, dit le capitaine, nous allons nous occuper du corps. Quel est le nom de cet homme ? »

Chandler s'aperçut soudain qu'il n'en savait rien : il n'avait même pas demandé. Le colonel poussa un grand soupir – de toute évidence, il perdait patience –, et une fois de plus il leva les yeux vers le ciel du côté d'où était venu le raid précédent.

« Le nom de la victime, major. C'était quoi ?

– Je n'en sais rien », dit Chandler.

Le capitaine hocha la tête. « Bon, nous verrons cela plus tard. Pour l'instant, nous allons trouver une affectation à vos gens. » En entendant le mot affectation, le colonel lança d'un ton arrogant : « Je suis le lieutenant-colonel Mitchell. J'exige un transport immédiat pour le quartier général avancé du 5e corps. »

Le capitaine tira de sa poche un carnet à spirales et un stylo.

« Quel est votre poste ou votre spécialité, mon colonel ? » demanda le capitaine. Sans attendre la réponse, il cria : « Rodriguez ! Occupez-vous des soldats. » Il revint au lieutenant-colonel.

« Qu'est-ce que ça change ? cria le colonel. Affaires civiles ! Dites-moi, quel moyen de transport avez-vous ?

– Mon colonel, commença le capitaine avec patience, là-bas aux États-Unis, le système d'affectation est en pleine pagaille. On nous a ordonné de ne pas tenir compte des cantonnements prévus et de ne nous occuper que de certains postes prioritaires, à moins qu'il ne s'agisse d'un officier isolé, déjà affecté à un commandement d'unité ou ayant une spécialité bien précise. Comme vous... comme vous ne remplissez aucune de ces conditions, mon colonel, je suis obligé de vous demander de me montrer votre ordre de mission, s'il vous plaît.

– Écoutez-moi, espèce de *petit c-c-onnard,* lança le colonel entre ses dents serrées. Je suis un lieutenant-colonel de l'armée américaine ! Je suis ici sur l'ordre exprès du général Atkins, l'officier de liaison adjoint auprès de la Commission des services armés du Congrès. Je me fous donc pas mal du merdier provoqué par une bande de pisseux comme vous et votre équipe ! *Vous*, reprit-il en enfonçant un doigt dans la poitrine du capitaine, trouvez-moi un transport pour le QG avancé du 5e corps ! »

Le capitaine eut alors une réaction inattendue. Il ignora le colonel. « Et vous, major ? Quel est votre poste ? »

Chandler s'apprêtait à répondre, mais Mitchell le coiffa sur le poteau. « Comment osez-vous ! Je vais vous faire sauter vos galons. Votre carrière dans l'armée est *finie, terminée* ! »

« Des hélicos arrivent ! » cria un des soldats depuis l'Humvee : sous son casque, il avait un écouteur radio collé à l'oreille. Le capitaine jeta un coup d'œil dans sa direction avant de répondre au colonel. « Le QG avancé du 5e corps, dit-il l'œil soudain animé, a quelques problèmes pour l'instant. Nous avons un certain mal à leur faire passer le ravitaillement, le matériel, des choses comme ça. Et un certain nombre de gens me doivent des services. Êtes-vous autorisé à voyager à bord d'un appareil militaire ? demanda-t-il en brandissant son carnet. Je peux me renseigner pour voir quand notre prochaine mission contre les batteries de DCA va décoller. »

Mitchell se réfugia dans un silence hostile.

« 4e division d'infanterie, dit Chandler après un silence au cours duquel les deux hommes échangèrent un long regard. Renseignements de la division. » *Est-ce que je suis une espèce protégée ?* se demanda Chandler tandis que le capitaine consultait sa liste. Derrière lui, Rodriguez hurlait : « *Les blindés et la cavalerie motorisée à ma gauche, l'infanterie à ma droite, tous les autres attendent là !* »

« Major, demanda le capitaine à Chandler, puis-je voir votre ordre de mission. » Chandler lui tendit ses papiers, ainsi que son livret militaire qu'il avait pris pour les remettre à son commandant. Après les avoir examinés quelques instants, le capitaine dit : « École des blindés. On vous a déjà affecté dans les blindés, major ? »

On dirait qu'on m'interroge pour un emploi, se dit Chandler, *sur une piste d'aviation bombardée à la frontière de l'Ukraine. À propos d'un poste pour lequel je ne suis pas qualifié. Demandez donc des références à ce qui reste de l'homme allongé sous le poncho,* se dit Chandler, puis il reprit : « Oui... juste en sortant de l'École des officiers. »

Le capitaine relisait manifestement le CV de Chandler, par moments tout haut. « École d'analystes du renseignement, dit-il. École des blindés de Knox : 3e sur 136. » Il finit par dire : « Très impressionnant, major. Si vous voulez bien passer là-bas, dit-il en désignant un petit groupe qu'on était en train de trier, on va s'occuper de vous. » Chandler constata que Barnes et Bailey étaient déjà au bord du groupe.

Chandler remit ses papiers dans sa poche et s'éloigna, tandis que le colonel reprenait sa tirade. On entendait les rotors de l'hélicoptère : le bruit devenait plus fort tandis que l'appareil approchait. Il s'amplifia encore :

on aperçut le premier d'une longue ligne de transports Chinook CH-47 à rotors jumelés déboucher de derrière le bâtiment incendié et s'apprêter à se poser.

En passant devant le secteur d'affectation des simples soldats, Chandler entendit le nommé Rodriguez écouter avec impatience les récriminations d'un petit groupe de ses hommes qui apparemment protestaient contre le fait d'être séparés.

« Non, espèces d'abrutis, hurlait Rodriguez pour se faire entendre dans le fracas des hélicoptères. Vous, vous allez à la zone principale de rassemblement du corps, déclara-t-il aux quatre protestataires. Lui, il va directement au PEZC. »

Chandler aperçut au passage le seul homme que Rodriguez avait sélectionné – un brancardier avec un brassard de la Croix-Rouge – qui serrait la main de ses amis et rassemblait son équipement.

« Vous n'avez qu'à suivre le major là-bas ! » cria Rodriguez au brancardier.

Au PEZC, se dit Chandler. *Le premier échelon des zones de combat.* Derrière la file des Chinooks apparut un appareil différent – un Blackhawk –, qui apparemment n'appartenait pas à la grande formation des appareils de transport. L'hélicoptère se posa juste devant : un sous-officier le désigna en courant au groupe de Chandler – qui comprenait entre autres Bailey et Barnes. Au bord de la porte, un mitrailleur basculait prudemment vers le ciel une mitraillette à petit canon. Puis il sauta sur la piste et s'allongea sur le dos pour inspecter le fond du fuselage. Il arracha l'éclat de métal qui pendait : la carlingue de l'hélicoptère était criblée de trous.

Chandler et son guide tournèrent un dernier coin et descendirent quelques marches protégées par des sacs de sable où deux sentinelles montaient la garde, le doigt sur la détente de leurs fusils. Une mitrailleuse était installée au milieu d'une petite place, enfouie derrière d'autres sacs de sable. Partout, des véhicules brûlés, militaires et civils, des bâtiments incendiés où s'ouvraient des trous de toutes tailles.

À demi enfouie dans le sol, la porte que le soldat ouvrit devant eux révéla l'agitation frénétique que

Chandler attendait. En pénétrant à l'intérieur, il sentit qu'il était dans sa nouvelle résidence. Des cartes sur les tables, sur des chevalets. Des opérateurs radio assis, discutant avec leurs interlocuteurs, des officiers faisant les cent pas derrière eux. Des hommes et des femmes courant dans tous les sens avec des feuilles de papier, l'ambiance ordinaire de tout travail de bureau.

Dans cette pièce se trouvait le commandant de la brigade. Chandler suivit le soldat qui avait posé son équipement près de la porte : il n'y avait pas à se tromper sur l'identité du commandant. Debout, un pied posé sur le dossier d'une chaise, un grand gaillard aux cheveux courts presque complètement gris.

« Je me fous éperdument de ce que vous en faites, déclarait-il. Je vous préviens simplement. Si un journaliste met le pied dans ce PC, je le ferai arrêter et vous serez fusillé. Vous m'avez compris ? »

L'homme à qui s'adressait le colonel – environ moitié plus petit que son chef – secoua son crâne dégarni. Il remonta ses lunettes sur son front pour pouvoir se frotter les yeux et dit : « Mon colonel, je comprends ce que vous dites, mais... on n'a pas le choix. Les ordres sont venus de...

– *Je sais qui les a donnés, petit con ! Je sais lire !* Écoutez, arrangez-vous pour que je ne les voie pas, vous comprenez ? En attendant, *foutez-moi le camp d'ici* ! Je n'ai pas de temps pour ce genre de connerie ! »

Les gens regardaient la scène : le silence s'était fait dans la salle. Le colonel se tourna vers Chandler. Les deux autres hommes repartirent, se regardant du coin de l'œil tout en se dirigeant vers la porte.

Chandler se mit au garde-à-vous. « Major David Chandler, à vos ordres, mon colonel. »

Le colonel le toisa brièvement. « Repos, major... » Ils échangèrent une poignée de main. « Colonel Harkness. Montrez-moi vos papiers », se contenta-t-il de dire. Il ne s'arrêta qu'un instant sur la page d'affectation et passa droit au CV. Après l'avoir rapidement lu, il hocha la tête, roula le tout et le brandit comme un bâton. Chandler en conclut que désormais ils étaient à lui.

« Voici ce que je veux que vous fassiez, déclara Harkness. Vous savez ce qui se passe ici, major ?

– Non, mon colonel.

– Nous étions censés déclencher l'offensive hier et

nous trouver aujourd'hui à une soixantaine de kilomètres à l'est, en plein territoire ukrainien. Mais, quelques heures avant le déclenchement de l'opération, les Russes ont lancé une violente attaque qui nous a surpris en plein regroupement : tous alignés en formation de route. Un vrai gâchis. Depuis ce moment, nous essayons de nous remettre : l'essentiel des combats s'est déroulé de ce côté-ci de la frontière, en Slovaquie et non en Ukraine. Pour l'instant, je ne sais pas qui encerclait qui, mais la situation est stabilisée. Je reçois maintenant l'ordre d'avancer en laissant les Tchèques et les Slovaques liquider les Russes. Ça ne commence pas sous de très bons auspices. Certainement pas comme l'avaient prévu les gars du Haut Commandement. »

Harkness s'interrompit soudain et regarda autour de lui. « Vous avez votre équipement ? interrogea-t-il.

– Oui, mon colonel.

– Bon, bon. » Harkness était épuisé. De près, il avait l'air âgé, mais pour être colonel et commander une brigade, il devait avoir dans les quarante-cinq ans. Il avait les yeux rouges et gonflés par le manque de sommeil. Le ton radouci qu'il prit pour lancer sa dernière remarque et sa préoccupation pour les besoins personnels de Chandler indiquaient que, dans des moments plus calmes, c'était sans doute un homme pour lequel il était agréable de travailler.

« Bon, reprit-il, vous allez prendre le commandement du 2ᵉ bataillon du 415ᵉ régiment de blindés. »

Chandler, abasourdi, regardait Harkness fouiller dans les papiers étalés sur son bureau. Il dut disséquer la phrase avant d'en comprendre vraiment le sens. “ *Commandement* ” – *chef de bataillon* se dit-il. *Pas officier d'état-major : chef de bataillon.* Un poste pour un lieutenant-colonel d'au moins six, peut-être dix ans son aîné. Le colonel leva les yeux. Chandler sentit qu'il restait bouche bée : il referma la bouche. Il avala sa salive et humecta ses lèvres parcheminées. Harkness, planté devant lui, regardait maintenant Chandler droit dans les yeux. Il attendait. *Par quoi est-ce que je commence ?* se dit Chandler. *Est-ce le moment de le lui dire ? Est-ce à lui qu'il faut que je le dise ?*

« Major, quelle partie de mon ordre n'avez-vous pas comprise ? » dit enfin Harkness. Il avait parlé d'un ton bas et mesuré.

« Je... je suis désolé, mon colonel, répondit Chandler. C'est que... je suis spécialisé dans le renseignement. J'étais censé être assigné à la 4e mécanisée... à l'état-major de la division.

– Mais vous avez eu une formation de blindés ? » demanda Harkness. Chandler sentit que le colonel commençait à perdre patience.

« Ma foi, oui, mon colonel... mais je veux dire... » Chandler s'éclaircit la voix et essaya de retrouver ses esprits. « Je suis bien allé à l'École des blindés, mais... mais il y a quelque temps de ça. Et je n'ai pas eu de commandement sur le terrain depuis, ma foi... »

Chandler s'aperçut que la patience du colonel était presque à bout. L'homme se frotta la tête, passant la main sur ses cheveux taillés en brosse, et détourna les yeux en se mordillant la lèvre inférieure. Il se retourna enfin vers Chandler et dit d'une voix dont le calme surprit ce dernier : « Écoutez, major. Je n'ai rien à faire d'un officier d'état-major ici. Il me faut un chef de bataillon, parce que j'ai besoin d'un bataillon, vous comprenez ? Nous sommes en train de reformer le 2e bataillon du 415e sur la zone de regroupement. Nous avons perdu les effectifs du bataillon tout entier dans une base aérienne des États-Unis qui s'est fait atomiser. Alors, je prends tous les individus qui ont une expérience des blindés et je les regroupe pour constituer un bataillon. Maintenant, reprenons. *Vous*, dit-il en braquant son doigt sur lui, vous allez commander *mon* bataillon pour *moi*. Je le ferais bien moi-même, mais j'ai deux ou trois petites choses dont je dois m'occuper, dit-il en balayant d'un geste large la salle. D'accord ? »

Chandler ne répondit rien.

« Bien. Sergent Estavez ! cria Harkness. Emmenez le major au dépôt de chemin de fer. Vos hommes devraient être là-bas, en tout cas une partie. On vous donnera les renforts nécessaires dans les deux jours. Vous avez dix jours pour les mettre en route. »

Ce fut à Chandler de se mettre en colère. « Vous... vous voulez dire, mon colonel, que vous voulez que je prenne un groupe de gens, que je les répartisse en unités avec toutes les spécialités, que je décharge le matériel des wagons, que je distribue à chacun l'équipement de combat qui convient et que je mette sur la route un bataillon de blindés en état de combat en *dix jours* ? »

Chandler sentait sa colère monter à mesure qu'il comprenait l'absurdité de ce projet. *Trouvez quelqu'un d'autre pour emmener ces hommes à l'abattoir*, songea-t-il.

Harkness dévisagea Chandler, la mâchoire crispée. « Pour la plupart, répondit-il, ces hommes ont été prélevés dans des unités de la taille d'un peloton. On les a regroupés dans je ne sais quel centre de rassemblement à la con aux États-Unis, certains n'ont pas de cantonnement, mais ils appartiennent à l'armée régulière. Le matériel est de l'équipement de première qualité provenant des stocks de l'OTAN en Allemagne : des chars prêts à démarrer avec leur chargement de combat. En outre, un bon nombre des hommes ont déjà travaillé plusieurs jours avec d'excellents sous-officiers pour les secouer. Tout ça devrait être installé et mis en état de marche. Vous devriez même avoir le temps de leur faire faire un exercice ou deux : mais je ne peux pas vous donner trop de carburant pour l'instant, et il faudra tenir compte des menaces constantes d'attaques aériennes et de missiles.

– Mon colonel, même à supposer que nous ayons tous les spécialistes qu'il faut ici, et le matériel qui convient, que tout se mette en place comme il faut, *comment* pourriez-vous vous attendre... ?

– *M'attendre !* » Cette fois, il avait épuisé ses réserves de patience. « Vous savez à quoi il faut *s'attendre* ? Ça ne vous plaît pas que je ne vous aie donné que *dix jours* ? Je n'ai pour l'instant que deux bataillons sur le terrain et je ne sais pas si je peux même tenir dix jours cette position ! Mais on veut que je me mette en route vers la *Russie* ! » Il brandit les bras, désignant, supposa Chandler, la direction de l'est.

« Je vais vous dire ce qu'on attend de nous. À 9 h 30 ce matin, on m'a remis un de ces petits bouts de papier là-bas », dit-il en désignant une liasse auprès de laquelle était assis l'opérateur radio. Il ajouta : « On m'annonçait qu'une compagnie de la Military Police que j'avais envoyée au front (il dut s'arrêter, sa voix s'étranglant de colère) avait été débordée en gravissant une colline. Ils essayaient de parvenir au sommet, mais les Russes étaient arrivés les premiers. Ce petit message n'était pas le dernier non plus. Oh non ! Il en est arrivé tout le temps. Voyez-vous, la première vague qui les a débordés ne s'était pas arrêtée pour les tuer tous. Ces gens-là n'avaient pas le temps. Ils ont simplement abattu tous ceux qu'ils pouvaient au passage. Alors... qu'est-ce que font les MP's ? Ils vont jusqu'au sommet de la foutue colline comme je leur en avais donné l'ordre et ils creusent des tranchées, nom de Dieu ! *Ils creusent des tranchées.* »

Il était planté devant Chandler en hurlant.

« Alors, vers le milieu de la matinée, je reçois un autre de ces petits bouts de papier, poursuivit Harkness. *Un autre* échelon les avait débordés et avait de nouveau ouvert le feu sur eux. Ils appelaient simplement pour nous mettre au courant. Juste pour nous mettre au courant et pour demander *où-étaient-ces-putains-de-renforts-qu'ils-avaient-réclamés-en-creusant-des-tranchées-pour-sauver-leur-peau.* » Il s'arrêta pour regarder les papiers qui jonchaient son bureau et se frotta la nuque. Chandler sentit les regards des autres dans la pièce silencieuse. « Ils n'ont jamais eu une chance de s'en tirer. On les avait amenés jusque là-bas en bus. La troisième vague les a tous tués jusqu'au dernier. Ils sont morts ou prisonniers, je ne sais même pas, parce que depuis qu'on a cessé de me remettre ces foutus bouts de papier je ne sais plus *rien* ! Ils ont tout simplement disparu ! Toute une compagnie ! » Il leva la tête vers Chandler, le regard menaçant. « Jusqu'au dernier d'entre eux, et des *femmes* aussi ! Les femmes qui restaient après qu'on eut retiré tous les hommes de cinq compagnies de MP's pour en faire des fantassins ! » Il s'interrompit, baissa de nouveau les yeux, puis reprit doucement : « Ces femmes étaient à pied, major. Vous, vous aurez des chars. »

Philadelphie, Pennsylvanie
27 juin, 15 h GMT (10 h locale)

Le chauffeur, au volant de la voiture banalisée, avait évité les grandes routes pour ne pas tomber dans les gigantesques encombrements qui s'étaient formés. Filipov regardait par la vitre la grisaille des taudis où s'entassaient les pauvres, pour la plupart des Noirs. Irina aurait été bouleversée. Il s'efforçait de ne pas lui montrer des choses comme ça. Il essayait de lui faire aimer l'Amérique.

Enfermé dans la voiture, Filipov voyait des gens, des groupes, des familles, converger vers le stade. Il se demanda si la saison de base-ball reprenait déjà.

« Qu'est-ce qui se passe ? » demanda-t-il à l'agent du FBI assis sur la banquette devant lui.

« Juste une petite manifestation. J'ai pensé que vous aimeriez jeter un coup d'œil. » Il n'y avait pas d'irrespect dans sa voix. Rien d'amical non plus. L'agent abaissa sa vitre. Le ronronnement du lève-glace fut presque aussitôt noyé par les vociférations d'une foule qui poussait des clameurs au loin.

Filipov ouvrit la portière et se jucha sur le marchepied en se penchant dehors. Il voyait maintenant la foule dans son ensemble.

La voix de l'orateur était si déformée que Filipov put seulement deviner que c'était un homme qui parlait avec une grande énergie. Au cœur de la foule, on brandissait par douzaines de grandes banderoles peintes à la main. Dans un tourbillon de flammes et de fumée, un mannequin brûlait au bout d'un poteau que quelqu'un tenait en l'air. Partout des drapeaux.

« U–S–A ! U–S–A ! U–S–A ! » hurlait la foule en chœur comme à une réunion olympique. La manifestation couvrait toute la distance jusqu'au stade et les gens répétaient inlassablement le slogan. L'orateur avait terminé. Filipov s'aperçut alors qu'il n'était pas debout devant le stade, mais dans le stade proprement dit, bourré à craquer.

Planque de la CIA, Harrisburgh, Pennsylvanie
27 juin, 17 h GMT (12 h locale)

« Je suis James Anderson – Central Intelligence Agency. Voici le colonel Petry – Defense Intelligence Agency. Et vous connaissez bien sûr M. Lambert de la Maison-Blanche. Si nous nous asseyions ? » proposa Anderson. Il indiqua à Filipov le divan d'où il ferait face à la caméra 1, la seule caméra couleurs de la vieille maison.

L'endroit était poussiéreux et sentait le renfermé quand Lambert et les agents étaient arrivés là une heure auparavant. Ils avaient passé le plus clair de leur temps à ôter frénétiquement les housses des meubles. Ils avaient même envoyé un des trois agents acheter au bazar voisin des ampoules neuves pour le salon mal éclairé. *On n'utilise plus guère ces planques,* se dit Lambert avec amertume, *maintenant que nous sommes si bons amis avec les Russes.*

Filipov attendit debout qu'Anderson l'eût placé au bon endroit : son regard ne cessait de revenir à Lambert. « Greg, je ne sais pas ce que je peux dire », avait déclaré Filipov en l'accueillant sur le seuil, attendant ensuite dans le silence embarrassé une réponse qui ne venait pas. « Je suis désolé pour Jane » furent les seuls autres mots prononcés.

Ils s'installèrent tous. Lambert leva les yeux vers Filipov et celui-ci le dévisagea : on lisait l'inquiétude sur chaque trait de son visage. Filipov pencha la tête de côté pour demander à Lambert ce qui n'allait pas. Puis il renonça et se tourna vers les deux autres officiers de renseignement avant de laisser son regard revenir à Lambert. « Merci d'avoir accepté cette rencontre », commença Filipov, un peu guindé.

Anderson et Petry étaient assis là comme des pierres. Manifestement pour écouter, pas pour parler.

« Je suis venu ici pour une question extrêmement importante, reprit Filipov. Il s'agit aussi d'une affaire tellement délicate qu'elle exige la plus extrême discrétion, de votre part aussi bien que de la nôtre. » Filipov avala sa salive. Il s'humecta les lèvres, et Lambert se demanda s'il ne devrait pas lui proposer un verre. Mais il laissait l'initiative aux deux agents qui l'accompagnaient et il resta tranquille.

« Tout d'abord, laissez-moi vous dire que je suis ici sur les instructions du général Razov. Ensuite, permettez-moi de vous préciser aussi qu'aucun des autres membres de la STAVKA n'est au courant de cette visite. C'est la raison pour laquelle elle doit rester confidentielle. Ils ne voudraient pas que je vous dise ce que je vais maintenant vous confier. »

Du coin de l'œil, Lambert vit Anderson et Petry échanger un regard. Il se concentrait sur Pavel dont les yeux restèrent fixés un moment sur Anderson avant de revenir à lui.

Le silence planait dans la pièce.

Filipov regarda le plancher, les paumes appuyées sur

ses genoux : ses bras raides trahissaient l'inconfort que de toute évidence il ressentait. « Comme vous le savez certainement, la force des sous-marins lanceurs de missiles balistiques de la marine de notre pays demeure à peu près intacte et se trouve actuellement à l'abri de vos coups dans un bastion situé dans la mer de Kara. » Il regarda Lambert et lui fit un signe de tête imperceptible. « Comme vous le savez également, ces sous-marins n'ont pas lancé leurs missiles lors de l'échange du 11 juin. » De nouveau, Lambert hocha la tête. Filipov ouvrit la bouche, puis il baissa les yeux vers le plancher : il cherchait ses mots.

Il finit par dire d'un ton précipité : « Mais il y a un autre détail que vous ne connaissez sans doute pas. » C'était maintenant Lambert qu'il regardait dans les yeux. « Les ordres de contrôle nucléaire des sous-marins suivent une procédure communément appelée " action par défaut ". Suivant ces instructions, les commandants ont reçu aussi bien les coordonnées de position que les ordres de tir. Ces ordres de tir sont effectifs à condition que soit rempli un des deux critères nécessaires. Les commandants ouvriront le feu s'ils reçoivent un ordre de lancement valide des communicateurs nucléaires en possession de la STAVKA, ou bien ils le feront si le commandant d'un de ces navires estime qu'il est attaqué. Dans ce dernier cas, les lancements viseraient les cibles dont les coordonnées faisaient partie des ordres de tir originaux choisis par Zorine. Ces cibles comprennent des bases militaires américaines à travers le monde... et les 304 plus grandes villes des États-Unis. »

Le silence était total.

« Eh bien, dit Filipov en claquant des mains sur ses cuisses avant de se lever, je crois que je ferais mieux de partir maintenant. »

Anderson et Petry échangèrent un nouveau regard puis se levèrent – hésitants. Lambert les imita.

« Juste une question, dit ce dernier.

– Je regrette. Je ne suis autorisé à répondre à aucune question et l'envie d'ailleurs ne m'en viendrait pas si le contraire était vrai. »

L'anglais de Filipov était toujours impeccable, mais la réponse qu'il venait de donner avait quelque chose d'emprunté. Pas un instant d'hésitation. Pas la moindre hésitation pour trouver un mot. C'était une phrase qu'il avait répétée.

« Pavel, dit Lambert, peux-tu rappeler ces sous-marins ?

– Je regrette, Greg. Je ne suis pas autorisé à discuter davantage des ordres de contrôle.

– Nous sommes engagés dans une guerre, Pavel. Si ce que tu nous dis est vrai et que ces sous-marins sont prêts à tirer, alors une erreur, une arme mal réglée ou un contact inopiné...

– ... et c'est le feu d'artifice », dit Filipov. Lambert le dévisagea.

Il vit que Petry allait dire quelque chose, mais Anderson intervint en tendant la main à Filipov. « Merci beaucoup, Pavel Sergeievitch. » Ils échangèrent une poignée de main.

On raccompagna Filipov jusqu'à la porte. Anderson fit un signe de tête à Lambert. Ils attendaient tous que Petry ouvrît la porte, ce qu'il ne fit pas. Lambert dit alors : « Pavel, est-ce que je pourrais te dire un mot ?

– Mais oui », dit Filipov, sautant aussitôt sur l'occasion et suivant Lambert dans une antichambre. Lambert referma la double porte sur les deux hommes qui attendaient, évitant soigneusement de jeter un coup d'œil à la petite table sous laquelle était disposé un des microphones de la pièce.

« Où est Irina ? lâcha aussitôt Filipov. J'ai téléphoné partout sans arriver à la trouver. »

Lambert sentit de nouveau ce grand poids peser sur lui. « Qu'est-ce qu'il y a ? demanda Filipov, pâlissant sous le regard de Lambert.

– Pavel, il faut d'abord que je te pose une question. Je t'en prie, pardonne-moi. » C'était dégoûtant de le faire attendre, mais il devait faire son travail. « Là-bas, dans le salon... ce que tu nous as dit... c'est vrai ? Il faut absolument que je le sache, Pavel. Est-ce que ces sous-marins tireraient de leur propre autorité s'ils étaient attaqués ?

– Oui », répondit Filipov. Puis il demanda précipitamment : « Où est-elle ? »

Lambert considéra Filipov : son visage, son attitude, tout chez lui trahissait un pitoyable état de nerfs. Il savait qu'il devrait insister, que Pavel ne serait pas d'une grande utilité après avoir appris la nouvelle, mais il n'en était pas capable. « Elle est morte, Pavel. Je suis désolé. Elle est morte. »

Installations provisoires de Mount Weather, Virginie
27 juin, 21 h GMT (16 h locale)

« Il y a encore une chose toutefois que vous ne savez probablement pas », reprit Filipov.

Lambert était à bout de nerfs. L'agitation de Pavel était contagieuse. Tout cela rappelait à Lambert les scènes de défection du temps de la guerre froide : une planque de la CIA, un officier supérieur russe...

« Ils tireront s'ils reçoivent un ordre de lancement valable des communicateurs nucléaires qui sont entre les mains de la STAVKA, ou si l'un des commandants de ces sous-marins croit être l'objet d'une attaque. Dans ce dernier cas, les tirs auraient pour objectif les cibles dont les coordonnées faisaient partie des ordres de mise à feu originaux donnés par Zorine. »

L'image sur l'écran se figea à l'instant où Filipov baissait les paupières.

On ralluma.

« Bon Dieu ! » s'exclama le secrétaire d'État intérimaire. Lambert s'attendait à les voir réagir ainsi à la bande vidéo. « Il n'est pas vrai, ce type ? » demanda-t-il à Lambert, planté auprès du Président au bout de la table de conférence.

« C'est un colonel de l'armée russe. Il vient de rentrer du quartier général de la STAVKA, à Moscou, où il est l'aide de camp du général Razov. Il était auparavant attaché militaire à l'ambassade de Washington.

– Et vous le connaissez bien ? interrogea le Président.

– Depuis cinq ans, monsieur le Président. Il était... » Lambert marqua un temps. « Il était mon meilleur ami. Je pense qu'il l'est encore. »

Le Président le regarda. « Eh bien alors, est-ce qu'il disait la vérité ? »

Lambert hésita. « Oui, monsieur le Président, je crois que oui... ce qu'il croit du moins être la vérité. »

Pendant quelques instants, ce fut le silence dans la salle, puis le Président dit : « Bien », en se tournant vers la table. « Supposons que ces sous-marins puissent tirer à la discrétion de leurs commandants.

– Je n'y crois pas, dit soudain le directeur de la CIA. Ça n'est qu'une réaction instinctive, monsieur le Président. Ça ne me paraît pas " russe " : c'est trop décentralisé. On laisse trop d'autonomie à des commandants individuels. Les Russes veulent tout voir soumis à un contrôle central. » Il secoua la tête. « À mon avis, il bluffe.

– Une question se pose à propos de la vraisemblance de l'exposé de ce Filipov », dit Bill Weinberg, l'ancien professeur de mathématiques du MIT qui était à la tête de la NSA. « Nous avons fait passer nous-mêmes des options d' " action par défaut " par des batteries de scénarios. Le taux d'échecs était toujours trop élevé. Nous appelons cela un système " instable " où la probabilité d'un tir par erreur est faible mais constante. Le risque de voir le système avoir une défaillance – celui d'un lancement accidentel – n'est à aucun moment jamais très élevé : mais quand on examine les résultats sur des mois et des mois, ça devient plus qu'une simple possibilité, plutôt une probabilité. Si on tient compte de l'élément humain : les tendances autodestructrices des décideurs soumis à la tension d'un état de guerre à bord d'un sous-marin tapi dans les eaux de ce Bastion, avec l'air et l'eau d'une qualité de plus en plus mauvaise, le passage de la nourriture fraîche aux conserves, les lumières en veilleuse pour économiser l'énergie, la discipline qui interdit le moindre bruit, les soucis à propos de ce qui se passe à la maison, je peux vous assurer qu'à la longue vous avez un risque de défaillance du système qui ne cesse de croître. Ce système – si c'est bien le système qu'ils ont adopté – se fragilise à mesure que le temps passe. »

Le petit homme rebondi s'arrêta pour grignoter un bout de pâtisserie danoise posée devant lui – relief de leur réunion matinale – et pour prendre une gorgée de café. Lambert envisagea de prendre un gâteau sur le plateau, car il avait des grondements d'estomac. Mais ce n'était pas tant la nourriture qui l'intéressait : il voulait simplement dormir, d'un sommeil sans souffrance. Si seulement il pouvait fermer la porte de son bureau, se recroqueviller sur son canapé et se reposer brièvement...

« Alors, s'ils mentent, que croyez-vous qu'il va se passer ? demanda le Président.

– Oh, c'est facile, dit le chef de la NSA en se léchant les doigts. Que ce qu'ils disent soit vrai ou non, une chose est claire. Ils proclament : " N'allez pas toucher à ces sous-marins ". Dans toutes les circonstances, ça se comprend. Ces sous-marins sont le grand égalisateur. Nos forces conventionnelles affrontant les leurs, c'est un combat régulier, mais un combat qui n'a qu'une issue possible.

– Bon, fit le Président. Mais vous ne m'avez pas dit ce que vous pensiez. Les Russes pourraient-ils avoir mis ce système en place ? »

Le chef de la NSA haussa les épaules et dit : « Bien sûr, c'est possible. » Il regarda le Président. « Pourtant, je ne le crois pas. La NSA est d'accord avec les estimations de la CIA. » Il se tourna vers son aide de camp et dit : « Pourriez-vous me passer un de ces beignets à la confiture, je vous prie ? »

13.

Presov, Slovaquie
30 juin, 13 h GMT (8 h locale)

Chandler et Barnes passèrent devant les rangées de chars d'assaut M-1 Al garés canon contre canon sous un filet de camouflage.

« Qui a donné l'ordre d'aligner ces chars si près les uns des autres ? interrogea Chandler.

– Le capitaine Loonis, major », répondit Barnes. C'était le commandant en second du bataillon. « Les hommes travaillent par équipes plutôt que par équipages. Une équipe nettoie les canons. Une autre graisse les chenilles. Il faut bien le faire, parce que les engins sont restés longtemps au garage : ça fait un bout de temps qu'on ne les a pas graissés. Ils n'iraient pas loin.

– C'est leur disposition qui m'inquiète », dit Chandler. Par les petits trous du filet, il regarda le ciel d'été un peu embrumé.

« Ça va plus vite comme ça, mais vous avez raison, major... c'est un risque. Barnes s'arrêta. Voilà le nôtre. »

Chandler regarda l'engin massif, peint en vert foncé. Trapu – il arrivait à peine à la hauteur de son casque – l'énorme char était plus large et plus long que le vieux M-60, son prédécesseur que Chandler avait connu une décennie auparavant. Il sentit sur lui le regard de Barnes.

« Chef, dispersez-moi ces chars. Au moins 30 mètres entre eux. Un filet individuel pour chacun.

– À vos ordres, major », répondit Barnes, laissant Chandler seul.

Chandler s'approcha de l'engin. Il passa sa main sur le blindage finement grainé. Le mélange de céramique et de métal en nid-d'abeilles était si différent de la plaque métallique lisse des anciens modèles. Il découvrit un échelon à l'avant et grimpa sur le pont, se cramponnant au gros tube du canon de 120 millimètres. Il devrait penser à ne pas faire ça après avoir tiré ; même un coup chauffait si fort le tube qu'il se grillerait la main jusqu'à l'os.

Debout sous le filet de camouflage, il apercevait tout le long de la ligne des hommes qui s'affairaient sur les monstres de métal. Et ce n'était qu'une seule de ses quatre compagnies, quatorze de ses cinquante-huit chars. Cela semblait une force irrésistible : les Russes ne seraient pas capables de l'arrêter, pas plus que Chandler de les contrôler. Comment allait-il maintenir l'unité de sa formation en pleine bataille : empêcher une compagnie de foncer ou de rester à la traîne ou encore de tirer sur des troupes amies ? Son regard parcourut la masse plate du pont jusqu'à la tourelle : il aurait bien aimé pouvoir se contenter de se battre avec juste cet engin. Celui-là, il savait qu'il pourrait le maîtriser... si on lui en donnait le temps.

Il grimpa sur la tourelle derrière les mitrailleuses lourdes M-2 de calibre 50. Les balles grosses comme le pouce qu'elles crachaient traversaient le bloc moteur d'un gros camion à 3 kilomètres. On croyait toujours que le seul intérêt d'un tank, c'était son canon, mais c'était la mitrailleuse noire devant la lunette du chef de char que redoutait l'infanterie.

« Le 66 est prêt à rouler, major ! » cria le soldat posté sur le sol auprès du char suivant. Il transpirait en maniant une énorme pince avec laquelle il s'efforçait de soulever les chenilles pour insérer la goupille qui maintenait en place le dernier chaînon. Il laissa un autre soldat terminer le travail et s'approcha du flan de l'engin. Il s'essuya les mains, puis s'arrêta pour saluer. « Technicien 4 Jefferson, major. Je suis votre chargeur. » Chandler lui rendit son salut. « Il m'a l'air en bon état.

– Oui, major. Prêt à partir. »

Ils entendirent une voix qui grommelait : « Hé, tu ne pourrais pas... ? »

Jefferson se retourna vers l'homme qui peinait sans succès sur la pince, puis releva les yeux vers Chandler. « On va leur en faire baver à ces salauds avec ce gros-là, avec votre permission, », dit-il en caressant affectueusement le blindage. Il esquissa un vague salut avant de se remettre à l'ouvrage. Plus loin, Chandler vit les étincelles d'une lampe à souder qui retombaient dans l'herbe : d'énormes sillons étaient creusés dans la terre molle, laissés par les chenilles. Partout régnait une grande activité : tout le monde travaillait, mais il y avait tant à faire.

Des hommes passaient les lourdes caisses d'obus du canon principal à d'autres soldats qui faisaient la chaîne. De gros tuyaux noirs se déroulaient jusqu'à la plage arrière pour faire le plein de carburant. Des petits drapeaux orange étaient enfoncés dans le sol autour des tuyaux pour éviter d'éventuels accidents causés par des conducteurs inattentifs.

Par-delà le filet, son regard balaya les collines qui ondulaient à l'horizon. À 400 mètres environ de là, il apercevait son prochain point d'arrêt : le poste de ravitaillement de la brigade. Les techniciens chargés de la logistique avaient résolu le problème des rails à écartement plus large de l'Europe de l'Est, relique de la stratégie délibérément mise au point par les Soviétiques : on avait tout simplement loué à peu près tout le vieux matériel roulant qui restait dans les anciens pays du pacte de Varsovie. On obtenait ainsi une ligne de ravitaillement partant des États-Unis et passant par Rotterdam, l'ancienne voie d'accès conçue par l'OTAN et que les anciens alliés avaient à contrecœur laissé ouverte : de là partait un réseau ferré traversant l'Allemagne vers l'Est et qu'on appelait le « corridor de Rotterdam ». Résultat : à chaque embranchement sur des kilomètres à la ronde s'entassaient des montagnes de caisses et de cartons couverts de chiffres et d'énigmatiques inscriptions en anglais.

Chandler secoua la tête. À l'origine, le point de ravitaillement avait été installé près d'un bouquet d'arbres : le filet de camouflage devait former ainsi un prolongement naturel de la végétation qui échapperait aux regards de l'ennemi. En l'inspectant maintenant, il riait tout seul. L'amoncellement de cartons était devenu une vraie colline, que recouvrait bien mal le filet. Puis les gens de la logistique avaient perdu tout contrôle. C'était plus facile, lui avait expliqué un officier d'intendance, de commander spécialement quelque chose aux États-Unis que de chercher dans l'amoncellement de caisses déchargées à l'arrivée de chaque train. Il faudrait des semaines, lui avait raconté l'officier épuisé, avant même d'ouvrir les emballages pour voir ce qu'il y avait à l'intérieur. Et de nouvelles caisses arrivaient tous les jours.

Son regard revint à son char. Il était attiré par les lunettes du chef et du chargeur. Chandler enjamba le rebord de la tourelle et s'engouffra dans le trou noir. Tout en cherchant où poser le pied, il se cramponnait des deux mains à l'ouverture. Il finit par trouver le siège et resta là un moment. Juste au-dessous de lui, le canon était braqué : presque à l'horizontale, impressionnant. Jefferson et ses camarades avaient peint au pochoir « Prends donc ça dans le cul » sur la large base de la pièce. La mitrailleuse de Chandler était montée sur pivot à la droite de son épiscope, celle plus petite de son chargeur, une M-60 de 7,62 millimètres, était montée symétriquement de son côté de la tourelle, à la gauche de Chandler. Celui-ci se laissa tomber à l'intérieur de l'engin.

Il n'alla pas loin. À mi-chemin, son équipement s'enfonça douloureusement dans ses reins : sa cantine, ses sacs de munitions et divers autres attirails le coincèrent en chemin. *Merde !* se dit-il, jetant un coup d'œil furtif aux hommes qui entouraient son char. Une équipe s'affairait à retirer du tube le gros écouvillon : torse nu, ils avaient trop chaud et ils étaient trop épuisés pour remarquer l'incident. Chandler ôta son ceinturon et se laissa tomber, assis dans l'obscurité, sa lourde cartouchière à la main. À l'intérieur, tout était chaud, sombre et silencieux. La cabine était plus spacieuse qu'on ne l'aurait cru de l'extérieur. Il ne savait absolument pas comment actionner l'éclairage du compartiment : il prit donc sa torche électrique.

L'énorme culasse du canon occupait le centre de la cabine. Il découvrit le poste du tireur en dessous et devant sa place : les viseurs capitonnés et les commandes du canon étaient une réplique de ce qu'il avait juste devant lui. Il remit la torche dans sa ceinture et, à la faible lueur qui filtrait par le filet et la lunette, il posa la main sur le manche qui ferait pivoter la tourelle, lever ou abaisser le canon et déclencher le tir. Il s'installa sur son siège juste sous l'écoutille et colla son visage aux viseurs de la lunette. L'écran était noir mais le capitonnage lui entourait confortablement les yeux, juste au-dessus du nez.

Un hurlement déchirant retentit, le fracas emplissant son cocon blindé. Il resta assis là dans le noir, le cœur battant. En un instant, les réacteurs de l'avion avaient disparu : le filet de camouflage au-dessus du char oscillait doucement dans leur sillage. Dans le silence revenu, Chandler entendit des cris et puis une rapide succession de « pof-pof-pof-pof-pof-pof ». Une seconde plus tard, il entendit la sirène du détecteur d'armes chimiques.

« Les gaz, les gaz, les gaz ! » cria quelqu'un. Chandler prit une profonde inspiration et se mit à fouiller dans le sac qui contenait son masque et sa combinaison. Se cognant contre les parois, il parvint à enfiler son équipement. Il frissonnait de peur en remontant péniblement par la tourelle et il entendait le sifflement de sa respiration à l'intérieur de son masque dont les verres antibuée s'embuèrent immédiatement. Quelques hommes en cagoule étaient rassemblés, formant ce qui à travers ses verres ruisselant de condensation lui semblait être une masse verte et confuse juste au-dessous de l'écouvillon abandonné qui sortait encore du canon du char en face de celui de Chandler. En émergeant par la tourelle, il les vit qui s'agitaient dans leurs combinaisons noires en déployant des efforts frénétiques. Chandler aperçut le soldat auquel ils prodiguaient leurs soins, ne portant que son masque. Torse nu, l'homme était d'une pâleur de craie et secoué de convulsions.

Los Angeles, Californie
30 juin, 17 h GMT (9 h locale)

« Magnétoscopes d'après-guerre ! » annonçait le panneau. Melissa approcha la voiture de Matthew de la vitrine du magasin d'électronique. « Expédiés directement du Japon. Aucun dommage causé par l'impulsion électromagnétique, ABSOLUMENT GARANTI ! »

« 2 000 dollars », lit-elle tout haut, incrédule. « Pour tout achat d'une télé, un masque à gaz GRATUIT ! » proclamait une autre affiche. Un frisson lui courut le long du dos. Les bulletins d'information étaient sommaires – le gouvernement restait muet – mais les médias avançaient les hypothèses les plus folles. *Où va le monde ?* se dit-elle tout en regardant son nouveau-né endormi. Elle avait espéré que la promenade lui ferait du bien, mais elle ne se sentait pas mieux.

Elle reprit son chemin. Le centre commercial était presque désert : seuls quelques rares magasins étaient ouverts. Elle passa devant une maroquinerie : une bonne odeur de cuir vint flotter dans l'allée climatisée du second niveau. « Vous cherchez du travail ? » dit la propriétaire. Elle passa devant le comptoir, tenant à la main le chiffon avec lequel elle avait épousseté les meubles.

Melissa secoua la tête en souriant. « Non, merci.

– Oh ! » fit la femme d'un ton pincé et elle baissa les yeux vers Matthew, avec un sourire attristé. Son regard parcourut l'allée déserte. « Je me demande combien de temps encore je vais pouvoir garder le magasin ouvert.

– Pourquoi ? Comment ça ?

– Eh bien, avec toutes ces nouvelles réglementations – les taxes fédérales, les taxes d'État, les taxes municipales... en temps normal, c'est moi qui m'occupe de la comptabilité. Maintenant, avec toutes ces nouvelles taxes, c'est du travail à plein temps et je n'arrive même pas à quitter le magasin. »

Melissa remarqua le panneau « Cherche vendeuse » affiché sur la vitrine. « Pourquoi ?

– Parce que tout le monde m'a fait faux bond. Une fille est venue travailler deux jours après la guerre – l'attaque nucléaire – parce que c'était vendredi, jour de paye, mais aucune autre ne s'est même présentée. » Elle baissa la tête et haussa les épaules. « On ne peut pourtant pas dire que les affaires soient florissantes. »

Melissa regarda la rangée de magasins : des grilles métalliques fermées devant les vitrines. Sur l'un d'eux – où l'on vendait des tapis d'Orient – un bandeau collé en diagonale annonçait : « Une seule journée de liquidation du stock ! ». Le magasin semblait pourtant plein de tapis. « Où sont passés les gens ? demanda Melissa. Je pensais qu'un samedi il y aurait plein de monde.

– Ils sont partis dans les collines. Les week-ends, c'est ce qu'il y a de pire. On dirait que tous les gens qui ont une voiture bouclent leur valise et quittent la ville.

– Pourquoi ? »

La femme ricana. « À cause des Russes ? », dit-elle comme si la question était absurde. « Vous comprenez, au cas où ça arriverait pendant un week-end, ils ne seront pas en ville.

– Au cas où quoi... ? » commença Melissa. Mais elle s'arrêta en devinant la réponse.

« Vous n'êtes pas beaucoup sortie, n'est-ce pas, ma chérie ?

– Ma foi non. J'ai regardé la télé presque sans arrêt. Mais surtout les informations. Mon mari est dans l'armée, Dieu sait où.

– Oh, mon Dieu », dit la propriétaire du magasin. Elle posa sa main sur le bras de Melissa et regarda l'enfant. « Je pense qu'il y a des choses plus graves dans la vie. Pardonnez-moi de ne penser qu'à moi. »

Melissa secoua la tête en souriant, tout en regardant un sac à main sur un rayon.

« Vous voyez quelque chose qui vous plaît ?

– Oui », dit-elle en poussant devant elle la voiture de Matthew pour s'approcher de l'étalage. Des sacs Vuiton. Elle se sentait coupable même de regarder, mais c'était sa première distraction depuis la guerre – la première fois qu'elle s'était levée, habillée, maquillée et qu'elle était sortie juste pour le plaisir.

« C'est un modèle ravissant, dit la propriétaire. On me le demande beaucoup. Enfin, on me le demandait. » Elle tendit le sac à Melissa. Celle-ci leva les yeux vers la femme et, derrière elle, vers la galerie déserte. Elle avait espéré voir des gens : cette femme était la seule personne qu'elle avait rencontrée.

« Je vais le prendre.

– Oh, merveilleux », fit la propriétaire. Elle passa derrière le comptoir pour se poster devant sa caisse enregistreuse tandis que Melissa fouillait dans son vieux portefeuille. Melissa posa une carte de crédit sur le comptoir : la femme leva les yeux mais n'y toucha pas. Elle prit une profonde inspiration et finit par dire : « Oh, je suis désolée. Elle secoua la tête. Pas de carte de crédit », dit-elle. Avec un pauvre sourire, elle désigna un autre panneau dans la vitrine. « Je devrais vraiment le mettre à un endroit où on le verrait mieux, mais je croyais que tout le monde était au courant. »

Melissa reprit d'un air gêné sa carte d'American

Express. « Vous comprenez, ma chère, ce n'est pas moi. Tant de banques qui émettaient ces cartes ont fermé, les ordinateurs qui donnent les autorisations travaillent si lentement maintenant qu'on ne peut pratiquement plus les utiliser. Alors ma banque m'a dit : plus de carte de crédit. »

Melissa hocha la tête et rangea sa carte. « Eh bien, je suis désolée. Je n'ai pas tant d'argent en liquide.

– Bien sûr. » La femme eut un sourire bienveillant, apitoyé.

« J'ai du travail, dit Melissa. Je veux dire, je suis en congé de maternité, mais je travaille comme avocate dans un cabinet de la ville. »

La femme sourit et s'approcha pour regarder Matthew de plus près. « En tout cas, vous avez un bien beau bébé. C'est un garçon ?

– Oui. Matthew.

– Si vous êtes en congé de maternité et que vous n'avez pas besoin d'être à L.A., pardonnez-moi de vous poser la question... mais qu'est-ce que vous faites ici ?

– Je... j'habite ici.

– Oui, bien sûr, mais... » Elle jeta un coup d'œil à Matthew, puis son regard revint à Melissa. Elle sourit. « Évidemment. »

Melissa s'apprêtait à partir. Des pensées confuses tournaient dans son esprit. Tout le monde s'était enfui. Que devrait-elle faire ? Repartir sur la route comme avant ? cela avait été si pénible.

« Excusez-moi », dit la femme derrière elle. Quand Melissa se retourna, elle vit la propriétaire du magasin ôter du sac la plaquette de sécurité. « Pourquoi n'emportez-vous pas ça ?

– Oh, non », dit Melissa. Elle secoua la tête tandis que la femme lui tendait le sac. « Je ne pourrais pas.

– Oh, allons.

– Mais non, ça n'est pas possible.

– Pourquoi donc ? Je ne sais pas pourquoi je vous raconte des histoires. La seule façon pour cette guerre de se terminer vite, c'est que nous nous fassions sauter mutuellement. Et si elle ne se termine pas d'ici la semaine prochaine, je ne pourrai pas payer mon loyer. Alors, à minuit une, on ferme votre boutique ; ils arrivent et changent les serrures au milieu de la nuit. De toute façon, je pense que ce sac à main est foutu. » Elle eut un rire nerveux et accrocha le sac à la poignée de la poussette.

« Merci », dit Melissa. Elle s'éloigna avec Matthew.

« Veillez bien sur ce petit, cria la femme. C'est notre avenir. » Melissa sourit en voyant la femme se remettre affectueusement à épousseter les sacs et les ceintures qui pendaient dans la petite boutique déserte.

90e groupe de missiles stratégiques, base aérienne de Warren, Wyoming
30 juin, 22 h GMT (14 h locale)

Stuart était allongé sur son lit de camp dans une obscurité totale. Ses poumons aspiraient l'air lourd et vicié sans qu'il se sentît rafraîchi. Langford toussait pour la millionième fois à l'autre bout de la capsule, le plus loin possible de Stuart. Cette toux exaspérait néanmoins Stuart et il se redressa avec l'intention de lui crier de se taire. Serrant les dents, il parvint à se retenir.

Langford toussa encore – une quinte déchirante qui se poursuivit près d'une minute. Dès qu'il eut repris son souffle, il dit « pardon », puis se remit à tousser.

Je ne peux plus le supporter, se dit Stuart. *Pas un jour de plus. Pas une heure de plus.* Il posa ses pieds nus sur le sol. Langford et lui avaient beau être en sous-vêtements, ils ne cessaient de transpirer dans l'atmosphère étouffante. Il décida de passer son uniforme et sa combinaison protectrice et de sortir de cette tombe.

« Je m'en vais », dit Stuart dans l'obscurité. Il attendit : pas de réponse. « Cette fois-ci, je le fais.

– Alors, vas-y ! va ! »

Furieux, Stuart alluma sa torche électrique et, à la lueur déclinante du faisceau, chercha ses vêtements dans les recoins de ce qui avait été le centre de communication de la capsule. Elle n'éclairait plus beaucoup et il savait qu'ils étaient à court de piles. Il l'éteignit et dans l'obscurité il avança de mémoire jusqu'au lit. Il vint s'effondrer à côté sur le sol métallique dur mais un peu plus frais et passa ses doigts dans ses cheveux sales et trempés de sueur.

« Reste donc ici, mon vieux », dit Langford. Il avait du mal à terminer sa phrase avant d'être repris par sa toux. « On peut y arriver. On n'a qu'à s'en tenir au plan. Ça fait... (il se remit à tousser) ça fait trois semaines qu'on est ici. On est à mi-chemin. »

À mi-chemin, se dit Stuart. *Encore trois semaines. Rien que trois semaines encore*. Il se leva et alla se rallonger sur son lit : humide et un peu frais.

Une citation venue d'un lointain souvenir de classe ou d'une lecture à demi oubliée trottait dans sa tête et occupait entièrement son attention. Il ne l'avait encore jamais comprise : elle ne signifiait rien pour lui et il l'avait simplement emmagasinée dans sa mémoire. Mais maintenant il comprenait.

Langford se remit à tousser : une longue quinte sèche dont Stuart n'arrivait pas à deviner la raison organique. *L'enfer est un endroit tout petit*, se répéta Stuart. *L'enfer est un endroit tout petit*.

Installations provisoires, Mount Weather, Virginie
2 juillet, 13 h GMT (8 h locale)

« Où diable sont les rapports de renseignements sur l'Europe du Nord ? » cria Lambert par la porte ouverte. Une main posée sur le bas de son téléphone, il espérait que sa secrétaire était là.

« Sur votre bureau », dit-elle en se précipitant. Elle brandit sous son nez une nouvelle liasse de papiers agrafés ensemble avant de les déposer d'un geste théâtral au beau milieu de son bureau. Il eut un soupir exaspéré. « Je vous jure que j'ai posé ce fax là », dit-elle en continuant à descendre tout en repartant vers son propre bureau.

« Attendez, qu'est-ce que c'est que ça ? » demanda Lambert : il désignait du menton la plus récente pile de documents venus s'amasser sur son bureau métallique.

Il se retourna, encore vexé de s'être entendu accusé d'avoir perdu un fax et prit une des liasses de papiers. « Les Turcs veulent ouvrir un nouveau front en Russie en partant du sud et demandent des crédits immédiats pour acheter des armes. Les Grecs vont protester. Vous trouverez aussi un mémo du Département d'État qui explique que les Américains sont prêts à entrer en guerre du côté russe si les Turcs font mouvement vers eux. » Elle le jeta sur le bureau pour en prendre un autre. « Plusieurs groupes de l'opposition allemande ont prévu une manifestation pour bloquer les réseaux routiers partant de Rotterdam à travers l'Allemagne afin de protester contre la guerre. Huit commandants d'armée ont demandé l'autorisation d'employer la police militaire pour disperser les manifestants si la police fédérale allemande ne réussit pas à maintenir les routes ouvertes. » Elle lança le rapport devant lui.

« Vous n'avez pas envisagé peut-être de faire une sieste ? » suggéra Lambert. Elle n'avait pas eu le temps de répondre qu'il entendit une petite voix métallique dire dans l'appareil : « M. Lambert, voudriez-vous avoir l'obligeance de me parler maintenant ou de me rappeler plus tard.

– Oh, Arty, je suis désolé, dit Lambert.

– C'est " Arthur " », dit l'officier de liaison britannique depuis son bureau de Londres. Au même instant, Lambert vit deux jeunes officiers de l'Air Force apparaître sur le seuil. Il leur fit signe d'entrer. « Le MI-5 a déjà conclu d'après ses propres rapports de renseignements que... »

Les deux officiers de l'Air Force lui tendirent une sortie imprimante d'ordinateur où s'alignaient sur une colonne après l'autre des chiffres et des symboles, dont certains absolument incompréhensibles. Il pouvait lire en titre « Analyses spectrographiques d'échantillons d'air ».

« ... Et si vous tenez compte de ce que les Allemands et les Français ont déclaré à l'ONU comme une preuve de leurs intentions actuelles, nous estimons que vous pouvez vous attendre au pire.

– À quel pire, Arty ? De quoi parlez-vous ? » Lambert mit sa main sur le micro et chuchota aux officiers de l'Air Force : « Qu'est-ce que c'est que ça, des poèmes d'amour martiens ?

– Je veux dire que les Français et les Allemands interviennent activement dans nos opérations en gênant le ravitaillement de nos bases et en restreignant peu à peu l'utilisation de leur réseau routier...

– Nous avons un second rapport parlant de l'utilisation probable d'armes biologiques, celui-ci en provenance d'Okinawa », dit le capitaine de l'Air Force planté devant lui.

Un des assistants de Lambert arriva, brandissant une pile de papiers qui ne pouvaient être que le courrier matinal du Président – avec plusieurs grandes cartes roulées sous son bras gauche. Lambert regarda sa montre. *Bon sang*, se dit-il, constatant qu'il était censé faire son exposé dans trente minutes. « Bon, Arthur, voici ce que je vais faire, dit-il dans l'appareil tout en faisant signe à son assistant de poser les rapports sur son bureau. Je vais demander au Président d'appeler Gerhardt et de lui expliquer une nouvelle fois clairement notre position. Mais, écoutez, je croyais que le secrétaire au Foreign Office et le secrétaire d'État s'étaient rencontrés pour vous confier la responsabilité des relations avec toute la Communauté européenne à vous autres, à Londres.

– Ah, ça n'est pas rien, n'est-ce pas ? » dit Arthur. Lambert pendant ce temps regardait son assistant mettre à jour la carte des opérations sur son mur. Clignant des yeux pour distinguer les lignes finement tracées, il put constater que l'aile sud de l'attaque partant de Slovaquie n'avait toujours pas l'air de bouger. « Merde, jura-t-il sous cape.

– Voilà un mot qui me surprend dans votre bouche, Gregory.

– Quoi ? oh non, il s'agissait d'autre chose. Écoutez, je verrai ça plus tard.

– Et si c'est trop tard ? Si les Allemands commencent à arrêter nos convois ?

– Alors on leur fout carrément sur la gueule !

– Oh, évidemment. C'est stupide de ma part de ne pas y avoir pensé. »

Le capitaine de l'Air Force agitait le rapport sur l'analyse d'échantillons d'air sous le nez de Lambert pour attirer son attention. Derrière lui, Lambert vit entrer la secrétaire qui passa derrière son bureau et se mit à fouiller parmi les papiers.

« Je vous rappellerai plus tard, Arthur.

– Monsieur, il faut faire quelque chose à propos de ces attaques biologiques », dit l'officier de l'Air Force. Lambert avait raccroché et passait devant lui pour s'approcher des cartes mises à jour. « Le général Starnes a dit que toute réponse à ces attaques éventuelles était une décision purement politique. Nous avons pensé, vous comprenez, que puisque vous sembliez être de notre avis... » L'aile nord partie de Pologne était très en avance sur son horaire mais, à en juger par les petits cercles et les ovales dessinant des poches sur tout l'est de la Slovaquie, l'attaque destructrice des Russes – lancée des heures avant l'opération Sabre vengeur – méritait bien son nom. D'après la carte, il n'y avait plus « d'aile sud » à proprement parler : c'était plutôt un « saillant sud » qui penchait du mauvais côté vers la Slovaquie.

« Ha ! ha ! » fit sa secrétaire, tirant de la corbeille à papiers de Lambert une feuille de papier maculée, avec des taches huileuses réparties sur tout le fax. « Absolument couvert de beurre et de fromage avec toutes ces pâtisseries danoises que vous avez prises au petit déjeuner !

– Qu'est-ce que dit ce fax ? » demanda Lambert. Il se retourna comme pour être bien sûr que sa secrétaire savait que c'était à elle qu'il s'adressait.

Elle s'éclaircit la voix : « Ça vient du Département d'État. Ça dit : “ Le Parlement ukrainien a voté ce matin à 9 h 12, heure de Kiev, l'abrogation du traité de sécurité mutuelle avec la République de Russie et a déclaré un cessez-le-feu unilatéral pour toutes les troupes de la coalition occidentale devant prendre effet à 11 heures, heure de Kiev (9 heures, heure de Greenwich). Notre délégation à l'ONU attend l'heure des nouvelles de Minsk sur la décision des Biélorusses, mais elle espère un accord analogue et un cessez-le-feu. ” » Le chef d'état-major du Président apparut, s'appuyant au chambranle de la porte : il enfournait dans sa bouche un beignet en tenant sous son menton une assiette en carton pour ramasser les miettes.

« Monsieur, les échantillons d'air, dit l'officier de l'Air Force derrière lui.

– Quelqu'un est-il déjà tombé malade ?

– Pas encore, monsieur, mais il n'aurait pas encore eu le temps.

– Revenez quand vous aurez des malades », dit Lambert. Les deux officiers étaient déçus : ils croyaient manifestement être sur un gros coup. Lambert regardait le chef d'état-major qui souriait sur le pas de la porte.

« Vous avez une seconde, Greg ? demanda Sol Rosen.

– C'est à peu près tout le temps dont je peux disposer, Sol, dit Greg en désignant le bureau plein de gens et de papiers.

– Je voulais dire : en tête à tête. »

Lambert regarda les autres. Ils passèrent devant Rosen qui entra dans la pièce et referma la porte derrière lui.

« Qu'est-ce que je peux faire pour vous ? demanda Lambert à ce puissant personnage : c'était le bras droit de Costanzo.

– Eh bien, je suis content que vous m'ayez demandé cela. Je veux vous demander un service.

– Ah bon, fit Lambert en haussant les épaules, allez-y.

– Vous savez que le 1er juillet est une date très importante pour Paul, je veux dire sur le plan politique ?

– Vous voulez parler du " reportage depuis l'enfer " ? dit Lambert, et Rosen éclata de rire.

– C'est l'expression qu'il a employée, mais il se rend compte aussi de l'importance de ce geste. Ce sera la première visite d'un Président sur les " lieux du désastre ". Symboliquement, c'est un gros coup et ce sera important pour remonter le moral du public. Je suis sûr que vous en avez entendu parler : nous avons un vrai problème d'absentéisme sur les lieux de travail. Les gens évitent les grandes villes. Ils ont la frousse. En outre, les éditorialistes ont pu s'en donner à cœur joie pendant que nous dirigions le pays du fond de nos bunkers. Vous avez vu les dernières caricatures politiques ?

– Sol, répondit Lambert, je n'ai pas beaucoup de temps pour regarder les dessins. » Il était moulu de courbatures après toutes ces nuits sans sommeil et il en voulait à son interlocuteur de lui faire perdre son temps en propos sans intérêt.

Rosen cessa de sourire. « Je crois que ça serait une bonne chose si vous pouviez accompagner le Président dans sa tournée. »

Lambert fit la grimace. « Vous plaisantez ? » Rosen le regarda, impassible. « Vous plaisantez, n'est-ce pas ?

– Greg, vous ne vous intéressez peut-être pas beaucoup à l'aspect politique des choses, mais ne commettez pas l'erreur de sous-estimer leur importance. Regardez où ça a mené Livingston. » Comme Lambert s'apprêtait à l'interrompre, Rosen leva la main. « Greg, je parle aussi de moral. Le moral du public. Les derniers sondages montrent déjà un affaiblissement du soutien à la guerre, avec toutes ces rumeurs concernant les gaz neurotoxiques, la guerre biologique et les craintes qu'on peut avoir à propos du Bastion. Les partisans de la guerre sont retombés au niveau des 80 %.

– Fichtre, Sol, 80 %, c'est...

– Moins de 90, qui était le pourcentage au début de la guerre. » Il lança son assiette en carton et sa serviette en papier dans la corbeille de Lambert. « Écoutez, je ne vous demande pas de parcourir le pays pour vendre des bons d'armement : je veux simplement que vous sortiez de cette taupinière et que l'on vous voie avec le Président. Un seul jour !

– Mais pourquoi moi ? interrogea Lambert. Il doit y avoir des douzaines de gens à traîner par ici avec un dixième du nombre de choses que j'ai à faire.

– Bien, soupira Rosen, pour tout vous dire, vous présentez des éléments hautement favorables.

– Je présente quoi ?

– Des éléments hautement favorables, dit Rosen. Le public a de vous une extrêmement bonne image. Vous ne savez vraiment pas, alors ? dit-il en se carrant dans son fauteuil. Eh bien, bon sang, Paul avait raison, poursuivit-il en secouant la tête. Bon, laissez-moi vous expliquer. Je n'ai pas l'intention de vous manquer de respect, mais voici à quoi se résume votre dossier de presse. Ancien athlète. Basket-ball, n'est-ce pas ? » Lambert acquiesça. Rosen reprit son énumération : « Ancien joueur de basket-ball devenu professeur à Harward. Nommé conseiller à la Sécurité nationale à combien... trente-huit ans ? Tente désespérément d'empêcher le président Livingston de commettre cet acte stupide aboutissant à la guerre dans laquelle sa propre femme trouve la mort. Sans se soucier des risques, il convoyait du ravitaillement dans la capitale irradiée pour tenter de la retrouver. Malgré son désarroi, le jeune conseiller du Président ne baisse pas les bras : il pense à son pays d'abord. Il témoigne courageusement pour mettre un terme à la crise constitutionnelle que traverse la nation.

– Vous avez fini ? » demanda Lambert. C'était à peine s'il parvenait à dissimuler son écœurement.

Rosen soupira. « Allons, Greg, dit-il d'un ton d'excuses. Désolé si je vous ai vexé. Mais je fais mon travail. Et mon travail, c'est de couper court aux foutaises. »

Greg éclata de rire et regarda le plafond.

« Vous trouvez ça drôle ? Vous pensez que je ne vis que dans la foutaise ? Eh bien, vous avez raison. Je vis là-dedans. Je patauge là-dedans du matin au soir. Mais vous savez ce qui est effrayant ? C'est la même chose pour le Président, mon vieux. On croit que tout est net, précis, impeccable comme vos conférences matinales : la vérité, toute la vérité et rien que la vérité. Mais je suis ici pour vous dire que 90 % de ce qu'on raconte au Président chaque jour, c'est de la foutaise. Le crédit d'impôts pour l'expansion des aciéries ça réduit de façon significative le prix de revient par unité des nouveaux bateaux pour la marine, monsieur le Président ! et puis on découvre que les nouveaux navires sont essentiellement faits d'aluminium et non pas d'acier. Il y a une flambée des prix, des profiteurs de guerre qui ont fait monter les matières premières. On a bloqué par une loi fédérale les cours du magnésium pour apprendre que les fabricants qui nous ont donné ces chiffres font un bénéfice de 230 % : nous avons l'air d'imbéciles dans le meilleur des cas et de complices dans le pire.

– Sol, où voulez-vous en venir ? Il faut que j'aille faire mon exposé.

– Pour cesser de tourner autour du pot, je dis que vous êtes un grand et beau gars disposant d'atouts très favorables ! » Rosen maintenant fixait Lambert droit dans les yeux. « Je veux que vous fassiez cette tournée avec le Président, que vous restiez auprès de lui comme une sangsue. Tâchez de repérer où se trouve chaque caméra et placez-vous de façon qu'on vous voie juste derrière ou à son côté – mais jamais devant le Président. Prenez la parole si le Président vous passe le micro ; je me fous pas mal de ce que vous direz. Soyez simplement là, Greg. »

Lambert essayait de trouver une échappatoire.

« Greg, je veux que vous fassiez ça, dit Rosen. Je le veux et le Président aussi. »

Au-dessus de Charleston, Caroline du Sud
4 juillet, 18 h GMT (13 h locale)

Les décombres noircis et tordus de la ville défilaient sous l'hélicoptère des garde-côtes : horrifiés, le président Costanzo et Lambert contemplaient le spectacle. Les arbres étaient noircis, les maisons incendiées et fracassées. Les autoroutes et les grandes artères étaient encombrées de voitures calcinées sur le côté qui faisait face à l'arsenal, mais avaient conservé tout l'éclat de leur couleur d'origine du côté protégé.

« Vous dites qu'il y a des gens qui se sont sortis de là ? » cria le Président au-dessus du vacarme du moteur.

Le chef pilote acquiesça énergiquement de la tête. La petite caméra vidéo, tenue à bout de bras par le cameraman, était braquée vers le bas pour prendre toute l'image. Le Président posant des questions, secouant la tête, désignant telle église ou telle école particulièrement dévastée pour la montrer à Lambert. Et pendant tout ce temps, le paysage calciné défilait.

Trois heures trente... quatre heures au plus tard, c'était la seule pensée qui tournait dans l'esprit de Lambert. *Quand devez-vous enregistrer l'émission télé pour qu'elle passe au journal du soir ?* avait demandé Rosen avant qu'il embarque, avant qu'il supprime une visite à une usine détruite pour que le reporter de l'équipe de télévision puisse filmer sa séquence avant le bouclage du journal. *Il ne perdra pas grand-chose*, avait dit Rosen à l'envoyé du Président, *ça n'aurait rien donné comme images. Personne n'a envie de voir ce spectacle-là à l'heure du dîner.*

L'hélicoptère amorça un virage et se dirigea vers l'intérieur des terres. Lambert regardait les arbres devenir plus verts, une maison restée debout avec les carreaux cassés. Ils passèrent une succession de barrages routiers qu'on distinguait clairement sur les diverses routes menant à la ville : la vie soudain réapparut. Les arbres étaient courbés vers l'intérieur des terres comme par une violente tempête. Mais dans les espaces découverts que survolait l'un après l'autre l'hélicoptère, Lambert aperçut de vastes groupes de gens installés comme des squatters dans toutes sortes de tentes de l'armée et de la Croix-Rouge, sous des appentis et autres abris rudimentaires.

L'hélicoptère descendait lentement vers un grand espace découvert en bordure d'un des camps. Le Président profita de ce que le cameraman changeait de batterie pour consulter les petites fiches qu'il avait tirées de son blouson. Il en brandit une dans la direction de

Rosen en criant : « Comment prononcez-vous le nom de ce type ?

– Ree-Show ! répondit Rosen.

– Et c'est qui, le nouveau maire ?

– Conseiller général ! » cria Rosen. Le Président hocha la tête. « C'est un démocrate ! »

L'hélicoptère se posa. Lambert regarda sa montre. *Seigneur, j'ai tant de choses à faire,* se dit-il avec agacement.

« Allons, Greg », dit le Président en lui donnant une claque sur la jambe. Le gémissement des rotors commençait à s'apaiser.

Lambert suivit le Président, Rosen s'effaçant pour que Lambert se trouve juste derrière Costanzo. Quelques applaudissements polis montèrent des gens rassemblés pour accueillir le Président, mais Lambert aperçut aussi sur les bords du petit groupe quelques panneaux sur lesquels était griffonné « Nourriture, Logement, Vêtements, Médicaments ! » et aussi « l'Amérique d'abord ! ».

Ils se dirigèrent vers un petit podium où l'on avait disposé quelques chaises et sur le devant, une estrade. Les moteurs de l'hélicoptère se turent. Lambert entendit la voix forte de l'orateur, avec son accent marqué du Sud.

« ... parce que nous sommes tous citoyens des États-Unis, la plus grande nation du monde ! » Applaudissements, quelques acclamations, mais Lambert trouva que la masse de la foule manquait étonnamment d'enthousiasme, rien de comparable aux vivats qu'il avait entendus durant ses premières campagnes présidentielles comme volontaire.

Le Président le remarqua aussi. « Heureusement que l'élection n'est pas pour ce novembre-ci », dit-il en souriant à Lambert et à Rosen. Ils s'approchèrent du bord de l'estrade, attendant tous que le politicien local les présente.

« Et maintenant, sans plus attendre », dit-il. Quelques maigres applaudissements et des rires. « Le Président des États-Unis, M. Paul Co-Stan-Zo ! » Applaudissements dans l'assistance.

Lambert était assis auprès du présentateur, un homme souriant à l'air angélique et si débordant d'enthousiasme qu'il se remit à applaudir, se joignant aux acclamations qui peu à peu jaillissaient de la foule.

Le Président prit la parole. Il fut ovationné par intermittence et Lambert en fit consciencieusement autant. Mais il n'entendait rien : il avait l'esprit dans le brouillard. À la fin, l'homme assis à côté de lui profita d'une longue kyrielle d'applaudissements pour se lever et rejoindre le Président sur l'estrade.

« Merci, monsieur le Président pour ces paroles réconfortantes. » L'homme se retourna : il regardait Lambert droit dans les yeux.

« Maintenant, je me demande si nous pourrions arriver à obtenir un mot ou deux de votre collaborateur, M. Lambert ? » dit l'homme au visage angélique, tandis que les acclamations reprenaient. *Merde !* se dit Lambert. Il jeta un coup d'œil au Président qui d'un geste de la main l'invita à le rejoindre sur l'estrade. Il sentit aussitôt le rouge lui monter aux joues. Le conseiller Ree-Show descendit de l'estrade en applaudissant aussi fort que ses mains potelées le lui permettaient. Lambert se leva et s'approcha du micro qu'il dut remonter pour ne pas l'avoir au milieu de la poitrine. Le cameraman avait déjà son appareil sur l'épaule, l'œil collé au viseur, et le voyant rouge était allumé.

Lambert resta là un moment, laissant les acclamations de la foule s'arrêter d'elles-mêmes. Le Président et l'animateur vinrent s'asseoir derrière lui. Le silence se fit peu à peu dans la foule. Lambert se sentait tout seul sur l'estrade. Devant lui, des milliers de visages, nombre d'entre eux marqués de rides profondes dues sans doute à la disparition d'un être cher, au chagrin. Cela fit vibrer chez lui une corde : c'était une expérience qu'ils avaient en commun, un sentiment partagé.

« C'est la première fois que je viens à Charleston, commença-t-il, sa voix lui revenant par les haut-parleurs plus forte qu'il ne s'y attendait. Je n'ai sans doute jamais rencontré aucun de vous auparavant. Je ne fais pas de politique. Jamais de ma vie je n'ai été candidat ni été élu à aucune charge. »

La gorge serrée, il attendait que les mots qu'il allait prononcer se forment dans son esprit. « Jusqu'à la soirée du 11 juin, comme vous tous, je menais simplement ma vie, au jour le jour, sans... sans apprécier vraiment ce que j'avais. » Même son soupir se fit entendre dans le haut-parleur. « Contrairement à certains d'entre vous, dit-il, les yeux humides et luttant pour retenir ses larmes, j'ai eu le privilège de dire adieu à ma femme. J'ai pu la prendre dans mes bras, l'embrasser et lui dire une dernière fois " je t'aime ". J'ai eu ce privilège à cause de mon métier, bien sûr, parce qu'on m'a informé de la situation pendant que je dînais avec elle. Mais il faut que je vous dise, reprit-il, le souffle un peu court, que j'en ai éprouvé un certain remords. Je me suis senti coupable, parce que je sais que bien des gens – nombre d'entre vous – n'ont pas eu cette chance. Peut-être votre conjoint était-il au travail dans l'équipe de nuit, vos parents se trouvaient dans une autre partie de la ville ou vos enfants, mon Dieu, dormaient dans leur lit pendant votre absence. Peut-être que les derniers mots que vous avez échangés avec votre mari ou votre femme, cela a été au cours d'une dispute, peut-être votre dernier geste a-t-il été de réprimander votre enfant ou peut-être aviez-vous oublié trop longtemps de téléphoner à vos parents. » Lambert leva les yeux et vit des hommes et des femmes serrés les uns contre les autres, des silhouettes isolées sanglotaient et des visages, tous fixés sur lui, éperdus.

« Mais, voyez-vous, nous avons chacun nos angoisses. Nous avons tous notre croix à porter. Je ne cesse de me dire – chaque fois que je m'éveille et que je regarde mon lit dans mon bureau souterrain sans fenêtre, pour m'apercevoir que ma femme n'est pas là auprès de moi, comme elle l'était dans mes rêves – je ne cesse de me répéter que cela va passer, que je vais m'en remettre si j'occupe mes jours et mes nuits à travailler davantage, à être plus actif, à multiplier les réunions, les coups de téléphone et les rapports. Mais la cruelle vérité, c'est que ça ne passera pas. J'ai perdu quelqu'un qui est – qui était – manifestement plus précieux que je ne m'en suis jamais douté durant le temps où je l'avais auprès de moi.

« Je sais, ici, aujourd'hui, après avoir vu ce qu'avait subi votre ville, que chacun d'entre vous comprend ce que j'ai souffert et je puise là un réconfort particulier. J'espère seulement que vous puiserez des forces en découvrant que vous n'êtes pas seuls : car vous n'êtes pas seuls. Merci. »

Lambert descendit de l'estrade dans un silence de mort. Quand il redressa la tête, il vit les bras du président Costanzo se tendre pour le serrer contre sa poitrine tandis que les premiers applaudissements hésitants montaient de la foule. Le conseiller, les autres hommes et femmes de Charleston qui se trouvaient sur l'estrade vinrent lui tapoter l'épaule, une femme lui caressa doucement la tête.

Et puis les applaudissements montèrent. Ils montèrent, montèrent et montèrent jusqu'à un crescendo d'acclamations. On n'entendait pas de cri, rien ne venait rompre le déferlement des applaudissements. Lambert se retourna pour regarder le peuple de Charleston, soulagé de penser qu'il n'était vraiment pas seul comme il l'avait si longtemps cru.

« Ça va, Greg ? demanda le Président.

– Oui. Oui, monsieur le Président. »

Costanzo hocha la tête et lâcha Greg.

« M. Lambert, dit le conseiller Ree-Show en lui serrant la main, ça a été un honneur et un privilège. » Puis ce fut le tour d'une vieille dame dont la main fraîche vint lui caresser la joue tandis qu'elle disait « mon cher garçon », en secouant la tête. Il aperçut sur sa robe au-dessous de l'œillet quatre cœurs rouges. De petits insignes que les gens s'étaient mis à porter : quatre décès dans sa famille.

Le Président avait déjà quitté l'estrade pour s'occuper de la foule admise à l'intérieur du cordon de sécurité : les notables lui serraient la main l'un après l'autre, chacun avec un mot de remerciements et de sympathie. Sol Rosen apparut soudain entre Lambert et un notable pour dire « merci, mes amis » et guider Lambert d'une poigne solide pour rejoindre le Président qui, au bord de la foule, était en train d'accueillir un groupe d'hommes et de femmes vêtus de blouses blanches un peu sales.

Rosen poussa Lambert auprès du Président pour que la caméra puisse filmer la scène. Lambert entendit le président Costanzo déclarer : « Et j'aimerais profiter de cette occasion pour dire au peuple de France que ce sont des organisations comme vos Médecins sans frontières qui montrent que la véritable et profonde amitié existant entre nos deux peuples demeure inchangée malgré les différends qui peuvent séparer nos deux gouvernements. »

Lambert vit Costanzo serrer énergiquement la main de la petite femme à lunettes – une doctoresse, supposa

Lambert – qui s'efforçait de dire quelque chose d'une voix qui dominait à peine le brouhaha entourant le Président.

« Comment ? fit-il en se penchant plus près d'elle.

– Monsieur le Président, nous avons une équipe à Grodno », lui cria-t-elle à l'oreille, dressée sur la pointe des pieds. Son fort accent français la rendait encore plus difficile à comprendre. « ... une équipe qui n'arrive pas à faire passer du ravitaillement à travers vos forces qui encerclent la ville !

– Oh, bien ! très bien ! » dit le Président, en s'enfonçant dans la foule pour serrer les mains qui se levaient vers lui. Lambert n'aurait pu dire si Costanzo avait entendu les paroles de la doctoresse.

« Je peux vous aider ? » demanda-t-il. Elle répéta sa question. « À qui devons-nous nous adresser pour régler ce problème ? demanda Lambert. Donnez-moi votre nom, un numéro de téléphone ?

– Mais oui... mais oui ! » fit-elle, tout excitée. Elle prit un bloc et un stylo et elle écrivit le nom et le numéro, prenant soin de les lire tout haut au cas où il aurait du mal à déchiffrer son écriture. Elle lui tendait le bout de papier quand Lambert sentit qu'on le tirait énergiquement par le bras, qu'on l'entraînait dans le sillage du Président. Il se dégagea vigoureusement de la poigne du chef d'état-major qui le foudroya du regard et, de la tête, lui désigna l'endroit où se trouvait le Président et les caméras.

Lambert prit la feuille que lui tendait la femme. Elle lui serra les deux mains dans les siennes. Cela lui parut être le premier contact humain dont il se souvenait depuis qu'il s'était arraché aux bras de Jane au restaurant.

14.

Oujgorod, Ukraine
6 juillet, 8 h GMT (9 h locale)

Chandler coiffa son lourd casque de tankiste, brancha les câbles de communication et alluma l'intercom. Pressant le bouton « émission » sur le boîtier du chef de char, il demanda : « Pilote, vous me recevez ?
– Cinq sur cinq, major, répondit une voix métallique.
– Tireur ?
– Cinq sur cinq, major.
– Chargeur ?
– Major ! »
Chandler entendit le ronronnement du moteur de la tourelle, le tireur levait et abaissait le tube du canon, faisait pivoter la tourelle à gauche puis à droite pour revenir au centre. De son poste, Chandler voyait Barnes passant d'un engin à l'autre pour s'assurer que personne ne faisait de fausse manœuvre. *Cinq heures de retard sur l'horaire,* se dit Chandler en branchant l'alimentation de ses deux radios. L'une était réglée sur le réseau de la brigade et les émissions arrivaient dans son écouteur gauche. L'autre était reliée au réseau de son propre bataillon, dans son écouteur droit. Silence sur les deux. Il fit signe à Jefferson – son chargeur assis auprès de lui – pour lui dire qu'il se remettait sur écoute et que ce n'était donc plus la peine pour lui de rester en veille radio.

Bailey – son chef du peloton d'éclaireurs du bataillon – avec ses six véhicules blindés M-3 Bradley, s'était installé en tête de la colonne en voie de formation de son bataillon, leurs canons de 25 millimètres braqués suivant un angle de 45 degrés les uns vers la droite, les autres vers la gauche, conformément aux consignes. Les chefs de char – Bailey compris – émergeant du haut de leur tourelle regardaient avec méfiance la foule qui s'était rassemblée dans la rue devant eux.

L'Ukraine et la Biélorussie avaient beau s'être déclarées neutres et avoir retiré leurs forces du terrain, ce rassemblement rendait Chandler nerveux. Au cours du dernier briefing à la brigade, on avait dit qu'un groupe de Forces spéciales de 5 000 hommes organisés en centaines d'équipes « A » avait été lâché derrière les lignes russes en Ukraine de l'Est aux premières heures de la guerre.

Il décida de charger la mitrailleuse juste devant son poste. Les balles de 50 semblaient énormes. Une fois la bande d'amorce bien en place, il passa sur la position « feu ». Le mécanisme fonctionna sans heurt : il y eut un claquement sec et précis. Il referma le couvercle du chargeur : sa mitrailleuse était prête à tirer. Il remit le cran de sûreté. À sa gauche, Jefferson armait sa petite mitrailleuse M-60. À l'intérieur du char, Chandler entendait le tireur les imiter et charger la mitrailleuse montée pour tirer parallèlement au canon.

Il regarda autour de lui. Son char était garé sur le trottoir, ou plutôt ce qui avait été le vieux trottoir empierré, car ses chenilles l'avaient réduit en poussière. Les moteurs des chars augmentèrent leur régime et la procession s'ébranla. D'abord la compagnie Alpha – quatorze Abrams M-1 A1, comme celui où était juché Chandler. Chacun était équipé du nouvel émetteur-récepteur à ondes millimétriques IAE – « Identifier Ami ou Ennemi » – qui prévenait automatiquement les tireurs négligents qu'ils avaient dans leur ligne de tir un char américain ; ils avaient aussi des bandes réfléchissantes et disposées en V inversés à l'arrière et sur les côtés bien visibles pour éviter aux unités ne disposant pas d'appareils IAE de leur tirer dessus. *On s'inquiète plus de tirs amis que des tirs russes,* se dit Chandler. *Bon signe.*

Les engins roulaient. Chandler rendit son salut au commandant de la compagnie Alpha quand ses chars passèrent, et le chef de l'engin suivant, ayant vu son commandant, salua aussi. Ainsi commença le défilé : chaque engin passant en revue, chaque chef de char saluant. Le style peu à peu s'arrangea : les membres de l'équipage au garde-à-vous sur leur tourelle, tournant le torse à l'unisson « tête gauche » et saluant d'un geste viril. Chandler se sentait extrêmement gêné chaque fois qu'il saluait, mais obligé de le faire pour répondre aux hommes.

Venait ensuite la compagnie Delta, la seule unité d'infanterie de son bataillon. Ayant « échangé » une compagnie de chars avec l'un des bataillons d'infanterie de la brigade contre une de ses compagnies, les deux bataillons étaient devenus, en jargon militaire, des « groupes de combat » : non plus des bataillons de blindés ou d'infanterie. « Des groupes de combat avec les effectifs d'un bataillon » : celui de Chandler étant le groupe blindé 2-415. Le lieutenant-colonel Honig – qui commandait le bataillon d'infanterie – commandait maintenant le « groupe de combat d'infanterie 3-415 ».

Les Bradley M-2 de l'infanterie défilèrent hérissés d'armes.

Une fois le dernier des Bradley passé, les quatorze chars de 60 tonnes M-1 A1 de la compagnie Bravo suivirent, faisant paraître minuscules, observa Chandler, les engins qui les précédaient.

Vinrent alors les 331 hommes de la compagnie de QG à bord de divers appareils y compris un command-car, une ambulance, divers engins blindés de ramassage et d'entretien M-113, des camions-citernes bourrés de carburant et des camions de ravitaillement de 25 tonnes. Les trente hommes et les six Bradley du peloton de reconnaissance de Bailey – qui étaient en tête de la colonne – faisaient partie de la compagnie de QG tout comme les six gros mortiers autotractés de 105 millimètres : c'était l'artillerie personnelle de Chandler.

Enfin venait la compagnie Charlie – encore quatorze chars M-1 A1, dont les trois derniers avaient leurs canons braqués vers l'arrière – vers la gauche, vers la droite et droit derrière – en position de serre-file.

À bord de son propre monstre et regardant son bataillon qui s'étirait le long de la rue tandis que le pilote accélérait pour venir prendre sa place au milieu de la procession, Chandler put apprécier l'espace d'un instant ce que pourrait être l'horreur éprouvée par ceux qui se trouveraient sur le chemin de ces chars : ne disposant pour la plupart que d'armes dérisoires qui ne pourraient jamais espérer pénétrer des plaques de blindage en couches successives d'acier, d'aluminium et de céramique. Chandler entreposa ce souvenir dans sa mémoire pour s'en servir plus tard sur le champ de bataille : la terreur des fantassins abandonnés en face des monstres de l'ennemi. *Je ne peux pas laisser ça arriver à mon infanterie,* se dit Chandler, *mais il faut que ça arrive à la leur.* Car les chars – les quarante-quatre M-1 de Chandler, les T-72 et les T-80 des Russes – étaient bel et bien des monstres. Ils étaient aussi la clé du royaume qui s'étendait devant eux.

Philadelphie, Pennsylvanie
7 juillet, 15 h GMT (10 h locale)

La délégation des gouverneurs du Conseil de la réserve fédérale attendait le Président dans la salle de conférence aux panneaux lambrissés. Lambert suivait le Président, se demandant pourquoi à la dernière minute on avait réclamé qu'il assiste à cette réunion. Les gouverneurs se levèrent et serrèrent la main du Président puis firent de même avec les secrétaires au Commerce et au Travail, avec le directeur du Budget, le président du Comité des conseillers économiques de la présidence et Lambert. Tous les hommes du Président avaient un air sombre et le représentant de la Commission du budget au Congrès qui se présenta de sa place, en bout de table, comme un observateur, avait du mal à regarder qui que ce soit dans les yeux. Il se préparait quelque chose et Lambert n'était pas dans la confidence.

Chacun prit sa place et le Président déclara : « Bien, messieurs. Vous avez toute mon attention. Qu'est-ce que c'est que cette histoire de catastrophe économique ? »

Le président des gouverneurs de la Réserve fédérale répondit : « J'apprécie, monsieur le Président, l'attention que vous portez à ce problème. Je comprends que vous ayez un emploi du temps très chargé : je serai donc bref. Comme vous le savez, depuis l'échange nucléaire, nous n'avons eu aucun indicateur fiable sur la situation et nous n'en aurons pas avant plusieurs semaines. Pour nous aider à formuler notre politique monétaire, il nous a donc fallu effectuer un sondage auprès de nos succursales régionales de la Réserve fédérale. Nous leur avons demandé de faire pour leur district des estimations sur des éléments tels que le produit intérieur brut, les prix de gros et de détail : nous avons dressé alors une liste très sommaire des principaux indicateurs économiques. Ce que nous avons découvert, monsieur le Président, dit le vieil économiste assis très droit dans son fauteuil, c'est que nous allons au-devant d'une crise économique d'une ampleur sans précédent.

– Qu'est-ce que vous racontez ? » dit lentement le Président, d'un ton à la fois confus et provocateur. Il regarda ses gens et dit : « De quoi parle-t-il ? » Personne ne se hasarda à un commentaire : ils avaient tous l'air d'être assis sur un gril et s'efforçaient de ne pas tripoter nerveusement les papiers et les documents posés devant eux.

« Monsieur le Président, reprit le président de la " Fed ", nos estimations sont approximatives – à plus ou moins 5 ou même 10 % – mais nous observons ce mois-ci une chute dans la production intérieure brute qui se situe entre 25 et 35 % sur une base annuelle. Nous n'avons rien connu de semblable depuis la Grande Crise et celle-ci pourrait bien être plus grave. Nos estimations situent la liste des principaux indicateurs économiques quelque part dans les 20. Au-dessous de 50, c'est une récession : dans les 20, c'est un territoire inconnu. »

On aurait dit que le Président venait d'apercevoir un bus fonçant sur lui et il se mit à secouer la tête. « Non, non. » Il se tourna de nouveau vers ses conseillers économiques dont le poste maintenant tenait à un fil. « Vous autres m'avez dit que les dommages de guerre causés par les attaques nucléaires et la contamination pourraient – je dis bien *pourraient* – nous donner une croissance légèrement négative, de l'ordre de 1 ou 2 %, mais voici qui est totalement inattendu. Absolument *incroyable* !

– Le problème avec les chiffres que nous avons utilisés, dit le président de la Fed, vous, comme nous, que tout le monde a utilisés, c'est qu'ils prennent en considération les dommages matériels causés aux installations industrielles et à l'équipement du pays ainsi que les pertes en vies humaines. Mais ils ne tiennent pas compte des dommages psychologiques, monsieur le Président. » Il se pencha, les coudes appuyés sur la table et fixa ses mains crispées. « Personne ne travaille. Les chiffres du recensement officiel d'urgence comportaient une énorme lacune : ils n'ont considéré que les sites atteints mais, pendant ce temps, la population de nos plus grandes villes a simplement pris la fuite en abandonnant maison, travail, tout. Ces gens vivent sur leurs économies dans la campagne avec des parents ou dans des auberges et des motels. » Le président de la Fed secoua la tête. « C'est comme si la population de notre pays avait soudain pris en masse une décision économique suicidaire. Vous comprenez, monsieur le Président, la consommation est restée plus ou moins stable, mais les revenus descendent en flèche. On compense par le désinvestissement : les gens dépensent leurs économies. Or, monsieur le Président, nous avons besoin de ces économies pour investir dans la reconstruction de nos zones sinistrées.

– Je ne comprends pas. Pourquoi ? Pourquoi est-ce ainsi ?

– La peur, monsieur le Président. La peur d'un conflit nucléaire généralisé – ou bien, comment dit-on, d'une “ guerre générale ”. La peur du Bastion. »

Le président se prit la tête à deux mains et se frictionna le crâne comme s'il était pris d'une brusque migraine. « Quelle est la dernière limite ? » demanda-t-il, effondré. Cette fois il ne consulta même plus ses conseillers aux visages décomposés.

« La dernière limite, monsieur le Président, c'est que si ces gens ne reprennent pas le travail rapidement – en septembre, en octobre au plus tard – la situation deviendra irréversible. Les entreprises qui peinent déjà sous les nouveaux impôts vont se trouver en faillite : cela augmentera le chômage et diminuera les revenus fiscaux. Le déficit budgétaire va prendre des proportions gigantesques, faire monter en flèche les taux d'intérêt, car les emprunts du Trésor essaieront de trouver de l'argent en offrant des taux de plus en plus élevés. Cela poussera à la faillite un nombre encore plus grand d'entreprises et d'individus. Les banques seront en cessation de paiement et le déficit s'accroîtra encore. »

Le Président releva la tête et soupira : « Qu'est-ce que nous pouvons faire ? qu'est-ce que moi, je peux faire ?

– Persuader les gens de reprendre leur travail. Les sermonner et les faire revenir à leurs postes.

– Ils sont affolés à l'idée d'une autre série d'échanges nucléaires, qu'est-ce que je peux bien leur dire ? Que c'est impossible ? Qu'ils rentrent chez eux, et si je me suis trompé, ils ne seront plus là de toute façon aux prochaines élections pour voter contre moi ?

– Vous pourriez modifier vos objectifs de guerre », dit le président de la Fed. Il haussa les épaules et leva les mains. « Je ne suis pas à votre place, manifestement, mais il me semble que les tensions ne font que croître au lieu de se dissiper. Les armes chimiques, les retombées radioactives – tout aujourd'hui semble possible, c'est une vraie boîte de Pandore. Si vous renonciez aux exigences que les Russes ont trouvé les plus difficiles à satisfaire, peut-être alors que les gens recommenceraient doucement à revenir avant qu'il soit trop tard. »

Le Président secoua lentement la tête. « Je suis coincé entre deux maux, mais je ne peux pas faire machine arrière en ce qui concerne la guerre simplement pour voir si les gens reprennent leur travail. » Il avait le regard fixé dans le vide, la voix sourde.

« Pourquoi ne pas la gagner rapidement ? » demanda Lambert. Tous les regards se tournèrent vers lui. « Si c'est une question de temps – si nous disposons d'un mois ou deux –, mettons le paquet et finissons-en. »

Il y eut un long silence.

« Pourrions-nous vraiment y parvenir dans cette limite ? demanda le président de la Fed.

– Avec quelle rapidité pourrions-nous aller en nous y mettant à fond ? demanda le Président. En prenant certains risques, pourrions-nous régler cela pour la fin septembre ?

– Eh bien, monsieur le Président, nous avons discuté la stratégie de " victoire rapide " au niveau de l'état-major », dit Lambert. *La Variante Carélienne,* Lambert se rappelait le nom que les planificateurs lui avaient donné. « Cela impliquerait des risques substantiels et les chefs d'état-major interarmes ont unanimement repoussé l'idée même de vous recommander ce plan mais, si ça marchait, nous pourrions être vainqueurs à la fin d'août – avec un peu de chance », dit-il en se lançant.

Le Président regarda le patron de la Fed en penchant la tête de côté. L'homme haussa les épaules. « Bon, fit le Président en posant ses deux mains à plat sur la table, je vais monter en chaire et faire ce que je pourrai. Je vais essayer de calmer tout le monde et qu'ils retournent tous dans les villes. Je vais charger une équipe d'étudier le problème et de travailler dessus : cela aura priorité sur tout. Et Greg, dit-il en se tournant vers Lambert, je veux une réunion plénière du NSC dans quatre heures et un exposé détaillé sur cette stratégie de " victoire rapide ". »

Ils sortirent de la salle. Lambert ne pensait qu'à une chose : la colère du général Thomas quand il l'informerait qu'il avait parlé au Président de leur plan à hauts risques, la Variante Carélienne.

Environs de Rovno, Ukraine
10 juillet, 14 h GMT (16 h locale)

« Qui vient ensuite ? » demanda Chandler en se dirigeant vers les gros M-1 A1 maintenant largement espacés. Il était escorté de deux officiers : le capitaine qui commandait la compagnie Alpha et son lieutenant à la tête du second peloton.

« Le 23, répondit le lieutenant. C'est Adams, le chef de char, Martinez le chargeur, Hartley le tireur et Ross le pilote. »

Ils s'avançaient d'un pas décidé vers l'engin. Chandler suivait des yeux le filet de camouflage de l'énorme machine. Le vert foncé était assorti au vert des arbres. Sans le gros tube du canon – dont la bouche pointait hors du filet, braquée vers la ligne des arbres, avec les panneaux d'écoutilles ouverts et les deux mitrailleuses prêtes à ouvrir le feu, on aurait eu du mal à dire qu'il ne s'agissait pas d'une protubérance naturelle, même de près. Pourtant, elle avait une température supérieure à celle du sol : elle brillerait sous le soleil estival. Dans l'obscurité perpétuelle des viseurs thermiques des tireurs ennemis.

« Comment ça va, soldat ? » demanda Chandler au robuste sergent dont le torse puissant émergeait de la tourelle de l'engin qu'il commandait. L'homme était torse nu, mais coiffé de son casque de tankiste avec les trois chevrons sur le devant.

« Bonjour, major », dit l'homme en se raidissant tandis que les trois officiers escaladaient les chenilles. Il semblait mal à l'aise.

« Je n'arrive pas à débloquer ce truc », dit un soldat décharné, passant la tête et son T-shirt trempé de sueur par l'écoutille du chargeur. Il lâcha la lourde clé qu'il maniait sur le plancher de la tourelle tout en saluant maladroitement d'une main maculée de graisse.

Chandler lui rendit son salut. Le sergent baissa les yeux vers l'intérieur du compartiment et dit : « Hé, monte un peu par ici. On a de la compagnie.

– Allons, mon vieux. Je n'ai pas encore fini mon dessert », dit une voix qui venait des entrailles de l'engin.

« C'est le major, murmura le sergent.

– Mais oui, bien sûr. Le général Thomas est là aussi ?

– Monte, Martinez ! cria son camarade.

– Toi aussi, Ross », cria le chef de char en se penchant à l'intérieur.

Les deux autres hommes d'équipage finirent par apparaître, chacun saluant d'un air surpris en voyant qu'ils avaient de la visite. L'un d'eux posa soigneusement sa tasse et sa cuillère en plastique sur la tourelle et ôta de ses oreilles les écouteurs de son Walkman : les sons stridents de la musique de jazz qu'il écoutait étaient tout ce qu'on entendait dans le silence.

« Vous avez tout ce qu'il vous faut ? interrogea Chandler.

– Oui, major », répondirent-ils tous en chœur, et Chandler sourit. C'était sa première tournée dans la compagnie Alpha.

« Vous ne savez pas où on pourrait trouver du carburant, major ? demanda Adams. On a tout juste de quoi charger les batteries.

– Justement, nous devons en recevoir demain. Ensuite, on prendra la route.

– On pensait qu'on pourrait en prendre dans ce pipeline là-bas », dit Adams. Tous les regards se tournèrent vers les ouvriers civils américains occupés à poser une canalisation à peu près parallèle à la route qu'ils suivaient. Cette conduite, tout le monde le savait, était un des énormes projets conçus pour amener directement au front l'essence des raffineries de Roumanie et d'Italie. Mais même avec cet effort, les armées mécanisées de l'Ouest grosses consommatrices de carburant étaient sans cesse au bord du désastre tant leurs besoins étaient énormes. Comme les autres commandants d'unité, Chandler s'était mis à distribuer des ordres de réquisition à des chauffeurs indépendants d'Europe de l'Est qui allaient faire le plein de leurs camions-citernes décrépits à l'Ouest et, on ne sait comment, empruntaient les routes d'Ukraine dévastées par la guerre pour vendre leur chargement avec de scandaleux bénéfices. Il ne savait absolument pas si l'armée honorerait ces documents : il n'en éprouvait pas trop de remords étant donné les problèmes constants que les impuretés de l'essence causaient régulièrement aux turbines sophistiquées de ses chars.

« Encore combien de temps avant qu'on voie un peu d'action, major ? demanda le gosse maigrelet par l'écoutille du chargeur. Je croyais qu'on était censés être à mi-chemin de Kiev maintenant.

– Je ne sais pas. D'après la dernière carte que j'ai vue à la brigade, dit Chandler en désignant le sud-ouest, les Russes sont à une soixantaine de kilomètres dans cette direction, puis il se tourna vers le nord-est, et à une cinquantaine dans celle-ci. Mais nous, nous continuons par ici, dit-il en désignant le nord-ouest, et nous avons du chemin à faire avant de nous attendre à un contact.

– C'est la route de Moscou, n'est-ce pas, major ?

– C'est quelque part de ce côté-là. » Chandler hocha la tête et donna une claque sur le blindage. « Bon, continuez, soldats. Si vous avez besoin de quelque chose, vous n'avez qu'à me le dire. »

Ses commentaires on ne sait pourquoi les firent sourire d'une oreille à l'autre, mais ils saluèrent respectueusement. Chandler et les autres se dirigèrent vers le char suivant. Au bout de quelques pas, le lieutenant chuchota : « Adams bégaie un peu, mais c'est rarement aussi fort. Comme radio, il est excellent. »

« Hé, major ? leur cria-t-on du char. Vous ne voulez pas une bière ? » L'équipage éclata de rire. « Quand on sera à Moscou ! » cria Chandler en se retournant.

Au loin sur la droite, derrière le tank, un petit disque noir s'éleva au-dessus de la ligne des arbres : les hautes branches se brouillèrent dans la chaleur des gaz d'échappement avant qu'il vienne doucement se poser sur le sol. Un peu plus loin – à peine visible à environ 1,5 kilomètre plus loin – planait un hélicoptère qui observait de l'autre côté d'une colline.

« Bon sang... ! » dit le commandant de compagnie. Juste à cet instant, un « BOUM » violent vint frapper le flanc opposé du char : Adams et Hartley durent se cramponner au panneau d'écoutille. Une flamme bleue jaillit à 10 mètres de hauteur des écoutilles de la tourelle et du panneau du pilote en même temps qu'un bruit assourdissant et un souffle brûlant déferlaient sur Chandler. Hartley fut projeté hors du char et fit un saut périlleux en l'air pour retomber mollement sur le sol, la tête la première, empêtré dans le filet de camouflage déchiqueté. Le pilote était affalé, à demi sorti de son écoutille, tandis que le feu qui faisait rage à l'intérieur commençait à le dévorer. Le troisième homme venait de disparaître quelque part sous le filet. C'était Adams qui attira l'attention des officiers abasourdis.

Il poussait un hurlement si aigu que sa voix ressemblait au cri d'un animal. Il se hissa hors de la tourelle, chaque hurlement s'achevant dans un tremblement qui le secouait comme un sanglot d'enfant. Il semblait fou de douleur, son corps, la peau même de son torse nu embrasé d'une flamme blanche teintée de jaune. Une torche humaine.

Le lieutenant hurla « Adams ! » et se précipita vers le char en feu d'où sortaient des crépitements inquiétants. Le capitaine bondit pour rattraper le jeune homme par-derrière. « Non ! » cria-t-il en plaquant au sol son jeune subordonné. Des jets de fumée blanche commençaient à jaillir des soudures sur la plage arrière du char. Adams s'affala sur le sol et se releva aussitôt en trébuchant, se donnant de grandes claques sur la poitrine et sur la tête comme s'il était attaqué par un essaim d'abeilles.

La plage arrière du char explosa dans un jaillissement de flammes. Chandler secoua la tête en essayant de retrouver son équilibre : il se rendit compte alors qu'il était allongé sur le dos, appuyé sur ses coudes. La chaleur brûlait les parties découvertes de sa peau et la violence de l'explosion lui déchira les tympans. Il dut fermer les yeux sous la température des munitions du char qui prenaient feu en projetant par les panneaux d'échappement des flammes jusqu'à 30 mètres en l'air.

En quelques secondes, le feu avait consommé tout le

carburant et les explosifs. Le crépitement des mitrailleuses lourdes des chars voisins emplissait le silence relatif qui était retombé sur les vestiges encore brûlants du char n° 23.

« Oh-oh-oh-h, mon Dieu ! » entendit Chandler. Il se redressa pour regarder le corps inerte et encore fumant d'Adams. « Oh, mon Dieu ! oh, mon Dieu ! » C'était le lieutenant. Le commandant de compagnie ne le retenait plus. Il était assis auprès de lui, un bras passé autour du jeune officier qui avait enfoui sa tête entre ses mains. Le lourd crépitement des calibres 50 des autres chars se tut et Chandler parcourut rapidement la ligne des arbres. Une petite colonne de fumée montait des bois à mi-distance environ de l'endroit où ils avaient vu planer l'hélicoptère : l'équipage qui s'apprêtait à lancer un second missile avait de toute évidence été repoussé par le tir des mitrailleuses.

Chandler s'accroupit sur ses talons. *Tous morts,* se dit-il en regardant les trois hommes qu'on apercevait sur le char ou à côté. *Tous les quatre... morts.*

Chandler regarda son premier char franchir le pont. C'était celui qui enjambait la rivière Goyne ; une bombe avait ouvert un énorme trou sur une voie mais même les gros chars pouvaient emprunter l'autre. Chandler s'aperçut qu'il n'avait pas lacé ses brodequins : en s'agenouillant pour refaire le nœud, il fut confus de constater que ce n'étaient pas du tout des brodequins militaires mais des mocassins noirs qu'il portait pour aller travailler.

Levant les yeux, il vit le pont tout entier encombré, pare-chocs contre pare-chocs de chars, de véhicules blindés et de camions.

« Un à la fois ! » cria Chandler, répétant les consignes du MP sur l'autre rive.

Soudain, les craintes de Chandler se matérialisèrent sous ses yeux : un groupe de chasseurs russes arriva dans un rugissement et des geysers d'eau noire jaillirent de la base du pont. Avec une torturante lenteur, le tablier s'effondra et le bataillon tout entier plongea vers l'eau. « Non ! » cria Chandler. L'un des hommes dont il ne reconnaissait pas la voix disait : « Major Chandler », sans comprendre le sort qui l'attendait au terme de sa chute.

– Non ! hurla Chandler.

– Réveillez-vous, major ! » dit Barnes. Chandler ouvrit les yeux, et en apercevant le ciel du soir, il sut immédiatement où il était. « Un mauvais rêve, major ? »

Chandler poussa un soupir. La sueur froide qui perlait sous son uniforme qu'il n'avait pas quitté depuis plusieurs jours le mettait mal à l'aise. De sa manche, il essuya la transpiration sur son front et sur son cou.

Barnes tourna les yeux vers les filets de camouflage sous lesquels étaient garés les engins de Chandler et dit : « Ça va aller, major. Tout le monde est tendu mais, la première escarmouche passée, ça ira. »

Chandler contempla la pente de la colline vers la ligne des arbres. Il sentait encore les relents du char carbonisé. L'odeur imprégnait ses vêtements, ses cheveux, ses narines. La carcasse était encore là, monument calciné à l'absurdité de tout cela tandis qu'un énorme tracteur de dépannage hissait l'épave sur la plate-forme d'un porte-char.

« C'est étonnant, dit Barnes, qui regardait aussi le spectacle. Ils nous renverront probablement cette machine retapée dans quelques jours. » Il secoua la tête : « Voilà les dossiers que vous demandiez, major. »

Chandler se redressa. Il prit les dossiers et Barnes le laissa seul.

Chandler ouvrit le premier : le dossier personnel d'Adams. Feuilletant les pages, il parcourut les dernières évaluations du tankiste, les recommandations pour lui donner du galon. C'était un soldat au-dessus de la moyenne. Tout le monde l'aimait bien.

Il y avait aussi sa demande de bourse pour le collège. Avec le tampon « approuvé ». La mention « 1er juillet » écrite de la main d'Adams sur le formulaire attira son regard. Il aurait dû quitter l'armée voilà dix jours et entrer à l'Université à l'automne. Chandler poussa un profond soupir. Il appuya sa tête contre le blindage d'une des roues et ferma les yeux. Au bout d'un moment, il s'obligea à les rouvrir, prit son bloc et le posa sur ses genoux pour écrire.

« Chers M. et Mme Adams, c'est avec mes plus profonds regrets et toute ma compassion que j'écris cette lettre pour vous informer du décès de votre fils... » Il consulta le dossier : « ... William. Je n'avais guère eu le temps de bien le connaître : j'ai rencontré William quelques instants avant qu'il... » Il leva les yeux vers le ciel qui s'assombrissait en réfléchissant à ce qu'il allait écrire : *ne soit brûlé vif, il ne connaisse une mort horrible ?* « ne disparaisse », écrivit-il. « Son char a été touché par un missile au moment où nous nous arrêtions pour un entretien de routine », *parce qu'il n'y a pas assez de carburant pour que nous poursuivions notre avance*, « et lui et ses trois autres camarades », il consulta les autres dossiers pour noter les noms de chacun des autres hommes, « ont été tués. » Il hésita à écrire le mot « sur le coup », mais ce n'était pas vrai pour le malheureux Adams. Il garda donc le mot pour les trois autres lettres qu'il aurait à écrire ensuite.

« Je ne peux pas vous dire que je connais la profondeur de votre chagrin à l'annonce de cette nouvelle, que vous aurez sans doute déjà reçue par télégramme ou par une visite officielle. Je peux toutefois vous assurer que... » *Vous assurer de quoi ?* songea-t-il. Il avait écrit les mots. Mais il regardait la feuille de papier, puis les dossiers. Il ne trouvait rien pour emplir le blanc attendant sa plume. Il promena son regard autour de lui : le crépuscule tombait sur le calme paysage d'Ukraine, un pays dont il ignorait tout auparavant et dont il ne savait pas grand-chose de plus maintenant.

Pourquoi suis-je ici ? se demanda soudain Chandler. *Ma femme et l'enfant que je n'ai jamais vu sont à la maison, dans un pays ravagé par la guerre, et moi je suis ici.* Ça ne rimait plus à rien... à rien du tout.

La page devant lui attendait. « Je peux toutefois vous assurer que... », sa plume hésita au-dessus de la feuille blanche avant de continuer, « qu'il y a ici de braves gens, hommes et femmes, des gens bien comme votre fils. Je suis sûr que ce n'était pas votre but d'élever celui-ci pour qu'il soit sacrifié au service de sa patrie : mais vous avez fait de lui un homme qui est devenu un excellent soldat. Il aurait dû rester avec nous sur cette terre plus longtemps mais vous pouvez remercier Dieu ou le destin que nous ayons profité de son passage. »

Il contempla le char inerte et calciné que le camion entraînait lentement. On allait le réparer, il reprendrait du service comme s'il était neuf. Mais ça ne serait pas le même blindé, car l'équipage serait différent. C'était l'équipage qui donnait vie au char.

« Avec mes plus sincères condoléances », il s'arrêta.

La ligne suivante, il l'écrivit avec une gravité qu'assurément il n'aurait pas ressentie quelques jours plus tôt : « Major David W. Chandler, commandant le 2/415e blindé. »

Le Kremlin, Moscou
11 juillet, 19 h GMT (21 h locale)

« On a signalé un troisième franchissement du Dniepr, annonça Filipov. À 2 kilomètres au nord du précédent. Ce ne sont que des unités de cavalerie blindée, mais des formations de blindés lourds se regroupent sur la rive Ouest pour les suivre. Ils ont au moins six ponts flottants opérationnels et trois autres tentatives de passage sont en cours, dont l'une se heurte à une vive opposition. »

Razov se contenta de hocher la tête.

« Général, poursuivit Filipov d'un ton plaintif comme si Razov n'avait pas compris la signification de son rapport, nous avons déjà confirmation du passage d'un régiment entier de cavalerie blindée vers le sud. Qui a traversé le Dniepr ! » précisa Filipov. Razov ne semblait pas se rendre compte que le fleuve était le dernier grand obstacle avant Moscou. « Et un second franchissement à un endroit différent tendrait à corroborer les estimations du service du renseignement qui...

– Qui pense qu'ils ont réussi à opérer la jonction de leur 5e corps avec leur 3e corps, dit Razov en terminant la phrase pour lui. Thomas est un classique. Il " consolide son succès " en effectuant la jonction avec l'aile la plus avancée de son offensive, l'aile nord.

– Mais ils ont fait passer deux régiments de cavalerie et deux brigades blindées, dit Filipov en secouant la tête. Comment leur logistique peut-elle aller si vite ?

– Ce ne sont pas des Chinois ! lança Razov. Je veux au moins que deux de leurs divisions lourdes aient traversé le fleuve avec tous les éléments annexes qui leur sont attachés. Il faut que nous attaquions le maximum de leurs forces dans le triangle Dniepr-Soj, sinon ce ne sont pas leurs flancs à eux que nous attaquerons mais eux qui enfonceront les nôtres. »

Razov regarda la carte. C'était une partie délicate.

Laisser un ennemi conquérir du terrain sans trop de mal pour qu'il se trouve dans la position où on souhaitait le voir était une chose ; le laisser franchir un obstacle naturel majeur – le dernier avant votre capitale – c'était un véritable pari. *Mais c'est une barrière dans les deux sens*, se dit Razov. *Une fois qu'ils l'auront franchie, nous couperons leurs points de passage, nous lancerons des contre-attaques tactiques pour les encercler et puis... le « crochet du droit »*. Il empruntait cette phrase non pas à son jeu favori, les échecs, mais à un sport moins subtil : la boxe.

Des larges flèches tracées sur la carte montraient les forces de Razov fonçant hardiment vers le nord au-delà de la pointe de l'offensive américaine. Les Américains avançaient sur un front étroit, en suivant une grande route. Au lieu, semblait-il, d'une avance initialement conçue pour se faire plus largement, mais plus lentement par les deux ailes se supportant l'une l'autre, Thomas et ses généraux avaient renoncé à cette stratégie plus sûre en faveur d'une attaque en pointe au cœur de la Russie. La rapidité de l'avance avait été phénoménale : elle avait de loin dépassé la capacité de Razov à réagir, surtout qu'il avait perdu la maîtrise des airs.

L'opération comportait des risques. Les Américains avançaient de la tête et du cou, mais pas des épaules. Et Razov avait rassemblé le gros de ce qui restait de ses forces bien caché au nord de la ligne d'avance américaine. Une fois l'avant-garde américaine de l'autre côté du Dniepr, l'aviation du général Michine allait les couper de leurs arrières et des troupes les retarderaient entre le Dniepr et la Soj. En même temps, les forces de Razov franchiraient à leur tour le Dniepr au nord dans la direction opposée et lanceraient une attaque en profondeur le long de la ligne de pénétration américaine. S'enfonçant dans leur flanc nord, elles passeraient sans mal à travers l'étranglement défendu par les troupes polonaises et encercleraient le gros des forces lourdes américaines et britanniques. En coupant les lignes de ravitaillement dont dépendaient Américains et Anglais, on diminuerait de moitié leur puissance combative. À la faveur de l'impasse qui s'ensuivrait, on pourrait continuer les pourparlers de paix.

Le risque ? Le risque était le même que pour les Américains. Razov lui aussi s'exposait. Comme les

Américains, son front d'attaque serait nécessairement étroit. Comme les Américains, il pourrait aussi être coupé de ses bases arrière. C'était un ballet tout en finesse et en mouvements délicats – à ce niveau du moins. Razov savait que tout en bas de l'échelle, ça n'avait rien d'un ballet ni d'une partie d'échecs, ni rien de ce que la plupart des hommes avaient jamais vu auparavant.

On frappa timidement à sa porte. C'était une femme, la première qu'il ait vue depuis plusieurs jours. Une femme-soldat – sa présence était une récente concession à la guerre. Elle attendait sur le seuil.

« Entrez », dit Razov, hésitant entre rester assis et se lever à son arrivée. Il se maîtrisa ; restant gauchement assis, très raide dans son fauteuil. Au lieu d'approcher de sa table de travail, elle se dirigea vers la carte et commença à effacer les anciennes marques avec son chiffon pour tracer ensuite des flèches avec un feutre bleu.

Razov se replongea dans ses papiers : leur dernier satellite avait été réduit à l'état de ferraille par une nouvelle interception américaine. Il avait l'impression maintenant d'être complètement aveugle. La femme s'apprêtait à repartir. Elle lança un coup d'œil timide à Razov avant de se diriger vers la porte. Razov leva les yeux et aperçut la carte. « Une minute », dit-il. Il se leva et s'approcha du mur. « Qu'est-ce que c'est que ça ? » demanda-t-il en regardant les symboles des unités américaines qu'elle venait de dessiner – tous à l'est du Dniepr – et le nouveau front de l'avance ennemie qu'ils représentaient.

Affolée, elle baissa les yeux vers la feuille sur laquelle elle avait copié les renseignements reportés sur la carte. « Nouveaux rapports de position – de... du Renseignement des opérations – cinquième directorat du GRU, dit-elle. J'ai... je l'ai copié exactement d'après la grande carte dans la salle des opérations.

– Quand ces informations sont-elles arrivées ? demanda Razov.

– Hum... il y a juste quelques minutes, je crois, mon général », répondit-elle d'une voix tremblante.

Razov se sentit envahi d'une énergie soudaine. Un large sourire s'épanouit sur son visage. Il toisa la jeune femme : jolie, mais un peu trop molle.

Elle lui rendit son sourire puis détourna les yeux.

« Magnifique ! fit Razov. Excellent ! » Des plans et des horaires tournoyaient dans sa tête. « Pavel... venez voir. La 4e division d'infanterie mécanisée américaine traverse ici et les deux brigades que nous avons vues précédemment appartenaient à la 1re division de cavalerie blindée. C'est le moment. Lancez l'ordre. »

Filipov se précipita vers la porte. Razov appliquait une règle sur la carte, estimant des distances, notant les heures auxquelles chaque objectif ainsi repéré – villes, nœuds routiers, fleuves – devrait être atteint. D'une main, Razov maintenait tant bien que mal la règle graduée sur la carte et de l'autre, il notait des chiffres et des dates sur la ligne d'avance prévue.

« Donnez-moi une carte au dix-millième de la région de Dniepr-Soj », dit-il sans lever les yeux tandis que la femme tournait les talons pour partir. « Inscrivez-y les derniers emplacements d'unités et les estimations d'horaires pour atteindre les objectifs. Nous ne connaissons pas bien la 4e d'infanterie », murmura-t-il, sans s'adresser à personne en particulier. La femme pourtant écoutait. « Je ne veux pas prendre à la légère la menace que cela présente pour nos flancs. Et je veux toutes les positions mises à jour *immédiatement* – sans délai ! Demandez au général Michine de venir me faire son rapport dès que les premières attaques auront atteint les têtes de pont sur le Dniepr. Je veux même les rapports des pilotes. Je n'ai pas envie d'attendre les résultats d'un vol de reconnaissance.

– Mon général ? dit la femme-soldat d'une voix haut perchée.

– Oh, fit Razov en relevant les yeux et en secouant la tête. Apportez-moi donc la carte et assurez-vous que celle qui est ici soit mise à jour au fur et à mesure que parviennent les renseignements sur les nouvelles positions, c'est bien compris ?

– Oui, mon général », dit la femme. Razov, à voir l'expression de son visage, se demanda un moment s'il n'avait pas été trop dur avec elle, puis il revint à sa carte.

Il était dans son élément. Plus de paperasserie. Plus de problème de sécurité interne. Plus de préoccupation concernant la guerre chimique ou nucléaire. Rien que des armées, des chars, de l'infanterie, de l'artillerie s'entrechoquant sur le terrain dans une bataille titanesque. *Et nous allons démarrer sans avoir été repérés*, songea Razov, émerveillé. *Avec tous les satellites dont disposent les Américains, les données de reconnaissances aériennes et de renseignements électroniques, il suffit de quelques semaines à rester tranquilles sous plusieurs milliers de filets de camouflage et « bonjour »*. « Androucha, mon ami, dit-il tout haut et en anglais, je t'ai pris au dépourvu. »

La loi de Murphy, se dit-il encore en souriant.

Triangle Dniepr-Soj, 600 kilomètres au sud-ouest de Moscou
12 juillet, 5 h GMT (7 h locale)

La voie ferrée passait sur un remblai de plus de un mètre sur leur gauche, constata Chandler avec satisfaction. Suffisant pour masquer au moins jusqu'à mi-hauteur les M-1.

On entendait distinctement le grondement des explosions. Les M-3 de Bailey escaladaient les rampes que les soldats du génie avaient installées jusqu'à la voie ferrée ; ils revenaient d'une mission de reconnaissance sur la crête opposée pour ajouter leur puissance de feu à celle de la compagnie d'infanterie de Chandler. C'était le silence radio aussi bien sur le réseau du bataillon que de la brigade après le rapport de Bailey annonçant qu'un groupe blindé russe de l'effectif d'un régiment poursuivait une compagnie de cavalerie motorisée américaine.

Tout semblait en ordre, mais Chandler était nerveux. À en juger par le ton de Harkness sur le réseau de la brigade, les nuages de fumée noire qui s'élevaient dans le ciel derrière eux, du côté des points de franchissement du fleuve, il se passait du vilain quelque part. Chandler se retourna pour regarder en arrière. Leurs éléments de soutien – unité médicale, camions-ateliers et de ravitaillement – étaient tapis derrière les petites collines à environ 1 kilomètre. On devait là-bas se préparer à l'engagement imminent tout aussi frénétiquement que ses hommes au bord de la voie ferrée. Si les Russes enfonçaient le groupe de Chandler, les éléments de soutien allaient devenir la nouvelle première ligne, même si ce n'était que pour un bref moment. Il devait y avoir des douzaines de femmes – à qui on interdisait de servir dans des « unités de combat terrestres » – dans ces éléments de soutien et qui attendaient maintenant dans les tranchées individuelles, leur M-16 calé contre l'épaule.

Le plan de Chandler était simple. La ligne de chemin de fer ne serait pas l'endroit logique où installer une défense. La ligne d'arbres derrière eux, ou bien le ruisseau qui traversait les bois un peu plus loin ou, encore plus en avant, la crête qui coupait les champs cultivés, oui, mais pas la voie ferrée. Les cartes ne montraient pas l'avantage capital qu'elle présentait : un remblai de plus de un mètre de terre bien tassée. Cela signifiait que l'artillerie russe allait « préparer » un de ces autres accidents de terrain que les instructeurs et les manuels conseillaient à l'ennemi d'éviter – c'était du moins ce que Chandler espérait. Au bout du compte, il n'allait pas laisser son groupe hétéroclite se faire coincer dans son premier engagement ; les trois manœuvres qu'il avait conçues étaient donc des « opérations régressives » ; des retraites.

Un double « BOUM » suivi du fracas de caisses de munitions sautant à l'intérieur d'un char touché attirèrent de nouveau son attention vers le front. Le geyser de flammes était à peine visible au-dessus de la crête ; seules des étincelles jaunes et blanches jaillissaient très haut en l'air. Chandler inspecta la voie ferrée. Tout d'un coup, il se sentait nerveux. Les chars s'étaient rapprochés pour le combat. Ils étaient disposés tous les 150 mètres environ le long de la voie au lieu des 400 mètres habituels en terrain découvert. Chandler avait concentré ses forces ici pour deux raisons : d'abord, il espérait ne pas s'être trompé et pouvoir assener aux Russes un coup violent avant de battre en retraite. Ensuite, il voulait garder tout son monde à proximité pour empêcher l'unité de se disperser dans le choc de la bataille. Ils étaient arrivés avec juste assez de temps pour mettre pied à terre et sortir des compartiments le filet de camouflage et l'étendre sur des piquets pour que de loin les chars aient l'apparence d'une masse informe.

Mais l'inaction le rongeait. Son regard suivit le canon de sa mitrailleuse lourde. Elle était chargée et en position de tir. En dessous, le gros canon de son M-256 de

120 millimètres était braqué vers les Russes qui déferlaient.

« Chargeons les gros obus », dit Chandler à Jefferson installé sous l'écoutille. Jefferson sauta dans la cabine de l'équipage. « Tireur... soyez prêt à engager, dit Chandler dans l'intercom. Chargeur, continua-t-il, chargez le sabot. »

« Paré ! » dit Jefferson dans l'intercom.

« Tireur, à votre poste », dit Chandler. Il regarda en bas pour constater que l'homme avait les yeux fixés sur son viseur. La main du tireur reposait sur le manche qui faisait pivoter la tourelle et haussait ou abaissait le canon et la mitrailleuse couplée.

Un grognement derrière lui fit sursauter Chandler. Une demi-douzaine d'hélicoptères américains passèrent très bas, se dirigeant vers la mêlée sur deux lignes : quatre Apaches AH–64 devant et deux Kiowas de reconnaissance OH-58 derrière.

Les Apaches approchaient de la crête. À l'unisson, les Kiowas baissèrent leur queue, leurs rotors principaux projetant devant eux des nuages de poussière. Les hélicoptères de reconnaissance prirent rapidement de l'altitude tout en arrêtant leur progression en avant. Les Apaches devant, jouant leur rôle d'hélicoptères de protection, ralentirent pour patrouiller la pente qui s'amorçait devant eux. L'un d'eux volait si bas que Chandler vit une giclée de poussière que faisait jaillir du sol sa roue arrière. Le temps d'arriver à la crête, seuls leurs rotors et les cabines pointaient au-dessus du sommet.

Les Kiowas maintenant étaient haut dans le ciel, zigzaguant, montant et descendant pour offrir une cible plus difficile à atteindre maintenant qu'ils étaient exposés. Les Apaches soudain bondirent à 10 mètres au-dessus de la crête et des jets de fumée jaillirent de leur empennage. *Des missiles Hellfire*, se dit Chandler quand le « wooouush » parvint à ses oreilles. Chaque hélicoptère était armé de seize de ces missiles antichars et il les lâchait le plus rapidement possible. Chandler sentit un frisson le parcourir en songeant au nombre de cibles qu'ils avaient atteintes.

Et soudain les Kiowas de patrouille qui planaient haut au-dessus de la vallée devant eux tirèrent chacun un ou deux missiles. Chandler regarda les gros engins accélérer rapidement et filer par-dessus la crête. Les

Apaches se dispersèrent et les hélicoptères de protection russes, des Havocs MI-28 – Chandler en compta sept – débouchèrent au-dessus de la crête, leurs canons crachant le feu. Des obus explosèrent sur le fond plat de la vallée en longues déchirures. Les canons des Havocs avaient manqué les agiles Apaches.

Les Kiowas là-haut se mirent à cracher des éclairs blancs. Ils pivotèrent et piquèrent pour regagner en hâte la ligne Chandler. Deux missiles arrivèrent de derrière la crête, à la recherche des patrouilleurs, laissant derrière eux des traînées de fumée blanche. Se tournant vers la gauche, Chandler vit un missile plonger vers une fusée qui retombait et exploser sans faire de dommage derrière l'hélicoptère très au-dessus de la voie de chemin de fer. Une pluie de shrapnels vint cribler le sol. Mais un « boum » violent derrière lui fit se retourner Chandler. Il eut le temps de voir les débris du second Kiowa tomber du ciel. La cabine de plexiglas tournoyait lentement. Elle enfermait, Chandler le savait, deux hommes qui amorçaient leur longue et impuissante descente vers la terre. Chandler ferma les yeux juste avant qu'elle se fracasse au sol à moins de 200 mètres de là. Quelques instants plus tard, il rouvrit les yeux pour voir l'hélicoptère s'enflammer d'un coup.

Les Apaches et les MI-28 se livraient maintenant à un combat aérien dans un vacarme où le bruit des réacteurs se mêlait à la pétarade des rotors. Les mitrailleuses de 30 millimètres des Apaches pivotaient dans tous les sens et crachaient des flammes en courtes rafales sur leurs cibles qui disposaient, elles, d'un angle de tir plus large. Après quelques secondes de combat, Chandler vit la gouverne arrière d'un Havocs russe pivoter violemment sur le côté. L'Apache qui le suivait reprit de la hauteur et fonça au-dessus de l'hélicoptère qui fit un tour complet en se penchant sur le côté. Il finit par se retourner complètement et piqua vers le sol où il explosa.

Les Apaches commencèrent à rompre le combat pour regagner rapidement leurs lignes. Les hélicoptères russes, plus lents, changèrent de cap pour leur donner la chasse en désordre. Cela les amena vers les hommes de Chandler immobiles sous leurs filets de camouflage. *Des taches de vert à intervalles réguliers suivant une ligne droite*, songea Chandler horrifié. Pour la première fois il imaginait non pas l'aspect qu'ils avaient du sol mais des airs.

« Juliette Lima 1, ici Novembre Mike 2 », dit une voix sur le réseau de la brigade. Le vacarme du moteur de l'hélicoptère dans la radio noyait presque complètement les paroles du pilote. « Vous me recevez ? Terminé.

– Novembre Mike 2, répondit Chandler, affirmatif, terminé.

– Vous avez au moins un régiment de chars qui fait route dans votre direction, annonça le pilote. Nous avons fait tout notre possible. À vous de jouer maintenant. Faites attention aux nôtres devant. Bonne chance. Terminé. »

Chandler regarda les hélicoptères américains passer rapidement au-dessus de leurs têtes, les Russes toujours à leurs trousses. Les Russes approchaient de plus en plus. *Ils peuvent sûrement voir les chars maintenant,* songea Chandler, pris de vertige. Pétrifié, il les regardait approcher. Soudain, le plus lent des hélicoptères russes interrompit leur vaine poursuite et amorça un virage non pas pour attaquer les hommes de Chandler, mais pour revenir vers la bataille qui faisait rage maintenant de l'autre côté de la crête.

Merde! songea Chandler. Il était excédé par l'énormité du désastre qui les attendait maintenant que leurs positions étaient découvertes. *Invulnérables à 95 %*, songea Chandler en regardant les deux Stingers filer vers les deux Havocs qui ne se doutaient de rien. Les hélicoptères russes viraient maintenant radicalement de bord.

Un premier, puis un second hélicoptère explosa en flammes et tomba comme une pierre. Chandler regarda les autres appareils changer brusquement de route... et s'éloigner à toute vitesse. Mais, après un moment de jubilation, Chandler comprit que le mal était fait, l'élément de surprise n'existait plus. Il commença à envisager une retraite.

À peine audible dans le fracas du combat aérien et le gémissement du moteur de son M-1, Chandler enregistra un faible sifflement au-dessus de lui. Le cœur battant, il se laissa tomber à l'intérieur de la tourelle, s'écorchant douloureusement les mains en refermant l'écoutille. Un bruit de tonnerre jaillit auprès du char et Chandler regarda par le panneau d'écoutille entrouvert.

Profitant de la pause qui suivit la premiere salve, il remonta pour jeter prudemment un coup d'œil dehors. Les panneaux de ses chars et des Bradley s'abaissaient, les équipages s'enfermaient. Une fracassante vague d'explosions le fit replonger à l'intérieur mais, comme aucun éclat de shrapnel ne venait frapper le char, il se redressa pour regarder du côte d'où venaient les explosions. Il ne s'était pas trompé. L'artillerie russe arrosait maintenant les bois déserts derrière eux. Mais cela changerait quand les hélicoptères rentreraient faire leur rapport.

Chandler redescendit dans la tourelle et dit à Jefferson de fermer son panneau tandis que Chandler bouclait le sien. Il appela la brigade et fit son rapport sur le tir d'artillerie. Cela permettrait à l'équipe de radars au sol de repérer avec leur équipement les obus en vol et de calculer l'emplacement des pièces qui les avaient tirés. Une fois celles-ci localisées, la batterie de seize obusiers autotractés qui leur était affectée – une section de huit toujours en position de tir et l'autre en mouvement – allait faire voler en éclats les canons russes.

Faut-il nous déplacer? se demanda Chandler, sachant que les Russes allaient bientôt régler leur tir. Chandler se posait la question quand il vit par la meurtrière les engins amis surgissant à divers endroits le long de la crête et dévalant la pente dans sa direction : des M-1 américains et des M-3 de reconnaissance. C'était la cavalerie motorisée. Chandler avait le cœur qui battait si fort qu'il avait du mal à respirer.

« À toutes les unités, lança Chandler sur le réseau du bataillon, ici Juliette Lima 1. Attention, ce sont des engins amis, je répète, des unités amies. » Il avala sa salive avant de reprendre : « Soyez prêts à tirer sur les engins qui suivront, mais pas avant mon ordre. Terminé. »

Ce qui restait de la force de couverture du 2e régiment de cavalerie motorisée du 3e corps traînait derrière lui des nuages de poussière et des panaches de fumée projetés par leurs boîtes fumigènes. Les chars fonçaient vers eux à travers champs, les tubes de leurs canons braqués vers l'arrière à l'exception d'un seul. Son canon était tourné sur le côté sous un angle bizarre. *Il a été touché*, se dit Chandler, *et le moteur de la tourelle est mort.* Chandler signala par radio à la brigade qu'ils franchissaient les lignes. *Tu parles de lignes*, songea-t-il.

L'artillerie continuait à faucher la forêt déserte derrière eux. *Les Havocs ont sûrement fait leur rapport*, se dit Chandler. *Ou bien se pourrait-il...* s'interrogea Chandler. Peut-être le système de contrôle et de commandement russe connu pour sa lourdeur – et qui en cet instant même devait se trouver sous un déluge d'attaques américaines de tout ordre – peut-être était-il si perturbé que les hélicoptères ne pouvaient pas communiquer avec l'artillerie. C'était là un des éléments « multiplicateurs de forces » que la doctrine militaire américaine cherchait toujours à obtenir.

Quand les chars amis furent à peu près à mi-chemin de leurs lignes, les premiers engins russes apparurent sur la crête. Chandler avait beau s'y attendre, cette vue le pétrifia. C'étaient des T-72, d'une génération plus vieux que les meilleurs chars russes, les T-80, mais encore redoutables aux mains de bons équipages. *Ils s'étaient battus à moins de 1 000 mètres !* comprit Chandler en calculant la distance qui séparait les unités russes et américaines. *Des chars qui se battent au corps à corps !*

Les chars de la cavalerie motorisée ouvrirent aussitôt le feu et leurs Bradley se mirent à arroser les engins russes apparemment innombrables qui franchissaient la crête. La pente était recouverte de taches vert sombre : des énormes chars russes en mouvement, dont certains soudain explosaient en flammes. Chandler commença à craindre de voir son unité accablée par le nombre avant d'avoir eu le temps de se désengager.

Quand les premiers engins russes ouvrirent le feu au pied de la colline, Chandler observa de grandes étincelles qui jaillissaient sur le côté de la tourelle d'un M-1. Puis, du coin de l'œil, il vit un arbre tomber derrière lui, le tronc sectionné en deux. Le char américain continua à battre en retraite rapidement et Chandler décida qu'il ne pouvait retenir son feu plus longtemps – la cavalerie risquait d'essuyer d'épouvantables pertes.

Maintenant on va voir, se dit Chandler, malade d'inquiétude. Il brancha la radio : « À toutes les unités... toutes les unités, ici Juliette Lima 1. Commencez à tirer – je répète – commencez à tirer. »

Chandler dit alors rapidement à Loonis, son second, de signaler à la brigade où ils étaient entrés en contact. Il ne cessait pendant ce temps de regarder les chars russes commencer à exploser en flammes.

Le premier des M-1 en retraite atteignait la voie ferrée quand il fut englouti dans un feu d'artifice d'étincelles. Les chenilles s'arrêtèrent. Des flammes montaient à 30 mètres en l'air. Le panneau d'écoutille du chef de char s'ouvrit tout grand sur la tourelle : un homme s'efforçait de sortir mais il en fut empêché par la violence de l'incendie dont les flammes jaillissaient par les panneaux d'échappement sur la plage arrière de son véhicule.

Chandler pressa l'Intercom. « Tireurs, trois chars descendent la colline... à 1 heure. » Le char qu'il regardait explosa avant que le tireur ait pu l'avoir. « Tireurs, deux chars, au pied de la colline, à 1 h 30 ! dit Chandler. Visez le char droit !

– Identifié ! » Le tireur avait choisi de fermer le viseur thermique : trop de fumée sur le champ de bataille. Mais il avait une cible dans sa lunette. Chandler lui jeta un coup d'œil. L'homme avait le visage enfoui dans le contour capitonné de son viseur et contemplait les images d'un vert fantomatique que les instruments lui donnaient du champ de bataille. Chandler regarda dans sa lunette et vit ce monde vert familier de chaud et de froid que lui renvoyaient les palpeurs thermiques – la réplique de ce que voyait le tireur. Ce dernier procédait aux derniers réglages de la rotation de la tourelle et de l'élévation du canon.

« Feu ! hurla Chandler.

– C'est parti ! » cria le tireur. Le canon lança un formidable « WH-A-A-ANG ! » qui fit trembler les 60 tonnes du char et trébucher Chandler.

« Touché, cria le tireur. La tourelle est en l'air ! »

Chandler le constata lui-même par sa lunette. En effet, la tourelle du char le plus à droite retombait mollement sur le sol. Le char lui-même projetait vers le ciel des flammes d'un jaune ardent : c'était le compartiment à munitions qui brûlait. Contrairement aux M-1 qu'il avait vus précédemment et d'où maintenant s'extirpaient deux hommes - l'un aidant l'autre – les chars russes n'avaient pas de système d'extinction ni de cloison blindée séparant le compartiment de l'équipage de celui des munitions et des réservoirs.

« Tireur, cria Chandler, char suivant... au pied de la colline... ! »

Le tireur lança « Identifié ! » et Chandler vit des fils en croix s'arrêter sur la bonne cible.

« Chargez le sabot ! » hurla Chandler. En bas, il vit la base du sabot de lancement éjectée, comme d'habitude, non pas dans son caisson spécial mais sur le plancher de la cabine. Chandler regarda Jefferson, la main protégée par un gant épais, ramasser la plaque métallique noircie et fumante et la déposer dans un coffre. Cette plaque était la seule partie de la longue enveloppe du projectile qui n'était pas totalement combustible, et il fallait s'assurer qu'il n'en traînait pas une sur le plancher. À une température de quelques centaines de degrés, elles étaient capables au moindre contact de mettre le feu à l'enveloppe d'un obus non utilisé.

« Chargé ! cria Jefferson.

– Feu ! ordonna Chandler.

– C'est parti ! » Le gros canon cracha une autre volée, secouant Chandler jusqu'aux entrailles. Il avait les oreilles qui commençaient à sonner.

« Eh oui, mon vieux ! on en veut, je t'assure qu'on en veut ! » hurla le tireur. Chandler vit la cible s'immobiliser, une fumée noire jaillissant du point d'impact sur sa tourelle. Chandler réclama un nouveau sabot de lancement tout en observant le char. Il craignait que l'engin ne fût pas détruit. Et tout d'un coup, un panneau s'ouvrit brusquement et des flammes jaillirent, de plus en plus fortes.

« Eh oui, mon vieux ! » répéta le tireur. Chandler lui donna l'ordre de faire feu à volonté. Il regardait les derniers engins de la cavalerie motorisée basculer tant bien que mal par-dessus le remblai de chemin de fer et les Bradley trouver les rampes hâtivement bâties par les soldats du génie. Les forces russes, Chandler le constatait, étaient réduites à un tas de ferraille en feu : au moins vingt ou trente engins avaient déjà été anéantis. Il envisagea de se replier sur leur seconde ligne, près de la rivière, mais il hésitait.

Le canon tonna de nouveau, ébranlant tout le char. « Touche-moi quelqu'un, ma jolie », cria le tireur tandis que Jefferson refermait la culasse. « WA-A-A-NG ! » Chandler s'habituait au rythme. Il ne sursautait plus à chaque obus tiré. Mais l'odeur de cordite lui brûlait les narines et il se mit à tousser. Le nombre des cibles encore en action diminuait.

Chandler s'apprêtait à signaler à la brigade que l'attaque ennemie était en train d'échouer quand un second échelon de Russes franchit la crête. Des chars arrivaient toujours et il vit que ce groupe était encore plus important que le premier. Il fonçait en tirant de tous ses canons. Chandler se retourna, de grandes sections de la voie ferrée volaient en l'air, les rails tordus.

Le char de Chandler détala. Le tireur n'applaudissait plus chaque coup au but. Le spectacle de cette seconde vague avait notablement refroidi son enthousiasme. Chaque fois que les canons des chars russes qui approchaient crachaient du feu et de la fumée tout droit, semblait-il, sur le char de Chandler, il se crispait en attendant le choc et la flèche de l'obus, mais il savait que leur vitesse initiale était si grande qu'il ne la verrait jamais arriver.

Se forçant à se concentrer sur ce qu'il avait à faire, Chandler promena un regard nerveux sur les chars de la compagnie Alpha. Aucun d'eux ne semblait hors de combat mais un engin assez proche avait sur le côté de sa tourelle une vilaine traînée noire et son filet de camouflage pendait en lambeaux. Puis son canon tonna – dans un nuage de poussière qui jaillit autour de lui – et Chandler vit qu'il était toujours opérationnel.

Le canon de son propre char continuait son martèlement régulier, le tireur expédiant des obus aussi vite que Jefferson pouvait les introduire dans la culasse. Ils tiraient à leur rythme maximum : environ huit obus à la minute. *Seigneur*, se dit Chandler inquiet, *où doit en être notre stock de munitions ?* Tandis que le combat faisait rage, il calculait dans sa tête.

Il se retourna vers l'avant. Partout, des bûchers. Le second échelon se frayait un chemin parmi les engins détruits précédemment qui jonchaient la vallée, certains utilisant les carcasses calcinées pour se mettre à l'abri. Soudain une troisième vague franchit la crête et Chandler sentit son cœur se serrer. Il savait maintenant qu'il allait devoir donner l'ordre de rompre le combat et de battre en retraite. Il pivota pour mesurer encore une fois la distance qui le séparait de l'abri du petit bois. Des troncs, dont chacun menaçait de faire déjanter une chenille, jonchaient l'orée des taillis là où s'était abattu le tir de l'artillerie.

Là-dessus, un tir d'artillerie éclata juste derrière un des chars de la compagnie Alpha, mettant son filet de camouflage en lambeaux. « Merde ! » lança Chandler en se retournant vers l'avant. Le massacre continuait, mais combien d'autres vagues y aurait-il ? Chandler appela ses trois autres compagnies sur la droite et s'entendit répondre que tout était calme. Chandler songea à retirer la compagnie Bravo de sa position pour lui faire faire mouvement vers la gauche et augmenter ainsi sa puissance de feu, mais...

« TCH-A-A-A-N-N-G-G. » Chandler sentit d'abord la douleur dans ses genoux. Au bout d'une seconde ou deux, il retrouva ses esprits et regarda le tireur et Jefferson. Tous deux avaient l'air désemparés et Chandler s'aperçut qu'il était tombé à genoux sur le plancher du compartiment d'équipage.

« Ça va, tout le monde ? » cria-t-il. Tous répondirent, l'air un peu secoués. « Vérifiez les systèmes », dit Chandler en regagnant son poste et en procédant lui-même au contrôle radio sur les réseaux de la brigade et du bataillon. Tout fonctionnait, mais Chandler dut opposer un refus à Harkness qui lui demandait un rapport : il avait besoin tout à la fois de se battre avec son propre char et de prendre ses décisions comme chef de bataillon.

« L'ordinateur est HS, annonça le tireur. Tir manuel seulement jusqu'à... attendez, il remarche !

– Reprenez le tir, ordonna Chandler.

– Le canon est brûlant », dit le tireur, mais il continua.

Chandler savait que la chaleur déformait le tube mais le miroir monté près de la bouche mesurerait précisément cette déformation pour permettre à l'ordinateur de bord de procéder aux menues compensations sur les trajectoires des obus.

« Ça défile, les munitions, major », annonça Jefferson. Il regarda Chandler tandis que le canon expédiait un nouvel obus. Il introduisit un autre sabot de lancement dans la culasse en criant « Chargé ! ». Chandler sentit de nouveau le regard de Jefferson sur lui. « Comment... comment ça se passe là-bas ? »

David se retourna vers le champ de bataille. *Mon Dieu*, se dit-il, stupéfait. *Ils... nous les avons arrêtés !* Chandler n'apercevait qu'un seul engin, un BTR russe bourré sans doute de fantassins et qui se faufilait derrière une carcasse incendiée après l'autre. Il emballait son moteur, puis s'arrêtait à l'abri, fuyant à chaque fois les salves mais protégé par ce qui avait dû être une centaine de chars, démolis, tous crachant des nuages de fumée.

Un grand fracas et une pluie de « PING » à l'extérieur rappelèrent à Chandler que l'artillerie russe tirait toujours. En se retournant, il vit des projectiles éclater tout autour de la voie ferrée. Il reporta son regard vers la crête et aperçut deux nouveaux engins, un BTR et un T-72, la tourelle noircie, qui dévalaient la pente. Le BTR qui tout à l'heure jouait à cache-cache gisait sur le flan, en feu. Aucun nouvel engin n'apparaissait. Il parcourut du regard le champ de bataille, cherchant des signes de vie. Au même instant, le char qui battait en retraite et le BTR explosèrent presque simultanément.

« Tireur... cria Chandler, cessez le feu ! Restez en attente. »

Le déluge d'artillerie autour de Chandler commençait à se calmer. Mais à tout moment un coup au but heureux risquait d'anéantir un de ses chars, un obus qui explosait à côté pouvait cribler de shrapnels un Bradley et les fantassins à l'intérieur. À tout le moins, les éclats risquaient de casser une antenne ou de fracasser un viseur.

Chandler avait la gorge sèche. Les canons de son char et ceux des engins blindés légers s'étaient tus. Il n'y avait plus maintenant que la fumée et les éclairs de leurs mitrailleuses qui arrosaient les quelques pitoyables silhouettes courant désespérément sur le champ de bataille.

C'est tout ? se demanda Chandler. *Rien de plus ?* La situation, la doctrine, tout ce qu'il avait lu et entendu à l'école des blindés lui revenait en mémoire. Les secondes s'écoulaient et il restait là, hésitant. Jamais il n'y aurait de situation plus nette, mais il hésitait encore à prendre la décision. C'était si clair ! *Si seulement j'avais une échappatoire,* pensa-t-il. Il se rappelait la plaque devant l'école militaire de Fort Leavenworth. *De l'audace, de l'audace, toujours de l'audace.*

Chandler se brancha sur le réseau du bataillon. « Victor Whisky, ici Juliette Lima 1, vous me recevez ? Terminé.

– Juliette Lima 1, ici Victor Whisky. Affirmatif, terminé, lui répondit-on.

– Demande fumigène – objectif Mercedes – terminé, fit Chandler.

– Fumigène – objectif Mercedes – bien reçu. Terminé », répondit le jeune officier. Il calcula son tir et ordonna au peloton de mortiers de viser la crête au fond du champ de bataille.

Quelques secondes plus tard, les premiers obus de mortier explosèrent en haut de la colline devant eux.

« Arrosé – terminé », annonça l'officier de tir au premier impact.

La fumée ne tarda pas à cacher la colline aux yeux de Chandler. L'artillerie russe s'était tue. Sans doute les pièces avaient-elles été complètement démantelées par le tir de contre-batterie ou par les attaques aériennes. Chandler envisagea de modifier son plan, de l'annuler, mais les décharges d'adrénaline du combat l'avaient tellement dopé qu'il serrait les poignées de commande à s'en faire mal aux jointures.

« À toutes les unités, dit Chandler en branchant la radio, ici Juliette Lima 1. Avancez au contact, je répète : avancez au contact. Terminé. »

15.

Le Kremlin, Moscou
12 juillet, 15 h GMT (17 h locale)

« Qu'est-ce que je dois faire des drapeaux ? » demanda le commandant de la 104ᵉ division aéroportée de la garde. On l'entendait à peine sur la radio à ondes courtes avec le crépitement des parasites sur la distance qui séparait l'Islande de Moscou. « Faut-il que je les remette aux Américains ou que je les brûle ? »

Razov regarda les autres officiers de la STAVKA assis le long de la table et leva la main d'un air interrogateur. La plupart détournèrent les yeux et les rares à soutenir son regard ne répondirent rien.

« Brûlez-les », dit Razov. Le général n'avait pas eu le temps de répondre qu'il y eut une explosion et une série de crépitements. « Général Trifonov ? fit Razov en élevant la voix. Général Trifonov ?

– Oui... oui ! » répondit-il avec agacement. Les crépitements continuaient en longues rafales. « Ce sont leurs foutus hélicoptères de protection, ces appareils de transport – les AC-130 – qu'on a convertis en bases d'armes. » Il y eut un autre violent « BOUM ». « Depuis que nous sommes à court de missiles anti-aériens, ils n'ont pas cessé de tourner là-haut en nous arrosant. On dirait qu'ils ont repéré notre unité de transmission et qu'ils sont en train de la mettre en pièces.

– Général Trifonov, dit Razov, vous avez la permission de vous rendre à tout moment. Vous avez fait votre travail. Votre rôle est maintenant terminé. Établissez le contact et demandez un cessez-le-feu. »

Il y eut un long silence avant qu'on lui accusât réception du message. Mais ce n'était pas tout. « Avant de cesser d'émettre, il y a encore une chose que j'ai sur le cœur et qu'il faut que je vous dise. » Razov leva les yeux vers l'amiral Verkhovensky, qui haussa les sourcils en entendant le ton du général. « Quand vous nous avez envoyés dans cette foutue île, aviez-vous l'intention de nous laisser ici sans soutien ni ravitaillement, ou bien était-ce simplement une erreur de calcul ? »

L'amiral Verkhovensky devint tout rouge et leva la main pour presser le bouton du haut-parleur et couper la communication avec l'impudent officier. La main de Razov l'arrêta. Verkhovensky lui lança un regard furieux, puis Razov dit d'une voix étouffée : « Il a droit à une réponse. » Verkhovensky retira sa main et Razov se tourna vers le micro en disant : « Nous vous avons envoyés là-bas en sachant que nous ne serions pas en mesure de vous ravitailler longtemps. En obligeant les Américains à se battre sur ce front, vous avez retenu quelques-unes de leurs meilleures unités d'infanterie : la 82e aéroportée et les Rangers, plus une division d'infanterie légère et une brigade canadienne. Nous pensions qu'ils pourraient aussi débarquer leurs Marines en Islande en traversant l'Atlantique, mais cela n'a pas été le cas. Vous vous êtes bien battus et le peuple de Russie se souviendra longtemps de vos sacrifices. »

Nouveau silence, puis le général commandant les forces russes en Islande reprit : « Nous les avons retenus près de trois semaines, mais maintenant ils sont libres. Prenez garde, car ils sont bons, surtout leurs Rangers et leurs parachutistes. Ils n'ont jamais rompu un engagement. C'est de la bonne infanterie légère. Ç'aurait été un beau combat si seulement nous avions eu les munitions pour tenter le coup. »

Sitôt la communication interrompue, le général d'aviation Michine cria : « Nous n'aurions jamais dû retirer notre soutien à ces troupes !

– Et que vouliez-vous qu'on fasse ? répliqua l'amiral Verkhovensky. Si j'avais utilisé plus longtemps mes forces dans la mer de Norvège avec le groupe de porte-avions américains installé sur les lignes de ravitaillement de ma flotte dans la mer de Barents, je les aurais perdues aussi. D'ailleurs, reprit Verkhovensky en fixant dans les yeux son accusateur, nous avons envoyé en Islande cinq de vos escadrilles : combien a-t-il fallu de temps aux Américains pour les écarter ? Quatre jours ! Quatre jours de couverture et, après cela, une suprématie aérienne totale des Américains !

– Et combien de temps, riposta Michine, comptez-vous que vont tenir vos précieux navires dans la mer de Norvège, avec un groupe de porte-avions de bataille américains fonçant sur eux d'après le dernier rapport ?

– L'Islande est un théâtre d'opérations secondaires », dit le général Karyakine : c'était le commandant des forces de fusées stratégiques en pleine reconstruction. L'amiral et le général d'aviation parurent trop contents de laisser tomber la discussion. « Nous avons des soucis plus pressants. » Karyakine se tourna vers Razov. « Par exemple, comment nous remettre de cette stupide offensive sur le Dniepr.

– C'était un risque calculé, dit Razov.

– C'était un risque stupide », dit Verkhovensky. Il sautait sur l'occasion de passer sa déception sur quelqu'un d'autre.

« En Extrême-Orient, leurs Marines et leur 1er corps d'armée avancent vers les monts Sikhote-Alin, coupant du sud le gros de nos forces. C'est tout ce que nous pouvons faire pour empêcher les Chinois d'atteindre les bases de ravitaillement qui nous restent en territoire occupé et monter quelques contre-attaques tactiques. Au sud de Moscou, l'avant-garde de leur cavalerie blindée devrait être à Briansk d'ici deux semaines – avec tout un corps d'armée de leur réserve et de la garde nationale qui progresse : à 350 kilomètres à peine de Moscou. À moins de pouvoir faire parvenir du carburant à la 19e armée de chars à Riazan, nous ne disposerons pas de forces mobiles pour contre-attaquer. Et les leurs sont maintenant libérées de leur engagement en Islande. Nous n'avons pas de satellite pour nous dire ce qu'ils font : ils ont tous été détruits ainsi que nos bases de lancement.

– Nous avons mobilisé des troupes provisoires dans toutes les villes et bourgades sur la route de Moscou, dit Abramov – qui commandait les provisoires. Pour l'instant, ils sont essentiellement occupés à bâtir des ouvrages défensifs mais, quand les Américains approcheront, nous les armerons. Les Américains paieront de leur sang chacune de ces villes. Puis il y a la “ ligne de Moscou ”. Nous aurons deux cent mille hommes au travail là-bas dans peu de temps avec cent mille d'entre eux sous les armes. »

Razov se contenta de le regarder : une fois de plus, il s'obligeait à réprimer son sarcasme. Il reprit : « Les Américains ont la supériorité aérienne sur tous les points au nord, au sud et à l'ouest de Moscou, au sud et à l'est de Khabarovsk en Sibérie. En dehors des eaux territoriales, la marine n'a aucune, dit Razov, absolument, aucune unité de surface capable de réagir, à l'exception du groupe de bataille de la mer de Norvège et seulement cinq sous-marins d'attaque. Depuis la mer Noire, le porte-avions américain tire sur nos pipelines du Caucase, et l'arrêt des livraisons de pétrole en provenance des républiques sibériennes qui ont fait sécession a sérieusement réduit notre ravitaillement en carburant. Pour tout le reste, nous puisons dans nos stocks : la production militaire est pratiquement arrêtée. Le taux de désertions grimpe, et le moral descend en flèche. Au premier contact avec les unités blindées américaines, nous perdons des groupes de combat entiers. »

Razov parcourut du regard les officiers qui détournèrent les yeux. « L'un de vous a-t-il quitté le Kremlin récemment ? » Comme personne ne répondait, Razov reprit : « C'est bien ce que je pensais. Colonel Filipov (Razov se retourna. Filipov se leva du fauteuil qu'il occupait derrière lui), voudriez-vous, je vous prie, me faire un rapport sur la situation civile ? »

Filipov s'approcha de la table. « Il n'y a pas de nourriture : les gens meurent de faim, déclara-t-il d'un ton sinistre. D'après les estimations, à la fin d'août, Moscou perdra entre cinq et dix mille morts par jour, de famine ou de maladies liées à la malnutrition, surtout parmi les vieillards et les très jeunes. Les appartements et les bâtiments publics sont bourrés de réfugiés. Dans toute la ville, on distribue l'électricité six heures par jour par rotation. Mais on ne sait pas combien de temps nous pourrons maintenir même ce niveau de production si jamais les Américains nous attaquent avec autre chose que les missiles de croisière qu'ils utilisent de temps en temps pour harceler nos troupes. Les anarchistes opèrent tout à fait ouvertement : ils constituent des comités d'immeubles et organisent des manifestations publiques, surtout dans les petites villes de l'Est et autour de l'université de Moscou. Leurs effectifs grossissent de façon dramatique.

– Où diable est le ministre de la Sécurité ? » demanda Verkhovensky. Son regard fit le tour de la table, cherchant le ministre " civil " d'ordinaire silencieux et dont les forces étaient chargées de maintenir l'ordre.

« Il est en tournée d'inspection à Nijni-Novgorod » répondit Razov.

Le vieux commandant des forces de construction eut un rire rauque qui se métamorphosa en une violente quinte de toux. « Cette petite fouine du KGB inspecte ses installations de l'Est, hein ? » Quelques autres firent écho à son rire : c'étaient les événements de la dernière guerre mondiale qui se répétaient.

Razov sentit la tension se dissiper. Après un instant d'hésitation, il dit d'un ton calme : « Je propose un cessez-le-feu. »

Un grand silence dans la salle. Finalement, Verkhovensky demanda : « À quelles conditions ? »

Razov le regarda sans répondre.

« Impossible ! cria Michine. Nous avons deux groupes d'armées dans l'Oural et un dans les pays Baltes qui n'ont pas encore tiré un coup de fusil ! Plus la 19e armée de tanks à Riazan et la garnison de Saint-Pétersbourg que nous pouvons rappeler pour rallier les provisoires autour de Moscou ! Nous pouvons nous regrouper, nous battre jusqu'à l'Oural, s'il le faut.

– Et s'ils attaquent sur un troisième front ? demanda Razov. Nous avons des forces déployées autour de Saint-Pétersbourg, dans les pays Baltes, oui. Mais quand elles auront épuisé leurs réserves – ou les 10 % de leurs réserves qui restent après les attaques américaines –, avec quoi les ravitaillerons-nous ? Et comment envisager les mouvements de ces groupes d'armées sans carburant ? Allons-nous enterrer ces chars jusqu'à leur tourelle comme Saddam Hussein en espérant que les Américains viendront valser à portée de leurs canons ? » Razov criait, maintenant, exaspéré et déçu de son incapacité croissante à contrôler les événements.

« Nous avons d'énormes réserves secrètes de matériel, insista Michine.

– Mais nous ne pouvons pas les déplacer ! cria Razov. Nous ne pouvons les déplacer ni par rail ni par camions, et certainement pas par la voie des airs, général. À moins que vous ne disposiez d'une arme secrète pour chasser les Américains du ciel. Moscou va tomber », conclut-il tranquillement.

Personne ne dit mot. Le silence devenait oppressant. Verkhovensky finit par dire – presque dans un murmure : « Youri, nous ne pouvons pas abandonner Moscou sans combat.

– Une ville ouverte ! balbutia Filipov derrière Razov. Nous pouvons simplement déclarer Moscou ville ouverte, comme les Français l'ont fait pour Paris pendant la Seconde Guerre mondiale. Retirons tout ce que nous pouvons sauver jusqu'à l'Oural et continuons à nous battre comme en 1812 ! »

Razov savait que son jeune aide de camp commençait à peine à s'échauffer, mais Filipov se tut. Il s'ensuivit un silence embarrassé. Et, pendant ce silence, Razov comprit que le pire allait se réaliser. Abandonner Moscou serait un acte de défaitisme, et de deux choses l'une : ou bien ce serait la débandade dans l'armée ; ou bien quelques jeunes Turcs, des officiers subalternes, allaient expédier la STAVKA dans l'autre monde et prendre le commandement de la nation. Tout le monde s'empêtrait dans les souvenirs de la grande guerre patriotique. Hitler avait été arrêté par une résistance acharnée et un commandement résolu. Aucun de ceux qui se trouvaient ici n'oserait abandonner Moscou sans combat. Et lui non plus.

« Mais nous sommes tombés dans un piège », dit le général Karyakine. Razov fut aussitôt sur ses gardes. « Nous avons un point de vue *défensif*. » Il se tourna vers Razov. « Ce que nous devons faire, c'est avoir un point de vue offensif – sur le plan stratégique.

– Par exemple, votre plan d'utiliser des armes chimiques et biologiques ?

– Que la maladie commence par se manifester pleinement parmi les troupes chinoises, dit-il d'un ton nonchalant. À partir de là, les effets seront débilitants et il faudra un moment avant que la Chine ne constitue une menace. C'est de la réflexion stratégique, vous ne trouvez pas ?

– Et vos attaques aux gaz neurotoxiques contre les

Américains et les Anglais ont produit quel résultat? demanda Razov. Deux cents, trois cents morts, dont la plupart à la suite de cet accident dans un hôpital de campagne mobile?

– Je ne parlais pas d'arme chimique ni biologique pour les Américains.

– Que voulez-vous que nous fassions, général? répliqua froidement Razov. Que nous tirions les missiles du Bastion? Pour les entraîner avec nous dans la défaite?

– Minimiser le gain maximum de notre adversaire », dit Karyakine en souriant. Il secoua la tête. « Non. Ces missiles peuvent faire plus que simplement détruire et tuer, vous savez. Vous n'abordez tout simplement pas le problème d'un point de vue créatif.

– De quoi parlez-vous? demanda le vieil amiral Verkhovensky.

– Les Américains eux aussi ont leurs problèmes. À en juger par leurs bulletins d'information et d'après les renseignements fournis par nos agents, il y a un grand nombre – des dizaines de millions – de gens qui ont fui leurs cités. Vous n'avez qu'à écouter les exhortations publiques du Président dans ses allocutions télévisées ou radiodiffusées, et les discours de ses ministres itinérants qui s'en vont comme des chanteurs en tournée pour calmer les indigènes. Les Américains ont leur talon d'Achille.

– Et qu'est-ce que ça pourrait bien être? » interrogea le général d'aviation Michine. Razov fut stupéfait de le voir manifester de l'intérêt. Il craignit soudain que, par désespoir, Karyakine n'ébranlât les principaux membres de la STAVKA.

« Colonel Filipov, dit Karyakine en se tournant vers Pavel. Vous êtes notre expert en ce qui concerne les États-Unis. Que pensez-vous qu'il y a sous les appels du Président aux habitants des villes pour qu'ils rentrent chez eux?

– Il s'inquiète des taux de production qui baissent. » Razov commençait à deviner les grandes lignes du plan que Karyakine commençait à expliquer. Il comprit que c'était une habile manœuvre que d'amener Filipov – le plus fidèle pilier de Razov – à soutenir le plan.

« L'élément même qui les rend si puissants, reprit Karyakine, leur capacité de production, est aussi leur talon d'Achille. Nos provisoires, par exemple, dit-il pour flatter le général Abramov, peuvent se battre si vous leur lancez quelques sacs de pommes de terre et un camion de vieilles Kalachnikov. Mais les Américains, reprit-il en se penchant sur la table d'un air de conspirateur, avec leur système tant vanté – ces mécanismes compliqués qui exigent qu'un soldat sur trois soit un informaticien –, ces systèmes reposent sur une chaîne extraordinairement complexe qui va de l'usine au terrain. Si une seule de ces petites pièces – ou plus probablement une puce d'ordinateur, une huile rare ou une petite plaque de plastique sur l'installation laser de leurs bombes ou je ne sais quoi –, si l'un de ces matériels fait défaut au moment critique, nous commençons à les priver de leurs " multiplicateurs de forces ". Une fois débarrassé de tous ces " systèmes ", on en arrive à char contre char, soldat contre soldat. La partie est égale et nous sommes, dirons-nous, sur notre terrain.

– Écoutez, Karyakine, fit Michine, furieux, en lui brandissant un doigt sous le nez au grand soulagement de Razov, nous avons fait absolument tout ce que nous pouvons pour réduire leur effort logistique. Si on m'avait laissé leur disputer la maîtrise de l'air en attaquant leurs terrains d'aviation comme je le voulais, nous aurions peut-être encore...

– Je ne parle pas d'arrêter leurs lignes de communications jusqu'au front, l'interrompit Karyakine. Je parle du point de vue stratégique ! D'arrêter leur production à la source. La peur, messieurs. Je parle d'installer la peur dans la population américaine, chez les citoyens ordinaires. Si nous pouvons les obliger à quitter leurs villes, nous pouvons les contraindre à abandonner leur travail ! Pas de travailleurs, pas d'usine ! Pendant combien de temps, s'écria Karyakine, pendant combien de temps pourront-ils maintenir leur actuel niveau d'efficacité au combat si leur production s'arrête ? Deux mois ? Un mois ? Une semaine ? La peur – instiller à vos ennemis une peur paralysante –, voilà la clé pour remporter les batailles, la clé pour gagner des guerres. »

À l'ouest d'Uneca, cinq cents kilomètres au sud-ouest de Moscou
12 juillet, 23 h GMT (1 h locale)

« Rompez ! » dit le capitaine Loonis en serrant les deux mains de Chandler puis en l'étreignant cordialement. Chandler eut un grand sourire. Le cérémonial se poursuivait avec l'arrivée de chaque nouvel officier. Les commandants des trois compagnies blindées, Chandler, Loonis, le commandant en second du bataillon, se donnaient de grandes claques dans le dos et riaient aux éclats : c'était autant une détente émotionnelle qu'une bruyante manifestation de leur incroyable victoire.

« Autant tirer des étrons dans des toilettes », dit le commandant de la compagnie Alpha au milieu des rires. Avec à son actif vingt-neuf chars, quarante-quatre autres véhicules blindés, dix-neuf véhicules non blindés et un nombre incalculable de fantassins, la compagnie Alpha avait le plus beau tableau de chasse du groupe.

« Quelles sont nos pertes ? demanda le commandant de la compagnie Bravo qui venait d'arriver à l'intention de Loonis.

– *Nu-u-u-u-lles !* crièrent les trois hommes à l'unisson.

– Oh, oh », dit le commandant de la compagnie Charlie. « J'ai juste eu un de mes chargeurs qui s'est blessé au poignet sur un cahot, dit-il en souriant. Sans doute une foulure. »

Ils se mirent à rire.

« Oh, major Chandler, reprit le commandant de la compagnie Charlie, le canon de mon char enregistre cent soixante et onze coups tirés. Il va peut-être falloir le changer avant d'arriver à Moscou.

– Eh, fit le commandant de la compagnie Bravo, j'ai connu un type qui était arrivé à trois cents coups.

– Eh bien, dit Chandler, nous n'avons pas de tube neuf. Vous n'avez qu'à viser plus haut. »

Ils se remirent à plaisanter et à rire.

Chandler comprenait peu à peu l'importance de leur victoire. Par une série de coïncidences heureuses, ils avaient mis en déroute les Russes et franchi à leur poursuite la rivière Ipout.

Les trois compagnies étaient maintenant regroupées au centre de rassemblement de l'intendance du bataillon.

Des soldats s'affairaient alentour des chars – très fiers de leurs exploits – pour tendre un grand filet de camouflage par-dessus le groupe des véhicules de la compagnie de QG qui entouraient le centre d'opérations tactique de Chandler. Le filet était nécessaire même la nuit. Au loin, des barbelés encerclaient le secteur et deux sentinelles montaient la garde – leur M-16 prêt à tirer – devant l'unique ouverture.

Chandler jeta un coup d'œil à une carte fixée à la paroi du command-car du bataillon : on la voyait nettement par la portière ouverte du véhicule sous un prolongement en toiles de tente. La pointe de l'offensive de son bataillon était devenue un saillant, car les unités qui suivaient avaient enfoncé les flancs : la zone bleue tracée au marqueur sur l'ouverture en plastique de la carte s'étendait à un rythme impressionnant.

« Est-ce que vous vous rendez compte, les gars, qu'on est en Russie ? demanda Loonis.

– Tu plaisantes ! dit le commandant de la compagnie Bravo.

– Pas du tout, fit Loonis. Albritton a dit à Dave que nous étions la première unité à pénétrer en Russie : juste avant de franchir le fleuve.

A ce moment apparut au bord de leur petit cercle un nouveau visage. Ils tournèrent tous la tête pour accueillir le capitaine Wade – le commandant de la compagnie Delta empruntée au bataillon d'infanterie voisin du colonel Honig.

Chacun se tut. « Jerry », dit Chandler d'une voix calme en lui tendant la main. Wade l'ignora.

« On m'a dit de venir vous rejoindre, dit-il presque en ricanant, alors me voilà. »

Chandler avait détaché la compagnie Delta pour nettoyer les bois. Elle avait signalé un contact juste après le début des combats sur la voie ferrée. Puis elle n'avait plus donné de ses nouvelles.

« Vous avez quelqu'un hors de combat ? commença Chandler.

– Vous voulez dire *mort*, major ? riposta Wade. *Mort ou blessé ?* »

Chandler avait voulu utiliser l'expression plus large

pour désigner les deux : mais il se rendit vite compte à quel point l'euphémisme était peu approprié. « Combien ? demanda-t-il.

– Trente-neuf morts, vingt-six blessés, répliqua Wade. Cinq de mes treize Bradley détruits, deux endommagés et récupérés. Je peux mettre en ligne un peloton et ma section de QG. » Son regard passa sur les autres officiers et Chandler fut soulagé de ne plus l'avoir fixé sur lui.

« Qu'est-ce qui s'est passé, bon sang ? » demanda doucement le commandant de la compagnie Bravo. Les autres officiers baissaient ou détournaient les yeux.

« Eh bien, dit-il avec un ressentiment manifeste, pendant que vous autres étiez en train de gagner la guerre en mitraillant des cuisiniers et des employés d'intendance, nous avons mis pied à terre parce que les bois étaient trop touffus pour les Bradley et on est tombés pile sur un bataillon d'infanterie. Il a fallu appeler le lieutenant-colonel Honig pour venir nous tirer de là.

– Mais pourquoi ne m'avez-vous pas appelé à l'aide ? protesta Chandler.

– Je vous avais dit que nous étions au contact ! riposta Wade.

– *Tout le monde* était au contact ! » répliqua Chandler. Il était furieux de ces sous-entendus qui impliquaient que... que ces morts étaient...

« Le temps qu'on nous envoie la seconde compagnie, reprit calmement Wade, et qu'on se rende compte de ce que nous avions en face de nous, vous autres étiez à des kilomètres. » Wade continua. Il décrivit ses actions de « nettoyage » contre les unités que Chandler avait laissées de côté. Chacune avait fait des victimes dans sa compagnie. Les missiles antichars légers des Russes, semblait-il, faisaient merveille contre les Bradley de l'infanterie.

Chandler brûlait d'envie de se justifier devant Wade. Mais finalement il se contenta de demander : « Où sont vos pertes ? »

La jeep de Chandler s'arrêta en dérapant dans la poussière.

Oh, mon Dieu, se dit-il en entendant des râles d'agonie étouffés provenant de l'hôpital de campagne. Wade l'attendait. Il le regarda, mais ne lut sur son visage aucune sympathie. Chandler continua à avancer. Chaque pas le rapprochait des hurlements.

Au cours des deux heures suivantes, Wade le présenta à chaque homme : blessé ou tué. Wade connaissait bien ses hommes. Il parla à Chandler de leurs rêves, dont la plupart s'étaient terminés cette nuit-là sur une table glacée d'acier inoxydable.

Philadelphie, Pennsylvanie
13 juillet, 23 h GMT (18 h locale)

Le général Thomas monta sur l'estrade et Lambert tendit l'oreille. Dans la salle, toutes les conversations s'arrêtèrent. Ce n'était que la seconde grande réunion d'information depuis le début de la guerre et tout le monde était tendu.

« Bonsoir, mesdames et messieurs, dit le général Thomas. Je voudrais souhaiter la bienvenue à tous nos invités étrangers des pays de la coalition dans ces nouveaux locaux un peu plus somptueux. » Quelques rires nerveux : le regard de Lambert parcourut les parquets bien cirés, les lustres et moulures du plafond, autant de détails qui offraient un contraste frappant avec l'ambiance spartiate de la casemate souterraine dont ils avaient émergé dix jours auparavant.

« Quand l'opération Sabre vengeur a commencé voilà dix-sept jours, le plan de notre principale offensive en Europe était d'avancer à travers l'Ukraine sur deux lignes parallèles se soutenant mutuellement. Comme vous le savez tous, l'offensive de l'aile sud a été compromise par une incursion au-delà de la frontière de troupes d'infanterie motorisées russes : les dernières poches de celles-ci à l'intérieur de la Slovaquie ont capitulé il y a trois jours. Mais, reprit Thomas en levant les yeux, le résultat de cette offensive dévastatrice, s'ajoutant au remarquable succès au nord du 3e corps et du 1er corps britannique nous a obligés à repenser notre stratégie initiale. » Frémissements dans l'assistance.

Thomas s'approcha de la carte et tira de sa poche sa baguette à laser. Les aides de camp de Thomas écartèrent le rideau, révélant une grande carte murale. Il y eut des murmures de surprise : le point rouge de la baguette lumineuse de Thomas désigna l'Ukraine, une grande flèche partant du sud pour aller rejoindre l'aile nord. « Il y a trois jours, on a fait passer le 5e corps à travers les lignes du 3e corps pour rassembler les ailes nord et sud dans une seule grande offensive. » Thomas attendit quelques instants que l'émotion se fût calmée. « Les résutats... ont été spectaculaires. » Il y eut un brouhaha, des rires, quelques applaudissements. « Là où le 3e corps – l'ancienne aile nord – a franchi la frontière polonaise pour pénétrer en Ukraine, Moscou se trouve à un peu plus de 1 000 kilomètres à vol d'oiseau. En supposant une avance moyenne de 15 kilomètres par jour à travers l'Ukraine et la Biélorussie, nous avons prévu de franchir la frontière russe à approximativement H plus cinquante-deux, soit le 16 août dans un peu plus d'un mois. »

Une nouvelle fois, le général Thomas marqua un temps pour ménager ses effets. Lambert en se retournant vit le Président lui faire un clin d'œil de l'autre côté de l'allée. « La nuit dernière, des éléments de tête des 2e et 3e régiments de blindés légers de la 2e armée américaine ainsi que la 4e division d'infanterie mécanisée ont pénétré en Russie à l'ouest de Novozybkov. » Des acclamations montèrent parmi les quelque deux cents personnes présentes. Costanzo se leva, faisant avec ses bras le V de la victoire, comme si les applaudissements lui étaient destinés. Le calme revint peu à peu comme Thomas levait la main pour réclamer le silence.

« Avec en moyenne non pas 15 mais 40 kilomètres par jour, nous avons atteint des rythmes de progression que nous n'avions pas imaginés possibles avant la guerre. Avec l'avantage que nous donne une mobilité supérieure, nous sommes parvenus à avoir sur le terrain la supériorité dans presque chaque engagement. En fait, dans tous les combats importants, sauf en ce qui concerne la contre-attaque d'hier dans le “ triangle Dniepr-Soj ” le long de la frontière qui sépare la Russie de la Biélorussie. »

Un murmure parcourut la foule : tout le monde attendait le « mais » proverbial qui viendrait interrompre l'histoire de ces succès ininterrompus. « À notre insu, le Haut Commandement russe était parvenu à dissimuler une force de manœuvre assez considérable : quelque chose de l'ordre de cinq divisions de chars et d'infanterie mécanisée, juste au nord de Dobrouch, en Biélorussie. » L'agitation de l'assemblée était maintenant presque palpable. Lambert sourit en voyant la façon dont Thomas, impassible, présentait l'écrasante victoire qu'ils venaient de remporter. « Ces troupes étaient pour la plupart restées sur place, dissimulées par des bois et des filets de camouflage, et elles ont réussi une traversée surprise de la Soj hier au petit matin. Les forces russes ont attaqué un mince rideau composé du 2e régiment de blindés légers du 5e corps – que nous avions mis au repos après près d'une semaine ininterrompue d'actions... et elles ont effectué une percée. »

Thomas enchaîna. « Elles se sont heurtées à des troupes fraîches, la 4e division d'infanterie mécanisée tout juste arrivée de l'aile sud et elles ont été bousculées dans une contre-attaque si réussie que c'est maintenant notre principale ligne d'avance. Les Russes ont fait un pari, ils en subissent maintenant les conséquences. »

Ce fut alors seulement que Thomas laissa éclater les applaudissements, l'assistance découvrant enfin l'ampleur de ce qui allait sans doute être la plus grande victoire de la guerre. « En raison de ces succès, embraya Thomas en fouillant dans les papiers étalés devant lui, nos planificateurs ont rapidement accéléré les horaires prévus. Le plus dur nous attend encore. Nous avons rencontré l'armée russe dans des pays non combattants : les résultats jusqu'à ce jour sont encourageants. Mais, à mesure que nous poursuivons notre avance, de nombreux facteurs viennent jouer contre nous. Nos lignes de ravitaillement s'allongent tandis que les leurs se raccourcissent. Cela se traduira par des arrêts de plus en plus prolongés pour refaire les pleins d'essence, de munitions et de vivres. En outre, les Russes auront eu le temps de préparer leur défense avec les troupes provisoires. Le franchissement des grands fleuves et l'anéantissement de troupes en garnison dans les villes apparaissent comme des tâches de plus en plus redoutables.

« En raison de l'allongement de nos lignes de communications, de la résistance accrue aussi bien de l'armée russe que des irréguliers à laquelle nous devons nous attendre en nous enfonçant en territoire russe, nos estimations sont d'une avance de 20 kilomètres par jour jusqu'à ce que nous atteignions Tarousa – à 110 kilomètres au sud de Moscou –, où nous nous heurterons à des défenses plus denses qui sont en cours de construction. Le rythme de l'avance, selon nos projections, doit tomber alors à 4 kilomètres par jour ; en comptant un arrêt de six jours dans les faubourgs de la capitale, nous devrions compter encore un mois avant de donner l'assaut final à Moscou. En conclusion, mesdames et messieurs, ce que nous envisageons, c'est environ un mois pour parvenir à Tarousa et un dernier mois pour encercler et attaquer Moscou proprement dit : cela nous mène à la mi-septembre.

– Combien de temps pensez-vous que les combats pourraient durer à Moscou proprement dit ? » Lambert se retourna et vit le représentant de la délégation italienne se rasseoir après avoir posé sa question.

Thomas haussa les sourcils et prit une profonde inspiration. « Ma foi... c'est difficile à dire. Il n'y a pas vraiment de précédent à ce genre de situation, pour une guerre urbaine avec les armes et les tactiques dont on dispose à l'orée du XXIe siècle. Si la campagne de Moscou ressemble à ce que nous avons connu jusque-là, cela sera une opération rapide.

– Mais, si je comprends bien, dit une femme qui était sénateur républicain du Texas – et dont on chuchotait le nom comme candidate aux prochaines élections présidentielles – une des raisons de la rapidité de cette avance jusqu'à maintenant, c'est que vous avez évité les défenses fixes des Russes. Vous ne pourrez plus faire cela quand vous entrerez dans Moscou ou dans n'importe quelle autre des grandes villes.

– Ce n'est pas tout à fait exact, madame, répondit Thomas. Je vous ai donné le rythme d'avance de 50 kilomètres par jour comme une moyenne pour tout un corps d'armée. L'avance des unités individuelles a parfois été spectaculaire : 80, 100 kilomètres par jour, rivalisant avec ce qu'on a pu voir dans la guerre israélo-arabe de 1973 ou dans la guerre du Golfe de 1991 – les deux impliquant une véritable course sur un terrain désertique. La vitesse moyenne plus lente de 40 kilomètres tient compte de la consolidation des positions, de la réduction des poches russes et des limites imposées par les contraintes logistiques. Ce que j'essaie de dire, c'est qu'une fois que nous aurons tout mis en place – blindés, infanterie, artillerie, soutien matériel et ravitaillement, tout – autour de Moscou, les choses pourraient très bien aller vite. Peut-être en moins de vingt-quatre heures.

– Quelle est votre pire estimation, général ? insista le sénateur du Texas.

– Un mois. »

Une vive agitation se manifesta aussitôt dans la salle. L'inquiétude était si évidente que le Président se leva et dit : « Voyons, ne mettons pas la charrue avant les bœufs. Nous discutons d'une opération qui, dans le meilleur des cas, est à un mois d'ici.

– Est-ce que les pertes entraînées par des combats dans une ville comme Moscou ne seraient pas terrifiantes ? » demanda le leader de l'opposition au Sénat.

Le Président se tourna vers Thomas et dit : « Vous parlez de pertes civiles ou des nôtres ?

– Des deux.

– La réponse à vos deux questions est : “ Oui. ” Les pertes seraient élevées. » Nouveau brouhaha dans la salle.

« Je crois que tout le monde ici se souvient de Stalingrad, reprit le leader de l'opposition en se tournant vers la salle. Je ne pense pas que personne veuille...

– Nous ne sommes pas au Sénat ! lança le Président d'un ton furieux, interrompant sèchement le politicien. Il s'agit d'un exposé militaire à l'intention des membres du Congrès et de nos alliés.

– Quelles sont actuellement vos pertes, général ? demanda un autre républicain – celui-ci de la Chambre des représentants.

– À ce jour, dit Thomas en consultant ses documents, au cours des seize premiers jours de combats, nous avons eu 11 316 tués, 21 746 blessés et 516 disparus.

– Combien de pertes estimez-vous que nous aurons, le temps de prendre Moscou... sur l'ensemble des fronts ? reprit le chef de l'opposition en prenant le relais de ses collègues. Qu'est-ce que cette guerre va nous coûter en vies humaines ? »

Thomas baissa les yeux vers l'estrade. « Nous avons ou nous aurons un peu plus de 370 000 hommes pour les forces terrestres – armée et corps des Marines – et un nombre sensiblement égal de personnels pour l'ensemble des forces de la marine et de l'aviation combattant sur le territoire ou à la périphérie de la

République russe. Nos estimations vont d'un plancher d'environ 28 000 morts et 56 000 blessés pour les troupes au sol et environ moitié autant de tués et de blessés pour les deux autres armes.

– Donc environ... 42 000 tués et 84 000 blessés au total ? reprit le chef de l'opposition.

– Ça n'est qu'une estimation.

– Ça n'est pas qu'une estimation, général. Vous avez dit que c'était un chiffre plancher. Quel est le chiffre plafond ? »

Thomas poussa un profond soupir. « À supposer que nous restions dans le cadre d'engagements non nucléaires, déclara Thomas marquant un temps pour bien se faire comprendre, alors le chiffre maximum serait de l'ordre du double. »

De nouveaux commentaires animés se firent entendre dans l'assistance inquiète. Mais cette fois ce fut la voix du chef de l'opposition qui les calma. « Si mon arithmétique est exacte, général, vous laissez entendre qu'il existe une possibilité pour que nous perdions dans cette guerre jusqu'à 200 000 de nos 370 000 hommes au sol, et à supposer, permettez-moi de le préciser, que les Russes cessent le combat quand nous aurons pris Moscou. Or personne n'a envisagé que ce soit le cas. » C'était à l'assistance maintenant qu'il s'adressait et il avait l'attention de tous. « Dites-moi, général Thomas, à quoi tiennent les estimations extrêmement différentes des pertes entre votre chiffre le plus bas et votre chiffre le plus haut ? »

Thomas se tourna vers le sénateur : tous les regards étaient fixés sur lui. « Cela dépend, monsieur le Sénateur, de la façon dont se déroulent les combats dans et autour de Moscou. »

Le brouhaha reprit dans l'assistance. Le Président finit par se lever en disant : « Nous n'irons peut-être jamais jusque-là. Ils vont peut-être accepter un cessez-le-feu – la rumeur se calma – ou peut-être déclarer Moscou ville ouverte.

– Et les singes avoir des ailes ! » cria le leader de l'opposition. Le brouhaha qui s'ensuivit annonça à Lambert que l'assistance penchait vers l'opinion exprimée par le chef de l'opposition. « Comment, général Thomas, poursuivit ce dernier, comptez-vous remplacer les pertes de plus de la moitié de vos forces terrestres si le pire – ou même la moyenne – se révèle être la réalité ?

– Eh bien, monsieur le Sénateur, la seule façon dont les pertes pourraient atteindre cette ampleur dans un scénario non nucléaire, ce serait si les combats à Moscou se poursuivaient quelque temps : de plusieurs semaines à un mois. Pendant cette période, un grand nombre des blessés – surtout ceux atteints dans les premières phases de l'opération – seraient prêts à retourner au combat. Certains des soldats blessés les premiers jours – ceux qui souffrent de fractures ou de blessures superficielles – devraient pouvoir reprendre leur service cette semaine. Mais la majorité des effectifs de remplacement viendrait de nouvelles recrues.

– Vous voulez dire des appelés ? demanda le chef de l'opposition.

– Et des volontaires. Un grand nombre de ceux qui se sont engagés après l'attaque nucléaire se préparent déjà, répondit Thomas d'un ton calme. Nous avons raccourci d'une semaine les périodes d'entraînement en faisant travailler tout le monde vingt-quatre heures sur vingt-quatre. Cela ramène la durée totale des classes, pour l'infanterie, à dix semaines. Et nous pensons pouvoir gagner encore une semaine ou deux. Ajoutez à cela le rappel de tous ceux qui ont été démobilisés au cours des vingt-quatre derniers mois et qui n'ont pas besoin de refaire leurs classes : cela fait un afflux régulier d'effectifs prêts à monter en ligne.

– Mais nous parlons de garçons de dix-neuf ans, dix-huit, voire dix-sept ans. Nous envisageons de les envoyer au feu après deux semaines de camp d'entraînement et puis de les jeter dans le véritable hachoir que vont être les rues de Moscou, n'est-ce pas, général ? C'est bien ce que seraient des combats dans un environnement urbain : un hachoir à viande ?

– Les pertes... seraient... » Thomas, un homme instruit et qui savait s'exprimer, Lambert le savait, n'arrivait pas à trouver ses mots. « Je pense que la comparaison avec un hachoir n'est pas mauvaise si le scénario catastrophe se révélait exact. »

Lambert vit le Président tressaillir et serrer les dents, puis détourner les yeux d'un air furieux.

« Et que dire des pertes civiles russes dans ce scénario " catastrophe " ? » demanda le chef de la délégation tchèque, intervenant dans cette querelle politique jusque-là purement américaine.

« Dans un scénario de ce genre ? demanda Thomas. À supposer qu'il n'y ait pas d'évacuation officielle de Moscou, en comptant sur un mois ou plus de guerre conventionnelle dans les rues et les immeubles... » Il hésita, cherchant manifestement ses mots.

« Répondez à la question, général Thomas », dit le Président d'un ton calme. Il était penché dans son fauteuil, le menton appuyé sur sa main.

« Si nous devons nous battre dans Moscou pâté de maisons par pâté de maisons, dit lentement Thomas, entre un et deux millions de civils russes pourraient trouver la mort. » Il n'y eut pas cette fois de bruyantes réactions, rien que le silence.

16.

Los Angeles, Californie
17 juillet, 18 h GMT (10 h locale)

« Le pont de Londres va s'écrouler ! s'écrouler ! s'écrouler ! » chantait Melissa tandis que Matthew hurlait à pleins poumons. « Le pont de Londres... ! » Elle entendit le bip du four à micro-ondes et elle dit : « C'est prêt ! Tiens, mon bébé ! » Elle se précipita vers la chaise où il était assis et lui fourra la tétine dans la bouche.

Elle ferma les yeux, s'efforçant de se calmer. Elle avait tenté de suivre les émissions sur la guerre qu'une chaîne couvrait en reportages ininterrompus : le téléviseur lui semblait maintenant réglé sur un volume bien trop assourdissant. « L'appoint des forces du 7ᵉ corps de la garde nationale à la grande offensive sur Moscou représente le dernier engagement des troupes américaines dont puisse disposer dans l'immédiat la coalition : les analystes militaires en concluent que le président Costanzo a ordonné une " bliztkrieg " en direction de la capitale russe pour tenter de mettre un terme à la guerre de la façon la plus rapide et la plus décisive qui soit. D'après des renseignements en provenance du département de la Défense, on confirmait que les réservistes du 107ᵉ régiment de blindés légers ont établi le contact avec les forces de l'armée russe en Biélorussie, à Petriko, à 720 kilomètres au sud-ouest de Moscou. On n'a pas encore de nouvelles d'un engagement des deux principales divisions du 7ᵉ corps : la 38ᵉ infanterie dont le QG est à Indianapolis, et la 49e blindée provenant d'Austin, Texas. »

D-r-r-r-ing. *Le téléphone !* Comme toujours, Melissa sentit son cœur bondir. Elle aperçut l'appareil sans fil sur la table basse : juste hors de portée, constata-t-elle, de l'endroit où elle maintenait le biberon dans la bouche de Matthew. Elle hésita un moment puis retira le biberon d'entre ses lèvres énergiquement serrées : il se mit aussitôt à crachoter. Il devint tout rouge, puis se mit à hurler, encore plus violemment qu'auparavant.

Elle attrapa le téléphone au milieu de ce vacarme et dit, de cette voix tremblante et impatiente avec laquelle elle répondait toujours maintenant : « Allô ? » Elle fourra de nouveau la tétine dans la bouche de Matthew qui recommença à téter.

« ... de l'armée. Puis-je parler à Mme David Chandler ? » demanda une voix de femme affairée.

En fond sonore, la télévision diffusait des images de chars incendiés le long d'une route de Russie occidentale et de troupes américaines et britanniques juchées sur les épaves brandissant leurs fusils.

« Une seconde », dit Melissa. Elle reposa le téléphone pour prendre la télécommande – renonçant ainsi à d'enthousiastes descriptions de la prise de Lesozabodsk, en Extrême-Orient.

Avec des gestes d'automate, elle reposa la télécommande, appuya sa main libre sur ses jeans et reprit l'appareil. Fermant les yeux, elle se dit : *Oh, mon Dieu, je vous en prie, mon Dieu, je vous en prie non, mon Dieu.* « Je suis... Melissa Chandler – Mme David Chandler dit-elle, terminant sa phrase juste avant d'avoir la voix étranglée par les sanglots.

– Mme Chandler, reprit la femme, ici le département de l'Armée. Il y a un problème, nous avons besoin de vous en informer. Il y a eu une erreur pour le dernier chèque de salaire de votre mari, expliqua la femme d'un ton à peine poli. Nous allons devoir annuler un chèque car, quand on a changé sa solde avec son avancement, nos services ont donné un numéro de compte erroné pour le virement et il est trop tard pour arranger cela. »

Melissa écoutait, totalement décontenancée. La femme lui lut son adresse en lui demandant si elle était correcte. « Vous voulez dire... il s'agit d'une stupide histoire de chèque ? La solde de David ?

– Oui, madame. C'est bien votre adresse ?
– Mais oui, fit Melissa. Écoutez... où est mon mari actuellement ?
– Oh... euh, je ne sais pas, répondit la femme, comme si c'était la question la plus étrange du monde.
– Vous parlez bien de David Chandler, n'est-ce pas ? demanda Melissa. Vous avez son adresse, il s'agit donc bien de David Winston Chandler ?
– David W. Chandler, dit la femme, qui lisait manifestement un document. 231 ouest...
– Si on le paye, fit Melissa en l'interrompant, alors il doit être en vie : n'est-ce pas ?
– Oh, pas forcément », dit la femme. Melissa sentit ses espoirs retomber comme une pierre. « On continue à payer la veuve pendant quatre-vingt-dix jours. Un silence, puis la femme reprit : Mais je ne pense pas qu'on lui donnerait de l'avancement s'il avait été tué.
– Comment ça ? interrogea Melissa. De quoi parlez-vous : David a eu de l'avancement ?
– Oui, madame, dit la femme. Il est passé de 0-4 à 0-5. C'est à cause du changement de solde qu'il y a eu cette erreur...
– Qu'est-ce qu'un 0-4 ? demanda Melissa.
– Un officier, dit la fonctionnaire : un major. »
Melissa attendit puis leva les yeux au ciel et demanda : « Et un 0-5 ? c'est quoi, un 0-5 ?
– Un lieutenant-colonel, répondit la femme. De toute façon, le chèque aura environ deux semaines de retard. Si vous ne l'aviez pas reçu à...
– Savez-vous autre chose ? demanda Melissa. Quelque chose... n'importe quoi ? Où est-il ? Avec quelle unité se trouve-t-il ? »
Il y eut un silence. La femme finit par dire : « Oh, je ne suis pas vraiment censée...
– Je vous en prie, fit Melissa. Oh, s'il vous plaît. Je ne sais rien. Je n'ai pas eu de ses nouvelles depuis le début de la guerre et personne ne peut me dire où il est allé, dans quelle unité... ni rien.
– Eh bien, dit la femme en baissant la voix jusqu'à chuchoter, tout ce que je sais c'est que le listing de changement de solde, la sortie imprimante qui nous montre toutes les promotions, vous savez... eh bien, celle concernant votre mari émanait de la 7e armée.
– Et il... » Melissa repensa aux centaines d'heures

d'émissions d'actualités qu'elle avait regardées, aux magazines et aux journaux qu'elle avait lus. « Ils sont en Europe. N'est-ce pas ?

– Ha ! fit la femme. Ils ne sont pas en Europe : à l'heure qu'il est, ils ont traversé la moitié de la Russie, Dieu les bénisse », fit-elle en se remettant à rire.

Melissa eut un sourire et elle rit au milieu de larmes qui recommençaient à ruisseler. « Merci, dit Melissa, oh merci beaucoup.

– C'est bien naturel, madame, dit la femme. J'ai deux garçons là-bas moi-même. Faites confiance au Seigneur Jésus : tout ira bien », dit-elle et elle raccrocha.

Melissa bondit en l'air en criant : « Oui ! oui ! Matthew, il est vivant. Papa est vivant ! »

Matthew – qui avait presque terminé son biberon – lâcha la tétine et quelque chose qui ressemblait à un sourire passa sur son visage. Il éructa bruyamment. Melissa composa rapidement le numéro des parents de David.

Poste de commandement souterrain, le Kremlin
19 juillet, 4 h GMT (6 h locale)

Filipov frappa à la porte de Razov. « Entrez », entendit-il : c'était la voix groggy d'un homme dont on venait régulièrement interrompre ainsi le sommeil.

Filipov n'était pas habitué à l'obscurité qui régnait dans la pièce : il tourna les yeux dans la direction approximative du lit sur lequel il savait que Razov devait être allongé. La lampe du bureau s'alluma : Razov était assis dans son fauteuil tournant, dans le noir, derrière sa table de travail.

« Qu'est-ce que c'est, Pavel ? » demanda-t-il. Sur le bureau auprès de lui, Razov avait son pistolet.

« Il y a eu un raid des forces américaines sur la péninsule de Kola.

– Où ça ?

– À Murmashi : les ponts sur la Tuloma. Et à l'est de Mumashi, les ponts sur le Kola.

– Les ponts ont été détruits ?

– Non... non, mon général. Capturés. D'après nos premiers renseignements, il s'agit d'une unité de la 82e division aéroportée américaine. »

Razov bondit de sa chaise et se précipita vers la carte. Le temps que Filipov le rejoigne – en suivant sur la carte le doigt qui se posait sur la ville à 50 kilomètres à l'intérieur des terres juste au sud de Mourmansk – Razov jurait déjà sous cape.

« Bon Dieu ! Bon Dieu de bon Dieu !

– C'était une opération en force. Le commandant de la garnison de Mourmansk a lancé un régiment pour contre-attaquer et les hommes sont tombés dans une embuscade à 7 kilomètres de leur objectif. L'amiral Strelov est en train de sonder actuellement les franges des forces américaines.

– Ils arrivent, dit Razov en se détournant de la carte. Un troisième front : ils vont ouvrir un troisième front en Carélie. »

Cette suggestion stupéfia Filipov. Il suivit Razov jusqu'à sa table en disant : « Mais pourquoi ? ils ont déjà détruit pratiquement toutes nos installations à Mourmansk. Et Polyarnyï a été rasée dans l'échange nucléaire. » Razov décrocha le téléphone et dit : « Passez-moi Michine. »

« Et ils ont tout juste commencé à bombarder Arkhangelsk avec des appareils basés sur un porte-avions, poursuivit Filipov. Il ne reste pratiquement rien qui présente un intérêt stratégique sur la péninsule de Kola...

– Général Michine, dit Razov, les Américains sont en train de débarquer sur la péninsule de Kola. Je veux que vous me donniez toutes les forces aériennes dont vous disposez pour une attaque massive sur leurs navires de débarquement avant qu'ils ne touchent terre. »

Il écouta un moment puis éclata. « Ça n'est pas Kola qui les intéresse ! C'était à Michine qu'il parlait, mais il regardait Filipov. C'est Saint-Pétersbourg ! Ils ont l'intention de contourner nos défenses ! »

Mais c'est bien loin... songea Filipov.

« Je sais que c'est à 1 000 kilomètres, mais nous avons toutes nos défenses de Saint-Pétersbourg au sud et au sud-ouest de la ville. Nous n'avons pratiquement rien au nord ! Je vais déplacer tous les effectifs que je peux, mais nous n'avons presque pas de moyens de transport à notre disposition. »

Il écouta de nouveau, son impatience de plus en plus vive. « Nous utilisons maintenant des chevaux pour transporter le ravitaillement et l'équipement ! Ça va prendre un mois rien que pour faire mouvement depuis les pays Baltes et puis deux semaines pour préparer les ouvrages défensifs. Savez-vous quelle distance les Américains peuvent parcourir en six semaines sur leurs engins à chenilles ? Franchement, en ce moment même, je ne peux pas vous dire lesquels arriveront les premiers à Saint-Pétersbourg : les Américains, qui doivent parcourir un millier de kilomètres en combattant, ou bien nos propres troupes qui sont pratiquement à pied à 300 kilomètres de là ! »

Il raccrocha violemment. Dans le silence qui suivit, Filipov réfléchit à la manœuvre américaine : ça ne rimait à rien. Le gros de leurs forces parti de Pologne et de Slovaquie avait pour objectif, semblait-il, de couper les routes entre Moscou et Saint-Pétersbourg : pour diviser en deux leurs forces en Europe. Que feraient maintenant leurs puissantes armées dans le Sud ?

Filipov regarda Razov et tourna vers lui ses yeux injectés de sang. Ce n'était pas comme ça autrefois, se dit Filipov, dans la dernière guerre contre la Chine. Nous avions connu des revers mais Razov s'était toujours montré confiant. Quand les Chinois avaient mis en pièces une division de première ligne en jetant sur elle une vague d'infanterie après l'autre, ouvrant ainsi une énorme brèche dans leur front et menaçant d'encercler tout un groupe d'armée, Razov lui avait donné une grande claque dans le dos en disant : « L'occasion, Pavel ! Maintenant, ça devient intéressant ! » Son exubérance avait gagné même le prudent général Thomas qui était toujours là : toujours à faire arriver du matériel par les ports malgré le froid mordant de l'hiver. C'était le même prudent général Thomas qui venait d'envahir la Russie par le nord – par le cercle Arctique – tentant ce qui semblait à Filipov un pari insensé. *Qu'est-ce qu'ils vont faire quand l'hiver arrivera ?* Les problèmes posés par les opérations hivernales en Carélie – pour leurs propres forces comme pour les Américains – étaient trop nombreux à envisager : une seule réponse s'imposait. Ils comptaient en finir avant l'hiver.

« Oh, mon général, encore une chose, dit Filipov. La garnison de Lvov en Ukraine. Ils nous ont informés qu'ils allaient capituler aujourd'hui.

– Ils nous ont *informés* ? » dit Razov. Il se redressa

dans son fauteuil, ses mains étreignant le bord de son bureau. « Informés ? Depuis quand sommes-nous informés que des unités capitulent devant l'ennemi ?

– Le général commandant la garnison a signalé que... que...

– Dites-le, bon sang !

– Le général est en état d'arrestation. Il semble que certains de ses officiers – des commandants de divisions et d'autres – n'étaient pas d'accord avec vos... avec les ordres de la STAVKA de continuer la résistance : ils se sont rendus au quartier général du groupe d'armée pour l'arrêter. Ils l'ont autorisé à informer la STAVKA de leurs intentions, qui sont de parlementer avec les Américains pour une capitulation immédiate. »

Razov était blême, et Filipov sentit soudain un frisson le parcourir : on dirait qu'il avait peur et c'étaient de simples mots – les mots prononcés par Filipov – qui avaient provoqué cette peur. Razov avala sa salive et s'humecta les lèvres. Puis, entre ses dents serrées, il ordonna : « Je veux les noms de ces mutins. Je veux une cour martiale. Je veux qu'on ordonne leur arrestation et leur exécution. Je veux aussi un ordre préparé pour approbation de la STAVKA à la réunion d'aujourd'hui prévoyant l'exécution sommaire de *tout*, dit-il en frappant du poing sur son bureau, puis il reprit son calme et poursuivit d'un ton plus uni : de tout soldat coupable d'insubordination. Et je veux que ces exécutions, qui devront commencer dès que possible, bénéficient de la plus large publicité. »

Filipov prenait des notes mais, quand il en arriva à « le plus tôt possible », il était désemparé. « Qu'entendez-vous par là, mon général ? » Il posa la question à voix basse : ce nouveau Razov lui faisait peur. Pas pour lui, mais il craignait de voir son mentor, son idole, s'effondrer davantage encore sous ses yeux. « Il va falloir du temps pour les arrestations, ensuite il y a les procès, et puis...

– Zorine, dit Razov d'un ton las. Exécutez Zorine et ses hommes, et que ce soit filmé pour la télévision. » Razov semblait complètement abattu : Filipov estima qu'il pouvait partir. « Et, Pavel, ajouta Razov, prenez contact avec les médias américains. Je m'adresserai à eux demain. »

Bouche bée, Filipov dévisageait Razov : le général

avait les yeux rouges et son regard était perdu dans le vide. « Veillez à ce que l'aviation à long rayon d'action de Michine soit prête à décoller. » Filipov acquiesça lentement de la tête et tourna les talons. Au moment où il ouvrait la porte, il entendit le déclic de la lampe de bureau. Il se retourna pour regarder encore une fois dans les ténèbres de la salle souterraine : Razov incapable de trouver le sommeil, assis à son bureau dans le noir avec un pistolet à côté de lui.

Prison de Lefortovo, Moscou
19 juillet, 12 h GMT (14 h locale)

Zorine entendit le crissement des pas : ses oreilles étaient à l'affût du moindre son. Il entendit le capitaine Melnikov crier : « Ôtez-moi ça du visage ! »

Les crissements de pas continuaient, s'éloignant le long de la file. « Oui, s'il vous plaît », entendit-il dire d'un ton calme un autre de ces gardes : l'homme avait fait le même choix que Zorine.

Les bruits de pas reprirent, cette fois un long piétinement qui s'éloignait de Zorine. En respirant, il sentait le tissu de la cagoule coller à sa bouche et il aspira goulûment l'air dont on semblait vouloir le priver. Pourtant, il se sentait vivant : le moindre son éveillait les terminaisons nerveuses sur tout son corps. Quelque part au loin il entendait le grondement assourdi d'un train. Et, quand les pas s'arrêtèrent, le bruit d'un faible gémissement d'un de ses compagnons.

« *Tselsya !* » ordonna l'officier : Zorine entendit le cliquetis des fusils qu'on armait à l'unisson.

Zorine soudain n'entendit plus rien que les bruits qui venaient de la cour de la prison. Il prit une profonde inspiration, leva le menton sous le sac noir qui lui recouvrait la tête. « *Pli-i-i-i-i !* » cria au loin l'officier. La terreur un instant l'empoigna puis les coups de massue vinrent marteler son torse, son abdomen et sa joue. Il perdit conscience.

Philadelphie, Pennsylvanie
19 juillet, 13 h GMT (8 h locale)

On posa sur le bureau le petit déjeuner du Président, avec le cérémonial d'un hôtel quatre étoiles. Lambert était d'humeur optimiste : le premier bonjour depuis... il chassa cette idée.

« Bon, fit le Président, en s'essuyant les lèvres avec sa serviette, allez-y. Comment se déroule l'opération Chevalier blanc ?

– Très bien, monsieur le Président, dit Lambert. Juste après le coucher du soleil hier soir – c'est-à-dire vers 11 h, heure locale dans le Grand-Nord – deux sous-marins de classe Ethan Allen ont débarqué cent vingt hommes de la 1re unité spéciale de la marine sur la péninsule de Kola, au nord-ouest de Mourmansk. Quatre heures plus tard, le reste de l'unité ainsi que six bataillons des 7e et 11e groupes des Forces spéciales – environ quatre mille hommes – et les équipes deux et quatre SEAL de la marine ont établi une tête de pont sur la plage de débarquement juste à côté de Linahamari. Peu après, les premiers des seize mille Marines et hommes de la 4e brigade de fusiliers ont commencé à débarquer : ils avancent actuellement dans les terres le long de la frontière suédoise en ne rencontrant qu'une faible résistance.

« En même temps, monsieur le Président, les troupes de la Royal Navy ont commencé à débarquer de l'autre côté de Mourmansk : elles aussi signalent une faible résistance. Le 505e bataillon de parachutistes de la 82e division aéroportée a effectué un largage derrière la ville en partant directement de la base de l'Air Force de Pope.

– Quand intervient le reste des forces terrestres ?

– Au moment même où nous parlons, la division d'intervention rapide de la 101e Airmobile décolle en hélicoptères de navires de débarquement des Marines et le 75e régiment de Rangers s'est emparé d'un vieux terrain d'aviation de la Deuxième Guerre mondiale que nos unités de Forces spéciales ont inspecté la semaine dernière : il est apparemment encore utilisable car le climat là-bas empêche la végétation d'être trop exubérante. »

Les officiers de l'armée et des Marines échangèrent un coup d'œil puis éclatèrent de rire.

« Qu'est-ce qu'il y a de si drôle ? » demanda le Président : de toute évidence, après l'exposé d'une désespérante sécheresse de Lambert, il ne demandait qu'à profiter de la moindre diversion.

Le colonel s'éclaircit la voix et dit : « Eh bien, monsieur, voilà : il y avait des hautes herbes, à peu près jusque-là », fit-il en montrant de la main la hauteur du genou. Il éclata de rire, comme les autres officiers qui connaissaient l'histoire. « Alors on a parachuté... Il pouffait comme une collégienne essayant de raconter sa première histoire drôle. Je vous demande pardon, monsieur le Président. Alors, nous avons parachuté les Bérets verts avec ces grosses tondeuses à gazon motorisées. » Il s'écroula de rire. Lambert et le Président firent chorus.

« Vous voulez me dire qu'il y a actuellement des Bérets verts montés sur des tondeuses motorisées en pleine nuit sur un terrain d'aviation russe abandonné ? » demanda le Président. Plié en deux par le rire, l'officier hocha la tête.

« Quoi qu'il en soit », fit Lambert. Il avait l'impression de jouer les rabat-joie, mais c'était une course contre la montre avant que le nouveau secrétaire du Président passe la tête pour l'interrompre alors qu'il n'était qu'au milieu de son exposé. « En tout cas, monsieur le Président... » Les autres n'avaient pas l'air d'humeur à écouter la suite de son rapport. « Pour abréger, monsieur le Président, dit Lambert en jetant un coup d'œil à sa montre, quand le premier arrivage d'équipement lourd aura débarqué aujourd'hui – les blindés de la 82e division et le reste de ses trois brigades – il devrait y avoir une grosse tête de pont opérationnelle au sud de Mourmansk. »

Le secrétaire passa la tête dans l'entrebâillement de la porte en désignant son poignet. « C'est toutefois sur la 24e division d'infanterie mécanisée que nous comptons pour les gros transports par route vers le Sud jusqu'à Saint-Pétersbourg.

« Cela nous mettra tout le 18e corps aéroporté débarqué au début d'août, dit Lambert tandis que le Président se levait pour aller reprendre sa veste. Et les forces alliées vont renforcer considérablement nos effectifs. Lambert jeta un coup d'œil à ses notes et poursuivit précipitamment : Un corps de fusiliers marin de la Royal Navy, une division blindée britannique, plus un régiment du Spécial Air Service et deux bataillons de parachutistes qui sont déjà engagés. Puis, bien sûr, dans une dizaine de jours, les Finlandais vont sauter à l'improviste sur les deux garnisons frontalières russes plus au sud. » Le Président époussetait sa veste. « Les Finlandais ne constituent pas une menace offensive : ils alignent sur le terrain l'équivalent d'environ quatre divisions d'Europe de l'Est. Mais quand les divisions polonaises aéroportées et amphibies prendront position sur la frontière de la Finlande du Sud, les Russes devront tenir compte de ce point de pression et dérouter là une partie de leurs ressources.

– Bien, bien, bien, dit le Président en tirant sur les revers de son veston tout en rajustant son nœud de cravate. Tout a l'air de se dérouler suivant nos plans. » Et il partit pour se rendre à une réunion orageuse avec des dirigeants syndicaux et une délégation du service fédéral des Relations humaines : on allait discuter de l'ordonnance annulant toutes les vacances, tous les congés de maladie et de maternité et autres absences autorisées.

« Monsieur Lambert ? fit la secrétaire particulière du Président au moment où il quittait le bureau, j'ai un appel urgent pour vous du directeur de la NSA. Vous pouvez le prendre sur la sept », dit-elle en désignant l'appareil posé sur la table de la petite salle d'attente.

« Lambert, dit-il en décrochant.

– Greg, ici Bill Weinburg. Vous n'allez pas me croire.

– Quoi ?

– Il y a environ dix minutes, nous avons intercepté un appel adressé au bureau de New York de NBC News, et puis un second et un troisième quelques minutes plus tard aux bureaux de CBS et d'ABC à New York. Nous sommes actuellement en train d'en enregistrer un autre aux studios de CNN, à Atlanta. Greg, tous les appels semblent provenir directement du Kremlin. De votre vieux copain Filipov, d'ailleurs.

– Vous plaisantez. Qu'est-ce qu'ils veulent ?

– Il semble qu'ils veuillent arranger une liaison télévisée en utilisant un satellite de télécommunication allemand. Pour 10 heures, heure de New York demain,

Razov lui-même a l'intention de s'adresser au peuple américain.

– Seigneur, fit Lambert, parcouru d'un frisson d'excitation et d'espoir. Est-ce qu'ils ont dit de quoi il serait question ?

– Pas un mot. »

Un silence. « Est-ce que vous pensez ce que je pense ? » demanda Greg, vibrant d'espérance.

« Croisons les doigts. » Lambert devinait le sourire sur le visage de Weinburg. *On a gagné,* se dit Lambert. *C'est fini.*

Los Angeles, Californie
20 juillet, 3 h GMT (19 h locale)

« En attendant l'allocution du général Razov, l'excitation monte », dit le présentateur de NBC. Son image fut remplacée sur l'écran par des barres et des lignes multicolores. De son côté, Melissa frémissait d'angoisse en regardant l'écran. « Ce que vous voyez maintenant est une mire projetée en direct de la télévision de Moscou par satellite. D'ici deux minutes, nous attendons le général Youri Razov, chef du haut commandement russe : quoi qu'il ait à dire, ce sera sûrement un instant historique non seulement pour la télévision, mais pour nos deux pays. Jim, reprit le présentateur tandis que l'image revenait au studio, vous ne vous êtes pas prononcé. À votre avis, que va-t-il dire ? Va-t-il tendre le rameau d'olivier comme tant d'entre nous l'attendent ? »

L'homme aux cheveux argentés ne put maîtriser un sourire. « Il serait normal qu'une offre de paix arrive à un pareil moment. L'armée américaine semble avoir fait une percée à travers les défenses installées sur la frontière russe et poursuit sa marche forcée sur Moscou. Il reste aux Russes des forces non négligeables, mais la plupart d'entre elles sont retenues à l'Est pour faire face aux troupes américaines et chinoises. Ajoutez à cela “ le troisième front ” de Carélie dans l'extrême Nord, le fait que Iujno-Sakhalinsk, Tioumen et Irkoutsk – les principales régions pétrolières de Sibérie – ont été coupées du contrôle de Moscou, la capitulation des forces russes dans les îles Kouriles devant les forces japonaises : les Russes doivent certainement comprendre que ce n'est plus qu'une question de temps. Le moment pourrait donc être venu de négocier. »

« Oh, je vous en prie, dit Melissa, assise au bord de son siège, les mains crispées entre ses genoux. Je vous en prie, je vous en prie, je vous en prie. »

« Mais pourquoi recourir à la méthode inhabituelle de cette allocution télévisée ? » demanda le présentateur.

L'analyste haussa les épaules. « Il doit penser qu'il pourrait obtenir de meilleures conditions en passant par-dessus la tête du président Costanzo pour s'adresser directement au peuple américain. Les sondages ont déjà montré un certain fléchissement pour soutenir la demande de capitulation presque sans conditions exigée par le gouvernement et, pour la première fois, certains sondages en faveur de la guerre donnent un chiffre favorable au-dessous des 50 %.

– Nous cédons maintenant l'antenne au général Razov », dit brusquement le présentateur. Melissa sentit son cœur battre très fort à la vue de l'homme en grande tenue, des décorations lui barrant la poitrine, assis devant les murs aux moulures dorées d'un salon du Kremlin. L'image était un peu floue : ce n'était pas la télévision à haute définition à laquelle elle était habituée.

« Citoyens des États-Unis », commença l'homme lentement en anglais avec un fort accent. Melissa se renversa sur le canapé pour regarder. « Je suis le général Youri Razov, commandant en chef du haut commandement suprême russe. Je m'adresse directement à vous ce soir pour la première fois – et la dernière – à propos d'un problème extrêmement important. »

Melissa sentait déjà ses espoirs s'effondrer. Tout ça ne lui plaisait pas : le ton, l'attitude de cet homme. Il n'avait pas l'air d'un vaincu.

« Il y a un demi-siècle, notre pays et son peuple ont connu des destructions dont vous n'avez pas su grand-chose. Des villes entières ont été réduites en cendres. Un bloc d'immeubles après l'autre, qui jadis s'élevait jusqu'au ciel, n'était plus que décombres. Et sous ces ruines étaient enterrés les habitants de ces villes. Des millions de gens sont morts. » Il marqua un temps et

Melissa secoua la tête, l'implorant de s'arrêter. « Ça ne peut pas recommencer. »

Elle prit une profonde inspiration et se redressa. « Une guerre conventionnelle, menée dans les rues de nos grandes villes, les anéantirait de façon tout aussi certaine et aussi horrible que le ferait une bombe à hydrogène lâchée droit sur leur centre par vos avions de guerre. Malgré cette réalité, qui est bien connue de vos dirigeants, il semble que votre gouvernement ait l'intention de porter la guerre jusque dans les rues mêmes de notre capitale : Moscou. » Nouvelle pause. Melissa regarda le plancher. « Cela, nous ne le permettrons pas.

« J'ai donc donné les ordres suivants aux commandants de notre force sous-marine équipée de missiles balistiques. » Le général russe prit une feuille de papier : Melissa le regardait, ses yeux s'emplissant de larmes. « Si les forces terrestres américaines franchissent l'Okrujnoye Koltso de Moscou – le boulevard périphérique qui ceinture la ville –, ou si les forces de votre pays menacent d'attaquer nos sous-marins dans le " Bastion " de la mer de Kara, poursuivit Razov, les commandants devront lancer leurs missiles sur des cibles préprogrammées. Ces cibles, précisa Razov tandis que Melissa se levait, sont 536 installations militaires américaines à travers le monde et les objectifs suivants : New York : 103 ogives nucléaires; Los Angeles : 92. Chicago : 81 ogives nucléaires. » Melissa contourna le sofa pour se diriger vers son petit bureau dans la cuisine. « San Francisco : 71 ogives nucléaires. Philadelphie : 77. » Melissa s'assit devant le bureau et ouvrit le tiroir. « Detroit : 67 ogives nucléaires. Boston : 72. Washington : 61. Dallas : 60. » N'écoutant que d'une oreille, elle se mit à remplir son plus gros porte-monnaie. « Houston : 60. Miami : 51. » Elle mit dans son sac la grosse enveloppe contenant des billets de 10 et de 20 dollars fermée par un élastique. « Atlanta : 43. Cleveland : 42. » Melissa ajouta leurs passeports, certificats de naissance, carte de Sécurité sociale et disquettes d'ordinateur avec la situation financière et fiscale du ménage. « Seattle : 40. Minneapolis-Saint-Paul : 39. » Melissa, reniflant, prit une grosse liasse de photographies : depuis sa petite enfance jusqu'au collège, puis jusqu'à sa lune de miel et les premiers jours de Matthew. « Saint Louis : 37. Baltimore : 36. » Elle ferma les yeux et plongea la main au fond du tiroir. « Pittsburgh : 35. Phoenix : 35. » Elle mit le pistolet dans le sac par-dessus les photographies et tira les courroies pour fermer le tout.

« Tampa-Saint Pétersbourg : 31. Denver : 30. » Razov continuait à lire sa liste. Melissa mit son sac en bandoulière et monta pour réveiller et habiller le bébé. « Cincinnati : 27. Milwaukee : 26. Kansas City : 23. » Des lueurs comme des éclairs d'orage dans le soir qui tombait vinrent éclairer les rideaux, et les vitres se remirent à trembler. « Sacramento : 21. » Melissa se précipita sur la terrasse à l'arrière de la maison pour écouter le sourd grondement par-dessus les collines. Des éclairs illuminèrent les nuages dans le ciel tandis que les bombes – elle était certaine que c'étaient des bombes – ébranlaient l'air autour d'elle, même à cette distance. Sur sa droite, un de ses nouveaux voisins était lui aussi sur sa terrasse avec une caméra vidéo dans l'espoir sans doute de filmer les bombardiers russes. Sa femme apparut en criant : Qu'est-ce que tu fais ? Elle tenait entre ses bras une glacière portative qu'ils s'apprêtaient sans doute à charger dans leur voiture. Elle aperçut Melissa et lui fit un geste de la main avant de rentrer précipitamment dans sa maison.

Melissa retourna chercher Matthew. « Orlando : 11. Salt Lake City : 10. » Un bip prolongé dans le téléviseur attira l'attention de Melissa : elle s'arrêta pour regarder l'écran. « Rochester : 10. Nashville : 10. » Le texte d'un message – comme un avis de la météo quand une tempête menaçait – défila au bas de l'écran. « Memphis : 10. Oklahoma City : 9. » Melissa lut le texte du message tandis que la voix de Razov continuait à énumérer sa liste. « Les autorités de la Défense civile de Los Angeles ont averti le canal 5 qu'un raid aérien russe est actuellement en cours. Il ne s'agit PAS d'une attaque nucléaire. Nous répétons, ce n'est PAS une attaque nucléaire. Les habitants sont priés de garder leur calme, de ne pas s'aventurer hors de chez eux, de ne pas utiliser leur téléphone sauf en cas d'urgence. »

Melissa secoua la tête d'un air incrédule tout en entendant le fracas des bombes. « Greensboro : 9. Birmingham... » La télévision et toutes les lumières s'éteignirent tandis qu'un « boum » plus fort que les autres roulait sur les collines. Dans le noir, elle se précipita dans l'escalier pour aller chercher son bébé.

Philadelphie, Pennsylvanie
20 juillet, 3 h 15 GMT (22 h 15 locale)

« J'en appelle à tous les Américains, dit le président Costanzo que Lambert regardait de derrière la caméra de télévision, pour qu'ils gardent leur calme en face des terribles menaces que brandit notre ennemi. Notre pays est en guerre et cette guerre impose un effort maximum à tous, soldats ou civils. De nombreux analystes sont persuadés que la menace lancée par le général Razov n'est qu'un subterfuge pour saper notre productivité et nous empêcher tout à la fois de nous remettre de leur perfide agression et de soutenir nos forces combattantes.

« Déjà notre produit national brut a souffert de façon disproportionnée des dommages causés par la guerre : les travailleurs ont choisi de quitter leur maison, leur lieu de travail, par crainte de nouvelles attaques russes. Pour ceux d'entre vous qui rallient aujourd'hui les rangs de ceux qui ont peur, je vous supplie de songer à votre pays, de reprendre votre travail et je tiens aussi à me faire parfaitement comprendre. »

Sur un geste du réalisateur, l'opérateur de la caméra 1 fit un gros plan sur le Président qui attendit avant de reprendre : « Si de nouveaux missiles russes étaient lancés sur notre pays, sachez bien qu'à l'annonce d'une seule de ces agressions, j'ordonnerais l'anéantissement non pas seulement du complexe militaro-industriel de la Russie et de son gouvernement militaire tyrannique, mais de la Russie elle-même. De ses villes, de sa culture, de son économie et, oui, le cœur gros, de son peuple. »

« Manifestement, monsieur le Président, dit le général Thomas, je pense que nous devrions reconsidérer nos plans.

– Uniquement à cause de la menace de Razov ? » demanda le Président. On aurait dit que c'était Thomas qu'il fallait à son tour convaincre que ces menaces n'étaient que du vent.

« Monsieur le Président, dit Thomas en se tournant vers lui, si Razov dit la vérité... s'il donne l'ordre à ses sous-marins de tirer...

– Et que voudriez-vous, général, que nous fassions à ce stade ? Nous arrêter ? Nous arrêter quand les Russes ont un groupe d'armée tout entier qu'on a retiré d'Extrême-Orient et qui va arriver en Europe dans quelques semaines ? Vous avez dit vous-même que la mise en place de ces forces pour défendre la région de Moscou pourrait nous contraindre à stopper notre offensive en attendant le renforcement de nos effectifs sur le théâtre européen. Quel renforcement, général ? Il ne nous reste plus à engager que quelques unités de la Garde nationale et de la réserve. Allons-nous former des divisions avec les nouvelles recrues et les lancer contre des défenses bien préparées ? Ou bien allons-nous attendre – attendre tout au long de l'hiver russe – sous la menace d'attaques nucléaires lancées par ces sous-marins du Bastion ?

– Monsieur le Président, fit Thomas, c'est une question politique.

– Nous revoilà devant un mur, n'est-ce pas ? » fit Costanzo. Son regard parcourut la table et il se mit à interroger les civils, en commençant par le secrétaire à la Défense. « Arthur, que devrions-nous faire ? Nous avons toujours su que ces sous-marins étaient là. Nous sommes peut-être à cinq ou six semaines de prendre Moscou : pour arriver jusque-là nous avons déjà eu une cinquantaine de milliers de tués et de blessés. Allons-nous nous arrêter à cause de la menace de Razov ? Faisons-nous machine arrière maintenant ? »

Le secrétaire à la Défense secoua la tête. « C'est un sacré problème. Si seulement nous savions s'il bluffait ou non.

– Nous n'en savons rien, dit le Président en se tournant d'un air furieux vers le secrétaire d'État. Qu'est-ce que vous en dites, Léonard ? »

Après un moment d'hésitation, le secrétaire d'État finit par répondre : « Je ne vois pas comment nous pourrions nous arrêter maintenant. »

Le Président hocha la tête. Il continua son tour de table : le directeur de la CIA, le chef de la NSA, le directeur des communications de la Maison-Blanche, d'autres encore. Quand le Président en fut presque à Lambert, les réponses étaient toutes coulées dans le même moule : les hommes et les femmes disaient au Président ce qu'il avait envie d'entendre. « Ils bluffent, dit le vice-président, assis juste à la droite de Lambert. Ils n'oseraient pas lancer ces missiles. Ils savent bien ce que nous leur ferions en représailles. »

Lambert se dit que le Président n'allait pas lui poser la question et il regardait le secrétaire à la Défense, s'attendant à le voir se rallier à l'avis des autres. Mais le secrétaire ne dit rien et le Président, sans se tourner vers lui, demanda : « Greg, qu'en pensez-vous ?

– Je pense que nous devrions stopper notre avance et engager des négociations de paix. » Lambert préparait ses arguments. « Le risque est trop grand. Razov n'a peut-être pas le choix s'il y a un consensus à la STAVKA pour utiliser les armes nucléaires. » Mais le Président ne se tourna même pas vers lui.

« Ma décision est prise. » Il regarda le général Thomas. « Nous allons poursuivre nos plans pour nous emparer de Moscou, avec deux modifications. D'abord, avant d'attaquer leur périmètre de défense, vous allez compléter l'encerclement de la ville : quel était ce terme déjà que vous avez utilisé quand nous avons discuté des différentes options la semaine dernière ?

– Enveloppement, dit Thomas.

– Très bien. Vous allez terminer l'enveloppement de Moscou avant de pénétrer dans la ville. Combien de temps ça nous donne-t-il ?

– Environ quatre ou cinq jours après notre arrivée dans les faubourgs, d'ici un mois environ, répondit Thomas.

– Très bien. Maintenant, j'ai une réunion avec les leaders syndicalistes et les présidents de commissions du Congrès, déclara le Président à son chef d'état-major en se levant. Il faut procéder à une estimation des dommages pour empêcher l'arrêt complet de la production. Ce discours que j'ai prononcé ne va rien faire du tout.

– Monsieur le Président, intervint le secrétaire à la Défense. Vous disiez qu'il y avait deux modifications à apporter à nos plans d'attaque contre Moscou.

– Oh, oui, dit-il en se tournant vers l'amiral Dixon, le chef des opérations navales. Je veux que tout soit calculé de telle façon que, quand l'armée entrera dans Moscou, vous pénétriez dans le Bastion. »

Los Angeles, Californie
20 juillet, 3 h 20 GMT (19 h 20 locale)

« Les autorités municipales de Los Angeles insistent pour que les habitants gardent leur calme », disait le commentateur à la radio. Melissa essayait vainement de s'introduire dans le minuscule espace entre deux voitures de la file de gauche. L'autoroute 210 menant aux montagnes de San Gabriel était bloquée. « Il semble toutefois que leurs appels ne soient pas entendus. Nous passons maintenant l'antenne à notre hélicoptère. » Un klaxon retentit à ses oreilles : Melissa sursauta et aperçut une famille qui arrivait à sa hauteur, et s'arrêtait pour lui lancer des regards mauvais avant de continuer.

« Ici l'hélico qui survole l'ouest de L.A., mes enfants. » La voix familière du journaliste toujours un peu camée de la station de rock parvenait à dominer le fracas de l'appareil. « Mon vieux, on croirait que toutes les autoroutes sortant de Los Angeles sont des parkings. La I-10 est bloquée jusqu'à Pomona, et c'est pareil pour la I-5 jusqu'à Irvine.

– Y a-t-il un itinéraire que vous recommanderiez ? demanda le présentateur.

– Oh, pour ceux d'entre vous qui ont bourré la camionnette de fusils, d'alcool et de soja, on dirait que certaines des routes allant vers le nord jusqu'au mont San Gabriel sont encore dégagées. »

Melissa avança d'une cinquantaine de centimètres sur la route prétendument « dégagée ». Matthew s'agita et elle approcha le biberon de ses lèvres. Il se mit à téter sans même ouvrir les yeux.

« Des chauves-souris ! des chauves-souris attaquent L.A., les amis ! D'énormes chauves-souris ! Flash spécial. Des chauves-souris radioactives venant de Riverside attaquent L.A. »

Melissa aurait voulu changer de station mais elle vit soudain une brèche dans la file de gauche. Elle donna un coup de volant.

« Merci, l'hélico, dit le présentateur. Soufflez un peu, mon vieux. Ça ne va pas durer. » Le biberon échappa aux lèvres de Matthew juste à temps pour que Melissa puisse prendre le volant à deux mains et amorcer sa manœuvre pour se glisser dans l'espace libéré. La voiture qui arrivait sur la file de gauche freina brusquement puis repartit pour lui couper la route : toute une famille entassée dans un break avec des bagages et des paquets fixés sur le toit et recouverts d'une bâche. Ils n'allaient pas la laisser passer. Melissa se mit à pleurer et lâcha le biberon.

La femme assise à la place du passager dans le break dit quelque chose à son mari et l'homme lui fit signe de passer.

« Merci, dit-elle en se glissant dans la file de gauche. Merci », répéta-t-elle. Elle comprit qu'ils avaient vu le biberon. *Le biberon*, pensa-t-elle tout d'un coup en le glissant dans la poche de portière.

« Et maintenant, l'écho du passé ! dit le présentateur. C'était en 1992. Le titre de la chanson : *She's Unbelievable*. Ici KRZY, votre émission des succès d'antan ! »

Tout en se traînant à 8 kilomètres à l'heure, Melissa aperçut les montagnes à l'horizon. Entre elle et ce refuge il y avait dix mille voitures, pare-chocs contre pare-chocs, sur les trois voies, aussi loin que le regard pouvait porter.

Philadelphie, Pennsylvanie
22 juillet, 3 h GMT (22 h locale)

« J'aimerais que seuls restent ici les principaux décideurs », dit le directeur de la CIA d'une voix plus forte.

Il y eut une brève agitation, des froissements de papiers. Jamais auparavant on n'avait demandé ce genre de huis clos. Les assistants et conseillers, aussi bien civils que militaires, se levèrent, se tournant vers leur patron respectif pour s'assurer que cette demande s'appliquait bien à eux. Puis lentement, ils quittèrent la salle.

La porte se referma derrière le dernier des assistants. Lambert parcourut du regard la table. Il ne restait que le secrétaire d'État, le secrétaire à la Défense, les directeurs de la CIA et de la NSA, les chefs d'état-major interarmes, le Président et le vice-président : tous, silencieux, attendaient d'entendre le directeur de la CIA expliquer sa requête.

« Aux premières heures du petit matin aujourd'hui, heure de Moscou, commença-t-il, un agent de nationalité étrangère que nous maintenons en résidence à Moscou est allé prendre un paquet qui, selon des informations reçues par notre antenne de Séoul, devait être déposé dans une " boîte à lettres morte ". Le paquet contenait un message en caractères cyrilliques nous donnant la dernière situation connue d'un sous-marin russe lanceur de missiles balistiques que nous avions annoncé comme probablement détruit. J'ai transmis ce document au chef des opérations navales.

– C'est donc là où vous avez eu ces renseignements », dit l'amiral Dixon. Il regarda le Président. « Un P-7 a eu un contact radar juste à l'ouest de l'île de Meighen dans l'Arctique et a lancé une torpille. Le sous-marin a fait surface, en feu, avec une fuite importante au réacteur : il s'est brisé et a coulé avant que nous puissions envoyer une équipe de secours. Tout l'équipage est mort.

– Nous avons donc un agent dans la place ? fit le Président.

– Nous n'en sommes pas si sûrs », dit le directeur de la CIA. « L'essentiel de la lettre était de nous dire qu'il fallait prendre au sérieux l'avertissement précédemment transmis par Filipov à propos des ordres d' " action par défaut " donnés aux sous-marins.

– Que voulez-vous dire par là ? demanda le Président.

– Laissez-moi vous lire la traduction anglaise d'un extrait. » Le directeur trouva le passage qu'il cherchait. « L'ultimatum émanant de la STAVKA adressé à votre pays déclarait que l'ordre de tirer les missiles du Bastion de la mer de Kara sera effectivement donné. » Le directeur leva les yeux et dit : « La fin de la phrase avec le verbe russe au futur était soulignée par l'auteur de la lettre. » Il reprit sa lecture. « Les ordres, en fait, ont déjà été donnés. Nos sous-marins lanceurs de missiles balistiques de la mer de Kara ont reçu des ordres de contrôle nucléaire que vos stratèges appellent " action par défaut ". À moins d'une révocation de ces ordres, les sous-marins lanceront leurs missiles si l'une ou l'autre des deux conditions suivantes est remplie. Ils ouvriront le feu s'ils en reçoivent l'ordre, ils ouvriront le feu s'ils sont attaqués. »

Le directeur releva la tête. « Il affirme ensuite que la

liste des cibles donnée par Razov dans son allocution télévisée est exacte et que d'autres informations vont suivre.

– Qui est cette source ? demanda le secrétaire à la Défense.

– Son nom de code est Damoclès.

– Vous voulez dire comme l'épée de Damoclès ? » demanda Lambert. Le directeur acquiesça. « Ça me paraît un nom tout à fait approprié, dit Lambert. L'épée de Damoclès, un danger imminent qui provoque l'anxiété.

– L'homme a choisi lui-même son nom de code, dit le directeur. Je pense qu'il a un certain sens dramatique.

– Mais de qui diable s'agit-il ? interrogea le Président.

– Nous n'en savons rien. Nous soupçonnons toutefois Damoclès de n'être rien de plus qu'un élément du programme d'intoxication de la STAVKA. Il est clair que la STAVKA veut nous faire croire que les sous-marins suivent une procédure d' " action par défaut ". Nous en avons discuté longuement après la rencontre du colonel Filipov avec Mr. Lambert, juste après le début de la guerre.

– Mais si nous continuons à recevoir des informations confirmant l'existence d'une procédure d' " action par défaut ", demanda le vice-président, ne devrions-nous pas réviser notre estimation qui la juge peu plausible ? Peut-être ont-ils vraiment l'ordre de tirer s'ils sont attaqués.

– Mais nous ne disposons que d'une seule source, répondit le directeur. Filipov-Damoclès : nous estimons que tous deux sont des porte-parole de la STAVKA. Il ne s'agit pas de rapports séparés qui se confirment mutuellement. Les gens du GRU se basent sur un phénomène psychologique très simple : si on entend répéter une chose assez souvent, on commence à y croire.

– Et à condition que ce Damoclès soit celui que vous croyez, dit le Président, et non pas un nouvel Oleg Penkovski.

– Les spécialistes des profils psychologiques ont fait une étude sur son identité possible, reprit le directeur de la CIA. À supposer que Damoclès existe bien, les gens du service psychologique disent qu'il possède sans doute les caractéristiques suivantes. – Le directeur prit un autre feuillet dans le dossier. – Jeune – ce qui veut dire moins de cinquante ans – orienté vers les Occidentaux, parle anglais, mécontent. En outre, on peut presque certainement ajouter les éléments suivants : a manifestement accès à des informations confidentielles au plus haut niveau. Damoclès doit bien entendu être russe et non pas appartenir à une minorité ethnique. Ce doit être un homme.

– Existe-t-il quelqu'un qui corresponde à ce profil ? demanda le Président.

– Nous attendons de disposer d'une tranche de temps d'ordinateur dans la soirée pour... » commença le directeur. Mais Lambert l'interrompit.

« Pavel Filipov », dit-il. Tous les regards se tournèrent vers lui.

Le directeur secoua la tête. « Nous avons évidemment discuté le cas Filipov. » De nouveau il secoua la tête. « C'est un bon soldat. Il obéit aux ordres. Qu'il corresponde à certains ou même à la plupart des éléments du profil ne fait pas de lui Damoclès et qu'il soit venu nous voir dans des circonstances délibérément clandestines n'en fait pas non plus un espion.

– Il a affirmé que la STAVKA n'était pas au courant de sa visite, dit Lambert. Il a prétendu venir sur les ordres de Razov seul.

– Y a-t-il ici quelqu'un qui ait jamais vu la moindre preuve qu'il existe une différence entre Razov et la STAVKA ? demanda le directeur. Razov est la STAVKA.

– Il a perdu sa femme, dit Lambert, et le silence se fit dans la pièce. Il a perdu sa femme dans une guerre nucléaire accidentelle. Sa motivation est simple. Il veut éviter une répétition de ces événements : une répétition peut-être terriblement tragique. »

Le directeur reprit d'un ton calme et persuasif : « Il était assis ici même, aux États-Unis, dans notre planque, et s'adressait directement à vous. Son discours était appris par cœur. Il a refusé de répondre à d'autres questions.

– Regardez l'enregistrement ! dit Lambert. Il a utilisé une expression d'argot employée dans le message transmis par Damoclès. Il a utilisé l'expression “ la balle est lancée ! ”. Vous ne voyez donc pas ? Il nous dit qui il est mais d'une façon que les Russes ne pourraient jamais comprendre s'ils interceptaient le message.

– Mais si vous épluchez encore une couche de l'oignon, M. Lambert, reprit le directeur, qui va dire que ça ne fait pas partie du même schéma de désinformation ? Nous n'avons pas affaire à des débutants en l'occurrence. Le GRU russe est toujours aussi bon. Ajoutez à cela, monsieur le Président, que dans toute notre histoire nous avons eu exactement un – un seul – agent occupant une position assez élevée dans l'establishment de défense russe – à cette époque soviétique – et c'était Penkovski. En revanche, durant la guerre froide et depuis lors, nous avons eu littéralement des centaines de prétendues sources qui se sont révélées être de la désinformation dirigée. Dans ces conditions, nous – et je crois pouvoir parler aussi au nom de la NSA, poursuivit le directeur de la CIA en faisant un signe de tête à son homologue de la National Security Agency –, nous avons tendance à ne croire *aucune* source, et encore moins celles qui se contentent de répéter ce que nous avons précédemment estimé être la ligne de la STAVKA.

– La NSA, monsieur le Président, ne manquerait pas d'avaliser cette estimation », dit le directeur de la NSA.

Le Président hocha la tête et Lambert poursuivit son argumentation. « Très bien, ce " Damoclès " est donc vraiment la STAVKA. Ça signifie que la STAVKA veut nous faire croire que les sous-marins obéissent à une procédure d' " action par défaut ". Mais nous ne pensons pas que ce soit le cas parce que nos ordinateurs nous disent que ce serait une erreur stupide de programmer une procédure de ce type.

– En avons-nous une dans notre système de contrôle nucléaire ? » demanda le vice-président au directeur de la CIA.

Ce fut l'amiral Dixon qui répondit. « En temps de paix, dit-il en s'éclaircissant la voix, non, monsieur le Vice-Président. Il se tourna vers le directeur de la CIA. Mais après l'attaque nucléaire – quand nous avons pu établir clairement qui était notre principal adversaire sur le plan nucléaire – nous avons commencé à injecter une option d' " action par défaut " dans certains systèmes informatiques. Ces injections devraient être terminées dans trois semaines environ. Toutefois, la NSA devrait envoyer un message d'action d'urgence pour activer les ordres de contrôle. Mais dès l'instant où ils auraient été lancés, la commission de vérification à bord des sous-marins aurait toute autorité pour ouvrir le feu sur les cibles prévues en Russie : sous certaines conditions, bien sûr.

– Mais en feriez-vous *usage* ? demanda le directeur de la CIA. C'est là que les scénarios des ordinateurs ont répondu non. C'est trop fragile. N'est-ce pas exact, amiral ?

– Monsieur le Président, dit le chef des opérations navales, je ne conseillerais jamais d'activer cette option. Nous ne l'avons introduite que parce que nous en disposions et que nous voulions vous laisser la plus grande variété d'options possibles. Le seul cas où cela rimerait à quelque chose, ce serait si nous nous trouvions aux derniers stades d'un conflit nucléaire et qu'on ne sache pas si des structures de commandement valables survivraient à la prochaine offensive. Dans ce cas, si la décapitation était totale, alors on pourrait vouloir que le système suive une procédure d'action par défaut. On voudrait peut-être que les sous-marins ouvrent le feu si au cours des semaines et des mois suivants ils faisaient surface pour ne rien trouver qui subsiste.

– Mais, monsieur, déclara le directeur de la CIA, les Russes sont des maniaques des contrôles. Ils ont – ils ont toujours eu, déjà au temps des Soviétiques – le système de commandement et de contrôle le plus rigidement centralisé du monde, *surtout* s'agissant d'armes nucléaires. Tenez, c'est pourquoi Zorine a pu lancer ses missiles. Ils ont retiré tous les facteurs humains dans la chaîne de commandement qui part de leurs communicateurs nucléaires. Ce sont des paranoïaques. Ils ne se fient à personne. »

Le Président contempla la longue table, en essayant de digérer tout cela. « Vous pensez donc que Damoclès fait partie d'une campagne de désinformation de la STAVKA, dit-il en regardant le directeur de la CIA. Vous êtes d'accord, dit-il en se tournant vers le chef de la NSA. Et vous, dit-il en s'adressant au chef des opérations navales, vous dites que nous avons une procédure d'action par défaut et qu'en général elle n'est pas programmée dans nos ordinateurs. D'ailleurs vous n'en recommanderiez l'usage que dans des circonstances tout à fait extrêmes. – L'amiral Dixon acquiesça. – Et vous ne pensez pas que les Russes disposent même d'une option d'action par défaut, dit-il au directeur de la CIA qui acquiesçait déjà de la tête.

– Personne d'autre ? – Le Président se tourna vers Lambert. – Greg, vous êtes convaincu ? »

Lambert secoua la tête. « Je crois que Razov a agi derrière le dos de la STAVKA pour nous mettre en garde contre le Bastion. – Il se pencha pour appuyer ses coudes sur la table de conférence. – Je crois que Filipov est Damoclès et que, dans des conditions extrêmement périlleuses, il fait de son mieux pour éviter de voir le monde détruit dans un conflit nucléaire. Et je pense que Zorine est le dingue qui a " pressé le bouton " chez eux non pas une, mais deux fois : d'abord en tirant sur nous leurs ICBM, puis en lançant les ordres d'action par défaut aux sous-marins du Bastion.

– S'il est aussi dingue que ça, pourquoi n'a-t-il pas commencé par lancer les missiles du Bastion ? demanda le chef des opérations navales.

– D'ailleurs, Greg, ajouta le directeur de la CIA, si Razov, la STAVKA et Dieu sait qui d'autre redoutent tellement le risque d'un lancement accidentel de ces missiles du Bastion, pourquoi ne révoquent-ils pas tout bonnement l'ordre ? – Son regard parcourut la table. – N'importe quel système raisonnable aurait une option d'annulation intégrée. »

Le silence se fit. Le Président finit par dire : « Je suis désolé, Greg, mais il me semble raisonnable de croire que ces informations sont un bluff russe conçu pour nous faire reculer. Vous me connaissez, reprit-il : ce n'est pas par le bluff qu'on va me faire reculer. Le peuple américain veut cette victoire et j'entends l'obtenir. Maintenant, dit-il en prenant une profonde inspiration, faisons revenir les autres et remettons-nous à l'ouvrage. »

Lambert ferma les yeux. *Je vous en prie, mon Dieu, faites que je me trompe*, pria-t-il tandis que le général Starnes ouvrait la porte pour faire revenir les sous-fifres.

17.

Philadelphie, Pennsylvanie
28 juillet, 3 h 15 GMT (22 h 15 locale)

« Alors, c'est ça ? » demanda le président Costanzo. Un « Ordre de mobilisation pour la défense » ? lut-il sur la couverture de l'épais document. Le secrétaire au Travail acquiesça. « Et, avec ce texte, je vais rappeler tous les travailleurs dans le pays tout entier pour leur ordonner de se présenter à leur lieu de travail ?

– Il n'y a pas d'autres moyens de maintenir la production, dit le secrétaire.

– Seigneur. » Le Président secoua la tête. « Vous savez de quoi ça a l'air, n'est-ce pas ? Ça a l'air exactement de ce qui se passe en Russie.

– Il n'y a pas d'autres moyens. Regardez ces chiffres de la production industrielle que vient de sortir le Bureau des statistiques du travail. Ils sont aussi mauvais que nous le redoutions. Une baisse de 20 % ! Là-dessus, les dommages de guerre ne sont responsables que de 5 % : le reste, c'est de l'absentéisme. Et ce serait pire, monsieur le Président, si ceux qui sont restés à leur poste n'avaient pas presque doublé leur temps de travail, ce qui deviendra à la longue insoutenable. Regardez les chiffres de population des grandes villes : plus de la moitié des habitants des dix plus gros centres urbains vivent en dehors des villes ; non seulement ils n'ajoutent *rien* à notre production, mais ils pèsent sur nos ressources.

– Mais comment diable allons-nous mettre en application une mesure comme ça ? interrogea le Président.

– Des cartes nationales d'identité provisoires pour tous ceux qui ont plus de dix-huit ans. Elles permettront d'identifier le citoyen soit comme un travailleur – en donnant son lieu de travail – ou comme un chômeur. Ceux qui ont un emploi risquent l'arrestation si les autorités établissent qu'ils font de l'absentéisme.

– Comment saurez-vous qui a un emploi et qui n'en a pas ? demanda Lambert.

– Nous demanderons aux Conseils de citoyens d'interroger les gens qui, si leurs réponses sont fausses, pourront être inculpés de parjure. Nous procéderons aussi à des recoupements par ordinateur en utilisant les immatriculations de la Sécurité sociale. La plupart des gens sont honnêtes et obéiront à l'ordre de mobilisation.

– Permettez-moi de bien préciser les choses, dit Sol Rosen, le chef d'état-major du Président. Vous voulez que le Président rappelle tous les Américains qui travaillent – des gens qui ont fui leur domicile avec leur famille par crainte d'une guerre nucléaire – pour les forcer à reprendre leur travail ? Et s'ils n'obéissent pas, au terme du code de justice militaire, ce sera de la désertion en temps de guerre ?

– Vous savez, dit le secrétaire, en se tortillant dans son fauteuil, la plupart de ces gens sont toujours à leur travail et cela n'aura aucun effet sur eux. Et s'ils ont une bonne excuse – maladie, décès dans la famille, ce genre de choses –, alors ils ne risquent rien non plus. Tout ce que ça signifie en fait, c'est que s'ils se font prendre on les ramènera sur leur lieu de travail. À vous entendre, on croirait qu'on va les abattre à vue.

– Je présente simplement les choses comme va le faire la presse, dit Rosen. Elle va s'en donner à cœur joie.

– C'est déjà arrivé et ça arrivera encore, répondit Costanzo.

– Oui, mais cette fois il s'agit de quelque chose qui touche vraiment les gens. Les cartes d'identité nationales ? Bonté divine, et quoi encore... une police d'État ?

– Est-ce même constitutionnel ? interrogea Lambert.

– Mon service juridique me dit que non, répondit le

secrétaire au Travail. Mais on me dit aussi que la Cour suprême jouera le jeu. Tout ça ira doucement depuis la première instance. Nous n'aurons pas d'arrêt de la Cour avant la fin de la guerre.

– Parfait, dit le Président. La décision est prise. – Il saisit son stylo. – Où est-ce que je signe ? »

Camp de personnes déplacées, Gorman, Californie
4 août, 23 h GMT (15 h locale)

« Merci d'être venue nous trouver ce matin, Miss... » La vieille dame consulta son papier. « Chandler.

– On m'a dit qu'il me fallait une carte d'identité pour avoir de quoi manger », dit Melissa. Elle était furieuse de s'être vu interdire l'accès du réfectoire pour le déjeuner et puis forcée d'attendre – le ventre vide – trois heures dans la queue pour être reçue. Matthew pleurait et Melissa le faisait passer d'une épaule endolorie à l'autre, en regardant d'un air mauvais les cinq membres du Conseil des citoyens qui siégeaient devant elle.

« Vous comprenez pourquoi vous êtes ici, n'est-ce pas ? demanda le vieil homme assis à la gauche de la vieille femme.

– Pour obtenir une carte d'identité de façon à pouvoir manger », répliqua Melissa. Elle se demandait avec incrédulité pourquoi aucun des « cinq citoyens » ne semblait avoir moins de quatre-vingts ans.

« C'est pour pouvoir déterminer si vous êtes une absentéiste, précisa un troisième octogénaire.

– Nous allons maintenant vous poser quelques questions, reprit la première vieille dame. Vous comprenez, bien sûr, que vous répondez sous serment. »

Melissa se contenta de dévisager la femme qui attendait si vainement une réponse. Elle s'éclaircit la voix et demanda à Melissa son permis de conduire et une carte de crédit. Melissa leur remit les documents et une secrétaire se mit à taper à la machine.

« Maintenant, Mme Chandler, avez-vous actuellement un emploi ?

– Oui. »

La vieille dame regarda l'homme assis au milieu. « Vous voulez dire que vous avez effectivement un travail ? demanda-t-il.

– Oui. Quelle partie de ma réponse n'avez-vous pas comprise ? »

L'homme hocha la tête. « Quel genre d'activité exercez-vous ?

– Je suis avocate.

– Avocate », répéta-t-il. Melissa le dévisagea. Elle était près d'exploser, mais elle avait l'impression de se contrôler assez bien.

« Quel genre de spécialité, ma chère ? demanda la vieille dame, nullement troublée. Les testaments, les divorces, les choses comme ça ?

– Les fusions et les acquisitions.

– O-o-o-oh ! dit-elle en souriant à ses collègues.

– Voudriez-vous me donner ma putain de carte ? lança Melissa. Je meurs de faim !

– Pas de grossièreté, jeune personne, dit un homme qui jusqu'à maintenant avait gardé le silence.

– Donnez-moi-ma-carte, dit-elle en articulant soigneusement chaque mot.

– Chère madame, vous êtes une absentéiste, déclara l'homme assis au centre en remplissant un formulaire posé devant lui.

– Grand-père, je suis en congé de maternité. » Il se mit à glousser en la regardant par-dessus le feuillet qu'il brandissait devant lui. « Tous les congés sont annulés, Mme Chandler. Toutes les vacances, toutes les années sabbatiques, tous les congés de quelque nature qu'ils soient sauf pour les maladies graves. »

Elle le regarda, incrédule. Alors, cria-t-elle, vous me mobilisez ?

– Nous ne vous mobilisons pas, répondit-il, c'est le Président qui le fait.

– Et vous croyez que je vais me trimbaler jusqu'à L.A. avec mon fils nouveau-né pour attendre d'être réduite en miettes ?

– Dans certaines familles, seuls ceux qui travaillent ont regagné la ville et ils viennent retrouver leur famille pour le week-end, suggéra la première vieille dame. Existe-t-il un M. Chandler, ma chère petite ?

– Il est en Europe, en train de se battre.

– O-o-o-oh, dit-elle.

– Quoi qu'il en soit, reprit le vieil homme du milieu, vous avez un emploi : nous devons donc vous signaler comme " employée ".

– Je démissionne.
– Quoi ?
– Je n'ai pas de travail parce que je donne ma démission. À l'instant même. Je signerai tous les papiers que vous voudrez. Tenez ! Vous êtes content maintenant ? Je suis au chômage, alors où est mon chèque d'allocation chômage ?
– Ça ne fonctionne pas de cette façon, reprit l'homme. Il n'y a pas de démission après le 11 juin. Si vous étiez employée le 11 juin, vous l'êtes encore aujourd'hui. Maintenant, je vous le rappelle, vous faites vos déclarations sous la foi du serment. Étiez-vous employée le 11 juin ?
– Écoutez, vous feriez aussi bien de me mettre en prison pour avoir déserté, de me coller contre un mur et de me fusiller ou Dieu sait ce que vous faites des gens qui ont un goût de la vie incorrigible, parce que je ne vais pas retourner dans cette ville : pas question.
– Cela ne dépend pas de nous, Mme Chandler, dit l'homme. C'est l'affaire de la police.
– Allons donc ! Écoutez, pensez-vous que mon travail soit vital pour la sécurité nationale ? Combien de fusions et d'acquisitions croyez-vous qu'il y ait en ce moment à L.A. ? Et j'ai un bébé de six semaines dont je dois m'occuper.
– Nous pourrions lui donner une dispense, dit la vieille dame, chuchotant presque.
– Gloria ! dit son voisin.
– Qu'est-ce qu'une dispense ? demanda Melissa. J'en veux une. Donnez-moi une dispense. »
L'homme était coincé entre les regards fixés sur lui de Melissa et de Gloria. Il ne savait pas comment s'en tirer. « Oh, bon ! grommela-t-il. Mais n'allez pas le crier sur les toits, vous comprenez, ma petite dame ? Nous allons vous accorder une dispense pour problèmes personnels à cause de votre bébé. Mais n'allez pas raconter ça partout.
– Oui, monsieur. »
La machine à écrire crépita quelques secondes, puis on lui tendit sa carte d'identité. « Maintenant, jeune personne, vous êtes officiellement dans l'armée américaine en congé spécial *sans solde* avec grade de simple soldat. Allez vous chercher de quoi manger. »

Philadelphie, Pennsylvanie
8 août, 11 h GMT (13 h locale)

Lambert claqua la porte derrière lui.

– Qu'est-ce qu'il y a encore ? » demanda-t-il à sa secrétaire, en désignant les papiers étalés dans tout le bureau, de petites piles bien nettes recouvrant chaque centimètre carré de sa table, des fauteuils et du canapé. Un petit papier jaune était collé sur chaque tas avec un ou deux mots pour en décrire le contenu. « J'ai à peu près deux semaines de lectures à faire aujourd'hui.

– Quelqu'un demande à vous voir, dit-elle en insistant sur le dernier mot comme si une interruption allait lui faire plaisir.

– J'ai tout exprès déblayé mon emploi du temps pour me mettre à jour. Je me fous éperdument de savoir qui veut me voir : foutez-le dehors. – Elle le dévisageait, sans bouger. – Bon, que voudriez-vous que je ne lise pas ? » Il ramassa la pile de papiers la plus proche de lui. « Peut-être ceci : " De la menace antisatellite russe à la navette spatiale habitée " ? ou bien ceci, reprit-il en reposant le gros rapport pour désigner celui qui était posé à côté sur le canapé. " Risques de contamination radioactive dans la nappe souterraine d'Ogalala " ?

– Vous savez, il faut vraiment que vous comptiez sur les talents de vos collaborateurs si vous voulez devenir président.

– Qui est-ce ? demanda Lambert, agacé.

– Nancy Livingston.

– La fille du président Livingston ?

– En personne », lança la secrétaire avant de disparaître, sans se soucier d'attendre sa réaction.

Quand la jeune femme entra, Lambert faillit ne pas la reconnaître. Elle avait laissé pousser ses cheveux et portait des jeans et un T-shirt.

« Mademoiselle Livingston », dit Lambert en lui serrant la main et en dégageant un fauteuil pour qu'elle puisse s'asseoir. Il vint s'installer tout près d'elle. « Que puis-je faire pour vous ? »

« Je voulais vous demander un service, dit-elle, sans qu'il y eût dans sa voix la moindre trace d'animosité pas plus que d'amitié. Vous savez, j'ai lu des choses sur vous dans les magazines, les journaux, vous avez l'air d'un type bien. Et je suis désolée pour votre femme et tout ça. »

Lambert hocha la tête. Elle se redressa un peu, les épaules encore voûtées et les mains serrées entre ses genoux. « Il s'agit de papa et maman. – Elle releva les yeux. – Ils sont rentrés à New York, vous savez, dans leur appartement. » Lambert acquiesça. Il se rendit compte qu'il n'avait aucune idée de ce qu'il était advenu du président Livingston ni de la Première Dame : il en éprouva quelque remords. Elle baissa de nouveau les yeux. « Eh bien, voilà, ils ont congédié les gens du Secret Service après que les Russes ont menacé de nous envoyer encore des engins nucléaires, et ils ont décidé de rester à Manhattan, vous savez. »

Lambert acquiesça. « Alors je me demandais... – Elle marchait sur des œufs maintenant. – Voilà, papa dit toujours à quel point... enfin, je veux dire, il trouve que vous êtes un type bien. Il trouve que vous vous en tirez pas mal et, ma foi, il vous aime bien.

– Vous voulez que j'appelle votre père pour voir si je peux le persuader de quitter New York ? »

Elle haussa les épaules. Elle regarda le plafond et allait dire quelque chose puis elle se ravisa. « Je ne pense pas qu'ils partiraient sur un simple coup de téléphone, murmura-t-elle.

– Vous voulez que j'aille à New York ? »

Elle leva la tête, pleine d'espoir.

« Vous savez naturellement que nous nous efforçons de dissuader les gens de quitter leur domicile », dit Lambert. Il pensait à la réaction de la presse si les journalistes avaient vent de l'histoire. « *Le conseiller national à la Sécurité recommande discrètement à l'ancien Président de quitter la ville* » : il imaginait déjà les gros titres.

« Personne ne fait attention à ça. Enfin, parlons sérieusement. Tout le monde a vu ces photos des dommages de guerre. – Elle ricana. Elle n'avait guère plus de vingt ans mais en ce moment elle paraissait encore plus jeune. – Vous êtes de New York, n'est-ce pas ? demanda-t-elle. – Lambert hocha la tête. – L'article disait que votre père est une sorte de gros agent de change ou je ne sais quoi ?

– Il a une banque d'investissement.

– Vos parents sont toujours à Manhattan ? »

Lambert secoua la tête. Après l'ultimatum de Razov, ils étaient partis pour le Maine où le frère de Lambert, sa sœur et leur famille les avaient rejoints. Tous travaillaient dans la finance : son frère comme analyste, le mari de sa sœur comme directeur d'une banque d'affaires. Ils se contentaient de brancher les modems de leur ordinateur sur le téléphone et évitaient d'être classés comme « absentéistes » tout en regardant la Bourse s'effondrer.

« Bon, écoutez, dit Lambert en se penchant vers elle. La semaine prochaine, je dois aller aux Nations unies pour le débat sur leur installation à Ottawa. Je donnerai un coup de fil à vos parents – de toute façon je comptais le faire – et j'essaierai de passer les voir. »

Elle eut un pâle sourire, et se leva pour partir. Ce fut à cet instant que Lambert comprit pourquoi il était si attiré par cette fille. Depuis des semaines maintenant il n'avait eu de contacts qu'avec des militaires et des fonctionnaires. Avec personne du monde réel – du monde tel qu'il existait maintenant en dehors de leur existence de cloîtrés. Il se leva et s'approcha d'elle.

« Pardonnez-moi, mademoiselle Livingston.

– Nancy », dit-elle. Elle tendit la main et ils échangèrent une vigoureuse poignée de main avant qu'elle baisse de nouveau les yeux.

« Si je puis me permettre, comment est-ce dehors ? Je veux dire : qu'est-ce que disent les gens ? Que font-ils ? Comment est la vie ? »

Elle haussa les épaules. « Oh, je ne sais pas. Quand on a fini par me laisser débarquer de ce bateau après l'attaque nucléaire, j'ai traversé le pays en stop.

– Vous avez traversé le pays en stop après la guerre nucléaire ? » demanda-t-il, abasourdi.

Elle leva la tête une seconde avant de baisser de nouveau les yeux d'un air gêné. « Pas vraiment du stop. J'ai loué une voiture à Palo Alto.

– Et vous avez fait tout le trajet jusqu'à New York ? – Elle acquiesça. – Combien de temps cela vous a-t-il pris ?

– Trois semaines. »

Lambert secoua la tête, mais elle ne le vit pas. Il avait envie de tendre la main pour lui faire relever le menton mais il se contenta de répéter sa question. « Qu'est-ce que pensent les gens ? Je veux le savoir. J'ai besoin de le savoir. »

Elle releva la tête quand il dit cela : les yeux bleus intelligents croisèrent un instant les siens avant qu'elle détourne le regard. « Dans l'ensemble, ils ont peur. Ils en veulent... aux Russes – *et à votre père*, songea Lambert, – et ils veulent qu'on gagne la guerre, mais ils ont peur...

– Ils ont peur de quoi ?

– Vous savez bien, dit-elle en baissant de nouveau la tête.

– De quoi ?

– D'Armaguedon », dit-elle d'une voix à peine audible.

90e escadre de missiles stratégiques, base aérienne de Warren, Wyoming
12 août, 21 h GMT (13 h locale)

Tout en grimpant, Stuart entendait le sifflement de sa respiration passant par le masque à gaz. Le faisceau de sa torche électrique balayait la paroi métallique du puits d'accès cylindrique.

Plus bas, Stuart apercevait le pâle faisceau de la lampe de Langford. Un échelon métallique après l'autre, ils grimpaient.

Stuart finit par atteindre le grand panneau métallique qui s'ouvrait dans la paroi. Coinçant sa torche sous son aisselle, il approcha le compteur Geiger : l'appareil se mit aussitôt à cliqueter. Le crépitement s'amplifia de façon notable quand il agita le compteur devant le panneau, mais l'intensité des radiations détectées avait considérablement diminué depuis l'attaque du mois dernier.

Stuart regarda Langford.

« Allons-y » dit Langford, la voix étouffée par le masque à gaz.

Stuart empoigna à deux mains la grande roue fixée sur la porte. Elle tourna avec une facilité surprenante mais à chaque tour, elle émettait un crissement. Au bout de quelques instants, le panneau s'entrebâilla avec un claquement métallique : une poignée de sable s'écoula le long de la paroi du puits. Stuart ouvrit tout grand le panneau et du sable tomba encore.

Il plongea le bras dans le tunnel latéral et se mit à gratter le sable. Cela tombait sur Langford qui baissa la tête sous l'averse. Stuart continua à creuser jusqu'au moment où il eut découvert la perche enfouie dans le tunnel de sortie.

Il la tira à lui : un autre mur de sable vint s'effondrer sur le sol du tunnel. Maniant la perche d'avant en arrière, il débloqua d'énormes volumes de sable qu'il précipita dans le puits. Derrière lui, Stuart entendait le cliquetis du compteur Geiger : il se retourna pour regarder Langford. Celui-ci braqua la tige du compteur vers l'entrée du tunnel : le cliquetis se transforma en un bourdonnement régulier.

Et merde, se dit Stuart. Il se retourna et s'acharna sur le sable. Un rai de lumière illumina soudain le tunnel et le prit au dépourvu.

Stuart fixa la lueur éblouissante : cela faisait si longtemps qu'il avait oublié comme la différence était grande entre la lumière naturelle et l'éclairage artificiel. Sans un mot, ils déblayèrent le reste du sable. Enfin, Stuart rampa jusqu'à l'extrémité du tunnel d'acier et se redressa à la surface de la terre.

Il n'y avait rien. Nulle part. Langford était debout auprès de lui. Il promena autour d'eux le compteur Geiger : on aurait dit le bourdonnement d'une ruche.

« Foutons le camp d'ici ! » dit Langford. Ils partirent en courant vers le sud-ouest, suivant le plan prévu : la plus courte distance par rapport à la limite de la base et dans la direction opposée à celle d'où soufflait le vent le jour de la guerre : renseignement fourni par le bulletin météorologique de leur télex.

L'herbe crissait sous leurs pas. Elle n'était pas simplement sèche : elle était vitrifiée par endroits. Ils passèrent devant les fondations des installations de maintenance. De la dalle de ciment sortaient des tuyaux et des câbles. De petits bouts de murs marquaient clairement les limites des diverses pièces, mais il n'y avait rien d'autre. Partout, des décombres méconnaissables.

Ils coururent en silence pendant plus de un kilomètre et demi étouffant dans leur combinaison, ils haletaient. Stuart était en bonne forme avant la guerre, mais il se sentait maintenant au bord du vertige et de la nausée.

Après avoir gravi un petit tertre – un des rares accidents de terrain de l'immense base – ils s'arrêtèrent pour se reposer. Juste devant eux s'étendaient deux disques noirs qui se chevauchaient : plutôt des cratères. « Le numéro quatre », dit Langford, mais on ne voyait nulle part trace du silo numéro quatre : il était enfoui quelque part sous la mince couche de silicate vitrifié.

Stuart regarda l'endroit d'où ils venaient et donna une claque dans le dos de Langford. À quelques centaines de mètres au nord de leur centre de lancement, des cratères calcinés étaient creusés dans la terre. D'autres parsemaient le paysage aussi loin que l'œil pouvait porter sur le terrain bouleversé et brûlé. À ses pieds pourtant, Stuart remarqua un brin d'herbe verte, la première pousse à émerger des plaines du Wyoming après le bombardement nucléaire. *Il y a encore de la vie*, songea-t-il en contemplant le brin fragile.

« Allons-y », dit Langford. Ils reprirent leur course, en contournant le cratère, juste devant eux. Stuart ruisselait de sueur et dans leurs caoutchoucs, ses chaussures faisaient un bruit mouillé. Il s'humecta les lèvres sous son masque, mais la sueur salée n'apaisait en rien sa soif.

Ils continuèrent à courir, ralentissant peu à peu pour finir par marcher simplement d'un pas rapide. Là-bas, sur la plaine plate, ils apercevaient les restes tordus de la clôture de la base. Stuart baissa la tête : il se posait des questions. *Quelle dose de radiations sommes-nous en train d'absorber?* Cela ne l'inquiétait pas : il se demandait, simplement. Il calcula dans sa tête le temps durant lequel ils avaient été exposés : ce ne devait pas encore être trop grave. Peut-être des risques de cancer plus élevés dans quelques années, mais pas de quoi s'inquiéter dans l'immédiat.

Qu'est-ce qu'il y a là-bas? Est-ce qu'ils ont frappé les villes? Est-ce que le gouvernement a survécu? Et l'Amérique? Combien de victimes? Il songea à sa famille, à ses amis. Amis intimes, anciennes amourettes de collège, tous les noms qui lui venaient à l'esprit, il les classait par ville et par probabilité de survie.

La clôture haute de plus de 4 mètres n'était plus que fragments noircis aux piquets tordus suivant des angles impossibles. Stuart et Langford l'enjambèrent d'un pas mal assuré et reprirent leur course, fuyant les radiations.

Une demi-heure plus tard, ils aperçurent leur première voiture. Elle était très loin. Elle quitta la grand-route vers laquelle ils se dirigeaient et s'engagea sur un chemin de terre, soulevant derrière elle d'énormes nuages de poussière. Stuart et Langford eurent tous les deux la même idée : Langford décrocha le compteur Geiger qui pendait à sa ceinture. Il mit l'appareil en marche juste au moment où la voiture disparaissait derrière une petite colline. Presque pas de crépitements, sauf quand il le passait au-dessus de leurs combinaisons protectrices.

Quand ils les ôtèrent, elles étaient recouvertes de cendres radioactives. Une seconde voiture s'engagea sur la petite route et croisa un camion bâché de l'armée. Stuart remonta son ceinturon et son étui à pistolet et ils repartirent, cette fois d'un pas beaucoup plus vif. L'air frais lui semblait délicieusement rafraîchissant. Ils se dirigeaient droit vers la colline derrière laquelle se dessinait la route.

Ils grimpèrent la pente : Stuart se sentait plus optimiste. Ils avaient vu d'autres camions, des voitures, même des cars passer au loin sur la grand-route. Il y avait une foule de gens et bientôt ils se mêleraient à eux.

Ils franchirent la colline et s'arrêtèrent net en contemplant la scène à leurs pieds. Rangée après rangée, des cadavres étaient allongés sur le sol. Des hommes et des femmes isolément et par petits groupes circulaient au milieu d'eux, le visage protégé par des masques chirurgicaux en papier. Ça et là, parmi les milliers de cadavres, une femme effondrée entourée d'amis qui tentaient de la réconforter, ou bien un homme tout seul agenouillé devant un corps. Dans l'ensemble, c'était un défilé de gens qui marchaient lentement, cherchant sans trouver, cherchant mais sans vouloir trouver.

Langford se précipita. Stuart se mit à l'appeler, mais il savait que son compagnon ne l'entendrait pas.

New York
15 août, 18 h GMT (13 h locale)

« Greg, je peux vous préparer un verre ? proposa Walter Livingston d'un ton jovial.

– Oh, euh, non, merci. » Il entra dans le vaste appartement, son escorte du Secret Service restant dans le vestibule dallé de marbre. Il regardait le somptueux salon dont les fenêtres d'angle donnaient sur Central Park. « C'est vraiment un bel endroit.

– Oh, merci », dit la Première Dame toute souriante en tapotant un coussin. Elle le remit à sa place sur le canapé, contre le dossier. *Pas de femme de chambre*, se dit Lambert. *Tout le monde a quitté la ville.*

« Je pense que vous n'avez pas eu trop de mal avec les encombrements de la mi-journée ? » demanda le Président en souriant. Il était en train de préparer des Martini.

Lambert se mit à rire. « Non, monsieur le Président », dit-il en secouant la tête. Il s'assit dans le fauteuil que lui désignait la Première Dame.

Le Président et son épouse vinrent s'installer autour de Lambert. Il entendit une voix qui disait dans le vestibule : « Mais nous pourrions trouver un court de tennis, pas de problème. Je viens de courir un peu, reprit la voix. Il fait vraiment trop chaud.

– Allons, Nance ! » Nancy Livingston fit son entrée : elle se frictionnait la tête avec une serviette, son frère Jack sur ses talons. « On pourrait aller au stade municipal faire un set. »

Ils aperçurent Lambert. Nancy se retourna et dit d'une voix étouffée : « Il fait bien trop chaud. »

Jack Livingston, le fils du Président, jeta un regard sombre à Lambert. Il coiffa les écouteurs de son baladeur et sortit de la pièce. Nancy traversa le salon et entra dans la cuisine. Lambert vit la Première Dame perchée au bord de son fauteuil se retourner d'abord pour s'assurer que son fils avait disparu, puis regarder vers la porte de la cuisine où sa fille s'affairait dans un bruit de vaisselle. La Première Dame sourit à Lambert : de toute évidence elle se demandait comment gérer au mieux les problèmes mondains que ne cessait de soulever la présence de ses enfants.

« Alors, Greg, dit le Président en s'installant. Comment ça va ? Dites-moi tout. » Il était assis, penché en avant et prêt à bavarder. Un peu anxieux, Lambert savait qu'il ne disposait que de quelques minutes et que le Président était avide de nouvelles.

Nancy vint s'affaler sur le canapé auprès de son père, une coupe de raisins sur ses genoux et une serviette pudiquement drapée autour de son cou pour recouvrir le devant de son léger T-shirt. « M. Lambert, vous connaissez, bien entendu, notre fille Nancy », dit la Première Dame tandis que Nancy croisait ses jambes sous elle en adressant à Lambert un bref sourire.

« Bonjour, mademoiselle Livingston », dit Lambert. Elle repoussa une mèche encore humide et croqua un grain de raisin.

« Alors, dit le Président, nous marchons sur Moscou ? »

Lambert songea au caractère ultra-secret des informations qu'il possédait. Il s'interrogea sur l'opportunité d'une conversation mondaine à propos des plans de guerre : mais il savait que la réponse s'imposait d'elle-même et que le Président voulait simplement rompre la glace. Il répondit donc : « On dirait. Nous avons pris Kalouga hier et nous sommes aux portes de Tula.

– Aucun signe montrant que ces chars de Riazan vont tenter une manœuvre ?

– Ils ont l'air d'être à court d'essence, dit Lambert. Ils sont en position au sud-ouest de la ville.

– Dieu bénisse ces gars du porte-avions de la mer Noire, hein ? Ils ont vraiment coupé les ravitaillements en pétrole provenant du Caucase.

– C'est bien vrai, monsieur le Président.

– Et sur les autres fronts ?

– Eh bien, en Sibérie, nous sommes juste au sud de la rivière Khor, à 80 kilomètres environ au sud de Khabarovsk où se trouve le quartier général de leur armée d'Extrême-Orient. Nous progressons rapidement aussi depuis Vladivostok sans pratiquement rencontrer d'opposition et nous franchissons aujourd'hui la rivière Samarga.

– Et l'île Sakhaline ? Est-ce que le commandement russe local continue à faire le mort ?

– Oh, il y a eu quelques petits accrochages mais c'étaient surtout les commandants de l'armée russe qui se sont baptisés la nouvelle “ force de défense de Sakhaline ”; mais on ne peut pas parler de fidélité à Moscou. À mesure que nous entrons dans toutes ces petites îles de Sakhaline, on nous signale que même les soldats et les aviateurs russes ont faim. Quand ceux qui sont armés n'arrivent pas à se nourrir, vous savez, la population civile désarmée est en mauvaise posture. C'est comme ça dans toute la Sibérie.

– Et dans le Nord... en Carélie ?

– Des combats acharnés se livrent aujourd'hui à Petrozavodsk. C'est la plus grande ville qui reste avant Saint-Pétersbourg.

– A-t-on essayé de faire la jonction entre le front de Carélie et les troupes du Sud ?

– Oh, on en est encore loin. Si cette affaire traîne en longueur, alors nous tenterons probablement de nous ouvrir la route par Novgorod. Mais, pour l'instant, le gros effort est d'atteindre Saint-Pétersbourg.

– Et l'ultimatum ? » interrogea le Président d'une voix soudain sans timbre. Lambert se rembrunit. « Laissez-moi deviner. La CIA et la NSA croient qu'il bluffe. »

Lambert releva la tête et adressa à Livingston un petit hochement de tête.

« Et s'ils se trompent ? Est-ce que Costanzo a prévu quelque chose dans ce cas-là ? »

Lambert haussa les épaules.

« Alors ils vont simplement foncer sur Moscou – et sur le Bastion aussi, j'imagine et relever le défi ? Mon Dieu, un vrai bras de fer ! »

Lambert aurait voulu jeter un coup d'œil à sa montre, mais il résista à la tentation. « Monsieur le Président, fit-il, vous ne pensez pas qu'il serait... prudent d'envisager de vous installer ailleurs ? Peut-être dans votre propriété du New Hampshire ?

– Alors, c'est donc ça ? lança Livingston, son ardeur d'antan perçant sous son air aimable. Débarrasser le terrain au cas où Razov parlerait sérieusement. C'est ça, le plan ? Avez-vous envisagé une évacuation officielle ?

– Oui, monsieur le Président, on en a discuté. De toute façon, plus de 60 % de la population des grandes villes est déjà réfugiée à la campagne.

– Et vous savez qui est resté et qui resterait toujours malgré tous vos efforts pour les évacuer ? Les petites gens. Les HLM pleines de gens qui de toute leur vie n'ont jamais été plus loin qu'à dix pâtés de maisons de chez eux. Et puis la garde nationale, la police, les pompiers, les employés municipaux et tous les autres dont on a besoin pour maintenir les villes debout au cas où les Russes ne les réduiraient pas en poussière. Et les travailleurs que Costanzo mobilise ?

– Tous les gens qui font un travail non prioritaire seraient déplacés.

– Alors combien, à votre avis, resteraient, s'il y a une évacuation officielle ?

– Un rapport du FEMA et du bureau de recensement donnait une estimation de 5, peut-être 10 %, répondit Lambert. Quelques millions, peut-être une dizaine.

– Et puis il y a les radiations.

– Les camps d'accueil sont pour la plupart situés contre le vent par rapport aux cibles probables, dit Lambert. En tenant compte des vents dominants, bien sûr. »

Lambert sentit le regard de Nancy fixé sur lui. Il se tourna vers elle. Elle secoua la tête pour renvoyer ses cheveux en arrière et soutint son regard.

« Monsieur le Président, dit Lambert, ce serait plus raisonnable de ne pas prendre de risques. Si vous n'êtes pas obligé de vous trouver dans une grande ville le moment venu – si le moment vient – pourquoi rester là ? Et puis, monsieur le Président, il y a votre famille.

– Oh, je les envoie dans le ranch de leur oncle, au Montana.

– Je les envoie ? fit Nancy. – Puis elle éclata de rire et grappilla un raisin. – Tu “ m'envoies ” quelque part ? dit-elle en souriant. Au ranch de l'oncle Bill, tout simplement ? » Elle se remit à rire.

« Il faut que tu y ailles, car sinon Jack ne partira pas, dit la Première Dame. Nous lui avons dit qu'il devait s'occuper de toi : qu'il devait te persuader de partir. »

Nancy et ses parents se regardèrent longuement.

« Monsieur le Président, ne vaudrait-il pas mieux que vous et Mme Livingston partiez pour le Montana avec...

– Laissez tomber, M. Lambert, dit Nancy, les yeux toujours fixés sur ses parents. Ils sont tous les deux aussi entêtés que jamais. – Elle se tourna vers Lambert. – Toutes ces conneries à propos des pauvres gens qu'on n'évacue pas. Vous voulez savoir pourquoi ils ne veulent pas quitter New York ? – Elle se retourna vers son père. – Dis-lui. Dis-lui ta grande raison de rester ici pour être frit comme un beignet. Dis-lui. »

Livingston regarda gravement Lambert. « Parce que ce sont ces gens-là, ces pauvres gens, qui ont toujours voté pour moi depuis le Congrès jusqu'à la Présidence. Ce sont ces pauvres gens qui, d'après tous les sondages avant ma destitution, m'ont soutenu jusqu'au bout. »

Lambert resta tête basse, puis il leva les yeux et dit : « Vous savez, chacun va faire tout son possible pour que ça n'arrive pas.

– Tout son possible à une exception près, Greg. Chacun va tout faire sauf la seule chose qui marcherait. Chacun va tout faire sauf ravaler son orgueil et reculer avant qu'il soit trop tard. »

15 kilomètres au sud de Tchekhov, Russie
21 août, 14 h GMT (16 h locale)

Presque à chaque cahot, Chandler se cognait contre quelque chose de dur ou d'anguleux. Transpirant dans sa combinaison protectrice, il inspectait par les viseurs de sa coupole le paysage irradié. Les lunettes de son masque à gaz ne cessaient de s'embuer depuis le dernier passage au centre de décontamination. *Il faudra faire changer encore les filtres du masque,* se rappela-t-il. Ils ont dû récolter pas mal de retombées radioactives maintenant.

Chandler s'efforçait de bien surveiller son front et ses flancs. La brigade avait déployé deux lignes de mines antichars N–718 pour former un corridor à l'intérieur duquel ils progressaient. Ces mines et deux hélicoptères d'accompagnement étaient tout ce qui protégeait leurs flancs. Il leur fallait se hâter non seulement à cause des radiations, mais aussi parce que les mines étaient réglées pour s'autodétruire peu après leur passage pour éviter tout risque aux troupes qui suivraient.

Coincé à l'intérieur, Chandler ne voyait que de temps en temps défiler le tronc calciné d'un arbre ou les fondations d'une ferme. *Pas d'infanterie par ici. On fonce : on ne s'arrête pas, on ne descend pas.* Il jeta un coup d'œil à la carte toute froissée qu'il avait pliée et repliée tant de fois à mesure qu'ils avançaient vers le nord-est. Une fois de plus il fut projeté contre la paroi de la tourelle : il ne pouvait pas se caler en prévision des ondulations de terrain quand il regardait la carte.

Aidé du tireur, Chandler regagna son perchoir pour reprendre sa veille. En regardant sur la droite, Chandler aperçut un missile qui approchait rapidement, à moins de 300 mètres.

« *Pilote droite-dr-dr-oite !* » hurla Chandler dans l'intercom et il se sentit projeté sur le côté. « *Missile-missile...* »

Un « Tcho-o-o-o-u-u-nk » se fit entendre juste à l'extérieur du char, avec une vibration que Chandler perçut à travers le blindage. Il retint son souffle... il attendait.

« Bon Dieu ! fit le pilote. C'était drôlement...

– Tireur ! cria Chandler en regardant la frêle antenne qui contrôlait le lancement du missile. Pointez à 12 heures ! Poste de tir antichars. Chargeur : actionnez les infrarouges ! hurla Chandler.

– Je ne le repère pas ! répondit le tireur sur le même ton.

– De ma position ! » répliqua Chandler en saisissant la poignée du chef de char : il fit rapidement pivoter la tourelle pour que les fils du viseur se croisent sur l'objet qu'il avait aperçu un peu plus tôt : un véhicule blindé massif servant de poste de tir et recouvert d'un filet de camouflage.

« Chargé ! » cria Jefferson et le tireur ajouta « infrarouge ». Une bouffée de fumée jaillit de la cible : il en émergea un petit missile qui oscilla un moment de haut en bas avant de se fixer sur une trajectoire visant droit le char de Chandler.

Malgré les soubresauts continuels du char, le canon et son viseur restaient absolument immobiles. Chandler régla le réticule du viseur en plein sur le flanc métallique du véhicule blindé et le verrouilla en position.

Quand le missile antichars fut à mi-chemin de sa cible, Chandler braqua le régleur de tir à laser. Montés tout en haut d'une colonne à l'arrière de la tourelle, des palpeurs fournissaient à l'ordinateur de bord des renseignements sur la vitesse du vent, la température et le degré d'humidité. Muni de ces données et tenant compte de la vitesse du char, l'ordinateur maintenait le canon constamment braqué sur sa cible.

« Partez ! » cria Chandler en pressant la détente. Le canon lâcha son obus antichars dans un grand fracas. À 1 400 mètres de là, la cible explosa presque instantanément et le second missile plongea dans la terre à des centaines de mètres du char de Chandler. Une nouvelle explosion beaucoup plus forte jaillissant de l'intérieur du blindé ennemi projeta le filet de camouflage dans les airs et fit basculer l'engin.

« *Touché !* cria le tireur.

– Cessez le feu », dit Chandler. Il était épuisé et tremblant de tension nerveuse.

Chandler vit un des Bradley de la compagnie Delta traverser son champ de vision. « Revenez là-bas avec la compagnie Alpha », dit-il. Le pilote vira à gauche et ils continuèrent leur course vers Moscou.

Chandler souleva la bâche, découvrant les morts. Ils étaient six : tous des tankistes. Tous horriblement brûlés, et certains démembrés : on avait à peu près remis en place les différentes parties de leur corps. Chandler laissa retomber la bâche. Il était épuisé. Sa mission consistait simplement à inventorier les morts et blessés durant les répits de la bataille. Là-bas, au centre d'opérations tactiques, Loonis – le commandant en second du bataillon – complétait les détails du plan que Chandler avait exposé dans ses grandes lignes aux commandants de compagnie et à leurs seconds.

Il s'éloigna, passant auprès d'un petit appareil vert de la taille d'une boîte à biscuits. L'alarme chimique qui reniflait – qui reniflait constamment – à l'affût de la mort dans l'air. Depuis la première, il n'y avait pas eu d'autre attaque chimique, mais qui pouvait dire ce qui les attendait.

« Quand on va repartir, on passe en MOPP III ? » demanda Barnes.

Chandler essaya de réfléchir. MOPP IV, c'était l'équipement complet. Si le bourdonnement strident de la boîte à biscuits, qu'on entendait à 800 mètres, se déclenchait, on passait en MOPP IV ou on mourait en essayant. En MOPP III, qui était leur tenue depuis des heures – combinaisons, gants et bottes, masque en bandoulière – on avait très chaud et on s'épuisait. Il songea à donner l'ordre de passer en MOPP I et de laisser tout le monde tout retirer : ne serait-ce que pour permettre aux hommes de gratter les innombrables démangeaisons qui les harcelaient sous leur épaisse combinaison humide.

« Mettez-vous en MOPP II », dit Chandler : combinaison enfilée, bottes, gants et masque en bandoulière. Il fallait vingt secondes à un tankiste pour passer de MOPP I à MOPP IV dans l'intérieur exigu d'un char. *Trop long, trop de morts,* décida-t-il.

Chandler examina les deux M–1 qui gisaient dans le pâturage auprès de la colline 422. Un des chars était noirci en plusieurs points : des panneaux d'échappement manquaient à l'arrière, et il y avait un vilain trou sur le côté de la tourelle. Mais l'autre char semblait intact. Le seul détail insolite, c'était que tous les panneaux d'écoutilles étaient ouverts.

« Comment vont les deux hommes de celui-là ? » demanda Chandler en désignant le char gravement endommagé : le seul d'où les survivants avaient émergé.

« L'un ne va pas fort, dit Barnes. S'il s'en tire, il aura probablement perdu une jambe. L'autre... je ne sais pas. Pas une égratignure mais il pouvait à peine respirer. Il toussait, il avait le visage congestionné et ... » Barnes secoua la tête.

La fièvre des vapeurs métalliques, se dit Chandler en hochant la tête. À la température énorme dégagée par le projectile perforant, les métaux rares qui constituent le blindage du véhicule brûlent et dégagent des vapeurs extrêmement toxiques. Et puis il y avait l'éclatement des poumons sous la pression de l'explosion. Cela faisait pas mal de victimes. Et puis les éclats : du métal fondu émietté par l'énergie cinétique de l'impact qui se transformait en shrapnels. Les types de ce char de la compagnie Bravo étaient morts comme ça. Et...

« Major, dit Barnes en le regardant, vous devriez dormir un peu. Nous avons encore une heure avant le départ. »

Ça faisait combien de temps ? se demanda Chandler. Il était au combat depuis cinq semaines et demie. *Il n'avait pas dormi pendant tout ce temps plus de deux heures d'affilée.* « D'accord », dit-il. Il descendit la pente jusqu'à son char, zigzaguant entre les carcasses de chars russes jonchant le terrain où ils avaient été surpris, juste avant la colline 422.

Il se dirigea vers son char. Quand il arriva, Jefferson et le pilote étaient couchés auprès des chenilles, dormant à poings fermés. Chandler alla inspecter l'avant de son engin. Une longue traînée noire à droite de l'écoutille du pilote marquait le point d'impact du missile antichars qui les avait manqués de bien peu. Il avait touché la partie la plus épaisse du blindage et son ogive explosive s'était évacuée sans faire de dégâts.

Il passa le bout des doigts sur la traînée et frotta la suie entre ses doigts. Puis il s'allongea sur l'herbe sèche à l'arrière du char et ferma les yeux. Sa tête lui faisait mal comme si on la frappait avec des pics à glace, il avait des démangeaisons dans la gorge. Il sombrait peu à peu dans le sommeil mais une décharge d'adrénaline l'éveilla : il se demanda soudain si Loonis était toujours sur le filet. *Et je n'ai pas vérifié la position des différentes compagnies*, se rappela-t-il. *Ils ont dû retirer les guetteurs.*

Il ouvrit les yeux non sans mal et leva la tête pour regarder autour de lui. Sur la pente de la colline, les fantassins dormaient à même le sol. *Personne n'a creusé de tranchée.* Sa tête retomba de son propre poids et ses yeux se fermèrent. *J'ai besoin de sommeil*, se dit-il. *Je ne peux même plus voir clair.*

Mais le repos ne venait pas. Avec un soupir déçu, Chandler se remit sur ses pieds et s'en alla inspecter les postes d'observation des compagnies, trébuchant tous les quelques pas quand il s'endormait en marchant.

Installations provisoires, Mount Weather, Virginie
24 août, 13 h GMT (8 h locale)

« Podolsk est tombé, monsieur le Président, dit le général Thomas. Cela met les éléments avancés du 3ᵉ régiment de blindés légers du 5ᵉ corps à environ 25 kilomètres au sud des faubourgs de Moscou qu'ils atteindront selon toute probabilité dans le courant de la nuit – heure de Moscou.

– Les ordres, monsieur le Président, intervint aussitôt

Lambert, sont de commencer l'encerclement de Moscou tout en contournant les principales ceintures défensives qui entourent la ville. Selon vos instructions, nous laisserons la route de Noginsk ouverte pour l'évacuation de Moscou.

– *Et pour le ravitaillement*, marmonna Fuller, le général des Marines. Bon sang, monsieur le Président. Si nous devons entrer là-dedans et avoir du sang sur les mains, autant le faire convenablement. Il faut entrer et boucler le nœud.

– Je ne veux pas que Razov ait l'impression d'être pris au piège comme un animal, dit le Président. Je ne veux pas le coincer là sans lui laisser d'issue. » Le Président regarda tour à tour chacun des membres du Conseil national de sécurité, bien prêt à insister là-dessus. « Et maintenant, où en est-on, à Saint-Pétersbourg ?

– Le même plan général, monsieur le Président, dit Thomas. Contourner les défenses et encercler. Nos troupes ont pris Tosno et coupé la principale voie ferrée qui relie Moscou à Saint-Pétersbourg. Le 26, elles vont couper la dernière liaison routière avec Moscou. D'après nos projections, nos éléments de tête devraient atteindre la Baltique le 30.

– Aucun mouvement des forces russes indépendantes sur le terrain ? demanda le Président. Des groupes d'armée des pays Baltes non plus ?

– Rien, monsieur le Président, répondit Lambert ! nulle part.

– Et tout se calme en Extrême-Orient ?

– Depuis la chute de Khabarovsk, la résistance russe s'est pratiquement effondrée. Vous le savez, les combats ont cessé sur l'île Sakhaline et nous avançons vers l'ouest le long du Transsibérien, au nord de la frontière chinoise. Les Marines font mouvement vers le nord et ne signalent que des actions d'arrière-garde de la part des Russes.

– Je pense, monsieur le Président, qu'on pourrait envisager un arrêt des opérations en Extrême-Orient, suggéra le directeur de la CIA. Avez-vous vu notre projet d'opération Cimeterre ?

– Vous voulez dire réarmer les Russes pour contenir les Chinois ?

– Oui, monsieur le Président. Nous allons nous trouver dans un joli pétrin si ces derniers reprennent l'offensive. Allons-nous défendre le territoire russe contre eux ? Politiquement, déclara le secrétaire d'État, nous ne pouvons pas nous permettre d'utiliser de nouveau des armes nucléaires en Asie, monsieur le Président. Toute question de morale mise à part. Tout ce que nous faisons maintenant là-bas va être examiné à la loupe. Nous devrons marcher sur des œufs si nous espérons parvenir à un accord après la guerre pour empêcher l'effondrement de la Russie en Sibérie.

– Nous verrons cela plus tard. Pour l'instant, je veux savoir si rien n'indique que les deux groupes d'armée de l'Oural font mouvement ? »

Thomas s'apprêtait à parler, mais il regarda le directeur de la CIA et garda le silence. Le Président suivit son regard. « Vous voulez en discuter maintenant ? demanda le Président.

– Il me semble que c'est le moment.

– Très bien, dit le Président en se redressant dans son fauteuil. J'aimerais, dit-il en élevant la voix et en regardant les " sous-fifres " assis au second rang, que tout le monde à l'exception des secrétaires de département et des généraux veuille bien quitter la salle. Merci. » Il y eut une brève agitation dans un froissement de documents. Ce genre de huis clos devenait maintenant pratique courante : les colonels et les principaux conseillers se levèrent rapidement pour quitter la pièce.

« Bien, dit le Président tandis que la porte se refermait derrière le colonel Rutherford. Quelqu'un veut me parler de cette " opération Samson " et m'expliquer pourquoi elle ne devrait pas m'affoler ? Bonté divine, si c'est vrai... un plan russe pour mener contre nous une guerre nucléaire " totale ", avec évacuation de leurs villes, dispersion de leurs troupes et abandon de leurs usines de production. Construction aussi d'abris antiretombées pour 66 % de leur population !

– Monsieur le Président, dit Lambert, autant pour essayer de calmer le Président que pour répondre à sa question, la CIA ne croit pas à l'opération Samson. Elle est convaincue que " Damoclès " est un leurre : un agent fictif composite représentant la STAVKA. Et que l'opération Samson est un plan dont les suites ont été délibérément calculées pour que nous accordions quelque crédibilité aux menaces des Russes.

– Mais si les Russes étaient vraiment disposés... – le Président ne termina pas sa phrase. – Est-ce que cette affaire, cette opération Samson est un plan réaliste, exécutable ? »

Le directeur de la CIA haussa les épaules.

« Je peux dire qu'en ce qui concerne les chefs d'état-major interarmes, monsieur le Président, dit le général Thomas, l'opération Samson est dans la logique des doctrines tactiques de l'armée russe pour le déploiement sur le terrain dans un environnement nucléaire. Autrement dit, monsieur le Président, si ces unités commencent à se disperser, ce renseignement nous révélera deux choses : d'abord, les Russes ne comptent pas faire mouvement pour engager le combat et ensuite, ils prévoient le déclenchement d'une guerre nucléaire. »

Le Président baissa les yeux vers la table d'un air soucieux avant de regarder Thomas. « Je veux que vous surveilliez ces unités d'un œil d'aigle. Si elles commencent effectivement à faire mouvement – à se disperser – alors je suppose que nous pouvons estimer que les Russes ont déclenché l'opération Samson. – Il parcourut la table pour voir si tout le monde était d'accord puis poursuivit : Et le reste du plan ? Enterrer des moules d'avions et des colorants critiques prélevés dans leurs usines, évacuation sélective de savants et de techniciens déjà commencée, et tout ça ? Ça vous semble-t-il réel ?

– Monsieur le Président, tout ça est dépassé, répondit le directeur de la CIA. C'est bien ce que je soulignais : il n'y a rien là-dedans de nouveau. Disperser des unités sur le terrain : depuis 1945, on a vu toutes les armées du monde le faire. Enterrer dans des abris souterrains des moules d'avions : et alors ? Bon sang, nous avons ordonné à Boeing à Seattle et à Mc Donnell-Douglas à Fort Worth d'en faire autant après le premier échange nucléaire. »

Le Président se pencha, secouant la tête avant de se la prendre à deux mains et de frotter ses yeux fatigués. « Je ne comprends pas. Je n'ai jamais pu comprendre ça. C'est votre homme, ce... ce...

– Damoclès, souffla le directeur.

– Ce Damoclès est votre source : soit un agent de la CIA, soit un agent double, nous ne savons pas lequel des deux. Depuis qu'il est venu vous trouver il y a...

quoi, un mois, vous êtes je ne sais combien de fois venu m'apporter des renseignements provenant de ce... de cet individu et vous considérez tout cela comme parole d'Évangile. Et puis vous arrivez avec d'autres rapports provenant de la même source – des informations d'une importance absolument vitale comme la politique de tir " par défaut " de leurs sous-marins nucléaires et maintenant cette opération Samson – et vous nous dites que vous ne croyez absolument pas à ces informations-là.

– Voyez-vous, monsieur le Président, Damoclès nous a fourni constamment des renseignements sur les possibilités et les plans nucléaires russes. Il y a là-dedans des renseignements de peu d'importance, comme l'emplacement des nouveaux silos d'ICDM, la reconstitution de bases de bombardiers stratégiques dont de toute façon nous connaissons l'existence grâce à nos satellites de reconnaissance, ainsi que les derniers emplacements connus des trois sous-marins lanceurs de missiles dans l'ouest du Pacifique. Tous les petits détails que nous a fournis Damoclès sont vérifiables. Mais aucun des deux renseignements vraiment capitaux que nous a donnés Damoclès – la politique d'action par défaut des sous-marins du Bastion, ou bien cette nouvelle affaire, l'opération Samson –, n'est vérifiable. C'est l'essence même d'une campagne de désinformation bien conduite. Vous laissez filtrer des petits détails que l'adversaire peut vérifier pour établir la crédibilité de la source et puis vous lui exposez le gros coup absolument invérifiable.

– Mais, dit le Président, avec un agacement croissant, comment distinguez-vous le petit détail destiné à renforcer la crédibilité de l'intoxication ?

– C'est là où l'art intervient, monsieur le Président, répondit le directeur : séparer le bon grain de l'ivraie.

– SECI, grommela le général Fuller.

– Quoi ? demanda le président Costanzo.

– Bob, fit le général Thomas d'un ton de reproche, mais le commandant du corps des Marines se pencha en avant et dit :

– Nous avons un terme que nous utilisons chaque fois que nous recevons des renseignements " non confirmés " et des estimations de ce genre. Nous appelons ça " SECI ".

– Et pourrais-je demander ce que signifie SECI ? interrogea le Président.

– Simple Estimation de Conjecture Insensée, monsieur le Président.

– Alors, c'est ça ? demanda le Président en se tournant vers le directeur de la CIA. J'ai autorisé une attaque sur Moscou et sur le Bastion qui, si vos " estimations " sur la politique d'action par défaut des sous-marins ou sur l'opération Samson sont erronées, vont aboutir à la destruction thermonucléaire des grandes villes de notre pays. Est-ce que vous considérez cela comme une conjecture insensée ?

– Nous avons pris pour hypothèse, monsieur le Président, que notre adversaire est rationnel. Une fois cette hypothèse admise, on peut commencer le " Jeu " en le faisant passer par nos programmes de jeux de guerre. Les ordinateurs, monsieur le Président, ils s'en fichent pas mal. Ils sont prêts à faire sauter tout et tout le monde si ça leur permet de gagner le Jeu. Or, ils nous donnent un ordre de probabilités assez bas de voir les Russes employer soit une politique d'action par défaut, soit de recourir à quelque chose ressemblant à l'opération Samson.

– Quel degré de probabilité ?

– Oh, tout le monde n'est pas absolument d'accord là-dessus, dit le directeur de la CIA en regardant de l'autre côté de la table le chef de la NSA. Nous estimons qu'il y a une probabilité de l'ordre de 1 à 5 % que nos offensives déclenchent un tir nucléaire.

– Et vous ? demanda le Président au directeur de la NSA.

– Cinquante-cinquante. »

Le Président frappa du poing sur la table. « Bon Dieu ! » Il le regarda droit dans les yeux. « Cinquante-cinquante ?

– Ils supposent, monsieur le Président, reprit le directeur de la CIA en se penchant vers la table, que vous croirez la source de la CIA : la source même dont nous disons que c'est un agent double. Si vous ne tenez pas compte de la confiance qu'ils placent dans la crédibilité de Damoclès, alors leurs chiffres sont à peu près les mêmes que les vôtres : de 2 à 7 %.

– C'est vrai ? » demanda le Président au directeur de la NSA.

L'homme haussa les épaules et acquiesça, peu disposé à défier ouvertement son collègue comme Lambert avait appris qu'il l'avait fait en privé.

« Alors tout repose donc sur ce Damoclès ? conclut le Président. S'il ment – s'il essaie de nous effrayer en nous faisant croire à un bluff de Razov – alors nous leur rentrons dans le chou et nous terminons cette affaire avant que notre économie ne soit complètement effondrée. Et s'il dit la vérité, nous nous retrouvons à l'âge de pierre ? » Sur ces derniers mots, le Président se mit à rire : ce n'était pas de l'humour, Lambert le savait, mais de l'énervement.

« Monsieur le Président, intervint le chef des opérations navales, et tous les regards se tournèrent vers lui, il y a une autre possibilité. Nous disposons de trois groupes de bataille de porte-avions, plus trois sous-marins, deux groupes anti-sous-marins, et des escadres de patrouille et de reconnaissance et deux groupes de navires de guerre en surface dans la mer de Barents et la mer de Kara prêts à appareiller.

– Que voulez-vous me dire, amiral ? Que vous pouvez couler ces sous-marins du Bastion avant qu'ils n'ouvrent le feu ?

– Nous pouvons en couler une bonne partie, dit l'amiral Dixon. Et chaque submersible que nous envoyons par le fond avant qu'il ait tiré emporte avec lui cent soixante-dix ogives nucléaires. C'est pourquoi ils ont dirigé tant d'ogives vers nos villes, monsieur le Président : cent trois pour New York ! Ils ne comptent pas obtenir vraiment ce genre de résultat.

– Combien à votre avis estimez-vous pouvoir couler de sous-marins, amiral ? Combien de ces vingt-deux pouvez-vous envoyer par le fond avant qu'ils aient eu le temps de lancer leurs missiles ? »

Le chef des opérations navales était assis, la tête en avant, ses épaulettes d'or effleurant son cou massif. « Eh bien, par temps clair, si nous avons l'initiative, nous pourrions parvenir à en toucher quinze, peut-être dix-sept, sans leur laisser le temps de tirer leurs missiles. Il faut qu'ils se postent à une profondeur de tir juste au-dessous de la surface. Et ça fait longtemps qu'ils sont en plongée : ils devront probablement émerger leurs périscopes pour un dernier relevé avant le tir. Pendant cette manœuvre, ils sont des cibles faciles à toucher.

– Est-ce que vous n'allez pas révéler votre jeu quand vous arriverez avec les avions et les sous-marins ? interrogea le secrétaire d'État. Je veux dire : nous avons peut-être chassé leur aviation des airs, mais la flotte russe est toujours stationnée là-bas juste au-dessus du Bastion.

– Monsieur le Président, nous pouvons acheminer discrètement tous les sous-marins si vous nous laissez quelques jours. Je suis prêt à défendre mon estimation de quinze à dix-sept submersibles russes coulés sans un seul missile de tiré. Les navires de surface russes ne constitueront pas une menace trop sérieuse durant les malheureuses quinze ou vingt minutes où ils resteront à flot.

– Cela nous laisse donc cinq à sept sous-marins en état de tirer, reprit le Président. Combien d'ogives nucléaires ?

– Nous aurons quelques-uns de ceux-là avant qu'ils ne tirent toute leur réserve de missiles : nous ne pensons pas qu'ils pourraient en lancer plus de la moitié. Sur ce chiffre, il y aurait des loupés. Les missiles russes lancés des sous-marins ne sont pas aussi précis que leurs ICBM tirés d'une base terrestre.

– Mais une ville n'est pas un silo renforcé, protesta le Président. Si l'un de ces engins manque Time Square pour tomber sur Central Park, ça fera quand même sauter un bon bout de Manhattan. Quel est votre dernier chiffre, amiral ? Combien de têtes nucléaires, et avec quel rendement, toucheraient nos villes ?

– Supposons, soupira l'amiral, six Typhons lançant dix de leurs vingt missiles en moyenne avant que nous les coulions. Ça fait soixante missiles, environ quatre cent cinquante ogives nucléaires : 270 mégatonnes. Environ 40 % du mégatonnage dépensé lors du premier tir.

– Et qui toucheraient pratiquement chacune de nos trois cents plus grandes villes, murmura le Président d'une voix lointaine.

– Plus ou moins, dit le chef des opérations navales. Nous pourrions avoir plus de chances.

– Quoi ? ne recevoir que quatre cents têtes nucléaires ? Trois cent cinquante ? Sur quel pourcentage de chances est-ce que je peux compter ?

– Vous pouvez compter aussi que rien de tout ça ne se produise, dit le directeur de la CIA.

– Cela ne me suffit pas, riposta le Président. Pouvons-nous faire quelque chose entre maintenant et une semaine à compter d'aujourd'hui ? Pouvons-nous compter sur quelqu'un, sur quelque chose ? » Son regard parcourut les têtes penchées des dirigeants du Conseil national de Sécurité : pas de réponse. « Alors c'est ça ou reculer ? » Personne ne souffla mot. C'était une décision politique. C'était au Président de la prendre. Il se renversa dans son fauteuil et ferma les yeux. *Est-ce qu'il réfléchit*, se demanda Lambert, *ou est-ce qu'il prie ?* Le silence se poursuivit, mais personne ne semblait impatient. Pas un regard d'échangé. *La balle est lancée* : les propres termes de Filipov – les termes de Damoclès – que Lambert entendait résonner dans son esprit.

Le Président se pencha en avant et ouvrit les yeux. « Bon, lança-t-il. On y va. Amiral, quand vous serez prêt, donnez l'ordre à vos sous-marins d'approcher discrètement. Je veux que vous tentiez la perfection : ne ménagez rien.

– Y compris le recours à des armes nucléaires tactiques, monsieur le Président ? demanda l'amiral Dixon.

– Oui, s'il le faut. – Le Président examina une fois de plus l'assistance. – Rien à discuter encore avant qu'on fasse revenir les autres ?

– Et le problème des évacuations, monsieur le Président ? demanda Lambert. – Tous les regards se tournèrent vers lui. – Je pense que le moment est venu d'évacuer les grandes villes.

– Greg, dit le Président, si nous annonçons une évacuation, les gens vont complètement s'affoler. »

Il regarda longuement Lambert puis dit : « Ça pourrait aussi suffisamment faire peur aux Russes pour les amener à la table de négociations.

– Et si les seules gens que ça effraie sont nos concitoyens ?

– Alors ils ont peur, dit Lambert, et peut-être, peut-être survivront-ils si le pire se réalise. » Lambert regarda autour de lui. Tous baissaient la tête. On aurait dit que même discuter la possibilité – la possibilité d'une extermination à grande échelle et l'anéantissement de ce que des générations d'Américains avaient passé leur vie à construire –, que tout ça les salissait un peu. Lambert avait le même sentiment. « Monsieur le Président, peut-être les Russes n'ont-ils pas l'intention de lancer cette opération Samson. C'est peut-être un subterfuge. Mais nos troupes sont au bord d'assener un coup définitif. Elles foncent sur Moscou. C'est la Deuxième Guerre mondiale qui recommence, mais avec une énorme différence : la boîte de Pandore est ouverte. Hitler n'avait pas de missiles balistiques équipés de têtes nucléaires. Nous savons tous que Razov n'est pas Hitler mais aucun de nous ne sait ce qui se passe dans les séances secrètes de la STAVKA. Nous ne savons pas si Razov sera toujours là dans cette casemate à Moscou quand les lumières commenceront à vaciller et le fracas des explosions à se faire entendre.

« Si les missiles du Bastion avaient été tirés sur nos villes au cours d'une attaque surprise par un beau jour de l'année dernière, la FEMA dit que nous aurions essuyé des pertes se situant entre 45 et 60 millions de morts : la plupart par radiations dans les cinq ans à venir. À l'heure actuelle, avec les plus grandes villes déjà largement vidées de leur population et les camps de personnes déplacées installés généralement contre le vent par rapport aux cibles probables, les pertes seraient de l'ordre de 20 à 35 millions. Nous pourrions diminuer encore ce chiffre de moitié en évacuant les villes. »

Le Président commençait à secouer la tête. « Je n'arrive pas à y croire. Je n'arrive pas à croire qu'on en soit arrivé là. » Il était pâle, le regard traqué. Il prit une profonde inspiration mais sans parvenir à maîtriser le tremblement de sa voix. « Bon, je pense que le moment est venu, Greg. Rassemblez les gens de la FEMA. Commencez l'évacuation demain. »

À bord de Nightwatch, au-dessus de l'ouest du Kentucky
30 août, 13 h GMT (8 h locale)

« Entrez, Greg », dit le Président en s'asseyant devant le petit secrétaire de sa cabine dans le poste de commandement en vol qu'ils avaient regagné pour le stade final de la guerre : l'attaque sur Moscou et le Bastion prévue dans un peu plus de vingt-quatre heures. Lambert referma la porte et vint rejoindre le petit groupe : le secrétaire à la Défense et le secrétaire d'État, le directeur de la CIA et le général Thomas.

« Vous m'avez demandé, monsieur le Président ? dit Lambert.

– Asseyez-vous. » Lambert prit un fauteuil et s'installa dans l'étroit espace entre Thomas et le directeur de la CIA. Le Président prit une profonde inspiration et lâcha un soupir tout en nouant ses mains sur sa nuque. Des taches de sueur maculaient ses aisselles et sa chemise. Il passa les mains sur son visage, dans ses cheveux et s'obligea à garder ouvertes ses paupières fatiguées. Lambert inspecta rapidement le visage des autres : tous avaient les traits tirés.

Le Président prit les documents posés devant lui, et le secrétaire à la Défense en lança une copie devant Lambert.

« Ce que vous avez là, Greg, dit le Président, ce sont les termes d'une proposition de paix approuvés à titre strictement confidentiel par les chefs de gouvernement de chacun de nos partenaires de l'Alliance. Pardonnez-moi de ne pas vous avoir mis au courant de cela plus tôt mais vous êtes maintenant la septième personne à le savoir dans ce pays avec ceux qui sont assis ici et, bien entendu, ma femme. » Ils se mirent tous à rire.

« Greg, dit le Président en prenant les papiers, ça ne me satisfait pas pleinement de poursuivre nos attaques sur Moscou et sur le Bastion en nous fondant sur des probabilités, des opinions et des estimations : ça ne m'a jamais plu. Nous travaillons là-dessus depuis que j'ai approuvé les plans la semaine dernière. » Le Président avait l'air sur la défensive, comme s'il s'excusait. *Il a fini par céder*, se dit Lambert, *Dieu soit loué*.

« Quelles sont les conditions ? fit Lambert en regardant le mémo de plusieurs pages.

– Nous proposons, dit le Président en se calant contre le dossier de son fauteuil, une dénucléarisation complète de la Russie. En échange, nous déploierions un “ parapluie ” nucléaire : nous nous engagerions à riposter avec des armes nucléaires américaines contre tout pays attaquant la Russie avec des engins nucléaires, et cela pour une période de cinq ans. Après cela, nous prolongerions ce parapluie pour une nouvelle période de cinq ans ou bien, selon l'état de la Russie le moment venu, nous supprimerions les restrictions imposées par le cessez-le-feu au développement par les Russes d'engins nucléaires. »

L'esprit de Lambert, formé à la faculté de droit, décela immédiatement les lacunes du point de vue des Russes. « Et en cas d'attaque conventionnelle ? Des Chinois, par exemple ?

– Nous garantirions à la Russie ses frontières d'avant-guerre, dit le secrétaire à la Défense et nous nous engagerions pour cinq ans à la défendre contre toute agression chinoise. Cela devrait leur donner le temps de se remettre sur pied. »

Lambert n'était toujours pas convaincu que les Russes allaient accepter.

« Nous nous mettrons également d'accord sur un programme de retrait de nos troupes, dit le Président, mais vous pourrez lire tout ça plus tard. » Tous les regards se tournèrent vers Lambert tandis qu'il examinait la proposition. « Pensez-vous que les Russes vont marcher ?

– Que vaut ce parapluie nucléaire ? Tout d'abord, c'est nous qui tenons au-dessus de leurs têtes la menace nucléaire. Nous n'allons pas nous punir de nos propres attaques contre la Russie. Mais avant tout, serions-nous vraiment prêts à utiliser des armes nucléaires contre tout autre pays s'attaquant à la Russie ? Les Russes croiraient-ils que nous serions prêts à frapper, disons la France, l'Allemagne ou le Japon s'ils le faisaient. Et si c'étaient les Russes les agresseurs ? Pourquoi nous croiraient-ils quand nous prenons cet engagement ?

– Ils n'ont pas beaucoup de choix, dit le Président, vous ne trouvez pas ? Ils n'auront qu'à nous faire confiance. C'est là où vous intervenez. »

Lambert résista à l'envie de crier « *moi ?* » : il promena autour de lui un regard inquisiteur.

« Il faut que quelqu'un leur porte ce document, poursuivit Thomas. Quelqu'un qui ait de préférence accès à la STAVKA. Je connais Razov, mais on m'a éliminé car le Président estime que la proposition devrait venir d'un civil. Nous pourrions nous contenter d'envoyer un courrier. Oh, nous pourrions même leur faxer ou leur téléphoner. » Lambert déjà secouait la tête : c'était trop important pour ça. « Mais nous avons tous le sentiment qu'il va sans doute s'agir de vendre cette offre : et l'élément essentiel sera d'obtenir un niveau de confiance suffisant chez les Russes pour qu'ils cessent le feu autour de Moscou et qu'ils rappellent leurs forces sous-marines.

– Vous parlez russe, reprit le directeur de la CIA. Nos linguistes disent que votre accent fait penser à un comédien russe imitant un touriste américain, mais votre grammaire et votre vocabulaire vous permettent de vous passer d'un interprète.

– Et, ce qui est plus important, dit le Président, nous voulons que vous présentiez votre dossier directement à la STAVKA. En outre, vous êtes avocat et, même si vous n'avez pas d'expérience comme plaideur, la plupart d'entre nous ici présents vous ont vu vous battre comme un forcené sur tel détail ou sur un autre. » Éclat de rire général.

« Mais, reprit Thomas, pour compléter mes premiers commentaires, il nous faut envoyer quelqu'un qui ait une certaine stature : qui puisse parler avec quelque autorité, faire si nécessaire des promesses sur des points de détail susceptibles d'emporter le morceau. Nous avons besoin de quelqu'un qui ait toutes les qualités que nous vous avons décrites et ce quelqu'un est manifestement vous. Mais la médaille a son revers. Un sacré revers.

– Si les choses se gâtent, dit le directeur de la CIA, s'ils s'en prennent à vous, par désespoir ou même à la suite de simples et froides décisions prises compte tenu des exigences de leur situation qui se détériore de jour en jour, nous nous rendons bien compte que nous leur livrons un super-ordinateur, dit-il en désignant de son index la tête de Lambert. Un super-ordinateur bourré de faits, de tableaux, de graphiques et de plans qui seraient absolument sans prix pour notre ennemi en temps de guerre.

– Nous suspendrions provisoirement votre accès à toute information confidentielle, dit le Président, afin que ce que vous savez effectivement se démode autant que possible durant les vingt-quatre ou quarante-huit heures qu'il vous faudrait pour gagner Moscou.

– Mais malgré tout, lança Thomas en secouant la tête, malgré tout, Greg...

– Vous voulez que je débranche le “ super-ordinateur ”, s'ils menacent de me torturer », dit Lambert en terminant la phrase pour lui. Un silence. Greg resta un moment songeur. Ses parents, bien sûr, seraient consternés. Mais qui d'autre ? Comme aucun autre nom ne lui venait à l'esprit, Greg acquiesça de la tête.

« Nous vous implanterions une minuscule couronne dans une molaire, précisa le directeur de la CIA. En pressant très fort et en grinçant des dents, vous écraseriez cette capsule entre vos deux mâchoires. Ce mélange, qui est un dérivé de la strychnine, n'a aucun goût, mais nos gens y adjoignent un additif au goût amer pour que vous ayez confirmation de son action. On m'assure aussi que vous ressentiriez un engourdissement instantané de votre mâchoire. La mort surviendrait par défaillance respiratoire en quelques secondes. »

Greg écoutait distraitement, l'esprit obsédé par sa dernière pensée. *Absolument personne.* Il n'avait absolument personne qui l'attendait, même s'il revenait. Et ils le savaient.

« C'est autant pour votre protection, Greg, dit Thomas, que pour toute autre chose.

– En cas de problème, insista le directeur de la CIA, ils s'attaqueraient à vous rapidement. Vous auriez très peu de temps avant qu'ils vous chloroforment et que vous perdiez conscience. Pendant que vous seriez sans connaissance, ils trouveraient la couronne et la retireraient. Vous seriez alors... sans défense. Ils vous attaqueraient sans doute par-derrière, et il faut que vous soyez à l'affût...

– Alors je pars pour Moscou, dit Greg. Je peux arranger ça avec Filipov. Il est toujours l'aide de camp de Razov.

– Écoutez, Greg, reprit le Président, ceci est très, très important : si vous ne nous contactez pas dans les deux heures après que vous aurez franchi leurs lignes, nous devrons supposer le pire et lancer nos offensives sur le Bastion et sur Moscou avant l'heure prévue : avant que vous risquiez de leur révéler quoi que ce soit. C'est bien compris ?

– Oui, monsieur le Président.

– Ne manquez pas de leur dire que vous devez nous appeler dès que vous aurez passé les lignes, dit le directeur de la CIA. Deux heures, Greg. De cette façon, ils ne seront pas en mesure d'utiliser les renseignements qu'ils auraient pu vous arracher avant que nous arrêtions nos offensives. Et quand vous appellerez, s'il y a un coup fourré – quoi que ce soit d'insolite – dites simplement : “ Voudriez-vous répéter ? Je n'ai pas compris ce que vous disiez. " Si nous avons de notre côté le moindre doute sur les contraintes qu'on pourrait exercer sur vous, quelqu'un vous demandera dans le cours de la conversation : " Pouvez-vous nous donner davantage de détails ? " de la façon la plus naturelle possible. Si vous répondez quoi que ce soit d'autre que " Je ne suis sous aucune contrainte ", alors nous supposerons que vous l'êtes et nous ne tiendrons aucun compte des déclarations que vous ou les Russes pourriez faire.

– Encore une chose, Greg, ajouta le Président, et c'est très important aussi. Vous devez dire aux Russes ce que nous ferons s'ils ouvrent le feu sur nous depuis le Bastion. » Le petit groupe resta silencieux : Lambert avait la chair de poule. « Si... s'ils ouvrent le feu sur nous depuis le Bastion, nous avons l'intention d'évacuer les populations de toutes les villes russes que nous avons prises, y compris Moscou et Saint-Pétersbourg. Nous minerons alors les villes avec des engins de démolition nucléaires et nous les détruirons. Toutes les principales villes de Russie que nous n'aurons pas encore capturées seraient simplement rasées par des missiles lancés depuis les sous-marins ou par des attaques de bombardiers, population comprise. Toutes les villes jusqu'à la dernière. Si cela semble le moins du monde nécessaire – si la STAVKA semble le moins du monde envisager de déclencher cette opération Samson ou quelque chose de ce genre –, vous devrez leur faire clairement part de nos intentions. C'est " le bâton ", Greg, dans notre proposition " la carotte et le bâton ". »

Greg acquiesça.

« Et, Greg, conclut le Président en le regardant droit dans les yeux, *ceci* – ce que je suis en train de vous dire maintenant – n'est pas du bluff. Dieu m'en est témoin, je le ferai, je vous le jure : je le ferai. » Un frisson parcourut Lambert de la tête aux pieds tandis qu'il regardait lui aussi le Président bien en face. Ça y était : « La balle était lancée. »

Cinquième partie

« La Création dort ! On dirait que le pouls
De la vie s'est arrêté et que la Nature a marqué un temps,
Un temps redoutable ! annonciateur de sa fin. »

Edward Young
Night Thoughts,
Première Nuit.

18

Okroujnoye Koltso, Moscou, Russie
31 août, 14 h GMT (16 h locale)

« On dirait une compagnie, peut-être plus », dit le chef du peloton de reconnaissance à Lambert en reposant ses grosses jumelles sur les sacs de sable qui s'entassaient devant le poste d'observation. Le soldat planté auprès de Lambert agitait non sans mal le grand drapeau blanc dans la brise qui fraîchissait : c'était le seul son que l'on entendait le long de la ligne de front silencieuse. En route vers le « secteur avancé de la zone des combats », Lambert avait dépassé les centaines d'énormes chars M-1 et Bradley, et des véhicules de reconnaissance postés tout au long de la route qui menait à la ville. Il leva les yeux vers le ciel gris : des nuages sombres venaient du nord. Une tempête se préparait.

« J'ai perçu des mouvements », annonça le chef de peloton. Le major qui avait escorté Lambert jusqu'au dernier poste d'observation avant les lignes russes dit : « Pas de véhicules ?

– Des BTR-80 – une douzaine environ – derrière la route. »

Lambert se tourna vers le major : son visage gercé et desséché par le vent se plissait autour des yeux tandis qu'il scrutait l'horizon. « Des parachutistes », se contenta-t-il de dire à Lambert, sans quitter des yeux les Russes.

En un instant, Lambert aperçut des canons braqués

sur eux au-delà des quelques centaines de mètres de terrain calciné et criblé de trous d'obus. Le no man's land. Le lieutenant décrivait le débarquement de la compagnie russe aéroportée : il faisait cela aussi bien pour les servants des armes lourdes de son peloton que pour Lambert et son escorte. Une fois de plus Lambert éprouva le sentiment d'un décalage dans le temps, d'une succession de choix qui l'avaient amené ici. Eux avaient connu la guerre. Pas lui.

Il regarda les hommes du poste d'observation, creusé dans la terre noire à la lisière des arbres et qu'on avait manifestement amélioré durant les quelques jours qu'avait duré « l'enveloppement » de Moscou. Tous étaient crasseux, couverts de feuillage artificiel, l'arme à l'épaule, le doigt sur la détente, prêts à tuer.

Lambert portait un costume croisé gris foncé. Il avait la langue endolorie à force de l'avoir passée nerveusement le long de la protubérance qu'on avait ajoutée à sa molaire. Il gardait encore dans la bouche le goût de sa visite au dentiste de la CIA.

Toute ma vie j'ai étudié la guerre, comprit soudain Lambert. *J'ai même choisi d'y faire carrière.* Mais quand le moment était venu de décider s'il allait entrer dans l'armée, il avait préféré l'université. Il avait redouté surtout de perdre son temps à s'entraîner, à se préparer pour une guerre – la « grande guerre » contre l'Union soviétique – dont on avait la quasi-certitude qu'elle n'éclaterait jamais. *Qui diable aurait pu s'en douter ?* se dit-il.

Il regarda le major planté auprès de lui. Un visage sale, hâlé ou brûlé par le soleil : on n'aurait pu le dire. Deux mois de guerre – de la Troisième Guerre mondiale. *J'aurais pu faire ce que vous avez fait. J'aurais pu risquer ce que vous avez risqué. J'aurais pu voir ce que vous avez vu.*

Le major se tourna vers Lambert. Il avait les yeux injectés de sang, le regard un peu vitreux, ce regard qu'il avait vu sur les visages de centaines d'hommes et de femmes en montant vers le front. Ils étaient épuisés – émotionnellement tout autant que physiquement. Il fallait que ça s'arrête là, à Moscou. Ils ne pouvaient pas continuer.

Je me serais engagé, se dit Lambert en se retournant vers les lignes russes de l'autre côté du no man's land, *si seulement j'avais su que ça arriverait.*

« Les voilà, dit le major.
– Je les vois », répondit le lieutenant.

Lambert vit le drapeau blanc se déployer au loin de l'autre côté du terrain.

« Allons-y, monsieur », dit son escorte. Tous les trois – Lambert, le porte-drapeau et le major – avancèrent en terrain découvert.

Ils devaient marcher lentement car c'était un effort pour le soldat que de porter le grand drapeau dans le vent cinglant qui pénétrait le léger costume d'été de Lambert et le laissait frissonnant. Là-bas, le porte-drapeau russe avait le problème opposé : il enfonçait ses talons dans le sol tout en trébuchant devant ce courant d'air frais.

« Attention, fit le major, arrêtant Lambert d'une main. Il y a des mines qui n'ont pas explosé », précisa-t-il en désignant de la tête un petit disque argenté à demi enfoui dans la terre. Ils le contournèrent et poursuivirent leur marche, Lambert scrutant maintenant le sol devant eux.

En approchant du groupe des trois Russes, Lambert vit que l'homme au milieu était Filipov. Il était en tenue de combat.

Ils s'arrêtèrent à une dizaine de mètres les uns des autres. « Greg, dit Filipov.
– Salut, Pavel. »

Lambert sentit les regards du major et du porte-drapeau se poser un instant sur lui. « Venez avec nous », dit Filipov. Lambert franchit l'espace qui séparait les deux armées, seul.

Ils revinrent vers les lignes russes. Filipov dit en anglais : « Comment ça va ?
– Bien, dit Lambert. Beaucoup de travail.
– Je m'en doute.
– Et toi ?
– Bien. »

Lambert essaya de trouver autre chose à dire mais ils avançaient à pas lents et dans un silence gêné. Lambert crut que ce silence allait se prolonger jusqu'à la ligne d'arbres opposée dont ils approchaient : il se trompait.

« Greg, pourquoi ton pays fait-il ça ? » Filipov s'arrêta et se tourna vers Lambert.

« Fait quoi, Pavel ? Tu veux dire la guerre ?
– Je veux dire envahir mon pays, détruire nos villes et nos villages, tuer nos gens. »

C'était une question simple. Lambert était le conseiller du Président pour la Sécurité nationale, mais il n'arrivait pas à formuler une réponse qui convînt à Filipov : son ennemi et son meilleur ami. À voir le regard plein d'espérance de Filipov, Lambert comprit que sa réponse compterait beaucoup pour celui-ci.

Ils étaient au milieu d'un champ dans la banlieue de Moscou, la capitale de la patrie de Filipov. Cette patrie, il l'avait traversée d'un bout à l'autre, mais il n'avait pas demandé aux Russes leur permission pour cette visite.

« Si tu parles de justification morale, je voudrais te faire remarquer que 8 millions d'Américains sont morts ou sont en train de mourir en raison de la grossière négligence avec laquelle vous aviez verrouillé les armes braquées sur mon pays », dit Lambert. Au début, le ton de ses paroles était plus amer que les sentiments qu'il éprouvait, mais à chaque mot, l'amertume montait. « Si tu veux que je précise nos objectifs politiques, je te dirai qu'il faut vous désarmer, vous priver de l'arsenal nucléaire dont vous vous êtes révélés les indignes gardiens. Mais si tu veux une analyse géopolitique, Pavel, reprit Lambert en se tournant pour dévisager Filipov, si tu veux une réponse que dans bien des années les historiens reprendront, c'est parce que nos deux pays éprouvaient l'un pour l'autre une étrange attraction : un mélange de fascination et de méfiance. Nous avons si longtemps été si étroitement liés que la guerre n'était jamais bien loin : Quand elle a éclaté, nous étions forts et vous étiez faibles. Nous gagnons, vous perdez : c'est comme ça. »

Le Kremlin, Moscou
31 août 14 h 15 GMT (16 h 15 locale)

On frappa doucement à la porte du bureau de Razov. « Entrez ! » dit-il, sans lever le nez du rapport sur la concentration navale américaine dans la mer de Barents. Puis il se rendit compte que quelqu'un l'attendait. Levant les yeux, il vit une femme soldat plantée sur le seuil : la même qui était venue à plusieurs reprises pour mettre à jour sa carte. « Entrez donc. »

Elle se dirigea vers la table des cartes. « De nouveaux

éléments ? » demanda Razov à la femme de sa voix douce. « Ça vient de Nijni-Novgorod, tout droit du visualiseur, comme vous l'aviez ordonné. »

Il lui jeta un coup d'œil : elle lui souriait. Razov lui rendit brièvement son sourire : il avait du mal à masquer sa crainte de voir, malgré tous ses efforts, les Américains se déployer pour donner l'assaut au Bastion.

« Ils ont dit que ça n'était pas la peine, mais je ne suis plus de service depuis quelques minutes, reprit-elle, alors je me suis dit : Ludmilla, tu ferais mieux d'aller porter ça au général Razov tout de suite avant qu'il ne soit évacué avec les autres. »

« Contacts sonar possibles de palpeurs CX-51 et CX-27 », lut Razov en tournant les feuillets pour trouver sur la carte les capteurs disposés au fond de la mer. Il leva les yeux sur la femme appliquée à tirer des traits sur le plastique de la carte. « Qu'est-ce que vous avez dit ? »

Elle releva la tête, pétrifiée.

« Qui vous a dit de ne pas mettre ma carte à jour ? Et qu'est-ce que c'est que cette histoire d'évacuation ? »

Elle était sans voix.

Razov se leva et vint se planter devant elle : « Répondez à mes questions. »

– Je... C'était... l'officier de garde. Il... J'ai dit que je devrais peut-être venir ici pour mettre vos cartes à jour, et il a dit que non... Mais j'avais fini mon service, alors je suis montée quand même. »

Razov examina la carte qu'elle venait de modifier. « De quelle évacuation parlez-vous ?

– En bas, ils emballent tout. Alors on s'est dit... »

Les marqueurs indiquant des divisions, des groupes d'armée autour de Nijni-Novgorod étaient remplacés par des marqueurs de brigades et dans certains cas de bataillons. Les divisions se fractionnaient, se dispersaient : Razov n'avait donné aucun ordre dans ce sens. « Mon Dieu, qu'est-ce que c'est que ça ? »

La femme resta bouche bée, puis elle referma la bouche pour avaler sa salive, mais aucun son ne sortait de ses lèvres.

« Savez-vous, reprit Razov d'un ton aussi apaisant qu'il en était capable, pourquoi on procède au déploiement de ces unités ? Pourquoi cette dispersion ? » *Pour ne plus constituer une menace pour les Américains !* avait-il envie de hurler.

Elle secoua la tête.

Razov savait. *Opération Samson!* Quelqu'un avait donné l'ordre aux troupes sur le terrain de se disperser : c'était un déploiement gigantesque. Conforme aux détails de l'opération Samson, le prétendu plan de « désinformation » conçu par l'état-major de la STAVKA. Il imaginait l'effet que cela ferait sur les photos satellites des Américains. *Qu'est-ce que leurs analystes du renseignement concluraient à propos des intentions russes?* songea-t-il. La réponse était si claire qu'il sentit un frisson le parcourir. *Ils vont croire que nous nous préparons à une guerre nucléaire!* « Savez-vous quelque chose? lança-t-il à la femme. Quand l'évacuation a-t-elle commencé? »

Le regard de la femme s'éclaira. « Hier soir, l'officier de service en parlait avec un général.

– Quel général?

– Je ne sais pas.

– De quel service? Quel uniforme? »

Ses yeux brillèrent de nouveau. « Les forces de fusées stratégiques.

– Le général Karyakine?

– Mais oui... Mais oui! Ils répétaient sans arrêt " Opération Samson ". Je travaillais sur la carte pendant qu'ils discutaient et... »

Razov se dirigea à grands pas vers la porte, la laissant seule avec la carte.

Razov traversa les bureaux souterrains : partout en effet on faisait les paquets. En traversant le long couloir jusqu'aux doubles portes fermées de la salle de conférence, il sentait sur lui les regards des officiers stupéfaits, plantés devant les imprimantes. Il fit irruption dans la salle et le général Michine s'arrêta au milieu d'une phrase. Karyakine était assis au bout de la table : à la place de Razov.

« Général Razov, balbutia Karyakine.

– Qu'est-ce que tout cela veut dire? demanda-t-il, même s'il connaissait déjà la réponse.

– Je suis désolé, Youri, répondit Michine. Nous avons voté : nous avons décidé de prendre une direction différente.

– Et laquelle ? » Razov sentit plus qu'il n'entendit l'approche des deux hommes qui vinrent l'encadrer. Il se tourna vers les soldats : ils ne voulaient pas le regarder dans les yeux.

« Je vous en prie, général Razov, reprit Karyakine, laissez-nous, nous avons du travail. »

Pas trace d'Abramov ni de plusieurs des autres généraux qui lui étaient fidèles.

Le regard de Razov parcourut la table, personne ne releva la tête, sauf Michine. Même le vieil amiral Verkhovensky n'avait pas le courage de l'affronter.

Varshavskoye Shosse, Moscou, Russie
31 août, 14 h 20 GMT (16 h 20 locale)

Lambert franchit les positions de tir russes en tout point semblables à leurs homologues américaines. Les soldats russes le fixaient de leurs grands yeux ébahis enfoncés dans des visages maculés de poussière. De petits groupes de soldats dissimulés par des broussailles se levèrent sur un « allons-y ! » lancé sèchement en russe. Ils se précipitèrent dans les tourelles ouvertes d'une douzaine de véhicules blindés alignés juste derrière les lignes. Ils étaient rangés de part et d'autre de la route noircie et criblée de trous par les tirs d'artillerie. Ils mirent leurs moteurs en marche au moment où le petit groupe de Lambert s'engouffrait par la porte arrière ouverte de leur BTR-80.

Le panneau se referma avec bruit. Lambert alla s'asseoir sur un banc. Le moteur démarra et les lumières s'allumèrent. « Granit 42, ici Canyon 17 », dit Filipov en russe et Lambert traduisit dans sa tête, l'oreille aux aguets. Le lourd véhicule s'ébranla tandis que le faible signal d'un homme parlant russe répondait.

« Ici Granit 46, avancez, Canyon. » Lambert entendait à peine les paroles au-dessus d'un bruyant sifflement : le brouillage constant des Américains.

« Informez Granit 42 que notre invité est arrivé », dit Filipov dans le micro. Un silence. « Granit 46, m'entendez-vous. Répondez.

– Canyon 17, il y a eu un changement. Ils ont emmené Granit 42. »

L'expression du visage de Filipov confirma ce que Lambert avait traduit. L'homme avait employé le mot « *Vzyali* », ce qui voulait dire « ils ont emmené » sans rien pour préciser qui était « ils ». « *Vzyali* », se rappela Lambert : un mot aussi familier que terrifiant aux oreilles d'un Russe. Ce n'était jamais « Arrestovani - Arrêté ». Seulement « Vzyali : emmené ».

« Qui ça ? demanda Filipov.

– La STAVKA, répondit-on. Karyakine.

– Où ça ?

– À Lefortovo en convoi. Pour l'instant, il est en bas à enregistrer pour la télévision une allocution sur le changement de commandement. Ensuite, on va l'emmener à Lefortovo. »

Filipov arrêta la conversation et se tourna vers Lambert. « La STAVKA a... arrêté le général Razov. » Son visage était d'une pâleur de cendre.

« Est-ce que nous allons au Kremlin ? demanda Lambert. Faut-il que j'essaie de parler aux autres, aux gens de la STAVKA ? » Filipov semblait désemparé. « Karyakine... C'est le commandant des forces de fusées stratégiques, n'est-ce pas ? Est-ce que je peux parler de paix avec lui ? Cela en vaut-il la peine ? »

Filipov secoua lentement la tête : de toute évidence, la nouvelle le bouleversait.

Lambert empoigna Filipov par les épaules et son ami le regarda dans les yeux. Lambert reprit lentement, prononçant avec soin chaque mot en russe. « Alors, allons libérer Razov. » Le commandant du véhicule et le canonnier debout à l'avant, un lieutenant et une demi-douzaine d'hommes qui s'étaient entassés avec Lambert regardèrent tous Filipov qui hésitait. Son regard toutefois peu à peu se durcit. Il ferma la bouche. Puis il tourna la tête et se mit à lancer des ordres au pilote.

Dix kilomètres au sud d'Okroujnoye Koltso, Moscou
31 août, 15 h 30 GMT (17 h 30 locale)

Chandler et ses hommes étaient épuisés. À deux reprises, son pilote avait fait un écart sur le bas-côté de la route. À chaque fois, ils avaient eu de la chance : pas de mine. Les MP's avaient dit qu'il y en avait une rangée toutes les quelques centaines de mètres : ils n'avaient dégagé que la route, pas les bas-côtés ni les champs.

On avait retiré son bataillon du front pour lui faire parcourir plus de 50 kilomètres sur des chemins de terre, des autoroutes, traverser des villes petites et grandes pour suivre la direction générale de l'avance américaine : jamais, d'un virage à l'autre, on ne savait si le prochain bouquet d'arbres, le prochain bâtiment n'allait pas cacher des Spetsnaz russes en embuscade. Les MP's savaient tout juste où était le prochain virage ou quelle route suivre sur les quelques prochains kilomètres. Quand ils arrivèrent à la bordure nord de leur dernière carte et qu'ils déployèrent la nouvelle, ils comprirent où ils allaient. Au milieu de la carte suivante – une énorme tache grise au lieu du vert et brun de la campagne – c'était Moscou.

En passant dans son char, Chandler vit des ambulances M-113 et des véhicules de secours M-88 garés sur les côtés. À mesure qu'ils progressaient, les épaves de la guerre se faisaient plus sinistres et plus fraîches.

On voyait peu de Russes vivants. À plusieurs reprises, ils rencontrèrent des colonnes de prisonniers, mais pas de civils. Tous les villages étaient plongés dans l'obscurité, la plupart des fenêtres aux carreaux cassés étaient fermées par des planches.

La journée s'avançait : on entendait au loin des bruits de canonnade : comme un tonnerre. Lors d'une halte d'entretien, des soldats échangeaient des commentaires tandis que les caporaux s'en allaient vers l'arrière chercher de la nourriture chaude pour les troupes. Les équipages faisaient le plein des véhicules, remplaçaient des pièces fatiguées. Et surtout, ils rendaient leur linge sale et recevaient des uniformes propres. Chandler alla se présenter au colonel Harkness pour recevoir les derniers ordres. « On allait à Moscou », lui avait dit simplement son supérieur. L'objectif maintenant n'était plus des collines, des ruisseaux, des villages, des carrefours routiers, mais des rues, des pâtés de maisons et des jardins publics.

Chandler se tournait et se retournait sur son siège, irrité par ce long trajet. Il était à peu près au milieu de son groupe : Bailey à moins de un kilomètre devant, le char de queue de la compagnie Charlie à un kilomètre derrière. La brume à l'horizon devenait visible : des colonnes séparées de fumée noire montaient autour des différents champs de bataille. C'était là qu'ils allaient : en enfer.

Chandler appela ses officiers sur le réseau du bataillon et leur ordonna de réduire de 20 à 10 mètres la distance entre chaque véhicule. Ils étaient trop dispersés pour le combat au sol : il faudrait prendre le risque d'être attaqué par les airs.

Sur le plan mécanique, ils avaient eu de la chance : seulement deux pannes mineures. Ils avaient leurs réservoirs de carburant pleins aux trois quarts et leur plein chargement de munitions. Ils auraient eu besoin d'un peu de repos et de repas chauds : mais Chandler ne comptait pas là-dessus.

Il s'assura que la formation resserrait les rangs. En regardant vers l'avant, il vit clairement des flammes orange jaillir au milieu d'un nuage de fumée noire. Les premiers échos familiers des canons des chars retentirent. Une rafale de vent vint brusquement glacer Chandler : il n'avait jamais imaginé dans ses rêves les plus fous qu'on en arriverait là.

Franchissant une petite colline et traversant un autre village abandonné, leur route passait au milieu des champs d'une exploitation agricole. Ils avaient été labourés par les chenilles des énormes pièces d'artillerie autotractées alignées de part et d'autre de la route à l'intérieur des rubans jaunes plantés sur des piquets qui indiquaient le secteur déminé.

Chandler regarda au passage un canon après l'autre puis il aperçut le premier artilleur. À cet instant, son cœur s'arrêta. Un soldat disposait des munitions au bout du tapis roulant : l'homme portait une lourde combinaison protectrice, une cagoule et un masque à gaz.

À bord de Nightwatch, au-dessus du sud de l'Ohio
31 août, 16 h 15 GMT (11 h 15 locale)

Le regard de Thomas passait d'un écran à l'autre dans la grande salle de conférence récemment modernisée du E-4B. Cela faisait longtemps que les avions avaient besoin d'améliorations techniques, à une époque où bien des gens disposaient chez eux de systèmes vidéo bien supérieurs. Depuis l'attaque nucléaire, le Congrès avait voté les fonds nécessaires. Des images en temps réel de Moscou étaient projetées sur un écran à cristaux liquides fixé au mur. La caméra posée au ras du sol devant un champ parsemé d'obstacles antichars : des poutres soudées ensemble semblaient des jouets d'enfants géants. Une autre vue de la ville – prise depuis un appareil de reconnaissance aérienne sous un ciel bas et gris – offrait un vif contraste, avec le ciel d'un bleu de cristal et l'eau sur l'écran voisin : c'était l'image du pont d'envol du porte-avions *United States* dans le nord de la mer de Kara. De petits panaches de vapeur de la catapulte traçaient leur sillon le long du pont en direction de la poupe. Le navire avait viré sous le vent. Tout était prêt.

La porte de la salle de conférence s'ouvrit et les conversations assourdies cessèrent. Même le vice-président à bord de son avion personnel et le général de la RAF assurant la liaison depuis sa casemate de Flyingdales en Angleterre – et dont les images apparaissaient en incrustation l'une à côté de l'autre – levèrent les yeux vers l'officier de l'Air Force qui entrait.

« Nous avons contrôlé tous les canaux, mon général, dit l'officier au général Starnes. Aucune communication de Moscou.

– La barbe ! marmonna le Président.

– Les salauds, dit Fuller. Il est allé avec un drapeau blanc.

– Quels sont vos ordres, monsieur le Président ? » demanda le général Thomas : il espérait une prolongation. *Nous pourrions utiliser ce délai pour nous préparer*, se dit-il, même en sachant la vraie raison de son souhait : sa crainte de l'inconnu, du Bastion.

« Eh bien, dit le Président, en regardant dans le vide d'un air mélancolique. Nous avons fait tout ce que nous pouvions en envoyant Greg. » Il tressaillit. Ses yeux se fermèrent tandis que ses pensées l'emmenaient dans une direction qui ne lui plaisait pas. Il secoua la tête et dit : « Ça fait plus de deux heures. Messieurs, vous avez vos ordres. Finissons-en. »

Le bruit d'une demi-douzaine de téléphones qu'on décrochait signala le commencement de la fin.

Lefortovskaya Naberejnay, Moscou
31 août, 16 h 15 GMT (18 h 15 locale)

« Putain ! » cria Lambert en raccrochant le téléphone dans la cabine. Le désespoir le gagnait.

« Ça ne marche pas ? demanda en russe le lieutenant de parachutistes.

– Niet ! » cria Lambert. Du regard il scrutait dans les faubourgs pour en trouver un autre. « *Na remont* », se dit-il. *Tout en Russie est « na remont » : ne fonctionne pas.*

Là-dessus, ils entendirent un crépitement d'armes automatiques venant de la rivière Yauza, où ils avaient laissé le gros de leurs forces, à un bloc de là.

« Allons-y ! » cria le lieutenant. Lambert et le petit groupe se précipitèrent dans la direction d'où venait le bruit : des parachutistes rasant les murs des immeubles, leurs armes levées en l'air. Lambert le suivit au trot, avec l'impression d'être nu et pas à sa place dans son costume civil. Le temps de descendre la petite rue jusqu'au carrefour plein de fumée devant eux, la fusillade avait cessé. Les hommes de Filipov entouraient les derniers soldats russes du convoi de trois véhicules : deux des camions militaires qui avaient embouti un kiosque et le muret au-dessus de la berge, et le troisième, une limousine dont le moteur fumait sous son capot criblé de balles au milieu de la route. Au carrefour suivant, Lambert comprit pourquoi le convoi avait brusquement stoppé : deux véhicules blindés BTR-80, le canon braqué dans leur direction, jaillirent d'une rue adjacente et leur barrèrent le passage.

Lambert vit des rideaux qu'on soulevait derrière les fenêtres : les locataires de ce qui devait être un immeuble d'appartements jetaient un regard furtif aux combats de rues qui se déroulaient en bas de chez eux. Il y avait des gens à presque toutes les fenêtres, constata Lambert : L'immeuble devait être bondé. *Qu'est-ce que ce sera pour eux si on donne l'assaut ?* se dit-il. Puis il se précipita dans la rue.

De l'autre côté du camion qui avait embouti le kiosque, Lambert aperçut Filipov debout auprès d'un homme en grand uniforme : un infirmier essuyait le sang qui coulait de son front et de sa joue. Sur le côté, les prisonniers du convoi tombé en embuscade attendaient, les mains sur la tête. Leurs fusils, leurs paquetages et leurs casques entassés sur le trottoir auprès de Filipov. Lambert rejoignit le groupe en courant.

« Pavel, cria-t-il en anglais, le téléphone ne marchait pas. Il faut absolument que je prenne contact !

– Général Razov, dit Filipov en russe, permettez-moi de vous présenter M. Gregory Lambert. M. Lambert, le général Youri Razov. »

Greg examina le visage familier : un homme d'une quarantaine d'années, hâlé et robuste comme un athlète. Ils échangèrent une poignée de main. « Enchanté », dit Razov en anglais, avec un accent beaucoup plus fort que celui de Filipov.

« Très heureux, répondit Lambert dans un russe impeccable. Général Razov, je suis ici pour une mission d'une importance vitale. Pouvons-nous parler ?

– Allez-y », dit Razov. L'infirmier lui faisait des points de suture juste au-dessus du sourcil droit. La douleur faisait frémir la paupière de Razov mais ni ses yeux ni sa bouche ne bronchaient.

« Je suis ici pour vous faire des offres de paix. Mon pays ne souhaite pas voir cette guerre continuer. Cette offre officieuse dépend d'une réponse immédiate.

– Quelles sont les conditions ? »

Lambert les lui exposa tandis que l'infirmier terminait son travail en collant du sparadrap par-dessus les points de suture.

« Ces conditions sont acceptables », dit Razov. *Alors, ça y est ?* se dit Lambert. Mais là-dessus Razov ajouta « à mes yeux » pour terminer sa phrase. « Mais malheureusement, comme vous l'avez vu, je n'ai plus d'autorité au sein de notre gouvernement. »

Lambert regarda sa montre, le cœur battant. Deux heures et dix minutes s'étaient écoulées depuis qu'il avait franchi les lignes russes. « Encore une chose. Il faut que je trouve une radio, un téléphone satellite, quelque chose... Immédiatement ! Je vous en prie, il faut m'aider. »

Razov et Filipov fixaient maintenant tous deux Lambert. « Qu'y a-t-il que vous ne nous dites pas, M. Lambert ? » demanda Razov.

Lambert avait les mots au bord des lèvres. C'étaient

des secrets – les secrets militaires les plus importants de la guerre. Dans son agitation, il n'arrivait pas à décider s'il devait les leur dire, se fier à eux.

« Je vous en prie, il faut me faire confiance. » Razov hésita, puis fit un signe à Filipov qui appela le radio de l'unité. Le parachutiste se retourna et Filipov se mit à manipuler les commandes de la radio que l'homme avait sur son dos. Des crépitements de parasites jaillirent : on entendait à peine les phrases criées en russe, mais impossible de comprendre un mot. « Le brouillage », fit doucement Filipov, concentré sur l'appareil.

« Éclair, Éclair », entendirent-ils tous distinctement – en anglais. Razov et Filipov lancèrent tous deux un regard à Lambert.

Aussitôt, un grondement si profond et si sonore qu'on l'aurait cru produit par les éléments éclata au loin. C'était un bruit que même dans ses rêves les plus sombres Lambert n'avait jamais imaginé.

« Couchez-vous ! » cria Filipov. Razov et la centaine de parachutistes et de prisonniers se précipitèrent aussitôt à l'abri du mur et des véhicules blindés. Lambert se sentit empoigné par le lieutenant qui l'escortait. L'homme le projeta littéralement contre le mur d'un perron. Il s'effondra au milieu d'un tas de soldats qui s'étaient jetés à l'abri au même endroit une fraction de seconde plus tôt.

On n'entendait que le crépitement de fusillades isolées qui de très loin venait rompre le calme de la rue. Tout autour d'eux, les parachutistes s'immobilisèrent, les bras au-dessus de la tête et les jambes repliées devant eux. *Oh, mon Dieu*, songea Lambert. *Au nom du Ciel, qu'est-ce que... ?*

Le monde parut détoner en assourdissantes explosions : des lames de fond d'air et de feu qui déferlaient sur Lambert pour l'arracher au béton sur lequel il était allongé. *C'est la fin, c'est la fin,* se dit Lambert tandis que d'un millier de fenêtres des éclats de verre tombaient dans la rue. Il les sentait lui taillader la tête, le cou et les mains en même temps qu'il avait le souffle coupé.

Il essaya de reprendre sa respiration. Il vit aussitôt de l'autre côté de la rivière des arbres qui s'abattaient et une demi-douzaine de boules de feu qui jaillissaient d'un parc, les flammes rouges et bouillonnantes se transformant aussitôt en une fumée épaisse qui montait à des dizaines de mètres dans les airs. Une autre série de formidables explosions secoua les fragments de vitres qui jonchaient la chaussée et fendit en deux sous les yeux de Lambert de grands arbres dans le parc.

« Debout ! » entendit-il crier en russe. Des soldats commencèrent à se lever en s'époussetant. Lambert sentit qu'on le tirait par le bras. Tout autour de lui des explosions retentissaient, de la fumée s'élevait. Un rugissement déchirant passa au-dessus d'eux et les soldats instinctivement baissèrent la tête, figés sur le perron. Lambert ne vit même pas les avions à réaction qui étaient passés en rase-mottes. Les soldats partirent en courant vers leurs véhicules.

On le tirait de nouveau brutalement par le bras. C'était Razov, Filipov à ses côtés.

« Est-ce qu'ils attaquent la ville ? cria Filipov, manifestement bouleversé. Vous êtes en train de donner l'assaut à la ville, n'est-ce pas ? » Dans son accusation, on sentait vibrer la colère.

Une autre formidable explosion ébranla le parc de l'autre côté du fleuve et Lambert vit les premiers des canons automoteurs russes quitter leur position de tir : lui ne les avait pas vus, mais de toute évidence ils n'avaient pas échappé aux appareils de reconnaissance américains.

Encore un peu étourdi par les ondes de chocs, Lambert réussit à crier : « Oui !

– Quels sont les autres plans ? » cria Razov, fixant sur Lambert un regard perçant. Il n'attendit qu'une seconde avant de prendre à deux mains Lambert, pourtant plus grand que lui, en hurlant : « Dites-moi quels sont vos plans ? »

Lambert sentit sous sa langue un petit gonflement sur la molaire de sa mâchoire inférieure. Il savait qu'il ne devrait pas parler – qu'il devrait mourir sans révéler des secrets d'une importance capitale –, mais des mots soudain jaillirent de ses lèvres.

Razov ouvrit de grands yeux et resta bouche bée. « Le Bastion », murmura-t-il, le regard perdu dans le vide.

« Bon Dieu ! » cria Filipov. Un autre obus tomba dans le parc et une succession de petites explosions vint secouer Lambert. Machinalement, il baissa la tête, mais il n'arrivait pas à détacher son regard du visage blême de Razov : Razov planté devant lui, immobile. « Nous vous avions dit de ne pas attaquer ces sous-marins, bon sang, cria Filipov. Vous êtes devenus fous ? Qu'est-ce qui a bien pu... ? »

Derrière les deux officiers, la colonne de véhicules blindés s'était reformée. Les tourelles pivotaient. Les fusiliers étaient à leur poste de tir, prêts à l'action : prêts à combattre jusqu'à la mort les envahisseurs américains dans un geste absurde. Debout auprès de Lambert, son fusil d'assaut à la main et vaguement braqué vers lui, le lieutenant qui l'escortait.

La grêle d'artillerie continuait à tomber sur la ville. Deux avions à réaction passèrent dans un hurlement à une altitude un peu plus élevée : des Tornado anglais ou italiens, observa Lambert en les voyant lâcher des fusées éclairantes. Razov saisit un fusil d'assaut – un AK-74 – dans la pile de l'équipement des prisonniers et se tourna vers Lambert dont trois mètres à peine le séparaient.

L'escorte de Lambert s'écarta. Filipov se retourna pour regarder la scène. Lambert était là seul, Razov, fusil au poing, était face à lui. Lambert avait les mâchoires serrées. Razov leva le fusil, le manipula, regarda la commande du sélecteur juste au-dessus de la détente. Puis son regard revint à Lambert.

Celui-ci poussa un profond soupir et baissa la tête en voyant Razov brandir le fusil à bout de bras. Il leva les yeux juste à temps pour se protéger de l'arme qui vint violemment le frapper à la poitrine.

« Au Kremlin ! » cria Razov à un officier qui émergeait de la tourelle du BMP de tête. Lambert regarda le casque russe que Filipov lui tendait et le lourd fusil d'assaut noir qu'il tenait encore maladroitement. Il monta dans le véhicule blindé, en route pour le Kremlin.

Okroujnoye Koltso, Moscou
31 août, 17 h GMT (19 h locale)

« Paré ! » hurla Jefferson. Le vent soufflait en bourrasque autour de Chandler, debout dans la tourelle.

Mais il ne pénétrait pas les plis ni le masque de sa combinaison protectrice à l'intérieur de laquelle il transpirait abondamment.

« Feu ! cria Chandler.

– C'est parti ! » cria le canonnier et le gros canon tira un autre obus.

« Touché », dit le canonnier dans l'intercom.

Chandler lâcha une rafale de balles sur un camion bâché qui débouchait de derrière un petit bâtiment tandis que les chars de son bataillon fonçaient vers les imposantes défenses de Moscou, vers « la ligne de Moscou ». De la fumée s'échappa du moteur du camion tandis que trois hommes sautaient à terre par l'arrière. « BMP ! » cria Chandler en distinguant un mouvement du côté d'un chantier de construction. « À 10 heures ! chargez un HEAT !

– On est un peu à court, major, dit Jefferson. Il nous en reste quatre.

– Prenons-en un à tête molle, alors ; chargez-le ! cria Chandler.

– Paré ! fit Jefferson.

– Feu ! » ordonna Chandler.

Le char trembla sous le recul du canon tandis que les flammes jaillissaient du tube. Chandler porta ses jumelles à ses yeux pour surveiller le tir. L'obus à ogive molle était moins prisé car il ne donnait pas de résultats aussi spectaculaires qu'un HEAT. Contrairement à l'obus perforant qui concentre son énergie sur un point aussi étroit que possible, ce type d'obus avait une enveloppe molle conçue pour s'étaler à l'impact. Une fusée faisait alors exploser la charge et la force de l'explosion faisait éclater en fragments les parois du véhicule, projetant des éclats métalliques à grande vitesse. Cet « éparpillement » tuait ou estropiait l'équipage touché par les éclats brûlants qui ricochaient à l'intérieur du véhicule. Mais cela faisait rarement exploser les munitions ou le carburant avec ce beau feu d'artifice qui venait confirmer le coup au but.

L'obus avait manifestement touché le flanc de l'engin et le BMP était immobile : ses neufs occupants sans doute morts ou mourants, atteints par les éclats de leur propre blindage.

« J'en tire encore un, colonel ? » demanda le canonnier.

Chandler inspecta la colonne de camions en feu à gauche sur la route. Certains quittaient la chaussée pour tenter de s'échapper. « Non, dit-il. Gardez l'œil ouvert. »

Il lâcha une autre rafale. Cette fois une formidable explosion secoua l'arrière d'un camion et il le vit s'aplatir sur le sol : ses essieux, ses roues et sa suspension avaient cédé, les caisses de munitions qu'il transportait sous sa bâche ayant sauté.

Il jeta un coup d'œil sur sa droite où son groupe bataillait encore avec les derniers chars russes émergeant de leurs trous, trahis par les fumées d'échappement des moteurs vieillissants. Un missile filait droit sur eux, tiré par le BMP qu'ils avaient touché avec l'obus à tête molle.

« A-a-a-a-h-h ! » hurla Chandler dans l'intercom. Machinalement il remonta ses jambes dans la tourelle : le missile frappait le blindage plus léger sur le flanc du M-1. Une douleur lancinante remonta le long de ses jambes et une chaleur intense envahit le compartiment de l'équipage. La secousse de l'explosion lui fit perdre l'équilibre et il tomba dans l'enfer d'en bas.

En deux cent cinquante millisecondes, le système d'extinction automatique du M-1 déversa dans la cabine du gaz halon. Quand le casque de Chandler heurta violemment le plancher, le feu était éteint. Chandler se traîna sur le plancher du compartiment dans le char maintenant immobilisé et il resta là, étourdi, à tousser dans le halon qui avait provisoirement chassé l'oxygène de la cabine. La quinte le secoua douloureusement dans tout le corps. Il entendit quelqu'un murmurer : « Sei... gneur », les dents serrées derrière son masque à gaz et il parvint à prendre appui sur ses coudes.

« O-o-o-o-h », entendit Chandler sur sa gauche : un bruit inhumain.

Jefferson, allongé sur le dos, avait le regard fixé sur le plafond blanc du compartiment, à travers les lunettes de son masque.

Chandler peu à peu retrouva ses esprits. Il se traîna jusqu'aux lance-fumée, lâchant les deux fumigènes de part et d'autre de la tourelle. Le tireur se traîna jusqu'à Jefferson et le pilote demanda : « Personne... personne n'est touché ? » tout en essayant vainement de faire redémarrer le moteur.

Jefferson gémissait toujours. Les grenades fumigènes éclataient tout autour du char, leur assurant, Chandler le savait, la seule protection qui leur restait. Par le panneau de la tourelle, il scrutait le ciel au-dessus d'eux, retenant son souffle. *Immobilisés sur un champ de bataille : on fait une belle cible*, se dit-il. *Il faut filer d'ici.*

« Colonel ! » cria le tireur. Chandler se traîna jusqu'à Jefferson. Il crut entendre un bruit dehors, mais quand il l'entendit de nouveau, il se rendit compte que ça venait de la poitrine de Jefferson. Un bruit de succion.

« Oh, mon Dieu, fit Chandler. Passez-moi quelque chose, un poncho ! quelque chose d'étanche ! » Chandler dépouilla Jefferson de son blouson. Il avait la poitrine inondée d'un sang un peu orange et bouillonnant qui venait droit de ses poumons. Toutes les deux secondes, un horrible gargouillis montait de la blessure : il suffoquait lentement.

« Tenez ! » dit le tireur en tendant à Chandler la couverture du tube. Chandler pressa le vinyle sur la plaie béante.

Sous les mains de Chandler, Jefferson commença à tressauter : il était pris de convulsions.

Un brusque souffle dehors se termina par un choc sourd et une formidable explosion que Chandler ressentit tout à la fois dans ses genoux et ses poumons : c'étaient les obus du canon qui commençaient à sauter à l'arrière du char, chacun donnant l'impression que c'était la fin du monde. Les explosions augmentèrent en violence et en intensité jusqu'à n'être plus qu'un grondement confus.

Les vibrations faisaient trembler les entrailles des hommes : sanglé sur son siège, le pilote hurlait comme si quelqu'un lui frappait la poitrine. Par les panneaux ouverts, Chandler aperçut une flamme d'un blanc éblouissant : c'était le carburant qui giclait sur les panneaux d'évacuation. Le vacarme et la chaleur redoublèrent soudain : l'essence s'enflammait à l'arrière. Chandler enfonça la tête entre les épaules, les traits crispés, les yeux larmoyants derrière ses paupières fermées. Il dut faire un effort pour garder ses mains appuyées sur la poitrine de Jefferson et ne pas les coller contre ses oreilles comme le tireur et le pilote.

Il leva les yeux : non pas vers les flammes qui jaillissaient à une trentaine de mètres au-dessus d'eux, mais vers la paroi blindée qui les séparait du brasier de l'autre côté. Il ne regardait qu'une chose : cette cloison. La peinture blanche commençait à brunir sous ses yeux, de la fumée montait. Chandler renonça à garder les yeux ouverts et laissa ses paupières s'abaisser. Dans ces ténèbres, les bruits qui lui déchiraient les tympans devinrent une série de sons insupportables. Chandler sentait à travers sa combinaison la chaleur qui rayonnait du compartiment à munitions.

Brusquement, les vibrations qui agitaient les genoux de Chandler s'arrêtèrent. Il ouvrit les yeux. La porte de la soute à obus était maintenant noircie sauf en quelques endroits où elle brillait d'un blanc grisâtre. Par son panneau, il vit un nuage de fumée noire masquer le soleil. Chandler sursauta en sentant des mains sur son bras. C'était le tireur : il répétait quelque chose en criant.

« Quoi ? » hurla Chandler. Mais c'était à peine s'ils s'entendaient. Il se sentait au bord du vertige et de la nausée. Une brusque suée glaciale l'obligea à trouver un endroit pour s'allonger.

« Ça ne sert à rien ! entendit Chandler. Il est mort ! »

Chandler baissa les yeux et cessa de presser sur la poitrine de Jefferson : il avait les bras, les épaules et le cou endoloris par l'effort.

Le grondement du feu à l'arrière du char s'arrêta. Chandler écouta le crépitement du canon des Bradley qui aurait dû être en train de démolir la casemate des tranchées devant eux. On se battait toujours, mais même avec ses oreilles assourdies, il sentait que les combats s'éloignaient.

« C'est comment dehors ? » cria-t-il au pilote qui s'était retourné sur son siège pour regarder le corps de Jefferson. Il se pencha vers ses viseurs puis se retourna pour dire : « La tranchée est à une soixantaine de mètres. » Regardant de nouveau dehors il annonça : « Il y a un Bradley qui a été touché ! »

Chandler réfléchit un instant puis dit « Bon », cherchant son équipement et son fusil. Le pilote ouvrit son panneau. Chandler regagna son poste et le tireur remonta du fond du char immobilisé pour prendre la place de Jefferson. L'arrière était tout noirci et de la fumée sortait des compartiments à munitions et des réservoirs.

« Mettez-vous sur la 50 », ordonna Chandler en se laissant glisser à terre, prenant grand soin de ne pas faire d'accrocs dans sa combinaison protectrice. L'ordre était venu de la brigade : MOPP IV – équipement de protection chimique complet – pour donner l'assaut à la ville. Le tireur réapparut par le panneau de Chandler et fit pivoter la mitrailleuse de 50 vers les tranchées. Il lâcha précipitamment les poignées puis les reprit du bout des doigts : manifestement, elles étaient brûlantes.

Le terrain était encore très dangereux. Il bloqua le sélecteur de tir de son M-16 sur « rafale » et coinça le fusil d'assaut sous son aisselle tout en s'avançant lentement vers le M-3 et les hommes enfermés à l'intérieur. Seize hommes.

Le pilote était allongé sur le sol, son M-16 braqué sur la casemate devant lui, prêt à tirer. Chandler aperçut la zone de terre brûlée devant lui : c'était l'emplacement où le « serpent » du génie, un long tuyau bourré d'explosifs et projeté en avant pour faire sauter les mines sur leur passage, avait dégagé une piste d'une vingtaine de mètres de large.

« Venez ! » cria Chandler au pilote et ils s'avancèrent vers les tranchées. Malgré la voie ouverte par le serpent, Chandler posait à chaque fois ses pieds avec précaution. À deux reprises, il vit des mines non explosées partiellement déterrées par le souffle de l'explosion. Ils s'engouffrèrent par les brèches ouvertes dans les lignes russes : les bruits des canons de chars étaient maintenant à plus d'un kilomètre et demi devant eux. Les hélicoptères sillonnaient le ciel gris. De temps en temps un chasseur bombardier plongeait en crevant le plafond de nuages pour larguer les noires cargaisons accrochées à ses ailes avant de remonter vers les nuages qui le protégeaient. Une, puis deux traînées de fumée laissées par les missiles antiaériens montèrent dans le ciel. Un instant, une lumière aveuglante illumina de l'intérieur un groupe de nuages.

Chandler et le pilote approchaient du char, courbés en deux, le fusil en position de tir, le doigt de Chandler sur la détente.

Deux cadavres en combinaison protectrice gisaient étalés devant leur panneau d'écoutille et de la fumée sortait par un trou gros comme un pamplemousse dans le blindage du véhicule. Le pilote de Chandler se glissa jusqu'au panneau pour inspecter l'intérieur. Chandler examina les deux hommes qui gisaient sur le sol.

Le premier n'avait plus de jambes et il était mort. Chandler souleva sa cagoule : il reconnut un soldat du peloton de reconnaissance. Il prit une des plaques d'identité de l'homme et glissa l'autre entre les lèvres crispées. Il s'approcha du second corps. Lui aussi avait les jambes en bouillie : les deux hommes avaient eu le bas du corps pris dans le brasier tandis que leur torse émergeait du panneau : il avait déjà vu cela. *Le tireur et le chef de char.* Ne fût-ce qu'un instant, le feu avait fait rage : l'uniforme du cadavre aux pieds de Chandler fumait encore.

« Oh, mon Dieu », murmura le pilote en sortant la tête du char renversé. Sa torche électrique tremblait dans ses mains et il se laissa tomber en arrière sur le sol. Sans un mot, il restait assis là, immobile, haletant. Il avait trouvé le reste de l'équipage encore à l'intérieur du char.

Chandler souleva la combinaison protectrice : l'homme était grièvement brûlé. De ses mains gantées Chandler fouilla le blouson en lambeaux mais sans trouver la plaque d'identité. Jetant derrière lui un coup d'œil nerveux à la tranchée, il ne vit personne. Il confirmerait l'identité du corps et poursuivrait son chemin : les autres à l'intérieur du véhicule devraient attendre.

Un bout de papier aux bords brûlés dépassait d'une déchirure de la poche de poitrine. Il prit le papier soigneusement plié en carré. Il baissa les yeux vers la cagoule qui recouvrait le visage du mort avant de déplier lentement le bout de papier. Il savait déjà ce qu'il allait trouver.

Entre l'enchevêtrement de vigne et de roses rouges en haut du papier à lettres rose, le nom et l'adresse de Jennifer, de Dallas.

Chandler replia la feuille et la remit dans la poche du lieutenant Bailey. Il se releva. Devant lui s'étendait la tranchée. Le champ de bataille n'était pas sûr : il restait peut-être des Russes là-bas. Il fit signe au pilote de se lever et regarda derrière lui pour s'assurer que le tireur les couvrait toujours avec sa mitrailleuse. Arme à l'épaule, Chandler et le pilote se dirigèrent vers le fossé creusé dans la terre brune.

Arrivés tout près, ils se plaquèrent au sol pour ramper le long de la petite élévation du parapet. Avec des gestes lents et prudents, Chandler passa la tête et le canon de son fusil par-dessus le petit muret. Des corps jonchaient le sol de la tranchée où ils s'étaient précipités en sortant de la casemate : la casemate démantelée où s'entassaient des corps. Pas le moindre signe de vie.

Chandler et le pilote se redressèrent lentement. Tout le long de la tranchée, et sur le chemin de terre derrière, s'alignaient des provisoires russes, morts. Ils avaient le corps crispé dans des positions bizarres. Beaucoup avaient la main qui tirait encore sur leur col de chemise ou qui se serraient la gorge comme s'ils s'étaient étranglés. On ne voyait sur aucun d'eux la moindre trace de blessure : le seul détail qu'on retrouvait chez eux, c'étaient leurs yeux. Ils étaient exorbités, grands ouverts dans l'agonie bien reconnaissable de la mort par les gaz. Ils étaient là des centaines, des milliers en une longue file de cadavres qui s'allongeait jusqu'aux collines et se perdait à l'horizon.

Le pilote se laissa retomber sur le sol. Il lâcha son fusil et enfouit son visage masqué dans la terre devant lui avant de rouler sur le côté en serrant ses genoux contre sa poitrine. Il se balançait lentement d'un côté à l'autre. Il en avait assez vu de la guerre.

Chandler était planté là, à l'abri sur ce coin de terre encore bourré de dangers mortels, à l'abri dans sa mince combinaison noire, enregistrant sans s'en rendre compte des images qui le hanteraient jusqu'à la fin de ses jours. C'étaient des images auxquelles se heurteraient à jamais les efforts de son fils Matthew quand il poserait les inévitables questions qu'un jeune garçon pose à un père qui a fait la guerre et qu'il n'obtiendrait pas de réponse.

19.

Le Kremlin, Moscou
31 août, 17 h 15 GMT (19 h 15 locale)

Au milieu de la confusion provoquée par les attaques de chasseurs bombardiers avec leurs hélicoptères de protection sur tout le centre de Moscou, la colonne de BTR-80 franchit les portes du Kremlin. Le commandant du véhicule et un soldat portant un lance-missiles antiaérien SA-7 sur l'épaule descendirent de l'engin blindé avant Razov et Lambert. Ils refermèrent sur eux le panneau de protection : Cela assourdit le crépitement des mitrailleuses, le « whoosh » et les « boum » rapides des fusées lancées par les hélicoptères qui avaient déjà mis hors de combat un des véhicules de parachutistes.

Le lieutenant assis sur la banquette juste devant Lambert cria quelque chose que celui-ci ne comprit pas, mais tous les soldats se mirent soudain à charger leur fusil d'assaut. Razov en fit autant. Lambert s'affaira sur une sacoche accrochée à une sangle pour en extraire un chargeur de trente cartouches de 5,6 millimètres, le nouveau standard russe.

Lambert mettait le chargeur en place quand il sentit les mains de Razov desserrer la jugulaire dont le cuir lui serrait le menton. « C'est mieux comme ça, dit-il. Au cas où on serait touché, il... » D'un geste large, il mima le casque s'envolant de sa tête. Puis il se pencha sur le fusil de Lambert pour s'assurer que le cran de sûreté était mis.

Quand le bruit du moteur du BTR se tut, on put entendre devant eux le crépitement des armes légères.

« Restez avec moi », dit Razov tandis que les panneaux de côté s'ouvraient et que les occupants du BTR descendaient sur les pavés lisses et ronds de la vieille place du Kremlin. Lambert s'allongea sur le sol. Il regarda les parachutistes se précipiter vers un édifice anonyme planté au milieu des constructions décorées et brillamment colorées du Kremlin. Ils se précipitèrent par le seuil envahi de fumée, leur fusil crachant le feu.

« Allons-y ! » dit Razov. Il se leva et se précipita vers la porte ouverte le long de la colonne de véhicules échelonnés maintenant des deux côtés de la rue. Le hurlement d'un avion à réaction les fit tous se plaquer au sol. Lambert s'écorcha les genoux et les coudes en plongeant. Il fit un accroc à son costume au moment même où il sentait sa hanche heurter violemment la pierre. Roulant sur le côté, il aperçut un missile de croisière américain Tomahawk qui virait nonchalamment vers la gauche : les balles traçantes des batteries antiaériennes russes striaient le ciel tout autour du petit avion sans pilote aux ailes courtes. Quand il réapparut au loin derrière les coupoles en oignon d'un vieux monastère dans l'enceinte du Kremlin, il achevait presque son virage. Lambert imaginait les images analysées dans l'ordinateur sophistiqué qui dirigeait l'engin. Tous suivaient avec une fascination silencieuse le réacteur du missile qui tournait au ralenti. Brusquement, l'engin agita ses ailerons et le rugissement du moteur reprit : une cible avait été repérée. L'engin approchait. Il accélérait et Lambert se demanda soudain : *nucléaire ou conventionnel ?*

Il passa à moins de 60 mètres au niveau des arbres : beaucoup plus gros que Lambert ne l'aurait imaginé. Le missile piqua brusquement juste après avoir dépassé le dernier bâtiment et se dirigea droit vers les doubles portes du Congrès des députés du peuple, à l'autre bout de la large place.

Il s'écrasa sur les portes et Lambert crut d'abord que c'était un faux missile. Mais, tout d'un coup, trois étages de fenêtres furent illuminés par un éclair et la façade du magnifique bâtiment vint se fracasser sur les rares voitures garées devant. L'explosion retentit au milieu de la grande place du Kremlin. La fumée se dissipa rapidement : on pouvait distinguer à l'œil nu un trou de quatre étages qui avait ouvert l'immeuble en deux.

Razov, le lieutenant et leurs hommes se redressèrent précipitamment et foncèrent vers la porte ouverte de l'immeuble. Lambert les suivit. Tout au long de l'horizon au sud et à l'ouest s'élevaient les nuages noirs des incendies : le ciel était empli des points lumineux des avions au loin. Quand ils arrivèrent à la porte, on entendait nettement l'étrange crépitement de fusillade qui provenait des profondeurs des bâtiments. Les parachutistes se mirent à creuser des tranchées individuelles dans la pelouse impeccablement tondue juste devant l'entrée. Lambert s'engouffra à l'intérieur avec Razov et les autres. Des soldats passèrent en courant devant le bureau de la réception et franchirent les doubles portes. Lambert et Razov sur leurs talons débouchèrent au pied de l'escalier plongé dans l'obscurité. Le bruit de la fusillade montait des profondeurs par la cage d'escalier.

Razov, Lambert et son escorte dévalèrent les marches. Les nuages de fumée et l'âcre odeur de la poudre déferlaient sur eux tandis qu'ils enjambaient sur les marches des corps déchiquetés et ensanglantés : les infirmiers en soignaient quelques-uns, d'autres gisaient abandonnés, morts. Une balle ricocha dans une gerbe d'étincelles et un fracas métallique. Plus ils descendaient, plus fortes étaient les rafales d'armes légères et les explosions des grenades à main. Lambert sentait ses tympans près d'éclater. Il était hors d'haleine.

Des balles vinrent frapper de nouveau les marches métalliques : un soldat devant Lambert poussa un hurlement et s'effondra, dégringolant jusqu'au palier suivant. Des soldats apparurent de part et d'autre de Lambert, leur fusil braqué par les interstices de la balustrade, mais ils retenaient leur feu. Au milieu d'une grêle de balles qui continuaient à ricocher partout, un infirmier passa devant Razov pour soigner le soldat tombé.

Lambert sentait tout son corps exposé, suspendu là sur ce frêle escalier métallique au milieu des balles qui sifflaient de partout. Ça n'était pas un peu de chair tendre et d'os fragiles qui pourraient arrêter les projectiles à haute vélocité qui venaient se fracasser contre le béton.

« Allons-y ! » dit Razov en aidant Lambert à se relever. Ils fonçaient vers les canons des fusils qui les attendaient en bas.

Ils plongèrent dans les profondeurs de l'enfer. Lambert faillit se tordre une cheville sur le trou déchiqueté laissé par une balle dans le métal de la marche ; au même instant, un éclair aveuglant illumina la pénombre de la cage d'escalier. Le souffle de la grenade martela les tympans de Lambert, le laissant étourdi. Ils utilisaient des grenades explosives, se dit-il, au lieu de grenades à fragmentation. *On n'utilise pas de grenades à fragmentation dans une cage d'escalier.* Ils plongèrent dans la fumée étouffante. Le fracas du combat martelait maintenant sans cesse les oreilles et la tête de Lambert.

Ils arrivèrent sur un grand palier tout en bas où s'entassaient des corps : la bataille avait perdu de sa violence. Ils se précipitèrent parmi les blessés, sans s'occuper d'eux pour rattraper Filipov. Ils rejoignirent des soldats accroupis ou allongés sur le sol, prêts à tirer. La poignée de ceux qui restaient du petit groupe de Lambert prirent position le long des murs aux intersections des couloirs. Maintenant, ils étaient en première ligne.

Sur un ordre lancé par le lieutenant, Lambert vit avec une stupéfaction horrifiée quatre parachutistes bondir dans le couloir pour être accueillis par une grêle de balles : ils tiraient en rafale, le fusil à la hanche. Deux d'entre eux tombèrent presque aussitôt, morts ou grièvement blessés. Les deux autres disparurent dans la fumée, en vidant leur chargeur devant eux.

Lambert aperçut alors Filipov et un homme de l'autre côté du couloir. Filipov cria : « Debout ! » Les rares survivants se relevèrent. Ils suivirent les hommes de tête dans le couloir, se guidant au fracas de leurs fusils, laissant derrière eux Razov, Lambert et le lieutenant. Du menton, Razov désigna le couloir : tous trois se précipitèrent dans la fumée.

Ils passèrent devant une porte après l'autre. Dans la plupart s'encadraient des soldats qui les regardaient avec angoisse : accroupis ou tapis derrière des bureaux, des tables, des postes de radio dans des pièces encombrées de classeurs ou d'ordinateurs. Ils ne participaient pas à la bataille, ils ne prenaient pas parti. À coups de pied, le petit groupe ouvrit les grandes doubles portes : la lumière inonda la pénombre du couloir.

Avec l'ouverture des portes le combat cessa, tout devint silencieux. Lambert n'entendait que ses oreilles qui résonnaient.

Avec Razov et le lieutenant, il dépassa les corps des deux derniers soldats de leur petit groupe et vint rejoindre Filipov qui attendait, fusil au poing, entre les portes : Lambert comprit alors qu'il l'avait échappé belle. Il jeta un coup d'œil par-dessus son épaule. Ils avaient démarré avec une centaine d'hommes, moins quelques-uns qui avaient été tués là-haut et quelques autres laissés pour bloquer l'entrée de l'escalier. Filipov, Razov, Lambert, le lieutenant et trois autres soldats : il ne restait pratiquement plus qu'eux.

Razov passa devant Filipov et un des soldats blessés pour entrer dans la pièce brillamment éclairée. Comme Filipov était plus petit, Lambert aperçut par-dessus son épaule la longue table de conférence et des hommes – des généraux, des amiraux, tous âgés – debout contre les murs, loin des portes criblées d'impacts de balles.

Tous les regards étaient fixés sur Razov. Mais celui-ci n'avait d'yeux que pour les deux appareils au bout de la table – comme de gros ordinateurs portables – devant lesquels étaient assis deux jeunes officiers de l'armée russe.

« Dehors ! » cria Razov en brandissant son fusil d'assaut devant le groupe de vieux généraux. *La STAVKA*, songea Lambert tandis que Filipov et sa poignée de soldats poussaient les autres devant eux. Ils sortirent à la queue leu leu, dévisageant Lambert au passage, et on les conduisit dans une salle voisine tandis que quelques autres survivants de la bataille arrivaient par petits groupes. Filipov sortit en passant devant eux. Il criait en russe : « Le général Razov a maintenant pris le commandement ! Regagnez aussitôt vos postes ! Le général Razov a maintenant pris le commandement ! Regagnez aussitôt vos postes ! » Il donna des ordres aux parachutistes qui arrivaient et leur indiqua une direction qu'ils prirent en courant.

« M. Lambert ! » entendit Lambert en anglais derrière lui. Il se retourna pour voir Razov ouvrir un épais cahier posé sur la table auprès des deux officiers toujours assis. Sans lever les yeux, il dit : « Appelez votre Président tout de suite ! » Du doigt il désigna une rangée de téléphones posés sur un buffet d'un côté de la salle. « Faites le 9 pour avoir une ligne. »

Lambert décrocha le téléphone et composa le 9. Il prit son portefeuille dans sa poche. Il entendit le déclic, puis la tonalité. Il composa le numéro de téléphone réservé par AT&T International expressément pour cet appel. Après une rapide série de déclics, il entendit la voix lointaine d'un standardiste. « Nightwatch. » C'était étonnament simple.

« Ici Greg Lambert. Passez-moi le Président. » Lambert comprit alors que les deux appareils étaient les communicateurs nucléaires et que le cahier dont Razov feuilletait les pages était un registre arraché au côté des communicateurs.

« Ici Costanzo. Greg, où diable étiez-vous passé ? »

Lambert lui expliqua rapidement, sans quitter des yeux Razov.

« Qu'est-ce qu'il fait maintenant ? demanda le Président.

– Il... je ne sais pas », répondit Lambert tandis que Razov feuilletait frénétiquement une page après l'autre du livre de codes. Lambert abaissa le combiné et dit : « Général Razov, j'ai le Président en ligne. »

Razov marmonnait tout seul tandis que son doigt suivait les lignes des pages imprimées : toute son attention était concentrée sur le registre.

« Qu'est-ce qu'il fout ? entendit Lambert dans l'écouteur.

– Général Razov ? demanda Lambert. Qu'est-ce que vous faites ? »

Pas de réaction de Razov. Lambert reprit l'appareil. « Il est derrière les... les communicateurs nucléaires et il consulte un manuel. Général Razov ! » cria Lambert. Les officiers postés auprès des appareils promenaient des regards affolés entre les deux hommes. Lambert porta le combiné à son oreille. « Un instant, monsieur le Président. » Il reposa l'appareil et s'approcha de Razov.

« J'ai le Président en ligne. Bon sang, qu'est-ce qui se passe ? »

Razov ne cessait de marmonner les lettres russes « MSGRMG ». Lambert regarda le manuel. Le doigt de Razov parcourait des colonnes où s'alignaient apparemment au hasard des lettres et des chiffres. *Des codes*, comprit Lambert.

« Répondez-moi, bon Dieu ! Qu'est-ce que vous foutez ? » interrogea Lambert.

Razov interrompit un instant son marmonnement pour dire : « *Doverayte mnye* – faites-moi confiance,

M. Lambert. » Puis son doigt se remit à suivre les codes sur la page. Il passa précipitamment au feuillet suivant du gros livre, les codes à douze chiffres défilant sous son doigt.

Lambert revint au téléphone. « Il dit de lui faire confiance. Il est en train de fouiller dans ce qui m'a l'air d'être un livre de codes.

– Ouvrez les claviers de codes », dit Razov. Lambert, le regard fixe, vit les deux officiers soulever les couvercles.

« Il a ordonné l'activation des communicateurs nucléaires, dit Lambert dans le téléphone.

– Doux Jésus », entendit Lambert en arrière-fond de ce qui devait être la salle de conférence de Nightwatch. On aurait dit la voix du secrétaire à la Défense. Razov tourna la page et son doigt descendit la colonne.

Le doigt s'arrêta soudain. Razov remua les lèvres, énonçant le code que son doigt suivait maintenant à l'horizontale. Il le lut encore une fois. « Ça y est ! Entrez le code suivant.

– Il est en train d'introduire un code, monsieur le Président. Il introduit un code.

– La lettre M », dit Razov aux deux officiers. Chacun pressa un bouton.

« Il introduit un code, monsieur le Président !

– Lambert, dit le Président d'une voix pressante, arrêtez-le. Arrêtez-le, Greg !

– S », lut Razov juste au-dessus du bout de son doigt. Les officiers entrèrent le code.

Lambert reposa le téléphone et prit son fusil. Il bloqua le sélecteur de tir sur auto.

Les deux officiers levèrent vers lui un regard bouleversé.

« G, dit Razov sans lever les yeux. G ! » répéta-t-il sèchement en constatant que les hommes ne réagissaient pas. D'un geste hésitant, chacun enfonça une autre touche.

« Général Razov, dit Lambert, écartez-vous de cette table. » Le fusil était braqué sur lui.

« Plus vite... plus vite ! » dit Razov. Il évitait délibérément de regarder Lambert. « Zéro !

– Razov ! » cria Lambert. Il porta le fusil à son épaule et visa la tête du général. « Bon sang, Greg, ne le laissez pas introduire ce code », murmura faiblement une voix dans le téléphone.

Les officiers enfoncèrent une autre touche. *Combien de chiffres est-ce que ça faisait?* essaya de se rappeler Lambert tandis que Razov disait : « 5 ! », toujours penché sur le livre.

Lambert pressa la détente. Une rafale partit, le recul lui martelant l'épaule, tandis que les éclats de plâtre du plafond pleuvaient sur la tête des trois hommes.

Les deux officiers toujours assis courbèrent les épaules, ils regardaient Lambert, l'air terrorisés. Razov avait toujours le doigt solidement planté sur la page, mais il leva les yeux vers Lambert. « 7. » Comme les officiers hésitaient, regardant toujours le fusil dans les mains de Lambert, Razov lança : « Plus vite ! 7 !

– Greg, ne bouge pas », entendit Lambert tandis que les officiers enfonçaient les touches de leur clavier. Du coin de l'œil, il aperçut Filipov : celui-ci à son tour avait pris son fusil. Il le braquait droit sur la tête de Lambert.

« Greg ! qu'est-ce qui se passe ? Vous êtes toujours là ? » cria le Président dans le téléphone.

« La lettre R ! » dit Razov, et les deux officiers enfoncèrent la lettre R – le septième caractère du code à douze chiffres. « M ! » tandis qu'on entrait le huitième chiffre, Lambert gardait les yeux fixés sur le viseur du fusil.

« Greg, dit Filipov, pose ce fusil. Pose-le tout de suite.

– G ! » Le neuvième chiffre fut introduit dans les deux communicateurs. Greg entendit le Président crier : « C'est un code de lancement ? Est-ce qu'il introduit un code de lancement ? Greg, vous êtes là ?

– Zéro ! » Le dixième.

« Greg, au nom du Ciel, si vous êtes là, arrêtez ce salaud ! »

Razov dit : « 5 », puis leva les yeux. « Je suis en train d'essayer de sauver le monde. Est-ce que vous me faites confiance, M. Lambert ? » Lambert regarda Filipov qui cria : « Greg ! je te préviens, pose ce fusil maintenant ! »

Lambert se tourna vers Razov. « À vous de choisir, M. Lambert. À vous. » Il regardait le bout de son doigt. Un des officiers assis auprès de lui ferma les yeux. « 6 », dit calmement Razov.

Les officiers levèrent les doigts pour enfoncer les touches. Lambert sentit le sien se crisper sur la détente. Le douzième chiffre était introduit dans les appareils. « *Kommanda podana*, dirent les deux officiers à l'unisson. Code accepté. »

Lambert abaissa son fusil. Filipov contourna le buffet pour le lui arracher des mains, sans cesser de tenir son arme toujours braquée sur sa poitrine. Greg avait les mâchoires crispées à force de les serrer. Son cœur battait à tout rompre. Sa langue palpait sa molaire du fond, cherchant un goût amer ou une sensation d'engourdissement. La couronne semblait intacte.

« Passez-moi le Président », dit Razov en s'approchant du téléphone.

À bord de Nightwatch, au-dessus du centre de l'Ohio
31 août, 17 h 36 GMT (12 h 35 locale)

« Monsieur le Président, dit la voix de Razov dans le haut-parleur, je viens d'entrer un code qui pour la première fois a été introduit dans les banques de données codées sur l'ordre du président Gorbatchev après la tentative avortée de coup d'État contre lui en août 1991. Au cours de cette tentative, son boîtier de codes nucléaires et celui du ministre de la Défense Yazov sont tombés tous les deux entre les mains des insurgés. Aux derniers stades de l'échec du putsch, Yazov a menacé de faire usage d'armes nucléaires contre la base aérienne soviétique à partir de laquelle le général Chapachnikov organisait la résistance militaire contre les conspirateurs. »

Thomas vit le Président jeter un coup d'œil au directeur de la CIA : celui-ci haussa les épaules et secoua la tête. Il se leva pour s'approcher du Président.

« Le secret du code n'a pas été révélé aux militaires. Il a été transmis de Gorbatchev à Eltsine au moment de l'effondrement de l'Union soviétique. Lors de l'arrestation du président Poltavski, à la suite du coup d'État militaire de cette année – auquel, comme vous le savez, j'ai personnellement pris part –, Poltavski m'a demandé quelques instants de tête-à-tête. Il m'a révélé le code qui figure en permanence sur une longue liste de “ codes réservés ”. Les “ codes réservés ” ne se trouvent pas sur le jeu de codes disponibles que l'on change chaque jour pour jouer le rôle de codes de lancement activés. »

Le directeur de la CIA se pencha sur l'épaule du Président et pressa le bouton « pause ». « Nous ne savons absolument pas si ce qu'il raconte tient debout, monsieur le Président.

– Le code comportait les initiales et l'âge de Gorbatchev et de sa femme Raïssa. »

Le Président força le directeur à ôter son doigt du bouton « pause ». « Qu'est-ce que font ces codes ?

– Ils sont conçus pour prévenir le risque d'utilisation d'armes nucléaires par des personnes non autorisées, monsieur le Président. Plus particulièrement pour servir, dans le cadre d'une guerre civile en Russie, à empêcher une guerre civile nucléaire, monsieur le Président.

– Est-ce que ça marche ? » demanda le Président.

Il y eut un long silence. Puis Razov dit : « Je ne sais pas. » Nouveau silence durant lequel le Président dévisagea les hommes assis autour de la table de conférence.

« Il faut, dit Razov, il faut absolument que vous annuliez votre attaque sur le Bastion. Monsieur le Président, la politique d' " action par défaut "... ce n'était pas une ruse. Ce n'était pas de la désinformation. C'est véritablement la politique de contrôle nucléaire qui est devenue effective pour ces sous-marins à la suite de la décision prise par Zorine de lancer les ordres de contrôle de lancement.

– J'aimerais parler à M. Lambert », dit le Président.

Durant cette brève pause, Thomas consulta sa montre puis jeta un coup d'œil au chef des opérations navales qui en faisait autant. Les forces navales et aériennes de la mer de Kara étaient sur leurs objectifs ou très près.

« Oui, monsieur le Président », dit Lambert.

Le directeur de la CIA leva la main pour imposer le silence à Costanzo. « Lambert, lui fit-il, avez-vous entendu l'histoire de Razov ?

– Oui, parfaitement. »

Le Président allait parler, mais le directeur lui fit de nouveaux signes. « Étiez-vous avec Razov durant tout le temps où il a corrigé la procédure d'autorisation de tir ?

– Oui.

– Pouvez-vous nous fournir davantage de détails ? »

Pendant le bref silence qui suivit, Thomas gardait les yeux sur le haut-parleur. « Non, bon Dieu, répondit Lambert. Je ne parle pas sous la contrainte ! » Le directeur fit au Président un signe de tête affirmatif. « Greg, reprit celui-ci en se penchant vers les haut-parleurs, vous étiez là. Vous l'avez observé. Qu'est-ce que vous pensez ? »

La réponse de Lambert fut immédiate. « Je crois le général Razov, monsieur le Président. Je crois qu'il dit la vérité. »

Thomas regarda le Président gonfler ses joues, puis souffler dans ses mains comme s'il avait froid. Le Président leva les yeux vers le chef des opérations navales et dit : « Amiral, annulez l'attaque sur le Bastion. »

Le chef des opérations navales répétait tout haut les rapports qui lui parvenaient par les deux téléphones collés à ses oreilles. Le secrétaire à la Défense prenait des notes sur un bloc. Thomas avait le regard fixé sur un écran montrant le pont d'envol du *United States*, le plus récent des super-porte-avions nucléaires de la classe Minitz qui fendaient les eaux de la mer de Kara.

« Les destroyers *Laboon* et *John Rogers* accusent réception de l'annulation », dit l'amiral Dixon. Le secrétaire à la Défense inscrivit leur nom sous la rubrique « Destroyers ». Une grande animation régnait de nouveau à bord du porte-avions où on avait passé plus d'une demi-heure à lancer quelque quatre-vingts appareils grâce aux quatre catapultes disposées sur le pont. Thomas regardait maintenant un F–14, les ailes encore lourdement chargées de missiles air-air, qui arrivait dans un rugissement de moteurs : sa crosse happant juste au passage le câble d'arrêt dans un appontage parfait.

« Les sous-marins d'attaque *Salt Lake City* et *Indianapolis*, les frégates *Robert G. Bradley* et *Stephen W. Groves* accusent réception de l'annulation », annonça Dixon. Le secrétaire nota.

« Général Razov, demanda le Président en haussant le ton, vous êtes toujours là ?

– Oui, monsieur le Président, dit-il dans le haut-parleur.

– Le *Chancellorsville* et le *Leyte Gulf* – des croiseurs – accusent réception, dit le chef des opérations navales en baissant la voix.

– Et les autres conditions ? demanda le Président.

– Nous pouvons les accepter, monsieur le Président.

– Vous nous assurez que vous pouvez parler au nom de tout l'establishment militaire russe ?

– Oui, monsieur le Président. Je suis certain que mes ordres seront obéis. »

La porte s'ouvrit. Un sergent de l'Air Force fit le tour de la table, avec un message pour le directeur de la NSA. Le Président pressa le bouton « pause » du téléphone et se tourna vers Thomas. « Faut-il arrêter l'attaque terrestre sur Moscou aussi ? »

Thomas n'avait pas eu le temps de répondre que le directeur de la NSA dit : « Un instant, monsieur le Président.

– Les croiseurs *Philippine Sea* et *Vincennes*, les destroyers *John Paul Jones* et *Deyo*, les frégates *Ford* et *Klakring*, les sous-marins d'attaque *Albany, Jacksonville, Tucson* et *Newport News* accusent réception des ordres », dit l'amiral Dixon. Cependant le directeur de la NSA venait se planter derrière le Président auprès du directeur de la CIA.

« Nous venons de recevoir par satellite des images d'un col au-dessus de Nijni-Novgorod, dit-il. Les groupes d'armée russes de l'Est se dispersent. Des unités ont quitté leur zone de regroupement pour se déployer dans la campagne. Les premières analyses confirment les ordres impliqués par l'opération Samson des Russes. »

Le Président avait toujours le doigt appuyé sur le bouton « pause ». Thomas sentait se préciser ses appréhensions à propos de l'annulation de l'offensive. « Quelle est la situation des réponses, monsieur le Secrétaire ? » demanda Thomas.

Le secrétaire pointa sa liste. « Tous les sous-marins d'attaque annulent, dit-il, son crayon tapotant les noms des vaisseaux. Même chose pour toutes les frégates.

– Les porte-avions, bien sûr, ont réagi immédiatement, précisa le chef des opérations navales.

– Il nous manque encore le *Comte de Grasse*, fit le secrétaire.

– Ils ne sont pas prêts à des opérations offensives », déclara l'amiral Dixon. Il écarta quand même un des téléphones de ses lèvres pour dire : « Frank, obtenez-moi une réponse du *Comte de Grasse.* » Il écouta une seconde puis dit : « Il a chaviré voilà quatre minutes. Des unités de sauvetage sont sur les lieux.

– Cela signifie, monsieur le Président, observa le secrétaire à la Défense, que tous les destroyers ont répondu ou ne sont pas opérationnels. Mais nous avons encore un croiseur, l'*Anzio*, de la classe Aegis, dont nous n'avons aucune nouvelle.

– Frank ? demanda le chef des opérations navales. Qu'est-ce qui se passe avec l'*Anzio* ?

– Un de ses hélicoptères a signalé voilà quelques minutes qu'il avait engagé une attaque, dit le secrétaire à la Défense. Ses transmissions ont été mises hors d'usage par un missile lancé depuis un croiseur russe.

– Il faut l'arrêter, dit le Président.

– Le *John S. McCain*, annonça l'amiral Dixon, un des destroyers qui ont répondu, envoie des signaux lumineux à l'*Anzio* et lui a lancé une salve d'avertissement.

– À quelle portée se trouve-t-il de son objectif ? demanda Thomas.

– Il se rapproche.

– Coulez-le », déclara le Président. Thomas et le chef des opérations navales le regardèrent et il répéta : « Ordonnez au *McCain* de couler l'*Anzio*. »

Pétrifié, l'amiral Dixon dévisageait le Président. « Faites-le ! ordonna Thomas.

– Frank, dit le chef des opérations navales, avez-vous la liaison avec le *McCain*... ? »

L'amiral s'interrompit au milieu de sa phrase. À voir l'expression de son visage tandis qu'il écoutait – ses yeux s'étaient fermés –, Thomas comprit que c'était trop tard. Son regard revint à l'écran qui montrait toujours le pont du porte-avions en pleine activité. À l'arrière-plan, le bleu profond de la mer rejoignait le bleu léger du ciel. Une vision de rêve qui tourna au cauchemar. Le bleu lisse de la mer n'était traversé que par le sillage blanc que laissait derrière elle une frégate au loin. Une seconde plus tard, on vit jaillir à l'horizon une première traînée blanche : comme une flèche ardente dont le sillage de feu traversait l'espace. Le premier des sous-marins russes avait ouvert le feu.

« Le *McCain* signale huit ASROC tirés par l'*Anzio* », annonça l'amiral Dixon.

« Monsieur le Président, dit Thomas d'un ton las, je recommande que nous reprenions l'offensive le plus rapidement possible et que vous donniez l'autorisation immédiate d'employer les armes nucléaires tactiques. » De la tête, il désigna l'écran sur lequel étaient apparues une demi-douzaine de traînées blanches provenant de divers points de l'horizon.

« Oh, mon Dieu ! »

Le Kremlin, Moscou
31 août, 17 h 50 GMT (19 h 50 locale)

« Monsieur le Président », dit Razov d'un ton calme.

Planté auprès du buffet, Lambert entendait les cris dans le téléphone. Il regardait toujours le canon du fusil vaguement pointé sur lui par Filipov.

« Monsieur le Président, dit Razov en haussant la voix, vous ne devez pas tirer vos missiles sur mon pays ! Monsieur le Président, si je pouvais... poursuivit Razov en grimaçant. Je me rends compte que des missiles lancés par nos sous-marins se dirigent vers les États-Unis, monsieur le Président. Mais s'il nous faut discuter la répartition des responsabilités dans cette crise – responsabilités morales, politiques et autres –, ai-je besoin de vous rappeler que vous avez été averti des ordres de tir à action par défaut qui contrôlaient les sous-marins du Bastion ? »

Razov attendait. Lambert entendait que les cris du Président s'apaisaient. « Je comprends parfaitement, monsieur le Président, que vos attaques sur le Bastion se poursuivent. Étant donné les circonstances, c'est le cœur lourd que je dois espérer vous voir détruire les sous-marins qui ont encore des missiles à tirer. » De nouveau les cris du Président interrompirent Razov, une fois de plus ce dernier écouta patiemment. « Non, monsieur le Président, je ne considère pas que des douzaines d'ogives nucléaires tombant sur vos installations militaires et sur vos villes soient une " réussite " au sens absolu du terme. Je dois vous dire que, selon toute probabilité, ce chiffre atteindra des centaines, sinon des milliers, avant que vos sous-marins et vos avions chasseurs de sous-marins puissent se placer en position de tir. » Il écouta de nouveau. « Je comprends mais, même si vous faites usage d'armes nucléaires tactiques, les sous-marins continueront à lancer d'autres missiles. »

Cette fois, la violente réponse du Président amena Razov à serrer les dents. « Mes conversations précédentes avec vous n'étaient pas un subterfuge destiné à vous convaincre d'annuler votre attaque sur le Bastion pour que je puisse donner l'ordre aux sous-marins de faire feu ! Monsieur le Président, ces sous-marins ont tiré parce qu'ils étaient attaqués, et *non pas* à cause des codes que j'ai introduits dans les communicateurs ! »

Lambert sentit ses veines se glacer en songeant que ce pouvait être vrai : que lui, Lambert, était resté là, fusil en main, tandis que Razov donnait l'ordre à ses sous-marins de tirer des missiles sur des centaines de villes américaines. Il avait la bouche sèche. Il regarda Filipov dont le fusil était toujours braqué sur lui.

Razov passa le téléphone à Lambert avec un soupir. On entendait la voix du Président qui criait : « ... qu'est-ce que vous voulez que je fasse alors ? Que je considère ça comme une *autre erreur* ? Mon pays est anéanti – un quart de sa population a trouvé la mort –, et je suis censé mettre cela sur le compte d'une nouvelle *erreur* des Russes et arrêter de tirer ! Bon sang, Razov pourquoi n'avez-vous pas rappelé ces sous-marins si vous avez eu la stupidité de leur donner des ordres de tir suivant le principe de l'action par défaut ? Qu'est-ce que je suis censé croire ? Comment voulez-vous que je m'imagine que vous ne nous avez pas entraînés dans cette criminelle fin de partie parce que vous veniez de perdre la guerre, hein ?

– Votre Président est sur le point d'ordonner le lancement de ce qui reste à votre pays de son arsenal nucléaire, avec l'intention de détruire la population de mon pays, dit Razov, la main sur le micro du combiné. S'il fait cela, je tirerai les deux cents ICBM rechargés par nos forces de fusées stratégiques, qui obéissent à un code séparé du vieux système de contrôle et qui n'ont pas été touchés par l'ordre que j'ai donné précédemment concernant les missiles lancés par sous-marins. Je veux que vous, Gregory Lambert, vous le convainquiez de ne pas donner cet ordre.

– Vous savez, espèce d'enfant de salaud, criait Costanzo dans le téléphone, ça ne va pas marcher. Je ne compte pas passer dans l'Histoire comme la plus grande dupe de tous les temps ! Même Livingston a eu le cran de tirer sur un simple avertissement, sans attendre ces *premiers* milliers d'ogives nucléaires que vos gens ont lancées, “ accidentellement ”. »

Lambert prit l'appareil. « Monsieur le Président ? fit Lambert.

– Dites-lui que les premiers coups étaient des ripostes, murmura Razov.

– Quoi ? lança le Président.

– Dites-lui qu'il n'a rien à perdre à attendre cette fois, précisa Razov. Qu'il peut toujours contre-attaquer si ces ogives nucléaires explosent bel et bien.

– Razov affirme que vous n'avez rien à perdre à attendre, dit Lambert d'un ton peu convaincu.

– Rien à *perdre* ! tonna le Président. Rien à perdre ? Juste 60 ou 70 millions de gens, si les vents soufflent dans la mauvaise direction, sans parler des trois quarts de nos bases de production ?

– Dites-lui que les missiles n'exploseront pas, dit Razov. Que les circuits des détonateurs ont été coupés. Verrouillés par les codes que j'ai introduits, si bien que leurs ogives ne pourront pas sauter. » Lambert posa la main sur le téléphone en entendant en arrière-fond le Président crier : « Ouvrez-moi ce machin !

– Et si le code d'arrêt que vous avez introduit, dit Lambert, s'il n'est pas arrivé à temps ? Ou bien si tout simplement il ne fonctionne pas ?

– M. Lambert, fit Razov, qu'est-ce que ça change ? Dans vingt minutes, ou bien votre pays sera détruit, ou bien il ne le sera pas. Dans l'un ou l'autre cas, votre arsenal nucléaire – les quelques milliers de têtes nucléaires installées sur vos missiles dans vos sous-marins, dans les soutes à bombes de vos bombardiers ou dans les missiles de croisière qui se trouvent à bord de pratiquement chaque navire de combat de votre marine – demeureront intacts et seront prêts à être utilisés immédiatement. Et, Greg, vos troupes seront encore en train de se battre maison par maison dans la capitale de mon pays. »

Dans le téléphone collé contre son oreille, il entendait l'amiral Dixon lire la liste des objectifs. « Saratov : 37 ogives nucléaires. Omsk : 31. Iaroslavl : 30. Kalouga : en attente. Ils utiliseront des MAD – munition atomique de démolition – sur Kalouga quand nous aurons retiré nos troupes et évacué la ville.

– Monsieur le Président », dit Lambert. Il entendit le chef des opérations navales qui continuait : « Vladimir : 28. »

« Monsieur le Président ! » cria Lambert.

– Quoi ? riposta Costanzo d'un ton furieux.

– Monsieur le Président, il n'y a qu'un seul espoir. Il n'y a qu'une chance pour que ceci ne soit pas l'horrible dénouement que nous redoutions tous. C'est que le général Razov nous dit la vérité et que l'ultime sauvegarde qui jusqu'à maintenant a échoué fonctionne bel et bien et nous épargne l'ultime tragédie. Si vous tirez maintenant, cette unique chance sera perdue à jamais, car le général Razov fera partir ses missiles rechargés avant que les nôtres touchent leurs silos. Et s'il dit la vérité et que le système fonctionne effectivement, alors, qui l'Histoire considérera-t-elle comme le responsable dans tout cela ? Si ces ogives nucléaires russes n'explosent pas au-dessus nos villes, monsieur le Président, mais que nos armes réduisent en cendres des dizaines de millions de Russes, quelle sera l'ultime erreur et qui l'aura commise ?

– Bon Dieu, Greg, cria Costanzo, je ne sais pas s'ils ont braqué un pistolet sur votre tempe ou si vous avez simplement plus tendance à faire confiance à ces salauds, mais si ce que vous me demandez c'est de me fier à Razov, voilà un argument qui ne m'impressionne plus.

– Monsieur le Président, vous n'avez pas le choix.

– C'est là où vous vous trompez, Greg. C'est là où vous vous trompez. J'ai toute une collection de choix ! Toute une collection !

– Monsieur le Président ! cria Lambert. Mais on avait coupé la communication.

Lambert, tenant toujours le téléphone contre son oreille, regarda Razov. Les secondes s'écoulèrent : Razov comprit que la ligne avait été coupée. Une expression plus résolue se peignit sur son visage. Ses traits se creusèrent, on voyait ses mâchoires serrées. « Où sont les codes pour les silos des missiles rechargés ? » lança-t-il en russe aux deux officiers installés devant leur communicateur nucléaire toujours ouvert.

« Général Razov ! s'écria Lambert. Il n'a pas encore pris de décision ! » Razov se dirigea vers les deux appareils et consulta le petit cahier qu'il avait retiré de l'étui d'un des communicateurs. « Vous connaissez le général Thomas ! Il peut persuader le Président de renoncer aux tirs ! Les mêmes arguments que vous avez utilisés avec le Président s'appliquent à vous !

– Il devait nous faire confiance ! ricana Razov en

levant le nez de son manuel. Et vous me demandez maintenant de me fier à un homme qui, sur une simple crise de colère, est prêt à tuer des dizaines de millions de gens – mes compatriotes. Ou bien, M. Lambert, est-ce qu'ils ne comptent pas parce que ce ne sont que des Russes ? »

Lambert regarda son ami Filipov : l'homme de confiance de Razov et le dernier espoir de Lambert. Filipov avait toujours son fusil à l'épaule, braqué sur le visage de Lambert.

« Général Razov », dit Lambert d'un ton suppliant. Il essayait désespérément de mettre de l'ordre dans la confusion de ses pensées. « Nous n'avons pas la certitude que le Président va donner l'ordre de tirer.

– Et nous ne le saurons que quand les missiles qui nous restent auront été détruits dans leurs silos, n'est-ce pas ? » D'une voix vibrante de haine, Razov lança des ordres aux deux officiers assis devant lui.

Lambert sentait son cœur battre à tout rompre. Il avait la gorge serrée. « Non. En effet, général, nous ne le saurons pas. »

Lentement, Razov leva les yeux vers lui.

« Et si le Président donne l'ordre de tirer, vous aurez désarmé les ogives nucléaires des missiles de vos sous-marins et perdu vos derniers missiles basés à terre qui vous restent si vous ne tirez pas. » Lambert s'humecta les lèvres et avala sa salive.

Razov serra les dents et se tourna vers les deux officiers. « Amorcez la séquence !

– Général ! » dit Lambert en faisant un pas vers lui. Il entendit le déclic métallique du cran de sûreté du fusil de Filipov, mais il gardait les yeux fixés sur Razov. « Qu'est-ce que vous perdrez ? À quel éventuel avantage renoncerez-vous ? Votre pays sera en ruine. Voudriez-vous voir le mien détruit aussi ? Et pour quoi faire ? Le seul État ayant les moyens d'assurer votre renaissance serait en flammes, avec sa population qui exécrerait vos concitoyens pour cent ans ! »

Razov n'avait toujours pas donné ses ordres.

« Il n'a peut-être pas tiré ! » cria Lambert en russe.

D'abord l'un, puis l'autre officier assis à la table, leur doigt sur la touche « émission » de leur clavier de codes, levèrent les yeux vers Razov. Les yeux gris de ce dernier étaient vrillés sur ceux de Lambert. Le temps s'était arrêté.

À bord de Nightwatch, au-dessus du centre de l'Ohio
31 août, 18 h GMT (13 h locale)

« Introduisez le code ! ordonna le président Costanzo.

– Vous êtes absolument sûr, monsieur le Président ? demanda Thomas, debout devant son fauteuil.

– Écoutez, nous avons été mis en garde par ce " Damoclès ", quel qu'il soit, contre leur politique de tir à " action par défaut ". Vous autres étiez convaincus que c'était une imposture : que les sous-marins ne tireraient pas sans nouvelles instructions de Moscou. Mais ils ont bel et bien lancé leurs missiles, n'est-ce pas ? N'est-ce pas ? » cria le Président en se levant pour marcher de long en large, perdu dans ses pensées. Il avait les cheveux de plus en plus en désordre, tandis que ses mains passaient et repassaient sur sa tête. « Ou bien Razov a tiré ces missiles sur nous quand il a introduit ce code, ou bien ce Damoclès n'a pas cessé de nous dire la vérité à propos de cette politique d'action par défaut. Et si Damoclès disait bien la vérité, il devait dire vrai aussi à propos de l'opération Samson. Ils se sont préparés à ça ! Ils ont enterré leur équipement industriel. Dispersé leur armée. Ils ont fait tout ce qu'exigeait l'opération Samson ! Razov a ouvert le feu sur nos villes en sachant pertinemment que nous riposterions ! Il joue je ne sais quel incroyable jeu dont il espère Dieu sait comment tirer un avantage ! »

Il empoigna le dossier de son fauteuil comme pour reprendre son équilibre. Il leva les yeux vers l'écran de la salle qui montrait non plus l'assaut sur Moscou, mais une carte de la Terre à partir du pôle Nord. Les ordinateurs du NORAD calculaient seconde par seconde le passage des douze cents ogives nucléaires échappées du chaudron de projectiles thermonucléaires au-dessus de la mer de Kara, et dont on confirmait le passage à la verticale de la calote glaciaire. Sur la carte des États-Unis, des cercles de plus en plus étroits marquaient leur point d'impact probable.

« Entrez-moi ce foutu code », ordonna Costanzo. L'amiral Dixon décrocha son téléphone. En quelques secondes, c'était chose faite.

À bord du *Nevada,* mer de Beaufort, nord d'Inuvik. Canada
31 août, 18 h 05 GMT (8 h 05 locale)

En entendant le hurlement assourdi d'une sirène, le capitaine Bill McKenzie sentit son pouls s'accélérer. Il ouvrit les yeux et sauta aussitôt sur le plancher. La lumière rouge au-dessus du panneau de son compartiment clignotait : les lettres MAU s'y dessinaient en diagonale.

Il enfila rapidement ses chaussures, se brossa les cheveux et rajusta l'uniforme dans lequel il avait dormi, tout en passant en revue dans sa tête les procédures à suivre. S'il s'était réveillé pour un exercice de routine, il aurait fourré sa tenue dans son sac de blanchissage avant de prendre sa douche, mais les conditions n'étaient pas normales. C'est pourquoi il dormait dans son uniforme.

Avant d'ouvrir le panneau, il s'éclaircit la gorge et étira les muscles de son dos. Il se dirigea d'un pas vif vers son poste.

Il parvint à la passerelle encombrée. « Officier de quart, au rapport. » Les mots répétés depuis longtemps furent prononcés rapidement.

« Les transmissions reçoivent un message flash, commandant », dit l'officier de quart. Il leva les yeux pour surprendre le regard de McKenzie puis les baissa de nouveau. Seul, il avait vu l'expression du commandant.

McKenzie sentit tous ses sens en alerte : il avait perçu les subtiles différences dans le comportement de l'officier. Il s'empara du micro et dit : « Transmissions, ici le commandant.

– Oh, commandant, ici les transmissions, fit la voix métallique dans le petit haut-parleur. Le message d'action d'urgence est : “ Ordre du contrôle de la National Command Authority. Recommande alerte un.” »

McKenzie avait conscience des regards des hommes tournés vers lui. S'efforçant d'éviter toute réaction visible, il reprit le micro et dit : « Convoquez l'équipe MAU. » Il se tourna vers l'intercom de bord et dit : « À tout l'équipage, à tout l'équipage, écoutez », fit-il d'une voix qui résonnait dans les profondeurs du navire. « Alerte un, Alerte un. »

Reposant le micro sur son support, McKenzie, insensible aux visages visiblement stupéfaits des hommes du poste central, dit : « Officier de quart, entamez la procédure de lancement et mettez-vous en position stationnaire. »

McKenzie se dirigea vers la salle des transmissions sans répondre à l'évidente curiosité des hommes.

« Le commandant quitte le poste central », cria un matelot derrière lui.

McKenzie descendit la longue coursive, sans se soucier des marins qui jaillissaient de leurs compartiments : leur journée artificielle de dix-huit heures avait été interrompue au milieu de la « nuit ». Ils se calaient des talons contre la cloison pour laisser passer McKenzie avant de se précipiter vers leur poste de combat. Celui-ci était perdu dans son monde à lui : il se répétait inlassablement dans sa tête ce qu'il avait à faire. Quand il arriva à la salle des transmissions, il était pleinement rassuré. Il saurait se montrer calme, professionnel. Il excellerait là où il avait toujours brillé : il allait faire son métier.

Il ouvrit le panneau de la salle des transmissions : les trois officiers sursautèrent en entendant ce bruit soudain et se figèrent au garde-à-vous. Le capitaine de corvette Pearcy – son second – l'accueillit en disant : « Prêt pour la vérification de format, commandant. »

McKenzie éprouva une bouffée de satisfaction : l'impression réconfortante que tout ce qui allait venir serait familier, attendu. Ordonné. C'était son équipage. Ces hommes étaient modelés à son image. McKenzie se tourna vers les deux officiers plantés de chaque côté d'une petite table. « M. Williams, M. Barnett... vérifiez le format. »

Les deux lieutenants décachetèrent les enveloppes d'authentification. McKenzie regarda l'exemplaire du MAU que Pearcy lui tendait. L'ensemble codé de chiffres et de lettres semblait normal. C'était un ordre du contrôle : le centième, le millième qu'il avait vu au cours d'exercices. Mais c'était la première fois qu'il en voyait un sans la mention bien lisible « CECI EST UN EXERCICE » imprimé en gros caractères en haut et en bas de l'enveloppe. Il vérifia attentivement le texte et trouva bien les indicateurs de début et de fin de transmission.

McKenzie décrocha un micro de la cloison et dit : « Contrôle, ici le commandant. Ce message exige le branle-bas de combat missiles. Branle-bas de combat missiles. » Il fit passer le micro sur la position « écoute » et, au milieu des bruits de fond habituels, entendit l'officier de quart dire : « Chef de quart, sonnez l'alerte générale. »

Presque aussitôt, un klaxon fit retentir dans tous les compartiments du navire sa longue plainte.

Pearcy se leva, son message à la main, et dit : « Commandant, l'équipe MAU a reçu un message convenablement formaté. Je demande permission d'authentifier.

– M. Williams, vous êtes d'accord? demanda McKenzie au lieutenant sur sa gauche.

– Oui, commandant. Je suis d'accord.

– M. Barnett, vous êtes d'accord?

– Commandant, je suis d'accord. »

C'était rapide. Efficace. Parfait.

« Vous avez la permission d'authentifier, dit McKenzie à Pearcy.

– À vos ordres, commandant », répondit-il en se penchant de nouveau sur la table. McKenzie respirait lentement, pour se calmer les nerfs.

« Commandant, message authentifié, dit Pearcy.

– Commandant, message authentifié, déclara Williams.

– Commandant, je suis d'accord, dit aussitôt Barnett.

– Je suis d'accord, déclara officiellement McKenzie. Message authentifié. Ouvrez l'ordre de mission.

– À vos ordres, commandant », dit Pearcy. McKenzie ouvrit le panneau et regagna le poste central. Arrivé là, il dit d'une voix qui fit taire toutes les autres : « Attention, attention, ici le commandant ! Je suis au poste central. » Il jeta un coup d'œil aux indicateurs de profondeur et de vitesse. Tout était en ordre. « Stoppez les machines.

– Stoppez les machines, répéta-t-on depuis le poste de contrôle.

– Officiers de plongée, poursuivit McKenzie, préparez-vous à prendre une position stationnaire.

– En arrière un tiers », dit l'officier de plongée en

regardant par-dessus les épaules des deux hommes de barre, assis à leur poste comme le pilote et le copilote d'un gros avion. Au bout d'un moment, l'officier se redressa et regarda McKenzie. « Officier de plongée prêt à prendre position stationnaire, commandant.

– Officier de plongée, amorcez la manœuvre.

– Manœuvre amorcée, répondit l'officier, à vos ordres, commandant. » Le lourd vaisseau d'acier commença ce qui était la manœuvre la plus difficile : rester immobile juste au-dessous de la surface houleuse de l'océan.

McKenzie décrocha le micro de la console auprès de lui et dit dans l'intercom de bord : « Condition 1-SQ. Ce n'est pas un exercice, je répète : ce n'est pas un exercice. Condition 1-SQ. » L'équipage connaissait sa voix. Les hommes réagirent.

« Condition 1-SQ », entendit McKenzie en réponse dans le haut-parleur de la chambre des missiles. Ils avaient atteint maintenant le stade d'alerte le plus élevé possible. Le sous-marin de 168 mètres de long, avec ses 18 000 tonnes, était armé.

Le capitaine de corvette Pearcy et un autre officier – le troisième en grade à bord – arrivèrent. McKenzie prit les clés accrochées par une courroie autour de son cou et tendit la main pour ouvrir son coffre-fort. Les deux autres officiers s'empressèrent aussitôt d'ouvrir les leurs à leur emplacement respectif au poste central.

Contrairement aux procédures de mise à feu de l'Air Force, dont les unités à charges nucléaires étaient en contact constant avec la National Command Authority, les procédures à bord d'un sous-marin étaient compliquées. En position de tir, ils étaient coupés de tout contact en raison des quelques dizaines de centimètres d'eau qui empêchaient les ondes radio à haute fréquence de pénétrer. Comme ils avaient l'ordre permanent de ne pas prendre le risque de déployer une antenne en temps de guerre, les submersibles avaient une latitude de tir plus grande que toute autre unité. Les seuls messages qu'ils recevaient étaient une lente série d'émissions radio à extrêmement basse fréquence qui traversaient la terre pour être captées par une antenne remorquée à des kilomètres derrière le sous-marin. Le rythme de transmission était si lent qu'on disposait d'un code bref – un message d'action d'urgence –

qui interrompait la transmission normale en continu des rapports météo, des données sur la position de l'ennemi et des messages personnels provenant des familles, qu'on ne cessait d'émettre pour ne pas alerter l'ennemi par un soudain regain d'activité.

Il fallait l'accord de cinq officiers pour une décision de tir : les deux officiers subalternes de l'équipe MAU et les trois officiers supérieurs qui se tenaient près de la console de lancement. Chacun d'eux – s'ils n'étaient pas d'accord sur la validité de l'ordre reçu – avait une autre consigne dont les sous-mariniers avaient le privilège : on leur enjoignait de résister à un tir par tous les moyens possibles, y compris par la force. Pour cette raison, ils disposaient à tout instant d'armes de poing personnelles.

Les deux autres officiers supérieurs vinrent rejoindre McKenzie avec les clés de mise à feu qu'ils avaient prises dans leur coffre et que les trois hommes échangèrent ensuite entre eux. Chacun alors ouvrit un des trois verrous qui bloquaient les armes.

« Commandant, dit l'officier de quart qui avait suivi la manœuvre, conformément au branle-bas de combat missiles, le navire en plongée est en condition 1-SQ.

– Très bien, répondit McKenzie. Contrôle armement, dit-il au matelot planté auprès de lui, les messages ont été validés.

– Contrôle armement, annonça le matelot dans le micro accroché à son cou, les messages ont été validés.

– M. Pearcy, dit le commandant, quelle est la teneur des ordres de mission ?

– Les instructions sont de procéder au tir dès la détection d'une onde électromagnétique correspondant à la détonation d'un engin nucléaire au-dessus de l'Amérique du Nord », déclara Pearcy.

Pearcy remit à McKenzie les nouveaux ordres d'« action par défaut » sortis de l'imprimante laser lors de la dernière liaison avec le QG de la flotte. Après une seconde d'hésitation, McKenzie porta le micro à ses lèvres.

« Chambre des missiles, préparez-vous à la mise à feu.

– Paré pour la mise à feu », répéta la chambre des missiles dans le haut-parleur. Le dispositif de sûreté était ôté.

« L'ordre de tir sera : 1 à 24, lut McKenzie sur l'ordre de mission.

– L'ordre de tir, répéta l'officier des missiles dans le haut-parleur, sera de 1 à 24. » McKenzie s'imaginait l'officier des missiles pianotant la rangée verticale de vingt-quatre boutons, chacun à son tour passant de l'orange « attente » au vert vif « paré ». Chaque bouton commandait le circuit de tir d'un D-5 : un missile balistique intercontinental Trident II lancé en plongée. À 10 000 kilomètres de là, cent douze cibles attendaient. Les ogives nucléaires tomberaient chacune dans un rayon de 120 mètres autour d'elles.

« Ordre de tir vérifié, commandant », répondit la chambre des missiles.

McKenzie fixa la console des armements. Les voyants « paré » des missiles étaient tous au vert. « Contrôle d'armement, dit-il, préparez-vous à tirer. »

Il y eut un silence chargé d'électricité. L'éternité, semblait-il, s'écoula avant que la voix retentît dans le haut-parleur de la console d'armement : la voix était basse et métallique. On avait l'impression que le haut-parleur était à des kilomètres. « Paré à tirer. » Un silence, puis la voix reprit : « Paré de 1 à 24.

– Officier de quart, dit McKenzie sans se retourner, montez le périscope et surveillez l'onde de choc électromagnétique.

– Périscope en haut », dit l'officier de quart. McKenzie et les quatre autres officiers attendirent. Chacun maintenant attendait qu'une onde de choc électromagnétique provenant d'une explosion nucléaire vînt chatouiller l'antenne du périscope du sous-marin et déclencher le tir des cent douze têtes nucléaires du navire.

Camp de personnes déplacées de Gorman, Californie
31 août, 18 h 15 GMT (10 h 15 locale)

Quand elle chercha un endroit pour s'asseoir au flanc de la colline noire de monde, la scène rappela à Melissa un pique-nique de fête nationale. Sans les larmes étouffées dans des mouchoirs, les postes de radio diffusant l'horrible bourdonnement du système d'émission d'urgence, on aurait pu croire que chacun attendait un feu d'artifice, la tête renversée en arrière, les mains en visière pour se protéger du soleil de l'après-midi. Elle trouva une petite plate-forme rocheuse et s'assit non loin d'un vieux couple qui se tenait par la main. La femme fit à Melissa un sourire attristé, après un bref coup d'œil lancé au petit Matthew.

Melissa scruta le ciel un peu brumeux dans la direction de L.A. Elle serra contre elle Matthew de plus en plus énervé et dit : « Ça ne va plus être long maintenant, mon chéri », tandis que les premières larmes ruisselaient sur ses joues.

C'était surréaliste. En regardant l'océan de têtes levées vers le ciel à l'affût du premier signe, elle avait envie de hurler. Elle croyait que d'une seconde à l'autre elle allait se lever et se mettre à crier à pleins poumons comme une folle. *Pourquoi est-ce que ça arrive?* se demanda-t-elle rageusement. *Qu'est-ce qui ne va pas avec le monde?* Ce matin-là, la radio avait annoncé que la guerre touchait à sa fin, que Saint-Pétersbourg et Moscou étaient encerclées et puis il y avait eu le bulletin spécial.

« Éteignez ça ! » cria quelqu'un, et le bruyant bourdonnement de la radio se tut.

Tout était calme maintenant : des centaines de gens blottis les uns contre les autres, Noirs, Blancs, Hispaniques, Asiatiques, tous tranquillement assis sur une colline dans la campagne, par un beau dimanche après-midi.

« Là ! » cria un homme assis un peu plus bas, son bras tendu braqué vers le ciel.

« Les voilà ! » cria une femme. Puis ce fut dans la ville l'immense rumeur. Ce qu'on entendait le plus souvent, c'étaient des « non, oh, non » entre deux sanglots.

Melissa leva les yeux. À l'exception de deux ou trois qui se détachaient du lot, la plupart de la cinquantaine de missiles évoluaient en groupe serré vers un seul secteur au loin : Los Angeles.

Les premières ogives nucléaires fonçaient maintenant derrière la ligne des arbres au faîte de la colline en face. Elle se disait : *Pourquoi, mon Dieu? Pourquoi ne faites-vous plus de miracle pour nous?*

Des douzaines d'autres suivaient. Quand il ne resta plus rien dans le ciel que les traînées de condensation qui se dissipaient lentement dans les vents d'altitude, c'était fini. Le couple devant elle se leva en s'époussetant. L'homme regarda Melissa et son bébé comme s'il regrettait la conclusion décevante du spectacle.

Les gens commencèrent à se lever : le « feu d'artifice » était terminé. Le vieux couple et elle restaient figés sur place : nulle part où aller, personne à voir, rien à faire. Le flanc de la colline se dégagea rapidement. Certains gardaient encore l'oreille collée à leur radio à transistors refusant de croire ce que leurs propres yeux leur avaient montré.

Melissa posa un baiser sur la tête de Matthew toute chauffée par le soleil. « Ce n'était pas comme ça autrefois », murmura-t-elle, appuyant ses lèvres sur la peau douce et les cheveux si fins. Elle installa Matthew sur ses cuisses et il leva vers elle un visage extasié. « Il y avait de la musique, des rires. » Elle s'obligea à sourire. Elle tenait à ce qu'il vît des sourires.

Le vieux couple auprès d'elle, toujours la main dans la main, s'éloigna non pas en direction du camp, mais en descendant la colline vers le torrent en bas.

« Vous oubliez votre sac ! » cria-t-elle à la femme en regardant l'endroit où ils étaient assis.

« Vous pouvez le garder, ma chérie », répondit la femme avec un sourire. C'était un sourire étrange : paisible, satisfait. Melissa les regarda s'éloigner et disparaître derrière le surplomb rocheux où ils s'étaient tous assis. Elle regarda le sac à main de la femme. L'homme avait même laissé ses lunettes posées sur le rocher : il pourrait avoir du mal à les remplacer dans ce monde transformé du nouveau millénaire. Elle les ramassa et descendit la colline derrière eux.

Un coup de feu claqua en éveillant des échos dans la vallée en bas. Melissa s'arrêta net, tenant toujours les lunettes à la main. Un second coup de feu retentit. Melissa laissa tomber les lunettes et se retourna pour suivre du regard les traînées blanches dans le ciel.

New York
31 août, 18 h 15 GMT (13 h 15 locale)

Walter Livingston se pencha sur le balcon pour regarder les hommes de la garde nationale dans la rue en bas.

Les coups de feu avaient attiré l'ancien président et sa femme sur leur balcon juste avant le premier bulletin spécial de CNN, et, du haut de leur perchoir dominant la ville abandonnée, ils avaient suivi le déroulement de deux drames. L'un en bas : les hommes en tenue de combat poursuivant un pillard. L'autre au-dessus d'eux : la fin du monde.

À deux reprises, ils avaient aperçu l'homme que traquaient les gardes : un jeune avec un sac bourré d'objets dont il n'aurait pas le temps de profiter. Il se cachait sous des portes cochères, derrière des tas d'ordures. Les hommes de la garde nationale passèrent même devant lui sans le voir, et il faillit leur échapper quand ils revinrent sur leurs pas.

Tout cela s'était terminé avec le premier hurlement irréel de la sirène d'alerte aérienne. L'un après l'autre, les soldats se rassemblaient dans la rue en bas. Ils ôtaient leur casque, laissaient tomber leur paquetage et leur fusil. Et le hurlement insistant et bien reconnaissable continuait.

Les Livingston avaient observé tout cela, interrompus seulement quand Walter s'en allait préparer les Martinis.

« Est-ce que j'ai manqué quelque chose ? demanda-t-il en tendant à Margaret son verre bien frais.

– On a dit que sans doute toutes les grandes villes allaient être touchées, répondit-elle en désignant du menton la télévision.

– Non. Je veux dire là, en bas ?

– Oh. » Elle sourit, et tous deux se penchèrent par-dessus les pots de fleurs alignés le long de la balustrade. « Il est là-bas, juste derrière le mur du Parc à côté du kiosque, tu vois ? » Elle but une gorgée.

« Oh, oui ! Je vois son dos.

– Walter, je crois que c'est vraiment le meilleur Martini que tu aies jamais préparé. » Elle sourit de nouveau, se penchant pour quémander un baiser. Elle avait encore sur les lèvres la fraîcheur de l'alcool glacé.

« Regardez ! » entendirent-ils crier en bas. Ils interrompirent leur baiser pour regarder. Le garçon courait à toutes jambes sur la pelouse négligée depuis longtemps du parc, mais les soldats ne s'intéressaient pas à lui. Un homme, le bras levé, désignait le ciel au-dessus de sa tête.

Walter et Margaret Livingston levèrent les yeux à l'unisson. Il sentit la main de sa femme étreindre la sienne. Il eut l'impression qu'une chape de glace lui enveloppait la poitrine, et un frisson courut entre ses épaules. Des douzaines et des douzaines de fragiles traînées blanches marquaient le sillage des engins nucléaires qui fonçaient vers Manhattan.

« Oh... mon Dieu », fit la voix de Margaret, frêle et lointaine.

Il la tourna vers lui et la serra très fort. Certains missiles exploseraient en l'air, dit-il. Ils n'avaient pas beaucoup de temps. Elle enfouit sa tête contre la poitrine de son mari. Il aperçut le sourire qui ne l'avait pas quittée se transformer en un tremblement convulsif et une crispation de ses lèvres.

Dans la rue en bas, un bruit sourd attira son attention et il se pencha pour regarder. Le casque d'un soldat tournait comme une toupie sur le trottoir. Tête nue, l'homme se contorsionnait pour se libérer de son sac à dos qu'il laissa tomber sur le sol. Il jeta par terre son fusil qui tomba avec un bruit métallique. Puis, prenant son élan, il expédia d'un coup de pied son casque à l'autre bout du trottoir.

Walter sentait Margaret se serrer contre lui. Une dernière fois il leva les yeux au ciel. *La fin du monde*, songea-t-il en contemplant la traînée de vapeur des missiles. *C'est à ça que ça ressemble.* Ça allait venir d'un instant à l'autre, maintenant. Il enfouit sa tête dans les cheveux blancs de Margaret, imprégnés comme toujours d'un léger parfum.

Il crut qu'il aurait le temps de lui demander le nom de ce parfum quand un « boum » assourdissant retentit dans les canyons de la ville silencieuse. Margaret sursauta et il la sentit se laisser aller dans ses bras. « Je t'aime », dit-il assez fort pour se faire entendre pardessus les explosions successives qui faisaient vibrer l'air. Il la serra contre lui pour l'empêcher de tomber, tandis que des éclats de verre tombaient en pluie dans la rue et que des tableaux se décrochaient du mur. Dans le vestibule, un grand vase posé sur un piédestal vint se fracasser sur le sol de marbre. Dehors, les explosions qui secouaient la ville faisaient l'effet d'un tambour gigantesque qu'on frappait tout autour d'eux.

Le dernier des échos s'éteignit. Tout était silencieux.

Margaret se tourna un peu dans ses bras et il se rendit compte qu'il lui faisait mal. Il desserra son étreinte. « Le voilà ! » cria quelqu'un en bas. Tous deux regardèrent les soldats reprendre leur poursuite dans le parc. De toute la ville montaient par douzaines des colonnes de fumée noire. Le premier hurlement d'une sirène – une autre sirène, celle d'une voiture de pompiers – monta jusqu'à leur balcon tandis que les échos de l'alerte aérienne s'apaisaient lentement.

Margaret leva les yeux vers lui. Il était tout pâle. Elle avait les yeux pleins de larmes et ses lèvres tremblaient, secouées par ce qui existait entre les sanglots et le rire. Walter sourit et sentit les larmes ruisseler de ses yeux. Il éclata de rire, un rire fou, interminable. « Ils... ils n'ont pas fonctionné ! » s'exclama-t-elle, son visage exprimant tout à la fois l'incrédulité et la joie devant le miracle qui les avait sauvés.

« Nous ferions mieux de rentrer », dit-il en voyant monter la fumée noire. Même si les ogives nucléaires n'avaient pas explosé, les nuages contiendraient de la radioactivité, se dit-il. En baissant les yeux, il vit Margaret, qui avait retrouvé son sourire et dont les lèvres murmuraient une prière. Il baissa la tête, lui aussi remercia le Ciel tandis qu'à la télévision le reporter annonçait : « Ici, la salle de rédaction de CNN à Atlanta... ! »

Le Kremlin, Moscou
31 août, 22 h GMT (0 h locale)

Debout sur la muraille du Kremlin, Lambert, Filipov et Razov contemplaient les milliers d'incendies qui traçaient une ligne à travers Moscou, marquant à peu près l'avance de la Coalition. Quand il avait organisé son retour vers les lignes amies, Lambert avait demandé au commandant de la 1re division de cavalerie de laisser les pompiers russes avoir accès aux immeubles en flammes, mais sans doute estimait-on le danger trop grand, entre les feux et les fusillades qui éclataient sporadiquement dans la ville, et les incendies continuaient à faire rage. De petites flammes poussées par le vent venaient lécher à leurs pieds la place Rouge, criblée de trous d'obus et jonchée de véhicules incendiés. Çà et là on entendait crépiter une fusillade. Dans chaque camp, Lambert le savait, des hommes continuaient à mourir malgré le cessez-le-feu.

L'âpre bise fit frissonner Lambert dans son costume d'été sale et déchiré. Il jeta un regard d'envie aux deux Russes, bien au chaud dans les gros manteaux de laine qu'ils avaient enfilés.

Filipov croisa le regard de Lambert. Celui-ci cherchait des mots susceptibles de combler le vide qui s'était creusé entre eux. Une idée soudain lui vint. « Je crois bien que c'est la balle de match ? fit-il, guettant une réaction de Filipov.

– La balle de match ? répliqua Filipov en se redressant pour regarder Lambert droit dans les yeux. Tu appelles ça un jeu ? » D'un geste large, il désigna les incendies. Il secoua la tête en ricanant.

« Ça n'était qu'une expression, Pavel. » Lambert était déconcerté. Il était certain que Filipov était la source : Damoclès. « Écoute, si tu veux, dit Lambert en se tournant vers Filipov, nous pouvons en discuter et voir s'il reste quelque chose de notre amitié. Ou bien nous pouvons continuer notre chemin : à toi de choisir. »

Filipov fixa sur Lambert un regard brillant de haine. « Avec les Américains, c'est toujours comme ça, n'est-ce pas ? » demanda-t-il. Il toisa Lambert de la tête aux pieds. « Vous arrivez pour tuer et détruire et vous dites : " Le moment est venu d'être amis. " » Il secoua la tête, il avait du mal à contenir sa colère. « Vous avez utilisé des gaz neurotoxiques sur la ligne de Moscou, dit-il en désignant de la tête le Sud-Ouest. *Des gaz neurotoxiques* contre des troupes provisoires dont le seul crime était de défendre leurs foyers !

– Vous les avez utilisés les premiers, répliqua Lambert, furieux de cette insinuation.

– Contre des troupes qui au moins avaient une chance, cria-t-il, qui avaient l'équipement pour se défendre ! Des troupes qui envahissaient notre pays ! Nous agissions par désespoir, mais nous avons quand même su nous retenir, n'est-ce pas ? N'est-ce pas ? Nous avons désarmé nos missiles avant de les lancer !

– Dois-je te rappeler, Pavel, comment tout cela a... ? » commença Lambert. Mais Filipov secouait la tête et se détournait, l'air furibond. Il n'avait pas envie d'écouter.

En bas, sur la place Rouge, les lumières d'un convoi – des BTR de l'armée russe encadrant trois chars américains M-1 apparurent.

« Voilà ton cortège, dit Filipov, les mâchoires serrées. Je m'en vais prendre des dispositions pour ton départ. » Il se tourna vers Lambert. « *Proshchai*, Greg. »

Lambert le regarda. Filipov ne lui tendait pas la main : plus la moindre trace d'amitié. *Proshchai*, se dit Lambert, et non pas *Do Svidaniya*. Il a dit « *adieu* » et non pas « *au revoir* ».

« *Proshchai*, Pavel. » Filipov sortit à grands pas et Lambert aperçut Razov adossé au mur, qui contemplait les chars américains en bas. Un nouveau coup de vent fit frissonner Lambert et il vit le sourire amer de Razov.

Lambert hocha la tête et tous deux observèrent la scène étonnante qui se déroulait aux pieds des murs du Kremlin.

« Moscou brûle encore une fois », finit par dire Razov. Ce n'était pas une accusation, c'était un simple énoncé des faits, une référence historique.

« La dernière fois, c'était en 1812 ? » demanda Lambert. À l'instant où il prononçait ces mots, il comprit que le sujet était sans doute trop sensible et son attitude à lui un peu trop cavalière.

« Napoléon, précisa Razov. – Il ne semblait pas se formaliser. – Oui, 1812. » Il regarda Lambert. Un instant, celui-ci crut que l'autre allait poursuivre la leçon d'histoire – faire une autre comparaison historique. Après sa victoire, Napoléon avait battu en retraite de Moscou en plein hiver et, dans le froid mordant, sans cesse harassé par les troupes russes, il avait perdu sa Grande Armée dans les neiges épaisses de la Russie occidentale. « Quel siècle terrible ça a été », se contenta de dire Razov. *Trois guerres mondiales*, se dit Lambert, *au début, au milieu et à la fin du siècle.* Il acquiesça. « Je serai content quand il sera terminé, conclut Lambert. Un nouveau départ dans un nouveau siècle, sans tout ce sang qui tache celui-ci.

– Un nouveau millénaire. Combien a-t-on levé d'armées, combien de soldats sont-ils tombés, au cours des mille dernières années ?

– Beaucoup trop. »

Razov poussa un soupir. Ou peut-être respirait-il seulement profondément l'air glacé, Lambert n'aurait pas pu le dire. « Malheureusement, dit-il en regardant les chars américains dont les commandants attendaient prudemment dans leur tourelle, le millénaire n'est pas encore tout à fait achevé. » Son regard revint à Lambert, et celui-ci attendit ce qui peut-être allait être une phrase significative, un argument que Razov semblait être sur le point de développer. « Qu'est-ce que vous vouliez faire, Greg, quand vous seriez grand ?

– Je vous demande pardon ?

– Quand vous étiez enfant, qu'est-ce que vous aviez envie d'être ? Laissez-moi deviner. Président des États-Unis ? »

Lambert le regarda longuement avant de secouer la tête. « Être le meilleur joueur de la NBA. » Razov fixa les yeux et pencha la tête, il ne comprenait pas. « La National Basket-ball Association », traduisit Lambert. Razov leva les yeux vers la tête de Lambert, jaugeant sa taille et acquiesça, puis de nouveau il regarda dehors.

« Moi, dit Razov en fixant ses mains gantées, je voulais être un soldat, un général. » Lambert attendit encore, mais le Russe n'en dit pas plus. Lambert regarda les chars dont les commandants discutaient maintenant avec une délégation menée par Filipov.

« Connaissez-vous la légende de Damoclès ? » demanda soudain Razov. Lambert se retourna pour le dévisager avec une surprise croissante. Razov soutint son regard juste assez longtemps pour confirmer que ce n'était pas par hasard qu'il posait bien cette question. Puis il poursuivit : « Damoclès était un seigneur grec qui exprimait fréquemment sa crainte et son envie devant le pouvoir et l'apparent bonheur du roi. » Un sourire nostalgique passa sur son visage. « Un jour, le roi, lassé de sa flatterie, donna un grand banquet. À ce banquet, le roi plaça Damoclès sous une épée suspendue au plafond par un seul cheveu. » Le vent soufflait une pluie glacée sur son visage et sur celui de Lambert : il plissa les yeux. « Voyez-vous, le roi voulait démontrer que la couronne apportait avec elle ses craintes et ses soucis aussi bien que ses plaisirs. »

Le regard de Razov revint vers la place et Lambert en fit autant. À la lueur dansante des flammes qui montaient encore d'un blindé russe, Lambert frissonna et croisa les bras. Quand il se tourna vers Razov, il vit que celui-ci avait levé le visage vers le ciel et qu'il aspirait à pleins poumons l'air froid et humide. Sans regarder Lambert, Razov dit : « L'Amérique est assez au sud. » On aurait dit qu'il enseignait à un élève des rudiments de géographie. « Si je ne me trompe, Rome est à peu près à la même latitude que New York. Bien sûr, vous connaissez nos hivers », dit-il en se tournant un instant vers Lambert.

« Ah ! » reprit-il en tendant sa main gantée. Lambert tourna les yeux vers la flamme et vit flotter dans l'air quelque chose qui ne pouvait être que de la neige. De gros flocons tombaient sur la main gantée de Razov.

« La première neige de septembre. » Lambert sentit sur lui le regard de Razov. « La neige arrive de bonne heure, cette année », dit-il lentement de sa voix douce. Une rafale de vent fit s'envoler les flocons de son gant et un nouveau frisson parcourut le dos de Lambert.

pleins poumons l'air froid et humide. Sans regarder Lambert, Razov dit : « L'Amérique est assez au sud. » On aurait dit qu'il enseignait à un élève des rudiments de géographie. « Si je ne me trompe, Rome est à peu près à la même latitude que New York. Bien sûr, vous connaissez nos hivers », dit-il en se tournant un instant vers Lambert.

« Ah ! » reprit-il en tendant sa main gantée. Lambert tourna les yeux vers la flamme et vit flotter dans l'air quelque chose qui ne pouvait être que de la neige. De gros flocons tombaient sur la main gantée de Razov.

« La première neige de septembre... » Lambert sentit sur lui le regard de Razov. « La neige arrive de bonne heure, cette année », dit-il lentement de sa voix douce. Une rafale de vent fit s'envoler les flocons de son gant et un nouveau frisson parcourut le dos de Lambert.

Épilogue

« Rien, sauf une bataille perdue, ne peut être aussi mélancolique qu'une bataille gagnée. »

Arthur WELLESLEY,
duc de Wellington.
dépêche envoyée du champ
de bataille de Waterloo
(juin 1815).

Los Angelès, Californie
2 décembre, 20 h GMT (12 h locale)

David serra fort Melissa contre sa poitrine. Il tenait en même temps la tête de Matthew, le nez enfoui dans les doux cheveux parfumés du bébé. « Je t'aime tant », répétait Melissa en pressant son visage contre le blouson de camouflage.

Planté sur le pas de la porte, David remarquait avec admiration que rien ne semblait avoir changé. La guerre nucléaire. La bataille jusqu'à Moscou. Le déclin régulier de la situation en Russie et l'émergence des anarchistes, avec la violence qui montait à chaque nouvelle chute de neige. Six mois. Tout cela en six mois. Ici, chez lui, tout avait l'air à peu près comme avant. Mais, pour certains, ce n'était pas le cas. Tout avait changé pour ceux qui avaient perdu quelqu'un dans la guerre et ceux qui s'inquiétaient du sort d'êtres chers encore sous les drapeaux.

Melissa leva les yeux : des larmes ruisselaient sur son visage. Matthew roucoulait. Tous deux le regardèrent, puis ils se regardèrent, fiers de ce que seuls des parents pouvaient percevoir comme un exploit. David posa un baiser sur la joue de son fils.

Il y eut un bref coup de klaxon dans l'allée. David embrassa encore Matthew et le tendit à Melissa.

Celle-ci avait l'air accablée. David prit sur son épaule le sac polaire bourré de matériel à l'épreuve du froid et ouvrit la porte. Le chauffeur de taxi descendit de voiture pour ouvrir le coffre.

« Tu pourras m'appeler quand tu seras là-bas ? » demanda-t-elle d'une voix tremblante.

Il allait lui parler des difficultés qu'on avait encore à obtenir une communication internationale depuis Moscou, mais il se contenta de répondre : « Bien sûr. J'appellerai.

– Et tu as bien marqué tout ce qu'il faut que je sache pour te contacter ? demanda-t-elle. J'écris simplement " Poste aux armées – Russie ? " » David acquiesça en se tournant pour la serrer une dernière fois dans ses bras. Mais elle baissa les yeux et continua. « Et... et c'est seulement pour quelques mois », dit-elle en évitant délibérément son regard. David se tourna vers le chauffeur de taxi. L'homme avait manifestement vu son uniforme et son sac auquel était accroché le casque recouvert de tissu blanc. Il attendait patiemment, adossé au capot de sa voiture.

« On dit que nous allons évacuer complètement la Russie occidentale », reprit-elle en lançant à David un regard interrogateur. Il ouvrait la bouche pour parler, mais elle poursuivit précipitamment : « On ne va pas te transférer dans les forces d'occupation en Sibérie », demanda-t-elle. Sa voix se brisa. « Ni... ni dans la zone démilitarisée chinoise ?

– Mais non, mais non, fit David en secouant la tête. Nous avons si bien démoli le Transsibérien que c'est plus facile d'envoyer des troupes ici que de traverser la Russie en venant d'Europe.

– Et une fois que ces anarchistes seront maîtrisés dans les villes... ? demanda-t-elle pour la centième fois.

– Alors, nous nous replierons sur l'Ouest. Encore quelques mois. » David répétait la doctrine officielle avec beaucoup plus d'assurance qu'il n'en éprouvait. « Mon chou, il faut que j'y aille. Mon avion part dans une heure. » Il déplaça le gros sac pour soulager la crampe de son bras, elle le regarda, éperdue. Elle l'avait vu empaqueter ses affaires. Des combinaisons de neige en Gore-tex blanc, des bottes blanches, un gilet pare-balles blanc, tout était blanc et bien isolé, y compris les combinaisons de protection. Même les nouvelles crosses de fusil étaient en plastique blanc. Melissa n'arrivait pas à détacher ses yeux du sac.

David prit de nouveau sa femme et son fils dans ses bras en les serrant contre lui. « Deux semaines, David, dit-elle en secouant la tête. Seulement deux semaines à la maison. Ça n'est pas juste.

– Chérie... oh, chérie ! » Il s'apprêtait à lui dire combien de coups de téléphone il avait dû donner pour obtenir cette permission, comment Harkness, son commandant de brigade, avait approuvé sa demande avec un silence glacé. Mais David devait se taire. Sa pensée revenait à son bataillon, à ses hommes qui n'avaient pas bénéficié du luxe de deux semaines de permission. Pendant qu'il était aux États-Unis, David avait appelé deux fois Moscou, et Barnes lui avait raconté la tentative de pillage des réserves du bataillon. Deux de leurs sentinelles avaient été blessées. Les Américains avaient eu de la chance, mais pas les Russes. Quatorze civils tués, trente autres blessés. Tous affamés. Pour la plupart des étudiants de l'université de Moscou, à côté de leur cantonnement au-dessus de l'ancienne casemate de commandement russe dans le quartier de Ramenki.

Cet hiver, il y aurait des émeutes. À cause de la famine. Ça avait sans doute déjà commencé. C'était David, avec ses chars M-1 et d'autres soldats comme eux du secteur américain de Moscou qui devraient faire face à la foule. Dans toute la Russie, on trouvait des armes légères qui étaient restées après la guerre et la mobilisation des provisoires, mais tout cela ne tenait pas devant les blindages en céramique, les canons de 120 millimètres et les mitrailleuses lourdes. David s'inquiétait des tireurs isolés. Ce n'était pourtant pas le sort de ses hommes qui le préoccupait le plus, mais celui des foules enragées de gens affamés qui, par désespoir, pourraient s'attaquer à ses soldats. Ils n'avaient pas de balles en caoutchouc et les gaz lacrymogènes fonctionnaient mal dans le froid. C'était un vieux problème pour les armées chargées du maintien de l'ordre. Ou on ne faisait rien, ou bien en quelques secondes on massacrait des hordes de gens sans défense par centaines, par milliers.

David embrassa une dernière fois Matthew. Le bébé gigotait, sans se soucier de la présence de son père. Il se pencha et embrassa Melissa dont le visage se crispa aussitôt pour réprimer ses larmes. Elle se mordit la lèvre et leva les yeux, puis elle se dressa sur la pointe des pieds pour couvrir de baisers sa bouche et son visage.

« Je t'aime de tout mon cœur », dit-il.

Il se dirigea vers le taxi. Dans son esprit, la transformation commençait à s'opérer. De civil il était devenu soldat. De soldat, il était redevenu civil. Et voilà maintenant qu'il se retrouvait soldat. *Ça ne devait pas se passer comme ça*, songea-t-il. Il pensa à sa vie juste avant la guerre. Tout avait paru si normal. On aurait dit que le cours entier de l'Histoire avait pris un brusque tournant pour le précipiter dans une direction qu'il n'aurait jamais crue possible.

Mais quand les portes du taxi se refermèrent, il ne pensait plus à tout cela. Il regarda par la vitre tandis que le taxi reculait dans la rue. Il vit sa femme et son enfant comme à travers un objectif. Machinalement, il leur faisait de grands gestes tout en s'efforçant de murer en lui ces recoins que l'émotion pouvait paralyser. On ne pouvait éviter de souffrir : c'était comme une blessure par balle, mais on pouvait le supporter. On le pouvait.

« Où va-t-on, colonel ? » interrogea le chauffeur.

Achevé d'imprimer en décembre 1997
sur les presses de l'Imprimerie Bussière
à Saint-Amand (Cher)

POCKET - 12, avenue d'Italie - 75627 Paris Cedex 13
Tél. : 01-44-16-05-00

— N° d'imp. 2521. —
Dépôt légal : janvier 1998.

Imprimé en France